点亮山乡

国家电网助力脱贫攻坚实录

徐建国　刘克兴　著

中国电力出版社

CHINA ELECTRIC POWER PRESS

图书在版编目（CIP）数据

点亮山乡：国家电网助力脱贫攻坚实录 / 徐建国，刘克兴著 . —北京：中国电力出版社，2020.9（2021.8 重印）

ISBN 978-7-5198-4953-5

Ⅰ.①点… Ⅱ.①徐…②刘… Ⅲ.①报告文学－中国－当代 Ⅳ.① I25

中国版本图书馆 CIP 数据核字（2020）第 176882 号

出版发行：中国电力出版社
地　　址：北京市东城区北京站西街 19 号（邮政编码 100005）
网　　址：http://www.cepp.sgcc.com.cn
责任编辑：王　倩　乐　苑（010-63412607）
责任校对：黄　蓓　郝军燕
版式设计：锋尚设计
责任印制：杨晓东
印　　刷：河北鑫彩博图印刷有限公司
版　　次：2020 年 9 月第一版
印　　次：2021 年 8 月北京第三次印刷
开　　本：710 毫米 ×1000 毫米　16 开本
印　　张：27.5
字　　数：550 千字
定　　价：98.00 元

主题策划

国家电网有限公司工会
国家电网有限公司扶贫办
国网湖北省电力有限公司

策　　划

侯　春　宋卫东　秦明亮　余　涛

文学顾问

寒　青　汪雪涛

前　言

　　长篇报告文学《点亮山乡》是对国家电网公司助力脱贫攻坚的忠实记录和艺术再现。

　　脱贫攻坚是全面建成小康社会的标志性工程。习近平总书记强调："到2020年现行标准下的农村贫困人口全部脱贫，是党中央向全国人民作出的郑重承诺，必须如期实现，没有任何退路和弹性。"国家电网公司作为关系国计民生和国民经济命脉的特大型国有重点骨干企业，一直以来，坚决贯彻落实以习近平同志为核心的党中央的部署，坚持"人民电业为人民"的企业宗旨，把电力扶贫作为重大政治任务，在这场力度之大、规模之广、影响之深的脱贫攻坚战中，贡献了国网力量，展现了国网担当。

　　脱贫攻坚离不开电力。电力要先行，电力作保障。国家电网公司以电助力脱贫攻坚，村村通、户户通、井井通，青藏联网、川藏联网、藏中联网、阿里联网，"四县一区"定点扶贫、"三区三州"国家深度贫困地区扶贫，以及国家电网公司对供区的26个省（自治区、直辖市）的电力帮困扶贫，都体现了国家电网公司服从服务中央工作大局的意识和勇挑重担、攻坚克难的大无畏精神，为我国决胜全面小康、决战脱贫攻坚作出了重大贡献。

《点亮山乡》是国家电网有限公司职工文学重点选题作品。国家电网有限公司工会、国家电网有限公司扶贫办会同国网湖北省电力有限公司组织创作组，从 2018 年 7 月起，走进国家电网，采集、展现国家电网公司如期完成服务脱贫攻坚任务，做好脱贫攻坚与乡村振兴战略衔接的壮阔历程，倾情书写电力助力脱贫攻坚的国网精神、国网力量和国网故事；走进 20 多个省（自治区、直辖市）30 多个市县 300 多个乡村，深入脱贫攻坚一线，采访地方党政领导、乡村干部、普通村民、贫困户和省市县供电公司有关负责人、驻村第一书记、一线扶贫干部职工 1000 余人，捕捉感人瞬间，着力书写他们扑下身子、夙夜在公，匍匐在土、励精图治，心系百姓、忘我奉献，把党的温暖送到贫困山乡人民的心坎上，让贫困涅槃走向富裕的新生，把贫困人口对美好生活向往的心灯一点点增亮，亮至小康的动人故事。

　　《点亮山乡》是一部国家电网公司决战脱贫攻坚的史记，是一部国网人绷紧弦、铆足劲、打硬仗的史诗。

　　点亮山乡，只是国家电网公司扶贫路上的一个胜利节点。脱贫攻坚不是终点，而是新生活、新奋斗的起点。

　　未来的路还很长，需要每一个国网人继续点亮！

目　录

引 子

2015 年 11 月 27 日至 28 日，中共中央在北京人民大会堂召开了中央扶贫工作会议，中央政治局常委全部出席，各省市自治区主要负责人与会。会议提出，坚持精准扶贫、精准脱贫，坚决打赢脱贫攻坚战，确保到 2020 年所有贫困地区和贫困人口实现脱贫，同全国人民一道迈入全面小康社会。

11 月 29 日，北京，国家电网公司会议室。国家电网公司雷厉风行，迅速召开贯彻中央扶贫工作会议精神会议，与会的国家电网公司领导班子成员和各部门负责人，深入学习总书记的重要讲话，深刻领会"坚决打赢脱贫攻坚战，确保到 2020 年所有贫困地区和贫困人口一道迈入全面小康社会"的重大意义，进一步部署国家电网助力脱贫攻坚工作。

蓦然回首，过往历历在目——

使命在肩，重任在前，国家电网有担当，有作为！

1995 年 7 月 17 日，电力工业部与湖北省人民政府在湖北省长阳县正式签署了对湖北省"三县一区"，即长阳土家族自治县、秭归县、巴东县、神农架林区定点扶贫协议。2011 年，又将青海省玛多县列为国家电网定点扶贫县。

25 年的深情牵手，25 年的倾情相扶，国家电网人对"四县一区"定点扶贫区帮扶的脚步一刻也没有停下。

历史的脚步不曾停息，脱贫攻坚战的冲锋号再一次吹响。国家电网公司领导班子边学习习近平总书记讲话，边梳理"十二五"以来对农村电网的改造升级和无电地区的建设情况。摆在桌子上的一组数据，令他们格外兴奋：2011年至2015年的"十二五"期间，公司累计完成农网改造升级投资5324.6亿元，为192万无电户750万无电人口解决了通电问题，实现经营区域内"户户通电"，解决了3071万农村用户"低电压"、49个县域电网"孤网运行"、124个县域电网与主网联系薄弱问题，实现户户通和农网改造跨越式发展。

2016年至2019年，公司将累计投资6459亿元，完成6.6万个小城镇、中心村电网改造升级，实现153.5万眼农田机井通电、7.8万个自然村通动力电，惠及1.6亿农村人口，覆盖"三区三州"以外的381个国家级贫困县。

坐在北京十里长街上一隅，与会者的目光却投向了祖国的四面八方，更聚焦于遥远的西藏等"三区三州"少数民族地区，一个宏伟的蓝图开始变得逐步清晰起来：安排7家省公司和百余家县公司入藏帮扶，投入参建人员15万余人、工程机械2万余台（套）；在"三区三州"完成投资304亿元，攻克深度贫困地区电网建设堡垒，继青藏联网、川藏联网工程之后，实施藏中联网、阿里与藏中联网工程，延伸覆盖西藏自治区67个县城，解决4个县域孤网运行、34个县域电网与主网弱联系问题，消除48.2万户低电压问题，惠及198个贫困县1777万人……

从这张蓝图上看，雪域飞虹，将是国家电网留在唐古拉山、横断山、喜马拉雅山最浓墨重彩的一笔！

国家电网公司深知自己肩上的责任，打赢脱贫攻坚战必须走在前列！

怎样才能使贫困的山区摘掉穷帽，拔掉穷根？

怎样才能把中央打赢脱贫攻坚战的部署落到实处？

国家电网公司的回答刚劲有力："摆在我们面前的贫困现状充分地说明，脱贫攻坚战任务繁重、时间紧迫。作为有担当、有奉献精神的国有特大型骨干企业，我们不能等闲视之！我们要更好地肩负起重要的政治责任、经济责任和社会责任。我们要不折不扣地贯彻落实中央打赢脱贫攻坚的战略部署，在脱贫攻坚的战斗中贡献出我们应有的力量！"

这些话，道出了国家电网人的心声。国家电网人的誓言，必将点亮祖国的山乡。

第一章

天边飘过 红色的云

电力是精准扶贫、精准脱贫、打赢脱贫攻坚战的重要基础。1998 年以来，国家电网公司开展了农网建设与改造工程，村村通电，户户通电，不但极大地提高了农村供电能力和可靠性，同时电力助推了农村的脱贫致富。

进入"十三五"，国家电网公司实施新一轮农村电网改造升级

"两年攻坚战"，投资 1423.6 亿元，完成 153.5 万眼农田机井新通电及改造，6.6 万个小城镇（中心村）电网改造升级，7.8 万个自然村新通动力电及改造。从而改善了农业生产条件，释放了农村用电需求，为农村经济社会繁荣发展和摆脱贫困、消除贫穷的"脱贫攻坚"注入了新动力。

离月亮最远的地方

　　灶膛里红通通的火苗撒着欢地跳着舞，烧得菜籽油在铁锅里欢快地唱起撩人的山歌。"幺妹农家乐"女老板陈茂云的眼瞳里也是红彤彤的，圆圆的脸颊上飞着朝霞似的红云。油热，煮熟的腊肉扔进锅里，翻炒出油，姜蒜下锅炒香，不一刻，浓得实质般看得见的香气便袅袅蒸腾，翻手一把红艳艳的鲊广椒入锅，稍后只要一把翠绿欲滴的青蒜铺陈，像日子一样红火、色香味俱全的鲊广椒炒腊肉就要出锅了。饭厅里的客人在高声催促，陈茂云一边清脆嘹亮地回应着"好咧好咧，马上出锅"，一边熟练地翻腕抖肩，嘴上禁不住哼起了红红火火的《好日子》。

　　这里是一个偏僻的小山村——鹿院坪，位于湖北省恩施土家族苗族自治州板桥镇新田村，毗邻著名景区沐抚大峡谷，是个5公里长的条形地缝峡谷，俗称"天坑"。坑底与坑外平均落差约500米，四周的山峰奇异陡峭，悬崖如斧劈刀削。溪水从高坡顺着山谷流淌而下，如万马奔腾一般飞溅起团团水雾，冲击着山石哗哗作响，给寂静的山谷平添无限生机。鹿院坪被天坑分为两部分，对面两家鸡犬相闻，要想串门还得绕道才行。下到峡谷中，瀑布和深潭，以及天然形成的绝壁栈道，让人不由得惊叹大自然的鬼斧神工。四面悬崖构成的天然屏障，使得这里与世隔绝，俨然一个世外桃源。近年来，随着驴友们的口碑相传，一批又一批的驴友趋之若鹜，这个只有29户人家的小村庄渐渐撩开了神秘的面纱。

　　驴友们不知道，这个媲美世外桃源的美丽山村因其地形复杂、交通阻塞，始终被贫穷困扰着。曾经，全村 30 多个男人娶不到媳妇，成为远近闻名的"光棍村"。穷得揭不开锅自然是要紧的，穷得续不了"后"才是村里的绝望。改革开放后，男人们先后走出坑底、走出大山，外出打工，再也不回来了。他们不敢回头，也不忍回头。都说故土难离，但贫困实在是令人绝望啊！原本 40 户人家的小山村，到二十世纪八九十年代就只剩下了 29 户。

那时候陈茂云还小，夜晚，她常常坐在鹿饮潭的大青石上仰望星空和高耸入云的绝壁。即使月光皎洁，星空明亮，但透过窄窄的天坑顶部的缝隙和密布的茂林，落在溪边和木屋顶上的银光也已是斑驳疏离。小山村里除了静，只有暗；除了穷，只有困；除了这个孤零零的小村庄，只有孤零零守着村庄苦苦度日的乡亲。小茂云心想，这 500 米的落差就是天堑吧？那遥远的坑边就是天堂的边缘吧？这里就是离月亮最远的地方吧？什么时候银白色的月光能像落在坑外一样，把这里也照得亮亮堂堂？！

2001 年的一天，从天坑顶峰上下来了一群人，他们穿着红色的工作服，头戴安全帽，手提肩扛着一捆捆线线，背着鼓鼓的包包，踩着骡马也无法踏足的悬崖峭壁，艰难地向村里爬来。陈茂云和村里人好奇地看着这个神奇的队伍，好像从天边飘来一片吉祥的红云，落在了村里，落在村里人的心上，暖烘烘、亮堂堂的。从那天起，村里安装了一台 20 千伏安的变压器，立了 40 多根木电杆，从绝壁的上下方各自用石头砌成一个宽约 3 米、高约 5 米的石礅，石礅上端用水泥电杆做成了 10 千伏的电杆支架，鹿院坪第一次用上了电灯。

电灯亮起来的那一刻，沉寂了几千年、几万年的天坑地缝，一下子亮堂起来。那光亮融化了村子里几百年浓得化不开的忧愁，点燃了鹿院坪 29 户乡亲对美好生活的向往。顿时，这个与世隔绝、被人遗忘的小山村亮如白昼。

小茂云的嘴张得大大的，眼睛也睁得大大的，夜晚的灯光，果然比大大的月亮还亮堂，那么，今后的生活也应该更加亮堂吧！

2012 年，政府出资，沿着四十四道拐的悬崖峭壁，凿出一条有 1528 级台阶的"通天路"，紧接着，引资组建了鹿院坪旅游开发公司，又开辟出一条加宽加长的绝壁栈道，打通了这个古老村落的另一条村民出行、游客进村的安全通道。从此，这个曾经深埋地下 500 米的百年古村落，这个中国内地唯一的地坑旅游胜地，一下子呈现在世人面前。

有了路，距离就不再是天堑；通了电，光明就不再遥不可及。随着生态旅游业的兴起，游人从四面八方聚集鹿院坪，全国各地的登山队、探险队、户外运动队也蜂拥而至。沉寂的乡村热闹起来，鹿院坪的乡亲们纷纷开起了农家乐，生活水平直线提高，习以为常的贫困渐行渐远。

那个曾经坐在大青石上仰望夜空渴望生活能够亮堂起来的小女孩，终于看到了触手可及的希望。她像村里其他乡亲一样，也开起了农家乐，自己做起了老板。天坑独一无二，游人络绎不绝，农家乐的生意也红红火火。然而随之而来的，是用电负荷悄然增大，"低电压"问题凸显而出。加之木质电杆风吹雨淋，日久失修，摇摇欲坠，停电跳闸频繁。

这不，陈茂云就遇到了这种情况。刚刚还丽日晴天，突然一道闪电撕开了长空，顿时，狂风大作，暴雨倾盆。暴风雨中，院内柴棚湿透，院外木质电杆折断……

陈茂云烧菜的灶膛熄火了，煮饭的电饭煲没电了！正午的山谷里漆黑一片，只有电闪雷鸣，风雨交加。

"久在樊笼里，复得返自然"的游客可不管那么多，没有电，就没法吃饭，没法住宿，人潮散后，深深的天坑里又恢复了往日的宁静和黑暗。

整整20人的旅游团啊，原本游客是要住几天的，多好的生意！陈茂云看着尚未出锅的鲊广椒炒腊肉和电饭煲里夹生的米饭，心里的《好日子》也是变了味儿。色香味俱全的一顿美餐，变成五味杂陈的生活交响，眼泪禁不住在眼窝里打转，陈茂云生生忍住，没让它掉下来。毕竟这里是远离尘寰、道路艰险的山村，毕竟这里是深藏地下500米的"离月亮最远的地方"。

接到停电报警，国网湖北恩施市供电公司板桥供电所就迅速派出抢修队伍，赶赴事发现场，重新更换了被狂风折断的电线杆，让鹿院坪恢复了供电。当两名身着红马甲、汗流浃背的员工走进"幺妹农家乐"，向热心肠的陈茂云讨口水喝时，还处在郁闷中的陈茂云先是一怔，觉得这些穿着红马甲的人怎么那么眼熟，却下意识地将两名电网抢修队员推出门外，随着"哐啷"一声，将大门关得紧紧。

这是怎么回事？屋外的电网员工一脸茫然，他们又轻轻地拍门。屋内的陈茂云这时想起来了，这些身穿红马甲的人，不正是当年为鹿院坪架线通电的那些人吗？当年那红色的云朵，在她心里始终记忆犹新。不过今天耽误了这么重要的生意，确实很生气，姑奶奶还是有二两脾气的！"红云"还在敲门，姑奶奶还是没有开门，回应"红云"的，是山谷一样的沉寂。

"红云"们后来一了解，才知道因为断电，给"幺妹农家乐"带去了不应有的损失。

陈茂云的闭门羹，敲打着板桥供电所干部职工的心田。他们冷静地思考了鹿院坪村民的生活及供电情况。

板桥供电所职工尹胜说："那次电杆折断停电，何止'幺妹农家乐'的陈茂云一人受损，它给鹿院坪的乡亲们不知道造成了多大的损失！我们一定要彻底改变这里的电网现状！"

尹胜斩钉截铁的话语道出了供电所全体职工的心声！很快，他们对鹿院坪电网及用电状况进行了实地考察。紧接着，关于恩施市板桥镇新田村鹿院坪电网改造升级的规划报告逐级送往恩施供电公司。恩施供电公司有关领导看了规划报告，心潮起伏：鹿院坪的村民对农网改造升级的期盼是多么急切啊！助力贫困村民脱贫攻坚，满足人民群众生活、生产的用电需要，是我们国家电网人义不容辞的责任。

关于鹿院坪农网改造升级的规划报告很快批下来了。恩施供电公司计划投资 200 万元，共新建变压器 2 台，新建及改造 10 千伏线路 1.8 公里、380 伏线路 0.8 公里，新装台区变压器 1 台，用 80 根水泥电杆将木质电杆全部换完，彻底升级改造鹿院坪电网。

没过几天，一片"红云"飞来，水泥电杆、水泥、变压器、配电箱、导线等施工物资陆续运往鹿院坪。一场鹿院坪电网改造升级的战斗打响了！

鹿饮潭边"幺妹农家乐"餐馆里，"红云"正在安装智能电表。远处，耸立在峭壁之上的三基铁塔已经建好，一根根水泥电杆取代了先前的木质电杆……

望着新安装的智能电表，望着焕然一新的供电网络，望着越来越多的游客，陈茂云笑了，笑得像漫山的野花一样红火……

夜空如洗，硕大的银盘挂在高高的夜幕中，银波如注，倾泻四野。1528级"通天路"上，璀璨的路灯蜿蜒曲折，像一条光彩夺目的珠链直上夜空，与天上的群星首尾相接、交相辉映。地缝中的小山村鹿院坪披着银光，闪着灯火，熠熠发亮。溪水潺潺，蛙鸣鸟唱，与农家乐游客不时传出的嬉笑声一唱一和，把山谷塞得满满的。

忙碌了一天的陈茂云，照例坐在鹿饮潭边的大青石上仰望，突然感觉自己离月亮很近、很近，近得好像伸手就可以把它拥在怀里。这不是梦吧？嗯，不是，陈茂云确信，这是实在得不能再实在的日子了，这一批游客明天的早饭还在等她安排，下一批游客也在手机里跟她再三确认信息，还有下下批的游客……以后的日子肯定会更加红火、更加亮堂。不知为何，她莫名地想起那片红色的云朵，那像红色云朵一样翻山越岭给他们带来光明和希望的国家电网职工，那些像国家电网职工一样心里装着鹿院坪的各级政府的管理者们……渐渐地，那片红云越来越大、越来越厚，后来竟驮着她飞呀飞呀，飞得老高老高……陈茂云困意渐生，迷蒙中，禁不住露出一缕会心的微笑，向红色的云朵点头致意。

月亮亘古未变，从未远离，也从未切近，改变距离的，是那些像红色云朵一样的人。

悬崖上的村庄

"咕噜咕噜"是一个象声词，形容水流或者物体滚动的声音。这里的"咕噜咕噜"不是水中鱼儿幸福冒泡的声音，也不是保龄球在平滑的球道上快乐滚动的声音，对骆云莲来说，"咕噜咕噜"的声音曾是整个村里乡亲的苦涩与噩梦。悲哀的是，它也是古路村村名的由来。建村400年来，从陡峭山崖上不断滚落的石块和杂物，将"咕噜咕噜"的象声词，改写成震耳欲聋的人员伤亡和财产损失。"咕噜咕噜"，就是乡亲们心里残虐的暴君，是凶顽的怪兽。

古路村属雅安市汉源县永利彝族乡，位于四川大渡河大峡谷入口的绝壁之上，被称为"悬崖上的村庄"，常年无路无电，过着与世隔绝的日子。古路村的人要到外边去，只有一条路可走，就是从悬崖下到大渡河边。一直以来，村里的乡亲都是依靠双手，顺着几乎垂直的陡岩和树藤与外界保持着往来。骆云莲知道，其实那不是路，陡峭之处都是用木棍结成的梯子，连木梯也不能搭建的地方则用藤绳。从前下山，都是从山里采来像锄把粗的野藤子，把它拴在上面的树桩上，拉着野藤子往下移，而且身上还要背上几十、百把斤的山货，是背到山下用于换盐、布的。稍不留神，就会坠入陡崖，死无葬身之地。

20世纪60年代修筑成昆铁路时，工程队员看到古路村村民就像猴子一样在悬崖上荡来荡去，便帮着将木梯改成了铁梯。直到2003年，政府出钱，村民出力，在绝壁上凿出一条长约3公里、垂直高度近1000米、宽度仅有几十厘米的"之"字形骡马道，古路村村民才结束了在树藤上、铁梯上"荡秋千"往来的历史。

越是人迹罕至的地方，保护也就相对完好，越是被善于"破坏"的人所稀罕。2005年，《中国国家地理》杂志将大渡河大峡谷评为中国十大最美的峡谷之一。专家评价：它是一个旷世深峡，堪与长江三峡雄峻风光相媲美的绝尘幽谷。两侧壁立千仞，千姿百态，如画如雕。它的旷世之美，还养在深闺中，鲜为世人所知。撰文者还说：在第一时间，你就会被它震住——就像一颗子弹打穿你的心脏。

古路村，就在这个绝美峡谷的顶端，海拔将近2000米。它在云雾缭绕、若隐若现的悬崖上孤独地俯视着滚滚大渡河穿峡而出，大渡河却毫不留恋地扬长而去，从未瞥过她一眼。

骆云莲是个"奇女子"，她是村中第一个力排众议与汉族通婚的"阿咪子"（彝语，女孩子），当选村支部书记后，又当选了全国人大代表。人们说她是奇女子，不仅是因为她胆子大、脾气倔，更是因为她眼界开阔、敢想敢干。"70后"的她，说起来已是40多岁了，但看上去仍像一个风风火火的小姑娘，头脑清晰，雷厉风行，说话做事落地有声。

2010年底，村"两委"换届，25名党员全票推选骆云莲为新一任村支部书记。那年，骆云莲36岁，村里再找不出比她更有知识、肯留下的年轻人了。也就是那一年，喜事连连，骡马道硬化了路面，古路村通了电。骆云莲又根据古路村实际情况，制订了生态旅游和绿色农副产品升级的产业发展计划。2013年，骆云莲第一次参加全国两会的时候对媒体说，眼下生活面貌虽然改变了，但还谈不上致富，更谈不上小康。古路村要想真正发展起来，就必须解决制约出行的交通难题；古路村的生态旅游要想尽快做起来，就必须加快路和电的基础设施配套建设，比如加快骡马道防护栏建设、农村电网改造升级，打造特色彝族村寨，将现在的土坯房改建为美丽的彝族村落。

骆云莲的胆子是真大，彝族姑娘的心胸啊，像大渡河上的竹排，任你风高浪急、左冲右突，我自随波逐流、压你一头。她提出了"留住原生态，弃建公路"的想法。"修公路，是我们祖祖辈辈的梦想。"骆云莲说，"如今上山只能步行，3 公里的羊肠小道要走 3 小时，到最远的地方更要走上 5 个多小时。2010 年村里通了电，有村民买了一台冰箱，请全村壮小伙下山，肩挑背扛一整天才弄回来。村里还有些老人，大半辈子都没出过山，交通确实让人太恼火了。"

"但现在，公路不会修了。"骆云莲话锋一转，语气中丝毫没有失望，"因为我们要建索道。不建公路，是为了更好地保护古路村；修建索道，则是为了更好地发展古路村。"骆云莲所说的索道，是集客货运输、旅游观光为一体的索道工程，起止点为永利乡马坪村二道坪至古路村斑鸠嘴，为双线往复式架空索道。索道将横跨大渡河大峡谷，跨度约 750 米，距谷底约 800 米，从省道 305 线到古路村，全程几乎不用步行。2015 年 12 月，索道建成，以前人们得绕行 3 个多小时骡马道才能到达古路村，现在只要 3 分钟就能到达。

索道拉近了古路村与外界的距离，也联通了古路村人与世界的心，心相通了，就缺光明和动力了。骆云莲心里像明镜似的：电，是现代生活中空气一般的存在，是现代人类日常生活依赖程度最高的东西。生活离不开电，发展更不离开电。没有电的世界，是无法想象的。

骆云莲找到国网湖北汉源县供电公司皇木供电所的领导，说明来意。恰巧，国家电网公司为响应中央打响脱贫攻坚战的号召，迅速实施"国网阳光扶贫行动"，其中针对贫困落后地区的农网升级改造工程是重要的一部分，旨在改善农业生产条件，释放农村用电需求，为农村经济社会繁荣发展注入新的动力。渴望发展的古路村，如同春苗遇上了春雨和阳光。轰隆隆春雷炸响，幸福像古路村初春的桃花一样悄然绽放，远远望去，如同一大片从天上飘下的云霞。

其实骆云莲与皇木供电所的干部职工已经很熟了，2008 年初冬，汉源县供电公司派出郝军、黄鑫、龙川、曹涛一行 4 人，前来古路村勘察设计，正式拉开了古路村电力建设的帷幕。在悬崖峭壁间勘测设计，难度很大，稍有不慎就会被荆棘刺伤身体，甚至有滚落谷底的危险。当时还是村民组长的骆云莲为确保勘测人员的安全，特地安排村里的壮劳力带路，并帮忙背运勘测设备。每到勘测点停留，带路的人要先观察地形，并大声呼喊赶走山坡上的猴子。勘测人员经过4天的奋战，完成了架线施工前的勘测设计。

国网汉源县供电公司对古路村的无电改造工程从2010年4月动工，经过了5个月的攻坚克难，累计新建10千伏线路8.024公里；新建低压线路5.75公里，安装变压器台6台，容量200千伏安；累计完成投资229.09万元。2010年桂花飘香的9月，古路村在一片欢呼声中结束了无电的历史。从那以后，电网职工与骆云莲建立了深厚的友谊，一方是雷厉风行、敢于担当、立志改变村民贫困命运的村干部；一方是爱岗敬业、吃苦耐劳、以电为家的人民电力职工，彼此留下了深刻的印象，都在心里为对方竖起大拇指。

后来随着村民家中电器的增加，电力负荷越来越大，加之处于大峡谷之巅的古路村雷雨等自然灾害频发，很容易造成电网故障。为了及时排障，皇木供电所职工常常自带干粮上山，进行巡线抢修，有时一大早就出发，天黑了以后才能到家，衣服被汗水浸湿了又干，干了又浸湿……

为了加快古路村旅游事业的发展，推进精准扶贫工作，2016年，汉源县委、县政府将古路村6组癞子坪定为红色旅游开发地。6组癞子坪22户用户仅靠1台30千伏安变压器供电，只能解决基本的生活用电。为助力地方政府的脱贫攻坚，国网汉源供电公司专门为古路村设立了农网改造办公小组，多次派员对古路村电网进行实地探查，将古路村6组用户一并纳入中心村农网改造项目，计划工程投资165.35万元。其中改造10千伏线路6.58公里，更换变压器1台200千伏安，改造低压线路5.96公里。

2017年的5月21日，古路村的农网改造工程在村民们的期盼中正式开工了！一场大会战拉开了帷幕。"水湍急呀山峭耸，雄关险啊豺狼凶。健儿巧渡金沙江，兄弟民族夹道迎。安顺场边孤舟勇，踩波踏浪歼敌兵。昼夜兼程二百四，猛打穷追夺泸定。铁索桥上显威风，勇士万代留英名。"当年一首激越的《飞越大渡河》，高歌红军飞越大渡河的英勇气概，把红军强渡大渡河惊心动魄的英雄故事传遍神州各地。如今，大渡河又以汹涌澎湃的河水，演奏出一曲国家电网职工千尺悬崖之上农网改造升级的交响乐，把国家电网公司与村民共谱反贫困的动人故事在广袤的神州大地上传诵！

电网职工上山排障、抢修、施工，要负重爬几个小时的骡马道才能到达。在这项工程建设中，施工设备器材的运输更是一件棘手的事。从古路村底下到达癞子坪中心村项目施工点，当地村民最快也要1个小时才能爬到。而这次施工，要完全靠人力把一台重950公斤的变压器运到施工点，也就是要通过悬崖峭壁上的一条单人床宽度的骡马道，运上山去。难度何等之大！

电网职工拿来抬杠、绳索、电动绞磨机，由8人稳稳地将变压器抬起，其余的十几个职工有的帮忙支撑、搀扶，有的跟随在后以防万一。在漫山的野花随风摆动的浓浓春意中，伴随着脚步的移动，电网员工拉开了嗓门激奋地喊着当地抬杠的号子：

兄弟们喽——

嘿呦嘿呦！

往上走喽——

嘿呦嘿呦！

农网改造——

嘿呦嘿呦！

助脱贫——

嘿呦嘿呦！

大渡河畔哟——

嘿呦嘿呦！

劲风那个吹哟——

嘿呦嘿呦！

定让古路村哟——

嘿呦嘿呦！

换哟换新颜哟——

呦呀么呦呵嘿！

……

高亢的号子声，吼飞了山林中的鸟儿，吓跑了绿丛中的野兔；激越的号子声，抖擞着人们的斗志，挥洒着电网职工的汗水……

8人一轮换，抬着950公斤的变压器，电网职工喊着号子，肩负着脱贫致富的重任。他们经历343道拐，打了300多个牵引阻桩，用坏了一台绞磨机，整整经过6天的时间，才把这台950公斤的变压器运到施工现场……

古路村春天的山花红艳艳，身着红色马甲工装的电网职工漫山遍野，分不清谁是花儿，谁是勤劳的奋斗者；古路村的夏天雷雨不断，热火朝天的电网职工挥汗如雨，分不清哪是雨水，哪是汗水。电网职工爬到电杆上去了，向喧嚣的大渡河，向静默的山崖，挥动肌腱鼓凸的手臂，山谷间回响着金属般的号子声。那剪影定格在空中，如星火，红色的星火……

桀骜不驯的大渡河看到了，也听到了，它不再摇头晃脑、不可一世，定是觉得这一切不可思议，于是在这段山谷间温顺了许多、乖巧了许多，直到拐过山谷东头，看不到那片红色的山崖，才敢长舒一口气，继续咆哮着、怒吼着悻悻地向着东方逃去。

2017年9月26日上午，艳阳高照，秋风飒爽，古路村的农网改造升级工程正式完工通电。一个崭新的古路村诞生了，一个贫困了400年的村落成为永远的背影。

在农网改造胜利完工的庆祝大会上，骆云莲喜极而泣。这个村里人心目中的奇女子经历过太多的无奈和无助，经历过太多的苦难和心酸，转身面对大家时，她以不被人察觉的速度，抹去将出未出的泪珠，用清脆的声音对现场的村民喊道："有了这次农网改造的升级，不管咱们家里用电，还是村里搞基本建设、乡村旅游，都有了强有力的保障！接下来，咱们的好日子来啦！"村民高声欢呼回应，有人注意到，骆云莲的目光，亮得发烫。

其实，古路村电网改造升级项目，只是四川省新一轮农村电网改造升级"两年攻坚战"的缩影。

在甘孜，电力工人不畏高寒缺氧、运输困难，完成了35个村村通动力电和661个中心村项目建设；在阿坝，通过机井通电工程，对农区河流提灌电源进行改造新建，实现"高原荒地变果园"的转变；在凉山，为确保供区内贫困群众用上电、用好电，推进"电力专项扶贫规划"，完成了333个贫困村农网改造升级；在巴中，完成了269个中心村电网改造升级，实施了973个易地扶贫搬迁点电力配套建设，为老区人民脱贫奔小康提供了坚强保障……

金刚重现光芒

　　安徽省金寨县的金刚台，海拔1584米，酷似两尊金刚，巍巍然矗立于皖豫交界处的大别山腹地之中，俯瞰三省，守护一方。第二次国内革命战争时期，这里是鄂豫皖革命根据地的稳固后方，金刚台上的朝阳洞，曾是中共赤城县委、县苏维埃政府的驻扎地；1947年，刘邓大军挺进大别山，这里是揭开解放战争战略大反攻序幕的前沿阵地。金刚台的重峦叠嶂，犹如一页页巨大的史书，记载着社会的演变和兴衰。

　　金寨是一片红色的土地，同样具有金刚坚固、不可毁坏的禀赋。这里诞生了以洪学智、皮定均为代表的59位开国将军，是全国排名第二的将军县。但金寨也是国家级深度贫困县，是全国脱贫攻坚的"主战场"。而金刚台脚下的金刚台村又是金寨县的深度贫困村，是脱贫攻坚"阻击战"中最难啃的一块"硬骨头"。

　　但在新中国，在共产党人眼里，从来没有什么"啃"不下来的"硬骨头"。昔日闭塞、贫穷、落后的小山村，如今处处繁花似锦，绿荫如海，道路通达，百姓安居，国网安徽电力用了5年的时间，精准施策，使之发生了巨变，也让村民们脸上荡漾着幸福的微笑。

　　2015年春，老湾组村民余敦芝怎么也不敢相信，脚下走了近60年的羊肠小道和机耕土路，要修成通往山外宽阔的水泥马路，这花销肯定不小！平日里下山，绕道邻村泗道河，路基都没有。这路从哪儿修到哪儿呀？消息传开，很快在村民中间炸开了锅。与余敦芝同样疑惑的村民不在少数，大伙儿看到国网安徽电力派来的驻村"第一书记"张勇是个小年轻，才来三个月，身体有些单薄，便你一言我一语，七嘴八舌，说着风凉话，还各自盘算着心里的"小九九"。余敦芝89岁的老母亲窦代红也赶来凑热闹，老人在一旁嘟囔着，自己年纪大了，看不到水泥路修通的那一天了，在山里"窝"了一辈子，怕是见不到外面的精彩世界了。

路不通，山外的物资运不进山里，汗珠子摔八瓣收获的茶叶、粮食，喂养的牛羊猪、鸡鸭鹅等家禽家畜，又运不出大山，卖不上好价钱，收入自然打了折扣。

刚驻村那会儿，张勇给贫困户建档立卡，全村10个村民组582户2560人，贫困户多达237户770人，贫困发生率达到了33.58%。这意味着每三个人中间，就有一人是贫困人口。虽然从小生活在农村，张勇还是有些吃惊，这才理解什么叫深度贫困。

张勇在单位接受红色革命传统教育时，不止一次听说革命老区金寨县曾为中国人民的解放事业，牺牲了十万英雄儿女；为治理淮河水患，修建梅山、佛子岭等大型水利工程，淹没良田十多万亩；作为山区县，良田本是稀缺资源，十万库区百姓顾全大局，迁居深山。张勇对这"三个十万"早已耳熟能详，铭记于心。

要想富，先修路。当召集村民商议时，不大的露天广场上，聚集了众多乡亲，大伙儿把修路的希望寄托在国网安徽电力和扶贫队长张勇的身上，道路规划途经之处，村民们自愿无偿让出自留地。

深怀对老区人民的无限热爱，国网安徽电力"第一笔"捐资260万元，启动了泗道河村至金刚台村黄林组4.1公里长、5米宽的水泥路修筑。

转眼已过仲春，金刚台漫山遍野的杜鹃争奇斗艳，似乎是为迎接修通山外的道路而绽放。4月15日，没有隆重的开工仪式，一切从简。当推土机、挖掘机隆隆开进山时，闻讯赶来的村民们挤满了小山坡。窦代红老人也在儿媳的搀扶下，颤巍巍地挤进了人群，想着目睹通往山外的水泥路咋个修法。

金刚台多为花岗岩地貌，地质坚硬，哪怕是遇到极小的山丘，都得打眼放炮，炸石开路。而此时，已是山区的多雨季节，天气变化比孩子变脸都快。此时艳阳高照，彼时便大雨倾盆，给道路施工平添了不少的麻烦。

每一次放炮炸石时，四周的百姓都要站在高高的山头上，远眺炸石放炮的场景，聆听回荡在山谷里的隆隆炮声，村民们说仿佛听到了当年红军和刘邓大军挺进大别山时与敌人交战的枪炮声，那是为咱穷苦老百姓打天下；而今天的放炮声，是为了打通山外的道路，打开一条百姓致富之路，声音听起来亲切而悦耳。

从初夏一直干到深秋，一座座小山丘被铲平，一个个小山凹被填平。每天忙里偷闲前来"观战"的群众络绎不绝，路基压实了，混凝土铺上了路面，整整 5 个月，一条连接村外的马路，在村民的眼皮子底下变成了现实。

当年 10 月 25 日，新修的道路通车了，村民像过年一样，欢天喜地聚拢在一起，相互传颂着党的脱贫好政策，贫困村终于有了像模像样的道路。

窦代红老人自幼随父母从河南黄川逃荒到金刚台，在黄林组定了居，长大成人后，嫁给了老湾组余姓村民，年近 90 的她从没走出过大山。路修好了，老人最大的心愿就是趁着身体还硬朗，走出大山，去见识外面的精彩世界。

让村民喜出望外的是，时隔一年，国网安徽电力负责人与金刚台村的村干部们再次聚到了一起，商量着继续帮扶的事儿，又一次敲定捐资 270 万元，将已严重破损的 2.1 公里通往中心村的道路，按前期修路标准，修通连接相邻河南商城县的省外道路，彻底打通沿线群众的出山通道。

因与河南省商城县比邻，两地百姓长期往来密切，通商联姻频繁。打通这条道路，不仅解决金刚台村群众的出行难，而且还将为脱贫后的金刚台村产业发展、旅游开发打下坚实基础。

又过了 5 个月，新修的道路通车了，村民脸上乐开了花。过去上一趟河南商城县，天亮带着干粮赶路，回村已是一片漆黑。现在去一趟商城，只需 40 分钟，村民都夸国网安徽电力是真帮扶、真用情、真用心。

2017 年春天，窦代红老人在孙女的鼓动下，换了一身新衣，到商城县转了一圈，琳琅满目的商品摆满货架，大街上车水马龙，看得老人眼花缭乱。一旁的大孙女一个劲儿地说，奶奶就像《红楼梦》里的刘姥姥进了"大观园"，看啥啥新奇。懂事的大孙女还说要带上年迈的奶奶，去更远的大城市见世面。

回村后，老人对乡亲们说，这城里呀，吃的穿的用的，要啥有啥，样样不缺，这辈子遇上了好政策，算是没白活一回。

在金刚台村老湾组追踪式农光互补光伏发电站前，600多块太阳能电池发电板，如同整齐列队的士兵，无声地执行着"太阳发出的指令"，转换角度，朝向太阳，接受太阳光辉的检阅。

光伏发电在全国贫困县几乎遍地开花，但追着太阳走，将太阳的光照时间利用到极致的光伏发电站，无疑是脱贫攻坚的先例。捐资165万元，建成投运全省首座200千瓦跟踪式农光互补光伏电站，是国网安徽电力"因地施策，精准扶贫脱贫"精心打造的又一力作。

村党支部书记余建华说，很长一段时间里，金刚台村委会维持日常开支靠的是维护国家公益林补贴的3万元，根本入不敷出。有人形象地比喻当时的村集体经济就像一床"童毯"，盖得了头却盖不了脚。举债过日子哪天才是个头啊？村里想为村民办点事，苦于手头吃紧，拿不出真金白银来。村干部说出的话，底气不足，在群众中没有号召力，不好使唤。

"壮大村集体经济"，白纸黑字地列上了脱贫攻坚的必备条件。大河有水小河满，道理谁都懂，可做起来就不那么容易了。

2016年初，村集体从老湾组余敦奎、余本望等四户村民手中，流转了光照充裕的7亩荒山坡地，谋划建设跟踪式农光互补光伏发电站。一个月的土地平整，三块梯级光伏发电站建设场地成了规模，一人多高的钢构架整齐排列，托起615块太阳能电池板，悄无声息地将太阳能转换成电能，再通过附近的专用变压器送入大电网，为村集体经济积聚财源。

接替张勇担任金刚台村"第一书记"的王德细心地算了一笔账，跟踪式太阳能电池方阵，200千瓦的发电功率，年发电量比普通的光伏发电站要高出15%以上，一年下来，少说也能为村里挣个22万元，这对村集体来说可是一笔不小的收入。太阳能电池板下套种了茶叶，已有3个年头了，再过两年就是丰产期，7 亩茶园管理得好，能有个 3 万到 5 万元收入，即使老天爷不给力，管理不到位，每年保底收入至少在 2 万元以上。

村集体有了收入，村"两委"不再因环境保洁、文体器材养护缺钱而犯愁，因病、因灾、因学返贫的家庭，可得到及时救助，剩下来的钱，还可用来"再造血"，壮大集体经济，更好地为金刚台村脱贫后推进美好乡村建设服务。

金刚台村老湾组村民余敦银夫妇，上有老母亲需要赡养，下有三个孩子在中学读书，前两年，夫妇俩苦于没有一技之长，只好靠卖苦力打些零工和种植茶叶维持孩子上学的费用与家庭生计，被村里列入"因学致贫户"。村里专门拿出公益岗位，让老余的爱人唐冬莲就近上岗，为村道保洁，每天工作不超过两小时，月收入 500 元，还可照顾老人和孩子；余家安装 3 千瓦分布式光伏电站，每年收益 3000 元左右，仅这两项就有 9000 元的固定收入。唐冬莲为人勤劳，种茶养猪，帮人做饭，点滴累积，年收入也有 3 万元；余敦银长年外出打工，干的虽是苦力活，每年挣个 3 万元辛苦钱也不在话下。2017 年，余家一举脱贫，领回了脱贫致富"光荣证"。

像余敦银一样，村里安排公益岗的贫困户就有 40 多个，支出都是从村集体收入拨出。这让村里的道路有人扫，路灯有人管，村集体的茶园有人打理。村民切实地感受到，金刚台村变了，昔日"垃圾靠风刮，污水靠蒸发，天上蜘蛛网，村道泥水淌"的穷山村，变成"吃水不用抬，走路不湿鞋，烧火不用柴，电杆连成排，路灯明又亮，游客多起来"的社会主义新农村。

2018 年 6 月，又是一个值得铭记的日子——光伏扶贫在金刚台村100% 全覆盖。那天，金刚台村党群活动中心，村集体合作社第一次为全村股民分红，拿着应得的一摞红彤彤的票子，村民变股民，让大伙有点不适应。金刚台村分红啦！在汤家汇镇 12 个行政村中，还是头一回的大喜事。

太阳渐渐西下，把最后一抹余晖，洒在集体追踪式和家庭分布式太阳能电池发电板上。明晃晃的阳光，给村民们带来了脱贫的希望。

绿水青山就是金山银山。金刚台云雾缭绕，气候温和，出产优质高山绿茶，有着得天独厚的自然条件，种茶历史也是由来已久。

20 世纪 60 年代，金刚台掀起了"农业学大寨"的热潮，那时的村叫大队，村民组叫生产队，村民统称为社员。

九山半水半分田，是金刚台地貌环境的写照。那会儿的人心思齐，田不够种，忙完了春种和秋收，一年中的大部分时间，就花在开山种茶上。没出两年的工夫，10 个生产队就在金刚台的半山腰和山脚下，手抬肩扛，开辟出茶园千余亩，是全县首屈一指集中连片开发茶园的大队。当年，"铁姑娘队"战天斗地开荒种茶的感人故事，至今仍广为流传。"文化人"还给亲手种出的茶叶，取了个寓意深刻的名字——"金刚雨露"。

那时候茶叶不愁销路，由供销系统统购统销。凭借口感香醇、色泽鲜润等优势，吸引了十里八乡一拨接一拨参观取经的人们。

后来，茶园包产到户，村民外出打工，留守的多是老人、妇女和儿童，千亩茶园疏于管理，多已荆棘丛生，树冠覆盖，享誉乡里的"金刚雨露"渐渐走向没落，商标也拱手相让，被外村茶商抢注。从此，金刚台丢失了"金刚雨露"这块金字招牌。

再后来，高山绿茶市场一片红火，金刚台村民守着"摇钱树"，却把日子过得"叮当"响。

何不借船出海，顺风扬帆？

第一书记王德看在眼里，急在心头。老区脱贫既要重视外部"输血"，更要注重产业"造血"，否则，一旦哪天驻村工作队撤走了，立马就会有群众返贫。于是，引进一个龙头企业，创建一个品牌，带动 100 个茶叶种植大户，修建 1000 亩茶园，带动一方奔小康的"五个一"工程，在国网安徽电力的鼎力相助下出炉了。

然而，理想丰满，现实骨感，哪一个工程办下来都不轻松，更何况是"五个一"工程。王德一心想引进企业进村，可商家不是提出苛刻条件，就是说时机还不成熟，婉拒理由总有千万条。关键时刻，国网安徽电力再次站了出来，决定筑巢引凤，捐赠 290 万元资金，建起了 1500 平方米的标准化厂房，投产一条现代化制茶生产线，形成茶叶加工、展示、品鉴和销售"一条龙"的茶叶产业园区。优厚的条件，引来省级农业产业化龙头企业——安徽金龙玉珠公司这只"金凤凰"飞到大山里栖身。

企业租赁村集体的厂房，按质论价，包收村民采摘的茶叶嫩芽。企业进来了，可成片的茶园修复，又不是件容易的事。国网安徽电力"以奖代补"，每亩给予200元到500元不等的酬劳，鼓励村民上山清理茶园，清除杂草荆棘，砍掉灌木丛。这种"输血"的方式，果然有效，有劳动能力的，主动联系已外出务工的左邻右舍、亲戚朋友，揽下荒弃的茶园，腾出时间，或自己动手，或请人帮忙，清理一片，"奖补"一片。春天来了，修复的茶园，生机盎然，恢复了"造血"功能，采摘下来的茶叶，送进厂里，换成现钞。

引进企业后，对茶叶的品质，也有了新的要求。茶叶开采季节，请来农艺师上山现身说法，传授一芽一叶采摘技艺，习惯了"大呼隆"的传统采摘方式，做起精细活来，多有不适。几天下来，采摘的茶叶嫩芽虽然在重量上少了许多，但品质上去了，价钱便翻了几倍。从谷雨到立夏，整个茶叶开采季节，金刚台村男女老少全村出动，上山采茶。手脚慢的，一天至

少也能挣上 100 多元；而动作快的，挣 300 到 500 元是常有的事。

看得见摸得着的实惠摆在了眼前，部分不适合播种玉米、棉花的旱地，村民们也种上了茶苗。丢失的"金刚雨露"传统品牌，因离开滋养它的土地，渐渐被人们淡忘。高高在上、处在云端的大力"金刚"又一次被请下山来，造福金刚村广大村民。"金刚毛峰"，新的品牌成功注册，经过两年的打造，现已成为大别山区小有名气的高山绿茶品牌。

村医余敦甫三个兄弟长年在外打工，听说整理自家的茶园，还能从"以奖代补"中领到劳酬，兄弟三人将各自的茶园，全部委托余医生代为管理，30 多亩茶园清理结束后，余医生领取了 9000 多元补助。当年春茶上市，余医生白天找人采摘，晚上自行加工，一季茶叶，生产干茶 1000 多斤，进账 3 万多元。日后，三兄弟不再外出打工，经营自家的茶园，找到一条不错的致富路子。

2019 年，金刚台村新建的茶厂，开始收购群众手中采摘的鲜叶，一个茶季，加工干茶 2000 余斤，为村集体经济增收 5 万元，55 户贫困户出售鲜叶，户均增收 1000 元。全村现已建成、改造老茶园 1000 余亩，高山茶园已具规模。进入盛产期后，预计全村茶叶产业年收入可增加至 400 万元，带动贫困户户均年增收 6000 元，可提供就业岗位 100 多个。

产业兴旺、生态宜居、乡风文明、经济发展的红色村落，以崭新的风貌，展现在世人面前。

从限时照明到接入山外电，再到用上大网电，从就地取材的木头电杆，到购买黄沙、水泥和"冷拔丝"自制水泥方杆，再到水泥标准杆件，从全村 400 余户共用一台 10 千伏安高能耗变压器，到户均容量 2.7 千伏安……真乃"旧貌换新颜"！

余弟太，已人到中年，从入职供电所的第一天起，就与电结下了不解之缘。金刚台村电力发展从无到有、由弱变强的每一次变革，都印在了这位山里汉子的记忆里。

金刚台村有电的历史并不算晚。20 世纪 80 年代初，当时的泗道河乡举全乡之力，派出青壮年劳动力，在金刚台村下游谷涧里，修筑拦水坝，蓄水发电,分配给全乡百姓用作照明。因两台水力发电机出力有限,金刚台村 10 个村民组 400 多户居民分得负荷 10 千伏安,仅供每日 18 时至 23 时照明用电。每年春节,山里人家围在一起吃着年夜饭,电,说停就停。年三十晚上,家家户户有点长明灯的习俗,悬挂在堂屋中央的几瓦灯泡,仅现一条"红丝",还不停地"眨着眼睛",菜油灯、煤油灯时刻准备着,指不定下一秒就会派上用场。

没电盼电,有电怕电,金刚台村的群众为电的事,愁了黑夜愁白天。10 个村民组,组组架电线,电杆线路从主变延伸开去,白天可以看到庄稼地里埋的全是电杆,拉的都是电线,影响了庄稼的耕种。一个不大的山头,砍掉了树木,被六条线路挤占。因自筹资金的匮乏,所架设的 220 伏五股裸铝线被"违规"破股使用,三根做"火线",两根当"零线",对地距离低得吓人。刮风下雨,倒杆断线,在所难免,时刻危及劳作与出行村民的生命安全,同样也威胁着电管人员的生命安全。

那时,乡电管站没有通信联络和作业工具,20 多岁的余弟太年轻气盛,浑身有着使不完的劲。一场暴风雨过后,全村唯一的一条 10 千伏线路断线停电。余弟太匆忙赶到水电站,见站内无人,留下"金刚台台区主线路断线,正在抢修复电中"的纸条后,迅速折返回村。没有登高板,没有脚扣,余师傅徒手攀爬上杆,抢修受损线路。可就在余弟太接通好导线下电杆时,附近村民家里电灯已亮起。电,抢修好提前送了,幸好余弟太下来及时,避免了一场悲剧的发生。事后得知,水电站值班人员压根儿就没见到纸条,只忙着暴雨过后调试机组,好为天黑后的发电照明做准备。

转眼 30 多年过去,余师傅谈起那段往事,仍旧头皮发麻,记忆犹新。

在担惊受怕中又过了 6 年时光,金刚台村的小水电网才与山外的梅山、佛子岭等大型水库的电网联网,照明用电有了改善,经济上稍有节余的人家,新买来的 12 英寸黑白电视机,时常因电压不足,不大的荧屏上,出现的只是一个个白色的"圆点"。

虽然经历过几次农网升级改造,可惜历史欠账太多,"僧多粥少",金刚台村也只是在主变和输电线路上做了些升级,直到 2013 年,才在石河组新增了一台 400 千伏安的配变。

国网安徽电力对口帮扶后，行业优势明显，从此开启了金刚台村电力发展的新篇章，过去"低电压"、用电"卡脖子"等难题，变成必须解决的"头等事"。

2014 年，金刚台村电网升级改造项目启动，新上马 200 千伏安主变一台。导线用电是绝缘线，变压器用的是低能耗，从第一天进驻，到施工结束，变压器投运、用工用料，全都是供电企业包揽了，没让老百姓出一分钱。

打那以后，金刚台村农网升级年年有项目，孙山台区、黄林台区、新屋台区、梅河新茶厂台区相继投运。到了 2019 年底，5 年投入资金 402 万元，改造 10 千伏线路 6.9 公里，新建配电台区 5 座，改造 1 座；变电容量由 300 千伏安猛增至 1600 千伏安，全村户均配变容量达 2.7 千伏安，超过全国农网平均水平，也超越了国家贫困县退出标准，满足了当地百姓生产生活和发展乡村特色旅游的用电需求。

2016 年 6 月 30 日，一场百年不遇的强降雨突袭大别山区。金刚台村遭遇罕见的特大洪水。全村农网只有几处低洼的线路倒杆断线，当地供电公司从兄弟单位调集力量，紧急驰援，协同作战，赶在天黑前恢复了供电。村民说，这样大的自然灾害，搁在以前，大面积倒杆断电不足为奇，恢复供电，更是遥遥无期。如今，电网坚强了，服务跟得上，这样的幸福日子，越过越滋润，越过越有奔头！

再过 3 年，余弟太就要退休了，让他感到自豪的是，今天四户人家的配变容量，是 20 世纪刚通电时全村容量的总和，变化大得惊人。在服务中与金刚台村民打交道几十年，感情深了，余弟太说，一件事，一干就是一辈子，真到了退休那一天，还真舍不得脱下身上的工装，放不下这里的一草一木、一杆一线、一户一表。

国网安徽电力胸怀全局，勇于担当，坚定不移地履行着央企的职责与义务，在这场伟大的脱贫攻坚战中，如俨然手持黄金双杵的金刚，用他们的智慧与勤劳，守护一方，造福人民。

装点红土地

通过狭长盘山路，井冈山茅坪乡神山村在眼前。

平铺的石板路，绿色的篱笆墙，错落有致的客家小楼，村前屋后茂密的树木，从村中间潺潺穿过的溪水……置身其中，一种世外桃源般的感觉扑面而来。这让人怎么也难以想象，几年前这个美丽的地方还是一个深度贫困村。

"神山是个穷地方，有女莫嫁神山郎，走的是泥巴路，住的是土坯房，穿的是旧衣服，红薯山芋当主粮……"说起过去，曾任村党支部书记的彭水生老人念起了流传已久的顺口溜。这是神山村过去的真实写照。

神山村，四面环山，地处黄洋界脚下、罗霄山脉中段，平均海拔800多米。全村有54户231人，耕地198亩，山林4975亩。祖祖辈辈以务农为生的神山村人，始终无法摆脱土壤贫瘠所带来的作物低产困境，年轻人为求谋生，多选择外出打工。曾经，这里是革命老区中一个典型的"边、远、穷"贫困村，贫困发生率曾达30%以上，人们居住的多为土坯房，一遇雨水便容易倒塌。

"在扶贫的路上，不能落下一个贫困家庭，不能丢下一个贫困群众。"2016年2月2日，农历小年，习近平总书记亲临神山村视察，他真挚热情的话语，温暖着在场每个人的心，阵阵欢声笑语充满了整个山村。

"就是那天，总书记来到了我们家。"神山村村民彭夏英回忆起那一幕仍然非常激动，"他和我们拉家常，鼓励我们要打开思路脱贫致富。"紧接着，由"第一书记"和市、县、乡三级干部组成的扶贫工作组，根据神山村的自然生态资源和红色教育资源，提出了一个"全域改造、全域旅游、全域产业、全域交通"的脱贫规划。

看着村里的喜人变化，彭夏英坐不住了，"政府只能扶持我们，不能抚养我们"。她将在国网江西井冈山市供电分公司当炊事员的女儿召唤回神山村，开办起全村第一家农家乐。精打细算的她，带领一家人不断改善菜品质量，把生意做得红红火火，当年年收入就超过了 10 万元。

彭夏英指着进门处的大型保鲜柜开心地说，农家乐开得红火，充足的电力供应帮了大忙。

为配合脱贫攻坚，同时满足当地发展旅游产业的需求，井冈山市供电分公司抓紧制订了包括神山村在内的 2016 年内计划脱贫的 35 个村的电网升级改造规划。

初夏时节，神山村农网改造工程提前开工。考虑到神山村今后旅游产业发展的用电需求，以及随之而来的神山村美丽乡村的建设，井冈山市供电分公司在规划电力配套设施建设时，将神山村溪流两边的两个自然村改为了两台变压器供电，并将先前立在村子里的所有电杆全部移至后山，保证线路不穿村中，而是绕由屋后走，既保证村貌美观，又将土地充分利用。

当时进出神山村没有柏油马路，只有蜿蜒崎岖的乡间小道，井冈山大陇供电所党员突击队队员抬起 2000 多斤重的水泥电杆，向着坡地，向着黄洋界，伴随着"嘿呦、嘿呦"号子的节拍，一步一步地登高远行。有些地方根本无路可走，他们就用绞磨机一点一点地移到山上。

在山上挖洞立杆，更是困难重重。由于挖机不能上山，他们只能用铁锹原始式地挖杆洞。哪知道没挖多深，便只见石头不见土。怎么办？大伙儿甩开铁锹，拿来锤子和铁钎。再不行，就用自己的双手一点一点地挖。

"光需要迁移和新增的电杆就有 32 根，光是立杆就用了一个多月。那真是一场苦战！"井冈山大陇供电所所长廖琨谈起当时的施工场景，笑着不住地感叹。

经过 2 个多月连日连夜的艰苦奋战，神山村电网改造工程提前完工。改造后的神山村，供电面貌焕然一新：新增 100 千伏安变压器一台，扩充一个供电台区，户均容量由 1.11 千伏安提升至 3.22 千伏安，供电半径由 780 米缩减至 330 米。

仅仅一年时间，神山村就脱贫摘帽。

一幢幢经过改造的客家民居，干净整洁的道路，让人赏心悦目。近处是农家乐，远处山坡上种植着的成片黄桃树，中间的山洼成了茶园，处处呈现出勃勃生机。全村月均用电量从 4000 千瓦时迅速增长至 9000 千瓦时。

40 岁出头的神山村村民左香云站在自家竹筒雕刻机旁，熟练地操作着电脑。轻点鼠标后，伴随着嗡嗡作业声，由电动机带动起来的激光束，将软件中的设计图案轻松雕刻在机器下方固定好的两个竹筒胚表面。雕刻机右侧仪表盘内，指针以刻度 5 毫安为中心，在电流的注入下有节奏地左右摆动，用以显示激光强度。在这台雕刻机旁，一台可同时为四个竹筒胚进行激光雕刻的大型设备随时待命。

左香云从 2004 年开始制作销售竹笔筒。

"作坊刚起步时，我的加工技术还不够娴熟，又赶上家里电压不稳，一个小型电动机都带不起来。"左香云说。

随着供电稳压情况日益改善，他的手工加工作坊也逐渐步入正轨。特别是 2016 年，实施电网改造后，神山村家家户户接入了"三相四线"动力电，左香云制作竹筒胚和锯伐竹子等生产用电得到了可靠保证，竹笔筒生产量较过去翻了一番。同时，他还开了农家乐，家庭收入翻番增长。

位于井冈山茅坪乡境内的坝上村，被当地人称为"红军村"。在井冈山斗争时期，这里是毛泽东等共产党人的"安家之地"，也是袁文才、李筱甫的故乡，当年"聂槐妆送盐""李筱甫送马"的故事至今广为流传。

坝上村还有步云山红军练兵场、红四军军部等革命旧址。借助丰富的红色资源，该村在当地政府的帮助下，办起了井冈山革命传统教育体验项目，以红色旅游助推精准脱贫。

江剑平是南昌天格教育咨询公司的负责人，他在坝上村租下当地民房，办起了红色培训基地。基地开业的首要工作是申请用电，江剑平在村小组办事点领取了用电申请表，按照格式填写好，在政府部门审批确认后，便拨通了张贴在村口墙上的供电台区经理唐湘源的电话，双方很快约好次日动力电安装事宜。

第二天一大早，唐湘源从黄洋界脚下的井冈山大陇供电所赶来，现场勘察后，确定了表箱、墙担等设备的安装位置及施工方案，并核算了材料预算等，让江剑平做好准备，第三天施工。两天后，唐湘源和同事欧阳文带上材料、工器具来到坝上村，只用了两个小时，就为江剑平即将开办的红色教育基地通上了电。

对于供电所办事效率之快，江剑平有点不敢相信。之后，唐湘源和同事又帮江剑平下载了电 e 宝 App，在手机上帮他完善了用电信息。

通过电 e 宝 App，江剑平跟山上的很多用户一样，足不出户就能在线办理用电业务。而这正是 2017 年以来，井冈山市供电分公司全面推广智能用电服务，加快传统线下服务向互联网线上服务模式转变的一个缩影。

2017 年 2 月 26 日，经江西省人民政府批准，井冈山市正式宣布在全国率先脱贫摘帽。

"脱贫致富，电力先行。"井冈山市一位负责人感叹道！近几年国网井冈山公司紧紧围绕脱贫攻坚工作要求，以提升广大居民供电能力和供电质量为首要任务，通过电力线路改造，新增配变等方式，加强电力基础设施建设，提升优质水平，为确保井冈山市顺利脱贫攻坚提供了坚强的电力支撑。

被誉为"红都"的江西赣州瑞金市，是中华人民共和国的摇篮，是中华苏维埃共和国临时中央政府的所在地。当年毛泽东办公与居住的场所就在那里的叶坪乡沙洲坝村；当年在红军战略转移前夕，17 位红军战士在家乡祠堂后山种下了 17 棵松树的著名红军村，就在那里的叶坪乡黄沙村华屋。

然而，80 多年过去了，这片每一寸都浸染着红色的土地，直到前几年，还穷得令人揪心——

全市 70 万人口中还有建档立卡贫困人口 20179 户、82094 人，省定

"十三五"贫困村49个。有的村民还住在透风渗雨的破旧土坯房里；喝的还是在村附近挑的水塘里的浑浊的水，农村大部分家用电还是低电压……

2016年一个夏天，国网江西瑞金供电公司的会议室里，公司领导和各单位、各部门负责人济济一堂。这是一个贯彻实施国网"阳光扶贫行动"的会议，也是一个脱贫攻坚的誓师会。作为国家电网的干部员工，面对瑞金的贫困现状，联想当年毛泽东领导的苏维埃政府在瑞金的革命实践，他们的心情既沉重又激奋。

当年，毛泽东主席在这里看到老百姓燃烧松明子照明时，满怀深情地说："革命胜利后，送你们一个'小太阳'。"

不忘初心，方得始终。实施国网"阳光扶贫行动"，助力地方脱贫攻坚，让"小太阳"更亮、更温暖，不正是在继续践行为人民谋幸福的崇高理想嘛！

国网江西瑞金供电公司没有彷徨，主动迎战，通过加强电网建设的改造，服务瑞金人民的生产生活，配合瑞金市委市政府的脱贫攻坚规划，让贫困人口尽快脱贫！

在成片的低压线路的延伸路段，在贫困户室内的每一牵线处，在农村安置房和保障的房前屋内，瑞金电力员工对全市低压网线进行全面、准确的摸底统计；对困苦户进行电压测量，室内的每一安全隐患排查清楚，对贫困"无电户"查访摸准，填好表格，对安置房和保障房的通电情况及时摸底统计，与当地乡镇党委政府对接，与责任单位签订责任状。

为满足居民日益增长的用电需求，瑞金供电分公司启动"整乡整镇"配电网建设改造工程。

他们专门召开专题会，解决电网改造中出现的青苗补偿、线路走廊、施工阻挠等问题，确保工程顺利进行。

"整乡整镇"电网改造工程共涉及71个台区，用户数达9000多户，将彻底解决之前电网改造不合理问题，真正做到"改一片，成一片"。改造后，户均容量、电压合格率、用户可靠性得到了大幅度提升，惠及瑞金市武阳乡镇全体用户。

叶坪乡黄沙村华屋是远近闻名的红军村。在党和政府的政策扶持下，华屋发生了巨大的变化。一栋栋新房拔地而起，圆了村民新居梦。由于搬进新居的时间有先有后，有 21 户村民用电线路零乱，存在安全隐患。瑞金供电分公司了解这一情况后，立即组织人员为村民整理用电负线路，同时为 2 户五保户安装了线路。经过整理后的线路，整齐划一，更加安全、美观。

正是因为有了电力的保障，瑞金市为华屋统一规划建设了 66 套具有浓厚客家风情的新民房，在村庄后山建设了"信念亭"，打造了"信念的力量""永恒的信念"两堂现场教学课，修建了"长征体验路"，在村综合性文化服务中心建设了红军祠，设立了村史馆。在此基础上，大力开展红色教育和社会主义核心价值观进乡村活动，焕发群众良好的精气神。

红色景观和绿色环境交相辉映，环境优美、产业繁荣、民风淳朴，有着光荣历史的华屋如今已成为党员干部接受革命传统教育的大课堂，以及游客心灵的栖息地。2015 年，华屋接待各级党员干部培训 300 多批，共 2.5 万人次。

高中没有毕业就外出务工的华水林，在外务工几十年后，毅然回到家乡承包了 8 亩蔬菜大棚，甩开膀子加油干，一举摘掉了贫困帽子，成为华屋首批脱贫光荣户。乡贤华锋看到家乡发生这么大的变化，回报乡梓情怀油然而生，他种下 80 亩百香果，带动了 4 户贫困户一起种植百香果脱贫致富。华屋的美好发展前景，唤起了外出务工青年的乡愁，他们纷纷返回家乡创业，开创出脱贫攻坚、同奔小康的生动局面。

近几年，瑞金供电公司累计投入农村电网建设改造资金达 17296 万元，通过农网建设投入，尤其是"两年攻坚战"工程的推进，对瑞金市 49 个贫困村电网进行了全面改造，贫困村电网建设投入 4299.95 万元，占瑞金农网建设总投资的 24.5%。共建设 10 千伏线路 37.208 公里、0.4 千伏以下线路 306.537 公里，新建和改造配电变压器 145 台、容量 25250 千伏安。改造后的贫困村用电户均容量由 1.07 千伏安提高到 2.04 千伏安，电压合格率达 99.61%，供电可靠率提升至 99.87%，贫困村用电质量得到了明显改善，为当地农业生产养殖及脱贫致富提供了可靠的电力保障。

　　大柏地乡乌溪村是瑞金供电公司定点帮扶村。这个村的坎子小组有 20 多户人家，村民多数靠种田、种莲为生。过去，坎子小组只能靠安装在相距 3 千多米外的 1 台 50 千伏安变压器供电，电力严重不足。瑞金供电公司对此高度重视，经过勘察、设计，制订了改造施工计划，新增 1 台 80 千伏安变压器，新建 4.8 公里低压线路。

　　坎子组贫困户刘建明说："先前，村里排灌电带不动，无法抽水，只能听天由命，遇到天旱，我们就血本无归。现在通了三相电，产量有了保证。我们家去年净赚了 8 万多元，真是多亏了供电公司。"

　　脱贫攻坚、振兴发展，带来了群众日子的红火，村民们感恩奋进，干劲十足。

　　2018 年 7 月 29 日，瑞金市以优异的成绩脱贫摘帽，退出贫困县序列。

瑞金儿女心潮逐浪，激情澎湃。就在人们脸上洋溢着喜悦和自豪的时候，瑞金供电公司正在召开"如何巩固提升脱贫攻坚成果，服务乡村振兴战略"会议。"我们要通过进一步优化农村网架结构，增加电源布点，提高供电能力，力争至2020年，全面建成结构合理、标准统一、技术先进、安全可靠、运行灵活、经济高效的农村配电网，为瑞金与全国建成小康社会贡献力量！"瑞金供电公司领导的话掷地有声。

　　夏夜的华屋，新月初上。静谧的小山坳里灯火通明，映照得遒劲挺拔的17棵烈士松愈发苍翠欲滴，一段段红色的历史翻腾出璀璨的光芒。白屋新瓦，青山小楼。"装点此关山，今朝更好看。"红土地红传承，新时期新动力，新时代的瑞金正在焕发新的勃勃生机。

　　当夜幕降临，延安市城区大街小巷呈现出"火树银花不夜天，张灯结彩

诗意浓"的景象。那街道两旁上空排列悬挂着的大红灯笼，让人依稀地感觉到是高举起的富丽堂皇的迎宾灯，又是一个个从山坡上刚刚摘下的红鲜鲜、香喷喷、硕大的石榴和苹果。那缠绕在街道两旁树干和枝头的成串小彩灯，有时像云中散落的满天星，有时像一串串一簇簇色彩斑斓的秋菊花；那在七彩灯光下映衬得更加壮美且高高耸立于城市上空的延安宝塔，是航标，是指路明灯，更是闪耀在脱贫攻坚新长征中的熊熊火炬……

正是在引领人们进行脱贫攻坚新的伟大长征的火炬照耀下，国网陕西延安供电公司奋发图强，构筑坚强电网，当好延安市改善和发展农民生活生产的重要支撑。

这是一个仲秋的上午 8 点钟，延安供电公司党委书记李智勇带人正准备下乡考察网改情况，迎面一阵锣鼓声，他抬头一看，是洛川县槐柏镇钦花村支部书记党龙飞带着乡亲们送锦旗来了。锦旗上写着"农网升级，造福百姓"几个引人瞩目的大字。

原来，事情是这样的：钦花村村民的主要收入来源是种植苹果，可2014 年以来，村里连续三年遭受霜冻、冰雹等自然灾害，单一的产品结构，让村民们人均年收入不足 3000 元，只有全县农民纯收入的三分之一。得知情况后，延安供电公司主动与村组联系，结合村组发展规划，专门设计改造方案，投资了 4.55 万元，新建改造高、低压线路 1 公里，增容配变 200千伏安 1 台，同时备用架设了村组路灯线路。村子里以前老化破损的线路没了，架设在院子中央的电杆、变压器"搬家了"，迁移到宽敞的主巷道上，整洁美观的电力线路让村子的天空变美了。原先低压电带不动的各种电器运转正常了，并增加了各种防霜、防冻设备。村民们增加了可发挥电器威力的新种植品种，村民人均年收入达到了 5000 多元。

在延安市黄陵县阿党镇程村的大片果园里，同时旋转着几个大功率的新水泵，一个个水泵犹如乌龙绞水，一道道清澈的水流灌溉着片片果园。望着这情景，果园合作社负责人程会唐兴奋无比。他在掰着手指算一笔账，给机井更换大功率的水泵，原先浇灌一亩地需要 2 个小时，现在仅用 1 小时就可以完成；原来机井轮流开，浇一遍地需要十多天，现在机井同时开，浇一遍地三四天就够了；以前一亩地交一次水电费要花十几元钱，现在只需要七八元钱。

说起井井通电，黄陵县鲁村村主任张建刚可真是尝到了甜头。

鲁村位于黄陵县隆坊镇，有89户村民，以前，村变压器容量仅有100千伏安，每当遇到用电高峰期，设备超负荷运行，机井常常因为没电导致无法正常使用，村民只能到邻村拉水灌溉，增加了成本不说，人也很辛苦。得知此事后，国网延安供电公司第一时间联系镇政府，将鲁村纳入第一批井井通电项目，彻底解决了村民的灌溉问题。

灌溉有了保障，为了提高收入，农民也逐渐增加了农作物种植面积，较上年相比，受益良田增加了1200亩，受益村民达到400余人。

延安供电公司第一批井井通电项目共计34个，其中机井44眼，涉及11个乡镇、34个行政村。为确保早日惠及村民，该公司专门成立了新一轮农网改造升级工作领导小组，与当地政府签订合作协议，共同排查确认井井通电需求，确保不遗漏一村一户。通过实现农田灌溉智能化，提升机井灌溉效率。

延安供电公司的干部职工深深地懂得，延安是中国革命圣地，延安的发展举足轻重，势必牵动全国人民的心。他们必须以支持地方经济社会发展为己任，加大资金投入，构筑坚强电网。

"十二五"期间，延安供电公司累计完成750千伏及以下电网投资23.7亿元，建成投运了750千伏洛川输变电工程及330千伏配套送出工程，330千伏黄陵变、朱家变增容改造及延安变智能化改造工程，新的电压等级进入延安电网；建成投运110千伏贯屯、段庄、太清等5项输变电工程，高坡变等9项增容工程，延吴线等5项线路改造工程，新增变电容量644.5兆伏安、线路332公里；建成投运35千伏河庄坪、康崖底输变电工程，以及140余项10千伏城、农网工程，城市、农村配电网供电能力、供电可靠性得到明显提升。

延安的每一弯沟岔都保留着红色的印迹，延安的每一条飞架的银线，每一处电网的改造，都镌刻着延安电力人的辛勤付出和卓越的奉献！

为有源头活水来

村口，那棵老槐树下，妇女、小孩和老人聚集着，眼巴巴地望着前方，一张张脸上，写满忧伤、焦急、悲愤和无奈……黑娃紧紧缩在娘的怀里，眼光从娘无意中露出的指缝中望出去，只看见爹青筋暴露的双臂和紧紧握住镐把的手。

爹和村里几十个青壮年的背影像铁枪一样，刺破连日暴晒的毒辣日头；因气愤难平而剧烈起伏的胸膛，拉着风箱般呼呼作响，如同此刻干渴麦苗下板结的土地再次龟裂的爆炸声。

"不放水就跟他们拼啦！"黑娃爹的嗓子里喷着怒火，"李家湾的人欺人太甚！他们霸占水源，赶着把水抢光，只顾他们自己的田地，不管我们的死活，眼睁睁看着我们的小麦、油菜枯死。我们答不答应？"

"不答应！"乡亲们挥舞着手中的工具，异口同声。

"好！我们就去向他们讨回公道！"

"讨回公道！"

"打死霸占水源的畜生！"

天，越来越闷热。被烤得冒烟的树林里，知了拉长着嗓音嘶鸣，声音尖锐刺耳，似乎预料到有什么事情要发生。

原来是那边的人早有防备，手持铁锨和镐把，迎接这场因水而来的生死搏斗……

黑娃被娘紧紧搂在怀里，他能感觉到娘的体温迅速升高，然后是毫无规律的颤抖，耳边是一阵阵嗓音破裂的嘶吼，与树枝被折断一样的骨头碎裂的声音，以及棍棒捶打粮袋一样沉闷的声音……空气凝固了，时间停滞了。直到公安警车刺耳的警报声越来越近，嘈杂声戛然而止。

在黑娃的记忆中，这样的场面在他的童年、青年记忆中出现了不知道多少回，孔武彪悍的爹也因此跛了一条腿。从此，爹无论干什么，都要拖着那条碍事的残腿，任它在地面上摩擦出一声声低沉的叹息。

水是庄稼人的命，看天吃饭，是庄户人的宿命。尤其对湖北省襄阳市谷城县刘家畈村的乡亲们来说，勤劳、善良、朴实、勇敢，与衣食无忧是两条永不相交的平行线。由于复杂地形的原因，那条绕村而过、瘦弱不堪的白水河，成为四里八乡唯一的水源，每到旱季来临，麦苗吐穗、油菜结籽的时候，相邻的几个村子就会为争水而发生械斗。可怜的白水河，被撕扯得更加瘦弱不堪，像挤干了奶水的干瘪乳房，周边的乡亲们也更加饥饿、贫困。

小时候，黑娃总是在夜里饿醒，哆哆嗦嗦地抱紧肩膀，浮肿的双眼在暗夜里望不出几尺远，只有耳朵异常灵敏，能听到村子里所有孱弱的唉声叹气，以及远处白水河苍老的残喘。白水河像血管一样的细流，磕磕绊绊地爬向更远处的汉水，去完成它可怜的宿命。清冷的月光时不时跟呜咽的风耳语，声音很碎，也很小，黑娃却听得懂，它们是在说——活着，有时候真不容易。

命啊！说来也怪，自从中国人民的命运发生了翻天覆地的变化，没有人再这样感慨。农民既往的宿命纷纷被打破，白水河和黑娃们的命运也悄然改变。

回望二十几年前，时任电力工业部部长史大桢、副部长汪恕诚等领导曾数次深入中西部贫困地区走访。汪恕诚穿着解放鞋，坐着手扶拖拉机，来到海拔2000多米高的长阳县方山、天柱山、天齐山一带的8个无电村，走村串户，访贫问苦，看到山民们出门要翻山越岭，吃水靠天下雨，照明只能点松子油，一家人靠一床被子取暖，轮流穿一条裤子出门……这一幕幕情景，让他们心情无比沉重。

那天，汪恕诚在山顶上碰到一位姓覃的老大娘正在费力地砍伐点灯用的松树节疤，心有不忍，当即掏出 200 元钱，塞给覃大娘，可覃大娘怎么也不肯收。

覃大娘说："毛主席带领我们翻身解放了，这日子虽然穷一点，但不受地主欺负了，也不用再逃难了，比过去不知好到哪儿去了！"

覃大娘朴实的话语，让汪恕诚感慨万分。当时，世界最大的水利枢纽工程三峡大坝蓄势待发，即将把源源不断的清洁水电输送到全国各地。三峡库区人民为保障工程顺利进行，响应国家号召，被迫离开故土，离开祖祖辈辈休养生息的土地，为之做出了重大的牺牲和奉献。他们的生活这么艰苦，不仅没有任何怨言，而且依然对党和政府充满无限的热爱和感恩之情。这是多好的乡亲呀！

为了支持《国家八七攻坚计划》扶贫重点向中西部贫穷地区倾斜，三峡库区人民付出了大量赖以生存的土地，理应得到更大的关怀和扶持。电力工业部决心，一定要点亮三峡周边的国家级贫困县区！

电力工业部迅速制订了《电力扶贫共富计划》。同时，一部电视专题片《远山的呼唤》，被紧急送往中南海。这部由电力部策划、反映武陵山区贫困状况的电视专题片虽然很短，但一个个真实的画面震撼人心，产生了强烈的反响。

国务院扶贫办很快批准了这个计划，并将其纳入《国家八七攻坚计划》实施重点，确定用 7 年的时间，到 20 世纪末，消灭全国 28 个无电县，让全国 95% 的农户用上电。同时，批准电力工业部对地处三峡库区的湖北"三县（长阳土家族自治县、秭归县、巴东县）一区（神农架林区）"定点帮扶计划。

1995 年 7 月 17 日，电力工业部在湖北省长阳县召开了首次定点扶贫会议，电力工业部副部长与湖北省副省长签署了定点扶贫协议。自此，"以电相连、情系鄂西"的电力扶贫工作，一直延续至今。2011 年，中央又将青海省玛多县列入国家电网公司定点扶贫县，形成"四县一区"。

从来没有翻不过的山，也没有蹚过不去的河，"国网阳光扶贫行动"

彰显"人民电业为人民"的企业宗旨。在武陵山区，金色的阳光把起伏的山峦镀上了一层麦田丰收般的金黄色，光芒在所有隐秘的山谷间流淌。

当 2016 年的春天悄然来临的时候，国家电网公司，将"国网阳光扶贫行动"蔓延到四方。

在湖北襄阳，国网湖北襄阳供电公司将 1.07 万个机井（泵站）采集坐标信息，建立机井通电简表并对机井泵站拍照建档，覆盖 4457 个村组，总投资 2.51 亿元，集中解决了 3355 个机井泵站用电问题，受益农田面积 68.71 万亩。

面对连年干旱，他们成立了 76 支抗旱保电服务队，全力帮助解决人畜饮水困难和农田抗旱灌溉用电问题。本着"特事特办、急事急办"的原则，优先办理抗旱用电增容业务，实行报装、架线、验收、通电、报修"一条龙"服务。

得知襄州区陈岗村近 600 亩地因没有电不能灌溉，20 多名精兵强将组成突击队，深入现场勘察、设计、施工。经过了 3 天的艰苦奋战，新增一台 100 千伏安变压器，新建 760 米 10 千伏线路。泵站通了电，水哗哗地流向农田。群众心里甜，昔日的"望天收"变成旱涝保收的良田。

饥渴的土地饱饮甘泉，禾苗肆意生长、吐穗、丰收；复杂自然条件重重限制的生态环境渐渐改变，绿还给了绿，蓝还给了蓝，山水间焕发出新的生机。在电网员工辛勤汗水的浇灌下，希望，以及与希望相关的一切都生机勃发。昔日的白水河和黑娃们，不知不觉中改变了命运，将千百年的贫困牢牢压在了身下，压在了一去不复返的身后。他们现在可以无忧无虑地生产、生活，身前是一口口永不停歇的机井，喷涌出不竭不竭的生命之水，身边是全心全意为他们提供优质服务的电网员工，随时随地为他们解决后顾之忧。

樱桃花刚刚谢了，粉嫩的残骸铺满了山路，珍珠大小的樱桃小果清亮亮的，像一双双稚嫩孩童淘气的眼睛，上下左右好奇地打量着这个绿油油的山村。阳光无处不在，照在身上暖洋洋的，舒坦。黑娃爹烫了一壶房县黄酒，在院子中间的樱桃树荫里坐下来，就着自家的卤肉和屋后几颗鲜灵灵的青菜，美美地咂了一口。嘿，安逸！小酒儿在阳光的抚慰下运化得很快，没多会儿就热了全身，也熨帖了他那条碍事的残腿。

新一轮农网改造、"井井通电"助推脱贫攻坚。作为农业大省的河南，粮食产量曾经连续7年位居全国第一。说起河南，不得不说起兰考县。57岁的朱永尧是兰考县雷新庄一名普通的农民，有两个女儿和一个儿子。大女儿远嫁湖北，二女儿在江苏打工，最小的儿子在广东上大学，家里只有他和老伴两个人。种了一辈子地，见证了浇地由难变易的历史，除了几亩自留地，他还在周边村庄承包了70多亩田地。

谈起以前浇地的经历，朱永尧回忆，有一年大旱，浇地的人多，一连三天三夜都在地里排队，好不容易轮到他浇地了，铺好了几百米的水带，人累得够呛，可抽水泵又坏了。收水带，修机器，来回折腾几回，五天五夜还没浇上地，气得他几天饭都吃不下。每当想起这事，朱永尧就感到一阵阵的心酸。

"现在好了，供电公司实施机井通电工程后，一个人浇地就行，一亩地浇一次只要10元钱。与过去相比，以前一家一户都买不起那么多设备，都是用别人的，租赁费需要40元，还得四五个人帮忙，一亩地浇一次50元。就是用柴油机也不便宜，柴油现在6元多一升，浇一亩地要6升，合30多元钱，还是贵。现在方便多了，麦子产量也由原来的每亩1000多斤，增产到现在的1200多斤！"

不要感慨农民的账算得真细，穷过难过，被水憋屈过，现在他们的心里才满满的都是幸福感。

中原大地春寒料峭，倒春寒来得突然，二三月份的季节，气温一下子降到了0℃左右，大半个中原裹上了一层薄薄的冰霜。俗话说，"冬雪宝，春雪草"，庄户人最怕的就是倒春寒。"着甚急哩，还是供电所给装的机井方便，刚浇了一遍透地，明儿晌午厚厚地上些肥，么（没）事儿哩。恁只管好好读书，缺甚东西跟爹讲，别紧巴着自己。现在这日子好过哩！恁的学习最要紧，家里等着你长出息哩！"东屋的电暖气开得足足的，朱永尧斜躺在炕被上，给在广东上大学的小儿子打着电话，倒也不急不慌。老伴儿坐在炕沿上，跟在外打工的二女儿视频聊天，娘儿俩叽叽喳喳，不知因为什么笑得前仰后合。水壶烧开了，嘟嘟地催促着；电视机也开着，一档综艺节目正热火朝天地上演着。屋子里热烘烘的，各种声音塞得满满的，墙角的那只土狗打了个哈欠，没好脸地调整了一下盘踞的身体，尾巴无聊地扫了扫，心里埋怨着："热得很，闹得很。"

这美好的生活，来自党中央对农村人口、贫困人口的牵挂；这汩汩的流水，让人想起了《国家电网公司关于印发机井通电和小城镇（中心村）电网改造升级实施方案暨下达第一批开工项目投资计划的通知》。按照统一规划、因地制宜、分步实施的思路，国家电网又相继发布《"机井通电"工程2016～2017年实施方案》《机井通电工程典型设计》，甄选应用台架和配电站房模块，安排逐村逐井确定建设改造方案，确保"有井可供，有水可抽"，将精准投资落到实处，让清澈的甘泉在各个省流淌起来。

难忘2016年5月10日，山东菏泽东明县陆圈镇李庄村2号农灌台区的机井顺利通电，标志着国家电网公司在新一轮农网改造升级中首个机井通电试点工程竣工，创建了公司首个机井通电标准化示范工程。李庄村2号农灌台区8眼机井，可解决320亩农田的灌溉。

在陕西，在西安市阎良区樊家村的土塬之上，占地200多亩新瑞冬枣专业合作社，电线直接拉到了机井旁边，冬枣和樱桃产量当年增加了三成……在山西，在全国蔬菜示范县新绛县，新上变压器，高、低压线路，8000米引水管道和提水泵的安装，远程调来的黄河水提升了60米，600亩旱薄地变成高产水浇地……

巍巍太行，绵绵吕梁。2020年5月13日，习近平总书记来到山西大同考察，阳光洒在广袤的田野上，而今得到充足灌溉的10万亩黄花焕发着生机，向天空伸展着绿油油的叶子。总书记站在田间，望着眼前这一片希望的田野，脸上露出欣慰的笑容。

让乡村更加美丽

"小康不小康，关键看老乡。"习近平总书记的这句话，深刻揭示了全面建设小康社会的重点和难点所在，没有农村的小康就没有全国的小康，而稳定可靠的电力供应，更是打赢脱贫攻坚战的重要保障。

山东德州市武城县大邢王庄村，是国网山东电力小城镇（中心村）电网改造升级工程中的一个村庄，支书邢立芹谈起农网改造前后的变化，很是感慨："我从小儿就是在这个村长大的，说起用电的变化，那真是感触太深了。农网改造之前，村里时不时地停电，尤其是夏天和冬天，真是要命。夏天那么热，没了空调、电扇还好说，冰箱可就麻烦了，里面的东西都得坏了。"村里开小卖部的王建峰更是感慨："农网改造之前，我的损失可太大了。一旦停电，冰箱和冰柜里的水果、蔬菜、冷饮等都存不住了，时间短还好说，时间长了就眼看着坏掉，心疼啊！"参与工程改造的德州电力公司职工李哲也说："还有就是用电安全问题，原有的供电设备赶不上村民日益发展的电气化水平，住户分散也不利于集中管理与配套服务。新一轮农网改造之后，一切都不同了，不仅满足了村民的用电需求，我们的供电服务水平也明显提升了。"

身高一米九的李哲，是土生土长的德州人，名副其实的山东大汉，在你面前一站，总给人一种山一样的压迫感。然而就是这样一个"山一样"的壮汉，刚刚大学毕业分配来到电力公司时，却被电网用户气得哭了好几次鼻子。他问师傅："怎么咱们电力职工一天到晚净是挨骂呢?"师傅说："嗨，你就当听歌呢吧。"李哲和师傅的无奈，是基层电力职工的无奈，更是广大电网用户的无奈。说白了，就是当时的农村电网配置与当时的用电需求不匹配，而农网改造升级，恰恰从根源上解决了这个供需矛盾。

德州深居齐鲁腹地，居民 332 户 1336 人的大邢王庄，属于典型的农业主导型模式，村民的生产生活仍以农业种植和养殖业为主。农网改造前，村里有 4 台变压器供电，总容量 400 千伏安，户均容量仅为 1.14 千伏安，存在供电半径长、线径细、线路绝缘化水平低等诸多问题。每到夏、冬两季用电高峰期，就会出现"低电压"状况。新一轮农网改造之后，国网山东武城县供电公司坚持攻克服务"最后一公里"难题，在该村投资 174 万元，新增 S13-200 千伏安配变 1 台，将原有的 4 个台区全部增容为 200 千伏安，新建 10 千伏线路 730 米，0.4 千伏线路 2.6 公里，低电压配电箱 1 面，改造表箱 37 个。改造后，供电半径从 500 米缩短到 360 米，低压线损率从 5.9% 降低到 3.9%，户均容量从 1.14 千伏安提升到 3.01 千伏安，电压合格率达到 100%，彻底解决了"低电压"等问题，各项指标均达到"一流配电网"标准。

大邢王庄村，仅是这一轮国网山东电力小城镇（中心村）电网改造升级工程 7442 个镇（村）的其中一个。整个工程总投资 57.3 亿元，新建 10 千伏及以下线路 23782.13 公里，新增配变电 14557 台，新增配变容量 3508.06 兆伏安，于 2017 年 9 月 20 日全面建成，惠及山东 382 万农户 1378 万人。而这项工程，也仅是国家电网公司电力扶贫工程的其中一项而已。

远离齐鲁的中原大地上，关于电网改造的故事，也伴随着电力扶贫的脚步，在一杆杆竖立的杆塔，一条条新增的线路中，走出了一个个山村。

河南信阳市浉河区浉河港镇龙潭村，位于风景秀丽的南湾湖畔上游，是优质信阳毛尖茶的集中产地之一，素有"茶王之乡"的美誉。时值四月天，草长莺飞，熏风微凉，正是新茶上市之时。白天，采茶姑娘们一人一篓采茶忙。辛苦采回来玉芽嫩叶，必须在当天加工完，否则茶叶的品质就会受损。因此，夜晚的茶乡，茶机飞转，灯火通明。

灯光下，龙潭村大田组的茶农张广在炒茶，他发现，今天的炒茶机工作起来有些吃力。是不是电压低了？他的判断是对的。信阳市大力实施"公司＋合作社＋基地（茶园）＋农户"的产业化经营模式，积极构建"茶文化＋茶旅游"的文旅生态建设，推动了茶叶产业化集群和茶产业转型升级。全市茶园面积达 210 余万亩，有超过 120 万的茶农，随着茶园面积的增加和炒茶技术的提升，茶农纷纷大量添置炒茶机器。采茶季节，家家户户的炒茶机同时工作，这电，是不是不够用了？张广全听说炒茶期间，供电所会特事特办，为茶农排忧解难，他抱着试试看的心态，给镇供电所打了求助电话。

茶乡应急保电组接到张广全的电话后，很快赶到茶山，经测量，确定是张家电表箱前端这段电线线径较细，导致电压偏低。第二天上午，茶乡

应急保电人员就又赶过来，将重载线路更换一新，他们还特意将张家的炒茶机及室内的线路仔细检查了一遍，同时把大田组的用电情况及负荷量也摸了底。他们发现大田组原有的一台50千伏安变压器，之前炒茶时用电尚可，可随着炒茶机增多，很多茶农反映电压低。于是，供电公司又专门为该村新增了一台100千伏安的变压器。

电动炒茶机的大量使用，不仅提升了茶农的作业效率，也大幅降低了茶农的劳动强度。龙潭村中湾组70岁的茶农周祖友说："原来'大集体'时，我们炒茶全靠手工，熬一个通宵，才能炒出四五斤干茶，累得个半死。现在省事多了，我这3台电动炒茶机炒起茶来不知道累，一下午能炒50多斤干茶！"

但电动炒茶机的大量使用，也对供电质量和供电可靠性提出了新的要求。从2016年8月份开始，国网河南信阳供电公司累计投入3750余万元，不遗余力地完善茶乡低压供电设施，对茶乡低压配电网进行升级改造，在信阳毛

尖主产区新增配电台区 48 个，新增 10 千伏供电线路 70.7 公里，全面有效提升了配电网供电能力。同时，茶乡供电所 24 小时值班，供电员工深入茶山炒房，为茶农提供上门服务，随时解决用电难题，为炒茶用电保驾护航。

位于河南省东南部、淮河的中上游的淮滨县，是楚文化的重要发源地，更是鄂豫皖革命老区的重要组成部分。春和景明的日子里，淮滨县张里乡前楼村养猪大户朱金峰高兴地说："一开春，俺卖猪仔就净赚了 3 万多元，真要感谢供电公司帮我们村通了动力电，俺才一门心思地扩大了养殖规模。"

前楼村是淮滨县供电公司精准扶贫对口帮扶村。朱金峰的养猪场建于 2009 年，当时只养了几十头猪，采用的是小功率饲料粉碎机和抽水机。由于供电线径细，每到用电高峰时段，饲料粉碎机和抽水机都会因电压低而无法启动，只能人工粉碎饲料、挑水。因此，朱金峰一直未扩大养殖规模。2016 年，淮滨县供电公司以实现全县贫困村三相动力电全覆盖为目标，开始着手解决全县 97 个贫困村不通动力电或动力电不足的问题。仅前楼村农网改造，淮滨县供电公司就先后投资 90 多万元，新增配变 11 台，容量 0.22 万千伏安，新建 10 千伏及 0.4 千伏线路 8.21 公里。还为前楼村安装了一台 200 千伏安变压器，从根本上解决了前楼村的低电压问题。

通了动力电，朱金峰再也不为用电发愁了，他引进现代化生产设备，扩大养殖规模，养猪数量迅速增加到 1000 多头，赚了不少钱。当地群众见朱金峰养猪致了富，全村有 200 多户跟着建起了养猪场。目前养猪业已成为前楼村的支柱产业，饲养量 20 多万头，总产值 2000 多万元。"动力电铺路，村民的生活质量有了进一步改善，幸福指数大大提高了。"每次遇到前来取致富经的乡邻们，前楼村支部书记贾中亮总是自豪地说。

通过电网改造升级，淮滨县贫困村户均容量提升到 2.5 千伏安，有效促进了贫困村、贫困户因地制宜发展种植业、养殖业、加工业等特色优势产业，拓宽了贫困村的致富路。

贫困山乡，革命老区，中原大地上，农网改造的步伐越走越深，素有"红军的故乡，将军的摇篮"的新县，原本偏僻安静的卡房乡，在一个早晨里忽然变得热闹非凡，物料进场的声音，呼喊联络的声音交织在一起。原来，一群身穿蓝色工作服，头戴红、黄、蓝三种不同颜色安全帽的电网人，正在这里进行电力线路施工改造。

位于新县县城西南端的卡房乡，与湖北大悟县、红安县接壤。由于地处深山，车辆通行素来不便，因之被称为新县"小西藏"。在卡房乡直街道，老旧的电杆立在小路边，当时受道路狭窄限制，主电源无法进入街道，所有变压器都被安装在了乡镇街道外围。近几年，随着人民生活水平提高，家庭电器逐渐增多，原先凌乱的架空线路和小容量的变压器已不能满足群众日益增长的用电需求，极大地制约了乡镇经济建设的发展。

"小康路上一个都不能少！"牢记习近平总书记殷殷寄语的新县供电人，为了这个偏远山乡的脱贫致富，利用乡镇街道改造的机遇，将该村的电力设施改造纳入电网升级改造项目，积极开展增容扩建、电缆入地工程，先后投资 300 余万元，新建 10 千伏线路 310 余米，400 伏线路 3000 多米，拆除旧电杆 40 余根，同时在乡镇主街道布设 100 千伏安变压器两台，缓解乡镇外围变压器供电压力。工程完工后，卡房乡街道环境更加整洁，居民用电环境、用电安全性也大幅提高，充裕的电力，为这个偏僻山乡的人们勤劳致富插上了腾飞的翅膀。

"你们对三河尖镇脱贫攻坚工作的帮助太大了，不论从经济还是感情上的大力支持和无私奉献，三河尖人民都太感谢你们了。"2019 年 8 月 26 日，河南省固始县三河尖镇党委书记梁玉峰一行将印着"架起脱贫攻坚连心线助力乡村经济振兴"和"电网扶贫伸援手同奔小康当先锋"的两面锦旗送到了河南信阳供电公司领导手中。

"现在再也不发愁用电的问题了，很多时候，我们甚至忘记了电，忘记了电力公司。除了需要维修和交电费的时候。"村支部书记邢立芹捂着嘴开心地笑着说，"即使需要电力服务，我们也只需打开手机，点击'掌上电力'程序，从报修到恢复完毕，最多也超不过 40 分钟。"

跨越大江大河的铁塔知道，纵横南北东西的电力银线知道，在中国的山山水水和广阔沃野之间，一个全面建成小康社会的庄严承诺，一场聚焦电力扶贫，助力乡村振兴的改天换地壮举，在持续进行着。

福建电网，国家电网公司与福建省政府共同出资 29.4 亿元，对全省 1765 个小城镇（中心村）实施电网改造升级，进一步改善了 430.5 万村镇人口的用电条件，提升了小城镇（中心村）供电可靠性和供电能力。

西藏电网，2015 年已全部解决了大电网覆盖范围内无电人口的用电问题。"十三五"期间，国家电网公司加大投资力度，优先安排西藏小城镇（中心村）电网改造升级工程，在 2017 年底前完成了全部小城镇（中心村）电网改造升级任务，促进了西藏农村电网可持续发展，为西藏农村经济和社会发展提供电力支持和用电保障。

四川电网，总投资 86.2 亿元，新建 35 千伏及以上线路 794.37 公里，新建 10 千伏及以下线路 61690.61 公里；新增变电容量 1156.1 兆伏安，配变 15578 台，配变容量 2322.62 兆伏安；改造升级小城镇（中心村）5992 个，惠及农户 321.84 万户，惠及人口 1009.71 万人，为四川农村经济和社会发展提供了坚实的电力支撑。

湖南电网，两年投资 52.5 亿元，新建 35 千伏及以上线路 227.5 公里，新建 10 千伏及以下线路 38673 公里；新增变电容量 471 兆伏安，配变 20601 台，配变容量 3771 兆伏安；改造升级小城镇（中心村）4255 个，惠及农户 189.3 万户，惠及人口 647.7 万人。助推了一大批粮食、水产、茶叶、竹木、烟草等优势产业生产基地和深加工基地兴起，促进了湖南省农村经济社会发展，为全面建设小康社会提供了可靠的电力保障。

安徽电网，两年工程总投资 50.37 亿元，新建 35 千伏及以上线路 572 公里，新建 10 千伏及以下线路 26823.84 公里；新增变电容量 930 兆伏安，配变 10772 台，配变容量 2923.7 兆伏安；改造升级小城镇（中心村）9680 个，惠及农户 279 万户，惠及人口 1064.05 万人。工程建设完成后，满足了农产品加工、农村电商发展、消费升级的用电需求，为助推"安徽美好乡村建设"战略实施提供了有力支持。

江西电网，两年共投资 39.6 亿元，新建 35 千伏及以上线路 324.41 公里，新建 10 千伏及以下线路 25824 公里；新增变电容量 172.1 兆伏安，配变 12002 台，配变容量 1924.8 兆伏安；改造升级小城镇（中心村）3270 个，惠及农户 133.42 万户，惠及人口 520.35 万人。在江西扶贫工作中起到了重要的支撑作用，为贫困村脱贫致富提供了充足的电力保障。

江苏电网，按照产业发展型、休闲旅游型、高效农业型和宜居综合型四种农村地区电力需求，"一镇一策""分类施治"，为每个特色小镇打造一套专属的最合适的供电方案，提前半年完成了 3014 个小城镇（中心村）电网升级改造任务，打造了 100 个美丽乡村供电示范区，进一步完善了农村电网网架，提升了农村配电网供电质量和可靠水平。2017 年，江苏农村地区居民户均配变容量已经提升至每户 4.24 千伏安，是全国平均水平的 2 倍多，强力支撑了地方经济发展。

冀北电网，着力建设与小城镇（中心村）定位相匹配的安全可靠、经济合理、坚固耐用的现代化农村电网，加快推动以电为中心的绿色用能方式转变，全力改造 36 个县的 282 个中心村，并提前 4 个月完成工作任务，助力京畿地区生产、生活、生态清洁发展。

聚是一团火，散作满天星。覆盖华夏大地的农网升级改造工程，点亮一处处山乡的同时，也为全面建成小康社会加满了更为充足的能量。

2019 年 6 月 6 日，国家能源局在京召开推进新一轮农网改造升级电视电话会议，总结了 2016 年以来农网改造升级的实施成效，聚焦脱贫攻坚，农网改造升级范围进一步延伸到了边疆地区、边境地区，扩大到军民融合新领域；助力乡村振兴，促进了农村生产生活条件改善和消费增长。这项惠民工程，为农村路、水、医疗、教育的建设提供了基础支持，促进了农村各项事业的发展，农村的供电可靠性、供电电压质量有了极大提高，农村电网的主网架结构更加合理、坚固，供电能力和供电可靠性显著提高。有效带动了农村小加工、小作坊、高效农业、养殖业、乡镇企业的蓬勃发展，拉动了农村经济，增加了农民收入，让农民得到了真正的实惠。

看神州大地，比蛛网还要密集的电网，像一根根强劲的血管，奔涌着无穷无尽的电流，强健着华夏的骨骼与血肉，跳动着时代的有力脉搏。可以预见，电足了，用电方便了，未来的中国乡村将更加美丽。

第二章

山乡升起金太阳

光伏扶贫，是我国产业扶贫的崭新尝试，是世界首创的中国方案。2014 年以来，一场与阳光相约的脱贫致富工程在全国启动。越来越多的贫困百姓在"光伏"＋扶贫产业的带动下，鼓起了钱袋子，迈开了新步子。2017 年，习近平总书记充分肯定了光伏扶贫的工作成效，认为"光伏发电扶贫，一举两得，既扶了贫，又发展了新能源，要加大支持力度"。国务

院扶贫办最新统计的数据显示：截至 2020 年 4 月 3 日，我国中西部 22 个省份光伏扶贫电站发电收益到村已达 15.71 亿元，设置公益岗位 51.26 万个，发放岗位工资金额 3.55 亿元。村前屋后的"蓝板板"成了脱贫致富的"金罐罐"。2020 年，是进入决战决胜脱贫攻坚收官之年，作为光伏扶贫的中坚力量、主力军，国家电网公司的扶贫成效突出显现。

运筹帷幄"种太阳"

光伏发电具有很多优点，比如无枯竭危险；安全可靠，无噪声、无污染排放，绝对干净；不受资源分布地域的限制，可利用屋面、山坡的优势；无须消耗燃料和架设输电线路即可就地发电供电；清洁、绿色，能源质量高，使用者从感情上容易接受；建设周期短，获取能源花费的时间短……

这些优势，决定了光伏发电在21世纪会占据世界能源消费的重要席位，不但要替代部分常规能源，而且将成为世界能源供应的主体，具有广阔的发展前景。

如何让扶贫工作产生持久的效益？如何能在扶贫工作中更大发挥行业的优势？国家电网公司决定采用"光伏扶贫"，开辟出一条特色扶贫之路。

多年来，国家电网公司认真贯彻习近平总书记的重要指示，充分发挥电网企业技术和专业优势，累计接网光伏扶贫项目2269万千瓦，惠及305万贫困户。目前获得多方赞誉的"光伏扶贫"模式已在全国展开。国家电网公司还在此基础上，建成了"全国光伏扶贫信息监测中心"，为政府精准施策提供了技术支撑。

调研、走访、挂职、论证；再调研、再走访、再挂职、再论证……

2016年国庆节刚过，连日的飒爽秋风将尘霾吹得无影无踪，北京在蓝天白云的映衬下格外美丽动人。一份厚厚的光伏扶贫落地执行方案，呈送到国家电网公司领导的手中。

那份厚厚的、无言的方案，凝聚着国网公司营销部副主任、扶贫办主任张莲瑛和他的团队，以及农电部等其他部门上百位骨干的智慧和心血。他们虽然没有奔赴脱贫攻坚的前方战场冲锋陷阵，但后方保障和决策的激烈与艰苦，丝毫不比前方战场轻松。那些用责任、奉献、智慧和无数不眠夜，书写的忠诚、敬业与大爱，同样可歌可泣。

经过几个月的深入调研、数据采集和多方论证，一套成熟的光伏扶贫管理办法浮出了水面。

首先，对光伏扶贫电站建设模式的利弊进行了权衡比较。集中式电站适宜在土地资源较宽裕的地区建设，但有些地区往往存在电网网架薄弱、消纳能力不足，甚至出现弃光等问题；户用系统适宜在土地资源紧缺的地区建设，但存在贫困户屋顶简陋、难以承重、运行维护困难等问题。与户用和集中式电站相比，村级电站具有成本低、占地少、并网易、贫困户受益比例高、获得感强等优势。建议把村级光伏扶贫电站作为主要建设模式，单个村级光伏扶贫电站装机容量控制在 300 千瓦左右。

其次，加大政策保障力度。确保年度补助资金于第二年 1 月底前发放到位。国家电网公司将按季进行电费结算，并支持地方做好电站运行维护工作。

再次，建立带贫减贫长效机制。坚持精准扶贫，完善与建档立卡贫困户的利益联结机制，确保光伏扶贫政策红利惠及更多贫困人口。村级电站产权归村集体所有，规范收益分配，避免简单发钱养懒汉。一是设置公益岗位（道路维护员、保洁员、安全巡视员、护林防火员、照料护理员等），支持建档立卡贫困人口就地就业，尤其是使老弱病残贫困人口或半劳力人口通过力所能及的劳动获得劳务收入。二是开展小型公益事业（村内道路维修、环境卫生整治等）。三是设立小微奖励补助（奖励先进、资助困难等）。年初制订的收益分配使用计划，年末张榜公示，接受群众监督。

此外，方案中还对光伏收益分配和电站建设质量等方方面面进行了深入审慎的梳理与总结，为国家电网公司全面开展光伏脱贫攻坚奠定了良好的基础。

2016年5月26日，国务院扶贫办、国家能源局、国家电网公司在湖北省宜昌市召开了全国光伏扶贫现场观摩会。前来参加这次全国光伏扶贫现场观摩会的，有国务院扶贫办的领导，有国家能源局和国家电网公司的领导，有湖北省委、省政府的领导，有来自全国各省、市、自治区相关单位的与会代表。

会议期间，大家观看了"国网阳光扶贫行动"光伏电站建设展览，参观了长阳土家族自治县、秭归县村级光伏扶贫电站建设情况，交流经验、分析形势，研究部署了下一步光伏扶贫工作。国务院扶贫办、主任出席会议并讲话。

讲话中说，习近平总书记指出，"光伏发电扶贫，一举两得，既扶了贫，又发展了新能源，要加大支持力度"。国家电网公司充分发挥行业优势和技术优势，启动阳光扶贫行动，通过实施农网改造工程、光伏扶贫项目接网工程，结合定点扶贫工作，出资在湖北巴东、长阳、秭归、神农架等地建设光伏扶贫电站，所得收益全部用于扶贫，这是国家电网将定点扶贫与光伏扶贫有机结合的又一创新，在中央企业中发挥了示范引领作用。光伏扶贫是精准扶贫、精准脱贫的创新举措，是扶贫供给侧结构性改革的成功探索，为扩大光伏发电市场、发展清洁低碳能源、破解贫困村产业匮乏

和村集体经济薄弱等难题增添了新的动力。

出席会议的国家电网公司领导也表示，脱贫攻坚已经进入关键时期，国网"阳光扶贫行动"也进入了关键时期。下一步，国家电网公司要以本次会议为契机，总结前一段工作经验，突出安全、质量、效率、效益，突出精准、规范、实用、实惠，发扬成绩、再接再厉，进一步深化扶贫工作，要建设运营好定点扶贫光伏电站，持续抓好扶贫电站并网服务，全面推进农网改造升级，进一步拓展扶贫途径和方式，以高度的政治责任感和历史使命感，求真务实，真抓实干，充分展现"人民电业为人民"的企业风采，为打赢脱贫攻坚战，全面建成小康社会作出新的贡献。

由此，"国网阳光扶贫行动"全面展开，惠及贫困地区人民群众，得到地方党和政府的高度赞扬。

2020年5月，国家电网公司董事长、党组书记毛伟明对有关媒体表示，一定要保持斗争精神，守初心汇聚温暖、践使命照亮未来，苦干实干、全力冲刺，确保如期高质量完成公司脱贫攻坚任务，全力打造光伏行业扶贫国网样板，做好光伏扶贫电站电量全额消纳，为国网人决战扶贫收官之战吹响冲锋号角，用实际行动推动我国脱贫攻坚行动不断取得积极进展。

情满三晋助万家

人说山西好风光，地肥水美五谷香。

那说的不是山区。在三晋大地中部和西北部山区，吕梁山和太行山脉连绵起伏，当年抗击日本侵略者，山高林密、复杂多变的地形，曾是八路军打击日寇的地方。但同样的地理条件，也束缚了当地百姓与时代同步奔向富裕生活的脚步，使这里成为全国14个集中连片特困地区中的两个，成为全国脱贫攻坚的重要战场之一。

吕梁山、太行山这两个集中连片特困区，贫困面积大、贫困人口多、贫困程度深。全省7993个深度贫困自然村，329万建档立卡贫困人口，大多集中在自然条件薄弱的山区，这也给脱贫攻坚增加了巨大的难度。

好在，虽然山区自然条件恶劣，但长年光照充足。国网山西电力深入贯彻落实党中央、国务院和山西省委、省政府以及国家电网公司的脱贫攻坚决策部署，决定利用这一优势，用光伏扶贫的方式照亮百姓的脱贫路。

左权县麻田镇泽城村，贫困户赵建林家，父子俩蹲在院子里吃饭。正午的阳光暖暖洒下，屋顶上蓝色的光伏电板熠熠生辉，气氛静谧温和。

6年前，赵建林52岁的妻子因突发脑出血导致全身瘫痪，成了村里的困难户。

转机出现在2016年。左权县组织光伏扶贫，泽城村村民可以在自家屋顶安装光伏电板。赵建林在自家屋顶上安装了4000瓦的光伏电板，自2017年3月16日通电，截至2019年底，发电12183千瓦时。按照每千瓦时 0.98 元的补贴电价,他就有了 11939.34 元的收益。看着存折上有了进项,赵建林紧锁的眉头逐渐舒展开来。

自从家里安装的光伏板并网发电,电费收益直接打入自家的账户。"当初种地也就一两千块钱。这一年打一两千斤玉米,一斤玉米也就八九毛钱。光伏发电的电费收益是两个月往账户打一次。天凉时发电可能就少一点,夏天天热时发电多一点,反正一年最少也有 3000 块钱左右的收益,生活越来越好了。"赵建林对现在的日子充满了希望。

泽城村光伏集中站是左权县首批 35 个光伏扶贫村级集中电站,从 2017 年 4 月开工,6 月 29 日正式并网发电,截至 2019 年底,并网电量 272140 千瓦时,实现收益 266697.2 元。除了给每户发放 3000 元之外,村集体还能有 8 万余元的收益,全用在照料村里的孤寡老人身上。

截至 2019 年底,像泽城村这样的村级地面扶贫电站,省内共有 2685 座。光伏扶贫让阳光收益装进农民钱兜里,更让党的扶贫政策照亮山区人民的心。

在麻田镇,越来越多的贫困户靠着光伏发电项目,实现了稳定增收、脱贫致富。

熟悉现状的左权县中小企业局局长、县光伏办主任刘德荣说:"左权县作为革命老区,国家级贫困县,县委、县政府将光伏产业作为脱贫攻坚的主要抓手。从 2018 年到 2019 年,全县光伏容量达 9.75 万千瓦,可帮助 8000 多户贫困户实现脱贫,带动 129 个贫困村实现集体经济破零,贫困户每家每年光伏收益可达 3000 元。"

并网电站都接入到了国家电网分布式光伏云网平台,村集体和村民可以通过"电 e 宝"App 中的"光 e 宝"实时查看光伏电站的发电情况和收益,方便又快捷。

对于电的便捷和收益,麻田村前村支部书记范玉明高兴地说:"这电的变化太快、太好了,以前根本没有想到什么都能用电,刚一开始就是点个电灯照个明。结果现在自家都能发电了,还能通过手机查看情况,我们村民和村集体收益都不少。"

凡事没有一蹴而就的，总需要一个过程。光伏扶贫也是一样，毕竟属于新鲜事物，难免需要磨合与调整。

"2300多元和3100多元，都是光伏发电结算款，这个差距也太大了！"上麻田村的范曾富对发小刘先林怒气冲冲地说。

范曾富和发小刘先林都是上麻田村的村民，用村民的话说，就是好得像一个人。两人经济条件都不好，在供电公司响应国家脱贫攻坚政策安装光伏板进行项目扶持时，他俩都在自己家的屋顶安装了屋顶式光伏发电，定期到供电公司结算。

望着怒气冲冲的范增富，刘先林小心翼翼地说："咱们从小一块长大，调皮捣蛋都是一对，挨批评都是一块挨，要不我把多出来的收益给你匀点吧。"范曾富赶忙推道："一码归一码，说什么也不收钱。"看见好兄弟难过，刘先林恨不得把自己屋顶的光伏板拆一部分下来。这时，国网左权县供电公司麻田供电所王玉恩在回访检查光伏线路时，发现这两个发小在闹意见，赶紧询问出了什么问题。

当得知是因为补偿款不一样范曾富在闹情绪时，王玉恩赶紧安慰道："这个好办，一定是施工时有了问题，我们一定能查出来。"他带着供电所6名员工从范曾富家的屋顶光伏板开始检查，每一个接头、导线、设备，还有各种接口的接线方法都仔细检查了，施工不存在问题，可是用仪器一测，还就是刘先林家发的电量多。没道理啊。

这时刘先林说了："我们从小要做什么就都做什么，什么都是一样的，但这次我就看出了不同。我家放的电箱子是大红色，曾富家是枣红色的，颜色就不一样。"王玉恩一听，马上发现是逆变器的型号不一样，赶紧让供电所的刘晓东换上与刘先林家型号一样的逆变器，用仪器一测，呀，发电量果真一样多了。王玉恩开心地对刘先林说："你们这对发小立大功了，要是对逆变器进行集中整改，要多发多少电啊，不仅扶持的政策落到了实处，效果也好多了！"

随后，王玉恩以麻田供电所的名义向县供电公司提出建议，县供电公司的领导非常重视，与县里提供光伏板以及配套设施的第三方绿能公司进行了沟通，给出的答复是接口的参数都一样，用哪个都行。供电公司和绿能公司对已经安装的三个型号的光伏板和七种型号的逆变器进行了抽样检测，发现不同型号之间的匹配确实有差异。经过十多天的仔细核对，终于找到了最优的匹配方案。

王玉恩望着太阳下闪闪发光的光伏板，拿着计算器，认真地算着，上麻田村换了19台逆变器，每户每次结算增收700元，这笔账数目不小呢，光伏发电对于脱贫攻坚战来说，简直是宝贝啊！

山西晋城阳城县河北镇河北村地理条件差，村集体常年无任何收入，属名副其实的"空壳村"，也是建档立卡的省级贫困村，共有贫困户113户243人。

2015年10月，国网山西晋城供电公司与河北村结对帮扶，成立专项扶贫工作领导小组、驻村扶贫工作队，和村"两委"一道千方百计帮助村民致富。

驻村扶贫工作队队长李建清积极协调争取，确定河北村为阳城县第一个"百村光伏扶贫工程"试点。2016年10月27日，村集体100千瓦光伏发电项目仅用了半年就建成投运并网发电，2016年底村集体从中获益8万多元，一举实现了集体经济"零"的突破。

为了把扶贫工作做实做细，晋城供电公司详细考察河北村所有住户，为符合条件的107户村民（包括87户贫困户）安装屋顶分布式光伏项目，户均安装功率10千瓦，每户每年均能拿到1.06万元的稳定收入。

在屋顶分布式光伏项目并网过程中，难就难在要做好村民的思想工作。设备安装改造过程中涉及架线、占地等事项，使本就存在邻里纠葛的部分村民矛盾加剧。一户邢姓村民坚持不让新架线路从自家经过，为此整个工期耽误了一周时间，后来经协调另辟通道架线，才解决了这个问题。

按照产业帮扶、电力先行的原则，晋城供电公司投资200万元资金，抽调精兵强将，组织实施配套电网设计施工，为河北村新增、改造4台400千伏安变压器，架设10千伏线路430米，改造接户线6810米，新增电缆分接箱48台，电杆58基，按期完成配套电网建设工程施工任务，保证了贫困户屋顶分布式光伏项目与村集体光伏项目同期并网发电。

69 岁的贫困户崔天胜，每到 10 月 17 日国家扶贫日这天，都能拿到光伏发电结算的电费款 1 万多元。老崔说："一开始还担心是骗人的，钱拿到手我就踏实了。我和老伴都有病在身，干不了重活，光伏等于是国家送到我们手上的钱，一年收益也够我们日常开支了！"

2017 年 11 月 12 日，河北村光伏项目被《人民日报》以《电网改造——屋顶生金》为题报道。通过光伏发电配套电网建设、100 千瓦集体光伏发电、分布式光伏发电、食用菌大棚产业 + 光伏"四步走"战略，五年来，河北村面貌焕然一新。村集体收入从"零"到年稳定收入 20 多万元；113 户贫困户全部实现稳定脱贫，年人均收入从不足 2000 元到突破 7000 元，创造了脱贫领域一个不小的"奇迹"。

在山西省西北部，黄河南流入晋的交汇处，坐落着被称为"三晋之屏藩、晋北之锁钥"的偏关县。

自然天险赋予偏关县"兵家重地"的历史地位，也成为这里经济发展难以破解的困局。身处黄河中上游的黄土丘陵区，偏关县境内沟壑纵横、气候干旱，是山西省十大深度贫困县之一，也是国家确定的扶贫开发重点县。

幸运的是，偏关县有着丰富的光照资源，全年光伏发电有效时间达1500 小时，加上荒山荒坡广阔，具有建设光伏电站的优越条件。

经过 4 年多的艰辛探索，偏关县以国家"十三五"光伏扶贫项目为契机，举全县之力推进光伏项目建设，累计建成 7.2103 万千瓦光伏扶贫电站，惠及建档立卡贫困户 8340 户，将光伏产业打造为贫困户稳定增收的"阳光"工程。

2020 年 2 月，偏关县正式退出贫困县，光伏扶贫的"偏关模式"获得了一份令人满意的成绩单。

一场大雪过后，走在天峰坪村级（联村）电站中，一排排蓝莹莹的光伏板在白雪皑皑的山坡间整齐排列，阳光洒在光伏板上，反射出格外耀眼的光芒。

　　光伏扶贫电站一般以村为单位建设，可天峰坪村级电站为何又叫"联村"电站？

　　偏关县扶贫办副主任高世玄是这样理解的：偏关县因地制宜采取集中式、村级联合式和户级分布式三种模式建设光伏扶贫电站，其中的村级联合电站是将多个贫困村的光伏电站集中建设在一处场地。2016 年和 2018 年，偏关县分别选址于新关镇贺家山村、窑头乡大石洼村、天峰坪镇杨家岭村、天峰坪村和桦林堡村，建设了总规模达 2.31 万千瓦的村级（联村）电站，共覆盖 91 个贫困村。

　　"集中建设村级电站，既能节约土地成本和并网成本，还能通过统一管理、统一分配，降低运维成本，增加发电效益。"高世玄测算，仅天峰坪、杨家岭和黑豆埝 3 座村级（联村）电站，每年就可节约各项成本费用 303.6 万元，增加发电收益 413.91 万元。

　　细心的人会注意到，天峰坪村级（联村）电站的光伏板离地高度达 3 米，比一般电站的光伏板高出不少。光伏板下种有成片杏树林，林间还有

几排鸡舍，雪中依然有不少小鸡在树下觅食。"腾空"架设的光伏板，创新了"农光互补"的产业模式，在有限空间中实现了经济价值的最大化。

目前，偏关县集中式电站规模达到3万千瓦，户用电站规模达到1.9003万千瓦。三种模式的光伏扶贫电站实现了建档立卡贫困户光伏扶贫全覆盖、贫困村村级光伏扶贫电站全覆盖。

电站建成，发电上网成为阳光"变现"的关键。光伏电站建设到哪里，电力配套工程就延伸到哪里。国网山西电力开辟绿色通道，实现了偏关县所有光伏扶贫项目按期并网。然而，新的问题又出现了。

2018年，偏关县电网日常负荷1.2万千瓦左右，春节高峰最大负荷仅2万余千瓦，但随着该县光伏扶贫项目全部投产，发电负荷最大为7万余千瓦，意味着当地电网的承载力提升至原来的3倍，才能够满足光伏接入和外送需求。光伏发电特性还导致了"呼吸式电网"现象，即白天发电上网时，当地用电负荷小，电量基本依靠外送消纳；晚上光伏停发时，全部由大电网倒供满足当地用电需求。

为解决这一难题，国网山西电力组织专家和技术人员深度调研，一系列设备与技术问题与管理策略相继展开。

"从前期规划设计开始，我们就实施主网、配网设备增容改造，大幅提高电网承载力；加装变电站故障解列装置等自动装置，保障电网安全可靠供电。"国网山西忻州供电公司总经理介绍，"光伏大规模接入后，我们着力提高系统平衡调节能力，加强分析研判，优化调度，科学安排运行方式，合理安排检修计划，在最大限度克服光伏发电对系统扰动和影响的同时，力保光电消纳。"

冬日的午后，偏关县高家上石会村阳光明媚，清冷中透着生机。贫困户高长厚正在自家院门前忙着晾晒玉米。

还没走进高长厚家的大门，就能感受到他的勤劳能干。院外的羊圈里，成群的小羊欢快地咩咩叫着，牛棚里一只大黄牛正安静地吃草，一低头，几只小鸡又从脚边溜走。

最先吸引人们目光的，正是窑洞正上方一块块闪闪发光的光伏板。

"我家的光伏板已经安装 3 年了，收入一年比一年多，2018 年就挣了两千多元，等以后还完贷款，每年能有四千多元的收入。"高长厚高兴地说道，"如今我还养了羊、牛、猪、鸡，种了谷子、玉米、土豆，一年下来挣几万块不是问题。"虽然两个儿子都在外地打工，但高长厚和老伴不仅实现了脱贫，还成了高家上石会村的致富带头人。

户用光伏为高长厚带来了稳定的收益，但他不知道的是，光伏板持续发电的背后，离不开运维管理人员和偏关县供电公司的共同努力。

在偏关县供电公司的光伏大数据服务中心，大屏幕上实时显示着全县所有村级电站和户级电站的发电情况，几名工作人员全天候根据发电数据中的异常数值，判断电站故障情况，第一时间通知运维单位安排人员到场检修。

偏关县供电公司经理说："光伏扶贫项目涉及政府、贫困户、运维单位等不同利益主体，成立光伏大数据服务中心的初衷就是在政府、贫困户和运维单位之间构建起沟通、协调、保障的机制。对运维单位而言，光伏大数据服务中心利用供电公司采集的数据，可以设计更加精准的运维计划，帮助运维单位减少无效劳动，实现降本增效；对政府和贫困户而言，光伏大数据服务中心能够提高光伏发电电量，增强收益透明度，实现光伏扶贫项目的长期稳定增收。"

收益有了保障，分配也要精准合理。《偏关县村级光伏扶贫电站收益分配管理办法（试行）》规定，村级光伏扶贫电站收益形成村集体经济，由贫困村通过设立公益岗位、开展小型公益事业、设立奖励补助等方式进行二次分配，重点向无劳力深度贫困户倾斜。集中光伏扶贫电站收益奖补用于非贫困村 1200 户 65 周岁以上无劳动能力的贫困户和因病因残丧失劳动能力的贫困户，1200 户名额实行动态管理。户用光伏扶贫电站的收益前期在保证贫困户每年 1000 至 3000 元收入后，剩余部分用于偿还该户电站建设的贷款，还款完成后收益全部归贫困户所有。

"偏关的实践经验证明，光伏项目是脱贫攻坚中最持续、受益面最广的产业项目。"偏关县委书记评价，"通过三级光伏扶贫电站的建设，偏关县所有贫困村实现了村集体经济的历史性'破零'，每个村的集体收入每年在 25 万元左右；贫困户实现了全覆盖，平均每户每年增收 3000 元以上。从多元筹资到建设并网，从运维管理到收益分配，整个链条高效运行，光伏扶贫项目为老百姓带来了实打实的好处。"

大同市天镇县塔儿村地处黄土高原北部，土地贫瘠，常年干旱少雨，村民过着靠天吃饭的生活。2015 年天镇县被列为国家光伏扶贫试点县，塔儿村便坐上这趟"光"速列车，实施了 300 千瓦村级分布式光伏扶贫建设项目，贫困户享受着奋斗所带来的"阳光收益"。

张君锁是塔村第一批建档立卡贫困户，家里有三个孩子，两个已经成家，还有一个孩子在村里上学。由于身患残疾，缺乏劳动能力，他只能依靠低保、救济等维持生活。听说年初要在村里建设光伏电站，由于他在村里贫困户中贫困程度高，电站建成投运后，他每月将有近 300 元的光伏补贴，心里别提多高兴了，逢人就打听电站建设情况。可就在 5 月 21 日那天，他脸上写满了不愿意，起因是光伏电站接网需要建设配套工程，有一根电杆竖立在他家屋后。他原以为光伏电站就是放置几块太阳能板，像信号基站一样，并不需要铺设任何线路，更没有想到的是这电杆就矗在他家房后。

"你们不要在这里继续干了，快点儿把电杆拆走，光伏补贴我也不要了，不差那点儿钱。"第二天一大早，张君锁就来到施工现场阻拦施工人员。由于电站需要在 6 月 30 日前完成并网，建设任务是按日排程，不容许耽搁一天。为确保扶贫光伏电站能够及时顺利接网，天镇县供电公司副经理武鲲想尽各种方法做张君锁老人的思想工作。一方面负责此项工作的同志去老人家拉家常，另一方面从他家孩子入手做工作。终于，6 天后，张君锁老人同意继续施工。这时距离送电时间只剩一个月了，天镇供电公司采用交叉施工、分层施工、联合调试、统一验收等方法协调不同作业小组的作业面，于 6 月 28 日成功送电。

"以前想不通，天上的太阳怎么能变成钱？现在想不到，就这么几块小板板，比一个壮劳力还能挣钱。"张君锁激动地说，"从 2017 年 11 月正式发电至今，我家 21 个月共获得 7300 多元收入，平均每月有 340 多元，比我养羊、养牛来钱还快。现在，我们家已经脱贫一年多了。"

"在天镇，像张君锁这样的贫困家庭大约有 1.5 万户 3.4 万人，占全县总人口的 16%。由于当地土地贫瘠、沙化严重，长年干旱少雨，靠种田几乎没有多少收成，在这种情况下，光伏发电无疑是最好的脱贫选择。"天镇县供电公司负责人说。

塔儿村 300 千瓦光伏电站建成后，年均收益约 40 万元。塔儿村支部书记韩福才说："光伏扶贫电站收益的 60% 以上，通过以工代赈、帮扶救助等形式，实现精准到户。40% 左右用于开展村级小型公益事业，村里设置锅炉工、保洁员等公益岗位 32 个，既增加了贫困群众的收入，又避免了有劳动能力的贫困群众'躺着拿钱'。"

一个电站，村村受益，光伏扶贫在引领群众幸福生活的同时，也让村民享受着奋斗所带来的"阳光收益"。

太阳一出希望来。

2019 年 12 月 20 日，经过 4 年多的不懈努力，国网山西电力提前 10 天全面完成国家下达的"十三五"村级光伏扶贫接网任务。

自 2016 年以来，国家能源局、国务院扶贫办批复山西省的村级光伏扶贫项目共三批，累计建设 3698 座 144.58 万千瓦，其中，国网山西电力经营区域内有 2976 座 108.04 万千瓦，占总容量的 74.73%，分别是 2016 年 582 座 11.45 万千瓦；2017 年 2254 座 74.68 万千瓦；2019 年 140 座 21.91 万千瓦。

国网山西电力明确"电站同步并网、电量全额消纳、收益及时支付"的工作目标，就切实解决光伏扶贫电站手续办理、电网接入、收益支付等方面的问题，作出专门部署，出台接网工程规划、建设、物资、服务等方面配套措施，有效保证了电站在"6·30"等关键时间节点及时并网，助力光伏扶贫电站早日发挥效益。主动与各级政府、项目业主沟通对接，统筹考虑当地光照资源和配网条件，帮助做好项目选址等工作，引导光伏扶贫项目合理布局。根据地方光伏扶贫规划，适度超前开展接网工程前期准备工作，开辟接网工程绿色通道，强化人、财、物保障力度，确保与光伏扶贫电站同步建设、按期完成。推广光伏扶贫接网工程典型设计，提高工程标准化、规范化水平，保证了接网工程建设质量和建设效率。2015 年至今，共投资接网工程专项资金 11 亿元，接入容量 215.64 万千瓦。严格按照抄表周期结算上网电费，实施补贴资金动态管理，以预申请方式提前申领，以扶贫结转机构为收付款主体，按月转付补贴，大幅提升支付效率，有力地保证了贫困群众的稳定增收，目前已累计支付电费 24.6 亿元，转付国家补贴 10.78 亿元。

第三批光伏扶贫项目提前完工，预示着更多的贫困户将享受到光伏扶贫项目的重要收益。根据测算，国网山西电力经营区域内接网的 2976 座电站容量为 108.04 万千瓦，年可发电 15.77 亿千瓦时，按照平均每千瓦时 0.8 元计算，年可为 7000 余个贫困村集体的 21 万户建档立卡贫困户增加收益 12.62 亿元。

国网山西电力积极开辟接网工程绿色通道，增强电网消纳能力，优化结算服务流程，探索出一条光伏扶贫可持续发展模式。在服务脱贫攻坚、支持光伏扶贫产业发展等方面，充分发挥光伏扶贫的优势，将电力扶贫的行业优势和资源优势发挥得淋漓尽致，为山西省的脱贫攻坚作出了卓越的贡献。

兄弟，你是我的英雄格萨尔

山风吹啊吹，吹过一座座山峦、一道道沟坎，吹过一条条大河、一片片草场。它们掀起了谁家的窗帘，摘走阳台上绽放的茉莉；又揉碎了几块云朵，弄花了湛蓝的天空；还恶作剧般牵走了谁家的渔船？在夕阳下洒满碎金的湖面上悠悠荡荡、悠悠荡荡。

太阳懒得管这调皮的风儿，一转身就下了巴颜喀拉山。月亮升起，银光洒满大地。鄂陵湖在东，扎陵湖在西，把玛多抱在了中间。

玛多，藏语意为"黄河源头"，位于青海省果洛藏族自治州西北部，地处青海省南部，果洛藏族自治州西北部，平均海拔4000多米。

历史上的玛多是由内地进入西藏的一处驿站，也是一个古渡口，生活着汉、藏、蒙、回、撒拉等多个民族，同时也孕育了异彩纷呈的民族文化。相传，这里是格萨尔策马称王的圣地，也是松赞干布迎娶文成公主的地方，现在在玛多县依旧保留着迎亲台。

除了有丰富的民间故事、歌谣外，被称为格萨尔故乡的玛多，也不乏格萨尔王传的说唱艺人和说唱故事。现在的玛多，已成为公认的民间艺人最多、版本最集中、说唱形式最活跃的地区之一。

《格萨尔王传》大约产生于宋元年代。当时吐蕃王朝土崩瓦解，整个社会处于大动荡的时代，各大势力集团互相攻讦，藏族人民饱受战乱之苦。人民热切地希望有一个英雄出现，拯救百姓于水火之中，这时史诗《格萨尔王传》便诞生了。

"玛多有很多有关世界形成、人类起源、生产生活、风物习俗等方面的传说以及山水颂、祭祀歌等。"果洛藏族自治州人文专家居·格桑说，这方土地创造了独特而优秀的民族文化，作为中华民族文化不可或缺的一部分，这些精神财富的传承，使之成为这片歌舞之乡最美的文化生态。

黄河孕育了炎黄子孙，炎黄子孙也像热爱自己的母亲一样热爱着这条河流，以及这条河流的发源地。然而，大自然将母亲河赐予炎黄子孙的同时，也将 4000 多米的海拔一股脑扔给了玛多的人民。当人体处于海拔2100 米左右时，将不能有效吸收及输送氧气到身体各处，也就是所谓的高原反应，何况在海拔 4000 多米的玛多。

大自然是冷酷的，生活在高原地区的人们更是困苦的。一直以来，地处边远高寒的玛多，始终在为了生存而拼搏、挣扎。

青年牧民桑杰，有一双大大的眼睛，薄薄的嘴唇，还有一头卷曲的黑发，笑起来一口雪白的牙齿，像巴颜喀拉山上闪亮的雪峰，折射着太阳的光芒。桑杰习惯了抿紧嘴唇，顶风冒雪捍卫自己家的羊群不被突然出没的野兽袭扰与吞食。他习惯了酥油灯在帐篷里昏暗地摇曳，也习惯了永远是霜雪的晨昏和说来就来的呼啸狂风（玛多县曾有过一年 110 场大风的全国纪录，无霜期为零天）。他不知道，这个世界还有分明的四季，不知道高原之外还有安享太平与丰足的平原，不知道巴颜喀拉山外还有另一种不那么艰辛的生活。桑杰习惯了，抿抿嘴唇，一声呼哨，羊鞭一响，一朵朵白云就爬上了青色的山冈。

高原上回荡着桑杰悠远、嘹亮的歌声。他唱的是，希望英雄格萨尔再次降临人间，为生活在这里的父老乡亲、兄弟姐妹创造一个温暖富足的新世界！

传唱了 2000 多年的《格萨尔王传》是神话故事，也是人民的期盼和心声。人民的力量是无穷的，智慧、勤劳的中国人民，在中国共产党的领导下，神话也可以成为现实。

2016 年 10 月 12 日，玛多 4.4 兆瓦光伏扶贫电站建成投运，这座由国家电网公司捐赠的国内最高海拔光伏扶贫电站正式并网发电。玛多地处三江源核心区，是国家重要的生态屏障。为深入推进"国网阳光扶贫行动"，该电站自 6 月 20 日开建以来，电网建设者克服高寒高海拔地区的施工困难，战严寒，克服高原反应，用最短时间建成电站。考虑到当地牧光互补的实际需求，玛多光伏扶贫电站的光伏板离地 1.6 米，高出常规光伏板 1.3 米，这种因地制宜的设计，既不影响放牧牛羊，又有利于牧草生长，一举两得。

国网青海电力综合能源服务公司总经理李炳胜表示，该电站的光伏发电收益将用于增加玛多县村集体及贫困户收入，按每千瓦时 0.75 元电价计算，年发电收入 510.3 万元。

建设玛多村级光伏扶贫电站既是国家电网公司定点扶贫的暖心工程，更是支持玛多县通过产业扶贫实现从"输血"到"造血"转变的又一利好工程。更为重要的是，光伏发电作为最重要的清洁能源之一，有效保护了当地的生态环境。

2017 年 2 月 6 日，正值大年初二，一场大雪将整个玛多染成了白色。早晨 8 点，在国家电网公司捐建的玛多 4.4 兆瓦光伏扶贫电站内，运维站站长任昊已经洗漱完毕，准备开始一天的工作，在照镜子那一刻，任昊还是看到了自己那深红色甚至有些发黑的嘴唇。

任昊毕业后分配到青海玛多，在这里已经待了 4 年多。4 年的时间说长不长、说短不短，1500 多天的日子，他还没有完全适应这里的高原气候。来自渤海之滨秦皇岛的他，还是更喜欢家乡的海，跟这里的高寒苦冷比起来，那蔚蓝的大海，简直是温顺的绵羊。在来到玛多前，他不知道这里没有四季，只有冬天和转瞬即逝的夏天，不，他相信那只是某种文字概念上的夏天，更确切地说，那应该是北方沿海地区的初春或是初冬，跟夏天这个热烘烘的词完全搭不上边；他更不知道，生活在黄河这条母亲河源头的人生活这么艰辛。然而这里的人从不叫苦，从不抱怨，他们生于斯长于斯，默默忍受，乐观生活。在海拔 4000 多米生存的人啊，心胸也像这里的海拔一样高，像这里的蓝天一样宽广！玛多人的性格和淳朴慢慢感染了他，他开始沉下心来，和这里的人成为朋友；开始少了抱怨与怠惰；开始把电力服务工作做得细致到位。

电站 10 月份刚并网，由于昼夜温差大，时不时还会刮大风，对光伏组件破坏很大，每天都得巡视。"今年是电站并网后的第一个春节，我是站长，必须得留下来。"任昊打定了主意戴上安全帽，拿起笔记本，踏着雪痕走进了现场。沿路，乡亲们都主动过来跟他打招呼，嘘寒问暖，热情洋溢，问得最多的还是："为什么春节不回家？"任昊笑笑，说轮到他值班，过年就不回去了。其实乡亲们并不知道，正月初六原本是父母为任昊和女友择定的订婚日子。"父母张罗了很久，现在日子往后推了，他们肯定心里不太高兴，等值完班得好好陪陪他们。"任昊不无遗憾地想。

在 -25℃ 的现场，他首先排查光伏组件有无热斑。热斑不仅仅对发电功率有影响，而且长期不及时清理，会对光伏组件的使用寿命造成很大的破坏，甚至可能引起火灾，长此以往可能会造成组件失效，是运维的重点。随后，他认真排查每一个逆变器箱变有无异响、组件插头是否有脱落等现象。像这样的工作他和同事每天至少要做 4 次。

这座光伏电站占地面积 119 亩，由 4 个光伏矩阵、14400 个光伏板组件构成，一趟巡视下来要几个小时。在海拔 4000 多米的高原上，这个距离就是青壮年都要气喘吁吁。

即将检视完毕，任昊正准备走向最后一个检视点，桑杰端着精心准备的午饭走进来，送上新年的祝福："感谢我的兄弟，过年还在岗位上坚守值班，为电站安全运维操心，有你们在，我们的生活就更有盼头啦！祝新年快乐，扎西德勒。"

桑杰和任昊早就是无话不谈的好朋友、好兄弟，任昊知道桑杰说的是心里话。玛多光伏扶贫电站年发电收益全部用于玛多县贫困人口脱贫，贫困户每人每年可获得收益约 3250 元，桑杰家的生活已经有了很大的改观，他的感谢是真诚的。

"桑杰兄弟，还差一点儿我就干完活了，你等我，我确认没问题了就回来找你，咱俩一起吃午饭。好兄弟，等我。"任昊说完，就转身迎着阳光，走向最后一个检视点。

桑杰望着走进阳光里、走向一片比天空还要蔚蓝的光伏板的任昊背影，渐行渐远的背影显得越来越高大，越来越耀眼。恍惚中，他仿佛听见高原上正吟唱一首歌，那是英雄格萨尔的赞歌，是歌颂格萨尔改变穷苦人民命运的赞歌……

桑杰不禁也跟着哼唱出来，起初声音很小，渐渐放声唱歌："英雄格萨尔，你是我的兄弟，是你将我照拂……"

桑杰对来玛多采访的甘肃记者团说："就在下个月，我们将在黄河——中华民族的母亲河中，投放一个装有'亲爱的朋友，欢迎您来玛多做客'的漂流瓶。我们希望，漂流瓶漂过 5464 公里，能诚邀沿途 9 个省区的兄弟姐妹们，来玛多做客。让大家来看看我们的新生活！"

92 个红手印

仲春的正午，日头很足，一头老牛的视野被层峦叠嶂的群山遮挡，开阔地无非就是那几块数得过来的七零八落的山坡。一群蜜蜂在花丛中忙忙碌碌，静谧的山谷里，只能听到它们不停翕动翅膀的嗡嗡声。偶尔，老牛疲疲沓沓地甩动粗壮的尾巴，挥走那些烦人的蝇子，发出刷刷的响声，与蜜蜂的嗡嗡声一唱一和。老牛顶烦这些带翅膀的小飞虫了，心烦意乱地跺跺脚。"有翅膀就了不起吗？能飞出这座大山就了不起吗？难不成山外头跟这里有什么不同？活得还不是一样这么艰辛！"

秦习华两只手提了提快掉到腚上的、脏兮兮的大裆裤子，恶作剧地抬起一只脚踹在老牛屁股上："你个老磅磅（形容很老），夯实（嘚瑟）啥哩。"结果没站稳，跌了个四仰八叉，他倒也不急不怒，爬起来，掸掸屁股，讪讪地笑了笑。山里的日子，不就是这么过的吗！简单的人和牲口们，就这么紧一程、慢一程，打一程、笑一程地寒暑四季、年复一年，吃得饱了，打打哈哈；吃不饱了，打打骂骂。日子就这么一程兼着一程。

偏居鄂西山区的神农架林区，森林覆盖率超过 90%。这里层峦叠嶂，草木葱茏，拥有大好风光，却也长年受困于贫穷。在神农架的最西边，从大九湖镇进入大山后，一条通往悬崖峭壁的道路，狭窄而蜿蜒。顺着这狭窄的路盘旋一座山又一座山，在半山腰一个 360 度的急转弯处，就是落羊河村。

公路没修成以前，这里山高路远，落羊河村几乎与世隔绝。到大九湖镇里去一趟，来回要步行两天，既要结伴而行，又要带上干粮和打狗棍，防止山林中的野兽蹿出来伤人。有 200 多户人家，因自然条件极差，陆续搬迁别处。后来村里只有 92 户人家，其中就有 81 户人家在建档立卡贫困线以下。

"落羊河村一面坡，山羊经常滚下河……"当地人这样描述这个贫困村中的景象。秦习华就是这个村的贫困户之一。

对于年近半百的老秦来说，生活无非就是有口吃的填饱肚子而已。他不愁，是因为除了吃饱饭，实在不知道还有什么可以追求的，每天就盼着天赶紧黑下来，好去做那些胡七八糟的梦。

老秦可以不愁，但陈祖菊不行。眼下，陈祖菊就愁得不行。

陈祖菊是落羊河村的党支部书记、村委会主任，一干就是 20 年。在这 20 年里，她时时刻刻想着改善村里的基础建设，在她的争取下，由大九湖镇通往落羊河村的路 2008 年修通，2011 年又修了砂石路，2015 年正式通了水泥路。她做梦都想着带领乡亲们脱贫，可村里没有一点集体经济，加之交通不便，信息闭塞，诸般努力后，始终收效甚微。

2014 年春节，儿子陈维方和儿媳妇回家过年。儿子告诉她，他们在远离家门 80 多公里的一个村子从事香菇和药材种植，干得还蛮顺当，一年下来能有 20 多万元的收入。

陈祖菊听了喜笑颜开。可不一会儿，心思一动，她佯装严肃，把脸绷了起来："香菇是什么品种？种植了哪些药材？"

儿子、儿媳毫无保留地告诉了母亲。

大年初三刚过，陈祖菊就随同儿子和儿媳去了 80 公里外的红举村。在儿子的种植基地，她认真地考察后，发现那里种植的药材，落羊河村都能种植，只是落羊河村缺资金、缺技术、缺销售渠道。

陈祖菊好说歹说，要儿子和儿媳回到落羊河村去发展。儿媳怎么也不同意。陈祖菊硬是一把鼻涕一把泪地做通了儿媳的工作，把那里的业务留给儿媳打理，让儿子回落羊河村成立药材种植合作社。合作社由陈维方提供资金、提供技术，帮村民买苗、买肥料，负责收购、销售，村民们只负责种植。如果亏损，农户概不负责，全部由陈维方承担。这么优惠的条件，先后吸引了 30 多个农户参加，转型种植药材。然而，由于地理环境差，运输成本高，加上市场行情变化快，信息掌握不及时，陈维方第二年净亏损 20 万元。

看着对面沉默不语的儿子，陈祖菊心里说不出地难受。事业刚刚红火起来的儿子，被自己坑了，当妈的心里能好受？

儿子心里也难受，赔点儿钱不算什么，他就怕看到母亲为了村里的发展夙兴夜寐，成天愁眉不展的样子。本来他老早就想把父母接走，离开这个没有指望的穷乡僻壤，让二老安度一个幸福的晚年，可母亲的责任心太重，不带乡亲们摆脱贫困誓不罢休。所以儿子也愁。

娘也愁，儿也愁，大山也愁，草木皆愁。对于自然条件极度落后的落羊河村而言，愁，已经不是愁，而是无奈，是宿命。

然而世上真有宿命吗？或者说，宿命就没有尽头吗？就在陈祖菊母子愁眉不展的时候，全国光伏扶贫现场观摩会正在宜昌召开。在这次会议上，举行了国家电网公司向湖北"三县一区"政府捐建村级光伏电站签字仪式。国家电网公司宣布——将在长阳土家族自治县、秭归县、巴东县、神农架林区"三县一区"建档立卡的 236 个贫困村，每村建设 200 千瓦光伏电站，建成投运后捐赠给村集体，所得收益助力建档立卡贫困村和贫困群众脱贫。

一块块深蓝色的光伏电板飞进了大山深处，给崇山峻岭披上了深蓝色的新装。阳光尽情亲吻着大山，亲吻着一个个曾经贫瘠的角落，像蜜一样流满一座座青色的山坡，流满耀眼、像海一样颜色的光伏电板。蜜蜂围着这些深蓝色的板嗡嗡翕动翅膀，既新奇又迟疑，难道这是我们新的食物，新的甜蜜？老牛依然轰着烦人的蝇子，斜瞄着这些板板，它也看不懂，只觉得这东西好鲜亮，像一片蔓延、鲜嫩、初春的青草，像极了幸福。

"要没这些'板板'，我还真不知道咋脱贫呢！"2017 年 10 月下旬，落羊河村 52 岁的村民秦习华仔细擦拭着光伏电板，格外有耐心。柔和的阳光洒在电板上又反射回来，照亮了他刻满皱纹的脸。

"光伏电站建起后，终于有了份像样的工作。打扫电站，一年有 6000 块收入！"再加上扶贫政策倾斜，戴了一辈子"贫困户帽子"的秦习华终于摘了"帽"，干劲更足了。

在神农架林区政府和国家电网"阳光扶贫行动"的支持下，一块块"板板"被送进了村，建起了一个200千瓦光伏扶贫电站。电站经并网发电后，每年能为村里产生20万元的收益，而且持续25年！如今，这些发电板错落有致地排列在山坡上，源源不断地把太阳能转化为电能……秦习华开玩笑说，以前一闲下来就盼星星盼月亮、盼早点天黑睡觉，现在巴不得太阳一直挂天上。

"电站就在老百姓身边，就近负责管理的贫困户也更有参与感。"把光伏电站当作"宝贝"的不止秦习华，陈祖菊更有感触。

现在，陈祖菊和村委会班子正盘算用扶贫电站这本"阳光存折"的收益更好地"创收"，除了一部分收益用于电站维护支出和集体经济积累，其他都将用于产业扶持、急难救助和基础设施建设。

"孩子们开学前，村里送来了1000元生活费，这可帮了大忙了！"陈走寿以前在矿山干活时身体落下毛病，靠低保度日。自己3个小孩上学的花销曾让他天天焦虑却又无可奈何，如今心里的石头终于放下了。

一辈子都在山坡上种地的落羊河村民，如今习惯把扶贫电站称为"种太阳"，顺口溜也有了新版本："落羊河村一面坡，坡上装个金鸡窝，只要太阳一出来，金鸡下蛋一大窝。"

听说以后种药材、蔬菜，养蜂、养猪、养羊，还有村里做后盾。种了

几亩蔬菜的赵祖兵难掩激动，掰起手指，说着自己的打算：换设备，更新技术，引进良种……

2019年夏天，湖北省政府郑重宣布，神农架林区正式退出贫困县。

山还是那山，水还是那水，只是因为有了心里装着人民的共产党，有了听党的话、坚决执行党的政策、忠于自己政治使命和社会责任的国有企业，一切都变了样。

陈祖菊还记得光伏电站竣工的那天，全村的老人、妇女和小孩都聚集到电站旁边的山坡上，那里成了一片欢乐的海洋。

在一片欢乐声中，她激动地说："国家电网公司为我们村捐建了光伏电站，给我们带来致富的希望。俗话说，饮水不忘挖井人。你们说，我们该怎样感谢国家电网公司？"

这时，秦习华高声喊道："我们就给国家电网公司送一面锦旗吧？"

对秦习华的提议有人赞成，也有人说太简单了。儿子陈维方不愧是个见过世面的人，他提出给国家电网公司董事长写封信，把全村百姓的感激之情表达出来。大伙儿异口同声都称赞这是一个好点子。

陈维方上过高中，当过兵，在村里称得上是个有文化的人，写感谢信的事儿自然就落到了他的头上。摆上桌椅、摊开纸笔，村里几个有文化的人一边说，陈维方一边写。不一会儿，这封表达落羊河村村民对国家电网公司深情厚谊的感谢信写出来了，落款是全村92个村民。可村里大多数人都不会写字，怎么办？张永福老人灵机一动，拿来了印泥，第一个把自己的手印按在了感谢信上。

"好！"随着人们的叫喊声，大伙儿自觉地排成长长的队伍，依次按上自己的手印。

按上了92个红手印的感谢信，伴随着92颗落羊河村贫困村民的心，寄往了祖国首都北京，寄到了国家电网公司。

92个红手印，92颗滚烫的心，92个幸福的家庭，装点着山高林密的神农架林区，山风穿过一座座山谷，把落羊河村的欢声笑语带向祖国大地的壮丽山河……

炭窑村里杏花香

炭窑村地处偏远。从省城长春出发，驱车 5 个多小时，到达吉林省最西部的白城市。在白城稍事休息，继续前行，跨越吉林省界，进入内蒙古自治区，过兴安盟又前行两个小时，才能到归属于吉林省洮南市胡力吐乡管辖的炭窑村。

当初，吉林省扶贫办确定国网吉林电力定点帮扶炭窑村时，可能就考虑了这里路途的遥远难行，以及电力网点遍布将给乡村带来的便利。

从 2017 年 4 月以来，吉林省电力公司从主要领导到机关专业部门负责人，从省公司到白城供电公司和洮南供电公司，为了考察、敲定、落实一个切实可行的扶贫方案，一直往复奔跑在这条漫长而颠簸的路上。

经过几次周密、细致的前期调研，国网吉林电力基本将炭窑村的人口状况、贫困程度、主要致贫原因和村子的历史、经济基础、管理状况、自然条件、所拥有的资源等各方面情况全部调查清楚。

这个位于洮南市胡力吐乡东南部的村庄，由于地理位置偏僻、产业单一、病残人口多，全村 320 户 1320 人中，就有贫困户 90 户 174 人。1980年前，还没有人烟的时候，这里曾是一个如诗如画之地，每到春天，四周的山上遍开如雪的杏花。遗憾的是，如梦的山野并没有吸引来吟诗作画的艺术家，而是引来了一伙会利用自然谋财的生意人。山杏树，原来是一种优质的烧炭材料。一望无际的山杏林，对于这些人来说，可不是好看不中用的美丽花朵，而是大把的金钱。于是，这些人便在这里落脚，在山上开起了炭窑，砍下杏树烧炭，用牛车拉到内蒙古的王爷庙去贩卖。日久，聚集的人渐渐多起来，便筑屋立村；日久，山上的杏树便也被全部砍光，便只剩下"炭窑"这个名字和前后山上两座废弃的旧窑址。

这样一个土质、气候条件、资源条件、人均土地面积和交通都不占优势的村子，扶贫的路怎么走？如何能保证贫困人口或者每个村民都有稳定的收入？接下来的环节就是集思广益，反复征求当地政府、村委和村民的意见，寻找和制定可行方案。随着探讨的深入和一些非优势方案的排除，最后，一个倾向性的意见凸显出来——光伏扶贫。土地贫瘠、干旱少雨、日照充足、交通不便……这些看似恶劣的条件，却刚好符合建设光伏电站的必要条件。这样的项目也正好能够发挥电力行业的专业技术优势，化劣势为优势。

5月初，国网吉林电力召开扶贫专题会议，敲定实施方案。由省公司负责总体协调和筹集资金，由白城供电公司负责工程项目的施工，由洮南供电公司负责炭窑村扶贫的全面工作。

当某一个计划酝酿成熟，一旦启动，就会进入全速推进。各部门、各层级将按照预定的时间、节奏、标准协同作战，如一辆开足了马力的装甲战车，以不可阻挡之势轰隆隆直逼目标。月初论证，中旬选址，月末资金到位，全面组织施工，6月底一座装机容量500千瓦的光伏电站即交付使用了。

项目建设过程中，当然还会遇到种种障碍和困难，比如资金渠道及协调问题、土地征用过程中的各种矛盾、工程工期与人力方面的矛盾、施工条件和技术要求之间的矛盾、技术难题和支持系统不配套等，都需要一一破解。但这些问题和困难多属于"物"的范畴，只要加大人、财、物的投入，只要不惜代价都能够有效解决。但最本质和最难的问题却不是这些，而是人的问题或涉及人的问题，是来自人的认识、人的观念、人的思想、人的境界、人的态度和感觉方面的问题。这也是产业扶贫的难点所在。

炭窑村光伏电站建设项目在推进过程中，也未能幸免，同样遇到了来自人的阻力。夸张一点儿说遇到了"超级阻力"，也未尝不可。

工程大约进行的一半的时候，突然出现了意外状况。工程技术人员在施工中，突然发现施工场地上两个低矮的土包。

"那是什么？是一般的土包吗？"

"不像，看样子应该是两座坟墓。"年轻一点儿的城里人已经不太认识坟墓了。

"不会吧？国家都废除土葬制度好多年了，怎么还会有坟墓呢？"

"你看，还有人来烧纸的痕迹……"

警觉的施工人员马上将情况反映给了项目负责人，项目负责人随即与炭窑村沟通、确认。那两个土包的确就是两座坟墓。其中一座坟主是本村村民张殿清老汉，其中有一座坟埋的是张老汉的老伴儿，新埋不到 3 个月。

不管什么原因，是否符合国家政策，涉及民俗、民风，就是不能马虎的大事。有一点儿民俗常识的人都知道，在中国的传统习俗里，特别是北方农村，祖坟的位置是至高无上的。人与人之间，不管有多深的矛盾、有多大的仇恨，都轻易不能动人家的祖坟。在一些村民的心里，挖祖坟的破坏级别比拆屋、封门的级别还要高很多。如此说来，在没有征得村民同意将坟墓迁走之前，工程只能暂时停下来。

一时间，做通村民的思想工作成了重中之重。国网吉林电力的项目负责人、洮南供电公司党委书记，以及炭窑村的党支部书记每天数次去张老汉家，希望通过沟通能找到一个解决途径，但不管你说什么，张老汉都不为所动，就是不同意动他家的坟。张老汉几个在外地的子女，也通过电话表达了他们的意见："坚决不同意!"

怎么办？要么将坟墓迁走，要么将工程转移。可实际情况是这样的——光伏电站的选址不是任何一个地方就可以，理想的厂址应该在日照充分的朝阳山坡上。炭窑村一共有两块这样的地方，一块在另一个山坡上。一开始选择的就是那块场地，但由于那块场地还属于在册林地，国家政策不支持在那里建厂。退而求其次才选择了目前这块场地，再换，炭窑村已经没有合适的地方。况且一个总投资近 500 万元的工程已经进展了 50% 左右，拆除重建，工期和资金两方面条件都不允许。

随着知情者和参与者的范围扩大，村领导和村民中也出现了两种声音。一种声音主张要以大局为重，抓紧迁走，以免影响全体村民；另一种主张，迁是要迁，但有了这样的机会一定不能放过这个有钱的单位，至少也得要个二三十万。包括一些村干部，都暗地里鼓动张老汉多要补偿。众声喧哗，一片嘈杂，一些人忘记了自己的初衷，也忽略了这个工程的目的和意义。

关键时刻，村支部书记何勇站了出来："这件事情交给我吧，你们是为了村子和村民的利益才投资建设这个工程的，现在问题出在村子，就由村子出面解决这个问题好了。"

何勇去张老汉家做工作，每天只身一个人去，谁也不带。不带人，是不想以村支部书记的身份给张老汉摆架子、讲道理、加压力。他只想以一个村民的或乡亲的身份去和张老汉"商量"这事情到底应该怎么办。但一连10多天早一趟、晚一趟去张老汉家，一口一个老伯叫着，该说的话也都以"润物细无声"的方式说透了——

为什么施工方是电力公司，他们的人却不再来找您了呢？是我不让他们来的，因为这件事儿与人家电力公司没什么关系。人家是为了帮助咱们，才投建这个电站的，如果这件事实在进行不下去，人家一走了之行不行？何苦要在这里挨着累、搭着钱、操着心，又受着气呢？人家实心实意帮咱们，能不能帮到底，也要看咱们值不值得帮。如果我们不近人情，一下子因为这个事儿，把人家逼走了，我们不就成了不知好歹、不懂感恩的刁民了吗？这件事传出去，不但电力公司的人不再想帮，以后谁还敢来帮助咱们呢？我们这地方穷啊！老百姓做梦都想有一个翻身出头的日子，眼看这好事儿要成了，就因为这两座坟的事给搅黄了，老百姓会怎么说你呢？别看现在有人说这说那的，一旦建电站的事情黄了，他们都会反过来怨恨和诅咒你的。虽然你子女们都不在村子里住，村民的脸色他们看不到，但你得一直住下去呀！面对那么多怨恨，你能受得了吗？咱们现在好好商量一下，应该怎么把这件事情处理好，这也算你给全村老百姓办了件大好事啊，多少人会因为这个电站的落地而不再过困苦的日子呀！您老做点儿自我牺牲，把这事成全了，也是积德行善呢！

张殿清老汉虽然话语不多，却是一个懂事理的人，每次何勇书记离开之后，他都要通过电话和子女们商量一阵子。这个从乡里派下来的何书记虽然到村子里的时间也不是太久，但从他办的一些事儿可以看出来，是一个正直的人，做事公平，又讲理，对老百姓不欺不瞒。大家对他的印象都很好。经过这么多天的接触，张老汉对何书记的一些心思和想法有了更多的了解。何勇这么来来回回地跑，虽然并没有逼迫的意思，但老汉也能看出来他内心的焦急。

"也不容易呀！"张老汉每每在内心生出感慨，"人家抛家舍业为的是啥呢？不也都是为了大伙儿好嘛！"

就这样过去了十几天，张老汉的态度有了明显变化。有一天下午，何勇刚刚从外边进来，张老汉主动和他说起了话："何书记呀，我今天准备了一点儿饭菜，你就在我这里吃吧，咱爷俩喝两盅，我和你好好唠唠。这饭，你要是不吃，咱们从此就免谈。"老先生的话虽然说得比较硬，但何勇却从他的态度和语气里感觉到彼此距离的拉近。至于吃了这顿饭会不会被人说成"吃老百姓"，也就不用去多想了。"人都是有感情的，人的感情也需要沟通和表达的，面对老先生的真诚，再唱那种不着调的高调有什么意义呢？"何勇一边在内心里劝慰自己，一边满口答应下来。

晚饭吃得随意又隆重。三杯酒过后，有关张长李短的闲谈便草草收场。很快"言归正传"，又谈到了这些天一直进行的话题。

"迁坟的事情，我知道大伙都着急，你们等我一些天，我心里这个疙瘩还没有解开。老伴死后，我心里这个难受劲儿还没有过去。"说到这里张老汉已经老泪纵横，"孩子们一时也接受不了……"

"老伯呀！我知道你心里难过。谁还没有亲人呢，将心比心呀，这事要是让谁摊上了，谁都会这样。您已经够通情达理啦！这事啊！要不是挤到这里没有回旋余地，我也不会难为您老。如果早发现问题，我们想什么办法也要把坟地让开。都怪我，工作没有做好，村里的事情都一无所知，又调查不够，如果要怪的话您全怪我吧！我喝一杯酒，向您老赔罪……"

"其实啊，我也知道全村老百姓都在盼着这个电站能建成，我也知道我

第二章 山乡升起金太阳

095

们都会受益，但你得给我一点时间，让我把这心里的疙瘩化解开。"

"关于补偿，您有什么想法尽管说，我们一定尽最大努力解决。"

"何书记呀，这话你就说得有点让我心里不得劲儿啦！你看我是那种见钱眼开的人吗？我不同意迁坟不假，可那是因为情感，和钱没啥关系呀！我都土埋大半截子的人了，就为了讹人家点儿钱，把村子里这么大的事情都耽误了，那不是作损吗？你们怎么能这么小看我呢？"

一番话说得何勇两眼湿润了："您是没这么想，但我们得考虑呀！"

"这样吧，这个坟，我已经和孩子们商量了好了，基本都同意迁。钱说好了，我是不要的，我可不想拿死人换钱花。但时间上，你们得容我几天，等孩子们回来再迁。再者说了，怎么也要等过百天的呀，哪能刚埋上就挖出来，让她的灵魂不得安宁啊！"说到此处，老先生又流了一回眼泪。

事情到此，也就算解决了。何勇和电力公司的人无不被老先生的决定而感动。为此，他们专门坐下来研究，如何能够在政策允许的情况下尽可能多地给予补偿："我们不能让老实人吃亏，也不能让支持我们的老百姓感到心寒！"

工程再一次启动，已到了6月初，工期越来越紧张了。为了保证在6月底前国家光伏上网电价政策窗口关闭之前工程如期竣工，施工人员不得不改变工作节奏，每天坚持14小时工作，从早晨5点，一直到晚7点，中间没有休息，指挥、作业、监理人员中午全部在工地吃盒饭。别说周末休息日，就连上厕所似乎都算作一种特殊方式的休息。省电力公司和白城供电公司的领导来工地看望施工人员，看到一个个累得黑瘦，像地道的农民一样，心疼了，也难过了，晚上特意给大家加了一顿丰盛的晚餐，让大家早收工两个小时。

关心归关心，慰劳归慰劳，但谁都知道情感并不能完全代替工作。工期摆在那里，工程量摆在那里，工艺摆在那里，还得继续玩命干。每一块角铁、每一颗螺丝、每一米电线都必须人到、手到、力气到，容不得半点儿的马虎和懈怠。与光伏电站同时施工的，还有一系列的配套设施和工程，战线拉开之后，不仅空间距离分散，专业跨度也比较大。精细、精准、精确，是电力工程的技术要求，稍有差池就可能酿成大错。虽然在电力系统的正常工程中，这并不是一项大工程，但只要把工期压紧，小工程也变成了一项难度很大的工程。

又经过一个月的苦战，炭窑村光伏电站于 2017 年 6 月 30 日顺利并网发电。工程总投资 468 万元，其中包括光伏电站 1 座装机容量 500 千瓦，建设及改造 10 千伏线路 0.33 公里，新建箱式变电站 1 座，改造配电变压器 1 台，增设开关 2 台。光伏工程投入运行之后，无偿捐赠给炭窑村。根据当地日照天数和日照强度推算，电站年收益大约在 60 万元上下浮动，村民受益年限达 20 年。

钱能解决很多问题，但也总是有很多问题光靠钱解决不了。光伏电站发电之后，它所产生的效益会源源不断地注入炭窑村。对于炭窑村 188 个困难人口来说，可能还算一个不小的数目，但如果用全体村民 1300 口人这个大基数一除，数目就变得很小了。如果，不落实到人头，把这笔钱放到村子的大账里，让繁多的名目和花销一分摊，这 60 万元只能以区区两个字来描述。

这是一个问题，或者说是一个很重要的问题。国家为什么提出精准扶贫，就是要把有限的钱花在刀刃上，让那些老的、残的、病的、弱的人都不愁吃穿，生活都有个基本保障。如果还是沿袭着以往的思路，图省事，不愿意触及深层次矛盾，把钱往村上一"扔"，是否能够保证应该受益的人群都受益，保证每个受益人的受益力度都够呢？是的，扶贫不是简单地分钱，是要全方位改善村民的生存状态，是要通过有限的扶持激发无限的内生动力，但如果应该花到贫困人口身上的钱没有按照合理的比例落到他们头上，或被挪作他用，没有让他们的基本生活得到有效改善，还叫精准扶贫吗？

光伏电站项目建成之后，国网吉林电力又召集了三级扶贫组织，针对炭窑村的实际情况，研究制定了进一步的扶贫保障措施。不仅加大了扶持力度；同时也对扶贫资金的使用情况落实了监管责任。

很快，一些后续的扶贫措施陆续到位，并发挥显效。一项捐资 60 万元的扶贫基金设立起来，并委托洮南市扶贫办监管使用，用于危房改造和困难家庭的学生资助。一个投资 118 万元农网改造工程全面开展，对村子的电力线路和电器设备进行了全面更新改造，提升了炭窑村的供电能力和电能质量。一项投资 230 万元的"井井通电"工程启动，对炭窑村 12 个台区、56 眼机井进行"柴改电"，实现了井井通电和低成本农田灌溉。一项企业消费扶贫政策也迅速得以落实，洮南供电公司与炭窑村结成消费、采购对子，员工及员工食堂的消费需求优先考虑炭窑村的各类农产品。

接下来的问题就是监管。按照地方政府洮南市的统筹，炭窑村的驻村工作队主要由胡力吐乡派出，第一书记由乡财税所长担任，队员由乡人大主任担任，供电公司作为包保单位，派出一名驻村干部。但驻村队员的主要工作基本都是负责建档、立卡、网络信息输入、各种资料整理和扶贫工作台账以及日常的入户，收集、整理、汇总、传递各种信息等，大量的案头工作基本占满了全部时间，没有精力顾及各项村务的决策和监督。由于扶贫工作和村务工作有大面积的交叉和重叠，而各地方政府对第一书记和驻村工作队的职责理解、把握不同，致使驻村工作队工作弹性很大。对于扶贫工作队能力强、村委工作透明度高的村子，凡与扶贫有关的村务，驻村工作队基本全部参与，凡与扶贫资金有关的项目，驻村工作队基本全程监管。对于扶贫工作队整体能力较弱或村委强势、工作透明度不高的村子，往往会因为驻村工作队"不便对村委工作介入太深"，而形成监管延伸不到的"灰色地带"。

为了保证电力扶贫资金使用得合理、精准，洮南供电公司要求自己派出的炭窑村驻村工作队员李洪学每周向洮南供电公司党委汇报扶贫工作的整体情况和贫困村民的需求，同时要汇报扶贫资金使用动态和效果。与此同时，将炭窑村扶贫工作作为一项日常工作，与其他工作进行同计划、同安排、同反馈、同调整。明确扶贫工作由党委书记付海波全面负责，前方扶贫工作情况不仅要依靠驻村队员李洪学负责反馈，党委书记也要定期深入炭窑村发现问题和解决问题。

经过一段时间的跟踪和观察，洮南供电公司发现光伏电站的收益使用情况并不理想。每年返到炭窑村的发电利润并没有体现在贫困的收入中，除了少数资金用于补交村民的"新农合"款，大部分用于村子的基本建设和环境治理。虽然村子有一系列的村务公开制度，但只有大的使用方向和总体资金走公开程序，细目和细节大多只有村委或更小范围的人知情。由于是捐献项目，项目移交后企业便不再有管理和分配权，自主权由炭窑村掌握。而村子却认为，企业扶贫只管掏钱上项目，村子里的事情还是由村子说了算。

"企业什么都管还要我们村委干吗?"话虽然没有直说，但通过驻村队员老吕每次试探性的询问和每次遭到的委婉拒绝，意思已经表达得很清楚。付海波只能带人去胡力吐乡找乡领导，提出调整扶贫资金的使用方向和制定进一步公开透明的措施。再由乡里回头对炭窑村作出相应要求。

付海波提出的理由很充分："这不是我们要干预村子里的工作，这是扶贫工作的原则。这个光伏发电项目就是企业响应国家的号召，专门为精准扶贫而建的，在整个建设过程中，老百姓都作出不少牺牲，也付出不少热情，就等着电站发电之后能从中获得收益，现在一晃电站都运行快两年了，老百姓还没有直接从这个项目上分到一分钱。这是党和国家的温暖和阳光啊!多少你们也得让老百姓感受到，让他们相信我们是真为他们着想和办事儿。否则的话，村民不是对村子有意见，对乡里、对企业、对党和国家都有意见。他们会认为我们所做的一切都不是真为了他们，不过是走个形式，不过是合起伙来糊弄他们。"

2019 年，炭窑村贫困户的收入表里，终于列了光伏发电站的分红收益;村集体的项目公开栏里有了光伏发电站的贡献率;老百姓也终于知道，只要有阳光，就会有源源不断的温暖和祝福流入他们的生活。于是，他们都把这个村子外边的光伏电站当作一块值得爱护和珍惜的宝贝。很多村民闲暇时会带着镰刀或锄头，去光伏电站的太阳能板下边除草，免得那些草长高了挡住了阳光，发不出来电。

转眼又是冬末，在洮南供电公司的工作协调会议上，李洪学专题汇报了一年来炭窑村的扶贫工作和村子的变化。经过县、镇、乡和企业等几方

第二章 山乡升起金太阳

099

面的努力，炭窑村的贫困户百分之百越过了贫困线，集体脱贫。村子里的房屋、巷道、围墙、绿化带和农户大门都已经通过改造焕然一新，但村子四周的荒山依然光秃秃一片。

炭窑村党支部书记何勇的老父亲何殿启被命名为"关注林业 20 年全国先进个人"，一时传为佳话。老先生从 1998 年开始，辞去了乡政府食堂管理员工作，走上志愿绿化荒山的道路。为了节省时间，老人上山都带着干粮和水，渴了饿了都在山上解决。就这样，一个人、一根钎子、一把铁锹、一副镐头，一干就是 15 年。在他的不懈努力下，树一棵棵栽下去，山一片片绿起来。山上长出了黄花、芪珠、桔梗、柴胡等二十几种山野菜和野生中药材；还有沙棘、松树、山榆等七八种树，15 万株左右。老人曾说："我期盼着有更多的人来我的家乡植树造林，好给子孙后代多留下一片翠绿的青山。"何殿启老人的心愿又何尝不是炭窑村人的盼望呢？原来，炭窑村可是一个杏花开满山冈的好地方啊！这件事给了洮南供电公司一个灵感："对，我们也去山上栽树，让炭窑村的山重新绿起来！"

春风荡漾的 4 月，洮南供电公司的职工们开始行动了。由公司出资 1万元，组织 50 余名党员干部、青年员工捐赠 2 万元，共计扶贫资金 3 万元，买来树苗，在炭窑村集体林地里栽起了树。树是既有观赏价值也有经济价值的樟子松，数量也不是很大，4000 棵左右。炭窑村的山肯定不会因为这些树的成活和成长而一下子变长青山；炭窑村的村民也不会因为这些树所产生的经济效益而一夜致富，但这是一种引导，是一种传递。

栽树那天，供电公司的领导都来了，把村干部和村里有劳动能力的人都叫来了，目的，就是要让村民明白美好的生活要靠自己积极创造，生活有了保障之后，还应该想点和做点儿更有意义或惠及子孙的事。

漫山遍野的山杏花又回到炭窑村四周的山上，与以往不同的是，山野上多了一片片蓝色的光影，与如梦如雪的山杏花相映成趣，美不胜收。

阳光又绿清江岸

2017年春天，国网阳光行动之扶贫春风再次吹拂了清江两岸。春苗碧波荡漾，桃花正是含苞待放，国家电网公司决定再次投入11650万元，在湖北省长阳土家族自治县54个建档立卡贫困村捐建55座村级光伏扶贫电站（其中53座容量为200千瓦，2座容量为100千瓦）。总容量10800千瓦，并于6月15日前全部投运。

建光伏电站，首先面对的一个问题就是施工难。村里的路弯弯曲曲，坡陡弯急，小汽车和摩托车可以通行，但施工机械和大型设备的运输车辆没法开进现场，必须对现有道路进行拓宽改造，涉及占用部分村民的土地，协调工作量很大。

说起协调工作，长阳供电公司光伏协调专责人员吕学银有一肚子的话说不完。

61岁的吕学银，原来是乡镇供电所的所长，后来又做了路灯管理公司的负责人。他患有严重的心脏病，2014年因病住院休息了近半年，于2015年正式退休。2016年因为国家电网公司要建光伏扶贫电站，一声召唤，他又回到了公司，考虑到他的工作经历，公司安排他负责协调和办理各种手续。

他说："搞工作，不是走亲戚，不是谁都欢迎你的！"

3月20日，吕学银起了个大早，满怀着喜悦的心情，沿着清江河岸，穿过白雾缭绕的天柱山，直赴鸭子口乡。车窗外，清江边偶有白鹭飞过。

此刻，他揣着一个天大的喜讯奔走在这条蜿蜒盘踞在巴山夷水鸭桃线的公路上，心情好极了！

9点整，他一个箭步，就笑眯眯地踏进了乡政府的宝地。

可是四处张望，咦！怎么没有看见乡领导？打电话一问，领导正商议大事，让等半小时。

"好嘛！"正好坐车累了，休息一下，他心里很是停当。

半个小时过去了，领导没有出来；

半个小时又过去了，领导还是没有出来；

半个小时再次过去了，依旧不见领导的影子。

转眼到吃午饭的时间了，乡领导们终于结束了会议，一脸客气、一脸歉意地说："走！一起吃午饭。"

性格温和的吕学银为了不让自己的心脏病发作，强压怒火，对乡政府领导说："扶贫是大事，是国家的大事，是国家电网公司的大事。国家电网公司扶贫，帮助我们长阳，是我们长阳供电公司的头等大事。我们人手有限，时间有限，我耽误不起，不吃饭！"

他一秒钟也不敢再耽误，忍着饥饿和怒火立即赶往下一个乡镇，资丘镇。

还没有进资丘镇政府的门，他惶惶不安地想：还是先吃了药再进去吧。不能因为自己的身体耽误了大事。可让他没有想到的是，资丘镇政府的领导和7个贫困村的村支部书记全都在等他。

他的心脏好像突然舒缓了，眼睛又眯成了一条缝，喜悦重新爬上眉梢。

资丘镇的协调工作会进展很顺利，顺利到他还没有开口，镇政府的领导就直接表态："我们保证配合，组织协调，使施工一切顺利！感谢国家电网公司的帮扶！"

办理村土地流转手续，签订征用地合同、签订责任状等，一切进展太顺利了！他心里简直是乐开了花，高兴之余还得完成没有办完的任务，他又折回鸭子口办理手续。

他说，这都不算什么，最难的是非贫困户阻工。在鸭子口开工的第三天，非贫困户阻工不让车辆进出，还振振有词地说："你们建光伏电站，不能走我们修的路！"施工人员只好用摩托车进出，可是材料还是进不了工地，最后，都要通过县政府出面协调才恢复施工……

吕学银拖着病弱的身体，在省城武汉、市区宜昌和长阳的 54 个贫困村间奔波，不知不觉已经是人间四月天！

2017 年的四月天，"国网阳光扶贫行动"着一袭淡绿的薄纱，染一身典雅的芳菲，从清新婉约的风韵中走来，向贫困的长阳播洒着阳光，在山冈、在荒坡、在人们的心底。

4 月 14 日，长阳首座村级光伏扶贫电站——多宝寺光伏扶贫电站建成了。

5 月 3 日至 4 日，国家电网公司领导来到湖北宜昌长阳、秭归两县，实地调研了当地村级光伏扶贫电站的建设情况，并要求在 6 月 30 日前全面完成光伏电站建造任务，探索出一套可复制、可推广的光伏扶贫模式。

5 月 26 日，全国光伏扶贫现场观摩会在宜昌举行，贯彻落实中央关于光伏扶贫的部署要求，分析形势、交流经验，研究做好下一步光伏扶贫工作。国家电网公司领导到长阳县多宝寺村、合子坳村现场参观村级光伏扶贫电站，向全国推广国家电网光伏扶贫模式。

6 月 14 日全部并网发电，实现 54 个建档立卡贫困村全覆盖，得到了地方百姓和政府的高度关注。

54 个光伏电站截至 2017 年 8 月 30 日累计发电 335.08 万千瓦时。

9 月 14 日，国家电网公司在宜昌完成了向湖北捐赠投资 4.37 亿元建设的 236 座村级光伏扶贫电站资产移交签约仪式，为央企助力打赢脱贫攻坚战发挥了示范引领作用。

金秋十月，三百里清江画廊的南岸，位于清江库区的磨市镇北部多宝寺村的光伏扶贫电站，就像一枚微斜的宝蓝色"爱心图"别在多宝寺一片曾经的荒坡上。恰是雨过初晴，秋日的阳光照耀着多宝寺村的光伏电站，生成一片温暖祥和之美。在离光伏电站 200 米处的多宝寺村的瓜蒌种植基地，成片相连的瓜蒌地里，一个个墨绿色、金黄色的瓜蒌吊满了棚架。晶莹的雨珠顺着瓜蒌颗颗滑下，衬得瓜蒌愈加色泽鲜亮，满眼的翠绿衬着金黄，煞是喜人。

瓜架下不时传来一阵阵爽朗的笑声："国家电网公司扶贫好，在村建了一座'太阳宝'，我们拍着巴掌笑！"村支部书记覃启艳正带领种植户杨科喜和几个贫困户在采摘瓜蒌，这是他们这个贫困村迎来的瓜蒌的第一次大丰收。

"做梦都没想到还能翻身。我可以说是光伏电站的第一个受益者。"60多岁的贫困户刘祖安掩饰不住内心的喜悦。

刘祖安家有四口人。前些年他得了鼻咽癌，随后，长期跟着他生活、40多岁的未婚弟弟又做了3次开颅手术，接着老伴又跌断了腰，前前后后治病花了十几万元，尽管政府给了他一些补贴，但家里早就债台高筑了。现在还要供养一个上大学的孩子，生活异常艰难。巨大的压力，几乎让他对生活失去信心。

光伏收益让他实实在在有了"获得感"：前不久，家里种的两亩多瓜蒌支架倒了，村里用光伏收益按每亩1500元对他进行了补贴，过了几天，又用光伏收益购买了一头母猪送了过来，他当时激动得要给村干部下跪。

刘祖安过去是个养猪能手，经常养几头母猪下崽卖钱，日子还过得去。可家里接二连三发生的灾祸，让他彻底"趴"下了。为了给家里人治病，他不得不含泪把母猪和猪崽全卖了。后来再也无钱买猪，只留下一个空荡荡的猪圈。每当经过别人家的猪圈，特别是看到一群小猪围着母猪吃奶时，他就痴痴地看着，久久不肯离去，眼里满是泪水。村里人都知道他喜欢养母猪，可谁也帮不了他，一头母猪得2000多块钱呢！

他几次噙着眼泪说："没有光伏电站，我真的爬不起来。"

大家正说笑着，长阳民福瓜蒌专业合作社的致富带头人杨军明的农用货车稳稳地停在种植基地的机耕路上，路边已经堆满了种植户们装满瓜蒌的草筐。看着丰收在望的瓜蒌，他更是喜上眉梢。

杨军明对刘祖安说："祖安哥，我过几天把瓜蒌筐子放在你的瓜蒌地里给你摆好，你只需要摘了瓜蒌放里面，我用三轮车来拖，全给你收了。"

刘祖安笑着说："谢谢啦！你们总是在帮我。"

看着瘦成皮包骨的刘祖安，杨军明又问道："你明年还可以再多种几亩吗？明年我保证你可以达到 2 万元的收入，把治病欠下的债再还一部分，孩子上学费用也不愁了！"

"好！好！好！"刘祖安连连答应。

看到覃启艳正走过来，杨军明忙告诉他自己刚刚查到村里支持合作社扩大建设的 10 万元资金。

"这是光伏电站发电的第一笔收益，大部分先划给合作社，把瓜蒌产业搞起来了，全村脱贫致富就有大指望了！"覃启艳也告诉他这个好消息。

2016 年，多宝寺村共有 7 个村民小组，总人口 2615 人，共 830 户，其中贫困户 334 户，贫困人口 1058 人。过去以种植玉米、土豆为主要经济来源，村集体无集体经济实体，全村主要劳动力大量外出务工，留守人员多为老弱病残人员，经济发展缺乏相应资源。农户致贫主要是缺技术、因病、因残、因学、缺劳力户等原因。

"村里有了光伏电站，每年的收益大约在 16 万元左右，有了这笔钱支撑，就可以帮扶贫困户发展瓜蒌产业。"覃启艳说。

以前村里要办点实事，只能层层打报告，伸手往上要，更别提发展产业了。自从有了光伏电站这块稳定的收益，村委会一班人就有了胆量和信心。大家一商量，决定贷款 100 万元，与村里的致富带头人杨军明合作，成立合作社，共同投入 150 万元创建"民福加工厂"，从安徽引进改良的品种分期再种植 500 亩，优先安排村里的 200 户贫困户种植，每亩按照 1500 元的标准对种植农户予以补贴。"民福加工厂"负责统一收购，统一加工，统一销售。

覃启艳乐哈哈地介绍，瓜蒌的肉加工成干果外销，瓜蒌的壳和籽加工成中药材，加工后的瓜蒌每亩产值可达近 9000 元。而加工厂获得的收益，村集体也有收入。

大伙一下子就动员起来了，漫山遍野的瓜蒌成为村里一道亮丽的风景。

县委书记到该村合作社考察时说："没有想到我小时吃的玉米苦瓜糊

第二章 山乡升起金太阳

105

糊，如今却成了我们县脱贫致富的福瓜，忆苦思甜，我们要饮水思源，这得感谢国家电网公司多年来对我们的帮扶！"

阳光如甘露，患难显真情。11月初，覃启艳在村民代表大会上宣布光伏电站收益分配方案：光伏电站每年收益大约在16万元左右，会拿出5万元，对村级基础设施进行保养与维护；4万元来帮助有劳动能力的贫困人员实现就业，提供公益性就业岗位，比如村级道路清扫、安全饮水管道的保养与维修、光伏电站的日常看护、清扫等，让贫困人员劳有所得；1.5万元对贫困学生进行帮扶，对考取重点大学的学生给予奖励；2万元对因病因灾给生活带来困难的贫困人员进行帮扶；余下的收益对贫困户的瓜蒌产业发展、养殖业发展进行扶持及技术培训。

话毕，台下掌声就响成一片！

54座村级光伏电站覆盖了长阳54个建档立卡贫困村，完全解决了大部分村集体经济匮乏和资金不足的问题。目前55座光伏电站实现总收益3843.52万元：为长阳4.5万贫困人口提供医疗补贴，共585万元；为村集体设施建设提供资金1098万元；提供公益性岗位200余位、发放工资120余万元；用于教育扶持、救急难资金439万元。光伏扶贫电站可长达20～25年的"造血"功能，对"乡村振兴"有着极其重要的作用。

光伏扶贫电站的建成投产，进一步推动了上级有关部门和社会各界对长阳的关注，带动了其他扶贫资源、资金的精准投入。光伏扶贫电站也成了"工业旅游"景点，为村里增加了名气、人气、财气，吸引了三峡大学等中、小学校以"清洁能源"为主题，组织学生前来开展"研学旅行"。除县乡两级政府组织的多次参观学习外，青海省玛多县、河南省信阳市、湖北省孝感市大悟县等多地扶贫人员前来考察交流。中央电视台等主流媒体多次对长阳光伏扶贫进行报道。

一大群白鹭飞过国家电网公司在武陵山区余脉捐建的光伏发电站，最后停落在清江河边的枝头，它们不停地扇动着翅膀，像摇响了收获的铃铛，像是在诉说国家电网公司持续25年，以电相连，情润鄂西；又像是一首脱贫攻坚之歌：跟着太阳向前走，春风化雨大地披锦绣……更似一首土家族南曲在心头吟唱开了："云暖风轻，江水如镜，山河璀璨月空明，只见那山山孔雀开画屏，金光十里波千顷，恰似那春风化雨润乡村……唱的是深山扶贫人，披星戴月，垦荒风云，借来天光惠黎民，万众一心，大山深处苦攀登，荒郊野外餐宿，寒来暑往驻村，能量转换，吸纳天恩，用无完，取无尽，一线牵来，移挪乾坤，为了百姓脱贫困，光亮处，都是铁马金戈战未停，有道是，中华儿女多奇志，艰难困苦玉汝成，聚日光，引天神，光照四方，阳光扶贫，精准扶贫扶精准，东方红，太阳升，山花灿烂满园春，江中影，天上景，小康路上共飞腾！"

第三章

一
网
情
深

在脱贫攻坚的战鼓声声中，为了进一步加强定点扶贫地区的扶贫工作，国家电网公司党组分别向湖北省长阳土家族自治县、秭归县、巴东县、神农架林区、青海省玛多县"四县一区"定点扶贫区委派优秀干部挂职"扶贫副县（区）长"。扶

贫挂职干部带着156万国网员工的重托，走进大山，登上高原，满怀激情和梦想，投入到这场波澜壮阔的脱贫攻坚战中，为推进定点扶贫区早日脱贫发挥了他们的智慧和力量，贡献了他们的光和热。

他从风雪中走来

2016 年初冬的第一场大雪还未消尽，第二场风雪又要来了。已经过了正午，阳光卖尽了力气，依然只能从厚厚的阴云中露出少许光亮，洒向这片广袤的大地。有着"华中屋脊"之称的神农架林区，像是一簇皱紧的眉头，一层层大山挤挤挨挨拥在一起，乱成一团。是老天爷在愁这些莽苍的大山，还是愁这里生活的人？

青山遥远，野径无人。崎岖的山路上，一辆黑色的越野车在颠簸中艰难地行进着。这辆车早上 8 点从神农架林区政府所在地松柏镇出发，在高海拔的大山里翻山越岭，已经行驶了 5 个多小时。

胡卫东望着窗外银装素裹的世界，心绪随山势起伏。他是第二代电力人了，从小受到老一辈熏陶，对"人民电业为人民"的宗旨深有体会。高中毕业后，胡卫东应征入伍，在黑龙江中俄边界珍宝岛当兵。从部队退伍后，他选择了电业，要把自己的光和热随着电的光亮献给国家、献给人民。在电力系统，他既爬电杆、修电器，也搞政工、写材料，还当过办公室副主任和文艺演唱团团长，是一个积极乐观、踏实努力的人。之后，他成了国网湖北恩施州宣恩县电力公司总经理。胡卫东来到宣恩县去的第一个地方，就是位于在椿木营乡火烧棚村后山坡上的周国知墓地。周国知是当年畅销全国的长篇报告文学《大巴山的呼唤》中的主人公，是新时代涌现出来的模范基层干部之一。他生前工作过的地方就是平均海拔 1800 米的宣恩县椿木营乡。为了贫困人口搬出冰窖似的岩洞，搬出摇摇欲坠的茅棚，周国知肩负着"为人民服务"这个重于泰山的崇高使命，视民众住所大于天，热血洒"消茅"，生命铸广厦，殉职在为特困户搬出茅棚的战斗中。

在周国知的墓前，胡卫东更加坚定了自己的人生信念。他要像周国知那样，以一个共产党员的拳拳之心，爱岗敬业，无私奉献。他似乎看到，周国知背着背篓在崎岖的山路上深一脚浅一脚艰难跋涉的身影旁，有了同行者。后来他被提拔为恩施供电公司工会主席、纪委书记，受国家电网公司委托，被派驻神农架林区，担任区人民政府副区长。他始终坚守着定点帮扶这项光荣传统，不忘初心和使命。

突然，越野车停了下来。前面是一条羊肠小道，不仅积雪覆盖，旁边还是壁立万仞的陡峭悬崖，汽车无法通行。坐在副驾驶位的胡卫东拿出两桶方便面，递给司机一桶，便"咯嘣咯嘣"硬生生地干啃了起来，看着司机惊异的眼神，胡卫东冲司机一笑，说："情况特殊，没有热水，我们就凑合着吃吧。"啃完面，他们从轿车里拿出两根早已准备好的木棍，随手抓了把路旁的雪塞进嘴里，便迎着阵阵寒风，步行向前。银装素裹、苍莽肃静的大山里，就他和司机两人，在这条通往太和山村满是积雪的山路上，一前一后地攀爬着。他银灰色的棉服上，别着的那枚"国家电网"的绿色徽章，随着他蹒跚的步伐一摇一摆，顿时把这片茫茫的银色摇曳得生动起来。

此行目的地是神农架林区下谷乡太和山村。下谷乡是神农架辖区内最偏远的少数民族山区，地处神农架和恩施巴东县交界处，大多数山的海拔都在 2000 米以上，一年中有超过 5 个月的时间被冰雪覆盖。而太和山村地处大巴山东端的神农架山脉南麓，境内最高点是位于这个村的神农顶，海拔 3105.4 米，最低点是石柱河，海拔 398 米。因峰岭嵯峨，峡谷幽深，旅游资源非常丰富。最有名的要数"三大怪"：一是山高水长的道教圣地"小武当"，又名太和山，在最低海拔 398 米的河床中突起的摩天奇峰，高达千米，气势磅礴，二是天下无双的"神奇兵器"——三十六把刀。36 座像锋利宝刀一样的山峰，错落有致地分布在 1 平方公里范围内。从下往上看，奇峰林立直插云霄；从侧面看，恰似三十六把刀搁置在兵器架上；远眺，在灿烂阳光的照耀下，三十六把尖刀银光闪闪，呈现出"刺破青天颚未残"的壮观景象；三是变幻莫测的"潮水洞"。每逢五六月晴空万里，在悬崖之上，洞中早中晚间歇流出潮水，成为千古未解之谜。太和山村是因炎帝神农氏到这里不停歇试种发明五谷，长年五谷丰登、和睦太平而得名。

尽管这里旅游资源丰富，但因主要劳动力外出、种养殖品种单调、经济来源少等问题，这个小山村仍是贫困村。截至 2016 年，全村共有 7 个村民小组，358 户 1013 人。有未脱贫的贫困户 36 户，贫困人口 92 人。在此之前，已完成脱贫户 126 户 428 人。根据"国网阳光扶贫行动"计划，将在神农架林区投资 3195.96 万元建设光伏电站，出资 402 万建设配套接网工程，助力当地贫困人口脱贫。其中要为太和山村建一个 200 千瓦的光伏电站。作为协管扶贫工作的副区长，胡卫东为建站选址操了不少心，听说太和山村产生了矛盾和纠纷，建站选址还没落实好，就冒着风雪前往协调解决。

这条羊肠小道，胡卫东并不陌生。至于走过多少次，胡卫东自己也记不清了。

走访贫困家庭的贫困状况，他来过；区政府慰问特别贫困家庭、五保户和低保户，他来过；动员村民结合旅游资源搞好旅游开发，他来过；邀请农业专家指导村民科学种植杜仲、黄连、柴胡等农特作物，他也来过……

其实何止熟悉这条蜿蜒曲折的羊肠小道，他对神农架林区 1.75 万贫困人口所在村庄的贫困状况都了如指掌。每一条通往贫困村庄的羊肠小道，他都走过无数次；全区大部分贫困家庭，都留下过他的足迹。

2016 年的中秋佳节，当神农架人还沉浸在欢歌笑语和全家吃团圆饭的节日氛围中，胡卫东就走东村串西村，拜张家访李家，围绕着神农架林区的贫困现状及脱贫攻坚对策，作了深入细致的考察，为神农架林区党委及政府制定相关政策和措施提供了有力依据。

112　　　　光伏站施工中，材料运输是最大的难题。有的村子道路还没完全修通，有的被洪水冲毁，有的是峡谷电杆根本运不上去……困难时刻，总有胡卫东现场指挥的身影：靠人肩挑背扛，靠骡马驮运，靠搭建索道或绞磨绞运。最远的一座电站竟用了15天转运物资！尤其令人难忘的是神农架黎志坪村，运输材料要经过一座水库。由于山洪暴发，水库的蓄水位猛然上涨，将通往村里唯一的大桥淹没了。望着湍急的洪水，施工人员急不可耐，又无计可施。胡卫东与水库领导紧急协商，开闸放水。考虑到下游安全，放水只能一次次尝试，不能超过安全线。

在寒风中漫长地等待后，水位下降至离桥面还有20厘米时，放水量达到安全底线。但大桥承重不能超过3吨，货车禁止通行。关键时刻，伴着施工负责人一声大喊"时间不等人，我们蹚过去！"一个、两个、三个，施工人员都脱下鞋袜，卷起裤脚，抬起电杆踏水前行。这群人中，还有一个看不出一点干部模样和书生气的胡卫东。

三月的神农架寒气逼人，冰凉的河水漫过小腿，刺骨透心；针刺一样的寒风夹着山上吹起的雪花，打在脸上，生疼生疼。要不是时间赶得紧，谁愿意蹚这条河？

……

苦难从来都不是一朝形成的，而幸福，一定是一步一个脚印走出来的。

下午5点，太阳终于在厚厚的云层后面打卡下班，匆匆甩下最后一抹余晖就溜之大吉了，太和山村的村主任和村委会干部也终于迎来两个疲惫不堪的身影。

望着红通通的脸颊上淌满汗水的胡卫东，村主任忙迎上前："胡区长，这一路辛苦您了，快进食堂就餐吧！"

胡卫东笑了笑："我们在路上已经吃过了。大伙儿都到了吗？"说罢用衣袖抹了一把汗，就往村会议室走去。

会议室坐满了村民，却依然有些寒冷，有些村民显然等得有些不耐烦了。胡卫东满怀歉意地笑道："对不起，对不起，让大伙儿苦等了！"

胡卫东这一笑，村委会周围挂满冰凇的树枝颤了颤，昏昏欲睡的山雀一个不留神差点儿从枝头上摔下来，甩甩头，立刻精神抖擞。屋里的温度似乎暖了几分。

接下来，太和山村建光伏电站选址的讨论会在一片和谐、欢快的气氛中召开。

但整个会议开下来，仍有不同意见，这便是50多岁的村民梅家强。他赞成建站，但不同意占他家的坡地。

胡卫东心里紧了一下，意识到问题来了。梅家强有不同意见，也许是自己没有把理讲透，也许梅家强心里还有没解开的疙瘩，总之需要针对性地沟通解决。于是在村主任要请自己吃饭、喝苞谷酒时，提出要一个人作陪，这个人就是梅家强。

大山是冷的，森林是冷的，外面的一切都是冷的，但屋子里面一定是热乎的、温暖的。人创造了家，有家就会有温暖。胡卫东这样想着，心里也慢慢妥帖下来。光伏电站对村里太重要了，这样一个资源相对缺乏的偏远小村庄，旱涝保收的光伏电站，几乎是唯一合理的致富手段，为了百姓们的脱贫道路，必须要把梅家强说服。

"胡区长，这菜是自家种的，这苞谷酒也是我亲自酿的，不成敬意呀!"说着，村主任站起来要给胡卫东敬上一杯。

胡卫东忙起立示意村主任坐下，诚恳地说："我说啊，这第一杯酒要请老梅喝。"话音未落，就忙给梅家强敬酒。

梅家强多少有点儿摸不着头脑，有点尴尬，但也颇有礼貌地说："不不不! 这酒还是该胡区长喝。"

村主任见无法进行下去，干脆来了个折中："这样吧，干脆都端着酒，一起喝一杯。"

在相互的礼让中，餐桌上所有的人将这第一杯酒一饮而尽。

不知是冷天中的男人需要酒，还是在座的心情好，这顿由村主任家准备的简单家宴，也在和谐欢快的气氛中进行着。

几杯下来，不擅长喝酒的梅家强添了几分醉意。他站起来，对大伙儿说："我喝多了，你们慢慢喝吧，我走了。"

刚走了几步，梅家强就踉踉跄跄，险些跌倒在地上。胡卫东忙走过来，把他搀扶起："来，我送你回家！"

尽管梅家强嘴里嚷着"不用啦，不用啦"，可胡卫东说什么也要亲自把他送回家。走进梅家强的家门，当他按开门边的电路开关时，一下子震惊了。昏黄暗淡的灯光下，房屋墙壁上几处裂痕清晰可见；主墙被内外几根木头桩子支撑着，随时都有坍塌的可能。堂屋里一张饭桌就是他家唯一的家具，破旧的生活用品裹挟着垃圾，散落一地。尽管长期走贫访苦，胡卫东还是被眼前的景象惊呆了。

胡卫东把梅家强扶到屋东头的凳子上坐下，就走进了灶房。他东看看，西看看，没看到半碗面粉，也没看到一粒大米，灶房里能填肚子的，只有几十个红薯和土豆。他心里突然好一阵酸楚和惭愧！

这时，村主任和村委会的几个干部赶来了。胡卫东跟村主任详细了解了情况，就招呼人立刻去拿了个大灯泡换上，找来扫帚和簸箕，一起动手，把梅家强的屋里屋外打扫得干干净净，又把醉酒的梅家强扶到了他那张破旧的床上。

回到村委会，胡卫东躺在床上怎么也睡不着。风雪前夜的大山里，漆黑一片。月亮和星星都被厚厚的云层遮掩，银装素裹的大山没了皎洁月光的反射，像一团团墨迹，在大地上洇染、洇染……各种程度不同的黑和暗红交织在一起，组成了神农架的夜色。

夜风凛凛。胡卫东双手枕着脑袋，望向深深的大山。这黑黑的大山外面，有他的家，那个温暖、幸福的小家庭。如今他为了电力工作，为了扶贫事业，身处这茫茫大山深处，依然能感受到家的温暖。这温暖是他生命的源泉，也是他生活的动力。为了家人，他可以排除一切困难，用全身心的力量去保护他们。辛苦算什么？艰难算什么？

谁不需要一个家？谁不希望拥有家？有了家，不就有了方向，有了生活的希望和寄托，不就有了争取更幸福生活的动力？

脱贫攻坚不只是让老百姓不再挨饿受冻，更不仅是数据上看到的脱贫成绩，而是为了进一步消灭生理和心理上的一切贫穷，让人们走上自强、自立的道路。

老梅为什么不愿意让光伏电站占用自己的地？说白了就是没有对美好生活的向往，没有追求更好生活的动力。因为他缺少亲人的关怀，缺少家庭的温暖。

我们扶贫干部，就是要把许许多多像老梅一样的人当成自己的家人，让他们重新找到家的感觉，让他们心中的那个家，成为他们今后生活的不竭动力！乡亲们，在这个风雪欲来的夜晚，我来了，从此我们就是彼此的家人。对，这里也是我的家，你们也是我的家人……

想着，想着，夜色越来越深，胡卫东也沉沉睡去。

几声雄鸡的鸣叫，撕开大山的夜幕，也催醒了酒醉的梅家强。他从床上坐起来，一下子傻了眼：谁把屋子打扫得干干净净？他一下想起了昨晚的事情，想起胡副区长给他敬酒并送回家的场景……梅家强羞愧难当。

一大早，梅家强就来到村委会，想和胡卫东说同意占用自家坡地。没想到一见面，胡卫东就先声夺人，"老梅，快快坐下，怪我们的工作没做好，我这个协管扶贫工作的副区长也不称职。我会尽快向区里反映，帮助你把房屋修缮好。还有，我会跟村里建议，电站建起后，让你通过培训，负责维护光伏板。这样，你每个月都会有一笔固定的收入，你有什么其他困难，也尽管说，乡里、县里就是你的家，政府就是你的家人，有什么困难咱们家里人给你解决。"

"胡区长！"梅家强激动地拉着胡卫东的臂膀，泪水模糊了双眼。

天大亮了！天空依然阴沉，没来得及吃早餐的胡卫东和司机，跟村民一一告别，拄着棍子，迎着那缕光芒，一前一后地走上通往山下那条冰冻的羊肠小道。小径愈发湿滑，难免有些趔趄，但胡卫东却走得很笃定，就像当年心怀雄心壮志，毅然离家参军，誓言保家卫国的时候一样，坚信一定会把脱贫攻坚的胜利消息带回家乡。

香中别有韵，清极不知寒。银灰色的棉服上，胸前那枚"国家电网"的绿色徽章愈发鲜艳。

秭归来了一位留洋的县长

　　周想凌被任命为秭归县的挂职副县长时，有点难以抑制的激动。那天，武汉的天气闷热难耐，但他觉得有一股清凉的山风从遥远的秭归吹来，对那块古老而传奇的土地，他神往已久。晚上，驾车驶过长江二桥，远眺这条流经家门口的大江，沧浪之水，浪拍三楚，他恍惚从浪涛里听到屈子在秭归苦吟，听到昭君离家时的琵琶弦断，更看到那些亟待脱贫的乡亲们渴望的眼神。

　　该走马上任了。2016 年 8 月，身为国网湖北电力二级职员、互联网部副主任的周想凌，疾行在秭归路上。

　　第一次与他迎面相遇的秭归，正逢 40 多天滴雨未降，像一个几天几夜劳苦跋涉却滴水未沾的人，从头到脚干渴得冒烟。

　　县委书记和县长在一起研究抗旱保饮用水供应的当口，周想凌前来报到。县委书记一看简历，好家伙，职业生涯中曾由省电力公司生产技术部电网处处长，提拔到恩施州电力总公司分管农电，握有华中科技大学工学硕士、武汉大学法学硕士和英国米德塞克斯大学工商管理学位，享有教授级高工头衔。这样的学者型同志到县里来挂职扶贫，正是时候。县委书记当下对县长说："国家电网公司派来的，有分量，行不行，压点重担试一下。"

　　县长会意，水电向来是一体，抗旱工作关键在电，他来得正好呀。于是，节骨眼上，没有豪言壮语，周想凌临危受命接下协管秭归全县抗旱的重任。

周想凌来到县水利局，找局长虚心请教。局长不知道是不是存心考验他，先是哈哈一笑："周县长，莫当真，领导安排你协管抗旱，估计也没有做多大的指望。抗旱是块硬骨头，全县几十万人民焦急万分，你一人空手驾到，恕我直言，莫来垫这个背，吃这个亏呀。"没想到周想凌的反应如同初生牛犊不怕虎，一副不容置疑的样子，局长方才一脸正色地建议周想凌先到高山磨坪乡实地看看，然后到脐橙大镇郭家坝现场走走。

新来乍到，事情干得好不好是一回事，首先服从领导的工作安排，态度踏实端正才是首要的，想到这里，周想凌立刻起身赶往磨坪乡。

一路行来，土地干裂，草木低垂，果树打蔫，一颗一颗果实萎缩落地，蔬菜被害虫祸害得千疮百孔，就连生命力最强的苞谷也叶片打卷发黄，一副奄奄一息的样子，周想凌紧锁眉头，心情越发沉重。

山路崎岖险峻，4个多小时后终于到达磨坪乡，人未靠近便听见吵闹声传来。原来从县城里调来的水车正在给乡民送水。乡民们各自排队等候接水的工夫，一个年轻后生，左手拿着塑料桶，右手拿着不锈钢水盆冲到队伍的前头要插队接水。后面的人坚决不同意，于是争吵起来。插队的后生说："我老婆在三墩岩下村扶贫，我白天到乡下给人看病，老娘生病卧床，年幼的女儿早上和中午两趟都没有接到水，这车水要是再接不到，晚上饭都吃不上。不好意思，让我插一下队，谢谢大家让一让。"

经他这一说，其他人开始默许，独一位穿着时髦的小哥不依，伸手拉他，要他退出来。也许是挣脱时用力过大，手上的不锈钢铁盆顺势一甩，打到拉他小哥的手臂上，于是两人开始发生口角厮打起来。

周想凌见状，忙和同行的水利局副局长上前劝解，哪知那医生用盆向那小伙子头部砸去时，不锈钢脸盆被塑料桶弹起来，凑巧钢盆脱手，打在旁边劝架的周想凌眼镜上方的额角上，眼镜落在地上，鲜血顺着额角快速流了出来。副局长忙喊："你们打伤周县长了，还不住手。"

话音一落，大家都愣住了。周想凌用手捂住额角，鲜血从指缝中流出来，缓过神来的医生，连忙拉起周想凌往百米开外的乡卫生所走，边走边道歉："对不起，不知道你是新来的周县长，快到卫生所，我去给你处理一下。"闻讯赶来的王乡长，也扶着周想凌的另一只手，沿路道歉，说："群众的取水工作没有组织好，请周县长批评。"

捂着伤口的周想凌一直未吭声，伤口处理完，他要王乡长介绍乡里饮用水的供应保障情况。只听王乡长一声长叹："磨坪山里产煤，长年累月地挖煤，把山都挖空了，山体失去蓄水功能，2016年磨坪出现了超历史纪录的大干旱，乡里街上有两三千号人，靠从县环卫局临时调来的一台洒水车，从20多公里的山下升平水库里拖水上山，一天三趟，如杯水车薪，根本不够用。如今田地冒烟，乡里中小学已经全部停课。眼下，保饮用水供应为抗旱的重中之重，生产用水也在同步想办法。明天一早我陪你一起实地踏勘，看有什么好办法。"

说完，王乡长欲让周想凌先到招待所吃晚饭歇脚，可周想凌哪有心情，看天色还早，拉着王乡长立刻出发去看供水的线路。

通过连夜的现场踏勘，问题找到了。原来，升平水库水位下降，导致水泵机头脱离水面20多米，水泵不能吸水送到中转池，只能靠水车开到水库边吸水，这样水车要多跑15公里山路，导致水车运水能力受限；中转水

池原来设计的水泵容量也小，在各家各户自用水池干枯的情况下，自然无法满足居民用水需求。

针对踏勘发现的问题，乡里连夜开会，周想凌要求县水利局紧急派人送来加长水管，将取水泵头下延到合适位置，水车不用到升平水库取水，改为在中转水池取水，一天取水次数由三次变为九次。紧接着，他连夜向县供电公司求援，在中转水池附近铺设容量大的线路并加装变压器，水利局调配容量大的水泵，三天内恢复自来水供应。

方案形成，回到招待所，已是晚上11点多。王乡长找来十几个苞谷棒子，就在招待所前面的场坪上，烧起篝火，自己动手烤起苞谷，算是周想凌来到秭归的第一顿晚餐。

与周想凌一道来的水利局副局长也拿出几十年从事防汛抗旱工作的看家本领，当夜提出全县12个乡镇的18个抗旱提水泵站紧急扩容方案。同时提出，橙农抗旱用电从自家屋内拉出供电线，电价无法享受农业生产电价的优惠问题。县长安排水利局负责水泵紧急物质的筹措，请周想凌向宜昌供电公司求援，解决18个泵站变压器增容和田间地头抗旱用电现场表计计量问题。他与县供电公司总经理一起找到国网宜昌供电公司分管领导副总经理，经研究，在政策允许的范围内，问题全部得到了解决。国家电网公司成了周想凌到秭归开展扶贫工作的坚强基石。

在秭归的田间地头奔波了将近一个多月，流出的汗水也足够灌溉几棵苞谷苗了，全县生活用水终于得到稳定保障，磨坪中小学迅速复学，柑橘也起死回生，当年产量总算维持了正常年份的水平。

一场喜雨过后，西陵峡的天空映出了耀眼的彩虹，县委书记在全县干部大会上说："我们好多县领导还不熟悉国网公司派来的周想凌副县长吧，他刚来这一个多月里，都蹲在秭归的田间地头，为我县最严重的干旱战役夺取全面胜利做出了巨大的贡献，体现了国网干部的责任担当，希望全体干部同志们学习想凌县长勇挑重担，吃苦冲锋在前的新时代精神。"

国家电网倾情助力秭归脱贫长达20多年，按照国家电网公司扶贫办张莲瑛主任的工作要求，周想凌不仅重视每年新的扶贫项目管理，也十分重视历年积淀下来的扶贫项目持续发挥的扶贫作用。一天，他与秭归县供电公司总经理龙兵一起查看 2015 年国网秭归露珠茶场扶贫项目时发现：茶场场主周老板是一个残疾人，原承包的小矿井按政策要求被关停后，经营困难，之前用小煤矿生产的煤炒茶，难以维持经营。眼看着在茶场打工的近百名乡民因即将失去茶场工作而返贫，国家电网公司的定点扶贫项目也将失去应有的扶贫功能。周想凌带着类似的问题，一连调研了四个茶场的茶叶加工车间，除有一个茶场还在用煤炒茶外，其余三个茶场炒茶全是用的柴。说白了，就是在烧树。调研后，周想凌心情十分沉重，采茶人和残疾茶老板因即将返贫而发愁的面容，整天萦绕在他的脑海里。为难之时，他还是想到了要依靠国网，一个茶叶加工"煤改电"的思路，在脑海里形成。他立即找县长汇报："我调研了国家电网公司历年在我县的扶贫项目，发现茶叶加工的方式应该由传统的烧煤烧柴方式改为用电，这样有可能提高茶叶的品质，适应当前扶贫、环保和安全的要求。"

县长说："好啊，电炒茶肯定有利于环保和安全，但是，茶场老板怎么不主动改？电炒茶的口味怎么样？用电成本高不高？技术成不成熟？能不能作为国家电网的扶贫项目？好多问题需要研究清楚，这件事你抓一下，要求县农业局茶叶办专题研究，到茶叶产业发达的地区去考察学习后，拿出一个调研报告，好让县委县政府作决策。"

有了县长的支持，周想凌马上联系县农业局局长，同时也向省电力公司农电部和国网扶贫办汇报。

国网扶贫办欧阳平处长当下提出一连串的问题："国网扶贫资金要用于贫困户脱贫，不能扶持茶企老板。你们要研究清楚，煤改电炒茶后能不能增加收益？如何惠及贫困户？国网的扶贫资金如何保值？"为此周想凌与县扶贫办、供电公司和农业局茶叶办的同志一道，马不停蹄地调研学习，加班加点，很快拿出了一份系统性、政策性和技术性很强的可行性研究报告，为国家电网和县委政府作出决策提供了可靠的依据。很快，他们的方案得到国家电网和县委县政府的坚定支持。县长亲自召开了有关部门参加的全县茶叶煤改电动员会。

但是，茶企煤改电，尤其是要求茶企老板们在12年内以租金的方式返还本金给村集体，现有的炒茶设备要作废，大家普遍感到可惜，有一定的经营压力，多少有些犹豫。周想凌认为，这件事不能政府强制，必须得做通茶企老板的思想工作，本着自觉自愿的模式展开。他琢磨着，要紧紧依靠县内龙头茶企老板的带头示范作用，于是找到九畹茶企老板、县茶叶协会的龚万祥会长，希望通过他的带动做通其他茶企老板的工作。

龚万祥是个敬业的人，回答非常爽快，当下建议次日便和县茶叶办和茶叶协会一起召开煤改电研讨会，通知利益相关的村集体、贫困户和茶企老板来开会，再次讨论周想凌组织编写的《秭归县"茶叶加工煤改电"产业提升扶贫项目管理办法》，争取大家全部自觉接受项目并积极参加。

第二天，会议在九畹堂村召开。龚万祥会长在会上说："'煤改电'是一种提升我县茶叶品质的根本出路，不仅是环保和扶贫的需要，更重要的是体现了国家电网公司对我们秭归贫困山区的倾力扶持，蕴含着央企对保证绿色长江、打造生态产业的责任担当和无私奉献。我们不要忘了，十几年前梁茶主一家三口因烧煤制茶而煤气中毒身亡的悲惨事故。大家要抓住机遇，抛弃煤柴制茶这种落后的老办法，迎接干净清洁的现代文明加工工艺。"

当天17家主要茶企与所在的贫困村签订了设备租赁合同。

太阳，再次从山那边冉冉升起，红艳艳金灿灿的光冲开遮挡山里人视线的团团迷雾，把巍巍三峡大坝之首的宏伟瑰丽，把滔滔长江的博大胸怀和慈母般的爱意，展现得淋漓尽致。

山路弯弯理儿直。当引路人把横亘在人们面前的那条弯曲的路认清了、看准了，便会大踏步地前行。在秭归县，加工制作茶叶"煤改电"这条路上，第一个阔步前进的，自然是龚万祥的秭归县九畹茶叶公司。

"煤改电"实施以后，一股新风、一个新的思潮在秭归各大小茶叶加工车间掀起。茶叶加工车间的烟囱不再冒烟，昔日制茶引起的漫天灰尘和乌龙般的黑烟，被车间里有节奏的电力设备运转声所代替。各类电加工设备上翻滚着碧绿的嫩芽，车间里是有条不紊的电热烤茶、摊凉、精揉、提香加工流程。

在国家电网公司总经理到茶厂调研扶贫工作时，龚万祥诚挚地说："茶叶加工'煤改电'不仅节省了人力成本，还有效解决了煤、柴燃料产生的硫黄、粉尘污染，杜绝了山林砍伐，电脑精准控温技术避免了人工操作温度不均衡导致的焦香不匀、鲜叶浪费。茶叶加工能力提升50％，带动茶农销售鲜叶增收20％。因为茶叶品质的提升，我们销路大涨，也有能力惠及贫困乡民脱贫奔小康，我代表大家鞠三个躬，以表达我们对国家电网公司的深深谢意。"

不知不觉间，周想凌在秭归挂职三年，离开时，发现自己已经成为秭归的儿子，犹如一条小溪、一片茶叶融入秭归的土地，犹如一滴沧浪之水，融入滚滚长江。莫道屈子身影已远，莫道昭君环佩声绝。一泓清水照西陵，亦证我心，留在青山间，亦留在了秭归。

洪湖歌声向长阳

"洪湖水呀浪呀嘛浪打浪啊，洪湖岸边是呀嘛是家乡啊……"

一曲洪湖水，悠悠几代情。谢海红出生在洪湖岸边，从小喝着洪湖的水，听着"洪湖水"的歌声长大。曾经血雨腥风的英雄历程，曾经烽烟滚滚的峥嵘岁月，给洪湖人民留下了宝贵的精神财富，也给洪湖人烙下了深刻的性格印记。洪湖人民对党的感恩之情由来已久，豪迈、耿直、忠贞，这些宝贵的性格特征也都遗传到谢海红的身上。

谢海红，是武汉大学、三峡大学双硕士，高级工程师，湖北省人力资源管理学术委员会委员，湖北省企业管理专家，国家电网首批专业领军人才，学历高，工作经验丰富，主持过多个企业管理项目，1 项获得国家及管理创新二等奖，2 项获得行业管理创新一等奖，4 项获得省级管理创新一等奖，1 项获得省科技进步三等奖。曾在北京、武汉、黄冈、宜昌工作，从事过基建、行政、人力资源、生产经营、项目管理、职业咨询、党建等工作。

对于今天这样硕果累累的成绩，谢海红实话实说："我性格耿直，稍显急躁，凡事都要力争做到最好，做不好就会焦虑，这是自身的性格造成的。不过我也在慢慢调整自己，比如我的生活习惯里，听音乐、看书、读诗词，都是为了更好地弥补自己性格的缺陷。另外，我也是一把厨房好手哦！"

2016 年 8 月，身为国网宜昌供电公司副总经理的谢海红受组织委派，到长阳土家族自治县挂职担任副县长，协助分管扶贫工作。

来自湘鄂西革命根据地洪湖的谢海红，对同样是革命老区的长阳，自然有着一种别样的情感。作为扶贫副县长，他的目标就是尽快地帮助长阳脱贫致富。

作为国家重点贫困县，长阳土家族自治县建档立卡贫困村54个，贫困人口共8.9万人，是国家电网公司定点扶贫"四县一区"的重要阵地。

上任的第三天，县扶贫办一名副主任拿着一张表格着急地来找谢海红，希望他能解决问题。原来有一家慈善机构对口帮扶14个贫困学生，后来因种种原因，这家慈善机构撤销了对口帮扶。谢海红顿时又开始焦虑，这可是14个贫困学生的未来，也是14个贫困学生的希望啊！

不由分说，谢海红马不停蹄地进行逐个摸底。接续10多天，14个特困孩子所在的学校、村子，哪怕再偏僻，他都一一登门探访，了解孩子的学习情况、思想状况，家庭组成和生活水平。不仅如此，又找出另外4名符合特困条件的学龄儿童，总共18人。

其中一个叫向国的10岁土家族男孩，父亲在他6岁时患癌症去世，母亲远走他乡再也没有回来。向国和他的爷爷相依为命，没有床就睡在地上，写字就趴在一张木板上。谢海红看着瘦小的浑身脏兮兮的向国，问他："你最大的愿望是什么?"

向国说："我想吃香肠!"

谢海红顿时感到一阵心酸，贫困限制了想象，民以食为天，如果连孩子的温饱都无法解决，孩子又怎么能安心读书呢！

有个叫李娟娟的14岁女孩，父亲在她8岁时离世，母亲患精神分裂症。当谢海红翻山越岭来到李娟娟的家里时，眼前的景象让他惊呆了，这个家空荡荡的，没有任何值钱的东西。

还有一个叫刘亚豪的11岁男孩，父母离异，母亲远嫁他乡，父亲再婚后去外省生活，四年多没有回来看过他。刘亚豪和年迈体衰的爷爷奶奶一起生活，对父母早就没有印象了。当谢海红打开刘亚豪家里的锅盖，看到锅里是半锅清水煮土豆，眼睛湿润了，从口袋里掏出500元钱塞给刘亚豪的爷爷，说："土豆营养价值高，我买一些回家。"

为了把责任落到实处，谢海红四处奔走，积极与同事、同学及社会上的朋友交流沟通，恳请更多的人对贫困的孩子们施以援手。除此之外，他还与武汉市中华路小学取得联系，对口开展"手牵手，心连心"活动。

坚持跟踪，不让扶贫半途而废，是谢海红在扶贫路上的切实体会。在第二次摸底调查中，谢海红没有见到向国，十分疑惑。当他得知向国被爷爷送到长阳"特殊学校"之后，马上赶往此地了解实情。原来这"特殊学校"是政府为发育不全的孩子设立的一所以技能教育为主的学校。这里的学生接受封闭管理，平时不能出校门，学费、生活费均为学校承担。

在特殊学校，小向国见到谢海红后泣不成声，心心念念想要回到原来的学校。谢海红的急脾气又上来了，怎么好好的孩子送到这里来，这不是毁了孩子的前途吗？为了让小向国回到原来的学校，他没有停留，直接赶回小向国的家。原来，向国的爷爷病重，已经无力负担小向国的生活和学业，万般无奈之下才选择将他寄宿在特殊学校，实在是无奈之举。

了解到这种情况，谢海红无奈中又多了几许悲哀，没有人是救世主，再好的政策，再好的帮扶，也无法面对这样支离破碎的贫困家庭，要想彻底改变这个家庭的面貌，只有寄望于小向国能够通过学习改变自己的命运。从此，无论工作怎么繁忙，谢海红都会定期去看望小向国，他的好朋友是谁，床铺和衣柜在什么位置，情绪有什么变化，学习成绩有没有大的浮动，都了然于心。随时掌握孩子的动态，以便做好心理疏导，让这个失去亲人的孩子能够健康地成长，成了谢海红工作之余的头等大事。

为了开拓孩子们的视野，让孩子们懂得知识可以改变命运，2017年的春天，谢海红为这些特困的孩子们准备好了新衣，他要带着这些从未出过远门的孩子，去看看外面广阔的天地。

虽然只有短短的4天，可对于孩子们来说，这4天却盛载了太多的美好、太多的爱，也在他们小小的心灵中种下了梦想的种子。因为，这是他们第一次进县城，第一次坐动车到省城，第一次看长江大桥，第一次参观省博物馆，第一次走进武汉大学、中南民族大学……

他们看到的一切，都是那么地新奇！

"我想上武汉大学！"

"我想当老师!"

"我想当工程师!"

"我想……"

看见孩子们突然迸发出的各种愿望和梦想,不再限于一根香肠,不再是一顿饱饭,不再是一件新衣,谢海红终于长舒了一口气。他感到欣慰的同时,也感到肩上的担子更重了。

那一天,谢海红失眠了。他整夜不能入睡,为这些孩子的未来感到焦虑。于是,他打电话给同事和朋友们,深情地讲述他扶贫走访看到的一切,讲述这些因为贫困随时都有可能失学的孩子……

他的同事和朋友们说:"我们去看看你吧!"

他说:"你们来看看这些孩子吧!"

在他的引荐下,国家电网人资第一期领军班长阳助学启智结对帮扶活动仪式,在长阳县鸭子口乡鸭子口小学举行。18 名爱心人士与 18 名贫困生结对资助,签订了《结对资助协议》,以保障这些孩子顺利完成学业、实现梦想。

签约仪式那天,谢海红耳边似乎响起家乡的歌声:"清早船儿去呀去撒网,晚上回来鱼满舱。四处野鸭和菱藕啊,秋收满畈稻谷香……"

在谢海红的工作笔记本上,工工整整写着一行字:"要多方协作,发挥国网电商平台作用,持续扩大农产品销售,拓宽贫困群众增收渠道。"这是国家电网公司领导 2018 年 2 月 20 日到长阳调研时的重要讲话。

2018 年 3 月 20 日,在谢海红多方沟通和努力下,长阳县新型经营主体与国网电商扶贫商品对接会在长阳县召开。国网电商扶贫"慧农帮"平台与县政府达成战略合作,签署合作意向书。对接会当日,长阳 77 家优质合作社和经营主体入驻"慧农帮",上架农特产品 95 件。

在对接会上,谢海红听了贫困户陈传宣的励志故事后,当即前往渔峡口镇布政村,了解他的鸡场的建设和销售情况,并与陈传宣的合作社签订了"慧农帮"网上销售合同。谢海红试图通过这种一对一帮扶,让被帮扶的贫困户行动起来,去带动更多的贫困户。

陈传宣是湖北长阳土家族自治县布政村的村民，他想通过养鸡脱贫。

每天清早 8000 多只土鸡的鸡叫声响彻布政村的半山腰，也回荡在陈传宣的内心深处。

这是陈传宣养鸡场土鸡的鸣叫，也是致富脱贫的声音。最初陈传宣只能靠线下销售，有时也依托微信朋友圈卖给熟人，一年最多卖几百只，身处大山深处如何突破销售瓶颈成了陈传宣面对的难题之一。

就在他一筹莫展的时候，当地的一次扶贫对接会让陈传宣结识了国网电商旗下的"慧农帮"，这一次简单的对接让他的线上销售梦想变成现实。

2018 年 4 月，国网电商平台"慧农帮"落户长阳，成立了英大商务服务公司长阳"慧农帮"分公司后，谢海红再次拿出更为具体的方案，与长阳县多家合作社和企业签订合作协议，最终达成 87 个合作方。实体店正式运行后，线上扶贫产品数量达到 140 个，其中包含了国网负责帮扶的合子坳村的羊肚菌基地、土地坡村的脐橙园、多宝寺的瓜蒌和峰岩跑跑猪等。

通过"慧农帮"平台的推荐和营销推广，陈传宣的鸡场主要面向国家电网职工食堂和"爱心购"销售，在国网电商扶贫"慧农帮"平台上线一周，就售出 262 只土鸡，销售额达到了 29754 元，鸡蛋的销售额也非常可观。这让陈传宣感到无比开心。

"慧农帮"还帮助陈传宣的合作社建立了一套完整的市场化标准，也正是这样让他们的产品能够入驻更多的电商平台。

"我家鸡场的鸡和鸡蛋，以前所有的销路都得要靠自己找，只能卖给周围的熟人，剩余的就卖不出去了。现在，我的订单越来越多，这要感谢谢县长帮我找到了'慧农帮'。"脱贫先锋陈传宣逢人就这样讲，语气里充满了对谢海红县长和国网电商平台的感激之情。

陈传宣在摘掉了贫困户的帽子时，还不忘谢海红的嘱托，带动 58 个贫困户脱贫，获得了"脱贫先锋"的称号。陈传宣感慨道，"'慧农帮'这个平台，没有追求自己的利润，反而把更多利润点都给了我们，如果有更多像这样的平台，我们就能更好地带动更多贫困户、残疾人脱贫致富，让他们也像我一样，感受到社会的温暖，也传递着希望和幸福。"

谢海红说："加大贫困户农副产品收购力度，保证贫困户们能够稳定增收，同时通过'慧农帮'平台，让电商的触角深入基层一线，成为国网精准扶贫的主要抓手。"

然而，要想提高扶贫产业合作社的合作深度，就要持续地组织合作社的农户进行技能和销售培训，唯有改变农户的市场意识，才能增加农户的订单生产。因此，谢海红又提出了新的扶贫计划，就是建立农特产品示范基地，引进农特产品电商扶贫专家培育和引导科学种植与养殖，逐步由产品销售向产业基地、订单农业转变，着力形成电商运营、品牌孵化、物流配送和人才培养一体化的乡村经济"造血"新模式，为振兴乡村战略提供具有央企电商特色的国网电商新方案，通过电商带动产业发展，实现"建一处专区、带一门产业、活一方经济、富一方群众"的目标。

计划是行动的前奏，行动是计划的实施。截至 2019 年 12 月 31 日，长阳"慧农帮"扶贫旗舰店销售金额达到 1736 万元，管理费用比之前委托长阳县内其他电子商务平台减少了 10% 至 30%，农民的收益得到了稳步增长。

如今，在长阳真正感受过"慧农帮"帮扶的农户，常挂在嘴边的一句话就是："党的政策好，国网的帮扶好，遇到像谢海红县长这样的好扶贫干部，是长阳农民的福气好！"

"要给予山区里的农民尤其是土家人更多的阳光！"洪湖边长大的谢海红时刻提醒着自己。

2017 年 12 月 8 日，受县政府委派，谢海红到鸭子口乡检查易地搬迁的有关情况。来到马连坪村时，发现下坡不远处有一户基本完工的易地搬迁户，离乡道二三十米。谢海红不由得心一动，便信步走去，想探询一下搬迁户的想法。户主告诉他，新搬迁的房子里没有猪圈、厕所，挑粪施肥也极不方便。此外房子建在高压线下，多次找到驻村工作队人员，他们回答说，如果要挪，得交 3000 元钱。

"建这个房子，光挖地基就花了我一万多元，还要每天付师傅们的伙食费。还有接电、接水，都是我自己出钱。"户主对谢海红抱怨道。

谢海红听后十分诧异，易地搬迁是交钥匙工程，不让搬迁户出一分钱。

为什么这里会出现这种情况呢？

周边几个搬迁户闻声赶来，纷纷向谢海红诉苦：

"我叫陈玉华，就住上面，我家也是这种情况。"

"我叫李子文，也是搬迁户。政府的政策是好，可我实在拿不出钱来呀！"

还有个女户主，更是对着谢海红失声痛哭起来。

谢海红的急脾气又犯了，马上将群众反映的情况如实汇报给县委、县政府，希望迅速纠正易地搬迁中的不正之风。

正是他这种急民所需、踏实负责的工作作风，使得有关部门在最短时间内，对相关搬迁户给予了资金退还和赔付。

贫困户焦才新因流转土地分红当年收入就达到 1 万元，他高兴地对前往他家调研的谢海红说："党的政策好，国网公司的帮扶好，您来了这么多次，我还以为是干事呢，原来您是扶贫县长啊！"

村民李久伍也说："要是没有国网 1 万元的帮扶款，我做梦都没有想到西红柿一年的收入能有 20 多万，我能顺利脱贫！"

国家电网公司 20 多年来的定点扶贫，为偏远山区的百姓切实解决了多年来积累下来的问题。但要想所有存在的问题都能够得到切实的解决，还要和地方政府以及相关的部门沟通，制订一个总体的长远规划。也就是说，要想形成扶贫合力，必须打造一个"扶贫品牌"，这样扶贫工作才能持之以恒。

在谢海红的扶贫规划中，最重要的是落实国家电网公司对长阳山区农村电网改造，创新实践"国网阳光扶贫行动"，向长阳赠村级光伏扶贫电站，带领贫困的长阳走出一条富有地方特色的扶贫开发之路，让长阳人民深深感受到央企的责任担当。

谢海红说："完成 54 个村级光伏扶贫电站资产移交后，县各级政府和相关部门要理顺管理机制，合理分配发电收益，壮大集体经济，加强电站运维管理，确保可靠运行，弘扬'阳光扶贫'精神，打好脱贫攻坚战，是我们每一个扶贫干部的责任。"

2018 年 6 月，为了让国家电网公司 200 万元的定点扶贫项目，落地在海拔近 1600 米、有 370 户贫困户 941 口贫困人的紫台山村，谢海红多次向国网公司前来调研的人员反映该村的实际困难。当该项目资金落地后，他又一次一次去村委会沟通，他对村支部书记李玉桥说："你们一定要充分用好这笔资金啊！"

在他的建议下，紫台山村利用高山气候和丰富的自然牧草资源优势，发展以蔬菜大棚、山羊为主导的种养殖产业。他还鼓励村龙头企业长阳永兴生态牧业科技公司，利用公司的产业优势辐射周边农户，带动贫困户实现"双赢"，蹚出了一条产业扶贫的新路子。

2019 年 7 月，酷暑也没能挡住谢海红日夜兼程的脚步。渔峡口镇岩松坪村五组贫困户黄庆林因病致贫，老伴耳朵失聪，儿子不幸去世，还有一个正在上学的孙子，全家人的生活仅靠儿媳支撑。当谢海红得知此情况后，不顾酷暑，匆忙赶到黄庆林家去看望。

"感谢你们这么远来看我，其实我年纪大了，帮扶我也没有希望哒！"黄庆林拉着谢海红的手说。

"您不用感谢我，要感谢就感谢这几位从武汉远道而来的爱心人士。"谢海红指着国网湖北电力管理培训中心纪委书记、工会主席常顺平和他的 4 名同事，向黄庆林介绍。

黄庆林说："要不是你们这些好心人帮扶，我恐怕骨头打得鼓了！"

其实，早在得知黄庆林家的情况时，谢海红就着手联系了武汉的同事——国网湖北电力管理培训中心纪委书记、工会主席常顺平和他的 4 名同事，他们冒着酷暑，经过 4 个半小时的车程，到达长阳县城。然后，又带着爱心物资，在毒辣辣的太阳下，先后到长阳县第二高级中学、长阳特色农业发展中心，分别捐赠了 4050 册图书和 6 台电脑。为了尽快把爱心物资送到受捐赠的长阳县渔峡口镇镇政府，他们又夜行 130 公里，晚上 9 点半才赶到渔峡口镇。第二天一早，他们向该镇捐赠了 24 台电脑和 40 张床垫。

在渔峡口考察调研期间，他们听闻还有一部分贫困户的困难后，不顾舟车劳顿，沿着崎岖的山间公路考察了该镇的龙头产业椪柑基地，希望能帮扶他们寻找一条脱贫之路，以便带动更多的贫困户脱贫致富。

同样受到捐赠的长阳特色农业发展中心的负责人田太华说："对于我们这个新成立的单位来说，这爱心物资真是雪中送炭，我们一用到电脑和办公桌椅时就会想起国网湖北电力管理培训中心对我们的帮助，也非常感谢谢海红县长为我们牵线搭桥，让我们有了全新的办公设备。"

日复一日，年复一年，将近4年的时间，谢海红一直在为长阳县的脱贫攻坚奋斗着。他说："当年老区的人们为了革命不顾身家性命，我是老区的娃子，我身上流淌着先辈人的血，所以，我做什么都要以先辈为榜样，不能给他们丢脸。"

谢海红说完情不自禁地哼起了家乡的歌："洪湖水呀长又长，太阳一出呀闪金光，共产党的恩情比那东海深，人民的光景一年更比一年强。"

嫁给巴东的男人

瞿塘峡口冷烟低，白帝城头月向西。

办公室里有些闷热，李斯君终于完成近阶段的工作总结，伸手推开窗子。今夜有雨，极细如烟。雾锁清江，月光朦胧。八百里清江逶迤东归，而极目向西，就是自己生活工作的神农架林区。四年了，自己沿着浩浩清江的源头神农架一路向东，来到湖北恩施州的巴东县定点帮扶，挂职副县长。这短短的四年时间，在他的人生历程中，留下了永远难以磨灭的记忆。

刚到巴东挂职时，多少有些不习惯。巴东县是国家电网定点扶贫的"四县一区"之一，是脱贫攻坚战的主战场，任务艰巨，使命神圣。然而在湖北神农架供电公司工作多年，他早已习惯了国家电网公司内部如行云流水般的科学管理和超高效率，突然坐在琐事多如牛毛的"七品芝麻官"位置上，有些不会发力，一时间多少有些手足无措。

上任伊始，县府分工，他与分管工业的副县长是 A、B 角。然而到任第一个周，恰好主管工业的副县长休年假，李斯君接到环保、交通、工业等几个急件的签批任务，望着摆到办公台上的六个呈件，他迟迟不敢落笔。犹豫再三，与分管副县长电话沟通后，他才提笔签批，并把每个签批意见都用手机拍照留存。谁知一个星期过去了，没有下文。10 天过去了，还是没有结果。第 11 天，他把手机上拍的签批意见发给联络员，让有关部门了解一下，自己签的意见有没有问题？若有问题请及时反馈，若没问题，落实得怎么样了？落实过程中又有没有遇到什么困难？也请及时反馈。

这样的等待，他很不适应，因为在国家电网内部，讲究的是执行力，安排的工作一定要在最短时间内体现结果，这就是效率！但隔行如隔山，虽然最终事情得以圆满解决，但也让他明白了，在不同的工作环境下，效率并不一定是以时间为单位来体现的。不适应就要适应，不懂就要去学习、去钻研。要么不干，干了就要干好！这是他对自己的要求。

这四年的挂职经历，对李斯君是考验、是锤炼、是升华，更开阔了他的视野，让他对生命的体悟多了一份深刻。别小看这一份深刻，很多人一生注定碌碌无为，不是因为人有什么本质的不同，而是在生活的环境和方向上作出了不同的选择。对此，李斯君感谢国家电网公司，感谢这场史无前例的脱贫攻坚战，正是国家电网公司这样的平台，把他推向了这样一场伟大的时代洪流，让他在最年富力强的时候，酣畅淋漓地贡献了自己的一份力量。当然，最该感谢的，还是自己的家人，尤其是妻子。当他在"战场"上冲锋陷阵、呐喊冲杀的时候，是妻子默默无言地为他守着后方，稳住那个温暖的家。

李斯君出生在湖北省谷城县，1985 年以优异的成绩毕业于湖北工业大学农业电气化专业。踌躇满志的他，主动要求到偏远地区锻炼。神农架供电公司，迎接了这个新中国恢复高考后第一个到神农架工作的大学生。在这里，他很快就成长为一名优秀的水利电力专家。在这里，他遇到了生命中最珍贵的礼物——妻子。妻子的父母都是长沙人，在湖北省公路局测绘大队工作，是第一代开发神农架的建设者，从此就留了下来，女儿也是在这里出生。两人的相遇组成一个新的家庭，两代神农架建设者又续写着新的篇章。如果说李斯君三十几年的工作成绩是一片浓密的树荫，那这个家，无疑就是他的根。

其实，性格内向的李斯君并不擅长与人打交道，他更愿意把心思放在自己钟爱的电力工作上，生活上也更愿意爬山远足，侍弄自己开辟的那块小菜园，还喜欢看中央电视台的农业频道。

但扶贫工作不行啊，除了他擅长的规划设计、缜密思维，农村工作可不只是种地浇菜，而是成天与人打交道，与各式各样的人打交道。这着实让他不太适应，挂职初期也闹了不少笑话。

刚到巴东时，人生地不熟。许多村民并不信任这个戴着黑边眼镜、只会讲普通话、不会说方言的扶贫副县长。

一天，李斯君在官渡口镇开完会，临时决定到定点联系村去一趟，村支部书记把他的照片发到扶贫微信群里，谁知有人留言："上山下坡，村里路不好走，再来莫穿皮鞋！"这让他尴尬不已。

但李斯君坚信，人心都是肉长的，只有把群众当亲人对待，群众才会把扶贫干部当自家人看。从那以后，只要一有空，他就走村串户去访贫问苦。村民递过来的茶水，他毫不犹豫地端起就喝；村民家墙角放的萝卜、地上堆的红薯，他拿起来就生吃。他跟村民们学方言，和村民们坐在一条板凳上拉家常，耐心地解答村民们的疑问，一遍遍宣传政策法规。村民委托他的事，他当即打电话解决，对于无法解决的，及时予以回复，竭尽所能地为大家提供各种帮助。慢慢地，村民们和他的心越贴越近，也渐渐认可了他。

2017年11月底，李斯君到火峰村走访两户住得最远的贫困户。从村委会走去大概3个多小时，途中口渴难耐，便和同行的驻村扶贫队员从地里拔出萝卜生吃。李斯君边吃边夸生萝卜好吃，同时不忘反复叮咛，一定要随后问清楚这是谁家的地，村民的萝卜不能白吃！扶贫队员觉得副县长甚是有趣，就拍照发到微信群里，还配了一句话，"爱吃生萝卜的副县长"。

李斯君的到来令贫困户十分感动，谈话中一再说道："真没想到，您这样的大干部，会到我的家里来！"这让李斯君既尴尬又心酸。

走访结束后，到村委开座谈会。晚上6点多，当时天已经黑了，突然来了一位村民，手中提着一些萝卜，进门就说："听说'萝卜县长'来了，我就来送点，是自家种的……"村委会里顿时响起笑声一片。

就这样，并不擅长与人打交道的李斯君逐渐融入了巴东，走进了巴东乡亲们的心。

为了开展工作，调整自己的性格，这不算难。真正难的，还是脱贫攻坚这一块块硬骨头。

按期建成2个集中式和118个村级光伏扶贫电站，是李斯君到巴东后要啃的第一块"硬骨头"。

"脱贫攻坚的战场，没有白天和黑夜。"李斯君在朋友圈里写道。

压力就是动力。跑部门，到现场，上下联络，左右协调，晴天一身汗，雨天一身泥，李斯君不知疲倦地奔忙在巴东大地。

建设第一座集中式光伏电站——万流站，牵涉16户农家非耕地的租用问题。2016年10月，李斯君和相关部门负责人一起，以路边的大石头为桌现场办公，谈好一户就签一户，仅用了一天时间，就把70多亩非耕地租赁合同全部签完。直到当天晚上12点多挖掘机进场开工，才拖着疲惫的身躯离开工地。

2017年3月1日，"国网阳光扶贫行动"全面铺开，总投资2.86亿元，惠及17.25万贫困人口。巴东山大人稀，地理条件复杂。全县12个乡镇的118个建档立卡贫困村，要在4个月的时间内，每村建一座装机200千瓦的村级光伏电站。难度，可想而知！

选址是光伏电站建设重要的一环，直接决定着光伏电站的发电量。多发一度电，贫困村集体经济就多一分收入。金果坪乡鄢家墩村位于巴东县最南端，交通十分不便。从巴东县城出发，上巴来省道，经清江渡口渡江而过，再走乡村道路，李斯君与选址专班一道，紧赶慢赶，用了近7个小时才到了鄢家墩村。他的脚早就疼痛难忍，却也只能忍着。

在神农架工作时，李斯君去公司定点扶贫村——长青村植树，挖坑时石头滚动造成右脚踝关节扭伤，趾骨轻微骨折，被鉴定为 C2 十级伤残。当时忙于扶贫项目开工，就没有住院治疗，每天都到现场协调工程，以至于延误治疗，留下了后遗症。后来，只要路走多了或是遇上阴雨天，脚就会隐隐作痛，十分痛苦。

李斯君和选址专班吃住都在村里，三天时间走遍了村里所有能建站的地方。反复比对，最终确定了最优站址。

只是选好站址是不行的，征地同样困难重重。许多人认为光伏电站是国家电网公司建的，根本不相信建成后会交给村民自己。为此，李斯君组织人员反复宣传政策："光伏电站是扶贫性质的，国家电网公司是来扶贫的。我们原来的理念是建大的光伏电站，建成后统一交给你们，考虑到落地困难，山区找不到那么大的地方，调研后决定，建档立卡的贫困村，每村建一个，只要六七亩地，这样的地好找一些。我们是通过这种方式扶贫的，其他非贫困村想要还没有呢！"经过挨家挨户地思想动员，许多村民都理解了，同意签字。也有一些村委没能做通群众的思想工作，拒绝光伏电站落地本村，官渡口镇庄屋顶村的光伏电站，就是由于征地难才在乱石堆上建的。

终于开工了。

为了确保工期，李斯君日夜忙碌在工地，全然顾不得休息。时值巴东雷雨季节，李斯君总是穿着雨衣雨靴在工地监督施工，随时协调解决施工中出现的各种问题。有时忙得顾不上吃饭，就用开水泡一碗快餐面。时间最长的一次，50 天都没回家，妻子再理解他包容他，也难免有些抱怨。为了全身心地投入工作，也为了给妻子减轻负担，他不得不把中风后腿脚不便的父亲送到了住在江苏的妹妹家。

在社会各界的支持和参建者的共同努力下，118 个村级光伏电站仅用了 104 天就全部建成并网发电。国家电网公司把这些光伏电站捐赠给村集体，彻底解决了 118 个建档立卡贫困村的"空壳"经济问题。

"用好每一分扶贫资金，做实每一个扶贫项目，带动更多的少数民族贫困群众脱贫致富。"四年来，李斯君始终不忘初心。

官渡口镇沙坪村有个贫困户办了养牛场。牛出栏慢，自然见效慢，一段时期 30 头牛没钱买饲料，卖掉尚未出栏的牛又觉得心疼，万般无奈之下，养牛户抱着试一试的心态，通过村委会逐级向上反映。光伏电站那阵子刚好有了收益。李斯君得知情况后，很快组织召开村"两委"会和村民代表大会，决定借给他 2 万元钱无息周转资金，使养牛场继续办了下去。后来，贫困户养的牛扩展到 40 多头，是周转资金帮他家盘活了养牛场。

2018 年 6 月，李斯君在"脱贫攻坚作战群"发通知，要求按时上报光伏收益使用方案和使用情况，大家都回复——"收到，按要求落实！"但时间到了，多数乡镇却并没有真正落实。这让他有些生气：国家审计署已经在催报表了。于是，就在群里说："有些乡镇领导公开日白（巴东俚语'撒谎'的意思）……"这些情况引起县长的重视，立即责成县扶贫办主任彻查，到底是哪些乡镇在"日白"？事情很快得到解决，但李斯君也感到问题存在的真正原因——一些农村基层党组织建设实在太过薄弱！

2018 年 8 月，中央第二巡视组对电力扶贫专项巡视座谈会上，组长薛利让大家提问题和意见。李斯君诚恳地建议：希望国家政策层面鼓励大学生返乡创业，鼓励有志于在农村创业的青年能够到农村去。并举例：凉水井村 1600 多人，共 35 名党员，一半在 60 岁以上，60 岁以下 6 人、45 岁以下仅 4 人。村党支部基础十分薄弱，工作根本无法推进。

李斯君对基层党组织党员情况的精准把握，使他引起检查组的注意，他反映的问题也引起高度重视。巡视的最后一天，巡视组组长通过湖北省委办公厅通知巴东县委办公室，点名要李斯君和他一起巡视孝昌县，中央巡视组对国家电网公司的扶贫工作和对李斯君的认可由此可见一斑。

扶贫工作中，李斯君全程参与项目的遴选、启动、实施和评估，全力当好扶贫项目的监督员、协调员和服务员。在沿渡河镇督办国家电网公司的一个定点扶贫项目时，他发现进展缓慢，当即开出督办单，明确督办时间和内容，召集相关人员现场会商，确定整改方案。

李斯君还积极争取国家电网公司的支持，向沿渡河镇泉口村捐赠一套全电式茶叶生产线，帮助贫困户解决茶叶加工难的问题，主动协调解决问题，落实茶厂厂房用地；争取定点扶贫资金35万元，为沿渡河镇126户贫困户每家购置了一台新型薯类淀粉分离机；发动全县100多个专业合作社入驻国网商城电商扶贫和消费扶贫平台，进一步拓宽贫困户增收新途径；极力促成许继集团与当地博宇科技公司签订充电桩生产合作框架协议，帮助补齐生产、技术短板，协调南瑞研究院，帮助解决充电桩检测难题……在博宇科技就业的18名建档立卡贫困户，每月都有数千元的固定收入。目前，已带动包括建档立卡贫困户在内的742户村民增收。

村民刘启勇身患肺病，属于建档立卡贫困户，家里还有两个正在上学的孩子，日子过得愈发紧巴。身为农家子弟的李斯君深知穷人家孩子读书的不易。自家4个兄弟姊妹，他是老大，家里牺牲了弟妹们的读书机会，才勉强供他一人读完书。近些年，他坚持对一些贫困家庭的孩子提供力所能及的帮助，助其圆读书梦。

李斯君找到刘启勇，表示要资助他家正在上高中的孩子，并很快从工资卡上转给他4000元。第二年，李斯君又转了4000元，还为他家争取到国家电网定点扶贫"救急难"项目帮扶资金和"救助贫困高中生"项目帮扶资金共7000元，帮他缓解了经济压力。

就在前不久，刘启勇还给李斯君发短信，说要给他送一面锦旗，也想让儿子和李斯君见面，表达全家的感激之情。李斯君回复：不要送锦旗，送我一份成绩单就好。

……

功夫不负有心人，李斯君的辛苦没有白费。乱石堆上建起的光伏电站门口，当时极力阻挠的村民们自发立起了一块石碑，上书"吃水不忘挖井人，永远跟着共产党"；受他资助后来考上湖北民族大学的贫困生，疫情期间成了志愿者主动服务村里的战"疫"工作；国家电网公司的执行力和真扶贫作风，已潜移默化地渗透到地方乡镇党委；中央第二巡视组组长把进一步加强基层党组织的建议带到了中央……这些，都是他扶贫路上的一枚枚"勋章"。

在帮助巴东百姓脱贫攻坚的同时，他同样注重"造血"功能的培育。

"巴东有巫山，窈窕神女颜。……巴东在哪儿？巴东处于长江中游，是长江、清江重要的流经之地，也是长江三峡库区、清江水布垭库区的重要水源保护区。在神农溪，你可以亲身体验纤夫文化活化石——拉纤漂流；在链子溪，你可以聆听远古水运的历史回声；在巫峡云巅，你可以俯瞰长江大转角，见证峡江之磅礴；在八百里清江，你可以游清江画廊，观世界第一高坝……"2018年到2019年，李斯君四处游走，向世人激情推介巴东。

巴东生态环境好，旅游资源多，他再三思量，觉得发展当地的旅游和疗养，是拉动地方经济的有力抓手。这一想法也得到国家电网公司扶贫办的大力支持，巴东县很快成立了"巫峡疗养院"，并申请获得医疗休养资质。借此东风，李斯君趁势而上，多次到西北、华北等地推介巴东旅游，想方

设法扩大"巫峡疗养院"的影响力。目前，这一项目已被纳入巴东县和恩施州的旅游振兴战略。

2019年9月，李斯君在巴东扶贫三年挂职期满，由于扶贫工作尚未验收，他主动向组织表态：如果需要的话，自己可以留下来继续工作，直到巴东脱贫。组织采纳了他的建议，并作出决定：未脱贫和未验收的贫困县，干部挂职都延期一年。

当他给妻子打电话告诉这一消息时，电话里响起了妻子赌气的声音："你干脆嫁给巴东算了。"

2020年4月21日，湖北省巴东县正式退出国家级贫困县的序列。

波澜壮阔的脱贫攻坚战，气势如虹，广大扶贫干部如滚滚长江的姿态奔涌向前，身为其中的一员，身处这样的时代，投身这样伟大的战役，李斯君由衷地感到骄傲自豪。

四年一梦脱贫日，却话巴山夜雨时。夜雨更深，雾锁清江。脱贫攻坚的全面胜利指日可待，他给妻子发了一个短信：好想你啊！

高原的儿子

2016年8月1日，张强接到担任青海省玛多县副县长的通知后，有一种莫名的兴奋和担忧。

此前任职国网宁夏信通网络科技公司副总经理的张强，是国家电网公司2011年以来选派到玛多的第三批扶贫干部。

尽管通过网上查询，张强对玛多的基本情况有了初步了解，做好了充足的思想准备，但当他真正踏上这片土地，这里自然环境的恶劣，这里的贫穷和落后，还是远远超出了他的想象。

玛多县地处青海省果洛藏族自治州西北部，总面积2.53万平方公里，海拔4500米以上，总人口1.57万人，其中藏族占总人口的93%，是青海省海拔最高、人口最少的县，含氧量仅为海平面的59%。

刚到的几天，他因为高寒缺氧，经常头昏眼花，鼻子流血。

这里不仅是国内人类生存环境最恶劣的地区之一，也是国家"三区三州"深度连片贫困地区之一。

特别是电力，玛多县还停留在20世纪70年代的水平。

到县政府上班的头几天，他就感受到一个奇怪的现象，每天都得停五六次电。

他不解地询问办公室秘书，到底是怎么回事？

秘书告诉他，像这样停电，可以说是常态，大家都习以为常了。

多年来，全县只能靠黄河源水电站两台小水电机组发电，由于装机容量仅 2500 千瓦，根本不能满足全县经济社会发展和居民用电需求。

另外，全县城乡配电网老化，供电卡口问题很严重。往往一有风吹草动，线路就跳闸了。

他听了，摇了摇头，感慨道，原来这里还是一个没有引入大电网的孤网啊!

随后发生的一件事，更让张强有切肤之痛。

那天，张强陪州里的一位领导到玛多小学去检查指导工作。

在教室里，学生们冻得直打哆嗦，脸上红通通的。

"供暖效果怎么这么差，学生们怎么能安心上课呢?"州里的领导见状，脸罩寒霜。

校长尴尬地解释道:"学校采用的是煤锅炉供暖，本来效果就不是很好，加上这两天锅炉又出了一点故障，供暖效果就更差了。"

"怎么不采用电采暖呢? 既经济，效果又好!"话还未出口，张强就立刻意识到不妥，又硬生生地咽了回去。

这里连照明用电都不能保证，怎么可能用电来取暖呢? 那不是一种奢望吗?

那一天，他心里堵得慌，晚上睡觉的时候，脑海里满是孩子们无助的表情和渴望的眼神。

如果电力充足，这还能是问题吗?

作为国家电网公司派来的挂职副县长，一定要争取上级支持，想办法解决电的问题!

随后的几天，张强不是到黄河源水电站察看，就是到变电站、供电所了解情况。下班了，他就一个人到城区大街小巷转悠，查看电力线路走向和运行情况。很快，玛多县电网的基本情况他就了然于胸。

令他欣喜的是，就在他到任后的一个多月，330 千伏玉树与青海主网联网工程全面竣工，来自国家电网公司的电能即将送到黄河源头的千家万户，为玛多电网与国家电网公司大电网联网创造了十分有利的硬件条件，这将从根本上解决玛多电网长期处于孤网运行和严重缺电的局面。

机不可失，必须借着大电网到来的东风，推进玛多电网建设。

当时，玛多县电网结构非常薄弱，只有 3 座 35 千伏变电站，用电卡口问题非常突出，急需建设 110 千伏等级的变电站。同时，城乡配电网老化，也亟待升级改造。

一个加快建设和改造玛多电网的宏伟蓝图开始在他心中酝酿。正好，他的想法与县委、县政府主要领导不谋而合，也得到了国网青海电力、果洛供电公司的大力支持。

县委、县政府及时组织召开专题会议研究，电网建设相关协调事宜由张强负责落实。

一般而言，一个项目从申请到项目批准落地，因为涉及的部门多，履行的手续多，勘测评审环节多，至少要经过半年以上的时间。

为推进电网项目快速落地，张强亲自带着县供电公司和土地、规划部门领导来回往返果洛州和省城办理各项手续。

因为项目涉及自然保护区、缓冲区，各项环保、水保手续都面临更多复杂的问题，需要多方协调解决，张强就一个部门一个部门地跑。

有时州里办完了手续，他们又马不停蹄地连夜赶赴省城。

他深知晚上行车视线不好，加之很多地段都是山路，存在很大的安全隐患，但孩子们在教室里瑟瑟发抖的样子以及期待的目光，再加上玛多百姓用电安全的迫切性，令他心急如焚，一刻也耽误不起。他踩下油门，驾车冲进无尽的夜幕之中，全神贯注地目视前方，握着方向盘的手攥得发疼了，也不敢丝毫走神。在青藏高原无边无垠的夜幕里，一道孤独而微弱的车灯刺破重重黑暗，笔直而勇敢地奔向曙光。

因为玛多从每年 10 月就开始下雪，低温寒冷天气一直持续到次年三四月份，有效施工时间只有半年，所以只有抢在冻土之前将土地规划的用地和开工手续办完，才不会影响后面的工期，确保年内能够投运。为了尽快办好手续，张强要一方面代表县政府，一方面代表国家电网公司建设单位，协调各方面的关系。为了这个变电站，什么环保手续、设计评审、线路的走径、用地等一切手续，张强每天都在奔走。

有时，碰到别人不冷不热、不理不睬，他就赔着笑脸，反复给人家讲玛多的贫穷和牧民的艰苦，并拿出"牛皮糖"的精神，死磨硬缠。

仅仅一个月，他就以最快的速度，带领相关单位和部门办完了项目各项审批手续。

2017年6月8日由国家电网公司投资的110千伏玛多输变工程破土动工。

"你们在建设中有什么问题，随时打我电话，我24小时在线。"在项目转入施工建设阶段时，张强来到建设工地，对施工单位负责人郑重承诺。

如果说变电站是主电网的骨架，那么县城的配电网设施就是电网的血管，如果血管不通畅，供电也会卡口。

在马不停蹄地跑110千伏玛多输变工程建设手续、协调解决施工建设中各项难题的同时，他同步推进玛多县配电网的改造。

他一次次深入现场勘察，商讨最佳路径；一次次到果洛供电公司、国网青海省电力公司争取项目，争取资金；一次次组织县公司、规划部门、城管部门召开协调会，一一解决电网改造中存在的困难和问题。

2017年9月，玛多县电网升级改造工程经过2个多月的紧张施工，提前竣工。

昔日低矮的木质电杆、杂乱无章的线路被整治一新。

更为重要的是，供电可靠性大幅提升。这也为玛多县全面开展电能替代打下了坚实基础。

玛多地处果洛藏族自治州西北部，位于三江源国家级自然保护区核心腹地，是万里黄河流经的第一县，素有"黄河之源、千湖之县"的美称。

这里年平均气温是 -4℃，全年无四季之分，只有冷暖两季之别。一年中有11个月需要供暖。

过去，群众都是采取的传统的燃煤采暖取暖方式。在玛多县城，冒烟的大烟囱随处可见，产生的碳粉尘、二氧化碳、二氧化硫、氮氧化物等污染物，对环境造成了一定程度的污染。

"绿水青山，就是金山银山。"如何保护黄河源头的青山绿水，一直是国家电网公司重点研究的课题。

近些年来，国家电网公司在青海全面实施大电网进玉树、进果洛等重点工程，扎实推进小城镇、中心村电网改造，大力支持新能源产业发展，深入推广实施电能替代，推动了"大美青海"以绿色低碳为引领的能源变革和生态发展之路。

特别是随着大电网的引入，玛多县采用"煤改电"取暖成为可能。

2017年3月，国家电网公司与青海省委省政府在北京举行会谈，决定率先在玛多县建设清洁取暖示范项目，助力国家公园建设。

喜讯传来，张强兴奋不已。作为国家电网公司选派来的扶贫干部，他多么希望发挥所长，为改善玛多的生存环境、改善全县人民的生活条件做出自己应有的贡献。同时，作为从小生长在黄河岸边的他，多么希望能为保护母亲河的生态环境尽一份责任。他向县委、县政府主动请缨，承担了

全县"煤改电"项目管理重任。

他带着相关单位和部门现场调研，组织开展清洁能源规划编制。很快，一个完整的方案出炉并得到了广泛认可，县城规划 4 个供暖片区，共计采暖面积 29 万平方米，可以满足城区近 5000 人的取暖需求。

可让他未想到的是，这项惠及于民的工程在推进之初，居然有不少居民不热心，甚至还遇到了一些阻力。

在反复交流沟通后，他终于明白是因为群众缺乏对"电"的了解，除了点个灯泡、看个电视之外，想象不到它还能带来什么。

眼见为实！为给大家一个直观的认识，他安排县供电公司建立了"青藏高原清洁取暖观摩室"，充分还原牧民家中的场景，将清洁取暖的全过程和传统"烧牛粪"取暖进行对比，将电表放在最直观的位置供居民观摩，切身感受电的神奇。

现场观摩，效果奇佳。原来反对的声音消失了，原本态度消极的一些居民也一下子转变了观念。

思想统一了，干部群众要求"煤改电"的呼声更迫切了，施工人员的干劲更足了。

2017 年 9 月 26 日，由国家电网公司投资建设的玛多民族寄宿制中学"煤改电"项目率先完成。紧接着，其他片区"煤改电"项目相继完成。

刚进 11 月，玛多县气温已经降至零下 15℃，但玛多县民族寄宿制中学的教室里却温暖如春。

走进教学楼，一股浓厚的学习氛围迎面而来，"知识改变命运"等励志语贴在走廊里。教室里，温度指针 −23℃，穿着蓝色校服的学生脸上洋溢着笑容，朗朗的读书声回荡在校园里。

正在教室读书的藏族学生尼杰满脸笑意："特别舒服，特别温暖。"

仁青卓玛同学也惊喜地发现，2017 年冬天和往年不一样了，教室和宿舍里暖和多了，校园里也干净了。"老师说这都得益于国家电网'煤改电'项目的实施，清洁供暖让玛多的天更蓝、水更清！"仁青卓玛说。

"以前学校用煤供暖，一年至少需要 40 吨煤，采暖温度也只有 14℃左右。现在改为用电供暖后，教室里的温度能保持在24℃左右，而且是保持恒温。"玛多县民族寄宿制中学副校长才让说，"自从用上电锅炉后，窗口再也看不到厚厚的黑煤灰了。还有一个明显变化是，以前学生需要在被子上面再压一个毛毯，现在室内温度提高了，不需要再压毛毯了。"

据初步统计，实行"煤改电"后，电锅炉全面取代了原有陈旧、低效、严重污染环境的燃煤锅炉，每年可替代标准煤 20712 吨，可减少碳粉尘排放 14784 吨、二氧化碳排放 52635 吨、二氧化硫排放 1954 吨、氮氧化物排放 825 吨。

从踏上玛多这片土地时，张强就在努力寻找当初那莫名的兴奋到底是什么原因。从小在城市里长大的张强对农村生活并不熟悉，小时候去姥姥家，对那里的农村也只有一个很简单的认识，并不全面。但从小受到身为教育工作者的父母影响，尤其是父亲为人师表，在同事中深受好评，他在待人接物、为人处世方面的言传身教，对张强的性格成长和世界观、价值观的形成起到了很大的作用。踏实肯干、任劳任怨、不计得失、勇于奉献、为国争光的自我要求与追求，伴随他一天天成长，从一棵稚嫩的青青小草成长为葳蕤的、不可撼动的大树。

那兴奋的原因，大概就是一个年轻人身负组织与国家电网公司重托的高度责任感，以及对改造世界、为国争光的热盼与理想即将付诸现实的一种期待吧！想到可以通过自己的勤劳和智慧，投身脱贫攻坚，想到可以亲手帮助成千上万贫困群众，张强就忍不住内心的激动！

年轻就是资本，年轻就是底气。张强克服高寒缺氧、语言不通等困难，经常深入乡镇调研走访。时而轻车简从，独自一人走进农户家里推心置腹地拉家常；时而带着工作人员扛着慰问物资，到户走访送温暖。仅仅几个月时间，他就初步掌握了全县贫困村、贫困户的具体情况。

从小喜爱摆弄机械的张强，具有很强的逻辑思维能力和灵活的头脑。通过一段时间的调查走访和自身对时代发展的科学把握，他认为，加快玛多经济发展，必须推动特色产业发展，重点要在生态畜牧业上下功夫。

但是，让他感到非常揪心的是，玛多这片蓝天白云青草地，是天赐的牧场，在稀薄的空气里跋山涉水的牛羊，喝的是雪山水，吃的是"虫草花"，长得健硕壮美，却销售不出去。

尽管国家电网公司发动职工每年开展销售扶贫，购买相当数量的牛羊肉，但这并非长久之计。要推动玛多的牛羊肉等生态特色产品大规模销售出去，必须走市场化、品牌化的道路。

于是，他带着相关部门先后到省城西宁等地参观考察，了解产品冷冻、保存、包装、运输、宣传等方面的情况。

那是 2016 年初冬的一天，天空中飘舞着高原上特有的硕大雪花，天气异常寒冷，滴水成冰。本来就有些感冒的他，在西宁一家冷冻厂参观后，开始不停地打喷嚏。随行的同志都劝他中止考察，赶快回玛多休息治疗，但他只是在药店买了两盒"三九"感冒灵，坚持要按原计划将余下的几个厂家考察完。

返程时，他发觉自己连话都说不出来了，才真正开始害怕。真害怕了！在高原，最怕的就是感冒，一次小小的感冒就可能夺去一条鲜活的生命！司机连忙将他送到玛多县医院。县医院的 X 光片显示，左边的肺全部发白，右边肺的纹路也已经是花白的了。由于病情严重，医院又连夜将他转到西宁治疗。

命运是眷顾他的，让他经历了一次生与死的考验，又把他安然无恙地带回玛多群众的身边。

他的拼命精神感动了同事，感动了牧民，也感动了很多企业，越来越多的人加入产品的研发中。很快，具有玛多特色的牛羊肉等特色产品开始批量走向各大商场的货架。

但他并没有满足，他充分发挥专业特长，利用"互联网 +"技术完善上下游配套工作，利用国网电商平台销售玛多的特色产品。

销路是打通了，如何因地制宜地加强优势产业开发力度？他创新工作思路，采取"合作社 + 牧户""经济能人 + 合作社"等多种创新经营模式，调动了牧民养殖的积极性，牛羊肉的产量成倍提高，全县养殖、加工、销售一条龙的产业链条逐步形成，初步实现了以产业发展促进脱贫致富的目标。

2016 年 11 月 6 日，对于玛多县玛查理村的藏族牧民周旦来说，是非常有意义的日子。一大早，他就揣着一张有特殊功能的银行卡来到县政府。这张银行卡里，存着国家电网光伏扶贫项目发放的补助金 3322 元钱。

"感谢，感谢国家电网公司！"周旦质朴的声音里充满着激动。

2016 年 5 月，国家电网公司首座定点扶贫光伏电站——格尔木 10 兆瓦定点扶贫玛多光伏电站，仅用了 2 个月时间就实现了当年建设、当年投运的目标。电站总投资 9282 万元，预计可运营 25 年，收益将全部用于玛多县贫困人口脱贫。电站投运当年收益 380 万元，使玛多县 1144 个建档立卡贫困户户均增收 3322 元。

聚宝盆有了，但也得精心维护才行。张强在赴任后，首先思考的就是怎样用好这个光伏，让它产生最大的效益。

由于玛多的扶贫光伏电站是异地建设，运营维护都是在海西州，所以玛多县委、县政府，非常关心运维单位是不是能够很好地把光伏运维好，能够让玛多的老百姓有更好的收益。作为玛多县政府的主管副县长，张强经常性地去慰问海西州的运维人员，关心设备的运行状态和年发电量，跟他们做好相应的沟通。

2018 年，玛多县又在玛查理镇马拉驿村建设了一个 4.4 兆瓦的光伏扶贫电站，又增加了收益 500 多万元，贫困户人均收入达到了近 5000 元，甚至超过了玛多县的平均收入。从此，玛多彻底摆脱了贫困，超长的 25 年收益期，更是确保玛多的脱贫攻坚实现了"保得住、稳得住"。

2019 年 8 月底，张强在玛多干部群众的依依不舍中，结束了在玛多扶贫的神圣使命。在玛多的三年时间里，他所经历与感受的，已经深深刻在他的生命轨迹里，成为他的生命宝藏，他已把自己深深融入了高原，他就是高原的儿子。那些宝贵的经历，让本已葳蕤的大树，变得更加苍翠遒劲。至今他还记得玛多人民在大电网接通后的欢欣喜悦，还记得百姓对他说："感谢你们！你们是光明的使者！"

第四章

第一书记

习近平总书记强调："越是进行脱贫攻坚战，越是要加强和改善党的领导。"

"帮钱帮物，不如帮助建个好支部。"

国家电网公司深入学习贯彻习近平总书记关于扶贫工作的重要论述，着力推进定点扶贫工作，先后派出驻村第一书记1493人次，承担各级地方政府2029个扶贫点的帮扶任务。同时，帮助定点扶贫点加强基层党的建设，以坚强"战斗堡垒"，为脱贫攻坚注入硬核力量。

谁是英雄

"一重山，两重山。山远天高烟水寒，相思枫叶丹。"

位于鄱阳湖南岸的江西省进贤县，湖泊众多，山峦平缓。七里乡兰溪村就在军山湖和青岚湖的包围之中。

夺取脱贫攻坚全面胜利的好消息已经近在咫尺，七里乡乡长魏红平却有些恍惚。已经两年过去了，总觉得李俊敏没有走，还在为兰溪村的贫困户忙前跑后，还在为村里的经济发展和文化建设东奔西走。那个来自大城市，进村第一天就脱下皮鞋、换上胶鞋的年轻人；那个大眼睛、双眼皮，工作起来不吭不响、埋头苦干的小伙子；那个笑起来有些羞涩，认真起来却严肃板正的驻村第一书记，已经永远地离开了。尽管这个年轻人驻村只有短短的9个月，但他却觉得相处了好久好久。

"唉——"魏红平长长地叹了一口气，实施精准扶贫工程以来，国家各级政府机关、企事业单位纷纷响应，像烟波浩渺的军山湖和青岚湖一样把这里紧紧地拥在怀里；一批批来自各行各业的扶贫干部和驻村第一书记，把满腔的热情和才智留在这里，像满山的红叶点缀着山村，照亮了山乡。李俊敏就是其中的一位，不同的是，他把自己的生命永远地留在了这里。

离开的时候，李俊敏离他43岁生日只差36天，一个多么年轻的生命啊！

2018年5月21日19时50分，刚刚在乡政府扶贫工作会上汇报完兰溪村上阶段脱贫攻坚整改落实情况，国网江西电力进贤县供电分公司营销部党支部书记、副主任，七里乡兰溪村扶贫驻村第一书记李俊敏，就回到一楼的办公室，核对最新的扶贫数据。不一会儿，正在核对数据的李俊敏突然脑袋一沉，趴在桌子上再也没有起来。

"李书记，怎么啦，是不是困了？"正在旁边忙活的七里乡脱贫攻坚站副站长叶俊军关切地问道。

李俊敏一动也没动。

"李书记，李书记——！"叶俊军有些急切，再次喊着。

趴在桌子上的李书记还是一动也没动。

预感情况不妙的叶俊军急忙叫同事去楼上紧急告知乡领导，他自己迅速给乡卫生院和120打了紧急求救电话。

很快，乡卫生院医护人员赶到了。见无呼吸无心跳，他们紧急对李俊敏进行心肺复苏抢救。

很快，县120救护人员到了。叶俊军和救护人员把李俊敏抬上了救护车……

进贤县人民医院急救室门外，从乡政府赶来的乡长魏红平、乡脱贫攻坚站副站长叶俊军，闻讯从县里火速赶来的国网进贤县供电公司经理助理陈子煌等人，在急切地踱来踱去。他们等待着李俊敏的抢救结果，他们期盼着这个年轻人能平安返回兰溪村。

突然，急诊室门开了，医生正要告知诊断结果，乡长魏红平却抢先一步嘱托道："医生，无论如何，要救活我们的李书记！"

"对，要救活我们的李书记！"站在乡长身后的人们像是恳求，也像是在给面前的医生下命令。

医生无可奈何地告诉大家："李俊敏因突发脑干出血，经医院全力抢救无效，离开了……"

"李书记！""李书记——！"

噩耗，一下子击溃了苦苦等待结果的人，他们下意识地呼喊着。

2018年5月26日凌晨6时，赣北山乡刚刚从沉睡的夜幕中醒来，来自进贤县相关部门，来自七里乡政府，来自兰溪村，来自国网进贤县的70

余人，自发而默默地排成长队，来到李俊敏同志遗体告别仪式现场，为他们心目中的好同事、好战友、好书记送上一程。

白花、黑纱、哀乐、挽幛……

李俊敏静静地躺在鲜花翠柏之中。

殡仪馆内外，摆着无数花圈，肃立着从四面八方前来悼念的人们。

哀乐声中，当人们，特别是兰溪的贫困村民依依不舍地向李俊敏遗体告别时，灵堂内外，哭成一片。有号啕大哭，有压抑的哭，有哽咽地哭，汇成一条悲痛的溪流……

进贤县供电分公司经理助理陈子煌心情非常沉重，只要一闭上眼睛，李俊敏就活生生地出现他的眼前——

2017 年 8 月，在公司营销部担任党支部书记、副主任的李俊敏，得知公司定点扶贫单位七里乡兰溪村的驻村第一书记工作变动后，主动找到公司领导，请求帮扶兰溪村，接任驻村第一书记。经公司与地方乡党委和研究决定，李俊敏于 2017 年 8 月 17 日赴兰溪村担任驻村扶贫第一书记。一到兰溪村，李俊敏就脱下皮鞋，换上胶鞋，在村委的陪同下访贫问苦……

李俊敏作为电力人，十分关心兰溪村村民的用电情况。在专访贫困户时，他发现有些家里的风扇转不动，就第一时间跟兰溪村党支部书记洪丽珍核实村民用电情况。从中，他发觉兰溪村用电量大，但严重地存在着变压器少、动力不足的问题。

为解决这一问题，李俊敏充分利用资源，全程规划。他找到进贤县供电分公司发展建设部反映情况，用核实清楚的数据说话，使兰溪村获得了进贤县供电分公司 2018 年度中低压配电网建设改造工程项目。进贤县 2018 年全年电网改造费用总投资 4100 万元，仅兰溪村电网改造就投入 212 万元。在 2018 年春节前，成功在原有 7 个台区基础上新增 4 个台区，新建和改造 0.4 千伏线路 14.2 公里，新建 10 千伏线路 1.052 公里。供电可靠率由 98.76% 提升至 99.89%，综合电压合格率由 97.68% 提升至 99.44%，户均容量由 0.81 千伏安提升到 2.75 千伏安，达到国家"两率一户"标准。

在李俊敏的远程网点布局规划里，是想赶在夏季用电高峰来临之前，再对一些台区及线路进行改造，进一步推动光伏发电扶贫项目的落地。眼下电线杆已运到村口，眼看"一村组一个变压器"的规划就将变为现实，俊敏却离开了。"小李啊，你为什么不来一起参与？"想到这里，陈子煌心里就一阵绞痛。

　　乡脱贫攻坚站副站长叶俊军双手紧紧握着一个厚厚的本子，就像还握着李俊敏温暖的手。那是记录着村里 32 户贫困户基本情况的扶贫记录本，那是李俊敏生前从不离身的东西。李俊敏驻村的第一个星期，就扎进田间地头、扎进贫困户家中，挨家挨户认真细致地访查。那本满是蓝色、黑色笔迹，甚至还有铅笔字的小本子，写满了他对兰溪村贫困家庭的关爱和责任。

　　叶俊军知道，来驻村扶贫的干部，没有走过场的，都是带着一腔热忱和神圣的使命，来投入这场伟大的攻坚战。李俊敏更是其中的佼佼者。他做事的严谨、细致给叶俊军留下了深刻的印象。

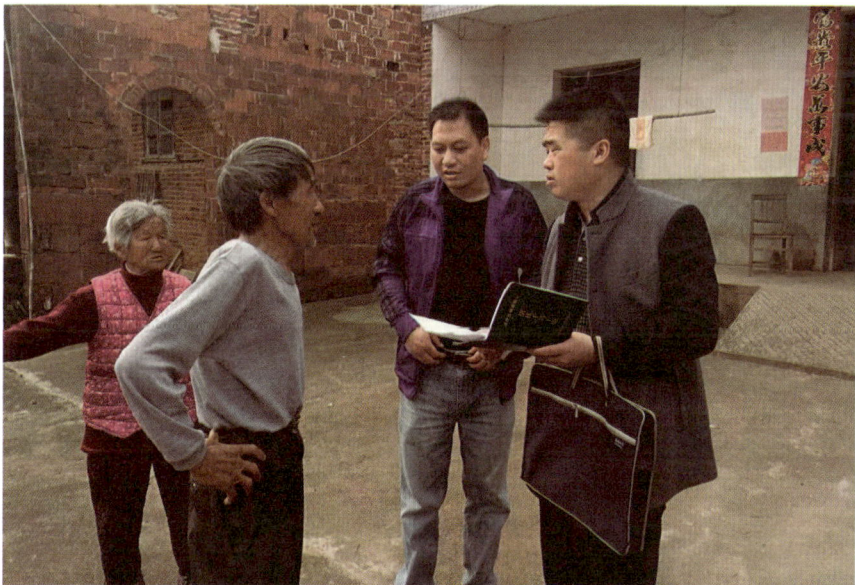

记得刚驻村不久，有一天下起了绵绵细雨。正在走访落实贫困户基本情况的李俊敏，老远瞅见颜国花老人搭着木梯子在后屋顶上补漏。他不言不语，对老人的住房前后观察了几遍，发现不仅后屋顶有明显的破损，而且外墙也有几处严重倾斜和裂痕。当即拿出手机，默默地拍下照片。晚上，他认真对照学习了国家有关农村危房改造补助政策。按政策要求，他连夜帮颜国花老人写出申请。第二天，他又从颜国花老人那里拿来相关证件，填写材料，先后向村、乡递交了申请，以最快的速度把危房改造资金申请了下来。过后，他又亲自带着村委会成员，把颜国花老人的住房维修一新。从此，颜国花老人住上了安全可靠的房子……

贫困户郭印树，是个身患多种疾病的老人，膝下两个孩子长年外出打工，家庭条件极其困难。郭印树一年住院时间长达四五个月，医药、住院等费用的支出令他叫苦不迭。李俊敏经与村党支部商定，带着郭印树去医院按政策办理特殊门诊，有关部门按规定及时报销，大幅度减少了他的医药费用。

付国运、颜国和哭得最伤心。他俩都是李俊敏在兰溪村的定点帮扶对象，年轻人在他们两家身上倾注的心血最多。当初，为早日使贫困户脱贫，李俊敏会同村"两委"的16名成员，分别对村上的32名贫困户的帮扶工作包户到人。李俊敏负责的两名特困户就是付国运与颜国和。

患有慢性疾病的付国运，上有一个80多岁的老母亲要赡养，下有一个初中毕业就辍了学的儿子。全家生计仅靠付国运种的几亩薄田。儿子虽只初中毕业，可身材高大，眉清目秀，出去打零工不多长时间，就带回一个女朋友。儿子跟父亲要钱，说是给女朋友家送定亲礼，付国运拿不出钱来，儿子就在家中大闹，硬逼着付国运去借。付国运借不来钱，他就逼着付国运把自家的房屋卖掉。

那天深夜，付国运悄悄地找到李俊敏，一把鼻涕一把泪地诉说了儿子的所作所为。

这孩子怎么这样不懂事？第二天一大早，李俊敏就找到村支部的计生干事，两人分别找到付国运的儿子及儿子带回来的女孩谈心。一方面，劝他们移风易俗，打破陋习，提倡新事新办；另一方面，要他们学会自食其力，外出打工，根据双方的能力谈婚论嫁，不给双方老人及家庭增加额外的负担。

李俊敏见他俩都是相貌端正、身体健康，当即给浙江的一位朋友打了电话，推荐他们前往浙江一加工厂工作。男孩月收入5000多元，女孩月收入也有4000多元。两人欣然应允。

眼见家中的日子一天比一天好起来，付国运的心情也越来越好。前两天还高兴地拉着李俊敏的手说："李书记，我儿子和未进门的儿媳都感谢您。等他们结婚，您一定要来喝杯喜酒！"

此刻看着躺在松柏中的李俊敏，付国运伤心至极，不停地念叨着："李书记，你不能走。我们还等着你喝我儿子的喜酒哩！"

颜国和哭得像个泪人，在他心里，这个一动不动躺在松柏中的年轻人就是他的亲人，甚至比亲人还要亲。这个人的到来，彻底改变了他的命运。他俩的故事，无疑是精准扶贫的生动实践。

颜国和早年在粮食加工厂务工，不幸落下了"尘肺病"。每月光是医药费开支就是700多元钱。为了支付医药费，除种地外，他还得到附近的村子拾破烂补贴家用。

"颜国和老人的病因早年在粮食加工厂务工造成，粮食加工单位就应该赔付老人的医药费和生活补贴呀？"李俊敏向村干部提出了这个问题。村干部告诉他，粮食加工厂早就不存在了。

"既然老人孤身一人，又患有'尘肺病'，怎么不给他五保户待遇？"

村干部还告诉他，颜国和膝下有一个养女，远嫁外乡。颜国和属有儿女赡养之人。

李俊敏再也无话可说，只能用自己的行动，倾注着对老人的深情。只要有空，李俊敏就到颜国和家看望，陪老人聊天，排解寂寞。每次离开老人前，还不忘帮颜国和从井里打水，把水缸装满。

在一次同老人的聊天中，李俊敏问老人有几个孩子，老人摇了摇头，什么也没说。

"不是说你以前收养了一个女儿吗？"李俊敏继续问。颜国和老人终于道出了实情：颜国和年轻时，未婚未育。在七里乡所在集镇收养了一个4岁半的小女孩。取名颜红红。不料，姑娘长到14岁的时候，亲生父母找来了，硬是在光天化日之下，把颜红红拉回了外乡。从此，颜红红再也没找来。几十年都过去了，还不知道她生活得怎么样。

颜国和把姑娘亲生父母的地址告诉了李俊敏。李俊敏来到七里乡派出所，请派出所帮忙，寻找颜红红的下落。经过公安系统半个多月的查询，原由颜国和老人收养的颜红红已于3年前出车祸身亡。

李俊敏根据调查的情况，为颜国和老人申请了五保户。从此，除医药费全部报销外，颜国和每月还能领到1300多元的资金补贴。

五天前，颜国和得知李俊敏去世的消息，接连几个晚上都睡不着，睡梦中不止一次地呼喊："李书记——"

李俊敏跟兰溪村的乡亲们不辞而别，心里最难受的要属兰溪村党支部书记洪丽珍。

在洪丽珍看来，李俊敏来兰溪村担任驻村第一书记，虽然只有短短9个多月的时间，但他的心早已和兰溪村村民的心紧紧连在了一起。从驻村第一天起，他不是在田间地头，就是走进贫困户家中。从全村32户贫困家庭的访查中发现，他们虽然都是老弱病残，但也有一定的劳动力。有必要依托土地资源，发展特色农业，让他们获得稳定的收益。

带着这一想法，他先后到县扶贫办、省农科院等地，考察多个扶贫项目，翻阅了大量资料，从大面积蔬菜种植到分散式特色养殖，把每个有可能在兰溪村发展的产业和项目都进行了思考和比对。在村"两委"会的集体讨论中，洪丽珍提出，茶油一斤能卖到60元，市场前景好，劳动力的需求量不大，适合贫困户种植。经村"两委"会集体通过后，李俊敏作为驻村第一书记带头执行。2018年3月18日，李俊敏带回1万株油茶树苗，免费发放给在家的26户贫困户，并发动进贤县供电分公司干部员工210余人，与贫困家庭一道种植油茶树苗，当天种植5500余棵。李俊敏还特地邀请农业专家授课，一次次种植培育知识讲解，一回回现场咨询指导，使得一棵棵油茶树苗在雨水的滋润下焕发出新的生机。

洪丽珍用衣袖擦去眼角的泪珠，望着安静地躺在松柏中的李俊敏，喃喃地说："李书记，你没有走，你的身影，你的形象，永远定格在我们兰溪村乡亲的心中！"

在江西省进贤县供电分公司一个普通的宿舍里，几天来，李俊敏的父亲李长龙和母亲胡当加不时地抚摸着放在神台前桌子上黑色相框的李俊敏的照片，悲痛不已。

李俊敏的父母亲都是有着几十年党龄的老党员。9个多月前，李俊敏驻村前来到他父母的跟前，特地告慰了老人："爸妈，这段时间我可能会回来得少一点，单位上已让我去兰溪村了。"

老人既是回答，也是在嘱咐儿子："去了就好好干，不要老想着家里的事，我们不用你操心。"

李俊敏没有辜负父母对他的嘱咐，有一句话，他常常挂在嘴边："既然当了第一书记，就必须给父老乡亲们一个交代。"

为了给父老乡亲一个交代，李俊敏克服自己有生以来第一次下农村的艰苦，驻村后全身心扑在农村扶贫工作第一线，吃住在村，很少回家。

为了给父老乡亲一个交代，李俊敏对村里贫困户关心备至，却往往愧对自己的父母和儿子。2018年3月25日，李俊敏的儿子李昱过生日。孩子非常想念父亲，早就跟父亲约好了晚上回家为他过生日。这天晚上，爷爷奶奶早早地把饭菜和生日蛋糕准备好，可迟迟不见李俊敏回家。儿子打来电话："爸爸，我好久没见到你了，再不回来，你该忘记我长什么样了。"说着，儿子在电话里哭了。

听到儿子的哭声，李俊敏眼睛红了。他知道，儿子从小就失去了母爱，而自己给他的父爱也远远不够。他恨不得放下电话就回到儿子的身边，好好为儿子过个生日。可是，不能啊！他眼下正在医院陪着村里的贫困病人治病，实在不能离开呀！李俊敏只得在电话里愧疚地说："儿子，我现在正陪一个老爷爷看病，走不开。你的生日，让爷爷奶奶跟你一块过吧，改日爸爸一定补上！"

李长龙老人伸出满是青筋的老手，揩了揩儿子的相框，忍着泪，轻声

第四章 第一书记

161

地喊着李俊敏："儿子，你没有丢你爸妈的脸，你是你爸妈的骄傲！"

两年过去了，当年那一幕仍在魏红平眼前闪现，清晰如昨。心疼、惋惜、悲伤、不舍，各种复杂的情绪在进贤县，在七里乡，在兰溪村，与这条曾经鲜活的生命纠缠在一起。

李俊敏走后，他的事迹被各级媒体报道了出去，在社会上引起了较大的反响，人们开始仰视他，甚至有人称他为时代楷模、脱贫战役中的英雄。对此，魏红平有他自己的看法。在遍布全国的几百万扶贫干部中，李俊敏绝不是做得最多的，也绝不是干得最好的，甚至在电力系统中，比他做得更多、干得更好的也大有人在，他只是众多优秀扶贫干部中的一员。区别就是，他是以生命为代价，践行了立志脱贫攻坚的誓言；区别就是他没有控制好生命的长度，但生命的宽度他很好地把握住了。而且魏红平相信，英雄最难消解，李俊敏自己也肯定不想做这样的"英雄"，他可能更想成为一名合格的共产党员，一位扶贫的好干部，一名国网的好员工，一个父亲的好儿子，一个儿子的好父亲。如果非要说他是英雄，那么英雄是时势创造出来的，这个时势，就是当下这场人类发展史上绝无仅有的、伟大的脱贫攻坚战，是在党和习近平总书记领导下新的人类文明探索。这场伟大的、改变了长久以来数以亿计的人民群众生活面貌的战斗，和许许多多李俊敏这样参与这场伟大战斗的人，才是真正的英雄。

魏红平也曾偶尔羡慕过李俊敏的离去，终于可以不用再面对现实生活中的一些烦恼和一地鸡毛，活着有时候挺累的。但这种情绪总是一闪而过，他还是觉得自己很幸运，一是遇到了李俊敏这样可以作为榜样的好同志、好同事，二是遇上了这样的好时代。

他相信，在党的领导下，在一批批李俊敏这样的好干部的帮扶下，七里乡的日子一定会越来越好。

"菊花开，菊花残。塞雁高飞人未还，一帘风月闲。"

李俊敏走后，进贤县供电分公司三阳集乡供电所党支部书记邹邵敏主动请缨，接过了李俊敏的担子，来到兰溪村担任驻村第一书记。

军山湖淼淼，青岚湖汤汤，淼淼汤汤，把七里乡拥在怀中。

总部来的第一书记

"咱村来了第一书记啦！还是从北京来的！"

邻里相熟、日子惯常的湖北省长阳县土地坡村，在 2015 年 7 月 20 日这个下午，突然变得骚动起来，乡亲们新奇地聚拢着打探，消息像插上了翅膀，很快在村里传开了，村民们开始三三两两赶往村委会，想早点瞅一瞅这位京城来的"第一书记"。

站在大家面前的"第一书记"，三十多岁，身着印有"国家电网"标识的绿色工装，身体壮实，精神抖擞，笑容可掬。他叫刘敬华，是国家电网公司运检部高级工程师，受中央组织部和国家电网公司委派，到国网定点扶贫地区的贫困村担任"第一书记"。

"父老乡亲们，我是农民的儿子，我也是湖北人，回到家乡，我感到分外亲切，从今天开始，我就非常荣幸地成为土地坡的村民了，请大家多多指教，多多帮助！"刘敬华满脸笑容，连连拱手，给大家鞠躬。

朴实的话语，憨厚的样子，一下子拉近了和大家的距离。村民们很快就和刘敬华无拘无束、天南海北地聊起来，直到天黑才一一散去。

第二天一早，刘敬华就请村党支部书记、村主任曹梅芳当向导，走村串户，开始"摸家底"。土地坡村都是贫瘠的砂石地，水土保持难，庄稼生长更难，人均土地少，大部分村民喝的是"天水"、山沟里的泥巴水，走的是泥泞路，用的是低电压电。村里人的生活一直较为窘迫，有劳动能力的年轻人纷纷选择外出打工，剩下的大部分是老弱病残者，生活艰难，原本无法耕种的荒坡显得更加荒凉。

正值酷暑，太阳晒得地上发烫，烤得人透不过气来，走在乡间的土路上，望着眼前这片贫瘠的土地，一座连着一座的山，一户比一户更困难的群众，想着怎样才能让村民脱贫，刘敬华心里不免有些着急。年近70岁的老支书刘泽科看到他紧皱的眉头和热切的目光，主动来向他传授农村群众工作经验，陪他走访慰问困难户，不断给他出点子，这让刘敬华心里踏实了许多。

走访中他发现，贫困户的认定，是群众反映较多的问题，怎么办？

刘敬华及时召开支委会，统一大家的思想后，决定严格按照"看住房算家当，看劳力算收入，看产业算后劲，看教育和疾病算支出"的"四看四算"标准，组织党员和村民代表重新评定了贫困户，然后召开村民代表大会，对贫困户逐一进行评议和投票，评出贫困户101户301人，并现场公示了结果。

"这次的评定，公平公正！我们没意见！""早就应该这样搞！"村民们在现场欢呼雀跃。一双双高高举起的手，表达了对刘敬华的信任和肯定。

家底摸清了，就得精准把贫困的脉，找贫穷的根，探扶贫的路。

土地坡村，是不久前才由三个自然村并成的一个大行政村，村党支部还在磨合期，一些发展规划难以形成共识，有时甚至是各吹各的调，各打各的锣。即使规划制订了，也由于资金、技术、人才、资源短缺而最终落空。

刘敬华想，必须发挥党支部的战斗堡垒作用和党员的先锋模范作用，让党员干部带领群众脱贫致富！于是，他召集在家的和部分在外打工的30多名党员，来到长阳县麻池革命老区和"红六军"创始地缅怀革命先辈，重温入党誓词。

宣誓完毕，刘敬华不失时机向党员们发出了动员令："带领群众致富，是我们每个党员干部的神圣责任，大伙儿都与贫困户结对帮扶，好不好？"

"好！"30多名党员几乎是异口同声。

"都是好样的！"刘敬华伸出了大拇指。

刘敬华和曹梅芳相视一笑，当即拿出结对帮扶登记表，让大家填写，还抢先将最困难的 10 户分别揽在了自己名下，支委成员和党员们纷纷认亲结对，很快，贫困户都有了帮扶责任人。

当天，刘敬华就到结对的 5 个贫困户家里上门认亲。

走进村民曹宗风的家，刘敬华紧挨着卧床休养的曹宗风坐下，鼓励他增强生活的信心，并悄悄将 1000 元塞到曹宗风枕头下，还把一边孩子凌乱不堪的床铺平整好，第二天又给孩子买来了一大堆书本、文具……

群雁高飞头雁领，土地坡村的党员干部们也纷纷行动走进贫困户家里，一户一册脱贫方案一份份出笼。"刘书记带头干实事，党员干部的作风又回来了！""这才是我们心中的党员干部！"

群众好评如潮。刘敬华趁热打铁，不仅带领村支委广泛征求村民对脱贫工作的意见和看法，还组织党员干部向村民汇报自己关于精准脱贫的设想与点子，由群众评议打分。双向交流，一下把党员干部和群众的积极性都调动起来了。

经过几轮集思广益，"一桥一路一中心，两翼齐飞早脱贫"的发展规划破壳而出，即修建窗户岩公路桥，修建党员群众服务中心、村中心到 2 组的分支路。"一翼"是解决水电难题，发展柑橘、茶叶、魔芋等本地特产农业，根据土地坡村南土质酸性特点，重点发展茶园 150 亩；"一翼"是打造土家族风情生态旅游业，为农民增收拓展新路径。

一场脱贫攻坚战开始全面展开，刘敬华在村委会门口悬挂了三幅战役推进图。

全村精准扶贫规划图，是刘敬华和党支部为每个贫困户量身定做的。图中定期公示党员干部结对帮扶进展情况，贫困户脱贫后及时销号。贫困户杨德贵，因供女儿上大学，无力翻修一直住的危房，刘敬华就帮他申报危房改造补贴。解了燃眉之急的杨德贵，在女儿毕业找到工作后就主动来销了号。

电网升级改造工程作战图，是刘敬华针对该村低电压现象严重，农业加工只能深夜用"鸡叫电"的困难，组织制订的《土地坡村农网改造升级规划》。他积极协调县供电公司把该村列为"井井通"示范村，新增变压器 4 台，新建和改造 10 千伏线路 6.78 公里，逐步解决了长期以来村里用电卡口的问题。

国家电网安全饮水清泉工程施工图，是刘敬华刚进村时看到村民还在用"天水"和河沟里的泥巴水，和村民一起翻山越岭勘察，制订的改水方案。他向国家电网公司申报安全饮水清泉工程扶贫项目，并一次次到县政府汇报。在国家电网公司和地方政府的大力支持下，村里修建了 10 座调节水池，铺设水管 31.75 公里。就这样，一个困扰土地坡村民几十年的生存难题从此消除。

三张消除贫困"老大难"的幸福图，成了密切党和群众血肉联系的连心图。经过半年多的努力，桥通了，路修了，水来了，电压稳了，党员群众服务中心建立起来了，老百姓脱贫致富的激情点燃了，几名村民先后递交了入党申请书。

扶贫必须"挖穷根"，在修补"通水、通电、通路"等短板的同时，刘敬华一直在思考，怎么为土地坡村找到一条长久的致富之路。

他到邻县参观时，看到村里一排排的太阳能路灯，突发奇想，国家电网公司正在实施清洁能源战略，可否在村里建设太阳能光伏电站，助推扶贫工作呢？

正好长阳县委书记来土地坡村调研扶贫工作，刘敬华将土地坡村光伏扶贫项目的设想向县委书记作了汇报。

"好啊！不管采取什么样的形式，如果能在土地坡村建设光伏电站，县委、县政府都将全力支持。"县委书记当即高兴地表态。临走时，还提醒刘敬华去看一看建在长阳县龙舟坪镇的宜昌市第一个光伏电站。

刘敬华下午就来到了长阳县龙舟坪镇。一排排深蓝色的光伏发电板，在太阳的照射下，在龙舟坪镇朱津滩村南边山坡上熠熠闪光。一个 60 多岁的精神矍铄的老者见到他，热情地过来打招呼。来者正是光伏电站的投资人郑大海。

郑大海已从县委书记那里得知，刘敬华是国网公司派驻长阳县土地坡村的第一书记。于是毫无保留地把他创建 2000 千瓦光伏发电示范项目的过程，向刘敬华作了介绍。

郑大海告诉刘敬华，这座电站他与合伙人投资了 1200 万元，长阳县供电公司还专门投资 26 万元为其改造 10 千伏线路 4.8 公里。电站一年可发电 160 万到 180 万千瓦时，每年净收入可达 150 万元，6 至 7 年就可回本。整个电站占地 38.9 亩，村民们每年可以得到 10% 的收益分红。不仅投资者能赚钱，当地农民也有了一笔可观的收入。

郑大海的介绍，使刘敬华欣喜不已，从这里他得到了极为需要的信息：一是国家支持发展光伏电站建设项目；二是像长阳县这样的山区地带也适合建设光伏电站；三是光伏电站投资不大，收益可观，还一劳永逸。

回到驻地，刘敬华心情久久不能平静，辗转难眠之间，朱津滩村成片的光伏发电板，还有那块镌刻着"光伏扶贫情系百姓"八个大字的石碑，不断在他脑海里浮现，让他兴奋，光伏扶贫确实是扶贫项目的上上之选！

郑大海投资兴建的光伏电站虽然在设计、技术上都还存在着一些明显的缺陷，包括光伏板的夹角设计不是最佳，但依然取得了显著的收益。国家电网公司人才密集、技术密集、资金密集，还有最独特的电网资源优势，如果由国家电网公司组织为土地坡村等湖北"三县一区"的贫困乡村建设光伏电站，具有不可比拟的优势，将极大地推动贫困村快速脱贫。

刘敬华将自己在长阳县土地坡村扶贫工作情况、该村面临的困难，以及在该村建设光伏电站的具体想法，向总部作了详细汇报。此时，国家电网公司正在着手制订打赢脱贫攻坚战的总体规划，已将定点扶贫区实施光伏扶贫工程项目纳入了规划。刘敬华的汇报，让长阳土地坡村被优先列入了国家电网公司定点扶贫地区第一批光伏电站建设规划。

2015 年 12 月 11 日，刘敬华作为中央企业选派的贫困村"第一书记"的唯一代表，在国务院扶贫会上作了交流发言。当他谈到国家电网公司准备在贫困乡村大力开展光伏扶贫的规划时，与会者频频点头赞许，对国家电网公司开展的扶贫工作给予了充分肯定。

2016 年 6 月 28 日，就在刘敬华即将结束在土地坡村的挂职时，由国家电网公司投资兴建的一座6000千瓦的光伏电站工程在土地坡村正式开工。在轰鸣的施工现场，村民们仿佛看到了希望和未来。

2016年7月1日，一辆商务车从宜昌火车站向着长阳土家族自治县，向着龙舟坪镇土地坡村开去。车里，坐着一位来自国家电网公司的电气工程博士，名叫余秋霞。别看名字有些女性化，但余秋霞却是名副其实的彪形大汉。

望着路旁陡峭的悬崖，绿意葱茏的植被，远处别致的吊脚楼，高高挂起的大红灯笼，迎风飘动的彩旗……余秋霞心情激动："今天，是我来这里担任'第一书记'的第一天，多么庄重而又喜庆的日子！"

开往土地坡村的商务车下了柏油路，进入了凸凹不平的砂石路，整辆车像老妇手中的簸箕，摇摆不定。"吱"的一声，商务车停下了。前面一辆装有建筑材料的卡车翻车了，司机没事，但卡车上的砖瓦撒了一地，商务

车也完全无法通行了。

不一会儿，清障的拖车来了，附近帮忙的村民来了。约半个小时，前面的路通了，商务车继续向着土地坡村驶去。

雨后天晴，土地坡村的太阳火辣辣的。土地坡村前的一条沙石和黄土相混的村路上，迎面走着土地坡村的党支部书记曹梅芳、驻村第一书记余秋霞和两个村委会成员。他们特地考察这条村前通往柏油路的土路。尽管头戴草帽，余秋霞方正的脸颊上却淌满汗水，衬衣湿透，长筒胶鞋也被黏着的胶泥带掉了几次，小腿肚更是被灌进胶鞋的泥沙磨得生疼。

这就是余秋霞上任第一天碰见翻车的那条村路；也是村民们感到最头疼、反映问题最突出的一条"断头路"。称它为"断头路"，是因为这条路不知出过多少次车祸，死伤过多少乡村百姓，又曾多少次修得半途而废。

由村"两委"成员参加的村民大会上，大家围绕着这条"断头路"该修不该修，再次展开了讨论。

什么时候修？大伙儿的表态非常坚决：这条路早就该修了，再也不能等了！

钱从何来？村民们的意见几乎一致：村民出劳力可以，出钱很难！

这个难，难在哪里？余秋霞分别请村"两委"成员谈了自己的看法，也与村党支部书记曹梅芳交换了意见，并向老支书刘泽科请教了当地修路的常规性政策和做法。经过深入了解和调查，余秋霞才真正感到，要解决修这条路的十几万元钱实在有点难：村民生活贫困不能强制性摊派，国网定点扶贫资金里也没有修复这条村路的立项，县政府、镇政府年前没有这个计划，不可能另行拨付资金。

不过，从老支书的修路经验中，余秋霞意识到找县公路局也许有一线希望。哪怕是一根救命稻草，余秋霞也想不遗余力地抓住。与曹梅芳一合计，他们起草了一份《关于请求解决村前公路修复资金的报告》，报告送上去了，公路部门却迟迟没有回复。

余秋霞不想放弃，他又以土地坡村党支部和村民委员会双重名义，向镇里写了请求呈报县公路部门解决村前公路修复资金的报告。

这次，他亲自拿着报告送往镇政府。不料，到了镇政府又听说，负责这项工作的镇长外出开会去了。怎么办？他请办公室工作人员与镇长取得联系，镇长回复：下午四点回镇政府听汇报。时间一点点过去，4点、5点、6点，时间已是晚上7点多，余秋霞一次次拨打镇长手机，却怎么也打不通。晚上8点，余秋霞继续给镇长打去电话，电话终于接通了。原来，镇长因处理一个突发事件，把余秋霞"有事汇报"这事儿全忘掉了。手机没电关机，所以打不通。处理完突发事件，他赶紧给手机充上电，才接到了余秋霞的电话。镇长非常抱歉，告诉余秋霞，明天早8点，他准时到镇政府办公室。

心里的一块石头总算落了地。余秋霞长长地嘘了一口气。

早上7点40分，余秋霞提前赶到镇政府。看了余秋霞的报告，镇长的回答很直率："余书记呀，像你们这样的报告太多太多了，可以说还拈不上筷子。但你的那股执拗劲，你的那种坚韧的精神感动了我。我不仅同意，还要亲自带着你去找镇里。"

有了镇里支持，没多久，20多万元的修路款就拨下来了，村前这条8.5公里长的路，经过夯实路基、平整路面、增设涵管、铺上柏油，顺利地完成了全面修复。

土地坡村有个养殖中华鲟的专业户曹开春。早在2012年，曹开春就开始建造鱼池养中华鲟。养殖中华鲟最好用山泉水，要求水温保持在15~16℃，这需从远处的龙泉口水洞把水引出来。但20多米的高度落差，电的动力不足，没有办法增压抽水。曹开春养中华鲟这事就被搁置了。直到余秋霞作为第一书记来到村里，曹开春养殖电力不足的问题才终于解决。曹开春也才正式开始养中华鲟，可一直规模不大。细心的余秋霞观察到了，就问曹开春原因，曹唏嘘着说，电费是按商业电价收费，实在太贵，无法承担。

怎样才能让曹开春降低养殖成本达到预期收益？带着这个问题，余秋霞问专家、看政策、查资料。他发现，曹开春养中华鲟属农业生产用电，可以享受优惠政策，当即与当地供电所取得联系。随后，供电所按规定，调整了曹开春的用电电价。电价调整后，曹开春对中华鲟的养殖，从他一个人发展到十几个人，规模越来越大，收入翻了好几番。后来每次提起这件事，曹开春第一句便说道，全靠驻村第一书记余秋霞。

2017 年 7 月，来自国家电网公司工会的年轻干部黄丹松走进了土地坡村，接任余秋霞的土地坡村第一书记。黄丹松有压力，他清楚，第一任书记刘敬华，被村民赞誉为"北京来的贴心书记"，获评"最美国网人"；第二任驻村支部书记余秋霞，全身心为村民办实事、解难题，被土地坡村的干部群众呼为"勇挑重担的好书记"。作为土地坡村的第三任驻村第一书记，黄丹松觉得，自己没有理由不认真学习前两任第一书记的工作经验和优秀作风，没有理由不接过刘敬华、余秋霞的接力棒，没有理由不发挥自己的优势，抓好土地坡村的精神文明建设和脱贫攻坚工作。

清江之畔，天柱山下，溪水淙淙，垂柳轻摇，一抹晚风，给人们带来几许凉意。土地坡村的村委会里，灯火通明，村"两委"成员聚集一堂。这是欢迎土地坡村第三任驻村第一书记的座谈会，也是土地坡村脱贫攻坚战的再次战前会。

掌声中，眉清目秀的黄丹松站起身，向人们深深地鞠了一躬。伴着村边小溪欢畅的流淌，曹梅芳如数家珍般历数国家电网公司几年来助力土地坡村脱贫攻坚中的事儿。伴着吊脚楼前垂柳的轻舞，村支部成员对刘敬华、余秋霞两位驻村第一书记情系贫困村民的高尚品质，倾心土地坡村脱贫致富的奉献精神，交口赞誉。

嗅着夏日荷花散发的阵阵清香，听村委会成员们笑谈间把土地坡村在脱贫攻坚中取得的成果和日新月异的变化一一道来，初来乍到的黄丹松，心情犹如飞溅的清江水，好不激荡。

在村"两委"成员的掌声中，黄丹松站了起来，迎着大家期盼的目光侃侃而谈："脱贫攻坚，我们土地坡村能不能一鼓作气，穷追猛打，能不能乘胜前行，决战到底，靠我们村的全体父老乡亲，更靠我们在座的每一位村干部。我认为，如果只满足于依靠政策，满足于外来的支持，满足于国家及国家电网公司的资金投入，不组织好全村党员，不调动和发挥内生动力，没有党建做好脱贫攻坚'前线战斗队'和'坚强堡垒'，要全面打赢脱贫攻坚战，只会倍加艰难。"

黄丹松的话，让村"两委"成员点头不已。发信息，送关爱，话桑梓，论创业，遍布各地打工谋业的党员，在村党支部的回乡创业的号召下回到村里。

打造村级党员群众服务中心、党员活动室、"党员之家"，组织大家学理论，讲党性，树典范，比贡献，生机勃勃的党组织阵地和全方位充电，凝聚起了全体党员的奋斗理念和奉献意识，党员们认识到，党员不同于群众，党员要优先于群众，扛起脱贫攻坚的重任……

在组织全村党员学习培训中，黄丹松又发现，先前以村民小组形式建立党小组的模式，往往因为党员年龄差距大，工作类型差别大，导致思想认识差异大，严重影响了党小组的凝聚力和战斗力。这样，他们在带领村民扶贫时，很难形成一个紧握的拳头。在他的提议下，结合土地坡村实际，按照分工，成立了产业发展党小组、文明建设党小组、维护稳定党小组、外出务工党小组、巾帼党小组、退伍军人党小组等类别、职能清晰的党小组。分工明确，效率就会大幅提升，专业凝聚，就能形成拳头力量。

6个党小组，成了精准扶贫中6面飞扬的旗帜，6团在脱贫攻坚中燃烧的火焰！

按"公司（合作社）＋资金投入＋基地＋贫困户"的扶贫模式，以党员方卫东为牵头的产业发展冲锋队利用国家电网公司投资的50万元对马子溪216亩脐橙基地进行提档升级，并对14家贫困户送苗上门，代种代管……2017年全村脐橙总产量80万斤，总收入120万元，其中14家贫困户收入18万元。

在巾帼不让须眉的光辉旗帜映衬下，村民王家玉与丈夫一道寻找致富门路，实现家庭增收。2018年被评为全县脱贫明星；谭婷、杨雪莲2名扶贫专干在脱贫攻坚中济困扶贫，勇于奉献，被发展为党员，土地坡村党的队伍建设持续焕发出新的生机与活力。

172 　2017年10月，迎着天柱山脉金黄一片的野菊，一位新华社记者来到了土地坡村。走进村委会，他从宣传栏里，看到了版面生动的廉政寄语——"党员、干部面对面，廉洁自律十个不"：不搞"一言堂"、不拿"跑腿费"、不"雁过拔毛"、不"多拿多占"、不"一碗水端不平"、不"大手大脚"、不"公报私费"、不设"小金库"、不当"保护伞"、不做"赌棍神棍"。

这位记者，是带着"任务"来的，他要采访土地坡村驻村第一书记黄丹松，写一篇题为《脱贫攻坚的擎天柱》的通讯报道。谁知，黄丹松突然接到县扶贫办的电话，要他汇报"锻打脱贫攻坚之魂的体会"。擦肩而过，记者就先采访了村党支部书记曹梅芳，曹支书却不停地夸着黄丹松："我们的第一书记经常说，在脱贫攻坚中，党员和每一个干部要挺得直、落得实，必须要取得群众信赖。"

金杯银杯，不如老百姓的口碑。黄丹松强有力的组织能力和担当作为，受到土地坡村村民发自肺腑的赞扬。当土地坡村正式退出贫困的时候，2018 年 9 月，黄丹松被中央组织部、国家电网公司选派到龙舟坪镇合子坳村担任驻村第一书记。黄丹松，又踏上了脱贫攻坚的新征程……

在国家电网公司向长阳县连续委派 3 名干部接力扶贫土地坡村的同时，2015 年 7 月 20 日，国家电网公司基建部高级工程师的曲辉也受命来到秭归县建东村担任第一书记。

曲辉在国家电网公司总部从事技术管理工作。对于从未涉足农村工作的他来说，从繁华的北京到偏远的山区当村第一书记，是人生的一次大考。到村第一天，刚听完村干部的介绍，还顾不上到宿舍整理收拾，曲辉就迫不及待地要求到现场走访。

走访的第一个对象，是秭归县建东村第一任党支部书记——71 岁的王和铭老人，也是该村登记在册的贫困户。三十多岁的曲辉，瘦高个儿，斯斯文文，一口京腔，给老书记留下了"白面书生"的第一印象。

老书记向曲辉伸出三个手指头："要想摘掉贫困村的帽子，必须落实三件事。"

"哪三件事？"曲辉从座位上直起身子，专注地望着老书记。

老书记告诉他：建东村900余户2676人，虽然有泗溪河，但水质太差，每逢旱季，大半个村的老百姓都没有水吃，这是第一件大事；第二，村里电压不稳，电力不足，家里喂猪连苞谷都打不成；第三，村集体没有产业，光"输血"不能"造血"！

曲辉将老书记的话，认真地记在了笔记本上，也牢牢记在了心里。

走出老书记的家，曲辉立即来到不远处的泗溪河，现场察看。其实，泗溪河并不是一条河，而是从山上流下的一条小溪。小溪波光粼粼，银蛇般地延伸着，朝建东村的西南方向绕过。小溪边，两个孩童牵牛饮水，一位老婆婆正在洗菜，一位年轻妇人正在捶洗衣服，还有人在挑水……

亲眼见到河水浑浊不堪，溪边人畜共饮的场景，曲辉心里很不是滋味。他暗下决心，一定要想方设法解决村民吃水的问题。

曲辉叫上秭归县供电公司副总经理梁坚和村党支部书记李胜，一连多日寻找合适的水源，可总是无功而返。

在走村串户、访贫问苦中，曲辉向村里的一位老人打听到，离村子8公里的地方有座山，山顶绝壁处有个白岩洞，那里有一股泉水长年不断，水源充足。这位老人年轻时曾到那里打过猎。

得知这一信息，曲辉在熟悉地形村民的引导下，前往白岩洞实地勘察。爬到半山腰，连小路都没有了，便用弯刀砍去前面的荆棘和灌木，艰难地劈出一条路，终于在离山顶不远的白岩洞里找到一眼汩汩而流的山泉。下山的时候，已是下午5点多钟，光线阴暗，漫山的丛林又挡住视线，曲辉一不小心滑向山崖，幸亏被人一把拽住，才没滚落山间。

回来后，他们迅速将水样送检，经鉴定完全符合饮用水源标准。

一个大胆的设想在曲辉脑海里诞生了：在洞口建一个拦水坝，山下建自来水厂，沿悬崖铺设15公里的无缝钢管，把山泉引到山下净化达标后，再通过自来水管道引流到农户家。

设想是美好的，但实施起来却很艰难。从论证、规划、立项、审批到资金筹措、建设，每一步都费时耗心，稍一松懈，就可能半途而废。特别是资金的筹集，更是关键的一环。

曲辉将该工程纳入国家电网公司阳光扶贫"清泉饮水工程"申报项目，想方设法争取到了定点扶贫资金 100 万元。可这还不够，他又三番五次跑到县政府汇报。领导们也很为难。有一次他急了，将泗溪河浑浊的水装到瓶子里，摇晃着展示给领导们看："你们看，村民喝的就是这样的水！这能喝吗？"

一个北京来的干部，就这样用他的真诚感动了大家。继国网扶贫资金落实之后，他又为村里争取到了县政府的配套项目资金 100 万元，并联系县水利局设计了饮水工程。2017 年农历新年前，建东村的村民终于喝上了安全优质的山泉水。

长长窄窄的泗溪河从村中横穿而过，将村里分为两段。多年前，一场大水将连接河两岸的一座简易木桥冲毁，从此两岸村民都是蹚水过河。从河对岸到村委会本来直线距离只有短短的 300 米，可每到大雨天，河水暴涨，村民只能绕道几公里才能过河，至少要花近一个小时。

曲辉一边谋划改造"漫水桥"，一边找同学、找朋友"化缘"，最终筹集了 25 万元。他用"化"来的 15.7 万元架起一座"民心桥"，余下的钱，为村里修建了一个文化小广场。

建东村是以"花鼓戏"闻名全国的，素有"花鼓之乡"的美誉。这里的村民无论男女老少皆爱好唱花鼓戏，但村里一直没有一个传承"花鼓戏"的活动场所，这也成了曲辉的一个心结。

在他的努力下，文化小广场抢在 2016 年春节前竣工，建东村在村里举办了"迎新春·奔小康"联欢文艺演出，全村几百名男女老幼一个个兴高采烈而来，将小广场围得水泄不通。建东村的村民都感慨："几十年来，村里从来没有见过这样热闹的场面，今年的春节是最热闹、最暖心的！"

建东村是一个大村，人多用电量大，但由于配变容量小、线路老化等问题，一到用电高峰期就跳闸停电，在一定程度上也制约了村里的经济发展。

曲辉充分发挥自己的专长，一个台区、一个台区地了解，将村里的用电情况摸得清清楚楚，然后根据村里未来 10 年的发展需要，亲自制订了村里的电网升级改造方案，再一次次跑县供电公司、市供电公司申请项目和资金，致力于把建东村打造为全县首个农网升级改造示范村。功夫不负有心人。他先后为该村争取农网改造资金620余万元，对该村进行农网升级改造，低电压全部消除，农户用上了优质电。

村里为每一个贫困户制订了脱贫计划，对21个完全没有劳动能力的贫困户却一筹莫展。关键还是没有产业！村集体经济一片空白！

怎样让建东村具备造血功能？曲辉一次次和村干部在田间地头商议，一次次请农业专家到现场把脉。根据当地的土质、气候等因素，他们终于确定了产业发展方向：种茶！

他从江苏引进高端白茶品种，在该村建了100亩示范园区，向国网公司争取到70万元专项扶贫资金，作为这21个精准扶贫户在白茶示范园区入股的资本金。项目落地后，每个贫困户每年增加1000元左右的收入，先后实现了脱贫。

曲辉操心着村里的大事，也从没忽略村民的疾苦。村民谢新元患股骨头坏死多年，因无法忍受病痛折磨而情绪失控，多次扬言"不想活了"。曲辉主动将他列为自己的帮扶对象，及时将谢新元送进医院做手术。在他的努力下，谢新元重新站了起来。随后，曲辉又安排他担任光伏电站维护员，从此有了一份稳定的收入。谢新元重新树立了生活的信心，开心地说："没有曲书记，就没有我的今天！"

玉兰花开幸福来

初春的小雨淅淅沥沥地下个不停。满山坡的玉兰花开得正盛，白的、紫的、黄的，一朵朵、一簇簇，密密匝匝地在枝头上吐露芬芳。一声声轻雷欢快地顺着伏牛山西麓一路小跑着向娘娘庙村赶过来，它要告诉这里的人们，春天来了。

八百里伏牛山，自西北向东南山势渐缓，是长江、黄河、淮河水系的分水岭，也是北温带与北亚热带的自然分界线。传说中的娘娘庙村就处于伏牛山脉与南阳盆地之间的丘陵地带。

雷军伟驱车从郑州出发，走郑尧高速，在平顶山鲁山站出高速，进入231省道，约一小时行至皇后乡政府，再朝西北驶入乡道，行驶3公里就可以到达河南省南阳市南召县皇后乡娘娘庙村。

离村子越近，雷军伟越压抑不住内心的喜悦，他也要随着报春的滚滚轻雷，告诉大家一个好消息：在娘娘庙村拟建的全省第一座光热储充一体化示范电站可以动工了，预计2020年底就可以完工并投入使用。这座容量为2000千瓦的全省第一个以光热储能电站支撑的高可靠不停电快速充电站，既可以服务当地群众，又能满足周边军工企业和旅游业充电业务的需求，为娘娘庙村打造休闲旅游田园综合体奠定良好的基础。届时，已经于2018年底彻底脱贫的娘娘庙村，将迈上一个新的台阶，更加美好的生活指日可待。

春雷滚滚，一路送雷军伟渐渐驶入娘娘庙村。

回来了，回家的感觉真好，虽然这里没有亲生父母，没有妻子和一双儿女，但这里有陪伴他两年有余、感情甚笃的乡亲，有他熟悉得不能再熟悉的一草一木，有他无尽的汗水和无数失眠的夜晚，有他智慧的结晶和并肩作战的"战友"……

很快，熟悉的村口、熟悉的牌子映入眼帘，以国旗和党徽为创意的流线型巨幅广告牌上，八个金色的大字，赫然醒目，"不忘初心、牢记使命"。前面就是村口，一条废弃铁轨下面的宽敞涵洞。涵洞上方写着"党建示范村——娘娘庙村"。穿过涵洞，眼前豁然开朗，一幅当代美丽乡村的图画徐徐展开——娘娘庙村文化广场、党群服务中心、便民服务站、阴丽华娘娘雕像、卫生所、花卉苗木网络销售终端服务站及同心超市……

进村了，他摇下车窗，向街道上步行的乡亲问好，问一声要不要搭车。或者，他会朝熟悉的车辆按声喇叭，打下招呼。

"雷书记回来啦！""老雷来啦！""大雷兄弟，一会儿来家吃饭吧？"……乡亲们热情地跟他打着招呼，让他感觉这个初春格外清爽、温暖。

娘娘庙村是国网河南电力的定点扶贫村，公司选派雷军伟任驻村第一书记不是没有缘由的。这还得从他自身的成长经历说起。雷军伟出生在农村，父母是地地道道的农民。已经92岁高龄的奶奶见了他还是不忘叮嘱一句"要好好学习，一辈子做个好人"。

雷军伟1993年毕业于郑州电力学校发电厂及电力系统专业，搭上了毕业分配的末班车，回到家乡濮阳市电业局。在历经8年电力调度和2年纪检监察岗位后，2003年出任濮阳供电公司团委书记。

"尊敬的雷书记你好，今日我又给您写信了。每每写信，我都是怀着一颗激动、火热的感恩心与您畅谈，千言万语表不尽俺全家人对您的感激。认识到您雷书记，我好幸运呀……我总认为自己活着是个累赘，真的，生不如死，多少次想过死，是你把我从死亡线上找了回来。"

写信人叫杜周杰，从小患有"马儿法斯综合症"。这种病极为罕见，且无药可治，严重脊椎裂，四肢及面部神经麻痹，消化、呼吸系统都不行，大小便不能自理。

从濮阳市残联得知杜周杰的消息后，雷军伟就带着国网河南濮阳供电公司"送光明"青年志愿服务队员前去看望。通过一番交流，看出杜周杰身残志坚，渴望学习。他喜欢画画，雷军伟就给他买齐了各种绘画材料，给他起号"画乐"，找人为他的画题了字、刻了章，还把市书画院院长郭瑞生、漫画家王泽培请来，收他做了学生。翻看杜周杰的画，牡丹怒放，鸟儿偎依，色彩艳丽……每一张画都很温馨、阳光。在这位残疾人心中，溢满着幸福和快乐……他整日在卧室的方寸地，非常渴望了解外面的世界，雷军伟就给他安装了电脑，开通了网络，通过互联网开启他丰富的精神世界。

"雷书记每月都要登门看孩子，孩子呢，一见他真比俺还亲，别说孩子过去不想活，连俺这亲生父母也对他失去耐心，俺不能让他给拖累死呀！雷书记一来，好了！一个素昧平生的人，还这么关心他，我们做父母的，还有啥道理不关爱自己的亲生孩子？凭啥不让孩子活下来？"杜周杰的妈妈再也控制不住自己的泪水。

通过濮阳市民政局、市残联和希望工程办公室推荐，雷军伟带领濮阳供电公司"送光明"青年志愿服务队结对帮扶孤寡老人、残疾人、农村留守儿童463人，杜周杰只是其中的一位。"做事如做人，成人而达己，从电力调度送光明，到带领青年送温暖，他实现了自己和企业的双重跨越，这既是敬业的至高境界，也是企业的社会责任所在。"这是授予雷军伟"2007感动中原十大人物"的颁奖词。

2004年，雷军伟带领濮阳供电公司"送光明"青年志愿服务队争创了国家电网公司第一个"中国十大杰出青年志愿服务集体"，被写入《国家电网公司2006社会责任报告》。他也先后被授予"河南省十大杰出青年""河南省十大爱心助残人士""全国扶残助残先进个人""中国百名优秀志愿者"等荣誉称号；共青团濮阳市委发文《关于全市团员青年向雷军伟学习的决定》；中宣部拍摄24集《道德风尚》专题片，第六集《光明暖人间——雷军伟》在中央电视台播出；2008年、2009年两次受到党和国家领导人的亲切接见。

2009年，雷军伟被选拔到省电力公司挂职锻炼。2017年11月，他又一次带着组织的信任和坚定的自信奔赴脱贫攻坚战前线，接过原娘娘庙驻村第一书记张鹰的接力棒，继续奔跑。

娘娘庙村原属于软弱涣散贫困村，基础设施落后，村集体经济为零，贫困发生率29.3%。张鹰在任时建起了娘娘庙制衣扶贫车间和村级光伏扶贫电站，带领娘娘庙村民走出了扎实的一步。

一张蓝图绘到底，一任接着一任干。上任后的雷军伟，迎来新的考验与挑战。

村干部张金龙昨天已经接到雷军伟从郑州打来的电话，告诉他光热储充电站批复可以开工的好消息。张金龙整晚都很激动，第二天很早就醒了，再也睡不着，索性起来去水产养殖基地查看鱼塘。

光热储充电站，是雷军伟眼下正全力推进的项目，也很有可能成为全国第一座光热储充一体化示范电站。目前我国光伏、风力新能源发电快速发展，致使局部电网的消纳能力不足，这种状况在南召县也将逐步凸显。新能源电动汽车的快速发展对普及快速充电桩提出了紧迫需求，由此带来

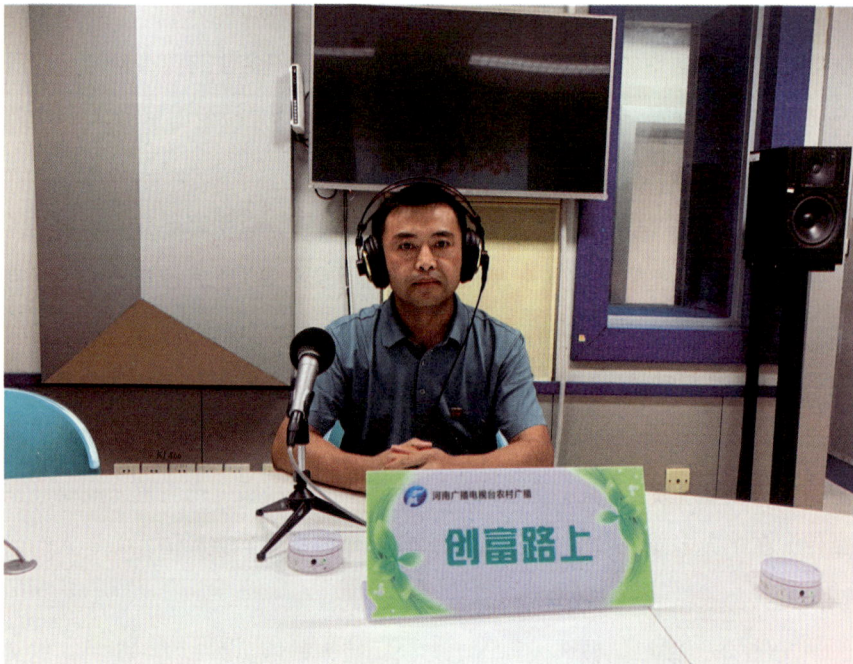

的电力负荷陡增，将使城乡配电网乃至主网面临严重冲击过载。对于国家电网公司来说，再次进行电网升级改造投资太过巨大。建设分布式光热储充电站，这些问题就可以迎刃而解，从而实现多赢局面。而且电站建成后，以光热电站的余热水开发出游泳健体、水产养殖、林下经济、换季林果等项目，形成"储能—光热—发电—充电—热水—鱼虾—林果—健康养生"低投入循环经济产业生态布局，实现"借外智"提升本地产业可持续发展，可谓一举多得。这对于娘娘庙村的产业扶贫及增加村集体经济有着深远的意义，也在全国具有示范引领性和可复制性作用。村民都盼着这一天呢！

对于雷军伟的人品和能力，张金龙佩服得五体投地，要不然当初也不会答应他回到娘娘庙村当这个村干部。

2017 年 11 月，雷军伟作为驻村第一书记来到娘娘庙。没过多久，张金龙就接到他的电话，请他回村竞选村干部，带领村民创业脱贫。

张金龙闻言沉默了很久。雷军伟来驻村的事他是知道的，也早就听说了他的大名，也对他颇为仰慕，但这件事非同其他。或许在某些地方，当村干部是一件极为体面的事，可是他不愿意当。因为他比谁都清楚，娘娘庙村实在是太穷了，干点什么事都难。12 个自然村，530 户 1770 人，耕地面积 1300 多亩，建档立卡贫困户 134 户 519 人，9 年换了 12 个村党支部书记。这个烫手的山芋，谁愿意接？再加上村干部的收入不高，杂七杂八的事却不少，费心费力也讨不到好。况且他还在南阳市开了一个龙虾、大闸蟹的垂钓园，生意越来越好——难道抛下蒸蒸日上的事业，去竞选村干部？

回家一商量，家人都不赞同他参加选举。最重要的一条是，他当村干部家庭收入会下降，支出会增加。村子里有 500 多户人家，每年大概有三分之一的家庭有红白喜事，一般关系随礼 100 元，村干部随礼得随 200 元。他想来想去，婉转地拒绝了雷军伟的邀请。

但很快他就又接到雷军伟的电话："金龙你看，咱村的劳动力在 900 个左右，外出务工的大概有三分之一。将近 300 个家庭不完整，老人年迈体弱，却得不到孩子的陪伴和照顾，还得照顾第三代。有多少孩子留守在家，不能享受父母的呵护和宠爱。你回来之后，可以利用自己水产养殖和销售经验，带动大家一起致富。"停顿片刻，电话里接着说："你想想，如果娘娘庙的年轻人不用外出务工，在家门口就能挣钱养家孝老，陪伴老婆孩子，那该多好啊！"

接着，雷军伟又跟他谈了村里的发展规划，分析了他回村带着村民搞水产养殖的可行性与前景。张金龙还是沉默了很久，最后答应回村跟他见见。

说实话，雷军伟说的这些话他并没太放在心上，更多的是被这个人吸引。年龄相仿的他，对雷军伟做过的那些成绩充满好奇，他就是想看看这个受到党和国家领导人接见过的人，到底长得什么样子？是不是岳飞和诸葛亮的合体，总不会肋生双翅、目生双瞳吧？

2018年4月，村委会换届前夕，他终于见到了"朝思暮想"的雷军伟。这是一个普通得不能再普通的小个子，板板正正却平平常常，形象上唯一可以说道的，就是他眉重、眼亮。但只要他在你面前一站，就给人一种莫名的踏实感，似乎什么都可以跟他说，什么都可以跟他交流，而且他一动都没动，你却能清晰地感觉到他在说："可以的，没问题。"这真是一种神奇的感觉，让走南闯北、混过"江湖"，可内心始终飘飘忽忽、空空落落的张金龙顿觉安生，心里莫名生出一道轻雷，有一种想要留下来的强烈愿望。

两人在村委会促膝谈心，雷军伟对他开诚布公。现在村"两委"仅有3名村干部，皆为男性，学历均在高中以下，年龄都在57岁以上，其中一名还患有脑血管疾病。组织建设不健全，年龄结构不合理，面对脱贫攻坚的决胜阶段，战斗力如何保障？娘娘庙村被南召县列为村"两委"换届的试点。如何结合实际，综合运用控制性条件和限制性条件，从而优化村"两委"班子的年龄结构、性别结构、知识结构呢？

雷军伟毫不掩饰地对他说："我在村里的致富能手、外出务工经商人员、大专以上毕业生、复员退伍军人等群体中找来找去，发现你是最合适的。首先，你长年在外从事水产养殖，经营得还不错；其次，你在村民中也很有威信；最重要的，你还年轻。咱们差不多岁数，你就不愿意趁着这场伟大的脱贫攻坚战的机遇，带领村民脱贫致富，追求美好生活？你就不想给自己的人生留下些什么吗？"

1个月后，娘娘庙村换届选举工作结束，36岁的张金龙和45岁的女医生高静然进入村委，成为与雷军伟并肩作战的新"战友"。

到了党群服务中心，雷军伟给张金龙打了个电话，问他在哪里？张金龙回答，正在水产养殖基地查看鱼塘。雷军伟请他下午3点陪同客人参观一下菌种培育车间，张金龙一口答应。

不管是什么事情，只要交代给张金龙，雷军伟都很放心。张金龙人品好、素质高、工作有热情。正如他所预料的那样，张金龙的加入明显提高了村里的办事效率和治理水平。

雷军伟任职后，一直思路很清晰，定位很准确。他认为虽然每一任驻村第一书记的工作职责都是"建强基层组织、推动精准扶贫、落实基础制度、办好惠民实事"，但是每一任的侧重点不同。第一任驻村支部书记张鹰的任务是推进贫困村的基础设施建设，为贫困群众实现"两不愁三保障"提供基础保障。在提升贫困群众生活质量的同时，也为产业发展提供必要的物质基础。在他看来，产业发展是实现脱贫的根本之策，他的任务就是因地制宜发展产业，让村民在家门口实现就业，增加村集体经济收入。

娘娘庙村土质不太好，一亩小麦也就产个五六百斤。人多、耕地少、产出差，难免会入不敷出，因病因残等因素使致贫困发生率高达29.3%，是皇后乡6个重点贫困村之一。皇后乡号称"玉兰之乡"，娘娘庙种植玉兰苗木历史悠久，且95%以上的家庭均有种植——就从壮大玉兰苗木产业入手吧！

先是在"互联网＋合作社＋贫困户"产业扶贫模式基础上，加强对三个苗木专业合作社和苗木管理委员会规范管理，实现对贫困户全覆盖。升级村级网站，拓展电商销售渠道，打响擦亮"皇后玉兰娘娘"品牌。雷军伟亲自上阵，通过电话向各地市供电公司推销起玉兰苗木，竟然一天销售47万元。久而久之，他成了"皇后玉兰娘娘"的最佳代言人，一个优秀的产品专家，谈起玉兰来便如数家珍、滔滔不绝。2019年度，娘娘庙玉兰苗木销售额700余万元。

雷军伟刚倒了一杯水坐下，准备检查一下最近上级领导的督导检查材料，突然发现门外有个人影晃来晃去。谁呀？推开门一看，是村民魏霞打着伞在院子里徘徊。

"霞姐，怎么在院子里站着？快进屋里坐。"雷军伟赶紧往屋里招呼。雨不大，淅淅沥沥，但毕竟初春，乍暖还寒，怕魏霞着凉。

"不了、不了，雷书记。俺……俺就是想问问，俺们童装厂什么时候正式复工啊？"魏霞说着，虽然有些急切，但脸上却还是从心底里漾出的喜悦和期盼，而不是焦急与慌乱。

魏霞50多岁，有两子一女，儿子跑运输、做生意，女儿在外就业。她之前帮儿媳带带孙子，现在孙子也上了幼儿园，就来村里的许愿树童装制衣车间打工。她和姐妹们每天说说笑笑、忙忙碌碌，过得很充实。受2020年初的新冠疫情影响，制衣车间至今还没有复工，更别提加班加点了。年前的时候订单可不少，姐妹们的平均收入在3000元以上。她盼着老板能拿下更多的订单，全面恢复童装生产——她和姐妹们想念加班加点赶生产的滋味了！

雷军伟笑了，他能理解，就近就业成为现实，改变了村民的生活质量与精神状态。

2017年8月，南召县投资300万元在村里建成800平方米的扶贫车间，产权归乡政府所有，娘娘庙村集体使用。初期由村集体经营，由于缺乏经营管理人才及经验，扶贫制衣车间一直处于不盈利的状态。雷军伟当即决定，快速刹车立马转型。2018年6月，扶贫车间租给一家服饰公司。没想到，该公司经营一段时间居然亏损不少，合同未到期便退租了。

扶贫车间面积太大，想再出租并不容易。在雷军伟的建议下，经村"两委"研究决定，将扶贫车间一分为二，于2019年9月租赁出去。一半由南召县许愿树实业公司租赁，用于童装加工。另外一半由南召县金源农业开发公司租赁，用于发展菌种培育香菇种植特色产业。既有效规避了经营风险，又满足了群众就近就业稳定增收的需求，同时村集体经济稳定增收5万元，一举数得。

村里的妇女们出了家门就进工厂，串个门就把工给打了。高峰时，这家童装制衣车间里多达 50 多人开工。现如今，她们都在心无旁骛地用劳动换取更好的生活和更充实的精神食粮，再没时间和精力去张家长李家短了。

因地制宜，就近就业。这是雷军伟"办好惠民实事"的切实举措，而且很对村民胃口，好事办到了村民心口上。

"快了，疫情很快就会过去了。我估计用不了多久，就可以恢复生产了！"

"敢情好！那雷书记你忙，俺先回去了。"魏霞心满意足地消失在细雨之中，雷声一直追着她，像幸福的鼓点。

下午3点，张金龙带着客人参观食用菌工厂化培育基地，仔细讲解了栗木碎屑经过发酵、高温消毒、冷却后进行接种，放入加工室等待菌丝快速生长的加工流程。

客人跟着他走进了加工室。只见架子整整齐齐地排列着，每层齐齐整整地摆放着长方体的菌包，一层一层高高摞起。他们惊奇地发现，菌包上面竟然没有扎孔，架子和地上也没有渗黄水。屋内不但没有奇怪的味道，而且空气挺清新。从热气腾腾的室外进来，甚是清爽怡人哩！

张金龙向客人介绍，该公司引进纳米技术全氧式太空包培菌技术，并结合纳米透气膜技术培育香菇菌种。这种技术的优点就是不用人工针刺通气供氧，不用人工扎孔排水，保温保湿性能好，出菇潮次多。加工室实行智能化温控管理，非常适宜菌丝快速生长（仅需要 60 天左右），提高培菌速度 60% 以上。

这几年，香菇种植在娘娘庙已经成为产业的一项。村民张宗甫就是通过香菇种植告别了贫困，成为致富能手。多年前他因耕地操作失误伤了脚，下了钢板。祸不单行，他的妻子刘兴然骑车时摔伤胳膊，不能再干重活。儿子没有外出打工，也没有一技之长，长期待业在家。一家人成了村里建档立卡的贫困户，感觉灰头土脸，人前抬不起头。因为种植香菇，新房盖起来，冰箱、洗衣机等电器用起来。不仅全家脱了贫，还带动了 10 多户加

第四章　第一书记

185

入香菇种植的行列。食用菌工厂化培育基地投产后,村民再也不用去西峡县购买菌棒了。

参观完毕,客人们满意而归,张金龙的心头却沉甸甸的。这两年多,雷书记教给他许多开展工作及解决问题的方式方法,给予他不少鼓励、支持与帮助。他目睹雷书记为了村里的大小事亲自跑,有时候为了一件事,连着跑县城好几天,事不办成决不罢休。他见证了村子贫困发生率由29.3%降至0.68%,于2018年底彻底脱贫。他目睹了产业发展从小到大、从少到多,发展出玉兰苗木销售、制衣扶贫车间、光伏扶贫电站等八大产业。他感受最深的是激励机制推动了村风的转变。雷书记开展"优秀共产党员""脱贫示范户""好婆婆""好儿媳"评比系列活动,树立先进典型;用村规民约"三字经"倡导村民行为规范,"十不准"设置刚性底线;开办"同心超市",引入积分管理,对广大农户特别是建档立卡贫困户的正面行为进行引导;成立红白理事会,规范红白喜事规模,推行一切从简、文明办事的民风。娘娘庙翻天覆地的变化吸引了新华社、河南电视台、河南日报等多家媒体的争相报道。

张金龙在信服雷书记的同时,也充满了感激之情,更加急切地想把水产养殖基地弄好。按照他的设想,待村内光热储充电站项目建设好后,利用循环热水放养鲈鱼、清江鱼、罗非鱼和南美白对虾,随后带动更多农户发展水产养殖。眼看着用电用水的问题解决了,标准池塘建好了,鱼苗、虾苗已经交了定金,马上就可以投入养殖了,不料新的问题却出现了——池塘渗水!他请教了许多人,专家也帮着出了很多招,可效果都不太理想。但他也不着急,反而心里有底、踏实,因为,有雷书记在!

2020年7月1日11点50分,娘娘庙村部100千瓦光伏电站一次成功并网发电。村民们高兴地说,"咱村的引水上山工程和用电问题解决了!"

和村民一样,雷军伟的心里也比蜜还甜。这是因为,作为国网河南电力派驻娘娘庙村的第一书记,雷军伟做足了"电"的文章。

在娘娘庙村的一处山坡上,一片片光伏板悬在空中,蔚为壮观。

娘娘庙村现有两座光伏发电站。2017年投资400余万元,建成娘娘庙

500 千瓦村级光伏扶贫电站。2018 年 7 月全额并网发电，投运两年多累计发电 110 余万千瓦时，村集体收益 15 万元。2019 年，为解决引水上山的用电问题，又建设了 100 千瓦的村部光伏电站。本村 21 名贫困群众参加光伏电站建设，增加务工收入 40 余万元。

"全省其他地方的光伏电站，都在地上架着，而我们这座电站，则是全省第一座架设在空中的光伏电站，利用山地却不破坏生态植被，发电效率还非常高，比普通光伏电站多了 10%。"雷军伟所说的这座光伏电站，就是娘娘庙村 500 千瓦村级光伏扶贫电站。

娘娘庙村地处伏牛山区，这里不但有很多历史传说，还有楚长城等景点，山川逶迤秀美，鸭河清澈动人。

这里的风景不比其他地方差，周边居民多达 10 万人，有发展休闲游的潜力。

动了这个心思之后，雷军伟和村民商量，决定实施"引水上山"项目。将鸭河水引到山上，这样，就可以满足农家乐用水、农田灌溉用水、旅游漂流用水……

2019 年，娘娘庙村争取到了 500 万元扶贫整合资金，实施引水上山项目。引水上山后，电费成了一项较大支出。

如何减轻村里负担呢？雷军伟申请了"国网阳光扶贫——南召县皇后乡娘娘庙村生态休闲田园旅游综合体"项目。

此后，国网河南电力捐资建设了 100 千瓦村级光伏电站，7 月 1 日正式并网发电。这样，不但满足了引水上山所需的用电，今后每年还能给村集体增加收入近 4 万元。

自从来到娘娘庙村，雷军伟就一直在寻求变化。

观念变了、方式变了、思路变了，乡亲的面貌变了，精神变了，气质也变了。

"这些年，'娘娘'没显灵，倒是雷书记显灵了。"正在山坡上牧羊的村民丁付太，以这种风趣幽默的方式称赞雷军伟。

"雷书记是我多少年没有遇到过的好书记，是焦裕禄式的好书记。他来了之后，村里最大的变化是人心思变，娘娘庙村已经脱贫摘帽，回乡的人多了，挣钱也多了，大家服他，信他。"

村民异口同声地称赞雷军伟。

其实，在组织委以重任之前，雷军伟并没有想过自己会当驻村第一书记，也没有想到自己会与娘娘庙结缘。然而，当组织有需要时，他必须像军人一样勇敢出列，奔赴前线，打赢脱贫攻坚这场战役。

两年前，女儿面临高考，他没时间参加家长会；父母年迈体弱，还得替他照顾女儿；母亲中风不能陪伴，他只能托亲人寄去一包包寻访得的中药；妻儿被推出产房的那一刻，他却告诉妻子得马上赶到工作岗位；妻子在月子中心坐月子，他只能通过微信视频看看襁褓中的幼子；岳父多病缠身行动不便，岳母身体也不大好；妻子产假结束后，只能把孩子托付给两位老人。

今年年初，最疼爱他的奶奶去世了。奶奶"要好好学习，一辈子做个好人"的叮咛犹在耳畔，他忍着悲痛，一边在老家料理奶奶丧葬事宜，一边忙着为村里协调防疫物资。怕因为疫情被隔离在家，他早早赶赴村里，投身疫情防控工作，连续50余天吃住在村里。当他满含热泪默默承受这一切时，国网河南电力在全省2018年、2019年脱贫攻坚定点扶贫成效考核中连年居中央驻豫31家单位第一名，国家电网公司主要领导批示点赞。取得这样的成果，无论付出什么、失去什么都值得了！这是一个驻村第一书记的责任与担当。

家庭给予雷军伟莫大的支持，国网河南电力更是他最坚实的后盾。公司勇敢担负起央企的社会责任，把脱贫攻坚当成头号政治任务。公司领导几乎每个月都会到娘娘庙工作两天，实地调研脱贫攻坚工作，了解驻村帮扶实际情况，帮助第一书记解决困难。

国网河南电力对资金和项目的支持是真金白银的，是从上到下、发自内心的真情帮扶。2015年以来，投入300万元对娘娘庙村12个自然村的配电网进行改造，6年来累计捐款297万元。通过国网公司"惠民帮"平台购买娘娘庙村农产品207.7万元。机关直属党委向娘娘庙村党支部支援了6

万元党建活动经费和 5 万元防疫专项党费。机关各党支部"一对一"结对联谊 25 户贫困户，每年到村入户联谊 1 至 2 次，力所能及帮助贫困户解决生活上的困难和问题。

曙光在前，重任在肩。脱贫攻坚已经进入决战决胜、全面收官阶段，时间十分紧迫，任务依然繁重。光热储充电站正在落地，预计年底前可以完工；旅游发展规划刚刚修订，投资 210 万的村级旅游接待中心主体工程已建成；池塘铺设了专用防渗膜，已经注水撒苗，准备赶在中秋节前后上市——所有的工作，在一项项紧锣密鼓向前推进！

夏末秋初，玉兰树上已经结出了聚合果圆柱形的果实。果实外皮发红，仿佛在咧嘴欢笑。它们挂在绿叶之间，是那么可爱，孕育着幸福生活的希望……

大山深处引路人

出四川凉山彝族自治州喜德县城往西，有一条通往大山深处的羊肠小道，弯曲、陡峭、凌云而上。如今，小道虽已变成水泥路，但仍旧保留着诸多原始山林的痕迹。

路的尽头，就是阿吼村。

这里是典型的高寒彝族聚居山村，平均海拔 3000 多米，土地贫瘠，交通闭塞，自然条件相当恶劣。2015 年以前，全村人均年收入仅仅只有 1500 元，全村 946 人中有 309 名贫困人口，仍处在"土豆填肚子、养鸡换盐巴"的低温饱状态。因为贫穷，村里的姑娘留不住，外面的女孩不愿嫁进来，宛如一个"孤岛"。

改变从 2016 年开始。阿吼村成为国网四川电力定点帮扶村，国网喜德县供电公司办公室副主任、30 多岁的彝族小伙子王小兵受组织选派，前往阿吼村担任驻村第一书记。短短两三年时间过后，这样一个深度贫困的彝族村落，摇身一变成为远近闻名的示范村、幸福村，外出打工的青年渐渐回乡，陆陆续续也有将近 20 位新娘嫁到村里。

尽管早有心理准备，当王小兵背起行囊踏进大山深处的阿吼村时，还是被眼前的状况惊呆了，泥泞不堪的村道、低矮破烂的房屋、靠天吃饭的庄稼、衣裳破旧的孩子、家徒四壁的贫困人家……看在眼里、痛在心头，他暗暗立下扶贫"愚公志"，誓要带领阿吼村摆脱贫困，奔向小康路。

王小兵驻村的第一件事就是走近村民，与他们聊天、做朋友。

"只有带着深厚的感情去工作，才能够真正了解到村民们的喜怒哀乐，了解到他们的需求"。单位领导与他促膝谈心、谆谆教导。

临行前，母亲也对他再三叮嘱。母亲年轻时曾代表凉山州到人民大会堂进行文艺汇演，受到了毛主席的亲切接见。母亲经常告诉他，是共产党让大凉山"一步跨千年"，是共产党让她摆脱穷苦，要时刻不忘党恩、听党的话、跟着党走，全力做好党安排的事。

阿吼村虽然只有900多人，却分散居住在方圆20多平方公里的山头沟壑中。王小兵从沟壑到山顶，又从山顶到沟壑，一户一户入户走访。渐渐地，他走遍了全村的每个角落，了解了阿吼村的村情民意，村民们也都认识并熟悉了这个"王书记"。

45岁的贫困户吉觉阿牛木，丈夫去世后，独自拉扯三个孩子艰难度日，几乎对生活失去信心。王小兵将阿牛木一家列为自己的重点帮扶对象，隔三岔五都要到她家看看。

9月中旬的一天，王小兵又来到了她家。吉觉阿牛木在一旁洗土豆，她的15岁大儿子吉巴五来也在一旁默默帮忙。

王小兵见状，好奇地问："吉巴五来，你怎么没去上学呀？"

不承想，这一问，却戳到了母子二人的伤心处。

吉觉阿牛木不由得放声大哭："大兄弟，实在没办法呀。我对不起娃娃，也对不起他爹呀！"

见母亲痛哭不止，懂事的吉巴五来赶忙安慰母亲："妈妈，您别哭了，是我不想上学了，我早就想到外面打工去。"说着说着，吉巴五来也不由得哭了起来。

在吉觉阿牛木断断续续的哭诉中，王小兵了解了实情。

原来，吉觉阿牛木实在无钱给吉巴五来缴纳生活费和校服费，只好忍痛让他辍学。学习成绩很好的吉巴五来，不得不泪眼汪汪地告别了学堂。

"不上学怎么行？那不误了孩子的一生？没有知识，怎么改变命运？钱的事，我来想办法。你们在家等一等。"王小兵心急如火，当即骑上摩托车风驰电掣地赶到学校，帮吉巴五来联系复学事宜。随后，王小兵又赶到住处取了 2000 元现金，火速送到了吉觉阿牛木家。

第二天一大早，辍学了几天的吉巴五来满含热泪坐上了王小兵的摩托车，又高高兴兴走进了他心爱的校园。

从此，吉巴五来和他十岁大妹吉巴五牛的学习生活情况，成了王小兵关注的重点，一有时间，王小兵就过问，还经常给他们买去文具用品。过了不久，王小兵又给吉觉阿牛木争取了一个公益性岗位，让吉觉阿牛木开心不已，脸上露出了久违的笑容。

渐渐地，吉觉阿牛木一家将王小兵当成了自家的亲人。吉觉阿牛木 4 岁的小女儿阿支莫每次看到王小兵来了，就远远喊"舅舅来了"，那一声稚嫩声音喊出的"舅舅"，让王小兵感动不已。彝族亲缘关系中，以"舅舅"为大，能够被一个没有亲缘关系的小女孩称为"舅舅"，是多大的信任啊！

驻村以来，王小兵还成了很多村民的兄弟。21 岁的吉巴伍果是一个很有想法的年轻人，他想学开挖掘机，王小兵一趟又一趟地跑县城协调相关部门，为吉巴伍果争取到了培训名额。得知自己有培训机会时，吉巴伍果这个彝族汉子一把抱住王小兵，大声说道："谢谢你，你是我一生的好兄弟！"

贫困户巴久克三兄弟父母早逝，都有轻微智障且都是单身，劳动能力差，薄地的产出仅够糊口。了解到情况后，王小兵积极与乡镇及民政部门

联系，为其兄弟都办理了低保兜底，全家的基本生活得到了保障。

王小兵坦言，作为驻村第一书记，要做的工作涵盖方方面面，从跋山涉水、走村入户，再到捐款劝学、精准扶贫，每天天不亮，他就要起床，一走就是五六个小时，一走就是几十上百公里。

有一次，王小兵去看望居住在山头上的贫困老人俄施额切，因道路狭窄湿滑，不小心摔倒在河里，腕关节受伤。当他忍着疼痛，浑身湿漉漉地站在俄施额切家门口时，老人惊讶不已，忙着拿干毛巾帮他擦衣服，拿药酒给他涂伤口，眼眶红红地对他说："好孩子，真是辛苦你了！"看着老人家忙里忙外、满是疼爱，他的心暖暖的，早忘记了尴尬和疼痛。

通过"脚上的功夫"，他走遍了阿吼村的所有贫困户和非贫困户，对每家每户的情况了如指掌。哪家的青年外出打工，哪家的老人身体有病、何时医治，哪家的孩子没有读书、不愿读书……

久而久之，全村的老百姓都很信任这个外来小伙子，有的老人更是把自己的身后事交给他。76 岁的贫困户曲木产哈莫是一位独居老人，王小兵经常前去看望，组织志愿者为老人捐款，给老人修房子。得知老人腰疼后，王小兵及时买了药，并送去了牛奶和棉被。在老人心中，早已把王小兵当作亲人。有一天，曲木产哈莫老人生病卧床不起，王小兵赶去看望。老人紧紧握着王小兵的手说："我这年纪啊，死了也没啥，可是死前若看不到你，我闭不上眼啊。孩子，你就是我最亲的人啊！"那一刻，王小兵泪流满面，这是一位以为自己将不久于人世的老人对亲人的临终嘱托。

带领村民脱贫致富，是第一书记的首要责任。如何实现这个艰巨的任务，是王小兵走到哪都在思考的问题。

土豆和荞麦是阿吼村村民世代种植的农作物，也是他们一成不变的口粮，但其经济价值不高，土豆价格每公斤不到 2 元，荞麦价格每公斤不到 3 元，仅仅靠这是难以脱贫致富的。

这里能不能改种经济价值更高的其他作物呢？

王小兵向国网凉山供电丽火现代农业公司总经理杨永生汇报了自己的想法，杨永生一拍大腿，哈哈，英雄所见略同，我也正是这个想法！

杨永生具体负责包括阿吼村在内的喜德县等几个深度贫困村的产业扶贫。他也是一个很有思路、很有责任心的电力扶贫干部。

杨永生邀请了四川农业大学两位教授到阿吼村来作产业技术指导，数次把阿吼村从 2600 米到 3500 米落差的土质化验结果递到专家的手上，带领他们实地考察土质情况。

经过多次实地调研，两位教授认为，阿吼村是典型彝区高寒高海拔山区，因其日照时间长、早晚温差大等特殊的气候条件与土壤理化性质，非常适合种植百合和川贝母等高品质作物。

"一般百合亩产量 1000 多公斤，价格每公斤 60 元左右；川贝母每公斤批发价 3000 元……"

听着市场上销售人员的介绍，杨永生和王小兵兴奋不已。

随后，王小兵和村"两委"成员又专门到相关地区考察，觉得种植"川贝母""百合""青刺果"等中药材前景广阔，初步决定成立阿吼村种植合作社，通过流转土地，进行大面积耕种。在此基础上，王小兵又进一步思考，与杨永生创造性地提出了"334"帮扶模式，即："科学 + 绿色 + 可持续"扶贫理念，"支部共建、文明共创、产业共进"扶贫举措，"公司 + 合作社 + 农户 + 电商"帮扶模式，并得到了村"两委"的大力支持。

然而，当王小兵满怀激情地将这一方案提交村民大会讨论时，却被大家迎头泼了一瓢冷水。

"我们阿吼村祖祖辈辈都是种土豆、荞麦的，老人说的都是'土豆填肚皮，养鸡换盐巴。'怎么想着要种上其他作物？我坚决不同意流转土地！"50 多岁的贫困户曲木阿各莫跳起脚反对。

听她这样一说，马上又有一些村民站起来附和曲木阿各莫。

"曲木阿各莫说的有道理，祖祖辈辈几千年都这样过来了，别去瞎折腾种什么百合、种什么中药材！"

"大家说说，谁家听说过啥百合什么的？要是没有种出来损失谁赔？要是搞砸了，我们口粮都没有了！"

"我不同意改种中药材，也不会同意流转土地。土地是我们的命根子！"

......

反对、抵制的声音在会场上空回荡。会还未开完，村民就走了一大半。

村民的不信任、不理解，对新生事物的抵制，王小兵虽早有准备，但没想到大家的反应竟如此强烈。王小兵也陷入了深深的思考中。

"贫有百样，困有千种"，思想不解放很难真正摆脱贫困。单一劳动，各做各的，不能形成合力也是贫困的原因之一。

当前，制约阿吼村发展的最大瓶颈还不是自然条件的恶劣，而是村民思想观念保守。如何把扶贫举措落地，既扶贫，也扶智，更扶志，就是阿吼村扶贫最艰巨的任务。

要让阿吼村人解放思想，更新观念，与时俱进，就必须要加强学习。很快，阿吼村农民夜校在王小兵的提议下开张了。

开办农民夜校，这在阿吼村村民看来，可是一件新奇事。

阿吼村农民夜校第一节课开讲，整个教室坐得满满当当，连教室的过道、角落和门口都蹲满了人。为了尽可能讲得通俗易懂，王小兵不但完全用彝语，还做了PPT。

"的确，我们阿吼村从古到今都是种土豆和荞麦，大家想没想过，我们种的土豆荞麦是不是只能用于我们的温饱?"王小兵给大家算起账来，"我们阿吼村全村能够产土豆100多万公斤，基本上是人吃掉三分之一、猪吃掉三分之一、扔掉三分之一。我们会利用合作社的资金优势、种养殖技术优势、阿吼村人力资源优势，种植百合、雪桃等，养殖山羊、优质品种的鸡和猪，尽快地带领大家致富。我们现在吃土豆和荞麦，但不能让我们的后代一直吃土豆荞麦。"

王小兵晓之以理，动之以情，苦口婆心劝说村民改变思路，种植百合等高价值的经济作物。

经过一次又一次夜校课堂宣讲，一次次上门走访做工作。大多数人开始同意改种高经济价值作物，50多名贫困户参加了合作社。

但曲木阿各莫等少数村民还是不同意。

王小兵下决心啃下这户"硬骨头"。他七次踏进曲木阿各莫的家门，帮助曲木阿各莫算土地流转收益账、产业基地务工收入账、合作社每年分红账等等，磨破了嘴皮，说干了口水，她还是将信将疑。王小兵又开动脑筋，通过彝族特有的"寻亲"方法，和曲木阿各莫攀上了亲戚。她终于同意了，土地流转工作得以顺利推进。

随后，在产业基地务工的人群里，经常能看到曲木阿各莫活跃而勤劳的身影。

2017 年春天，在王小兵的主导下，阿吼村开启了种植百合、雪桃、川贝母等高经济值作物的历史，也揭开了阿吼村脱贫致富的新篇章。

同时，阿吼村种植专业合作社也挂牌成立，吸纳贫困户和非贫困户入股，根据不同标准分别收取 200 元、300 元入股金，让村民的利益和合作社的利益紧紧捆在一起。

"一定要把耽搁的春耕时间抢回来。眼下正是百合耕种的关键时节，一刻也不能耽误。"王小兵说。

在王小兵的带领下，驻村帮扶工作队与村"两委"成员主动与丽火现代农业公司对接，确定了百合种植时间和种源，并通过和合作社协商，组织村民对百合种植所需农膜、肥料等物资进行采购，确保百合种植顺利进行。

在离阿吼村党支部活动室大约一公里的山坡上，是一片陡峭且满是乱石的荒地，如今已开垦一新。在王小兵眼里，这里简直就是金山银山。

"大家都到这里来，我给大家讲一下百合种植需要注意的要点，百合在种植前，我们需要给百合浸泡消毒，把土壤深翻、疏松，开好排水沟……"带着 800 多斤种子，王小兵一大早就在种植基地组织村民播种。由于村民们种植百合经验不多，百合种植技术人员一边手把手教大家覆盖农膜的方法，一边给大家讲解种植百合的深度、宽度，教会大家使用消毒剂给种球灭菌消毒，确保种下的每一颗百合都能开花结果。

转眼夏天不期而遇。阿吼村种植合作社产业园的百合开花了。黄的、红的，漫山遍野。阿吼村试种的百合和雪桃、川贝母等长势都很喜人。

秋天到了，阿吼村到处都洋溢着丰收的喜悦，阿吼村种植的各类高价值的农作物不仅产量高，而且销售形势好。

王小兵通过国网电商平台开通了网上销售渠道，可以直接在网上下单，销售收入也日益增长。

负责阿吼村扶贫产品销售的扶贫骨干吉巴公果轻点鼠标，电脑上就出现了阿吼村种植的现场画面。

同时，王小兵还在西昌市开设了销售点，并带领阿吼村村民在西昌创新举办了村级农产品交易会——"阿交会"，许多市民纷纷赶来购买阿吼村的生态农产品。

就这样，一个"公司＋合作社＋电商＋农户"的产业发展帮扶模式成功形成。

在种植合作社建立的同时，王小兵又将目光盯上了养殖业。阿吼村高寒无污染的优良生态环境，完全可以发展养殖业。为保证质量稳定，在炎热的夏季，王小兵走进种猪场亲自挑选猪苗，猪场里遍地的粪便和臭味令人作呕，但他并未退缩，一只一只地精心挑选着。猪场老板本来以为他在为自己家挑猪呢，当得知他是村第一书记时，夸他真是一个好书记！

为了进一步深化勤劳致富的理念，调动大家的积极性，促进养殖业的发展，王小兵争取国网凉山供电丽火现代农业公司的支持，开展了用发猪苗和鸡苗奖励的劳动竞赛办法。免费向贫困户发鸡苗，每家 5 只，以半年为期。到期后按每只鸡 300 元进行回收。同时，对养鸡成活率达 100% 的村民给予 400 元奖励，并身戴大红花上台领奖，下次再发放 10 只鸡苗；对养鸡成活率没有到达 100% 但不低于 60% 的，再次奖励 5 只鸡苗；对成活率低于 40% 的村民不予奖励，并减少下次鸡苗发放数量。

"我们对达到奖励标准的养殖户奖励优质小黑猪一头，在鸡苗和小猪出栏时，依托凉山供电丽火现代农业公司'以购代捐'统一收购。通过短平快养殖项目的实施，有利于贫困户积累脱贫信心，激发村民脱贫致富的内生动力。"王小兵说。

帮扶三年多来，王小兵在阿吼村累计组织开展了 3 期养殖劳动竞赛，累计免费发放鸡苗 5553 只，发放猪仔 112 头，土豆种 75 吨，仅此一项就为每户贫困户增收 1000 余元。

第四章 第一书记

通过试点和引种，村里的百合、雪桃、川贝母品牌已逐渐成熟，种植规模不断扩大，很多村民都尝到了甜头。

2018年底，阿吼村种养殖合作社销售盈利60余万元，贫困户人均年收入由2015年的1500元增长到2018年的7180元。

2019年初，阿吼村种养植合作社实现第一次分红，当初入股的贫困户人均分到了1450元，非贫困户人均分到810元。所有贫困户和非贫困户都分得500斤优质的土豆等物资。

"改种百合、川贝母真好！王书记领我们走上了一条致富路。"阿吼村村民阿育伍果莫说。他们一家四口，种植了近4亩百合、川贝母等作物，2018年他们一家的人均纯收入达到了12454元。她的丈夫还当起农业合作社理事、百合种植项目负责人，全过程参与到百合种植、销售的各个环节。

2020年春天，在王小兵的组织下，1.5万斤百合、3万株天冬又成功地种植在了阿吼村产业园区的土地中，为阿吼村奔小康打下了坚实基础。

2020年7月2日，阿吼村种养殖合作社又拿出16.8万元进行了第二次分红，当初入股的贫困户分到了1500元，非贫困户分到了1000元。

在分红现场，王小兵信心满满地说，我们已经分了两次红，还有第三次、第四次，将一直这样分下去。村民心里乐开了花，现场掌声雷动。

以前的阿吼村因为贫穷，村里的姑娘不愿留下来，纷纷走出山外打工或嫁人，而外面的姑娘更是不愿嫁进来，"光棍村"的帽子长期戴在了阿吼村头上。如今，随着阿吼村脱贫致富，外面的姑娘争相嫁进来，短短的两三年，村里的小伙子就娶进了20位新娘。

看，东边冉冉升起的太阳，跃过大凉山，照亮陡立峭壁上鲜红的"阿吼村"三个字，村口人声鼎沸，穿着节日盛装的彝族新郎新娘在欢呼声中，笑容满面，拥向这里，拍摄集体婚纱照，展示他们幸福美好的生活。王小兵穿梭其间，不停地按动手机快门，记录和见证阿吼村这一具有历史纪念意义的幸福时刻。

不远处，"百年好合，一网情深"八个大字镶嵌在阿吼村产业园的花丛中，漫山遍野的百合花争奇斗艳，将阿吼村映衬得更加美丽妖娆。

我就是孟家堡人

蔚县孟家堡的清晨总是来得早些，太阳似乎做了一夜旖旎的梦，鲜嫩嫩的朝霞把东边的天空染得一片绯红。任燕鹏深吸一口气，活动活动筋骨，伸了个长长的懒腰，走出院门，沿着村里整洁的街道、广场，向村委会走去。各家各院里的一棵棵枣树高大、茂密，叶子透着湿润的绿色，枝条却被密密匝匝、红红的、尖尖的枣子们压弯了腰，探出各家的红砖墙头，愉快地跟他挥手致意。迎面碰上早出农忙的乡亲们，也热情地跟他打着招呼。任燕鹏心里充满了自信、自豪和满足。

以前的孟家堡可不是这样。20 世纪 90 年代，孟家堡村依靠煤炭储量大、交通便利的优势迅速富裕起来。日日车水马龙，运煤卡车一辆接着一辆。守着矿山就像守着金山银山，村民坐在家门口就能数钱，日子过得闲适富裕。然而资源被过度掠夺，生态环境遭到破坏，随着经济转型，2008 年蔚县大部分煤矿关闭，孟家堡村主要经济来源被陡然切断，全村经济一落千丈，昔日的富裕村逐步沦为人均年收入仅 2200 元的贫困村。全村 227 户 687 人，一半以上的人跑到外地务工，留下的多是老弱病残和妇女儿童。村集体没有一分钱收入，房屋、街道年久失修，卫生无人管理。严重依赖煤炭资源的孟家堡村，本身自然条件就差，土地贫瘠，沟壑丛生，缺水严重，再加上坐吃山空的村民从躺着吃饭变成一夜返贫，人心思乱，贫上加贫，没有奔头儿的村民，是非也越来越多，渐渐演变成出了名的贫困村、上访村。

作为孟家堡村的对口帮扶单位，国网冀北电力高度重视驻村扶贫工作，把优秀干部选派到扶贫一线，先后派出了 36 支 105 人驻村工作队分赴张家口、承德等地的各个贫困村开展帮扶。要求驻村干部沉下心、俯下身、融入情，结合当地资源禀赋，有效衔接地方政府脱贫攻坚规划，从基础升级、产业支撑、能力提升等维度上精准施策，全面帮扶定点扶贫地区发展。

1980 年出生的任燕鹏是 2018 年 3 月 8 日来到孟家堡，担任驻村第一书记的。随同而来的还有两名"90 后"的扶贫队员，刘阳和王博。这个平均年龄 30 岁的驻村扶贫工作队，除了年轻和斗志，什么也没有。

但与"90 后"的刘阳和王博不同，任燕鹏是有些想法的，虽说自己也是农村出来的孩子，但毕竟离开农村已经很久，能不能适应农村生活，能不能带领村民摆脱贫困，一切都是未知数，想到这压力陡然而增。

然而，现在的"80 后""90 后"就是这样，他们可以将严肃的事情轻松地去说，将沉重的事情幽默地去说，而剩余的背负和担当都留给了自己。时代不一样了，年轻人的信仰、性格和印记也随之而变，但无论怎么变，风风火火、雷厉风行的作风都没有变。甚至我们真的应该反思，曾经被社会所质疑、不靠谱的"80 后""90 后"，不知不觉中已经挑起了时代和社会交予的重任。他们正如那初升的太阳，越来越光芒万丈、鲜艳夺目。

刚到孟家堡，任燕鹏对刘阳和王博两个小兄弟说，咱们年轻，一定要给村民干点实事！

干什么呢？刚进村，也是一头雾水，但随着入户走访的开展，他们了解到村里还有 3 万斤谷子没有卖出去。三个人一合计，帮村民把谷子卖个好价钱，不光可以急村民所难，还能够树立扶贫小组在村里的威信。两全其美，何乐不为。

河北盛产小米，蔚县小米更是被誉为"四大贡米"之一。小米是好小米，孟家堡的村民却苦于没有门路，生生把市场稀缺的好东西砸在了自己手上。任燕鹏自掏腰包，在淘宝上设计了"孟家堡贡米"字样的小布袋，然后从村民手里买来谷子加工成小米，装了 300 多个袋子，去周边厂家出售。然而，大企业嫌量小，小企业又给不上好价钱，奔波了一个多月，一袋也没卖出去，愁得任燕鹏嘴里起了大火泡。

近的不行，就往远了跑。县里、市里，北京、秦皇岛、保定，两个多月的时间里，任燕鹏贴着自己的钱四处求人找关系，四处撞墙碰壁。孟家堡的小米虽然好，但想要和大型粮油企业建立长期包销关系真的不易，要保证村民的利益最大化就更不易了。任燕鹏急得眼睛红了，嘴也肿了。

这天，任燕鹏背上小米样品又出发了，目的地是唐山迁安。火车上的任燕鹏坐立不安，既希望能够成功地用好价钱把村民的3万斤小米卖出去，又怕再次折戟而归，无颜面对孟家堡的乡亲。咣当咣当的火车不解他的愁苦，颠得他五脏六腑都跟着上火。

苍天不负有心人。这次他遇到了一位有胸怀、有责任感的企业家，河北省农业龙头企业——唐山乐丫实业公司董事长许晓冰。在跟红着眼睛、肿着嘴巴的任燕鹏交谈了一个多小时后，许晓冰被他的真诚打动，当即拍板，以高于市场价4毛钱的价格签订长期购销协议。

世界上的事就是这样，不是每件事都能说得清楚，不是每件事都是按照套路和规则来进行的，许晓冰也是一个有情怀的人，高于市场价4毛钱已经背离了市场规律，在残酷的市场竞争中这样做是不理智的，但许晓冰却从任燕鹏的身上看到了隐藏在人内心深处、熟悉的东西——勇气、关爱、仁义……许许多多如今已经不多见的人的品质，被许晓冰从任燕鹏的身上挖掘出来，并感动了他，这是一种召唤、一种吸引，所以许晓冰觉得，他是在用极小的、可控的代价换来了宝贵、更有价值的东西。一种说不上来的人与人之间的情感，是大爱吗？许晓冰也说不清。

任燕鹏并不知道许晓冰的内心波澜起伏，他只是开心于终于解了村民之急，让孟家堡堆积的谷子变成了白花花的银子，村民积压已久的内心终于释怀了，险些流出了眼泪。

乐丫公司来孟家堡收购小米的那天，村民脸上绽放的笑容在阳光下显得格外生动。

第一仗一炮打响，得到村民信任的第一书记任燕鹏开始实施起自己的扶贫大计。

发展产业是实现脱贫的根本之道。蔚县长年干旱少雨、日照强，年光照时间达 1300 小时左右。荒地面积广，4000 亩土地中耕地只有 2050 亩，近一半是荒山秃岭和沟壑。这些土地虽然不适宜种植农作物，却可以满足建光伏电站不得占用耕地和林地的要求。

2017 年 2 月 14 日，国网冀北电力与蔚县政府签订开发协议，随后拿到河北省发改委的项目备案，2 月 25 日电站建设正式启动。经过近 4 个月艰苦奋战，投资 8000 多万元的孟家堡村 10 兆瓦光伏扶贫项目建设完成，300 千瓦村级光伏扶贫电站也落户该村，项目均于 2017 年 6 月底并网发电。孟家堡村"以土地换收益"，可持续 20 年每年获得 77.6 万元的发电收入，长期稳定地解决了孟家堡村贫困人口脱贫问题，实现了全村贫困人口保障兜底。

虽然有了光伏收益兜底，但收益一直不敢分配，也分配不下去。想一碗水端平，何其难！为了制订一个公平合理、顺人心、得民意的分配办法，任燕鹏组织扶贫队员和村"两委"反复商议，感觉差不多后才敢拿出来让党员和村民代表来讨论。然后再根据大家的意见反复修改，最终以奖励孝老

务工为核心，通过弱劳力公益岗和村内其他劳务相结合的方式，将300千瓦村级电站第一阶段收益分配到建档立卡贫困户手中；在1万千瓦光伏电站扶贫收益的分配上，参考了张家口供电公司基层党支部管理办法、党建工作绩效考核办法，结合孟家堡实际情况，积极探索"抓管理、强保障"的管理、扶贫模式，制定了《"双向积分，美丽家园"管理实施办法》，从道德建设、村容村貌、脱贫攻坚等方面按户积分、按人兑现，以管理兑现方式分配收益。

通过这个办法，可以引导乡亲们根除不良习惯，避免扣分、扣钱；引导乡亲们通过热心公益、自强不息，取得加分；还可以引导乡亲们树立自强、勤劳、多思的致富新理念，让孟家堡一天天走向文明和富强。

"刘玉娥符合'双向积分·美丽家园'管理规定，带动5名以上村民实现增收，加20分。"孟家堡村委会会议室内座无虚席，驻村干部、贫困户代表、党员代表、村民代表及村干部齐聚一堂。任燕鹏作为驻村第一书记，宣布了1万千瓦光伏电站2017年扶贫收益的分配方案。最终，大家经过讨论和举手表决，一致同意正式实行积分管理办法分配光伏收益。

为了让孟家堡村在脱贫的同时形成良好风气，按照积分管理办法，任燕鹏与村干部对村民从道德建设、村容村貌、脱贫攻坚等方面实行积分考评，差异化分配收益，做到按户积分数、按人兑现金。例如：村民王桂香积极参加村内文化活动和志愿服务，按照积分管理规定，本人加5分，她家每人加5分，实现了一人创优、全家受益。

积分管理办法从2018年下半年开始试行，效果明显。村里乱丢垃圾的现象没有了，村民参与到村内文化活动和志愿服务的积极性大幅提高，更涌现出了不少孝亲敬老、拾金不昧的典范。

"积分管理让收益分配更加公开、公正和公平，弥补了吃'大锅饭'平均分配的弊端，更营造了向上向善的和谐氛围，推动了村民精神脱贫。"任燕鹏说。2018年，全村在户人口共获得积分兑换收益近7万元。

在做好1万千瓦光伏电站收益分配的同时，驻村工作队与孟家堡村委会还利用积分管理推动实现医保全覆盖、老人发补贴、大学生给奖励，积极探索"两创一结合"模式，创新"孝老务工奖励"机制，创造弱劳动能力公益岗，结合有劳动能力贫困人口务工，综合分配光伏电站发电收益。

2018年底，村民梁德明拿到了通过公益岗位工作挣到的3000元钱，乐得合不拢嘴："没想到我这么大岁数了，还能在家门口务工赚钱，从今往后，俺也不是贫困户啦！"

据统计，2018年，孟家堡村累计向村民分配光伏电站发电收益18.5万元，为医保未覆盖村民购买基本医疗保险约6.2万元，33人获得弱、无劳动能力人口补助约3.7万元，有4名大学生获得奖学金1.6万元。孟家堡村综合贫困发生率由2017年的12%降至0.6%，贫困户人均增收677元，非贫困人口人均增收328元，各项数据均达到脱贫出列标准。

随着"双向积分，美丽家园"的实施，村里变得更干净了。早上，每家每户都会有人打扫自家门前的卫生，吸烟的人也会把烟头扔到垃圾桶里。任燕鹏和村干部晚上都多了一项工作，写表扬稿，表扬乡亲们的各种善行美德。随着村里的各种好人好事，村"两委"门前公示栏里的通报表扬越来越多，村微信群里的通报表扬就更多了。

时间不长，孟家堡焕然一新。村道旁残缺破败的黄土墙变成干净整洁的砖瓦墙；年久失修、夏天漏雨的村委会更换了门窗，粉刷了墙面，修缮了屋顶，焕然一新；村口的垃圾收集坑清理改造成健身文化广场，村民茶余饭后健身娱乐有了好去处。

新建的村史馆展示村发展史、党建历史，新建了党员活动室、图书阅览室等，配备远程教育设备，形成服务党建活动的"立体化"场所。在村中心街道打造80米党建廊，将党建与村"两委"规范运作、"产业＋效益"发展、先进典型等融合，展现孟家堡村脱贫攻坚和乡村振兴蓝图。

精心打造的孟家堡民风街上，东西主街道被划分为4个特色区域，宣传党的政策、孝老爱亲道德规范、新农村建设要求，培树文明村风。在村庄街头巷尾安装便民座椅20组，让村民"坐街"更舒适。组建"孟之队"社火队和广场舞两支队伍，活跃村民文化生活。

如今孟家堡村不仅"旧貌换新颜"，更喜人的是，村民们"精气神"十足，"志气"不再短、"短板"不再短。

乡村虽小，也是社会，光靠管理和制度，还不适合当下的乡情。任燕鹏觉得，管理和制度都是宏观的，只有成为最普通的一分子，全身心融入一个群体，才能真正知道其所思所想，急其所需。所谓同呼吸、共命运也！

夏收之后的一天，孟家堡村的磨坊里人来人往，村民们一边磨米磨面，一边说笑着。70 岁的梁德明扛起一袋刚磨好的黄米面，笑得满脸是褶儿："新打的黍子新磨的面，中午就尝尝筋道不？"

让老梁高兴的不光是他的好收成，还有村里已经建好的新磨坊："以后再也不用大老远跑到外村去磨面了，这可真得感谢驻村的干部们！"

事情要从蔚县推行驻村干部到村民家"吃派饭"说起。

孟家堡驻村工作队第一顿"派饭"就安排在老梁家。

"干部们要来家里吃饭？"起初，老梁有点儿不信，"该不是走个过场吧！"

当驻村工作队第一书记任燕鹏和两名队员坐到老梁家的土炕上，把 3 人共 30 元钱的饭费塞给他时，老梁心里的疑虑消除了。

"老梁，你说说，大伙儿现在有啥紧着需要解决的困难？"吃着老梁亲手做的黄糕熬菜，任燕鹏起了话头儿。

"要是有个磨坊就好了，现在大伙儿都是到外村去磨面。村里六七十岁的老人多，腿脚不利索，又没啥交通工具，实在是不方便。"老梁寻思了一会儿，说出困扰他们多年的难事儿。

"以前咱村里有磨坊吗？""有是有，那机器都快 20 年不用了。"听了老梁的话，任燕鹏若有所思。

在老梁家吃过饭，任燕鹏和队员们在走访村里多家农户后得知，建磨坊确实是全村百姓的共同愿望。于是，驻村干部们把这事儿提上了日程。

经过工作队的多方努力，孟家堡村的新磨坊终于建成了。

"饭桌上聊天说的一件事，没想到人家还真给办成了。"老梁既意外又感慨。

"驻村扶贫，就得实实在在为老百姓做些事情。"任燕鹏说，找问题、摸民情，"吃派饭"是个好机会。

"平时跟大家伙儿聊个啥，他们一般都放不开。可是，你到他家炕头坐坐、吃个饭、聊会儿天，他心里想啥就跟你说啥。"

几乎没有过基层工作经验和农村生活体验的任燕鹏，在孟家堡村的老乡家挨门逐户吃了一年的"派饭"，不仅仅"吃"出了和老百姓的真感情，还将全村情况摸了个透，为乡亲们解决了许多实际问题。

"我们给村里安装了 20 组户外椅子，还建设了红白理事的专门场所，开办了学生假期辅导班……这些都是根据'吃派饭'时大伙儿提出的意见经过调研后办的。"任燕鹏说。

"只有真正走近群众，才能设身处地站在他们的立场去思考并解决问题。"蔚县县委书记正是基于这样的考虑，才在县里把"吃派饭"这个革命老传统用到了新时期的扶贫工作中。果然，"吃"出了很多问题，也解决了很多问题。举个例子，仅 2019 年 5 月到当年年底，蔚县全县干部累计"吃派饭"约 1.8 万次，收集各类建议问题 1 万余条，帮助群众解决生产生活困难 5000 多件。

老"派饭"吃出了新"味道"。最初"吃派饭"是村干部领着驻村干部到村民家吃，后来是工作队员自己去吃，现在是老百姓主动招呼："走，到我家吃饭去！"

从 3 月 8 日到孟家堡村，任燕鹏忘了有多久没回家看看了。刚开始的时候，怕患有精神障碍的母亲担心，就一直瞒着她。母亲叫他去吃饭，他就说出差、开会，各种理由搪塞。老娘是糊弄过去了，十岁的儿子不干了，反应很强烈，将近一个月的时间里，总是在深夜给他打电话，可怜兮兮地说："爸爸，你能不能回家呀？"一边是扶贫的艰巨任务，一边是割舍不下的家人，任燕鹏真的很纠结。

正赶上六一儿童节放假，他把儿子接到了村里。那几天刚好他在跑一个捐赠项目，就跟儿子说："出去玩儿注意安全，渴了回屋喝水，吃饭的时候叔叔去哪儿，你就跟着去吃。"当天，他很晚才回到村里，儿子并没像他想象中的那样一肚子埋怨，而是像成年人一样对他说："爸爸，村里的小朋友不知道'冬奥会'，不知道世界杯，作业不会写就不写了，我想让妈妈给他们补补课。"

对呀，治贫先治愚，扶贫先扶智。扶贫不是单纯提高收入这么简单，要想办法给孩子们一些帮助。暑假前，他把当教师的妻子也接到村里，让她给孩子们补课，顺便了解一下村里孩子的情况，并反馈给冀北电力公司管培中心制定一个有针对性的支教方案。

随后，冀北电力管培中心、张家口公司选派了8名优秀教师，在孟家堡开设了4周的"电亮希望，冀语未来"暑假作业辅导与专题讲座，开展安全用电、暑期安全、网络安全、逐梦前行、人文历史、中国地理、拓展阅读、趣味英语、美术绘画等主题课程。

不仅如此，国网冀北管培中心、国网张家口供电公司与孟家堡村签署了3年支教合作协议，确定支教课堂、互动信箱、实践课堂事宜，倾听成长故事、展望青春梦想，将扶贫同扶志、扶智相结合，助力脱贫攻坚，实践乡村振兴。

孟家堡的支教课堂火起来了，很多住在镇里、城里的村民都开车送孩子们回村上课。孩子们在村里参加了第一次升旗仪式，参与了第一次朗诵

活动，有了全新的阅览室。

与此同时，任燕鹏与工作队员还利用村级光伏扶贫电站补贴设立了村级奖学金，用来激励青少年努力学习。2018 年 8 月 22 日，任燕鹏和村干部将首批 1.6 万元奖学金发放给 4 名即将攻读大学本科、硕士研究生的孟家堡村学子。"村里有了奖学金"的消息迅速刷爆孟家堡村村民的朋友圈。

村级奖学金来自冀北电力投资建设的光伏电站扶贫补贴，是按照孟家堡村"十上三议两落实"程序，经过全体村民同意发放，激励孟家堡村适龄青少年努力求学，用知识改变命运，用知识造福家乡。

这个"十上三议两落实"的民主议事工作新流程，是扶贫工作队结合农村工作实际提出的，即明确十项上会事项，确定村"两委"提议，村"两委"和驻村工作队商议，村"两委"、驻村工作队和党员代表、村民代表决议，落实人员责任和公开监督，充分发挥党支部战斗堡垒作用，凝聚引领发展的强大合力。

建设大棚产业园区，是巩固脱贫攻坚成果，走向乡村振兴的一个重要的产业支撑。2018 年孟家堡村紧抓扶贫政策支持力度，新建四季暖棚 50 个。其中政府补贴 150 万元，协调落实贴息贷款 250 万元。大棚种植观光采摘园区，以参与务工、承包经营等方式推进，并以四季采摘结合民俗旅游的方式，打造蔚县立体全域旅游体系的北支点。

孟家堡村党支部书记张滨说："大棚以四季采摘为主体，大棚所有的用工首先选择村里的贫困户，贫困户用完后再考虑其他非贫困户。建设大棚期间，所有在大棚干活的都是村里面的，为了他们脱贫在收益上能得到保障。"

这 50 个暖棚将栽种火龙果、樱桃、水蜜桃、草莓等多种水果。那么，这 50 个四季暖棚到底能为贫困户以及孟家堡村带来多大的收益呢？张滨算了一笔账：火龙果大棚，一年产量可以达到 3500 到 4000 斤，保守按 3500 斤计算，采摘一斤火龙果在 25 元到 30 元钱，一个棚保守收益能达到 7 万元。在大棚务工，每个人一天收益能达到 130 元钱。

2020 年初，在扶贫工作队的帮助下，政窑陶瓷厂建成投运，这意味着该村荒废了近十年的陶瓷制造业重新启动。任燕鹏介绍说，陶瓷厂年收益预计在 100 万元左右，员工月收入最高可达 5000 元。该产业的重启既可实现孟家堡村可持续发展，也有利于传承和发扬民间非遗手艺。

如今，孟家堡村从一个上访村提升为示范村，从一个煤矿资源型农村转变为多维产业型农村，2018 年底整村脱贫摘帽，2019 年又获得张家口市文明村镇殊荣。谈及未来，任燕鹏说："工作组早已绘就了发展蓝图。未来的任务还非常艰巨。"国网冀北电力驻村工作组的干部们，他们扎根村庄，无私奉献，想农民所想，解农民所盼，积极投身于脱贫攻坚和乡村振兴建设中，赢得了孟家堡村民的集体点赞。

现在村里人说得最多的两句话，一句是"孟家堡从来没这么好过！"还有一句是"人家扶你，你得使劲往起站啊！"

在 176 人的村民微信群里，许多村民发自内心地表达着自己的感谢："感谢工作队把孟家堡搞得红红火火大变样""有这样的领导是我们的福音""我们在外打工的，看到村里大变样，都想回去了"……

孟家堡村党支部书记张滨说："孟家堡村的发展注入了国网冀北电力的关爱，注入了小任书记的心血。现在我们村认可了冀北电力的帮扶，认可了帮扶的干部，所以孟家堡村才能团结起来，所以大家才可以劲往一处使，才能把孟家堡村干成这样。"

2018 年年底，当孟家堡村整体脱贫摘帽的喜讯传来，任燕鹏的妻子却确诊恶性淋巴肿瘤。这对任燕鹏来说，真是一脚天堂、一脚地狱，人生的酸甜苦辣咸真是不吝啬地一股脑都倒给了他。一阵眩晕后，他咬紧牙关，对妻子说："我们上有老下有小，你和我都是这个家的顶梁柱，咱俩谁都不能倒下！"

后来，妻子抗癌的坚强也给了他继续战斗的力量。他一边陪妻子化疗，一边通过电话、微信谋划村里的发展，协调推进各项工作，始终坚守在脱贫攻坚、乡村振兴的阵地上。

妻子病情有所好转，他马上就赶回村里。灶台上堆满了乡亲们送来的西红柿、土豆、玉米和毛豆，还有乡亲直接给他打电话："任书记，缺钱跟我拿啊！"再去吃派饭的时候，乡亲们死活不收钱，拉扯急了就说："一家人吃饭还要啥钱？"

是啊，我们是一家人，我就是孟家堡人！一定要倾尽全力把这个家建好、带好！任燕鹏暗暗在心里下了决心。

来孟家堡村有两年多了，任燕鹏从来没零点以前睡过觉。每一个规章制度，每一个规划蓝图，每一个文字，每一项事务的落实，每一点变化，都让他费尽心思，浸满了他和扶贫工作队员以及村干部的心血。孟家堡村《双向管理激发内生动力，产业振兴建设美丽家园》经验在国家2018扶贫论坛组委会主办的"扶贫扶志论坛"发布推广后，全市、全县都请他去传经送宝，这倒是给了他更多的学习与锻炼的机会。但他是还得以驻村为主啊。

时代的一粒尘，落在个人头上，就是一座山啊！他无奈地摇摇头。

今天还得把村里的党建工作再完善一下，然后得去大棚里看看，下午还得去县里跟书记去开现场会，介绍孟家堡村的工作经验。他一边在心里反复梳理着今天的主要事务，一边推开村委会的门。桌子上有一封信，是儿子寄来的。

这傻孩子，现在手机这么方便，还写什么信啊！搞得这么正式。任燕鹏一边嘴上苛责，一边心里美滋滋的。

儿子在信里写道："……爸爸，您的背永远是湿淋淋的……我为我的爸爸而自豪。我爱您！"

任燕鹏的眼泪没忍住，唰地流了下来。

拉旺书记请留下

初春的高原，天空像大海一样湛蓝，一簇簇云朵飘浮在茫茫大山之上，无边无际，蔚为壮观。连绵起伏、白雪皑皑的山峰在云雾中若隐若现。

半山腰上，一座座依山而建的房屋散乱地矗立在广袤苍凉的大地上，随着山势蜿蜒起伏。

峭壁之下，雅鲁藏布江由西向东缓缓流淌，水面上浮游着成群的赤麻鸭与斑头雁，享受着"红掌拨清波"的悠闲。

这里是西藏日喀则市昂仁县多白乡德夏村。

2018年初春的一天上午，国网西藏电力驻德夏村扶贫工作队的大门突然被一股强大的力量踹开了，发出"咣"的巨响声。正在屋里商谈工作的村干部与扶贫工作队队员不由得愣住了，他们条件反射似的站起身来，不约而同地将目光聚集在大门口。此时，一个身着深红色藏袍、30多岁的彪形大汉怒气冲冲地闯了进来，指着一位中年人喝问道："拉旺，我问你，我们前面那个村的扶贫工作队一到村里就给村民发放冰箱、彩电、洗衣机，你们怎么啥也没有？不会是你们把钱给贪污了吧？"

那个被称为拉旺的中年人，年近半百，身材高大，皮肤黝黑，头发微卷，大眼睛、瓜子脸，是一名标准的藏族"帅哥"。他是国网西藏电力羊湖抽水蓄能发电公司的职工，2018年初，他受国网西藏电力的委派来到德夏村，担任第一书记兼驻村工作队队长。

面对这个出言不逊的大汉，50多岁的村主任加布当即对他怒斥道："桑珠，你在胡说八道什么？滚回去！"

围在拉旺身边的村干部也怒目相向。

拉旺心里也瞬间升腾起一股怒火。但他很快冷静下来，多年的基层工作经历和近年扶贫工作的磨炼，让他有了处事不惊的沉稳。他立即用手势劝阻了村干部。

这不是跟老百姓大吵一架就能解决的问题。

他转身倒了一杯酥油茶，递给桑珠。

拉旺对桑珠并不陌生。前不久拉旺还到桑珠家走访过，看到他三十好几，成天在外游荡，拉旺当着他父母的面，还建议他要么多养几头牛，要么到外面找点事做，争取早日脱贫。

"消消气，有话我们坐下来慢慢说。"

拉旺和颜悦色地跟桑珠聊起来。待桑珠平静下来，拉旺正色地说："冰箱、彩电、洗衣机加起来不超过一万元，如果没从根本上解决贫困，光有那些东西能说明你富了吗？攀比、等靠要永远不能富，要想富首先得改变'伸手拿、张口要'的思想，一定要靠勤劳致富！'鸡生蛋，蛋生鸡'的这个道理你应该懂。"

这一番话，把桑珠说得脸红脖子粗。他自觉理亏，朝拉旺很不友好地瞪了一眼，转身离开了。

望着他远去的身影，拉旺沉默了，自年初到德夏村驻村以来发生的事——浮现在眼前——

驻村工作队和村"两委"通知开会，本来要求九点半钟到场，可村民总是十一二点才慢慢悠悠地过来。有的村民一来，见没东西发，就借口走了；还有的村民，表现得很不耐烦，管你站在前面扯着嗓子说什么，他们都一副昏昏欲睡、貌似听不懂的样子。

这段时间的所见所闻和所经历的事，让拉旺强烈地意识到，要想拔掉德夏村的穷根，得先从村民的思想上拔，转变他们等靠要的观念，引领他们用勤劳的双手走上致富路，过上幸福美好的生活。

德夏村有 52 户 261 人，其中建档立卡贫困户 30 户 132 人。

然而，拔穷根不是除草，一把薅下来，问题就解决了。

让拉旺还感到很苦恼的是，这里的老百姓说土话、方言，就连他这个藏族人都很难听懂，这是在过去驻村从来没有过的感受。

村干部中，只有土登会说普通话。拉旺和驻村队员就先跟他用普通话交流，然后土登再把拉旺和驻村队员的话给村民翻译一遍。

语言都无法沟通，还怎么做村民的思想工作？拉旺觉得这样下去不行。

于是，拉旺和驻村队员、村"两委"商量，决定办村民夜校，每周两次把村民召集到村委会，由拉旺和驻村队员轮流教他们认字、写字，宣传党的精准扶贫政策和惠农政策。

村民夜校开课那天，令拉旺意外的是，村里腿脚利索的村民呼呼啦啦地都来了。

接下来的一次夜校学习，来的人更多了，有一些步履蹒跚的老人也早早地来了，大家将村里的会议室挤得满满当当。

这让拉旺高兴坏了，讲起课来特别有劲！

刚开始他以为村民爱学习，后来他跟一位村民聊天，才知道村民们积极参加夜校学习的真正原因是来这可喝到教室里源源不断供应的酥油茶和甜茶。

拉旺听了，并没感到好笑，反而一下子愣住了，他心里感到特别酸楚。仅仅是为了喝一点免费的酥油茶和甜茶，村民们就积极主动来学习，可见他们平时的生活是多么苦啊！

他叮嘱工作队员，以后将夜校酥油茶和甜茶的分量、中途倒茶的频次再增加一些，要确保从开课到结束，酥油茶和甜茶供应不中断。所有的费用，由他个人承担。

他觉得能用酥油茶和甜茶把村民们吸引过来也是一件好事。

功夫不负有心人，经过一段时间的学习，大部分村干部和村民都能进行藏语交流和简单的汉语交流。

为了让村民听得懂、愿意听，记得住脱贫攻坚的政策理论，拉旺与驻村扶贫工作队其他同志白天走村入户调查，晚上组织村"两委"班子成员、村民组长、骨干党员、贫困村民一起座谈，讲一遍不行，就讲两遍，讲两遍还没懂，就讲三遍。他们入户讲，在田间地头讲。通过这些前期的思想教育工作，帮助村民树立了正确观念和开拓性思维，并通过举例子、讲事实，让村民们认识到如果依旧安于现状，脱贫奔小康就是空话，要想过上好日子，就要积极行动。

渐渐地，村民们从最初的怀疑、观望向积极主动脱贫致富的思想上转变。至少，拉旺和驻村工作队队员说的话大家愿意听了，安排的事大家愿意做了。特别是那个叫达瓦次仁的藏族小伙子表现得尤为积极，主动帮忙干这干那。拉旺就将他作为入党积极分子重点培养，以带动更多的人。

对于德夏村这个深度贫困村来说，非贫困户与贫困户也就隔了一个墙头的距离。为什么这样说呢？因为那些非困户家里也不富裕，并不是生活条件远远高出贫困户很多，只是目前家里没有人生病，家里有劳动力，人均收入在贫困线以上。

2018 年 4 月，拉旺和工作队、村"两委"通过走访入户、精准识别，重新确定了德夏村贫困户 30 户 123 人。其中有一户父子两人，拉旺把他们确定为贫困户的时候犹豫了很久。如果单看那对父子俩的家庭状况、贫穷程度等"硬件"条件，确定为贫困户是合理的。因为父子俩家里穷得只有两个铺盖卷，几个盛饭菜的碗，比一般的贫困户还穷。

但拉旺通过了解，那对父子俩是村里出了名的懒汉。父亲五十多岁，儿子二十七八岁，爷俩每天睡到日上三竿才起床，脸也不洗，随便搞点吃的，然后一天到晚四处遛遛逛逛，身体养得膘肥体壮。

将这样的人定为贫困户，拉旺心有不甘，觉得不能让他们继续过靠在墙根晒太阳、等着政府发救济的懒散日子。

那天早晨，拉旺通知那对父子俩到村委会来。父子俩以为要给他们发东西，乐颠颠地跑来。一进门，那位穿着脏兮兮藏袍的父亲就笑嘻嘻地问拉旺："领导，你要我们来，是准备给我们发什么？"

拉旺哭笑不得，一本正经地说："今天我给你们爷俩发两个生态岗位，以后你们负责打扫村里的公共卫生。"

那位父亲听了勃然大怒："凭什么？我们不干！"

儿子也怒目圆睁。

拉旺早就预见他们不会同意，就故意使激将法说："这两个岗位是我费了好大的劲儿给你们争取下来的，每年每人有 3500 元补贴，你们俩加一起 7000 元，既然你们不要，我马上给别人。"

一听说给钱，父子俩的脸色立马变了，没等父亲开口，儿子抢着说："我干、我干。"

拉旺这时候把憋在心里很久的话跟这对父子俩说了出来："你们整天好吃懒做，靠国家救济，好意思不？"父子俩被拉旺说得低头不语，拉旺对一边的儿子说："你也老大不小了，继续这么闲晃，看哪家阿佳会看上你？你想打一辈子光棍吗？"经拉旺一番劝说，父子俩的态度转变了，那个儿子向拉旺保证一定干好这份工作，争取早日脱贫，娶个媳妇。

越是深入实际工作，就越能感受到为什么穷，穷在哪里。拉旺经常对扶贫工作队员说，穷根要耐心拔、细致拔、从思想上拔，调动起贫困户的积极性，提升脱贫内生动力，才能真脱贫、脱真贫、不返贫。

当然，并不是每个贫困户都像前面的那对父子一样混日子，大部分的贫困户都想在党和政府的帮扶下，通过他们的勤劳，过上好日子。可让大家苦恼的是，德夏村没有什么产业可以依托。

拉旺在前几个村的扶贫经历中，已经深深地感受到，如果没有产业的带动，想让贫困村脱贫，真是难上加难。为此，他特别注重发展村集体产业。

来德夏村前，拉旺在日喀则市仲巴县隆嘎尔乡吉贡村驻村帮扶。吉贡村平均海拔 4750 米，距离县城 210 公里，全村 101 户 448 人，贫困人口占 47.5%。这样一个规模颇大又位置偏远的村子，却没有一个像样的饭店。于是，拉旺动起了让贫困户办餐饮合作社的脑筋。

他从驻村经费里拿出一部分钱整修场地，搭起了"玻璃大棚"，屋子既透亮又防风沙。餐饮合作社里开设馒头店、烧烤店，备齐了物资和设备，由贫困户来当"店长"。开业前，他又带着贫困户奔赴拉萨拜师学艺。培训结束后餐饮合作社正式开业，一时间生意火爆。参加合作社的贫困户到了年底都有了 2000 多元的分红。

随后，拉旺与当地交通部门联系后，组织贫困户申请小额贷款，凑齐 40 万元买了辆自卸车，由贫困户当司机参与当地修路工程，当年就赚了 35 万元。直到现在，这台集体所有的自卸车还是村民增收的好帮手。

就在拉旺为德夏村苦苦寻找产业发展的突破口时，一对夫妻吵架的插曲让他受到了启发。

2018 年 8 月的一天上午，贫困户扎西和拉珍两口子吵吵闹闹地来到了村委会。

扎西气呼呼地跟拉旺告状："她这个女人蛮不讲理，我要跟她离婚。"

拉珍瞪着红红的眼睛说："他才不讲理，我跟他过不下去了，我也要离婚!"

拉旺先把他们两个按到藏式沙发上坐下，然后问扎西："你们俩为什么闹离婚?"

扎西说："我想买头母黄牛给家里的公黄牛做'老婆'，明年母黄牛生小牛，能卖不少钱，可她就是不同意。"

拉旺说："这是好事呀! 拉珍你为什么不同意呢?"

拉珍一脸委屈地说："家里就那点钱，要是买了牛，家里就没钱了，如果家里老人孩子急需用钱，去哪里找?"

问明了原因，拉旺先对扎西说："就这点事，就喊离婚，离婚了你家三个娃娃怎么办?"

说完了扎西拉旺又说拉珍："扎西的想法也是为了增加收入，早日致富，让你们过上好日子，你为这离婚，说出去是什么名声?"

听了拉旺说的这番话，扎西和拉珍的火气顿时消了一半。拉旺给扎西和拉珍各倒了一杯热腾腾的酥油茶："你们要买牛，钱不够，可以向银行申请扶贫小额信贷，最高可贷 5 万元，你们可以多买几头牛，扶贫小额信贷由财政贴息，贷款期限最长 3 年，3 年以内还清贷款本金就可以了。"

扎西不敢置信地问："有这样的好事?"拉旺说："这项政策就是为了帮助贫困户尽早脱贫，但是一定要讲信用，好借好还。"扎西点了点头保证说：

"我一定还。"拉旺说："我来帮你跑这件事。"

拉旺和扎西的对话，拉珍听得明明白白，不由得由怒转喜，脸上绽开了笑容。

送走了扎西和拉珍两口子，拉旺感觉到德夏村老百姓要脱贫过好日子的愿望越来越强烈，如果扶贫工作队帮助他们找路子，再充分利用党和政府强基惠民的好政策，那么就能把这种一直"输血"的扶贫模式转向"造血"。

从扎西和拉珍两口子吵架的这个事中，拉旺更是受到了启发。他在思考成立德夏村牦牛养殖加工合作社，带动村民脱贫致富。

长期以来，德夏村主要以种植业为主，但全村耕地面积仅432亩，人均仅1.61亩，在高海拔地区，一亩地青稞产量大约在150斤至200斤，一年下来，大多数家庭也就只能糊口而已。自然一年下来没有多少收入。

拉旺认为德夏村必须跳出传统的经营生产模式，应该大力发展产供销一条龙的养殖业。德夏村拥有得天独厚的草场资源和无污染、原生态的特殊地理条件优势。草场面积高达42007亩，人均拥有草地面积高达166亩。可惜的是，这么好的资源，利用率还不到四分之一。

通过进一步调研，拉旺了解到，困扰村民们发展养殖业最大的困难有两个，村民们缺乏买牛羊的启动资金，再就是缺乏销售渠道。

而这两个问题，拉旺都找到了解决办法。

当拉旺将自己的想法和扶贫工作队、村"两委"商量后，大家都拍手叫好。

于是，他们先圈出空地1000多平方米，发动村民向银行申请扶贫小额信贷，采取村民入股集体经营模式筹集资金806000元，成立了德夏村牦牛养殖合作社，然后购买名贵的高品种牦牛近百头，建立喂养、宰杀、冷库、运输链式销售模式。预计每年总收入178300元，年纯收入113300元，每户村民每年可分得2500元至3000元。

然后，拉旺积极与国网西藏电力相关部门沟通，并联系国网商城相关工作人员，利用国网电商平台进行预售，从而精准制定养殖规模。

德夏村一些村民有着"在家时时好，出外处处难"的老旧观念，不愿意"走出去"。近几年，由于土地流转，德夏村闲置劳动力大量增加。针对这一情况，拉旺亲自到农户家中，树观点、疏思想，通过一个多月的走访，成立了"德夏村劳务输出农民专业合作社"，并办理了营业执照。

拉旺话说："有了劳务输出专业合作社的营业执照，我们把优质的劳动力用到我们国家电网公司的电力建设项目上，不仅优先解决了村里劳务输出，而且也为电力企业劳务用工找到了优质的劳务分包队伍。"

在阿里联网工程建设之际，拉旺紧紧抓住这个契机，积极协调有关部门，对德夏村有一定文化基础的村民集中培训发证，然后与阿里联网工程的建设单位签订用工合同。首批14名村民顺利推荐到正在建设的变电站里做泥瓦工、安装就位工、接线工。

身穿红色工装、头戴安全帽的藏族青年且巴高兴地说："包吃包住，每天工资几百元，是拉旺书记帮我们找到了这个金饭碗。"

随后，对国家扶贫政策有深入研究的拉旺，又组织成立"德夏村生态环保服务专业合作社"，为德夏村有劳动能力的贫困人员提供生态岗位53个，每个贫困人员每年由此可以获得国家发放的草场保护补贴3500元。

三大合作社的成立，让村民们喜笑颜开。村民们致富的积极性被充分调动起来了。

令大家更开心的是，又一个重大喜讯传来，德夏村将迎来光伏电站项目。

2018 年 5 月，拉旺和驻村队员在调研中，发现海拔高、主电网覆盖下的德夏村具有良好的太阳能资源，村里存有大量闲置的土地，非常适合建设光伏电站，于是，他书面向国网日喀则供电公司、国网西藏电力申请在德夏村建设光伏电站。

令拉旺没有想到的是，来自市、自治区和国家电网公司的电力专家很快就分批来德夏村考察调研。2018 年 7 月，国家电网公司迅速批复了德夏村光伏电站项目，计划投资 95 万元为德夏村、多白村共同建立一座容量为 100 千瓦的扶贫光伏电站，预计年发电量 18 万千瓦时，年发电收入约为 18 万元，这相当于给这两个村办了一个活期存折。

2018 年 12 月 31 日，这是拉旺在德夏村驻村的最后一天。按照上级规定，驻村第一书记任满两年，就将卸任。从 2017 年元月开始，拉旺在日喀则市仲巴县隆嘎尔乡吉贡村担任第一书记兼驻村工作队队长，如今再加上 2018 年在德夏村任第一书记兼驻村工作队队长这一年，拉旺已任期届满。

这天一大早，德夏村的男女老少拥到了村委会，把拉旺围在中间。他们有的用当地的方言、土话，有的用前不久学会的汉语普通话，请求拉旺留下来别走。

当一位村民将写有"拉旺书记，请您留下！"的白纸高高举起时，现场响起了一片热烈的掌声。

当初闯进工作队驻地质问拉旺没给村民发放电器的贫困户桑珠，表现得更为迫切，他振臂高呼："我们一定要把拉旺书记留下来！"

尽管当初桑珠对拉旺出言不逊，但拉旺不仅没有嫌弃他，反将他列为自己的重点帮扶对象，一次次上门给他做思想工作，给他购买农用工具，手把手教他种植青稞等农作物，并优先为他的女儿争取了月收入 2000 元的公益岗位。这些都令桑珠十分感动。

就在拉旺激动得热泪盈眶、有些不知所措时，村主任加布又把一封盖了全体村民红指印的请愿信递到了拉旺的手里，拉旺接过那封盖满了村民红指印的请愿信，他的眼圈又一次红了……

村支部书记益西告诉他，当德夏村村民得知拉旺即将任期结束离开德夏村时，52户村民连夜找到村干部，请村干部代他们写了一封请求拉旺留下继续担任第一书记的请愿信，并在请愿信上按下了红指印。

拉旺噙着眼泪说："感谢父老乡亲们对我的信任和厚爱！其实我也舍不得离开你们，还有好多桩事，我都没来得及办，还停留在美好的愿景上，我真的不想让这些成为我心中永远的遗憾。"

根据德夏村村民的请愿和拉旺的申请，上级批准了拉旺继续在德夏村担任两年第一书记的请求。

拉旺留下来的第一件事，就是筹资兴修村里的幼儿园。这是困扰他已久、睡梦中都让他难以释怀的心结。

那是拉旺刚到德夏村的一天下午，拉旺在村委会不远处的地方，看到了一幕让他无比揪心的场景。

在一排破烂的土坯房前面，摆放了四张破旧的书桌，八把破旧的小椅子，一块小黑板挂在土坯房的外墙上，八个四五六岁大的孩子顶着烈日、狂风、严寒，露着黢黑的小脸、光着黢黑的小手趴在破书桌上写字，一位中年男老师站在黑板前讲课。

这里，就是德夏村幼儿园，一个连教室都没有的幼儿园！

同行的村干部告诉他，这么多年来，德夏村的孩子，就是在这里度过了他们的童年。

一定要改变这一切，至少让孩子们有一间属于自己的教室！拉旺的眼里泛着泪光，他在心里暗暗许下了自己的诺言。

然而，由于一时半会儿很难筹集到资金，这个心愿也就一直难以了结。加上那段时间，拉旺整天忙于村里产业发展的事情，让他无暇顾及。

如今，村里的三大合作社办起来了，村里的光伏电站项目跑下来了，是集中力量解决幼儿园问题的时候了。

拉旺和扶贫队员发动亲朋好友四处化缘，并通过朋友圈、微信群、水滴筹平台募捐。

为了争取更多的爱心捐款，拉旺请人现场制作了宣传视频。

拉旺拿出手机给我们播放了一段当时在水滴筹平台募捐的视频。在一段音乐伴奏下，屏幕上跳出来一行"金色童年，与爱同行"几个金黄的字，紧接着一首《金色童年》的儿歌欢快地唱了起来，那充满童真稚气的歌声伴随着悠扬婉转的乐曲，深深地打动了人们，随后出现的老师和孩子们在土坯房外学习的画面，更是让人震撼，催人泪下……

不到一个月的时间，他们一共募集到爱心捐款 62475 元。与此同时，国网天津电力向德夏村村民捐赠了价值 2 万元的衣物。他们从 62475 元里拿出 43475 元修建了德夏村幼儿园。余下的 15000 元修建了德夏村公共厕所，余下的 4000 元更换了村委会破旧的大门。

新建幼儿园的教室设在村委会的阳光房里，里面摆放了天蓝色的书桌椅。

开园那天，驻村工作队与德夏村"两委"举行了隆重的交接仪式。

拉旺说："幼儿园建成后，看到孩子们快乐的笑脸和求知的眼神，我特别开心！"

在拉旺的带领下，德夏村发生了日新月异的变化，2018 年 12 月，德夏村所有贫困户全部脱贫摘帽，但拉旺和队员们并没有因此而停下奔波的脚步。拉旺又从县里争取资金，修建了德夏村到多白村的 5 公里柏油路，结束了两村村民祖祖辈辈走那条坑坑洼洼土路的日子；争取日喀则供电公司的支持，投资 15 万元对白乡小学到乡政府的低压线路及德夏村的低压线路进行了全面改造，消除了低电压，让学生和村民们用上了舒心电。

尤其让拉旺欣慰的是，通过加强基层组织建设，开展扶贫扶志、脱贫致富主题实践活动，党员干部的作用得到了充分发挥，村民的内生动力被充分激发，8 个村民被发展为中共预备党员，16 个村民被列为入党积极分子。

在奔向小康的大道上，德夏村正迸发出蓬勃的生机和活力。

第五章

爱如电

2020 年是决战脱贫攻坚、决胜全面小康的收官之年。为扛实脱贫攻坚重任，帮助贫困地区群众脱贫致富，国家电网公司各单位承担省市县各级扶贫点近 2029 个，目前已累计帮扶

2014 个扶贫点脱贫出列，带动 33 万贫困群众脱贫。公司先后派出驻村扶贫干部 5551 人次，这些扶贫干部牢记责任、甘于奉献、奋发有为，为脱贫攻坚作出了积极贡献。

吕梁山下"张扶贫"

"您好，92号汽油，加满。"

在晋中市加油站，张雷威下车舒展了一下身体，留下了后遗症的腿脚，时不时地给他添乱，疼起来真是挺碍事的。毕竟已经年逾六旬，别人这个年纪早已回家含饴弄孙，他却还在为乡亲们过上好日子东奔西跑。

这已经是他最近几天第四次加油了。2019年3月，天气刚刚转暖，张雷威就迫不及待地带着两名专家前往山西、河北，只为一件事——考察富硒产品如何在陕北米脂县引进推广。

晋中市、保定市、石家庄市、邢台市……

为了这次的考察工作能顺利完成，张雷威自掏腰包，承担了考察期间的所有费用。

张雷威，国网陕西榆林供电公司退休职工，曾获得全国脱贫攻坚贡献奖、全国社会扶贫先进个人、陕西省劳动模范、陕西省优秀第一书记等多项荣誉称号。20年来，他的足迹遍布陕北榆林神木、吴堡、米脂等6个区县19个乡镇56个村，累计帮扶2万余群众脱贫致富。国务院扶贫办领导曾感慨地说："老张真是扶贫的内行。"

2017年，在他的带领下，由贫困户组成的"和富顺养牛合作社"成立了。合作社采取"贫困户＋非贫困户＋村集体经济"入股的方式带动贫困户脱贫，通过入股分红的模式，针对性地解决了无劳动力、自身发展动力不足、缺乏资金的问题，合作社各项工作很快步入了正轨。

"和富顺"这个名字，取自于史家圪村和李站村两个村子合并之后。"和"字，取和气生财、和谐发展之意，希望两个村子能团结在一起，和谐发展专业合作社；"富"字，取自于党的富民政策；"顺"字，则是盼望合作社能够顺风顺水，顺利发展。

"和""富""顺"三个字，都有美好的寓意，承载着史家圪、李站村村民以及张雷威的期盼。

合作社是以贫困户为主，两个村子的 42 个贫困户全部加入，还有 25 个非贫困户以及 2 个集体经济组织。贫困户的入社资金通过产业扶贫的到户资金入股，非贫困户拿自有资金入股。通过互助合作，大家集体饲养，集体受益，实现以贫困户为主、非贫困户为辅的集体经济发展。

2018 年 8 月合作社从外地引入了第一批肉牛，年底就发展到 80 头。

养牛合作社的成功运行，带动周边其他村也办起了养牛合作社。随着合作社的增多，可能会出现牛肉降价或滞销的问题，张雷威开始思考新的致富方法。

一次偶然的机会，在和"金点子"扶贫帮困义务咨询服务队队员聊天时，张雷威接触到了富硒农产品这个概念。

"硒"被科学家称之为人体微量元素中的"防癌之王"，能提高人体免疫力。听完大家对这种功能性农业的介绍后，张雷威萌生新的想法：将李站村打造成榆林的首个"富硒生态村"。

"人无我有，人有我优"，通过富硒农产品让富硒牛肉在市场竞争中胜出。为了进一步了解富硒农产品，张雷威选择距离比较近的山西晋中市进行考察。

富硒茶叶、富硒苹果、富硒果醋、富硒黑小米、富硒大米、富硒高粱米、富硒玉米、富硒荞麦面、富硒葡萄酒、富硒西红柿等，一系列成熟的富硒产品，让张雷威大开眼界。

"富硒黑小米汤"，张雷威第一次听到这个词，米味香浓，米油飘香，每千克小米含硒量能达 500 微克。

此次晋中之行，让张雷威深受启发，如何因地制宜？在米脂也发展富

第五章
爱如电

225

硒农业？

种植富硒玉米，玉米发酵后喂牛，看看能不能通过消化转换这一生理机能让牛肉里含硒，从而增加产品的附加值。同时，富硒产品也对传统农业的转型升级注入了新活力，也有益于企业增效、农民增收、村民增寿。这就是张雷威的扶贫计划和既定目标。

陕北地区属于典型的黄土高原地貌——千沟万壑，由于地形原因，农业生产的机械化程度低。在这次考察的过程中，张雷威还获得了意外收获。

在河北省方锐青贮机生产厂，一台适合坝地和坡台地生产的单行玉米收割青贮机，可日收割20亩玉米。

对于原本就严重缺乏劳动力的李站村，如果有了这台机器，就可以节省人力，而且大部分贫困户都年龄偏大，根本不适合高强度作业。

"老张跟我们说，玉米从根部向上数，到第三片叶子发黄的时候，就可以收割了。此时玉米粒成熟了，玉米秸秆的水分也多，这个时候才是玉米的最佳青贮期。"贫困户冯有为没想到，当了一辈子农民，居然在这方面都没有老张专业。多年的驻村生活，让张雷威成了"农业专家"。

在不断的串门走访中，张雷威传播着自己发展农业的先进理念，同时又不断地发现问题，而解决问题需要技术，需要科学知识，这是农民致富路上最大的渴望。

在张雷威的组织下，榆林市有特长的老劳模、老同志、离退休干部和技术人员，以及社会各界的热心人士，组成了一个"脱贫攻坚金点子"劳模扶贫帮困义务咨询服务队。村里有什么问题，一个电话，高级兽医师、高级农艺师、马铃薯专家、大棚蔬菜专家、小杂粮专家、病虫害防治专家就到了门前。

张雷威说："组织有共同爱好的人，共同为农民的脱贫致富想办法，解决问题，全部免费，让大家老有所为，把大家的经验发挥到极致。"

"老张来了""快请坐""喝水不"……淳朴的笑容，热情的话语，这是当地人能给张雷威的最高礼遇。

夜深了，山村静谧，星星眨着眼，月亮偷闲躲在云朵后面，时不时悄悄露出头来，给大地洒上一片银辉。乡亲们都已沉入梦乡，只有张雷威还在思考着下一步怎样带领村民收获更好的明天。

转眼 18 年过去了，从 2002 年开始，作为国有企业职工，张雷威挂职到米脂县，开始了扶贫工作。当年四十岁出头，正是干事业的黄金年龄，但他却选择了扶贫这条路，而且一走就是 18 年。

18 年来，张雷威从扶贫县长，到第一书记，再到扶贫队员，足迹遍布榆林全市 6 个县区、18 个乡镇、56 个自然村。从最开始的"一村一品、一户一策"、适度养殖，到后来的产业扶贫，再到现在的成立合作社、打造富硒生态村。如今年过六旬，他依旧奋战在脱贫攻坚的第一线。

2002 年 3 月的一天。塞上榆林，寒风料峭。一辆看不清车牌号的满是尘土的汽车，停在了陕西榆林市神木市芹菜沟村。车上下来个四十出头的中年男子，精干利索，浓密的眉毛下，有一双炯炯有神的眼睛。他就是国网榆林供电公司的工会主席张雷威。

这仅有 18 户农家的小山村，举目难觅青壮年，剩下的多是老弱病残。尽管面对冷冰冰、空荡荡的村落，尽管窑洞破旧，灯光晦暗，正值壮年的张雷威还是信心满满。他要把握好党和国家有关扶贫的政策方针，凭着自己的使命感和责任感，帮助这里的贫困人口尽快脱贫。

谁知，还没来得及伸展拳脚，就当头挨了一记闷棍。

晚上，村党支部书记解兰兰把全村人喊到村委会，隆重地向大伙儿介绍张雷威，说他是这次"万名干部下农村"活动的执行者，是由国网陕西榆林电力派驻芹菜沟村的扶贫干部。

张雷威满以为村支部书记介绍后，会博得一阵热烈的掌声，会赢来一片欢声笑语。可这些都没有见到，只有一片窃窃私语和不信任的摇头。

"这生得体体面面的城里干部，不可能在咱村里待多长，要不了几天就会收兵回营，马放南山。"

"怎么可能是真心实意地扶贫，只不过是为了提拔，下农村镀镀金罢了。"

"带了多少扶贫资金，今天晚上分给我们得了……"

这些议论就像一堆烧得发烫的炭，烧灼着张雷威的心。

他想站起来进行反驳，表明自己扶贫的决心是坚定不移的。但一想，村民们有这种想法不能怪他们，只怪先前来村里扶贫的人没把扶贫工作做到家，没有给村民留下一个好印象，损坏了扶贫干部的整体形象。

他在心里暗暗下决心："请乡亲们相信，我绝不会做一根浮在水上面的'水上漂'，而是沉下心来，要做一只善于扎猛子的水鸟。"

转过天来，他一声不吭地把村里的小学校粉刷一新，换玻璃、盘土炕，还给村里买回来枣树和杨树苗，组织村民栽树。

可是，老天爷似乎和他作对，栽树的日子赶上沙尘暴，风沙刮得天昏地暗。张雷威毅然决然地咬紧牙关，灰头土脸地带着村民集体劳动，冰冷的沙子打得脸生疼。

村民心里有杆秤，看他这个架势，嘴里的话也变了："这个扶贫的老张实干，真是个干事的人。"于是开始渐渐地接纳了这个"外乡人"。

白天，他套上骡车，说是上山挖野菜，实际上是深入田间地头了解村情民意；晚上，他在居住的地方安装了一盏很亮的灯泡，将三三两两的村民吸引过来，与他们东聊西扯，促膝谈心。为了把自己融入民众中间，他和村民打成一片：到了村民家，脱鞋、上炕、盘腿；从水缸里舀起水就喝；遇上红白喜事，按当地习俗随礼……渐渐地，村民开始把他当成了自家人。

他也处处把村民当自己的亲人。不管是白天黑夜，哪里村民闹纠纷，大动干戈；谁家婆媳不和，扯皮闹架；哪个儿女不孝，不赡养老人等，大伙儿都愿意找他讨个理，他也不厌其烦地去管这份闲事。

在张雷威的日记上，有一首打油诗，其中有这样一段话：窗外寒气重，被窝暖如春。无奈尿憋肚，寒风透心凉。回屋重捆被，二返进梦中。赶早去入户，村民在家中。走遍这几户，再进另一村。往返好几次，但求不漏人。只要肯下功，不负有心人。

已成为"自家人"的张雷威很快掌握了每家每户的情况，甚至谁家有几头猪、几只羊都了如指掌。经过摸底调查，他发现芹菜沟村地多、人少，牧草丰富，发展养殖业是这个村走向富裕的明路。大会、小会，走家串户，张雷威扳着指头给村民算账，养骡子不容易繁殖，养牛就不一样了，牛犊3个月可卖3000元，8个月可卖8000元。养优质品种的羊，收入更可观。

为增强村民养殖的信心，张雷威特地从榆林市请来养殖专家，进行讲解。为了让乡亲们长长见识，他自掏腰包，组织几名村民到内蒙古考察小尾寒羊的养殖情况。接着，他和别人一起，购买了28只小尾寒羊，免费发放给5户村民。年底，养殖者上交5只小羊羔。次年，再将其分给其他村民，以此类推，带动村民致富。凡购买20只羊，他就再补贴5000元。一年投资当年见效，次年脱贫。

三年过去了。当雨过天晴，当阳光普照，抬头望去，芹菜沟村门前屋后，一群群羊儿像铺展开的洁白的缎面，像天空中飞絮般的云彩，轻盈地涌动着，好一派美丽景象。

自此，芹菜沟村成了神木市的养殖示范村，张雷威的养殖扶贫思路和置换方法，也被神木市委在全县推广。

2005年，张雷威受组织委派，来到吴堡县任挂职副县长，开始了责任更重的扶贫工作。

吴堡县是典型的黄土高原，山大沟深，人多居住在塬上，水源却在深沟之下，塬上异常干旱。张雷威还是从调查研究入手，最后确定扶贫思路：用适当的钱解决村民的基础设施问题；以水利为主，在9个村各搞一个村里最需要的基础设施工程；在3个条件较好的村抓"一村一品（特色产品）"，

第五章 爱如电

带领村民致富。充分发挥出本地优势，通过大力推进规模化、标准化、品牌化和市场化建设，使这3个扶贫村都拥有区域特色明显的主导产品。

下山畔村的红枣个大、味甘，远近闻名，但产量却一直上不去。墒情好时，产量高，虫害也厉害；墒情不好时，虫害少，产量也不好。出路在水，既要解决用水，又要防虫，但山高路陡，村民只好俯视黄河叹息。

张雷威看准了项目，向国网陕西电力申请15万元扶贫资金，在山上修了15口集雨水窖。他找来技术员，教村民种植枣树、防治虫害等方法。

一年下来，下山畔村的1820亩枣树变成村民的"摇钱树"，同时被吴堡县确定为千亩红枣丰产示范园，成为"一村一品"省级示范村。

几年下来，深砭墕村发展养羊，车家塬村重点桑蚕，冯家焉村改造水道（高抽工程）……各个村的扶贫，就是这样一个个干过来的。

随着养殖业的发展，村民们又收获了意外的经济效益，外面的老板看中了有机羊粪资源，在深砭焉村开发万亩山地种植有机苹果，带动大量村民就业。

吴堡县寺沟村是著名作家柳青的故乡。柳青生前扎根于农村，扎根于农村干部群众的沃土之中。他热爱党的文学事业，讴歌人民大众，弘扬正能量，创作出了人民大众喜闻乐见的优秀文学作品，影响了几代人。

这一年，谁也想象不到，当地为纪念柳青修建的那所学校——柳青小学，因贷款利息未还清，教师的工资被银行扣走。这事让张雷威知道后，整整一夜没合眼，思潮像滚滚的黄河水翻腾不息。他怎么也想不通：9年义务教育已推行了好多年，学校的建校费应由国家教育部门统筹，哪需要学校自己向银行贷款呢？人民的银行怎么不为人民的教育着想呢？银行要争利、要赚钱，难道就一定要用磨得锃亮的刀砍向一个小学校吗？实在是一种不应有的悲哀啊！学校教师，为了给寺沟村争光，为了给祖国争光，他们不辞劳苦地浇灌着柳青故乡的花朵，却连赖以生存的劳动报酬都拿不到，家乡人民怎能不痛心！

作为党派驻的一名扶贫干部，自己可以做点什么呢？

张雷威卧室的灯亮了。别说是睡，就是躺在床上也无法安心，他一骨碌起身穿衣下床。

灯光下，张雷威伏案而坐，他要起草给寺沟村所在乡人民政府的报告，请求乡政府迅速给予解决；他要起草给吴堡县扶贫开发办的报告，请求县扶贫开发办迅速给予解决；他要起草给吴堡县教委的报告，请求县教委设法解决；他要起草给国网陕西榆林供电公司的报告，请求公司伸出援助之手，帮助解决……

终于，柳青小学被扣发的钱有了着落，工资如数发到了教职员工的手中。

事后，张雷威还特意为柳青小学组织、购买了一批批辅导教材和图书，更换了一批批课桌，配置了几台电脑。

2011 年，寺沟村有 22 人一举考取大学。这可喜坏了张雷威。这 22 个孩子学业完成后，不仅将给寺沟村未来的生活带去幸福美满，更是祖国的一笔财富。

然而，在这些孩子的家庭中，却很少有人庆祝。因为，贫困使他们很难凑齐孩子上大学的费用。

在县城相关机构的办公室里，张雷威在帮忙申请，他要为这群孩子申请奖学金或助学金；在大型企业或厂矿，张雷威在努力奔走，争取无偿赞助；在榆林供电公司领导班子专题会上，张雷威真诚地请求同事们给予捐款……

很快，供电公司的 5.8 万元捐款和社会各界筹集的 25 万元善款，一并送往贫困大学生的手中；很快，一个专门资助寺沟村贫困大学生的柳青助学金在一片欢呼声中宣告成立！

大爱的湖泊里，流淌的是无私奉献、至真至诚的琼浆玉液。

在吕梁山集中连片特困区的吴堡县的定点贫困村，每一个贫困家庭，每一片上圪梁梁下沟洼洼，到处都留下了张雷威的足迹。

在一次下乡调研中，由于过度劳累加上坡陡路滑，张雷威走着走着，一不小心，左脚踩空，整个身子滚倒在 20 多米的陡坡下，当即昏迷过去。

"老张——！"

"老张，你怎么啦？"

随行的人，惊慌失措。

经医院抢救，张雷威没有生命危险。但他浑身多处受伤，右脚三处骨折，住进了医院。

张雷威摔伤住院的消息像长了翅膀，很快飞向他的家中，飞向榆林供电公司，飞向他扶贫过的贫困乡村。

张雷威的妻子尚翠霞赶来了！

听说丈夫摔伤住进了榆林市人民医院，好像一根闷棍向她迎头劈来，使她在痛苦中险些晕倒在地。她强忍着悲痛和担忧，向单位请了假，坐上了去往榆林市人民医院的公共汽车。

开往榆林人民医院的公共汽车缓缓地行驶着。坐在车上的尚翠霞只觉车速太慢，恨不得自己插上翅膀。她脑海中浮现出 2002 年张雷威第一次下乡扶贫时的场景……

她一边流着泪，一边替张雷威收拾着下乡的衣物："你这一走就是几年，孩子的学习谁来管？"

"孩子学习不是有你吗？我们吃点苦，山里贫困的孩子就会少遭罪！"

"别人变着法儿不参加，就是你显能，还要抢着报名。就你那身体，能吃得消吗？"

张雷威一边清理行李，一边回答妻子："扶贫是国策，也是善举。为了农村贫困人口早日脱贫，总有人需要去付出。"

尚翠霞劝不住丈夫，便越发生气："那怎么就非得你去呢？我问你，你还认不认我这个媳妇？认不认你的孩子？到底还要不要这个家？"

张雷威心有愧疚，但还是努力规劝："我怎么会不要家呢？我非常爱我们这个家。乡下，还有很多贫困的家需要我们去帮扶！谁叫我是一名共产党员呢？"

张雷威的女儿张媛媛也赶来了！从母亲打来的电话中得知爸爸摔伤，刚刚在单位食堂打的午饭也顾不上吃一口，就泪流满面地向医院住院部外科病房奔去。

可以说，张媛媛是一个缺少父爱的人。张雷威还没有下乡扶贫前，在供电公司上班时，就经常早出晚归。自从去农村扶贫后，更是长期不回家。学校开家长会，张媛媛多么希望爸爸能够参加，那是没影的事；她每次参加学习竞赛或体育比赛，多么期待爸爸能够前往助阵，那仅仅是个空想。每一个贫困户的基本情况都了如指掌的张雷威，却连女儿上几年级、在哪个班，都弄不清楚；每逢年关时，别人的爸爸一件一件地往家搬年货，可自己的爸爸还在顶风冒雪，为驻村五保户或特困家庭送春节慰问品。

深砭墕村65岁的刘老汉赶来了！

深砭墕村先前有一部分青壮年为了挣钱，跑到国家屡禁不止的小煤窑挖煤，人的生命和健康受到严重威胁。村里其他产业几乎为零。张雷威协助地方关闭了小煤窑，先后为村里投资了30多万元，引进了秦川良种肉牛和小尾寒羊，帮助村民转变观念，一改过去下矿挖煤为养殖优质牛羊。村民收入有了显著提高。

下山畔村党支部书记丁爱国赶来了！

1820亩枣树变成村民的"摇钱树"，他们得益于张雷威的帮扶。

车家源村养蚕大户李明天赶来了！

车家源村养蚕历史悠久。2008年以前，村里还是一家一户的小作坊式地养蚕，蚕丝品质不好，产业发展不起来。张雷威请来县蚕桑站技术员，在村里建起了小蚕培育室，采用电加温，避免了传统的火炉温度不匀、漏烟熏死蚕苗的现象。同时，又在村里建起了双轨车的烘烤加工房，既快又高质地烤出蚕茧。进而，村里又办起了蚕丝加工厂，形成养蚕加工一条龙，其产品供不应求。

冉沟村"老霍家挂面"的霍老汉赶来了！

冉沟村霍家一家几代人都会做空心挂面，其面筋道韧性、均匀不煳锅，味道极好。但只是家庭作业，包装粗简，一天只能做出一袋面。张雷威分析研究后，鼓励霍老汉改进工艺包装，并帮助筹集资金扩大生产，还注册了"老霍家挂面"商标，现已发展到占地30亩的厂房，年产挂面300吨，安排就业50多人，成为远近闻名的"舌尖上的美食"。

第五章 爱如电

县委书记赶来了；榆林供电公司的总经理赶来了；五保户老人赶来了；学校的校长赶来了……

人们放下了手中的活儿，怀着对张雷威的关切、崇敬、感激之情从不同的岗位、不同的地方赶往医院。有的拿来猪腿、羊腿；有的提着苹果；有的拿来几斤红薯、土豆；有的拎着半篮子鸡蛋；有的送来几斤村里自酿的土酒；有的包来几斤红枣儿。

"老张，身子骨好些了没有？"

"老张，还痛得厉害吗？"

"张县长，您帮俺村二苟介绍的对象还记得吗？她前天生了个胖儿子，这是她们家让我带给您的喜糖。"

"张县长，您离开我们村以后，村里养的优质羊发展达到年出栏1200多只。"

"张县长，从我们村走出的大学生，有的当了科技人员，有的当了记者，还有的成了全国道德模范，这是他们让我常给您看的照片。"

"张县长，我们村的男女老少都想着您，盼望您早日把伤养好，重返我们村。"

一声声亲切的问候，一句句掏心窝的话；一个个熟悉的面孔，一双双红肿的眼眶……张雷威忘了脚部的剧烈疼痛，忘却了他是一个躺在病床上的病人，这种回归和幸福的感觉像催泪剂，使得他这个有泪不轻弹的男儿涌出了滚滚的泪珠。

张雷威早就跟他妻子说好了，人们送来的土特产，代表着他们的一片心意，都要一一收下，但要认真登记好，用钱一一返还。

仅住了不到10天医院，他就一再主动要求回家养伤。

时间一天天过去。每躺一天，张雷威就像在经受着一天的煎熬。他每一天都期盼着回到吕梁山脚下，他时时刻刻都牵挂着那里的贫困人口！

医生要求，为配合养伤，需要定制双拐，预计得3个月后才甩掉双拐。

20多天过去了。这天下午，张雷威在单位司机的搀扶下，挂着双拐下地试走。尽管试走艰难，让他额前汗水淋漓，但内心有一种快慰：离返回扶贫第一线越来越近了！第27天，趁时刻护理他的妻子不在家，他硬是让单位司机把他送到吕梁山脚下。

在饮水工程建设基地，在农网改造施工现场，在五保户和特困人口的家里，放心不下的张雷威都拄着双拐出现。

俗话说，伤筋动骨100天，医生也是建议3个月后再甩拐下地，但张雷威硬是在摔伤27天后，就拄着双拐投身了扶贫第一线。

由于过早下地，耽误了治疗，他的右脚落下终身伤残，至今仍跛着脚奔波在乡下。人们见了，谁不从心里埋怨："为了扶贫，连命都不顾了！"

2012年任期刚满，张雷威又调往米脂县扶贫。

在米脂，他逐村逐户上门调研走访，召开村民大会，制订精准脱贫规划和年度实施目标；手把手传帮带，带着压茬轮换的新队员一起进村，学习三农知识，融入农村生活。沙家店镇高家圪崂是养鸡专业村，活鸡、鸡蛋交易，白天天热不好操作，容易死鸡；晚上交易，光线不好，容易出现数量和质量矛盾。张雷威为该村建设了40盏6米高的太阳能路灯，成了榆林市第一个光伏点亮工程，不仅实现了养鸡增收，而且又发展了美丽乡村旅游项目。

在桥河岔乡七里庙村，他自费带领5位村民去绥德县，山西省文水县、广灵县、内蒙古呼和浩特市考察香菇种植，建了两个香菇大棚，既增加村民收入渠道，又丰富米脂人菜篮子。近几年，他自费考察就化了几万元。

十几年如一日，渐渐地，张雷威已经忘却自己已是花甲之年的人。

2015年6月，张雷威在米脂县扶贫干得正带劲的时候，单位上按规定为他正式办理了退休手续。这就意味着他将要结束扶贫生涯，离开米脂县。

可他怎么舍得离开朝夕相处的农村群众？

深夜，张雷威怎么也睡不着，他开灯伏案，向单位、向党组织写着"关于继续留在米脂县做扶贫工作的请求报告"。他在报告中动情地写道："不是说共产党人要为党的事业贡献出毕生的精力吗？我才刚刚60岁，我的身体硬朗得很，在这脱贫攻坚的紧要关头，我怎么能临阵撂挑退却呢？"

党组织了解他的那股执拗劲儿；国网公司理解企业干部爱岗敬业的心情，同意他继续留在米脂县义务扶贫，并担任驻村第一书记。

转眼又过了两年，2017年，早已过了退休年龄的他，依然还坚守在扶贫一线，而作为派出单位国网榆林供电公司，也打算选派新的扶贫干部接替老张的工作。

2018年初，榆林市委市政府为进一步加强扶贫工作，对全市驻村第一书记作了新的调整。因张雷威年龄过大，让他退出了驻村第一书记的行列。当村里得知张雷威不再留村扶贫，全村联名给米脂县委、县政府写信按手印，挽留张雷威。县委、县政府经过协调，决定继续让张雷威在村里做扶贫队员。

"只要组织需要，群众需要，我就会一直做下去。群众不脱贫，我就不离村。"张雷威说，"2020年是我参加扶贫工作的第17个年头，已经习惯了，感觉就是做好事、善事。近年来国家大力搞精准扶贫，政策扶持力度和国家对精准扶贫的要求，都有了新提高，大量年轻干部都充实到一线来。对我而言，干的时间又长，积累了一定的经验，做好传帮带，帮助年轻驻村工作队员贴近农业，走进农民心里，这是我应该做的事情。"

从扶贫县长，到驻村第一书记，再到一名普通的扶贫队员，正是因为对扶贫工作的这份热爱，才让张雷威扑下身子、沉下心来为贫困户办实事，用实际行动诠释着一名共产党员的初心。

让张雷威继续做扶贫队员的消息传到村里，大伙儿自发地敲锣打鼓，燃起了鞭炮。望着已是两鬓斑白的张雷威继续留下扶贫，村民们喜笑颜开："张书记，您该再不走了吧！"

张雷威假装神情严肃："从今天起，再别喊我书记了。"

一位年近七旬的老汉说："我们就叫你张扶贫，行不行？"

张雷威微笑着点了点头。

这是当今时代最时髦又最贴切的称呼。这称呼，饱含着亲近和温暖，寄托着无尽的期待……

麻石坪的"尖刀班"

暖春的早晨，麻石坪村的空气格外清新。几只山雀在刚刚抽芽的树枝上叽叽喳喳地蹦跳着。麻石坪村的村委会大院里，提前起床的王艺下意识地用手揉了揉太阳穴，边揉边向前走着。这是雷打不动的晨跑时间，他要在晨跑中呼吸麻石坪村的新鲜空气，要在吐故纳新的吸收中，思考即将要展开的新一天的工作。

国网湖北巴东县供电公司派驻麻石坪村扶贫的"尖刀班"班长王艺50多岁，身材偏瘦，但气宇轩昂，看上去像一个久经沙场的指挥官。来这里之前，他是巴东县供电公司副总经理。外表上看，他精瘦且刚强，但了解他的人都知道，他是外刚内柔、心怀宽厚的人。

村委会大院的大门"吱"的一声开了。

王艺发现，门前有一个用细绳编织的草袋，袋里装着满满一袋青菜。有西红柿、豇豆、青椒和空心菜。望着一袋鲜嫩欲滴的青菜，王艺会心地笑了笑，这多半又是村民偷偷送来的"慰问品"。果不其然，袋子里有一张纸条，展开一看，上面端端正正地写着：送给亲人"尖刀班"。

果然是村民送来的，但与以往不同的是，这样的字迹他却不太熟悉。以往村民来送菜，大多是在白天，而且通常不会留字条。这回又是谁呢？还指名送给"亲人'尖刀班'"？

为了满足自己的好奇心，第二天早晨，王艺比以前提前了20分钟起床。他本想出院门后，躲在旁边较隐蔽的地方，看看这个神秘人到底是谁。哪知道神秘人还是提前来了。当他打开大门时,又是一袋新鲜的青菜在同一地方放着。

究竟是谁呢?

第三天清晨,天还没亮,叽叽喳喳的山雀还没上岗,王艺早早地摸索着爬了起来。为了不影响"尖刀班"的其他成员休息,他静悄悄地藏在村委会院门不远处的玉米地里,两眼紧盯着院门口。这时,王艺手腕上的手表显示的是清晨4时50分。

时间一分一秒地过去。王艺突然觉得自己的行为很好笑,自己这样费心"侦查"有什么意义?想着"尖刀班"驻点麻石坪村扶贫以来,得到了乡亲们的认可,把自己当成亲人,已经很有成就感了,何必知道究竟是谁送的呢?

2017年,当"元宵节"的喜气还弥漫在山乡,巴东县供电公司组建的扶贫"尖刀班"踏着料峭春寒,来到了麻石坪村。

原来,随着脱贫攻坚战的进行,巴东县已到了最后的攻坚时刻。为彻底攻下贫困堡垒,巴东县委、县政府,成立了以县委书记为政委,县长为总司令的脱贫攻坚指挥部。先后下达紧急命令,要求包括中央企业在内的县直各部门,组建成由领导班子重要负责人参加的驻村扶贫"尖刀班"。巴东县供电公司承担着央企的国家责任,理所当然冲锋在前,组建了由公司副总经理王艺为班长,公司水布垭镇供电所副所长税典华为驻村第一书记等6人组成的扶贫"尖刀班",明确派驻水布垭镇麻石坪村。

如今一晃就过去了两年时间,"尖刀班"用心、用情、实打实的帮扶效果显著,赢得了乡亲们的尊重,也为打赢脱贫攻坚战打下了坚实的基础,全面胜利已经指日可待。这其中付出了多少,只有"尖刀班"的成员知道,只有电力系统的一笔笔账目知道。

想着想着,王艺不禁自嘲地一笑,正准备从玉米地里钻出来,继续照例晨跑。突然,不远处一阵"沙沙"的脚步声响起,循着脚步声望去,一个熟悉的"黑影"出现了。"黑影"向着村委会大门走来,在门口放了一兜青菜,便转身朝来的方向返去。

"别走——！"突如其来的吼叫，叫停了"黑影人"的脚步。从玉米地里钻出来的王艺，朝着"黑影人"跑过来。越来越近了，王艺已依稀看清，原来神秘人是那个曾让他伤过无数脑筋的中年村民吴志根。

两人面对面，吴志根望着错愕的王艺，赧然地低下了头。

朝阳已经升上了天边，青山的轮廓越发清晰，往事也浮上王艺的心头。

那是"尖刀班"刚刚入驻麻石坪不久，在村党支部书记的陪同下，王艺走访了吴志根家。只见一位头发花白的老婆婆，手拿拐杖，教训着跪在她前面的小男孩。见村支部书记和扶贫干部突然到来，老人忙把小男孩拉了起来。这小男孩 12 岁，名叫吴亮，是老人的孙子。老人并不希望惩罚眼前的孙子，只是吴亮成天嚷着要妈妈。老人再三让他不想妈妈，怎么劝说他都不听。不吃敬酒吃罚酒，老人只得用拐杖教训孙子。

老人为什么要教训自己的孙子呢？"尖刀班"百思不得其解。

原来，就在前几天，孩子的母亲邵玉荣为一件夹不上筷子的事和她的婆婆吵了起来。说婆婆偏心眼，只向着她早已嫁出的姑娘，根本不管儿子和孙子的死活，把家里卖的鸡蛋钱都塞给了远在几里路外的姑娘手中。

婆婆有婆婆的想法，她姑娘因病长期卧床不起，全靠她的女婿扶持料理。她心疼自己的女婿和姑娘，要尽当娘的一点心意，把家里卖鸡蛋的钱送给了他们。可儿媳妇邵玉荣不依不饶，在家里不是摔东西，就是指桑骂槐，指责自己的婆婆。婆婆趁儿子吴志根在家吃饭的时候，当着俩人的面，把正在吃饭的碗使劲往桌子上一摞："你们都跟我听清楚了，屋里鸡是我喂的，鸡蛋钱我有权管理，我想给谁就给谁，谁也管不着！"

从母亲的愤怒中，吴志根能感觉到，妻子玉荣要么对母亲不恭不敬，要么又在哪方面冒犯了母亲。他很自然地瞅了妻子一眼。

谁知，妻子玉荣更是了得，她也当着丈夫的面疯了似的："我今天也把话摞在这里。在这个屋里，我是当家人。谁不愿意听我的，谁的胳膊肘往外拐，就请谁离开这个屋！"

婆婆气得浑身发抖，颤颤巍巍地来到玉荣跟前，用抖动的手指着玉荣的鼻子问："这是你的屋？连你男人都是我生出来的，你算个什么东西！"

玉荣毫不示弱，她抬起右臂顺手一推，老人重重地摔在地上。

吴志根气得手冒青筋，再也无法容忍，冲到妻子面前，狠狠地给了玉荣一个响亮的耳光。

这一记耳光可把玉荣惹怒了。她哭闹着，一气之下将桌上的碗摔了个精光。

吴志根很后悔，不该动手打妻子，可再后悔也无法拽住死了心的妻子。

玉荣把桌面上能摔的东西全部摔碎后，含泪冲进卧室，拣了几件换洗衣服，塞进一个蓝花包袱里，就匆匆跑出家门……

玉荣一气之下回娘家了。吴志根多次打电话，玉荣不接。吴志根硬着头皮到她娘家接玉荣回家，玉荣说她已铁了心不再回家，要回就跟吴志根办离婚手续。

回到家里，儿子吴亮伤心地哭着。母亲说他无能，几十岁的男子汉制服不了一个女人。

天黑了。吴志根心烦意乱地在村路上踱来踱去。这时，村北头外号叫"黑拐子"的40多岁男子来到他面前："吴哥，你转悠啥？走，我带你去个地方。"

吴志根被"黑拐子"稀里糊涂地带到村里较偏僻的一个院子里。穿过院子，钻进一间较为宽大的房子。房子里乌烟瘴气，一片混杂。十几个人围着一个方桌，正在赌钱——推牌九。

人群中，有人在拉吴志根下水！一次次的诱惑，吴志根不得不掏出身上的钱，参与其中。慢慢地，吴志根像吸了毒品一样，上瘾了。

从此，吴志根没日没夜地玩着牌九、麻将之类，不是大赌就是小赌，忘记了头发花白的老母亲，忘记了尚在念书的儿子，荒废了地里的庄稼……

从吴志根家中出来，一种复杂的情感充斥着王艺的内心，他清晰地感觉到这次脱贫攻坚任务的艰巨——物质的东西可以靠外界力量的帮助，但内心的、精神层面的东西太难改变了。一个没有盼头的人，沉沦太容易了，想把他拉上岸，何其难？但是难就不管了吗？再难也要冲上去，扶贫扶的不仅仅是物质财富，更应该是扶志气、扶正气、扶智慧，要让贫困群众打破陈旧、腐朽的思想观念，走上正确的人生道路。脱贫攻坚，路漫漫其修远兮。

老婆婆悲苦的诉说，小男孩吴亮渴望得到关爱的眼神，在王艺的脑海中反复浮现，怎么也挥之不去。

"看来，我们驻村'尖刀班'，再不能只是为村里争取资金，争取项目了。我们也不能只驻在麻石坪村，我们要住进麻石坪村干部群众的心里。"

在驻村"尖刀班"的工作会上，王艺郑重地告诫着驻村"尖刀班"的成员们。王艺的告诫，也是成员们的所思所想。大伙儿在几天的情况摸底中，看到了扶志的紧迫性。

这是一个由麻石坪村"两委"会和驻村"尖刀班"联合举行的"除恶习，树新风"的专题会。大家讨论的议题是：脱贫后如何加强农村精神文明建设，弘扬先进的乡村文化？如何采取有力措施抵制和扼杀歪风邪气，让麻石坪村广大村民自觉地在奔往小康的路上奋力前行。

谭勇是"尖刀班"的宣传员，他自觉地把党的十九大精神及相关扶贫政策反复学习，熟记并理解，每走访一户村民，都要结合村民实际，有针对性地向村民宣讲。有的村民见了他就风趣地说："谭教授来了。"讨论会上，他颇有感触地说："村里有文化的青壮年大多进城了。留在村里的要么是埋头抓产业的专业户，要么是老弱病残的，我们的思想宣传，我们进步文化的倡导和传播，一刻也不能放松。"

向宏贤是"尖刀班"档案员，来村里分工做好建档立卡的整理和管理工作，他认为，要"除恶习，树新风"，就要拿出有效的办法，占领麻石坪村的思想阵地，阻止低俗的不正之风滋生蔓延。

"我谈点看法！"负责"尖刀班"外联工作的向阳激动地站了起来。向阳在驻村中，跑的路比较多，对村民心里的想法了解得也比较多。他说："老百姓对村里的不良习气深恶痛绝，有的敢怒不敢言。为什么？就是因为没有坚强的后盾给这些正直的人撑腰。我们的正气在哪里？我们党支部、村委员会，还有我们的驻村扶贫'尖刀班'成员团结战斗的精神在哪里？党的战斗堡垒作用在哪里？要除恶习，树新风，就要敢于与这些恶习针锋相对！我们在做好

第五章 爱如电

村民思想政治工作的同时，完全有必要把赌博的窝子端掉。"

向阳的一席话，掷地有声，像一剂强心针，给在场的每一个干部以斗志和力量！

在一个细雨绵绵的夜晚，公安干警闯进了那个浑浊的院子，闯进了那间满是乌烟瘴气的房子。

"不许动！"

在公安干警严厉的喝止声中，赌资被收缴了，赌窝被端掉了，"黑拐子"、吴志根等参赌村民一一登记在册。他们将接受村"两委"和驻村扶贫"尖刀班"的思想教育。

多少掏心窝的规劝，多少发自肺腑的交谈，多少含泪的懊悔，多少对灿烂前景的描绘……树上的山雀心领神会，忘了叽叽喳喳的啼叫；满天的星斗也眨着眼睛听得入神。大巴山一片静谧，"除恶习，树新风"的思想一点点融入人心。

这是一个云开雾散的星期天上午，冲开云雾的太阳把红彤彤、鲜艳艳的光彩，投向了武陵山脉的乡间小山村，投向了日新月异的麻石坪村。

阳光照进吴志根的堂屋里，暖融融的。这间曾经冷清、灰暗的堂屋，今日如沐春风。堂屋上方，村党支部书记陪着头发花白的老婆婆坐在那里。儿媳玉荣在村委会女干事的陪同下走进堂屋，来到婆婆跟前，轻声地说："妈，我错了。"老太婆激动地点了点头，满是皱褶的双手颤抖着掩住了湿润的眼睛。

接着，吴志根在驻村扶贫"尖刀班"班长王艺的陪同下走进了堂屋。他的脸颊上明显地残留着泪痕。

听到妈妈和爸爸的声音，儿子吴亮从床上爬起来，含着泪花冲进堂屋，哭喊一声"妈——！"扑向了日思夜盼的母亲。

"亮亮——！"玉荣眼泪像破了堤似的，涌泻而下。

站立一旁的吴志根也含泪抚摸着儿子的头，嘴里不停念着"亮亮""玉荣"的名字。这一刻，想妈盼爸的悲苦，悔恨交加的酸楚，丝丝缕缕的恩怨嫌隙，还有阖家团圆的兴奋，交织在一起，悲喜交加。

吴志根猛然想起了什么，他松开妻儿，转身向母亲这里走来。"扑通"一声，他跪在母亲的面前："妈！儿子对不住您！"

吴志根的悔改之情，是用黄金也买不来的。

老婆婆泣不成声。突然，她扯着嗓儿，把拐杖往地上使劲一杵："没出息的东西，你给老娘站起来！"

吴志根不得不缓缓地站起身来。

老婆婆大声训斥道："给老娘把身子转过去！"

吴志根转过身子，背对着母亲，任凭母亲的发落。

老婆婆举起手中的拐杖，朝着儿子后背狠狠地打去。一下、两下、三下……

吴志根站立在那里，一动也不动，让母亲把她那满肚子怒气通过拐杖发泄出来。

好一阵子，吴志根流着泪轻声地说："妈，您老歇会儿，别把您的身子骨累坏了。"

看到这场面，村党支部书记和王艺，脸上露出了欣慰的笑容。

麻石坪村赌博的毒瘤被彻底切除了，部分村民思想上的"懒惰"二字被赶得无踪无影。村民的内生动力激发而出，一个"吴志根"、两个"吴志根"，更多的"吴志根"一心扑在产业上，种大棚蔬菜、种木瓜等瓜果、种贝母等珍贵药材，栽培银杏等颇有价值的果树。

乡村虽小，也是一个社会。乡里乡亲，左邻右舍，为房地基、为家长里短难免发生纠纷，有的甚至互相骂街或发生斗殴事件。驻村扶贫"尖刀班"第一书记税典华，在实际工作中被大伙儿贯了个新名号："政委"。

税典华四十出头，能说善道，精明强干。驻村前，他是巴东县供电公司水布垭镇供电所副所长。他干了半辈子爬电线杆、拉电线的"粗活"，可眼下心驻麻石坪村，他不得不改变并很快适应新的角色。用他自己的话说："要沉得下心，俯得下身子，多听、多看、多想，称好一杆公平秤。"

那是一个初冬的晚上，冷风中飘洒着小雨。刚回村委会驻地的税典华正准备端碗吃饭，村里一位年迈的老婆婆颤颤巍巍地来到他身旁。端碗盛

第五章 爱如电

饭的税典华忙问:"老人家找我有事?"

"我和我老伴发生了矛盾,请税书记为我们评评理!"老人认真地说。

税典华对眼前的老人似熟非熟。忙问:"您是——?"

老人爽快地告诉他,她是张敦的老伴。

"啊!想起来了!"说罢,税典华忙放下碗筷,准备与老人一起尽快前往矛盾的发生地。

"别忙,别忙,你把饭吃了再说。"老人心疼税典华。

"没事,走吧。"说罢,税典华硬是要把矛盾化解了再回来吃饭。他跟在老人后面,冒雨走了一公里多的山路。

进了张敦的家门,正在看电视的张敦老人忙迎上来:"税书记是稀客,请坐,请坐!"

税典华见张敦老汉这般热情,感到莫名其妙,不知张敦老人和老伴到底闹了什么矛盾?

这时,张敦的老伴给税典华泡了一杯茶,说:"税书记辛苦了,先喝点茶!"

税典华越发摸不着头脑:"您叫我来就是让我喝茶的?"

"税书记,喝茶归喝茶,解决问题归解决问题。"

"到底怎么回事?"税典华不解地问。

"是这样的,税书记!我们看电视,我喜欢看电视剧,我那老头子喜欢看新闻,特别是国际新闻。为了河水不犯井水,我们商量好了的,一、三、五,还有星期天电视遥控器归他,他想看什么台就看什么台;二、四、六归我掌控,我想看什么台由我说了算。他硬是说今天国际新闻多,提出要跟我换一天。我琢磨着他说话不算数,不讲诚信。他说我是个死心眼,不懂得灵活。"

见老伴说个不停,张敦老人也来到税典华身边,抢过老伴的话,接下去说:"我和我老伴都认为,你是一个能够把一碗水端平的人,都愿意请你来决断,看看是她有理,还是我有理。"

244　　　税典华听了,简直哭笑不得:这叫什么矛盾?

在一般人看来，张敦老人和他老伴，完完全全是没事找事。来这里不是解决矛盾，而是浪费时间！

税典华则不这样认为。他觉得，既然大伙儿信服你，要你当他们的裁判，你就要尽心尽力。

税典华请两位老人坐下，首先肯定了两位老人的优点，一个是关心国家大事，关心世界风云变幻，保持着年轻的进取心；一个是热爱生活，回味人生酸甜苦辣，永葆童心。但作为老两口，完全没必要分一三五、二四六，应该把每天的新闻时段和爱看的影视剧时段加以划分。这样，二老每天都能看自己喜欢的节目，既可以及时观看时事新闻，又可以看自己喜欢的影视剧，何乐而不为？

听了税书记的评判和建议，二老皱着的眉头舒展了，他俩甭提多开心了。

税典华在麻石坪村和解、劝架的事比比皆是。他用他的真情、用他的人格和妙语不知调解了多少是是非非，也不知蒙受了多少不应有的委屈。

村里5小组80多岁的刘铜匠过世了。老人尸骨未寒，大儿媳妇和二儿媳妇不知为了什么闹起了矛盾，弄得原本生死相依的两兄弟也不得不参与其中，一时间家里鸡飞狗跳。一天上午，刘家老大和老二都护着自己的媳妇，吵骂中两人扭打起来。税典华知道后，急忙上前劝解、制止。他推走老大，老大不听；推走老二，老二不依。眼看着老二扬起手中的扁担要劈打老大。税典华挺身制止，不料，一扁担劈在了他的脖颈上，险些被劈倒在地。

这还了得，打架竟打着了劝架的扶贫干部。麻石坪村干部当即要报警，把两兄弟扭送派出所。

"这可使不得！"税典华忍着剧烈的疼痛上前制止。他动情地说："这怪不得他们。要怪，只能怪我们村干部，怪我们扶贫'尖刀班'在麻石坪村没有树立起文明新风。"

经过村"两委"和扶贫"尖刀班"不遗余力地树新风、除恶习，精神文明的常青树在麻石坪村日益葳蕤，文明之花在麻石坪村乡亲们的心田里娇艳盛开。

喜庆的鞭炮声中，麻石坪村的《村规民约》出台了；走村串户的访问，家长里短的"闲侃"使村民的心扉打开了；一阵接一阵的掌声里，自编自演的《山村新风》演唱会开锣了；秀美山乡的周末，男女对唱的"巴东民歌赛"开始了；细雨霏霏的夜里，优秀故事大讲坛拉开了序幕；清风拂面的早晨，马拉松参赛健儿汗洒村路；揣着"五一"劳动的荣光，"致富能手""产业大户"相继出炉；踩着新春佳节的步点，"五好家庭""优秀婆媳"上台领奖……

这天，是麻石坪村夜校开课以来，听课人数最多的一次。夕阳还在山头悠闲，村民吃罢晚饭就早早地来到村委会宽敞的夜校课堂，等待着巴东县供电公司总经理李正刚的讲课。李正刚四十开外，中等身材，浓浓的眉毛下有着一双炯炯有神的大眼睛。这位早年毕业于湖北民族大学的汉子，出生在恩施土家族苗族自治州的崇山峻岭之中，长在"白天对山歌，晚上侃大山"的山乡里。山泉的甘甜和大山的灵秀，给予了他清新灵光的思维，养成了他磐石般的性格和大山一样的责任担当。这不，从国网鹤峰县供电公司调到巴东县供电公司后，他清楚地知道，巴东这个国家级贫困县是国家电网定点扶贫地区，作为巴东县供电公司的总经理，工作压力非同一般。

李正刚早就给王艺提出，公司派驻麻石坪村的扶贫"尖刀班"，不能只满足于一天24小时身在麻石坪村，还要做到心驻麻石坪村，切实做好那里的扶志（智）工作。

尽管公司的工作千头万绪，但再忙，李正刚也要坚持给麻石坪村的村民讲课。

晚上7时整，李正刚准时地出现在麻石坪村村委会夜校的讲台上。他讲课的题目是"山区精神文明态势与小康路"。在一阵雷鸣般的掌声中，李正刚洪亮的声音在夜校课堂响起，在麻石坪村的夜空回荡……

"封闭的山区呼唤文明，决胜小康的幸福路，期待着灿烂精神文明之花的簇拥和铺展……"讲台上，李正刚声情并茂，神采飞扬；讲台下，村民们心无旁骛，全神贯注。李正刚的讲课，像一阵阵迎面扑来的春风，似一声声催发和感召村民树文明新风的号角。课堂上，村民们不时地报以热烈的掌声。

夜深了，麻石坪村委会大楼前的广场上却灯光辉煌，将这个小山乡照得如同白昼一般。村民有的步行，有的骑车，自发地汇集此地，跳起热情欢快的广场舞。

踏着动感音乐的舞点，唱起他们新编的歌儿——

来到广场扭几扭，

麻石坪村多风流；

山路弯弯满是情，

清江岸畔尽乡愁；

舀来一碗苞谷酒，

香遍冬夏醉春秋；

……

踩着节拍，扭动身姿，不论舞步正确与否、舞姿是否优美，村民们舞出了生活的真姿态，舞出了不可阻挡的文明新风。

如今的麻石坪村，打架、扯皮的人少了，互帮互助的人多了；打牌赌博的人没了，逐梦奔小康成为麻石坪村人的新常态。

王艺拍了拍吴志根的肩膀，告诉他青菜收下了："谢谢你把我当成亲人，这就是对我们最好的报答。今天上午村委会还安排了一堂种植培训课，你赶紧回去收拾一下准备听课，对你肯定很有帮助！对了，吴亮的新课本我托人买到了，回头把菜钱一并给你送过去。不说了，我得赶紧晨跑去了。"

在吴志根的视线里，王艺奔跑的身影正好迎着灿烂的朝霞，如同镀上了一层金色的光芒。

第五章 爱如电

大漠里走来一个个"阿凡提"

飞抵美丽的新疆之时，正是 2018 年中秋节，万家团圆的日子。

国网新疆电力董事长接受了我们的采访。他告诉我们，近几年，该公司已选派数百名干部奔赴自治区各地驻村扶贫，并安排一名公司领导轮流担任"访惠聚"驻村工作队的总领队。

驱车来到和田策勒县的深度贫困村亚博依村，放眼望去，湛蓝的天空下，西边是一望无际、沉睡千年的戈壁滩，零星野草掩盖在来自塔克拉玛干沙漠的滚滚黄沙下，偶见绿意；东边则是一片片硕果盈枝的枣园、茂密的树林，还有具有民族特色的房屋、一个个厂房，以及一排排熠熠生辉的蓝色光伏发电板。

公路两侧，恰如亚博依村的过去与未来，从萧条冷落到产业兴旺、从贫困落后到生机勃勃。带来这一变化的，是新疆维吾尔自治区政府和国网新疆电力的"访惠聚"驻村工作队。

在这里，我们见到了国网新疆电力"访惠聚"驻村工作队总领队白伟，他正和工作队队员帮贫困户清理地里的杂物。

50 多岁的白伟，身材魁梧，身着一身蓝色的工作服，戴着一副宽边眼镜，脸上总是挂着淡淡的微笑，显得儒雅而干练。

"来这里已经八个月了，感受还是很多的！"白伟很爽直地说。

当初驻村的历程，在白伟眼里，恍如昨天，历历在目。

那是 2018 年 1 月临近春节的一天，公司董事长突然找到白伟，商谈让他兼任公司"访惠聚"驻村工作队总领队一职，提前赶去与队员们吃个团年饭。

由于事发突然，白伟一点心理准备也没有。

当时他的岳母正在医院住院，母亲身体也不好，他和妻子正忙得团团转。

"能不能过了春节再去?"白伟问道。

"队员们都在那里等着呀。"董事长有些为难地说。

"好，我马上去!"组织原则性一向很强的白伟当即表态。

"情况特殊，真难为你了! 你还得给家人多做些工作呀!"董事长紧握白伟的手重重地上下一摇。

当白伟将组织上安排他驻村任职的消息告诉妻子时，妻子一时愣住了。半晌之后，妻子给他一句"你安心地去吧!"，就转身进了房间，关上了房门。

结婚几十年来，妻子对他的工作始终给予最大的理解和支持，从不拖他的后腿。

妻子的满口答应，反让白伟心里感到隐隐不安。他推开房门，果然看到妻子正坐在床边默默流泪。他不知怎么安慰妻子，就陪着妻子默默无言地坐了很久很久。

"要走了，我们家还是提前团个年吧。家里的事你就别管了。"妻子幽幽地说。

"好! 好! 好!"白伟连声答应。

吃完团年饭，妻子赶忙为他收拾行装，将他送到楼下。

看着一脸憔悴的妻子，想到家里还有几个生病的老人需要照料，白伟鼻子一酸，差点流出泪来，赶快转身上了车。

经过一天一夜的舟车劳顿，大年三十下午，白伟赶到了策勒县工作队驻地，和队员们一起吃了团年饭。

策勒县是一个深度贫困县。国网新疆电力自 2014 年启动"访惠聚"驻村工作以来，累计向策勒县派出"访惠聚"驻村工作队 4 支，同时还向该县的 8 个深度贫困村派出 8 名"第一书记"。

春节期间依然在这里坚守的还有 30 多名队员，他们都来自国网新疆电力不同的单位和部门。

白伟来了后，队员显得都很兴奋，围着白伟问长问短。

开饭了。虽然菜肴并不怎么丰盛，但大家兴致还是很高。

随着渐渐熟悉，队员和白伟开起了玩笑："您这么大的领导都下来与我们一起过年，我们还有啥说的？干杯！"

因为是除夕夜，大家破例喝了几杯。看着大家喝得脸红通通的，全然没有节日里远离亲人的惆怅，一个个欢笑的样子，白伟也开心不已。平时不怎么喝酒的他，那天也连喝了几杯。在微微的醉意中，他突然感觉，大年三十来这里，虽然牺牲了与家人的团聚，但还是很值得的，至少让这帮哥们没有感到节日的孤独。

冬季的新疆，一切都变成了白色，大自然给这片寸草不生的沙漠盖上了一层棉被，一片片本该是金黄的沙丘都变成雪白的颜色。而被号称千年不倒的胡杨，也变成了洁白的银树，像一簇一簇盛开的梨花。村庄、田野、树木、房屋在白雪的覆盖下，一切归为宁静。

来这就是工作的，不是休假的。大年初一，白伟早早地起了床，一个村一个村去走访，现场了解村里的工作、村民的生活情况。

在花园村，白伟踏着积雪走进了该村"第一书记"黄谊平的住所。简单的寒暄之后，白伟开门见山问道："驻村有什么困难啊？有什么需求？"

黄谊平迟疑了一下，笑着说："您给我们搞点水吧，这里的水不干净，喝得很难受。"

白伟将桌上装满水的玻璃杯端起来仔细地瞅了瞅，然后拿到空中轻轻地摇了摇，那杯中泛起的尘埃顿时让他眉头紧锁，这哪能喝呢？

他赶忙让司机将车上的一桶饮用水搬过来。然后，他又走进房间，一股霉味扑面而来。

白伟一连走访完了公司驻策勒县 8 个深度贫困村"第一书记"的住所，他们居住地的生活条件和状况基本差不多。

他心里感到有些酸楚，不过也为手下的这批队员感到自豪。在这么艰苦的环境中工作，没听他们叫一声苦，叫一声累！

白伟拿起电话，迅速协调为这8个第一书记配备了空气净化器、净水器……

谈着自己的驻村感受，白伟时而感慨万端，时而低头不语，眼里泛着泪光。他真诚地对我们说："不管你们到我们公司的哪个扶贫工作队去采访，我相信，都会有很多故事让你们感动、令你们难忘！"

结束了在策勒县的采访，我们又走进了叶尔羌河畔。

在新疆西南边陲、昆仑山北麓、帕米尔南缘，是一片广袤的沙漠。历史悠久的叶尔羌河就散落在塔克拉玛干沙漠和布古里沙漠之间。新疆喀什地区莎车县恰尔巴格乡古勒巴格村就坐落在美丽的叶尔羌河之畔。

在这里，我们了解到了国网新疆喀什供电公司"访惠聚"驻村工作队的故事。

那是2018年元旦刚过，莎车县古勒巴格村还被皑皑的白雪封冻着。这天下午，喀什供电公司选派的"访惠聚"驻村工作队冒着严寒来到了古勒巴格村。

"访惠聚"的全称是"访民情、惠民生、聚民心"。这个工作队共6个人，都是从喀什供电公司的干部中抽调来的。6名队员其中4人是维吾尔族、2人是汉族。工作队队长、驻村第一书记名叫帕尔哈提·那曼，50多岁的年龄，身材略显高大，满是胡楂的脸上耸着一副高高的鼻梁，鼻梁上面是浓黑的眉毛和深邃的目光，维吾尔族人的爽朗和耿直袒露于他的神情之中。来这之前，他是喀什供电公司党委委员、纪检委书记、工会主席。这支工作队的副队长陈大林，一看就是汉族人，他1978年12月出生，乍一看，就是一个精明强干的汉子。来这里之前，他是喀什供电公司疏勒县供电公司党支部书记。剩下的4个队员，分别是艾尼瓦尔·吐尔逊、买买提尼亚孜·玉素甫、米尔卡米力·牙森和李德文。

说来有些奇怪。就在工作队刚刚落脚不到3个小时，一个约30多岁的维吾尔族女村民就带着小孩来到村支部哭诉。原来，这女子是村里麦麦

第五章 爱如电

251

提·吐尔孙的妻子吐孙古丽·麦麦提。麦麦提·吐尔孙因聚众扰乱社会秩序罪、包庇罪被判处有期徒刑11年。当吐孙古丽·麦麦提接到判决书,她的精神一下子就崩溃了。她早就听说工作队今天要来他们村,就带着小孩来了。

尽管在这之前村干部介绍村里情况时特别提到过麦麦提·吐尔孙,而且经过分工,麦麦提·吐尔孙一家的脱贫包户干部是帕尔哈提·那曼,但吐孙古丽·麦麦提突然闯入村大队,帕尔哈提·那曼真还有点措手不及。

帕尔哈提·那曼忙给吐孙古丽·麦麦提让座:"别哭了,有事坐下来说。"

吐孙古丽·麦麦提像没有听见一样,还是站在那里哭着。帕尔哈提·那曼又热情地端来了一杯热茶。当帕尔哈提·那曼将热茶向吐孙古丽·麦麦提递去时,站在一旁的麦麦提·吐尔孙的儿子冷不防将杯子打落在地。即刻,不光是热茶泼了一地,还将那个印有"阿凡提"图像的青花瓷杯子摔成两瓣。

古勒格巴村的一个年轻的维吾尔族干部气得耳红脖子粗。他来到小孩跟前,气势汹汹地吼着:"你想干什么?你想学你爸?"

孩子"哇"的一声大哭起来。这哭声,盖过了他妈妈的哭诉声;这哭声响在门外茫茫雪地的寒冷中,好不伤感。

耸着高高鼻梁的帕尔哈提·那曼真不愧是驻村的第一书记,只见他一把将年轻的村干部推开,忙为哭泣中的孩子轻轻地擦拭眼泪,又用他温暖的大手,把孩子搂依在他那高大宽阔怀抱中。

两个维吾尔族男人对待孩子的不同的态度,形成了鲜明的对比。目睹着面前的这一切,吐孙古丽·麦麦提自觉地停止了哭泣,从帕尔哈提·那曼那儿牵回孩子的那一刻,对面前的帕尔哈提·那曼表示了深深的歉意。

帕尔哈提·那曼微笑着,用另外一个印有"阿凡提"的青花瓷杯子重新又倒了一杯水,用他那满是胡楂的脸,有意识地与青花瓷杯轻轻地贴了贴,想借用自己冰冷的脸降低一下杯中热水的温度。接着,他把水杯送到吐孙古丽·麦麦提的手中。孩子以亲切的目光望着帕尔哈提·那曼,吐孙古丽·麦麦提也连忙接过了装满情谊的杯子。她把孩子的头轻轻一拍:"快,谢谢阿康!"

脸上的泪珠儿还没擦干净的孩子很乖巧地大声喊道："谢谢阿康！"

帕尔哈提·那曼满意地点了点头，仍然报以微笑。显然，这微笑里含着甜意，带有几许灿烂。

村办公室里，如果说刚才的气氛是风狂雨暴，那么，现在已是春光明媚。帕尔哈提·那曼对孩子的母亲说："我们都知道，麦麦提·吐尔孙被判罚后，会给家里生活带来实际困难。我是刚派来帮扶乡亲的第一书记帕尔哈提·那曼，按照分工，你们家的困难由我负责帮扶。"然后又摸了摸孩子的头说："你欢不欢迎我住到你家里去？"

吐孙古丽·麦麦提心里先是一"咯噔"，紧接着，面带笑容："欢迎，当然欢迎。"说着，帕尔哈提·那曼就背上行李，吐孙古丽·麦麦提和她的孩子亲自带路，当天就入住到麦麦提·吐尔孙家中。

走进麦麦提·吐尔孙家，麦麦提·吐尔孙的父母亲用审视的目光瞅着帕尔哈提·那曼。

老人的儿媳吐孙古丽·麦麦提忙给二老介绍帕尔哈提·那曼是喀什供电公司派来的驻村第一书记。放下行李，帕尔哈提·那曼忙亲切地拉着二位老人的手说："麦麦提·吐尔孙不在，给你们的生活带来困难，政府特地

派我来帮助你们。从今天起，我就是你们的儿子，你们的腿脚不方便，有什么困难就告诉我，由我来帮助你们。"

帕尔哈提·那曼的话，尽管很温和，但两位老人还是心存顾虑，对帕尔哈提·那曼的话还是半信半疑。

帕尔哈提·那曼理解老人的心情，还是以极大的耐心和热情帮扶着他们。接下来的一段时间，白天，他同吐孙古丽·麦麦提一起下地干农活，一起做饭。拉近彼此的距离，打消他们的顾虑。闲暇时间同他们一起聊家常、聊孩子。有时还跟全家人坐在一起，释法解疑，由浅入深，一点一点地讲解，一点一点地分析。

渐渐地，吐孙古丽·麦麦提以及二位老人懂得，任何人在法律面前都是平等的，麦麦提·吐尔孙犯了法，就要承担后果，家属也要勇于面对，同时要积极地参加村委会的各项活动，配合好麦麦提·吐尔孙的改造，争取减刑，早日回到社会。

2018年5月28日，一场离奇大火将村民吐尔孙·托合孙的安居房烧得面目全非。起火时虽抢救及时，但院子里堆放的杂物过多，已将厨房、羊圈全部吞噬，老人养的鸡、羊全部被烧死。

房子失火时，吐尔孙·托合孙身体有病在医院住院，老伴也在医院看护。得知房子着火，吐尔孙·托合孙和老伴不顾劝阻，回到被大火燃烧的住房跟前，痛哭起来。望着自己辛辛苦苦一辈子，好不容易在政府的补贴下盖的一套安居房烧成这样，哭得好伤心。在他们看来，再也没房住了，生活没着落了，似乎老天爷有意地要灭掉他们一家。

老人的遭遇牵动着帕尔哈提·那曼和村工作队及村每一个干部的心。他们知道，老人的儿子被判刑入狱，家中只剩下两个老人和一个多病的儿媳。为了及时安顿他们一家，帕尔哈提·那曼当即进行协调安排，安排他们一家3人暂时入住养老院，先解决其住房和吃饭的问题。

当天夜里，帕尔哈提·那曼和工作队的另外一个队员巡逻值班，突然，发现房屋失火处有两个黑影。帕尔哈提·那曼赶紧跑上前，借着手电筒的光亮一看，原来是吐尔孙·托合孙和他的老伴。

"半夜三更的，二老怎么没回养老院休息？"帕尔哈提·那曼关切地问。两位老人并没有回答，只是抹着老泪。

原来，两位老人根本不愿意入住养老院，而时时刻刻怀念着他们的家。

老人对家的怀念，犹如一块铅，重重地压在帕尔哈提·那曼的肩头。

"老人家，你们先回养老院休息吧，别凉了身子骨。你们放心，我们工作队和村委会很快会帮你们把房子装修、改造好，让你们有房子住的。"

吐尔孙·托合孙老人的泪水不停地流着："哪来钱装修、改造房子？我们能变点钱的羊和鸡，全部都烧死了。"

帕尔哈提·那曼走到吐尔孙·托合孙老人面前，使劲地把挺得高高的胸脯拍了拍："只要我帕尔哈提·那曼这个驻村第一书记在，我们一定会帮您老人家把房子装修、改造好！"

天刚刚放亮，帕尔哈提·那曼喊来了工作队员和村干部，在统一思想后，组织人员将受损的安居房进行评估，从评估来看，大火对房子的主体结构并未破坏。但窗户、门全部烧坏，墙面被熏黑，如果重新装修还是可以住。可他们家人眼下没有钱，无力承担，怎么办？

当天下午，帕尔哈提·那曼把工作队的其他 5 个人和村委会在村的成员召集一起，围绕"怎样解决吐尔孙·托合孙装修房屋的费用"问题，展开了讨论，有的说："村里集体经济没有收入，没钱为吐尔孙·托合孙家垫资，一下子没办法。"有的说："居民无故起火，造成房屋损坏，国家民政部门应该扶持救济。"有的说："建议两个一点，让他家自己出一点，我们村里再想办法帮一点。"

这时，工作队的副队长陈大林站起来说："群众的困难就是我们每个人的努力方向。我觉得应从两个方面着手，一方面以村委会的名义迅速向民政部门打报告，申请临时救助金；另一方面筹集爱心捐款。尽我们最大的努力，一定要让吐尔孙·托合孙他们一家尽快地住进属于他们自己的明亮的安居房。"

"讲得很好。我完全赞同陈副队长的意见！"陈大林的话音刚落，帕尔哈提·那曼就接过了话茬，鲜明地表达了自己的意愿。

不知是陈大林的主张有感染力，还是帕尔哈提·那曼的话语具有煽动性，其余的工作队员几乎全部赞成副大队长陈大林的主张。

一种强大的爱的合力，很快变成了大爱的情怀和匆匆的脚步。

在申请和协调中，民政部门拨付了 1000 元的临时救助金；在帕尔哈提·那曼和驻村工作队的倡议下，喀什供电公司干部纷纷解囊，为吐尔孙·托合孙的房屋装修改造捐资 3000 多元；在喀什供电公司团支部的号召下，公司广大共青团员自觉献爱心，为吐尔孙·托合孙的房屋装修改造捐款 8000 多元。

施工队按驻村工作队的规划和要求，夜以继日地清理衣物、修理家具、改造并安装门窗、粉刷墙面等。吐尔孙·托合孙家的住房和生活问题，在短暂的时间内很快得到了解决。

望着装修并改变一新的安居房，数着驻村工作队和村委会为他申请的低保的费用，吐尔孙·托合孙拉着帕尔哈提·那曼的手，老泪滚滚落下："没有党的温暖，没有扶贫的好政策，没有你们的倾心倾力、扒心扒肺，就没有我们的今天！"

古勒巴格村辖 5 个村民小组，全村 283 户 1103 人。有耕地面积 3759 亩，人均耕地 3.41 亩。截至 2017 年底，贫困发生率 38.8%，属深度贫困村。

自从喀什供电公司派驻古勒巴格村，帕尔哈提·那曼作为一个维吾尔族的共产党员，到本民族人群密集的古勒巴格村去进行"访惠聚"驻村工作，深感责任重大。

面对古勒巴格村脱贫致富的积极性、主动性不强、内生动力不足，全村农业生产基础弱、特色产业效益差，村里缺少致富带头人，缺乏规划引领致富等现状，如何拿出强有力的脱贫措施，确保古勒巴格村稳步脱贫？

在村头巷尾，帕尔哈提·那曼和驻村工作队一次次地宣讲扶贫政策和措施，做好贫困群众思想发动和宣传教育；在田间地头，帕尔哈提·那曼和驻村工作队反复强调，贫困户要从思想上向脱贫致富路上靠拢，摒弃等靠要的思想；在入户访贫过程中，帕尔哈提·那曼和驻村工作队，让贫困户牢固树立"幸福的生活是奋斗出来的"，"脱贫、就业光荣，懒惰、贫穷可耻"的理念。

帕尔哈提·那曼长期从事电力行业工作。谈到电，他可以滔滔不绝。可到村里就不一样了，村里只关心怎样把地种好，怎样养好牛羊，怎样把农作物和牲畜卖个好价钱。帕尔哈提·那曼明白，只有了解村民、了解农业，才能更好地服务村民。至此，他以一个学生面目出现，什么时候打除草剂，什么时候适合种什么样的农作物等，反复问，认真学。

帕尔哈提·那曼从电视新闻中发现，邻近的泽普县多以种土豆为主，产量和销售价格都很可观。于是，他特地前往泽普县，说是参观，实际上是认真学习种植技术。待熟练地掌握了土豆种植技术后，回到古勒巴格村，动员村民种土豆。他要村民拿出土地来进行土豆试种。开了几次会，跑了几个自然村，村民们谁也不愿意把土地拿出来搞试验，怕误了季节，浪费了土地。帕尔哈提·那曼向大伙儿郑重承诺，他负责试种的土豆，如果每亩的产值不是先前传统农作物种植产值的两倍，他帕尔哈提·那曼愿意自己掏自己的腰包赔付。这下子，村民们放心把自家的地交给他试种。

帕尔哈提·那曼从土豆选种、切块留芽、种植到培土各个步骤，一边试种，一边辅导村民。对他的亲自演示、对他的一家一户具体指导，村民们还是很疑惑：他一个电力干部会种地吗？能指挥我们种好土豆吗？

谁知，除了在泽普县参观学习外，他还跟着来自山东的农业技术员学了5天。在这5天的时间里，他边看、边学、边问、边记，直到老师认定合格。土豆种下去了，他帕尔哈提·那曼心里并不是很踏实，每天早晨偷偷地跑到地里，扒开土看一看土豆是不是发芽了，长得怎么样。如果有一点不尽如人意，他都要与农业技术员通电话，听听农业技术员的意见。直到看到土豆发芽拱出地膜，他那颗悬着的心才放下来。在对土豆的灌溉、施肥、培土等全过程，都随时请教农业技术员，有时还把他接到种植现场亲自指导。

6月份，由帕尔哈提·那曼主持试种的100亩土地丰收了。当村民们沉浸在喜悦之中时，帕尔哈提·那曼却忙得不可开交。他四处联系销售公司或直接买家，为了土豆多卖钱，为了建立一个长期的销售渠道，那些日子，他的手机一般都是一天 24 个小时开机。随来随接听，随时与客户沟通。最终，试种的土豆达到每亩增收了 1260 元钱。

拿着试种土豆按地分配的现金，村民们高兴得又蹦又跳，有的情不自禁地跳起了维吾尔族欢快的舞步。

在驻村工作队的会议上，帕尔哈提·那曼常说，我们要像习近平总书记当年在梁家河插队当村支部书记那样，时刻把老百姓的事情当成自己的大事去做，为了让老百姓满意，自己辛苦一点不算什么，只要老百姓富裕了，我们的付出就值得。

为了让习近平总书记"幸福的生活是奋斗出来的"的谆谆教导深入村民的心，帕尔哈提·那曼多渠道争取贫困户就业岗位，并主导签订劳务输出合同。通过各方努力，古勒巴格村贫困户中稳定就业率达到 71.1%。

如何解决贫困户老人、妇女这部分人的就业问题？建立农民合作社，是帕尔哈提·那曼一直思考着的事情。古勒巴格村的两名富裕户引起了他的注意。村里农民党员阿布都赛麦提·喀吾孜，库拉合买提·麦麦提库尔班两人，靠收购本村及周边乡镇的小麦、黄豆、核桃、巴旦木等农副产品进行销售，通过固定的买家形成了生意链，迈向了致富奔小康之路。但他们缺乏相关的手续，未成立任何公司及合作社。

一天晚上，帕尔哈提·那曼和两名驻村队员找到他们，希望他们带头成立合作社，以老本行为基础业务，带领村民共同致富。两名农民党员喜出望外，随之，成立农民合作社进入到全村的议事日程。从 2018 年 3 月份起，帕尔哈提·那曼就开始带着他们 2 人到县扶贫办、工商局、水务局协调、跑办登记注册手续。没有场地，就把村空闲的老学校院子提供他们使用。

2018 年 5 月，古勒巴格村的鼎盛农民合作社在村民们的一片欢呼声中成立了！

合作社成立了，又为没人参加发愁。帕尔哈提·那曼将村里有劳动力却耕地少、家中有困难无法外出务工的贫困户筛选出来，再一户一户地登门拜访，一个一个地做思想工作，打消他们的各种思想顾虑，使 10 家贫困户与合作社签订了劳动合同，在家门口实现了就业。

在市场的运行中，鼎盛农民合作社逐步形成了以收购核桃、巴旦木、黄豆为主，以核桃剥皮和清洗代加工为辅的业务链，一些外地老板主动地找上门来谈合作。

随后，鼎盛农民合作社逐步注入了诚信为本的优质服务理念，既以不低于市场指导价收购本村贫困户的农副产品，还辐射至周边乡镇收购，保证合作社可持续发展，帮助贫困户增收。不仅解决了与合作社签订了劳动合同的 10 户贫困者的就业，每户每年可增收 5000 元，还带动了古勒巴格村的脱贫致富。到 2020 年年中，古勒巴格村的贫困发生率已降至 8.3%，村里仅有 29 户未脱贫的人家，预计 10 月份全部脱贫。

帕尔哈提·那曼对村民有着炽热的感情，为贫困者解困，为百姓办实事，深受干部群众的赞扬。他本人荣获"喀什地区新担当新作为争当时代先锋"荣誉称号。有人夸他是叶尔羌河的"阿凡提"，有人称他是高原顶霜傲雪的"石榴树"。这样称他，并非平白无故。

古勒巴格村有一个 23 户人家的汉族小队，他们在这个村里已生活了 30 多年，与村里其他维吾尔族人关系一直很融洽。可是不知道从哪一年开始，相互的关系慢慢疏远了，也不再相互帮忙、做客了。这些汉族村民都是致富能手，通过蔬菜大棚、林果业等特色农业都达到了小康生活，实现了致富梦。

为何不发挥汉族村民的优势，改善民族关系，让有意愿发展特色农业的贫困户跟着汉族村民学习呢？

调研中，一名汉族村民说："我从记事起就生活在古勒巴格村，对村里有着深厚的感情。每当看到村里还有好多人挣扎在贫困线上，我打心眼里为他们感到难受。"

多么好的邻居，多么朴素的民族情感啊！

入夏，一个"维吾尔族和汉族一家亲"的活动在古勒巴格村开展起来了。活动中，倡导维吾尔族和汉族村民结队，倡导"一帮一带"的互帮互助共同富裕。表彰主动相互结队的维吾尔族和汉族村民，鼓励贫困户虚心向汉族村民学习。针对贫困户种植经验不足、技术欠缺、管理不到位等现状，通过汉族村民到田间地头现场指导，手把手地传授育苗、定苗、剪枝打杈、病虫害防治等技术经验，共同管理，提高产量，协助销售，增加收入；通过结队贫困户到汉族村民家中做客，体验现代文明生活，让汉族村民讲致富经历，讲幸福生活，激发贫困户的内生动力；通过相互之间的走动，拉家常、聊脱贫，共同学习汉语，在走动中拉近距离、增进感情，促进民族大团结。

这是一个收获的季节，这是一个葡萄下架的下午，汉族和维吾尔族结队的两个小伙子正在摘着庭院里一嘟噜一嘟噜的葡萄，帕尔哈提·那曼正好从这里路过，两个小伙忙把他喊了过来。

"书记，请您尝尝！"维吾尔族小伙忙给帕尔哈提·那曼递上一挂葡萄，激动地说，"没有汉族兄弟指点，不可能有今天的丰收。"

"好啊！我们汉族和维吾尔族，就是要像石榴籽抱团一样，紧密团结一起，我们的小康生活才指日可待！"帕尔哈提·那曼的话，使两个不同民族的小伙子的手紧紧地握在了一起……

陇上扶贫情深深

甘肃是全国扶贫的主战场之一，国网甘肃电力全力打好精准脱贫攻坚战，先后派出 285 名扶贫干部深入各乡村开展扶贫工作。在甘肃的每一处贫困地区，都能看到电力扶贫干部的身影。

2015 年 7 月初，赵宣安受命到临夏回族自治州永靖县王台镇永乐村担任第一书记兼工作队队长。

到村后召开的第一次会议，赵宣安就向村干部表明了自己驻村扶贫的满腔热情和决心，可大家的反应却是出奇地冷淡，甚至有的村干部当场就给他泼了一瓢冷水：村里有很多困难和问题，你不了解，也解决不了，不如你搞点资金过来，今后你人来不来都无所谓。

时任刘家峡水电厂工会主席的赵宣安，具有丰富的工作经验，对村干部的误解或者说恶意揣测完全不放在心上。他知道，只有深入到村民中间，与他们同吃同住同行，了解真实情况，扎扎实实为村民们办几件实事，才可能赢得大家的认可。

王台镇永乐村的村民分散居住在深深的大山之中。每天，赵宣安自带干粮，徒步或骑摩托车，翻越一个又一个沟壑山坳，一家一户地走访农户，详细了解村情社情户情，与每个贫困户商讨脱贫计划和措施等。有时天晚了，禁不住村民挽留，就在村民家里吃顿便饭，但临走时，他都要悄悄地留下伙食费。晚上回到村里住处后，他又加班加点整理相关资料。夜深人静的时候，他宿舍的灯总是亮着的。

为了方便与村民及时交流、沟通，在走访的过程中，他发放了"连心卡"，公开了扶贫工作队人员信息；建立了微信群，将村民都拉进来，畅通与村民的沟通渠道。

两个月后，永乐村 106 户贫困户，家家都留下了他的足迹。

看到他每天早出晚归，忙得不亦乐乎，村里的干部和村民都开始主动跟他唠家常，向他反映情况。

再次召开村干部会议时，他的每一个想法、每一项提议都得到大家的热烈拥护。

在多次入户摸排了解后，他带领工作队和村干部就适宜当地开展的蔬菜种植、猪羊养殖以及药材种植项目进行调研，与村"两委"商议制订了《永乐村中长期发展规划》，对建档立卡户确定了帮扶责任人，为每位贫困户量身定制了一户一册脱贫方案。

特别是对于大家认为必须由政府兜底的冉显光等几个最困难的贫困户，他主动将其列为自己的帮扶对象。

冉显光是永乐村最贫困的一户，母亲高位瘫痪，女儿初中刚毕业，儿子患有严重的癫痫。尽管地方政府在扶贫政策方面尽量向其倾斜，但是他家收入少、支出多的状况始终难以改变，帮扶多年不见起色。村干部感叹道："只有神仙给他摇钱树，才能帮他脱贫。"

"冉显光家劳动力缺少，不适合'大水漫灌'式的扶贫，应该采取'精准滴灌'的方式。"赵宣安走访后认为。

经过反复思考，并与冉显光多次商谈，赵宣安为冉显光量身定制了"发展肉羊规模养殖 + 种植 + 爱心帮扶"的精准脱贫计划。

赵宣安首先寻找社会力量对冉显光开展全方位的救助。他的同事、朋友和社会各界爱心人士纷纷加入由他组织发起的爱心协会。

冉显光自家产的土豆 3000 斤、胡麻油 500 余斤很快就被爱心人士认购一空，仅此一项就为冉显光带来近 9000 元的收入。

随后，来自社会各界的捐助源源不断。

10 月 23 日，爱心协会 6 人前往冉显光家，送去御寒衣物、卤肉、包子等食物，确定了新房装潢方案。

11 月 4 日，爱心协会为冉家送去首批爱心款，用于铺装新房地板砖，完成墙面粉刷。

12 月 1 日，爱心协会为冉家送去募捐来的大衣柜、餐桌……

来自扶贫工作队的关爱，来自社会各界的帮助，让冉显光增添了脱贫致富的信心，他的干劲更足了，2016 年，年收入便达到一万多元。

脱了贫，冉显光激动不已。他逢人就说："我能有今天，多亏了赵书记!"

2017 年 8 月，甘肃省调整结对帮扶责任，赵宣安主动请缨到陇南市西和县大桥镇韩河村继续担任第一书记兼工作队队长，同时担任国网甘肃电力对口帮扶的西和县大桥镇 5 个村驻村总指挥。

消息传来，永乐村村民对他依依不舍，都自发聚集在村委会为他送行。

到了新的岗位，任务更重了，责任更大了。当时韩河村、小山村、王山村、李坪村、郭坝村 5 个村共有 828 户 3449 人，其中未脱贫建档立卡贫困户有 311 户 1346 人。

经过深入调研、认真分析韩河等 5 个村地理、民情，赵宣安认为，这 5 个贫困村脱贫的关键还是产业扶贫，应坚持专业合作社带动，以养殖鸡、羊、蜂，种植双椒（花椒、辣椒）和中药材作为主攻方向。

村民王占玉的小儿子住院花费多，因部分费用无法报销，于是对村干部产生了怨气；村干部去他家里解释医疗报销的规定，他总是一副爱理不理的样子。村干部与他商讨脱贫措施，他也拒不配合。

赵宣安知道情况后，将他列为自己的帮扶对象。几次上门，王占玉同样也是不理不睬。但赵宣安并不气馁，他下决心要解开王占玉的心结。

那天，王占玉对房屋进行维修，赵宣安得知后，马上就赶来帮忙搬石头、搅拌水泥沙子。忙了一上午，赵宣安累得满头大汗，全身都湿透了。这时，王占玉主动拿了一条毛巾递给赵宣安，但也没吱声。

赵宣安就主动跟他聊天，耐心开导他。终于，王占玉对他敞开了心扉。

"两个儿子大了，家里花销大，孩子生病住院，就把我变成了彻底的贫困户，翻身难啊。"表面刚强的王占玉，在赵宣安面前放声大哭。

"只要你配合我们，肯定可以翻身！"赵宣安不断地鼓励和安慰他。

过了两天，赵宣安就帮他联系了20箱土蜂，并请专家手把手教他养蜂。

临走时，赵宣安对他说："你好好学习，把蜂养好，蜂蜜我负责帮你销售。"

王占玉紧紧握住赵宣安的手，泣不成声。

不到一年，又一个贫困户脱贫了。

赵宣安根据现有种植养殖和环境条件，大力组织合作社、农户发展种养殖产业，基本形成一村一品的发展格局，并提出了生态扶贫发展思路。韩河村以养殖中蜂、珍珠鸡和土鸡为主，辅助发展羊肚菌、太子参和金丝皇菊种植产业；小山村以养殖中蜂和羊为主，其他发展纹党、乌龙头种植；青岗岭片区3个村以花椒为主导产业，此外，王山村发展养羊，郭坝村投资60万元建设大棚种植蔬菜等。

在此基础上，赵宣安积极为困难群众搭建平台，通过开发公益性岗位、建设扶贫车间、提供技术培训等多种途径，引导贫困群众通过自己的辛勤劳动实现稳定增收，增强"自我造血"功能，实现了"被动脱贫"向"主动致富"的转变。

一子下活满盘棋。在"赵指挥"的指导下，5个村都成立了专业合作社，通过股份利益联结机制，形成了合作社联合贫困户的"电力帮扶新模式"，先后摘掉了贫困村的帽子。

"这种现代化农业种养殖扶贫产业链条值得推广。"2018年5月15日，中国农业大学教授井天军在考察了解5个贫困村帮扶情况时，对国网甘肃电力帮扶5个贫困村的模式这样进行点评。

天刚蒙蒙亮，马树忠就爬起来，开始了一天的工作。自从驻村后，不用闹钟，生物钟每天就准时叫醒了他。

马树忠是国网甘肃临夏回族自治州康乐县供电公司经理助理，2015年兼任公司精准扶贫办主任，负责公司定点帮扶的草滩乡喇嘛山村、达洼河村、才子沟村、东湾村的精准帮扶工作，并担任 4 个村的扶贫工作队队长。

由于工作任务重，马树忠总感觉时间不够用。往往一天走访不了几户，天就黑了，其他的工作只能晚上干。

按照康乐县委、县政府脱贫攻坚安排，驻村工作队需要每周在村子住村 5 天，每晚都要查岗点名，并开会安排工作。

虽然距离县城只有 25 公里的路程，但马树忠只有周末不加班的时候才能回趟家。

有时忙起来，几个星期都回不了家。

对此，他的妻子马桂英开始不乐意了。马桂英质问他，扶贫工作真的需要投入这么大的精力吗？好像就你一个人在扶贫？你还要不要这个家？

原本很好的夫妻关系，因此蒙上了一层阴影。

马树忠夫妇育有两子，大儿子在兰州上大学，二儿子在康乐县城上小学四年级。父母年岁渐长，母亲体弱多病，三天两头就生病住院。

自从马树忠驻村后，照料小孩和父母的重任全部落在妻子马桂英身上。马桂英是县卫生监督处的一名干部，本来工作就很忙，回到家还要做饭，侍候一家老小的生活，有时还得整夜在医院陪护老人。时间一长，马桂英的身体就吃不消了，只好将二儿子寄养到亲戚家里。

那是马树忠驻村 3 个月后的一个星期六晚上，马树忠拖着疲惫的身子回家，这一次，他已连续 25 天没回家了。回家时，正赶上妻子抱着儿子伤心地哭。

原来，儿子连续几次考试都没考好，一次比一次差，成绩下滑得很厉害。马树忠的妻子忍不住批评了儿子几句，儿子觉得很委屈，眼泪汪汪地说："你和爸爸都忙得很，没有时间管我，我住在外面根本就不习惯，晚上也没有人指导我做作业。"

儿子的辩解，让马树忠的妻子泪如泉涌，于是一把揽过儿子抱在怀里。

这一幕也让马树忠深深自责。他深感愧对妻子、儿子和父母。第二天，他为一大家子人做了一顿丰盛的午餐，还专门带着妻子儿子上街为他们买礼物。

好不容易将妻儿的情绪稳定下来，马树忠又要急着赶回村里。

"你这么长时间不回家，就不能在家多待两天吗?"妻子生气地说。

"村里事太多了，真的走不开。"马树忠解释道。

"你既然这样忙，还回来干什么?"妻子有些恼怒。

就这样，马树忠在妻子的不满声中返村了。

妻子的不理解让他很难受。他躺在床上翻来覆去睡不着。

他和妻子从恋爱到成家，十几年来恩恩爱爱，连脸都未红过。这次因为驻村扶贫长期不着家，让妻子和他闹起了别扭。他想组织上委派自己来这里驻村扶贫，是对自己的信任，这可不是一时半会儿的事，村里不脱贫，自己就不可能回去，自己也做好了长期驻村的思想准备，所以必须要争取妻子的支持和理解。

于是，晚上一有时间，他就将村里的贫困状况和自己的扶贫工作情况讲给妻子听，并将一些相关照片通过微信发给妻子看。

妻子态度虽然有了一些改变，也常常关心问候他的身体状况，但还是一再催促他申请返岗工作，家里离不开他。

转眼一年时间过去了，他的妻子也被单位安排从事扶贫工作。

让他未想到的是，妻子的思想开始有了很大转变。

妻子告诉他:"你以前给我讲的贫困户的困难生活，因没有直观印象，对自己触动不深。这些日子在贫困户家中走访，才感知他们生活的艰难，自己也几次抑制不住地流下了眼泪。如果没有政府和扶贫干部的帮助，他们是很难脱贫的。由此，我才感觉到扶贫是项多么重要的工作。"

夫妻二人围绕扶贫工作开始了深入的交流，思想上有了更多的共鸣。

他的妻子也认为，既然当了扶贫干部，就不可避免地要在小家庭上作出奉献和牺牲。

妻子真诚地对他说:"我只管一个村，每天都累得腰酸背痛。你管那么多村，任务那么重，可要注意身体啊。今后我绝不拖你的后腿，家里的事，我全包了，你就不用操心了。"

随着扶贫任务的日益繁重，两人见面的机会更少了。经常一两周见不到一次面。

有一次，马树忠作为扶贫工作队长到县里参加脱贫攻坚会，没想到，居然在会场上看到了也来开会的妻子。

两人又惊又喜。会中休息时，夫妇两人在走廊的角落里尽情地聊着。这一次，两人又有十几天没见面了。

"你看你，又黑了些，头上又多了一些白发。"说着，妻子就怜爱地伸手抚摸他的脸庞。

马树忠赶忙拿开妻子的手，嘿嘿直笑："让别人看见了，多不好意思!"

一晃5年过去了，马树忠依旧战斗在扶贫一线，他所包片的村，先后摘掉了贫困村的帽子，他被当地政府评为优秀驻村工作队队长。

"多亏了王队长啊，要不是他帮忙，我媳妇的病都不知道该怎么办。"贫困户马玉良谈起王亮，语气中充满了感激。

王亮是国网甘肃省电力派驻西和县大桥镇郭坝村党支部第一书记兼驻村工作队队长。

"要想做好扶贫工作，就得充分掌握贫困户家中的情况，要做到吃住在村、工作在户。"王亮定下了自己的驻村工作原则。

驻村后，王亮利用近两个月的时间，重点走访了58户2018年建档立卡的贫困户，对照"一户一策"精准脱贫计划，熟悉了解贫困户实际情况，第一时间为贫困户解决难题。

在走访村民马玉良家时，王亮得知他的妻子患有神经性头痛，经常晕倒，就帮忙联系西和县和天水市医院专家诊断，但收效甚微。

不久，马玉良的妻子又在家中晕倒，马玉良急忙给王亮打电话。王亮电话安抚马玉良，商量将他的妻子送到兰州进行诊断治疗，并通过帮扶责任人与甘肃省人民医院专家取得了联系。

第二天，王亮带着慰问品来到甘肃省人民医院看望马玉良妻子，并再次联系专家会诊。很快，马玉良妻子的病情得到了有效控制，好转出院。

贫困户郭四记的两个娃娃都患有先天性软骨病，需要长期坐轮椅。王亮第一次到郭四记家走访时，看到他娃娃的一个轮椅已经破旧不堪，立即把情况向帮扶责任人反映，短短两天新轮椅就寄了过来。后来，王亮隔三差五地来看望郭四记，帮他制订脱贫计划。

要实现郭坝村的脱贫目标，必须推动产业的发展。王亮和村委会一班人达成了共识。

到底从哪里找到突破口呢？这是王亮思考最多的问题。

在郭坝村北边，有一块紧邻西汉水的坝地，面积有500亩。以前，村民一直在坝地里种植土豆等植物，一年只能收获两季。

王亮几次来这里调研，感觉在这里可以做点文章。

"这里能不能弄个蔬菜大棚，一年收获三季?"王亮向村里的老人和种植大户讨教。

"以前也有人说在这块地上弄个蔬菜大棚，可是没钱盖大棚啊。而且大棚的抗风性、抗压性都不好，一遇到大风、大雪天气就塌了，所以一直不敢弄。"村民马代信无奈地说。

王亮随后又请县里的农业专家来考察，农业专家看后，觉得可行，算是给他吃了颗定心丸。

于是，王亮决定为村里建设一个能抗风抗压的蔬菜大棚。说干就干，他立刻与大桥镇政府进行了沟通，在征得镇政府同意后，他向国网甘肃电力申请到了专项扶贫项目和资金。

在蔬菜大棚建设期间，他每天从早到晚待在施工现场，从材料的选用到最后的安装，每道工序都认真把关，不放过任何一个细节。

两个月后，由国网甘肃电力投资30万，面积达2000平方米的温室大棚建成，成为西和县单棚面积最大的日光温室大棚。

当时，郭坝村党支部书记马元元在现场算了一笔账，蔬菜大棚会给村合作社带来每年约5万元的收入，其中2万元是给贫困户的分红。

眼见效果这么好，王亮又再次向省电力公司争取了30万扶贫资金。随后，又一个蔬菜大棚开始兴建。

郭坝村盛产花椒，特别是"大红袍"花椒色红油重、粒大饱满，然而没有销售渠道，每次花椒成熟时，除了少数村民提着花椒到乡镇、县城零星售卖外，大多数村民只能等着货商上门收取。

王亮了解这一情况后，决定帮助村民销售花椒。他收集各种素材，撰写了一篇《浓浓花椒香，深深扶贫情》的文章，通过微信等对外推送。同时，积极向国网甘肃兰州供电公司领导汇报，在广大干部员工中发出了爱心购买花椒的倡议书。

一时间，北京、上海、西安等地的朋友、客商纷纷订购，兰州供电公司广大职工也积极响应。为了节省村民销售成本，王亮自行开车往返近1000公里，将花椒送到兰州市区内的每一个网络订购用户手中。

一个多月的时间内，通过网络销售和爱心购买，共帮助郭坝村贫困户销售花椒1400多斤，获得收入13万余元。

花椒是村民的主要收入，然而受地理条件限制，很多村民只能在山坡上开垦荒地种植花椒，每次上山干农活都得沿着一条羊肠小道徒步而上，耗时又费力。

为了解决这一问题，王亮多次向上级汇报，积极申请项目和资金。随后，国网甘肃电力投资49.7万元，将原有的两条长7.32公里的羊肠小道拓宽成了3米宽的砂石路。

"以前步行上山，现在开着三轮车都能上山喽!"村主任郭永占兴奋地说。

随后，王亮和村委会借着拓宽后的道路，又组织村民在山坡上开垦了100亩荒地，共种植花椒7000余株，收益又增加了80万元。

"王队长来了以后，建档立卡贫困户中已有56户成功脱贫，郭坝村已实现了整村脱贫。他带领我们村取得了全镇综合考评第一名的好成绩，他也被大桥镇政府评为了优秀驻村第一书记。"谈起王亮，该村党支部书记马元元赞不绝口。

2016年5月25日，胡俊林到甘肃通渭县李店乡尚岔村驻村。刚开始，村民对这个斯斯文文的小伙子并不是很看好。

为了拉近与村民的距离，胡俊林通过一个村干部，加入了尚岔村村民的微信群。可让胡俊林没有想到的是，加入这个群之后，无论发通知还是说别的什么事，村民都对他不理不睬，后来，他还被村民踢出了群。

驻村之前，胡俊林是国网甘肃通渭县供电公司办公室主任，有着较为丰富的群众工作经验。对此，胡俊林也不气恼，他依旧每天和扶贫干部、村"两委"成员一起，深入贫困户家中走访，用实际行动，帮助村民排忧解难。

村民尚民汉和尚金德因房前屋后地基过线多年不和，胡俊林前往谈心、交心，耐心劝解，使两个老汉握手言和。

村民尚拴喜因车祸一条腿成残疾，无法行走，胡俊林帮忙更换支架和拐杖。

村民尚义根家庭贫困，妻子与他离婚并带儿子出走，他从此萎靡不振。胡俊林上门拉家常，话发展，鼓舞尚义根的勇气，让其树立生活的信心。

崎岖的山道上，铺膜耕作的田野里，农家土屋的房前门后，粪味弥漫的羊舍中，无不留下胡俊林的身影。

慢慢地，他完全融入百姓之中，他的身心也愉悦了。村里的老老少少，甭提多喜欢他。老大爷喊他"俊娃子"，青年后生喊他"俊哥"，小孩呼他"俊叔"。

看到村民快过年了，都还穿得破破烂烂，他心里很不是滋味，于是奋笔疾书，写了一个为尚岔村村民捐衣的倡议。队长张锋看了，连连说好！于是，他将倡议到处张贴，到处发帖。

从此，每个周末，胡俊林和张锋都要搭顺风车去兰州市，在电力系统的各个家属楼之间活动着。

进出小区的每一个人，都是他们求助的对象。"大哥，你家有不穿的旧衣服吗？捐给公司的帮扶村贫困村民。""阿姨，你能帮忙把不穿的旧衣服旧鞋子送给我们吗？"小区的很多人逐渐认识了他们。"这是给帮扶村收旧衣服的……"

无数次收集到的旧衣服由队长张锋联系车辆运到尚岔村。在给村民分发时，他们看到村民激动的表情。"这是我这辈子穿过最好的羽绒服，这衣服不像旧的，新新的。""这是电视上广告的皮鞋，我老汉也穿脚上了。""这两个娃娃是给我们办实事的人。"听着他们一句句赞美的话语，张锋和胡俊林心里甜甜的。

尝到了捐衣服的甜头，胡俊林通过微信群、QQ群、博客、论坛在全国各地发布各类帮扶信息12000多条，其中发布的"爱心捐衣，情暖寒冬"活动得到全国6家公益组织机构，500多名爱心志愿者的响应。征集到各类衣服、鞋子等13000余件。带动李店乡开通了邮政、申通等6家乡村级快递公司。

通过这件事，胡俊林才真正感觉到群众事无小事，群众事无易事，群众的事都是有意义的事。

随之，胡俊林创建了"精准扶贫至尚岔"微信群，邀请到80多名尚岔村村民，李店乡党委3名主要负责人及6名驻队干部，省电力公司、县检察院6名驻队干部及单位负责人加入了微信群。他创建了"尚岔村农产品销售"微信群，邀请了全县200多名企业家、公司40名处级联户干部加入了微信群。通过微信群发布联系户的需求信息，帮助23户村民解决互助金贷款、买挖掘机等实事42件；通过微信群发布当地农产品信息201次，帮助村民销售地达菜186公斤，销售洋芋粉条429公斤，销售土蜂蜜122公斤，销售家养兔126只、胡麻油195公斤，销售党参320公斤，销售洋芋2310公斤。

胡俊林还激活了贫困群众"网购"的诉求，帮助7户村民在淘宝、天猫网店购买日常用品23件，帮村中一家小卖部在酒仙网订购各类白酒63件，帮助22户村民在农产品交易网上订购种子、树苗等36次，帮助3名村民开展了网络微商宣传及微信公众平台宣传，开设了淘宝网店。

助力村民尚洋洋鑫玺足帖系列产品打开了市场，帮助她扩展销售队伍3000余人，市级代理21人，月销售金额达20万元。助力村民尚萍萍完美（中国）公司系列产品先后通过了保健食品GMP认证、HACCP食品安全控制体系认证，让山村里飞出了"金凤凰"。

"既然我们村是中科院院士尚永丰的故乡，就应该打造尚岔村的'永丰品牌'产品，倡导'去农村淘宝，买永丰食品；吃天然山珍，享健康生活'。"队长张锋和胡俊林提出了村级网店拓展的发展思路。

他们自筹资金，为村民设计了 1 斤、2 斤、5 斤数量不同的包装袋。设计了"永丰通渭粉条""永丰胡麻油""永丰地达菜""永丰浆水酸菜""永丰玉米糁""永丰豌豆粉面""永丰土豆粉面""永丰玉米面""永丰莜麦面""永丰扁豆面""永丰土豆（免洗）""永丰黄小米"等 18 类农产品，印刷了统一的包装袋，将村民的农产品放到了超市销售。

帮扶工作队的一项项精细化举措，使得尚岔村基础条件得到明显改善，村容村貌发生了翻天覆地的变化，农民收入大幅度提高。截至 2017 年底，全村人均可支配收入达 5100 元，贫困户人均可支配收入达 3400 元。

2018 年 3 月 7 日，组织上调胡俊林到国网甘肃省电力公司扶贫办工作。

离开尚岔村那天，尚岔村的房前屋后还冰冻着，早早地，村里的父老乡亲就来到村头，为胡俊林送行。尚民汉、尚全德两个老汉抬着一筐马铃薯，等候着给胡俊林送行的汽车；尚拴喜拄着拐杖，拖着一条被截了肢的断腿，提着一篮大红枣站立在那里……

胡俊林与前来送行的父老乡亲一一握手告别。他和乡亲们一样，眼里噙满了热泪。

为胡俊林送行的汽车徐徐开动了，人们跟在汽车的后面久久不愿离去。

桂花树与红丝带

　　夜色正浓，青山白头。月光似水，流过山坳，流过屋檐，流过门前的均水河，更流过谁家的院墙，最后往浓密的树冠里挤了挤，实在挤不进去了，就赖在密密匝匝的枝叶间要赖，听这些十里飘香的桂花树，讲那些动人的故事。

　　故事要从 20 多年前讲起，那是 1992 年深秋的一个黄昏，湖北省随州市均川镇走来一对河南夫妇。他们满脸堆笑，挨家挨户动员有偿献血，然后再把血浆卖回河南。

　　原本离随州市仅 20 公里的均川镇是一个并不落后的镇子，按当地人的话来说，尽管是农村，但已基本实现农业机械化，人们过着日出而作、日落而息的太平生活。但卖一次血三四百元的收入，对均川人来说还是有着不小的诱惑，于是有人开始把这当成发家致富的门路。越来越多的人参与到卖血行列，甚至有血头专门开大客车到均川来拉卖血的人。

　　噩梦就是从那时开始的。没有任何检查，抽血程序就开始忙碌地运行起来。每个人的血被一枚比火柴棒还大得多的针头从手臂上抽出来，通过一根橡胶管输送到一台正在转动的摇浆机里，将血液里的血浆和血清分离开来。待血浆和血清分离，血浆被工作人员装进一个小塑料袋子，没有多大用途的血清依旧返输到人的身体里。那些火柴棒大小的针头有时候是一个人一个，有时候是几个人共用一个，但摇浆机只有一台，使用后不进行任何清洗消毒，就直接提供给下一个人使用。假如这些被抽血的人中有一

273

个是艾滋病病毒携带者，那么，使用了这个摇浆机的所有人都会被100%感染。就这样，均川镇人卖血的时间从1992年一直持续到了1996年，感染艾滋病病毒的人也是与日俱增。最后的结果是，均川镇凡是卖过血浆的人，到后期都被感染了，并相继进入集中发病和死亡高峰期。不足5万人的小镇上，有500多名艾滋病病毒携带者，其中100多人因艾滋病失去生命。

一个平静的小镇就此沉沦，四邻八乡开始把均川人当成洪水猛兽，那几百名艾滋病病毒携带者因为高昂的治疗费和劳动能力丧失，更是一夜返贫。

一时间，恐慌四起。街面的店铺关门了，路上的行人冷清了，村头巷尾一片萧条……

一阵风儿吹来，那些躲在树冠里不忍听下去的月光无处可逃，扑簌簌地乱躲乱藏，顿时波澜骤起，在树冠上洒下稀碎而散乱的银屑。俄顷，又归复平静。故事还在继续。

2001年阳春三月，阳光明媚。我们故事中的主人公要相继出现了。

走在随州市均川镇通往均川供电所路上的周仕喜，心情特别沉重。他是国网湖北随州市随县供电公司均川供电所所长、党支部书记。他刚刚参加完镇党委召开的全镇扶贫工作紧急会。走着走着，会议上镇党委书记的声音，不时地回响在他的耳旁："心系特殊人群，做好扶贫工作，是我们党的大事，是我们每一个领导干部的大事！也是包括驻镇央企在内的每个镇直单位的大事……"

当时，均川镇正在实施农村电网一、二期改造工程。富家棚、湾档冲、桃源村、潜家楼……相继出现艾滋病病毒携带者病例。一时间，大家谈"艾"色变，许多电力职工不敢抄表到户，甚至人心思走，致使部分农网改造停工。

此时的他，身上像重重地压了一块铅，崇高的责任意识和神圣的使命感，使他感到肩上扶贫的担子沉甸甸的。

几天后的一个夜晚，一场紧急会议在供电所召开。周仕喜对大家说："这个所里的人，谁都可以走，但我们17个共产党员不能走。"他还告诉大家，科学证明，跟艾滋病病毒感染者和病人的一般性接触不会传染，蚊虫叮咬也不会传染。进一步打消了众人的顾虑。

同时，在这次会议上，大伙儿也清晰地看到均川 28 个村子特殊人群的贫困现状——

有的因病致贫，丧失了劳动力，家里的农田只得由年迈的老人耕种；有的缺衣少米，老人无法赡养，小孩无法进校读书，甚至连每月的电费都难以缴纳；有的由于受病魔的折磨和社会的歧视，丧失了生活信心，靠着墙根晒太阳，混一天算一天；有的房屋因多年失修，破旧不堪，无法居住……

如何改变特殊人群的贫困现状？均川供电所 17 名党员集思广益。

储春风的学历在所里不算最高，可他平日里爱看书，爱琢磨问题。看着悬挂在墙壁上的党旗，脑海里闪现出因病致贫的特殊人群期待帮扶的眼神。此时，他又想到象征着人们对艾滋病患者关爱和支持的红丝带。他觉得，助力特殊人群脱贫攻坚时不我待，共产党员要身先士卒。他激动地走到人群中间，建议成立一个红丝带共产党员扶贫队。

一石激起千层浪。储春风的建议，像一缕和煦的春光，激荡着在场的 17 个共产党员的大爱情怀！很快，一个由 17 名共产党员志愿组成的共产党员扶贫队在巍巍的大洪山脚下，在蜿蜒的均水河岸畔，在均川镇村民们的奔走相告中成立了。

从此，一年四季，在均川镇各村的田间地头，在特殊人群的屋舍床前，随时都能看到共产党员扶贫队的身影。

农忙季节，共产党员扶贫队带领家人主动帮助劳动力低下的特殊人群割麦插秧；抗旱抽水时节，共产党员扶贫队又挨家挨户上门修理水泵、讲解安全用电常识，提供专业服务。

均川供电所职工的每一个扶贫举措、每一项扶贫行动都温暖着特殊人群的心，无不刻印在村干部的脑海里。为了保存均川供电所每一个扶贫活动的记忆，为了不忘他们真心扶贫的事迹，富家棚村党支部书记夏定海决定，供电所职工每干一件扶贫的事儿，就发动村民栽上一棵桂花树，并称之为扶贫桂树。

富家棚村栽种扶贫桂树的事儿像一阵清风，很快吹遍了均川镇的每一个村落。冬去春来，均川供电所职工干出了一件又一件为特殊人群扶贫的事，村里老百姓在门前屋后种下了一棵又一棵扶贫桂树。

桂花树树姿飘逸，碧枝绿叶，四季常青，十里飘香。它是崇高、贞洁、荣誉、友好和吉祥的象征。每一棵扶贫桂树都承载了国网人对特殊人群不离不弃的高贵品质；镌刻着国家电网扶贫的神圣使命和责任担当；记录着他们动人心弦的扶贫故事。

虽然均川供电所先后调换了5任支部书记、7任所长，但无论如何调整，服务队的旗帜一直在。渐渐地，供电所的非党员也加入进来，"爱心红丝带"党员服务队发展成为30多人的大队伍。

烟笼寒水月笼沙，均水河畔有人家。月光躲在桂花树里偷闲，嗅着浓浓的桂花香，精神越来越足，"爱心红丝带"的故事也越来越浓、越来越酽。

一天下午，村民邹健来供电所报装用电，经报装员预算需要3万多元。邹健听后一脸尴尬："没想到要这么多钱。"说罢，很不情愿地扭头往回走。

"请等等，你怎么报而不装？"细心的供电所党支部书记苏海波喊住了邹健。原来邹健是个因病致贫的家庭，家里三口人，妻子体弱多病，一个女儿在黄石市上大学，尽管生活不宽裕，可为了供女儿完成学业，他东拼西凑借来5万元钱，在村里挖了一口约10亩的鱼池，想通过养鱼喂虾脱贫致富。他知道，要发展好养殖业，不论是水池照明，还是抽水增氧，架设一条通往鱼池的线路必不可少。可他万万没想到，鱼池与原来的公共线路有两里多远，架设这条专线竟要3万多元。贫困的他，哪里拿得出来啊！

"老邹，你等一等，等一等。"苏海波迅速地找到陶王柱所长，反映了邹健的情况。陶王柱所长当即问苏海波："邹健是我们的重点扶贫对象吗？"苏海波说，邹健是均川镇的特殊人群之一，在重点扶贫对象之列。

"那还有什么可说的？我们对这些特殊人群的帮扶，决不能只停留在口头上。我们要特事特办，时时刻刻把党的温暖送到他们的心窝里。"按程序，陶王柱向随县供电公司作了汇报。随县供电公司领导高度赞扬了陶王柱的主张，并指示尽快地免费为邹健架设好通往鱼塘的绝缘电力线路。

雪后的均川，寒风飕飕。苏海波带领张显洲、余功林和余功军三名职工，冒着凛冽的寒风为盛茂冲村邹健的养鱼池架设了一条绝缘电力线。线路完工后，邹健望着寒风中的苏海波，激动得热泪盈眶："你们为我家架设的，不是一般的电线，是一条扶贫线，是生命线啊！"

经常为村民送快递的刘师傅掰着手指头数了数，说："供电所为长里港村的蔬菜大棚，专门架设了一条电力线路；为九龙观村养小龙虾的池子专门架设了一条线路；为龙泉村的瓜果园地专门架设了一条线路……"

棵棵爱心树，村村桂花香。2016年桂花飘香的一个中午，包家巷村的扶贫桂树下摆了两张大方桌。桌上放满了珍珠丸子、砂锅炖鸡、莲藕排骨汤等菜肴。这是包家巷村鲍兰兰出嫁时摆设的喜宴。坐在喜宴上位的是均川供电所共产党员周永亮。要问是怎么回事，还得从15年前说起。

扶贫工作中，均川供电所在对特殊人群生活状况的调研中发现，尽管政府对他们孩子的就学有一定救助，但还是远远不够。对此，在对特殊人群家庭的帮扶中，他们特别注重教育扶贫，先后投资6万元打造"爱心书屋"，投资8万元打造"青爱工程"，先后筹措并捐资助学金40.76万元，较好地解决了特殊人群家中小孩就学难的问题。

那年3月，均川供电所作出了一个特别的决定，对供区内的特殊人群家庭建立帮扶档案，将这些特殊家庭作为均川供电所共产党员的"特别责任区"，进行特别帮扶。当然，教育帮扶不可或缺。包家巷村鲍大爷家是周永亮的帮扶责任户。80多岁的鲍大爷是个典型的特殊人群之一，他老伴神志不清，儿子、媳妇因被传染艾滋病相继去世，剩下一个13岁的孙女与他相依为命。当周永亮走进鲍大爷家时，只见他拉着神志不清的老伴唉声叹气，13岁的小孙女在一旁哭泣。周永亮心里好一阵难受。经了解得知，虽说他们得到政府的一定救助，但日子仍然过得艰苦，13岁的鲍兰兰被迫辍学在家。再苦也不能耽误了孩子的学习啊！经过多方联系，周永亮亲自把鲍兰兰送进了学校。星期天的上午，周永亮特地把鲍大爷一家人请到附近集镇，给老人和他的老伴购买了一套新衣服，又给鲍兰兰买了崭新的书包、文具、学习书籍等。

回到所里，周永亮把鲍大爷家里的情况向所长作了汇报，特地为鲍兰兰申请了随县供电公司为地方贫困孩子设立的"牵手助学基金"。从此他不间断地资助并关照着鲍兰兰上学。

鲍兰兰就快高中毕业了，周永亮问她："你的高考准备怎么样啦？想报考哪所大学？"

垂着头的鲍兰兰好一会儿才说出："我不想读大学，我准备高中毕业后就去打工。"

周永亮很是不解："这就是你对未来人生的设计？"

其实，鲍兰兰何尝不想读大学呢？这些年，她上学读书一直是当地政府和周永亮在资助。周永亮也有家有口、有儿有女，她怎么还能再去拖累周永亮呢！

周永亮让她打消这种顾虑，鼓励她参加高考，实现一个山村女孩的大学梦。

鲍兰兰没有辜负周永亮的期望，终于拿到武汉理工大学的录取通知书。新生入学的那一天，为了解除作为特殊人群的鲍大爷和老伴的后顾之忧，周永亮为鲍兰兰添置了一套床上用品，特地把她送到江城武汉，送进了大学教室……

本科毕业后，鲍兰兰在武汉找了一份像样的工作，并找到了伴侣。她的婚礼尽管是在武汉举行的，可她再忙也要回到生她养她的包家巷。她要在桂树下摆桌设宴，她要请终生难忘的周永亮叔叔在上位入席就座。经向所里及公司汇报，领导特地批准周永亮参加这次特别喜宴。

快开席了，周永亮想随便找个位子坐下，鲍兰兰怎么也不肯。她拉起周永亮，坚持要他坐上位。她对着她的新婚丈夫，对着前来赴宴的亲朋好友，万分激动地说："周永亮叔叔是我的再生父母，他用他那颗金子般的心帮扶着特殊人群，也无微不至地帮扶着我。我从小学、中学到大学，每一个难忘的学期，每一道沟沟坎坎，都是他鼎力相助。那年高考前夕，我年迈的爷爷因突发脑溢血被送进医院。为了我的学习，为了不影响我的高考成绩，爷爷住院，周叔叔对我连吭都没吭一声，全由他自己精心照料。周叔叔用他的真心付出，用他那善意的谎言，换来我的学有所成，换来我被重点大学录取。周叔叔的恩情，我今生今世都难以报答。"

一阵秋风吹过，桂树下喜宴佳肴的香味伴着桂花的飘香扑面而来，令人陶醉不已。那阵阵浓郁的香气随风缭绕、散发在包家巷村，散发在曾家河村，散发在九龙观村，散发在均水河两岸……

这年6月10日，均川供电所电工、共产党员兰勇去陶家楼村抄电表。当他来到小杨家，只见小杨坐在地上，头发蓬乱，痛哭流涕。小杨的丈夫则站在门前一个劲儿地抽着闷烟。屋里乱七八糟，一片狼藉。

"到底发生了什么？"兰勇关切地问。

坐在地上的小杨哇的一声号啕大哭："我们没有活路了，这日子没法过了……"

原来，这几年小杨和她丈夫经老乡介绍，在外地一家化工设备企业打工。可就在几天前，企业老板把他们夫妻俩解聘了。

小杨一脸茫然地问老板："我们哪里没做好？触犯了厂里哪一条规矩？"

老板拉长了脸："你们不怕死，我们企业的几百名职工可怕传染上了你那种丢人现眼的病。"

备受歧视的小杨夫妇无比愤怒。他们想诉说、想辩驳、想解释，可无济于事，只得含着泪水，离开工厂。

"还有这样的事？"兰勇愤愤不平。他心里明白，不消除歧视，就很难让他们对生活充满信心，更谈不上让他们树立起致富的雄心。

经人打听，那家化工设备企业的老板竟然是兰勇以前的同学。他马上拨通那位同学的电话，说明了情况，并将小杨夫妇的健康体检报告寄了过去。任性的老板还是没有顾及老同学的情面。兰勇找到了由政府组建的防治艾滋病的专业医疗机构"温馨家园"。在"温馨家园"的支持下，兰勇和疾控专家夏治华一道专程前往外地，找到了他的那位老板同学。艾滋病预防知识的专家讲解，老同学一片真诚的期待，使这位老板终于收回对小杨夫妇的解聘。

第五章

爱如电

寒风一阵阵地刮过，夜幕笼罩着均川镇。夜幕中，均川供电所电工、共产党员储春风还在进行着他特殊人群的帮扶走访。

当储春风来到贺氏祠村二组时，杨建国家里传来了一阵哭闹声。杨建国是储春风的帮扶责任户，他急忙拍开了杨建国的家门。进门一看，只见一位跟杨建国长相相似的妇女正在拉扯两个孩子。原来，这位妇女叫杨建梅，是杨建国的妹妹，两个孩子的亲姑姑。她要把两个小孩接往她家抚养。

"为什么？"储春风不解地问。

建梅生气地说："你问他呗！身体是那个样，还不务正业，一天到晚跑到集镇上的棋牌室去玩牌，撇下两个孩子不顾……"

说着说着，两个孩子又哭了起来。哭得是那样地无奈，那样令人怜惜。

"建国，你怎么这样呢？"

"孩子妈也因病死了，我迟早也会进阎王殿。倒不如寻寻乐，混一天算一天……"

储春风气不打一处来："建国，你知道不知道，你这是自暴自弃！"

杨建国并没有与其辩驳，只是缓缓地摇了摇头，向着储春风回以绝望的目光："我现在身体已是这个样子，又还能指望怎么样？"

真是恨铁不成钢！真是烂泥扶不上墙！

储春风真想跑上前去，狠狠地给杨建国几记响亮的耳光。

然而，打他又有什么用呢？"我要用真心，用真情去感化他，哪怕是一块冰冷的石头，我也要把它焐热！"

"孩子吃过饭了吗？"储春风要帮杨建国做饭，明理的杨建梅将做饭的活儿抢了过去，储春风给杨建梅打下手。

干家务活的当儿，储春风耐心细致地给杨建国做起了思想工作。他从国际、国内艾滋病的防治讲到党和国家对弱势人群的关怀；他从均川镇党委、镇政府对特殊人群的扶贫工作的重视，讲到不少艾滋病患者走上了奔小康的路……

储春风深情地说："你要深信，在我们的面前，没有翻不过的火焰山！建国，你才三十出头，你前面的路还长着呢！再说，你的一双儿女是无辜的，他们是你的未来，也是祖国的未来啊！"

储春风的话，道出了周建梅的心声。不知不觉，周建梅已是泪流满面。她用衣袖抹了把泪水，轻轻地推着两个孩子说："快去，快去劝劝你们的爸……"

一双儿女哭喊着向杨建国身边慢慢地走去。

打那以后，杨建国重新振作起来，种了 3 亩地的大棚蔬菜，还喂了两头猪，抽空还到附近打打零工。他那好心的妹妹建梅也时常到他家照看一下小孩儿。一年下来，杨建国就摆脱了贫困。

储春风问他："想不想讨个媳妇？"

"有谁愿意跟我结婚呢？"杨建国多少有些自卑。

"你怎么又没有信心呢？"储春风却信心满满地帮他牵线搭桥。

巧了，黄陂桥村张翠翠也是三十出头，丈夫也是因艾滋病去世，独自带着两个女儿。

谁也没料到，张翠翠与杨建国的见面，让两颗惆怅的心彼此有了慰藉，不到三个月，他俩就决定组建一个新的家庭。

特色产业发展，助力特殊人群精准扶贫，这是均川供电所职工一直思考的事儿。

近几年，国网湖北电力与湖北省扶贫办、湖北省能源局共同制定了湖北省光伏扶贫工程实施方案，提出在全省建档立卡贫困户屋顶或周围空闲地安装 3 至 5 千瓦的分布式发电系统，在建档贫困村利用荒山、荒坡、农业大棚安装 50 至 100 千瓦的小型光伏电站，发电收益归贫困村或贫困户所有。

按照这个方案，均川供电所前期为对口帮扶的特殊人群王有德等几家屋顶安装了 12 块 1 平方米大小的太阳能电池板和并网发电系统，各投资约 3 万元，给每家带来年 4000 余元的固定售电收入。用户兴奋地说，供电所给咱屋顶上安装的，是个摇钱树，是个聚宝盆，是个不落的太阳。我们不出屋，每年还能有可靠的收入。

为了让不落的太阳驱散特殊人群的阴霾，在光伏电站第二期安装计划中，均川供电所为盛茂冲村 10 名特殊人群家庭分别安装一个 3000 瓦光伏

第五章 爱如电

281

电站，统一建在盛茂冲村东头的荒坡上。

报告送到随县供电公司总经理杨军的办公室，进而又很快送到随州供电公司总经理陈治道的手中。陈治道从报告的字里行间，看到均川供电所职工的责任担当，对他们的精神深感钦佩。早在十几年前，当均川供电所职工助力特殊人群扶贫的事迹在媒体报道时，陈治道在国网湖北省电力公司当秘书。从那时起，均川供电所就引起了他的关注。现在作为他们上级公司的领导者，他要努力把他们的期盼变为现实。很快，给盛茂冲村10名特殊人群家庭建光伏电站的项目批下来了。

消息传到盛茂冲村，村党支部书记高兴得蹦了起来，他巴不得尽快把项目落到实处。是啊，早一天落实，特殊人群家庭就早一天有收入啊！这天，陈治道来到盛茂冲村现场指导工作，均川供电所党支部书记苏海波和队员张显洲忙跑过来叫苦，说如果按部就班，没有半年的时间项目落实不了。陈治道听了，急切地问："问题关键在哪里？"

他们告诉陈治道，关键是配套设备一下子到不了位，武汉铁塔厂的配套设备没有存货，在这前面还有不少订单。

武汉铁塔厂的厂长是陈治道原来的一位同事，他当即打去了电话。双休日，陈治道特地赶回武汉，变着法儿把厂长请到了家里，让家人做了几个菜，又从房里拿出一瓶随州地方酒"炎帝神曲"。厂长说："老朋友，你可是个大忙人，怎么今天想起来请我喝酒？"

"实说了吧，我请你喝随州的'炎帝神曲'，就是希望你为随州人办点事。"

"不就是给他们建光伏电站，要我们的配套材料吗？你就等着吧。"

推杯换盏，几杯酒下肚，厂长兴致正浓，陈治道却怎么也不能放下心来。为了配套设备尽快到位，为了光伏电站早一天建成，他不得不猛地喝下一大杯酒。陈治道装个似醉非醉的样子说："老朋友，如果你一个星期内不给我们供货，你不仅仅只是对不起我，你对不起天，对不起地，更对不起你的良心。"

"你怎么扯到天和地了？你真的醉了。说醉话了！"

陈治道用手帕抹了一把脸,动情地说:"我一点都没有醉,你我都是有责任担当的人啊!你知不知道,我们的这批光伏电站是特地为艾滋病病毒携带者那些特殊人群家庭安装的。你掂量掂量,这事是不是很重要?电站早一天建成,他们就早一天有收入,我们就早一天为他们送去希望……你要知道,在这条通往特殊人群的扶贫路上,我们的基层供电所,我们的干部职工,付出了多少艰辛,他们帮特殊人群脱贫的心情又是多么急切啊!"

说着,这位有着强烈的事业心和责任感的领导干部,这位刚强的男儿,不知怎么就掉下了眼泪。

面对陈治道动情的话语,厂长不知道说什么才好,只觉得灵魂深处有一种前所未有的触动。许久,他起身过来,紧紧地握住陈治道的手……

不到一个星期,武汉铁塔厂的配套设备就如数送到了盛茂冲村光伏电站的安装现场。

哪管汗流浃背,哪管蚊虫乱舞。均川供电所职工争时间、抢进度,夜以继日地安装并网。

在很短的时间内,随着一排排蓝色光伏板的并网发电,随着村民们的欢声笑语,盛茂冲村村东头的荒坡上响起了一阵激烈的鞭炮声。这鞭炮,绽开了特殊人群的笑颜,炸响了均川乡村的精彩……

转眼间,为了通往特殊人群的扶贫路,均川供电所干部职工百折不回地铺筑了 19 年。蓦然回首,拥有 270 平方公里土地的均川大地,发生了天翻地覆的变化。

放眼望去,一座座青砖农屋,掩映在叠翠的绿荫中;一片片现代化工业厂房,崛起在荒废的坡地上;一排排蓝色的光伏板,在艳阳之下放着熠熠的光芒;一个个养殖基地、种植基地,尽显着勃勃生机……

在地方政府的领导下,在社会各界的共同努力下,均川镇的艾滋病疫情得到有效控制,特殊人群的生活水平有了很大提高,全镇已有 4 个村建成了美丽乡村。2014 年脱贫 146 户 398 人;2015 年脱贫 119 户 330 人;2016 年脱贫 353 户 919 人;2017 年脱贫 233 户 652 人;2018 年脱贫 274 户 749 人……

到2019年，除少数五保户、孤寡老人外，全镇贫困人口基本实现脱贫。

19年来，均川供电所机构调整，人员变换。然而，不管如何换、怎样变，他们的大爱胸怀没有变，他们脱贫攻坚的企业责任没有变，"爱心红丝带"的使命担当没有变。他们始终像一团火，在均川大地上燃烧；红丝带始终像一面迎风的旗，在均水河的上空猎猎作响！

"桂花留晚色，帘影淡秋光。"

桂花树与红丝带的故事讲也讲不完。不经意间，月光已经轻柔地洒满人间。

（此篇特殊人群中的人名均系化名，其故事真实）

三朵金花映山红

2017年11月1日深夜11时许，江西省赣州上犹县的崇山峻岭之中，飞雪弥漫。风雪中，一辆救护车在崎岖的山路上行驶着。救护车上躺着一位女病人，腹部的剧烈疼痛使她在这寒冷的黑夜中大汗淋漓。她每呻吟一次，都牵动着护送她的两位同事的心。他们强忍心中的焦急，一边帮女病人擦汗，一边掉着心酸的泪⋯⋯

车上被急救的人是上犹县水岩乡金盆村驻村扶贫队员田莲娣。田莲娣1980年6月出生，她个头不高，身材偏瘦，与人说话常常带着微笑，端庄的面庞里，蕴藏着特有的坚强和刚毅。2017年8月，国网江西赣州供电公司为充实精准扶贫工作力量，将上犹县供电公司负责档案管理工作的田莲娣派遣为驻村扶贫工作队员。

来金盆村之前，时任国网上犹县供电公司经理找田莲娣谈话："你心细、有耐性、肯吃苦，而且曾有5年下乡帮扶的工作经验，让你去驻村帮扶，组织上相信你能干好。但我们也担忧，你14岁的儿子明年就要中考了，丈夫也工作繁忙，无暇照顾孩子。你这一下乡，成天不着家，儿子怎么办？我们担心你儿子无人照料，更担心你家庭由此引起矛盾。"

田莲娣没有任何犹豫："感谢领导的关心。这一去，我对儿子是有些放心不下。但脱贫攻坚刻不容缓。组织上信任我，定点帮扶需要我，我怎能婆婆妈妈地放不下呢？请领导放心，我定会全力以赴驻村帮扶的。"

田莲娣坚定的回答，使经理很受感动。经理情不自禁地站起来："好样的！脱贫的重任摆在眼前，我们全公司员工期待着你，金盆村的村民也一定会欢迎你……"

水岩乡金盆村是省级贫困村，地处偏僻，距上犹县城 60 公里。2017 年全村共有贫困户 193 户 682 人。其中，贫困户 125 户 444 人，由国网江西赣州供电公司结对帮扶。

来到金盆村，田莲娣放下行李，连脸都顾不上洗一把，就找到驻村第一书记蔡隆淮请战。

蔡隆淮见田莲娣初来乍到，就让她先休息一天，可田莲娣哪能闲得下来？从同事那里找来结对帮扶的贫困户名册，挨家挨户地摸底调查，核实情况，直到半夜 12 点多才休息……

说实话，在庞大的扶贫队伍中，女性扶贫干部有着不可或缺的作用。她们不仅具备大多数男同志的坚毅果敢、雷厉风行、吃苦耐劳，同时更具有女性天生的敏感、细致和柔情。她们与广大男扶贫干部们在扶贫工作中相得益彰，互为补益，更加完善了扶贫队伍的人员结构，从而形成合力，为更好更快地打赢脱贫攻坚战奠定了坚实的基础。

3 个多月的时间，田莲娣和同事们一起，每天都有使不完的劲。白天，她走东家串西家，与贫困户逐一结对，落实有关安居住房、种植、养殖、健康、教育等政策；晚上，做好驻村各种扶贫资料的整理，经常加班至深夜……

扶贫工作包罗万象，生产生活、思想观念，不一而足，田莲娣风风火火，真情地为贫困群众解难题，办实事——

76 岁的彭启达老人双目失明，无儿无女，与老伴共度余生。因政府易地搬迁的新房尚在筹建中，老两口居住的土坯房雨天漏雨。田莲娣筹集 5000 多元购置材料，又像一个"女汉子"一样亲自爬上房顶修补。

70 多岁的黄群香老人出门意外摔伤，手指骨折，田莲娣赶紧帮忙联系医生看病抓药，并主动地撸起袖子为老人洗菜、淘米、煮饭，不停地料理家务。

为鼓励结对扶贫户开展鸡鸭养殖，田莲娣帮他们采购鸡苗，负责发给

20余户贫困户。她与扶贫队员一起，先后帮刘先训等30户贫困户销售鸡鸭1000多只，土鸡蛋2000余个，生态稻米5000余斤……

驻村3个月，田莲娣对金盆村的沟沟坎坎，对结对的贫困户情况更是如数家珍。

驻村3个月，田莲娣总觉得时间过得太快，总觉得要为贫困户们做的事太多。正是这种不辱使命的紧迫感，使田莲娣在脱贫攻坚战中夜以继日，原本瘦弱的她最终病倒了。10月29日下午，她感到腹部阵阵疼痛，去乡卫生所打完针后，又匆忙赶回金盆村驻地，忍痛坚守扶贫岗位。见她脸色苍白，同事们都劝她请假回家休息。她只是轻描淡写地说了一句："我没事儿。"

11月1日晚上10时50分许，走访贫困户整整忙了一天的田莲娣，突然感到腹部剧烈疼痛，无法坐立。尽管她将牙齿咬得紧紧，仍想继续坚持，可撕心裂肺的剧痛使她无法支撑，扑通一下倒在了地上。

"田莲娣，田莲娣——""快！叫救护车！"扶贫队员们知道她这两天在强力支撑，已经有了思想准备，但田莲娣的突然晕倒还是让他们焦急不已。

急救车加大了马力，在漫天飞雪中，在漆黑的夜色中，朝着上犹县医院行驶……

经上犹县人民医院抢救，田莲娣被确诊为急发性胆囊炎和左肾结石，急需住院救治。

手术过程中，田莲娣做了一个长长的梦。梦中，她见到儿子喊着"妈妈，妈妈"向自己跑来，手里高高举着重点中学的录取通知书；丈夫为给她凯旋接风，在厨房忙碌，平时她爱吃的菜肴摆了一桌子；一家三口在齐云山峰瓜子岭的花轿顶上互相依偎着，坐看云海日出……梦里好安逸啊！她真不愿意醒来，真不愿意睁开眼就是自己的职业使命与担当。她累了，真的累了，为了金盆村脱贫攻坚，她没日没夜地奔波操劳，男同志的活儿她要干，男同志干不了的活儿她也要干。固然她的骨子里有男人的坚韧和执着，但毕竟是一个柔弱的女人啊！事业是生活的一部分，家庭也是生活的一部分，孰重孰轻？田莲娣自觉没有能力分清，但至少也要保证两者的平衡——都重要！哪个在前，哪个就重要！生命毕竟漫长，相对长长久久的家庭生活，近在眼前的脱贫攻坚战胜利收官却指日可待，那就暂时把家庭先放一放吧，等这场硬仗打完，一定好好补偿自己那个温暖的家！

田莲娣是个爽利的人，一旦拿定主意，就会全力以赴，绝不拖沓。这一点，恐怕很多男人也未必能做得到。

术后恢复，田莲娣连续几天躺在病床上。以她的性子，哪里躺得住啊！她惦记金盆村的贫困户，惦记自己的战友，惦记电力人的职责和扶贫的战场。她不止一次地提出要出院，说什么医生也不同意，医院也要对正在接受治疗的她负责。

11月7日下午1时多，田莲娣考虑到还有30多户的产业奖补申请资料需要整理上交，时间紧迫无法叫别人代劳。她不能让贫困群众失望，便再也按捺不住焦急的心情，见病房暂时没人，偷偷地跑出医院，乘了一个多小时的车，风尘仆仆地赶回扶贫工作岗位。等她干完急等处理的活儿，再返回病房接受打针时，已是深夜1点半。

半个月后的一个清晨，听说田莲娣要出院回村了，金盆村的村民都来到村口眺望着。

见田莲娣回来了，76岁的彭启达老人用颤抖的手，摸着田莲娣的胳膊，微微地嗫动着嘴唇："姑娘，你真是上天派来帮我们的'铁娘子'啊！"

田莲娣只是莞尔一笑。她知道老人对她的这个称谓是真心帮扶的结果，知道是老人对她的关爱与褒奖，向来爽利的她也没把老人当外人，一把扶住老人的双臂，满面微笑地搀扶着老人，向越来越美的金盆村走去。

朝霞在天边刚刚铺展开，金色的阳光洒满大地。

"铁娘子"田莲娣是开在江西赣州金盆村的一朵花。

国网电力脱贫攻坚的第二朵花——"爱心茵姐"赵茵，则盛放在山西晋中温源村。

赵茵是国网山西和顺县供电公司副经理、工会主席，瘦高的个儿，白皙的脸庞，最令人印象深刻的是她那双明亮的眼睛和充满活力与亲和力的目光。不了解她的人，很难看得出她是个 40 多岁的女人。

2017 年元旦前，和顺县供电公司作出决定，成立由赵茵、田忠慧、白占荣参加的驻村扶贫工作队，等元旦过后，一起到和顺县城北约 10 公里的温源村定点帮扶。扶贫工作队队长是赵茵。驻村第一书记田忠慧、队员白占荣都五十好几了，他们十分佩服赵茵的工作能力，特别是赵茵的那种亲和力。

接到公司决定的当天下午，赵茵把田忠慧、白占荣召集在一起，征求他们两人的意见："咱们今年过个特别的新年吧，去村里陪乡亲们过个扶贫新年！"

三个人一拍即合，硬是在元旦的前两天驻进了温源村。温源村有 975 户 2442 口人，贫困户 88 户 214 人，低保户 88 户 135 人，建档立卡的贫困户 60 户 102 人，五保户 13 户 14 人。

来到温源村，热情的村党支部书记刘建军还是要他们回家休息，过了元旦再来。赵茵当然明白村干部的好意，但还是执意留了下来。结果是，村"两委"14 人与扶贫工作队一起，赶在元旦前，分别对全村所有的贫困户进行了一次访贫摸底，为生活条件极差的贫困户送去食油、面粉、大米……

一位年近 80 的陈大娘感激地拉着赵茵的手说："是哪里来的这样的好闺女，还没有开春，就给我们送来了暖心窝的过新年物资。"

哪来的？是国家电网公司派来的扶贫工作队。当大地还没有复苏，当严冬的寒冷还没有退却，赵茵的扶贫工作队和温源村"两委"就给这里的贫困户拂面吹来一缕春风。

说得也是，只要有空儿，赵茵就同贫困老人家长里短地唠嗑。满面春风的赵茵总是那样亲切、和蔼。村民们见到她，老远就打着招呼："茵姐，请到我们家坐坐吧！"

不管是去哪个五保户的屋，还是进哪个贫困家庭的院，传来的，不是村民发自内心的感激，就是他们欢乐的笑声，或是赵茵那暖人心扉的银铃般的话语……

7月初的一天上午，赵茵来到低保户王定国家。还没进门，正在喝着小酒的60岁的王定国老人就高兴地站起来："茵子，你来了……"

赵茵笑着回答："才上午10点多，吃饭还早着呢。"

"不嫌弃的话，就在我这吃点？"王定国老人真诚地邀请。

"不用，不用。我吃，您就没菜下酒啦！"赵茵微笑着回答。

就在王定国老人给赵茵让座端茶时，沉闷的天空响起了一声炸雷。眼看就要下雨了。

王定国老人很客气地让赵茵先坐，说他一会儿就来。说着王定国老人拿起一块塑料布就进了卧室。

赵茵哪有工夫喝茶，她心里牵挂的是贫困人口的日子过得怎么样，有什么忧愁需要她来帮忙分担。她端着茶杯，推开房门，朝老人的卧室望去。只见王定国老人站在窗前桌上，用一根木棍顶着塑料布，要用塑料布堵住土坯房的漏水处。

"注意安全！"赵茵急忙放下茶杯，紧紧地扶着老人站立的窗前桌，害怕老人有什么闪失。

好一会儿，漏雨的地方勉强堵住了。王定国老人在赵茵的搀扶下，从窗前桌上爬下来。

回到堂屋，老人扯了一件旧衣服擦着满脸的雨水，似乎有点过意不去。他很牵强地笑了笑："茵姐，不该给你添麻烦！"

赵茵早已收住了笑容，内心满是深深的愧疚！满怀歉意地说："怎么是给我添麻烦？是我们的工作没做好哇！"

说着，赵茵拿出手机，给村党支部书记刘建军打了电话，接着又分别给驻村第一书记田忠慧、驻村队员白占荣打去了电话。

雨停了，天晴了。刘建军、田忠慧、白占荣分别来到王定国老人家。赵茵让他们来看一看王定国老人房屋漏雨的现场，并拿出帮扶的方案。

刘建军告诉赵茵，王定国和王建国是两兄弟，共同居住一套院子，一个住东房，一个住南房。由于家庭困难，房屋年久失修，居住环境存在的风险，早已列入维修计划，但维修资金迟迟没到位。

"需要多少钱?"赵茵问。

"维修这套房子,少说也要 2 万。"刘建军坦言。

在作了深入调查之后,赵茵发现,上级什么时候拨钱维修还很难说。这些善良、淳朴的老人,他们从不主动地要求扶贫工作队做什么,生怕给他们添麻烦。越是这样,赵茵的心里越是不好受。当地有种说法,叫"好哭的孩子有奶吃"。难道王定国、王建国两个老人不哭不叫,我们就忍心让他们饿死吗?

赵茵迅速将这一情况向和顺县供电公司、国网山西晋中供电公司领导作了汇报,晋中供电公司在履行程序的基础上,以最快的速度争取到两个老人的房屋维修资金。

很快,两个老人就住上了安全放心的房子。这时的赵茵,却在思考另一个问题:温源村土地贫瘠、环境恶劣,贫困人口多,像王定国、王建国这样的贫困者不在少数。温源村作为和顺县供电公司的定点帮扶单位,光靠 3 个人的扶贫工作队,很难加快温源村的脱贫步伐,很有必要来个群起而扶之!

这天,和顺县供电公司一辆黑色的轿车停在温源村的北头。车上下来了几个企业领导。其中一个五官端正、中等个儿、偏胖的,是和顺县供电公司经理梁永鑫。

前来迎接他们的赵茵可高兴了,正好有机会把自己这几天的思考和具体方案向梁经理作个汇报。

让温源村尽快脱贫,这也是梁永鑫日夜牵挂并思考的问题。在看望了几家重点贫困户后,梁永鑫特地把赵茵、田忠慧、白占荣找来,听听他们的情况反映。

田忠慧、白占荣各自谈了他们的见解,而赵茵却提出了一个大胆的设想:组建一个由和顺县供电公司党支部、团支部为主体的黎明共产党员服务队,调动社会力量,加快脱贫步伐。

"好!"听了赵茵的设想,梁永鑫高声地喊了一声,两人的想法不谋而合。

按照梁永鑫的安排,由赵茵亲自现身说法,负责发动和组建黎明共产党员服务队。

赵茵不辱使命，回公司只花了3天的时间，就讨论并形成了黎明共产党员服务队的章程。她以电力行业脱贫攻坚的光荣使命与责任，以自己的人格魅力，打动了公司的广大党员和共青团员。一个由和顺县供电公司党支部、团支部为主体的黎明共产党员服务队很快成立了。

每到双休日，一批批来自和顺县供电公司黎明共产党员服务队的国网员工，手执彩旗，身穿"国家电网"字样的统一服装，来到贫困的温源村。有的给老人洗头、理发、剪指甲；有的给贫困户家中擦窗、抹桌、打扫室内外卫生；有的给贫困户家中洗衣、种菜；有的为养殖大户喂猪、捡蛋；有的辅导学生做作业；有的为贫困家庭的病人或贫困学生捐赠……

2018年8月，赵茵了解到村里有3个贫困家庭的孩子考上了大学，家长又喜又忧。喜的是孩子争气，有出息；忧的是家里穷，无法满足孩子的读书费用。赵茵把这一情况向黎明共产党员服务队一讲，很快，3名学生每人分别得到3000元的捐赠，使贫困学生的困难得到一定缓解。

以和顺县供电公司为主体的黎明共产党员服务队，像股暖流，暖着温源村村民的心；像一团团爱火，在温源村的土地上燃烧……

初秋的夜晚，温源村村委会的会议室里灯火通明。围绕村里建不建标准化养猪场的事儿，扶贫工作队和村"两委"争论不休。

村党支部书记刘建军鉴于村里没有一个像样的产业，提出了建设标准化养猪场项目，通过"集体＋全部农户"的发展模式，建设成一家集母猪繁殖、育肥、畜产品销售于一体的经济合作社组织，发挥企业带动作用，形成产业扶贫辐射效应。

对这个项目，扶贫工作队的田忠慧积极赞成；而村委会的少数同志坚决反对，认为不切合实际。

矛盾的焦点是模式的问题。不赞成的人认为应该是这样的模式："集体＋养殖大户"。他们认为，普通农民，特别是贫困户没有钱作为股份加盟。田忠慧觉得，如果把普通农民和贫困户排除在外，就没有起到带动贫困人口脱贫的效果。

初秋的乡村，酷暑刚退，夜凉如水，蛰伏了一个夏天的蛩虫纷纷登场，乱糟糟一场大合唱此起彼伏，再加上鸡鸣犬吠，小小山乡好不热闹。

村委会被称为"胖墩子"的委员嗓门更高了："我说不行，就是不行！"

田忠慧的声音也高了些："你的说法没有道理。我说行，就是行！"

他们争得脸红脖子粗，一时也形不成统一。

他们吵得激烈，赵茵听得真切，脸上始终挂着招牌式、充满亲和力的微笑。她心里很清楚，两人的愿望都是好的，都是为了把这个项目做实、做强、做大，但在具体执行上有了分歧。到底应该是村集体做大做强企业后补贴贫困户，还是让贫困户直接参与创业全过程，通过自己的努力改变贫困面貌？这是一个选择题。前者相对容易一些，后者可能会需要一定的过程。说白了，究竟是要授人以鱼，还是授人以渔？这样一想，问题就迎刃而解了。肯定是后者更加合理。

待他们双方争吵得不可开交的时候，赵茵站起来发话了："你们吵够没？我说说看法行不？"

在赵茵充满亲和力的微笑中，双方一下子都安静下来。"我觉得集体＋养殖大户不可取，集体＋包括贫困户在内的全部农户更符合政策，也更合理些。当然，少数人的担忧是有一定道理的，毕竟贫困户拿不出钱来入股。不过，不要紧，我们的面前，有一支生力军，有一个大爱的阵营，这就是我们的黎明共产党员服务队……"

听了赵茵的话，与会者顿时恍然大悟，对呀，我们还有驻村扶贫队，还有我们的电力扶贫大军呢。大家拍手大笑，笑得那样开心。笑声中，党支部书记刘建军对着赵茵和大伙儿高声说："茵姐的话，有理有据。电力扶贫扶到我们心坎儿了！怪不得大伙儿称她为'爱心茵姐'……"

由此，"爱心茵姐"的名字在温源村头巷尾，在村民和广大的贫困家庭中广为流传。慢慢地，赵茵的名字被淡忘了，村里的男女老少心目中只有一个暖心的名字——"爱心茵姐"。"爱心茵姐"像花儿一样在温源村百姓的心中飘荡，在温源村决胜建成小康社会的道路上迎风摇曳……

"南阳有奇士，三顾精诚倾。"其实南阳不只有脍炙人口的"三顾茅庐"而出的诸葛孔明，还有传说中治水的大禹，开天的盘古。说南阳古老那没错，从50万年前的南召猿人，两千多年前的夏禹国都，到东汉帝乡，南阳的历史文化源远流长。随便一两句土话俚语，都自有其文化底蕴，饱含深意。比如南阳有一句土话，叫"会事"，其意为能干、肯干、干得好，是夸人的意思。河南南阳市南召县白东村就有个"杨会事"。

2016年初春的一个下午，河南南召县白土岗镇白东村的村干部、老人、妇女和儿童聚在一起，在村委会门口翘首盼望，等待着扶贫工作队的到来。

"来啦！来啦！"在村民的叫喊声中，一辆商务车停在村委会门口。从车上走出的扶贫队员向等候着的人们亲切招手示意。

这时，有个小孩喊叫着："哇！美女姐姐。"

随着小孩的喊声，人们的目光"唰"的一下凝聚在那个刚下车的"美女姐姐"身上。她就是杨策，国网河南南阳市南召县供电公司营销人员。她身高一米六左右，瓜子脸，柳叶眉，一头长长的鬈发披在肩上。她皮肤白皙，体态婀娜，完全看不出是四十出头的人，用一朵花来形容恰如其分。但这朵花却并不娇嫩，而是外柔内刚，果断坚决。

白东村辖3个自然村，9个村民小组，人口2183人，其中贫困户52户139人，耕地393亩，地少人多，严重制约着白东村的脱贫致富。

来到白东村，杨策对村民进行一户一户地走访。疲劳和饥饿是常有的事，她从没放在心上。因登记核实贫困状况，难免触及个别人的利益，也会遭到白眼和讽刺，甚至还有谩骂和侮辱，杨策从容淡定，坚持依据国家政策进行甄别、筛选，做好贫困户的精准评定和档案填写工作。

慢慢地，村里农户大事小事都要找这个"美女姐姐"帮忙。

2017年夏季的一个夜晚，忙碌了一整天的杨策正要休息，突然来了个电话，是村里周婶有急事找她。杨策没有丝毫犹豫，冲出门，自驾车朝周婶家赶去。当她跑进周婶家，只见有心脑血管疾病的周国龙老人躺在地上，四肢抽搐，不能言语。她与周婶合力扶起沉重的周国龙，瘦弱的杨策一把将老人背了起来。

当杨策把周国龙老人放在她的自驾车上，驻村第一书记王明强和扶贫队员都赶了过来。很快，周国龙老人被送往白土镇医院急救室。经医生初步检查，周国龙老人是突发脑梗塞，需要尽快送往南召县人民医院抢救。

医师的诊断和嘱咐，就是命令，时间就是生命！

杨策开着车奔向南召县人民医院。她恨不得有双翅膀，立马飞到医院，但恰逢大雾弥漫，只得两眼紧盯前方，小心驾驶。

到了深夜零点多，周国龙被送往南召县人民医院急诊室。周婵、杨策、王明强，还有扶贫队队员都在急诊室门外的走道焦急地等待着抢救结果。

时间一分一秒过去，等在急救室门外的每一个人都焦虑万分，他们谁都期待着好的抢救结果。

大约半个多小时，医生走出来告诉大家："幸亏你们送得及时，再耽误半个小时，就过了黄金救治期了。还好，病人目前已脱离了危险！"

提到嗓子眼的那颗心，终于平静下来。帮助周国龙办完住院手术，已是凌晨 1 点多钟了。

"你回去看看孩子，等天亮吃过早饭再回村里吧！"王明强了解杨策的家庭情况。

杨策已经一个多月没回家了，没能跟自己的爱人说一句热乎的贴心话，没能给自己上初中的儿子多一点关心，她心里装满了愧疚。多想回家待会儿啊，哪怕是给家人一个笑脸，也会感到心里舒坦一些。

今天就先不回了，村里还有一堆事等着呢。杨策笑了笑，装作没事一般，开着车子驶回白东村。

村里贫困户彭新涛的儿子彭佳明是个二十来岁的小伙子。两年前，外出打工结识了一个女性朋友。家里条件差，女朋友也告吹了，为此，他精神受了刺激，患有精神疾病。为了争取让他享受到国家残障补贴，需要到南阳市专门医院进行鉴定。

由谁陪彭佳明去鉴定？扶贫工作队可有点发愁。因为小伙子一旦发病，天王老子都不认，往往做出意想不到的事情，如谩骂、厮打等。

"我去，我是一名女性，他对我也许会少一些敌意。"杨策自告奋勇。

"你去行吗？"大伙儿对她的决定感到有些意外，也有些担心。

"放心吧，我请他母亲一块儿去，也好有个照应！"

杨策亲自驾车，彭佳明和他母亲坐在后面。

刚上车还好，不一会儿，彭佳明大声吼叫："停车——！"

杨策只好将车停在路边，问他："你要干什么呀？"

彭佳明双手拉扯着自己的裤裆："我要尿尿！"

母亲只得扶着儿子一起下车，让儿子尽快方便。

彭佳明再次上车时，说什么也不坐在后面，非要坐在副驾驶位置上。

母亲发脾气了："你要干什么？就在后面坐！"

彭佳明翻着白眼："那我就不走了！"

杨策装作无事一般，面带笑容："就让他坐在前面吧！"

于是，彭佳明得意地坐在了副驾驶位置上。

车，重新发动了。一路颠簸，彭佳明闭上眼睛打起了呼噜。

当离南阳市还有 10 多公里时，彭佳明醒了。他开始对正在驾车的杨策动手动脚："刘芳，你真是好，亲自为我和我妈开车。"

"不要动手，别影响我开车！"杨策既是友好提示，也是严肃警告。

谁知，彭佳明根本不听，还是嬉皮笑脸，动手动脚。

为了安全，杨策不得不将车停在路边的停车处。

"怎么啦？媳妇，怎么把车停下了？"彭佳明还是无理取闹。

杨策耐心地对彭佳明说："你搞错了，我不是你媳妇，我是你杨姨！"

彭佳明的母亲借机大声说："她不是你媳妇，她是你的杨姨！是你妈的亲妹妹！"

彭佳明又把眼睛翻了翻："是杨姨？是我妈妈的亲妹妹？怎么这么漂亮？"

"是的，你杨姨是漂亮。来，坐在妈的旁边，好让你杨姨开车。"彭佳明的母亲连拉带扯地把儿子拉到后座上。

一路有惊无险，最终总算是圆满地为彭佳明做了残障鉴定。从此，彭佳明每年享受到 1200 元的残障补贴，给这个本就贫困的家庭缓解了一部分经济压力。

　　杨策以她的奉献精神和人格魅力征服了村民，感动了一个个贫困家庭。在一次扶贫工作队业绩评审会上，村民都亲切地称她为"知心人"和"贴心人"。在白东村被上级宣布全村脱贫的那天，村党支部书记情不自禁地拉大嗓门说："我们村脱贫，要感谢扶贫工作队，特别值得一提的是，要感谢我们村'两委'公认的'杨会事'。她是谁呢？她就是杨策！"

　　随着支部书记的称赞声，在场的人们把目光全部投向了杨策。此刻，杨策的脸泛起一抹淡淡的红。她望着曾朝夕相处的父老乡亲，谦逊地笑了，笑得像一朵鲜艳的映山红……

山村年年梨花放

    2018年梨花堆雪的季节，"90后"青年李肇敏作为国网山西忻州偏关县供电所派驻高家上石会村扶贫工作队队员，来到了工作队驻地。

    刚进到驻地，眼前的一幕让他惊呆。院子里和屋顶上杂草丛生，推开门进入办公室，一张桌子、三个本子、两支笔、两个年过半百的同事，还有一张土炕。看到眼前这一切，毕业于山西农业大学信息学院、入职刚满5年的小伙子，从小生活在城市，第一次来农村的他，心态有点儿崩了。"这将是我日后'战斗'的地方？我要自己做饭？没有电视？据了解还没有年轻人，我该怎么在这个环境里生活？"他一遍一遍地问着自己。想着要不然退缩，回单位继续干他的变电检修工作，毕竟在国家电网公司上班，专业过硬才是立足之本。"扶贫"还是算了吧。

    "是不是我哪里做得不够好，单位领导觉得我留在单位意义不大，所以被作为一个闲散人员'流放'了？"来村里的前两天，负面的情绪充斥着这个李肇敏的内心，让他对自己产生了怀疑。

    山西省电力公司驻偏关县扶贫工作队队长李建生在旁边看出了他的忧虑及不适应，慢慢和他谈心，说："小李，扶贫工作任重道远，这是我们国家新一轮的'长征'，组织上信任你，把你派到这个环境中来，你就得克服困难，完成这个光荣的历史使命。生活上、工作上有啥问题大家可以相互帮助。以往人们说一起扛过枪、一起同过窗的友情，咱们这是一起扶过贫的革命友情。"在队长和两个队员你一言我一语的思想动员下，李肇敏暂时安定了下来。

刚来的头一个星期，各种问题都暴露出来了。吃饭没有青菜，想吃还得回城里去买；晚上睡觉，睡着睡着就会有当地人称为"烂甲虫"的虫子在脑门或者身体的某一个地方爬来爬去……生活的种种不适应，一次又一次地让他打起了退堂鼓。不过想到来时领导和队长信任的目光，他决定，咬咬牙，再坚持坚持。

虽然生活上不适应，但工作总归要开展，主业工作无法参与了，扶贫的事业得进行下去。从哪个方面介入扶贫，可以让村民脱贫致富？这样的问题始终浮现在他的脑海中。

先入户走访吧。

"山高石头多，出门就爬坡。地无三尺平，年年有灾情。"初次迈进村子的李肇敏对这句顺口溜有了更加直观的印象。通过一周不停歇地走访，他发现村子高山坡地日照足、温差大，而且20世纪80年代，村里的梨树种植已达到七八百亩，一度成为十里八乡有名的产梨村。

把摸底结果跟扶贫工作队及村委领导汇报后，工作队将帮扶"梨产业"定为高家上石会村脱贫致富的重要"门路"，李肇敏也被工作队安排为推动梨产业扶贫的骨干。

李肇敏了解到，高家上石会村一直以来都有种植梨树的习惯，现有梨树种植面积超过800亩。但是因为种植技术落后、种植品种差，产出的梨果无法在市场上买卖，多用于自家尝鲜，或是喂食牲畜。

治标得治本，工作队先后从吕梁文水、忻州原平请来梨树种植专家，想通过对品种改造，梨树科学管护，梨园规范管理等方面来对全村梨树进行改造。

专家们经过现场考察后，确定了梨产业改良方案。李肇敏和其他队员都觉得这事儿板上钉钉了，致富仅仅是时间的问题，甚至年轻人自以为这简直就是上石会村的"财神爷"，兴奋不已，马上请村支部书记通知所有村民开会。

在会上，小李畅谈了所有改造梨园的构思，展望了上石会村未来梨产

第五章
爱如电

业的发展前景，给大家详细地介绍了文水、原平梨农每年的收入，出示了两地梨园的现场照片及梨果成熟后对外销售的照片。本以为大家会积极响应，没想到的是，耳边却传来"嘴上没毛，办事不牢""小屁孩还要改造梨园，又是画大饼了""又是面子工程，不如把钱给咱平分了""小后生你不用这么闹了，钱给了我们，我们就脱贫了，省得你麻烦"……一句接一句的风凉话像针一样扎在年轻人心上。

村民的质疑和不理解，让满腔热情的李肇敏备受打击。我做这些事完全没有意义啊，我做这些事是为了谁？是为了帮谁致富？你们都这样了，那还帮你们干吗？一拨又一拨的负面情绪接踵而来。接下来他都不知道该在会上说些什么，一直在不停地反问自己。对于这个涉及全村利益的"致富"计划，他又打"退堂鼓"了。

在李建生和队员们的鼓励和开导下，李肇敏不服输的拧劲儿上来了。你说我嘴上没毛，办事不牢，我就让你看看我这个没毛的娃娃是怎么通过自己的努力带着你们脱贫致富的。你们不做，我就不相信所有人都动员不起来！

李肇敏和偏关县供电公司阳光扶贫共产党员服务队的同志们，每个人带着事先准备好的资料，针对所有的梨农挨家挨户入户走访。经过三天的入户走访，虽然有想尝试这种新方式的，但依然没有一户愿意去做"第一个吃螃蟹的人"。梨农普遍担忧改良后可能会导致当年没有收成；如果改良失败会不会导致梨树死亡；改良后需要漫灌，漫灌后的成本太大，一旦梨果没能卖出去，那对于他们来说，将是一笔很大的损失。而这些，他们的经济条件都承担不起。看到李肇敏和他的同伴们忙前忙后，多番解释无果，村支部书记高国珍感觉到了年轻人的失落，告诉他，村里有个老头高锦绣，原来当过老师，属于村里的文化人，种地也是爱好，也许他可以接受改良梨树的新思路。

第二天上午一大早，李肇敏提着牛奶、鸡蛋来到高锦绣家。当他把对梨园所有的构想告诉老高后，老高虽然心动，但是依然是百般推托。李肇敏能感觉到，其实老高很想尝试梨园改造，但也有自己的疑虑。经过两个小时的沟通，李肇敏承诺，梨园改造项目开始后，扶贫工作队将配合梨树种植专家，全程帮助老高进行梨园改造、梨果嫁接。老高则在梨果有了成果后，负责帮忙在村里进行宣传。

当天中午吃了饭，李肇敏便和梨树种植专家走进高锦绣家5.5亩梨树地。经过考察发现，高家上石会村整村的梨果曾经品种改良过一次，但不完整。改良后，村民未能科学管护，导致品种水平下降，梨果皮厚、水分少、卖相差，核查后专家给出建议，通过科学的管护手段，对梨园进行品种改造。制定方案后，现阶段得对梨树枝干进行修剪、疏果、打药和套袋。

第二天一早，梨树管护专家组5人对所有工作队成员及老高进行了一对一地培训。告知梨树修剪、梨果蔬果的注意事项后，梨产业扶贫的方案终于迈出了第一步。

接下来的一周，在专家组的指导下，在工作队和老高早6点到晚8点的努力下，5.5亩梨园有了天翻地覆的变化。原来"直冲云霄"野蛮生长的梨树被修剪成一个球状；原来肆意生长的梨果，被疏理到最多一枝两果；原来的"公""母"梨不分，被梳理到仅留存"母"梨。

看着一地被修剪掉的树枝和小梨果，老高一屁股坐在了地下，像被抽了筋一样，吸溜着口水，说："这长大了也是分量了，都能卖钱了，实在不行喂牲口还能多喂得两口呢。"

看着老高惋惜的表情，李肇敏赶紧在他旁边坐下来宽慰他："原来你们的做法那是为了多结果，不管品质，不管大小，没有卖相，所以最后几乎全成牲口口粮了。这次我们工作队帮你弄了以后，今年年底肯定在县里能打出来咱高家上石会村的名气，绝对让你见到现钱。我个人给你写个保证书，要是没实现，我赔偿你。"

不知是因为看到了李肇敏的决心与信心，还是相信了他最后的承诺，老高转了转眼珠，勉强答应了。

前期准备工作结束，到了梨果成形前最关键的步骤了，专家一再叮嘱："首次农药喷洒及梨果前期套袋很重要。梨果套袋后，能够改善果实的外观品质。通过套袋，可防止果锈和裂果发生，使果实成熟后颜色变浅，果皮细嫩光洁；还能够降低果实的病虫害和农药污染。由于套袋对果实的保护作用，有效地减少了果实的病虫危害，套袋后农药、烟尘及杂菌不易进入；提高了果实的贮藏品质；防止鸟害。但这些都得基于第一次农药喷洒的好坏，喷好了，上述的所有优点全部能实现；如果没喷好，那套袋就成了为害虫安家。"

听了这些话，工作队员们和老高直嘬牙花子，没有办法，硬着头皮也得来，必须熟练掌握这项技能。

喷洒农药说着简单，但是对喷洒的角度、时长、湿度、农药稀释的比例都要格外仔细，同块地不同的病虫害还得打不同的药。为了掌握这项技能后，能好好培训其他贫困户，李肇敏和老高背着农药桶对每棵树进行了细致的农药喷洒，确保每棵树，每隔30分钟喷洒一次，共计三次。

前期的最后一步，也是最耗时耗力的一步，就是梨果套袋。一颗梨一个袋，袋套的时候要注意力度的拿捏，不能伤着果把，还得把梨果全部包围。看着这1万多颗待套袋的梨果，李肇敏心里犯起了愁，这得套到猴年马月去呀？但是为了证明自己这个"嘴上没毛"的后生能办得了实事，瘪着嘴、咬着牙也得上。

从 4 月 17 日开始套袋，专家组套 3 亩，李肇敏和老高两个人套 2.5 亩。没有想到的是，老高套了没有 1 个小时，就以年龄大、干不了重活、身体乏累等原因断断续续地歇着。到了中午吃饭的时候，专家组张老师问："老高，你这个人咋就让着娃娃和我们给你弄了？你自己也动动手哇！"

"我这岁数了就不学了，也弄不动了，你们搞的这项目自己有工资，小李搞这个也是有他的目的，你们好好弄，弄好了给你们宣传，弄不好你们电网公司把钱给我赔了就行。"

"高老头"的"大实话"，让李肇敏无比愤怒，甚至连失望的情绪都没有了，只有愤怒。他那颗年轻的心，一遍遍地无声呐喊：帮扶不是救济，不是亏欠。帮扶、帮扶，"帮"是手段、是前提，"扶"才是目的。他突然觉得，李队长说的对，这穷根不是一两天就能拔除的。扶贫仅仅从产业出发、从物质出发不行，得从思想上转变他们的认识。但眼下没有办法，老高不干，只能自己和专家们干，套了 3 天终于把 1 万多颗梨果全部套袋。接下来就是 15 天一次农药喷洒，30 天一次梨树漫灌。

紧要的事情忙完了，空闲的时间，李肇敏每天去贫困户的梨树地里走走转转，看看梨树地的生长情况以及出现的病虫害问题，然后拍成照片发给专家们以此对症配药，然后邮寄过来，他再主动按照配方稀释好农药，有针对性地打药杀虫。

李肇敏就这样天天泡在梨树园里，从梨花开满枝头，到花落赛雪铺满地，再到嫩绿的梨果压满枝头，他忘了自己受的所有委屈，忘了城市里的热闹喧哗，全身心地扑在村子里，扑在"我不是嘴上没毛愣后生"的执念上。

两个多月，他基本上把高家上石会村所有的梨树地都走了一遍。没有科学管护的梨树地和他所付出巨大心血的示范园，简直天差地别，无论是梨树的生长，还是梨果的大小，均有很明显的差异。

7 月的一天中午，李肇敏正吃着饭，办公室里突然闯进来七八个贫困户，坐下后啥也不说，直接就拿出来一铝盆炖羊肉，还提着西瓜和香瓜。年轻人顿时有些蒙圈。虽然也有过村里的大娘看他每天吃的烩菜、方便面、拌汤啥的太凑合，就在家里炒了猪肉或者是炖了羊肉时热情地给他送点过来贴补贴补，用大娘们的话说就是，"这是你免费给梨树喷农药的'工资'。"但今天这阵势一看就不同往常。

李肇敏吃饭都没心思了，直接问道："大爷大叔们，你们先把东西拿回去，我想吃了再去你们家里拿。你们有啥事儿就说，要不我也吃不下饭去。"

领头的高长后磨叨了一会儿，红着脸说："小李子，你看你手上还有那些给梨果套的袋袋没有？我昨天路过高锦绣的梨树地了，拆了个袋袋，发现你给套袋袋的那个梨，皮白的，看着就薄了，那个梨比我那梨颜面可是好看得多了，个头儿还大。我看跟我们小子从超市里买的梨差不多。这不就叫了老几个去看了看，我们几个原来都是梨树种植的积极分子，人均有个七八亩，那几年倒是把梨树改良了，但也没太大的变化，就放弃了。我们看见你这改良得真不赖，就想问问你能不能也给我们弄弄？"

"是了哇，你这个娃娃肯受苦了，好几次看见你在地里自己动手，看见如今老高的梨树弄成这样，我们也想跟上你弄了。"

"我们以为你下乡来镀皮来了，没觉见你这娃能真把这事儿办好，你看看有啥办法也能给我们弄弄，看看年底能不能指这个过个好年。"

几个大爷七嘴八舌的一下让李肇敏来了精神，这是被认可了呀！"这东西咱都有，就是不知道还来不来得及弄，我先给文水的专家打电话问问吧。"

满心欢喜的李肇敏立刻向李建生汇报，咱们的梨园改良项目终于被大家认可了，我这就联系文水的专家扩大规模。

经过和文水专家的沟通得知，现在梨果套袋没用了，还会起到反作用，有了虫害再套袋，等于变相给虫子安了家。专家说，现在弄的话，就要按照规程打药、施肥、浇水，但毕竟过了季节，不如明年再好好搞。得知消息后，李肇敏把这个情况告诉了大家，看到大爷们情绪不高后，又告诉他们："今年11月份扶贫工作队会邀请文水专家来村里驻村为梨农修剪梨树，还要做梨树科学管护现场授课，如果有兴趣的话，等专家们来了，我通过村广播叫你们来就行。这几天，我陪你们再去看看你们的梨果有没有虫害，给你们配好药，你们回去打上就行。"

马上就到国庆节了，李肇敏终于等到了回家的日子，因为是自驾车来驻村，就顺便载几个村民去城里。没有想到，这次车上的畅谈，彻底改变了李肇敏对扶贫工作的整体看法。

车上，大家东一榔头、西一棒子瞎聊天的时候，突然王二花大娘说了一句："小李，25了哇，还没对象了哇？"李肇敏随口回了一句："没有。"

"我家二女子，你来家里聊天走访的时候见过。我觉得长得不赖。她从山西大学毕业，现在在咱们县委宣传部上班，那可是正式的公务员。大娘觉得你这个娃娃挺实在，靠得住。就是大娘家里头是个农民，你看你要有心思，大娘给我家二女子说个亲哩？"

二花大娘张口就来，李肇敏不知所措，一下子脸就红了。高富恒老汉笑着说道："二女子，那好娃娃谁见谁爱，这好事儿不能全让你家占了哇！小李子来了咱上石会没和村里人红过脸，看见我老汉一个光棍，还给我在地里头帮忙，还给咱村的人配农药，你把人家娃娃还留在这上石会山上了。""可不是嘛富恒叔，咱也不是没见过走过场的扶贫干部，小李子来了后，我天天能在村里头见着，和村里乡亲做这做那，谁家灯不着还给换线换灯泡子，人家这娃娃是真扶贫来了。听说那梨种得可不赖了，那会儿说人家是嘴上没毛的娃娃，你看看现在这小胡子也有了，事儿是一件比一件好。"高二仁抢着说道。几个人你一言我一语地聊着，很快就到了城里。

总算是把大家都送到了地方，李肇敏咧着嘴拿出手机给家里打了个电话："妈，我给你说个喜事儿。你家这小了，扶贫可能还得给你扶回来个公务员儿媳妇。哈哈！"

"又拿你妈开涮，你小子3个月没回来啦，这是扶贫把自己扶村里去了？"

"今天就回去了，和你说真的呢，村里的大娘给介绍的，她家的闺女，在县委宣传部上班。"

"那你完了见见，觉得合适就考虑考虑！"

挂了电话，李肇敏想了想，长这么大，头一回有人给介绍对象，而且是当妈的介绍她女儿，嘿！自己算是得到村民的认可了。

时间马上就临近11月了，通过对老高"示范园"的不断帮扶，梨产业发展已得到了实践的考验，初步形成规模，亩产量从原来的不足 1800 斤达到现在的 5000 斤；梨树密度低，更方便了日后农民的养护；高寒地区昼夜温差大，该村梨果相较于市面上部分梨果甜度更大。科学管护后的梨果，卖相比市面上的梨果更具竞争力。

经过最后核实，全村梨果共 8 万余斤，相比前一年全村梨果产量提升 4.5 万斤。但由于地处偏远，道路不畅通，没有办法进行大批量的外运，梨果如果不及时销售出去，再没有好的存储办法，梨果腐烂后对村民来说更是一种负担。工作队协商后，向省市公司提出"消费扶贫"方案，每名职工购置梨果一箱 17 斤，一斤梨果 2 元。经过全村人、工作队及国网偏关县供电公司"阳光扶贫"共产党员工作队队员的一致努力，全村优质梨果 5.17 万斤，一天半时间就悉数完成装箱上车。合计为全村梨农带来收益 103400 元，帮助梨农人均带来收益 2011.23 元，户均收益 1.084 万元。帮助全村 73 户贫困户实现脱贫，使该村集体收益首次实现零突破。

2019 年 10 月 24 日，李肇敏作为帮扶责任人到村里走访，刚进村广场就被几个村民拉着坐到了凉亭。"小李子，你可是得给大爷们想想办法了，你说这梨又丰收了，之前你们单位给消化了，如今卖得少了，能不能再和你们的领导商量商量再给买点？"

李肇敏仔细想了想，这梨果丰收了，销路确实也是问题，不可能一直依赖国网公司"消费扶贫"，但一时也没有明确的好办法，只能先安抚大家说尽快想办法处理。

回到单位后，李肇敏绞尽脑汁也想不出来能大批量销售的好办法。一次偶然的机会，他下班后看到单位众多同事各自盯着手机，时不时地狂点一下屏幕。通过了解，快手、淘宝等直播平台成了他们现在消费的"主战场"。尝试电商销售梨果，应该可行。既然有了思路，说干就干，李肇敏和公司领导提出"电商助农"的活动方案，并很快得到领导同意。

通过平台了解本地最大的网红，发动单位员工四处联系，不出半天，李肇敏就来到了主播尤富家中。当他开门见山说明来意，本以为直播行业都在带货，而且助力当地脱贫致富也是件好事儿，可结果不承想，尤富犹豫了。

"我知道这是个好事儿，但我是个粗人，没上过几天学，以前就是搬砖当小工，熬下一身问题。现在我有 4 万多粉丝，有时候人们也给我刷点礼物，一个月直播能收入个两千来块钱。如果这次替你们卖东西没成功，别人要是说我的闲话，把这些粉丝丢了，就等于把我自己的'饭碗'丢了。我再考虑考虑吧，不行你们就先找其他人试试?"

吃了"闭门羹"回到宿舍，李肇敏思前想后，这个事儿还得继续推进，就开始试着去了解直播这个行业。通过 3 天准备，整理好"李佳琪、薇娅、保德乞丐、内蒙喜哈哈"等直播带货成功案例，同时联系了工作队队长张海林、第一书记刘文明、县委宣传部李可，大家一起商量后，觉得这是一个可行的方案。刘文明、李可发动本地人的优势，先从尤富家里人入手，让枕边人去游说，当一切准备好后，11 月 1 日四人一起二次登门拜访尤富。可能是别人的成功吸引了他，也可能本地人之间沟通更贴心或者是县委的出面让他看到了保障，事情的进展出奇地顺利。

2019 年 11 月 4 日 8 点 30 分，偏关县内第一场助农直播开通了，历时 4 小时售出梨果 512 箱、8704 斤，合计带来收入 21760 元。为村内 11 户贫困户带来户均 2000 元的收入。

"电商＋网红＋直播"的扶贫新模式迅速在小小的山村流行开来，通过不断地引入一系列相关培训，打造出诸如"农村郝健""多功能馋嘴猫""老牛湾燕姐""农人花姐"等一大批优质网红。仅当年，全村销售小米突破 3 万斤、梨突破 12 万斤，带动了全村 33 户贫困户增收。

"你小子行了，会闹了，可惜你这娃娃要离开咱村了，我觉得你小子比我这个农民会当村支部书记。"村支部书记高国珍咧着嘴拉着扶贫工作期满的年轻人的手笑着说，"小李子，大爷那炖羊肉可是给吃对人了!"

"二花子，你可是没那福分，这么好的后生没闹成个女婿!"村里人开着玩笑。

李肇敏突然发觉，他们说话时的眼神里，有光。这大概就是希望的眼神吧!

西域之光

"进一步聚焦'三区三州'等深度贫困地区，瞄准突出问题和薄弱环节集中发力……"这是党中央、国务院对打赢脱贫攻坚战的要求。

电力，作为经济发展的"先行官"，作为贫困地区脱贫致富的
基础保障，正持续发力。为此，国家电网公司发出号令：全
力攻克"三区三州"深度贫困地区最后堡垒！

那曲的灯亮起来

在海拔5000米的雪山之巅，寒风肆意地咆哮着，积雪被撕扯成一条条棉絮漫天飞扬。在寒风与积雪之间，裸露着寸草不生的瓦砾堆，那些坚硬的石头沉默不语，无声地臣服。这些或大或小的尖利碎石，连苔藓都不愿意攀附。然而，这里还有一种植物，它的根深入地下，在沉默的瓦砾堆中独自抗争风雪。它才是高原的语言，是无畏与坚强的化身，是高贵与不屈的象征。

"快看，这里有藏雪莲！"不知是谁惊喜地高呼。电力队员们赶快围拢过来："真的是藏雪莲！真的是！"十几名队员顾不上呼号的寒风，顾不上高寒缺氧，激动地聚拢在那朵孤立高原独自怒放的洁白雪莲花周围。藏雪莲骄傲地仰起头，接受着众人的注目，却发现这些人与它何其相似！在这海拔5000多米的高原，竟然还有这样一群坚强、无畏的生命。他们是光明的使者，是高原的交响。它忍不住向这群勇闯生命禁区的勇士颔首致意！

葛军凯承认自己有"私心"，所以当他毫不犹豫地接过国家电网公司2016年底根据国务院部署启动的西藏新一轮农网改造升级工程专项帮扶工作时，信心满满。因为，国网浙江省电力公司同年龄段、同级别的职员中，他的身体素质是最好的。

他，高高的额头，微卷的头发，犀利的眼神，再加上那标志性的微笑，令人很难相信他已年近天命之年。说起话来铿锵有力，笑起来却像含着绵糖，浙江人的精明干练就在他的举手投足间。在余杭区供电公司的同事眼中，他这位总经理，一直是一位毫无领导架子、作风硬朗、雷厉风行的"阳光大叔"。就连省公司的领导也认为，在帮扶组组长的人选上，有极强的电网业务能力、领导号召力，具备强健的身体、吃苦耐劳的素质，在浙江抗台风、抗冰抢险救灾中屡建奇功，在 G20 峰会保供电工作中贡献突出，常年运动，还多次获得国网系统网球赛大奖的葛军凯是他们的不二人选。

但命运这东西真是很奇怪，看起来想当然的事情未必就能成真；更有意思的是，已经不能成真的事情，峰回路转，最终还能梦想成真。这话说起来很绕，但事情的发展其实更绕。

自以为健康的葛军凯在体检的时候没有过关。由于他心脏的一根动脉位置异于常人，上高原可能会有心血管疾病的风险，医生坚决不肯签字通过。

这可急坏了葛军凯。此次"上高原"在众人眼里非但是敬而远之的事，而且完成的难度非常之大。有人说，这是一次不可能完成的任务。浙江省电力公司领到的是对口那曲地区的帮扶任务。那曲工程计划投资 27.27 亿元，占西藏本轮农网工程投资总额的四分之一，整个工程需要新建和改造变电站 28 座，架设线路 4666 公里、通信光缆 1958 公里，安装变压器 1528 台、户表 31854 户，整个工程规模相当于再造大半个那曲电网。这样的工程量即使在平原地区都要几年的时间才能完成，而在那曲却只有短短 6 个月的施工期，再加上"海拔高、区域广、施工条件复杂、自然条件恶劣"等难点，实实在在是难上加难。

但葛军凯却一把抢着揽在身上，除了公司领导的重托，其实在他的内心有三个小小的"私心"。

"唯至绝境，方知极限。"虽然年近半百，但他始终有颗不安定的内心。用他自己的话来讲"就是要敢于亮剑"，他也想看看自己的极限到底在哪？此为第一个私心。

让每一个角落都有一盏不灭的明灯，这是作为一个电网人最朴素的心愿，也是葛军凯的第二个私心。曾经的涉藏州县，漆黑帐篷学校里那一双双期盼的眼睛让他触动很大，他也早就立下誓言，有机会就要帮助孩子们实现愿望。

第三个私心便是"仰望星空，诗和远方"。每个诗人心中都藏着一块荡涤心灵的净土。作为一个爱好诗歌的"老文青"，涉藏州县圣洁的雪山、蔚蓝的天空、纯净的湖水都时刻撩拨着诗人的心弦。这份难得的"缘分"怎可辜负！

急红了眼的葛军凯直接跑到了院长办公室理论。无可奈何的院长只好组织专家论证，经过审慎的考虑后最终答应签字，但他必须每天配服3种心血管药物进行预防。

貌似峰回路转，生机重现，但最难的关，其实是在家里。

孩子已长大成人，也能够独立自主了，况且平时葛军凯在家里也颇有威严，这边丝毫没有遇到阻力。

第一个站出来反对的是远在宁波工作的妻子屠洁琳。从宁海到鄞州，再到余杭，葛军凯越调越远，现在甚至还要调到三四千公里之外的高寒之地，这让她颇有怨言。但头天反对，第二天她却偷偷摸摸地给他置办起上高原的衣物、生活用品和药品。因为她知道，一旦葛军凯拿定主意的事情，

八匹马也拉不回来。

接下来便是最难的老人关。让葛军凯没有想到的是，岳父母相当开明，他们认为"好男儿志在四方"。相反年近八十、体弱多病的老母亲却极力反对，认为高原地区"太多危险"。他只好轮番搬出岳父母、妻儿等救兵苦言相劝，动之以情，晓之以理，最终老母亲才勉强通过。

"也不是没想过上高原会有很多突发和意外，也不是没想过这是个几乎不可能完成的任务。"回想起当初作这个决定时，葛军凯很坦然，"人的这一生，存在的意义就是不断地去解决问题，不断地挑战自己的极限！"

然而这么多年的辛苦打拼，最让葛军凯亏欠的还是自己的家人。每每电网有突发紧急任务，他都第一个带队冲锋，有时几天，有时甚至十天半个月。带回家的除了脏衣服便是疲惫的身体，但妻子的通情达理、孩子的懂事听话，让葛军凯甚感欣慰。也正是家的温暖，让他时刻保持着充沛的精气神。

总算是尘埃落定。高原、雪山、蓝天、湖泊和未知的一切已经开始向他招手示意了。

吹响集结号，葛军凯开始组建、梳理自己的团队。经过个把月的物色，前期的 14 名帮扶组成员已经从各个地市供电公司选拔、体检完毕。葛军凯认为，要想完成这个"不可能的任务"，什么都得想到前头，筹备工作尤其重要。

在人员的分工配备上，葛军凯首先动了心思。按照国家电网公司的要求，帮扶组一般分为两个组，一个主网组，一个配网组。但那曲这个任务特殊，要想在短短的时间内完成任务，综合物资就必须走在前头，因此他要求额外成立综合物资组，加派两个人。他还要求省电力公司全力配合物资供给。事实证明，他的顾虑是对的，在后续的工程进度中，综合物资组起到了重要作用。

此外，由于那曲当地存在着诸多不可预测的因素，葛军凯向浙江省电力公司提出，"以前方指挥后方"的机制。这一冒了大不韪的举动，最后居然"被同意"了，这让葛军凯大为欢欣鼓舞。

经过紧锣密鼓的筹备，16 名干将迅速集结完毕。这支平均年龄 36 岁的团队，专业面覆盖电网建设管理、配电工程管理、物资管理、综合管理等各个方面，将分别负责主网建设、配网建设、综合协调与物资保障等工作。

2017 年 3 月 3 日，帮扶团队开拔赴藏。"牢记使命，勇于拼搏，全力以赴，众志成城，严格自律，敢于担当，援藏有我，有我必胜。"出征仪式上的誓言，葛军凯烂熟于心，因为这已成为他的座右铭。

3 月 11 日，帮扶团队到了那曲，正值藏历新年后的第一场雪。"瑞雪兆丰年"，让帮扶团队讨了个好彩头，那曲新一轮农网改造升级工程专项帮扶行动拉开帷幕。

这帮意气风发的"远征军"们，也注定要将自己的脚印永久地镌刻在这片神秘的土地上。

初入藏，一切都是新鲜的，蓝天白云碧水，还有皑皑雪山。但还没来得及细细欣赏，还没来得及站稳脚跟，就被如期而至的高原反应打了个趔趄。

在这个平均海拔 4500 米以上的藏北地区，气候干燥、昼夜温差大，年平均气温 -2℃，空气含氧量仅为杭州的一半，而且紫外线十分强烈，阳光照在皮肤上都是火辣辣的感觉。队员们很快就起了反应。

如果说白天还只是胸闷气短的话，那么，到了晚上，几乎每隔 30 分钟就会醒来一次，嘴唇严重皲裂，头更是涨痛欲裂，无法入睡。

作为那曲帮扶小组组长的葛军凯看在眼里，痛在心上。他清楚，这个紧要关口，既要保障团队人身安全，也要顶住"这口气"，否则接下来就会人心涣散！在他看来，大部分的高原反应症状其实就是"精气神"的问题，这时候正是个磨炼团队意志品质的机会。

因此，他三番五次开动员会，面授高原反应的缓解方法，同时还密切关注着大家的一举一动。谁脸色不好，谁吃饭没来，他都一一找来谈心。1986 年出生的牛铮那段时间经常坐立难安，精神不振。找来办公室一聊，小伙子还扭扭捏捏，以为自己的难言之隐——痔疮是高原反应闹的。这让葛军凯一顿呵斥："你那是辣椒吃多了！"没想到这一骂还真管用，几天过后，小伙子屁颠屁颠地跑来说，痔疮被"骂"好了！

团队的军心初步稳定下来，但葛军凯自己却一直遭受着身体的折磨。毕竟将近 50 岁的人了，自从上了高原，肚子疼、脑袋疼一直让他睡不着觉，而且还患上了之前一直没有的高血压，不得不吃降压药。

那曲农网改造升级工程的工程量非常大：主网有 23 个工程，投资 14.36 亿元；配网有 1951 个单体工程，投资 12.9 亿元。施工期只有短短 6 个月，且必须在 9 月 30 日之前完工，此外还要面临着各种自然条件的约束。

这样的工程量在帮扶团队主网组组长秦维看来，是之前 G20 峰会杭州电网建设规模的 3 倍以上，投资量是浙江一个地市一年配网投资的 3 至 4 倍。

"什么思路，怎么开局？"这让葛军凯伤透了脑筋。那段时间每天晚上辗转反侧，难以入眠，"脑子里反反复复地过着工作思路"。为了第二天有精神，他几乎每天都要吃一颗泰诺，一来当作安眠药，二来也为了防止感冒。他经常嘲讽自己，"在那曲已经把一辈子吃的感冒药都吃了"。

最终经过集思广益，葛军凯敲定了"大兵团、网格化"的指挥体系，管理战线向业主单位和施工现场两头延伸。他建议在那曲各县公司建立二级项目部，实施一二级项目部联动管理：一方面他要求将浙江省电力公司"一市帮一县"行动的 356 人次短期帮扶人员派驻到各县的二级业主项目部，根据标准规程侧重查问题；另一方面援藏工作组作为一级项目部着重解决问题。此举既克服了人手紧张的问题，又确保了工程安全、质量、进度可控，一举多得。

明确了目标和方向，他便马不停蹄地周转于那曲的索县、巴青、比如、嘉黎等县开展工程推进会，与当地政府对接协调人，明确征地补偿、临时占地等操作流程。4 天时间，行程整整 2500 公里，葛军凯一刻也没停歇。

3 月 15 日工程正式开工，他开始主导推行项目联络人制，把每个工程落实到人。项目经理迅速摸清每个单体工程的现场安全、质量、进度的实际情况，以及每个参建单位和单体工程的问题，及时协调解决。

4 月 20 日，工程迎来全面铺开阶段。帮扶团队采取班组式业主项目部管理模式，充分发挥项目经理、建设协调、安全等各专业岗位职能，集约化处理工程面临的问题。

连日的奔波辛劳，葛军凯熬出了深深的黑眼圈，但一谈起工作，他却立刻两眼放光。这种工作强度让综合物资组组长韩辉感到敬佩，但也感到担心，他多次劝葛军凯注意休息，但葛军凯总说"不碍事"。

开局还算平稳。然而在那曲这块神秘的雪域高原上，你永远不知道下一秒钟会是什么困难，正如你永远不清楚下一秒钟是什么天气。

那曲的3、4月，天气依旧寒冷，风雪天气对工程进度和质量影响甚大。铁塔塔基开始浇筑后不能停工，否则基础全部都会开裂废掉。塔基保温保卫战就此打响，给塔基盖棉被，用火炉加温，只要是有利于施工的办法，都一一尝试。

受天气影响，那曲本地水泥电杆生产厂无法开采砂石而交不出货，项目面临着大面积停工的威胁。葛军凯并没有怨天尤人，与厂家一起想办法。那段时间，拉萨、昌都、山南，任何可能存有水泥电杆的生产厂家他都派人一一跑到。那曲本地铁附件产能严重不足，葛军凯又立马请求浙江支援，981吨库存物资全部都准时送达那曲，保证了工程进度有序推进。

3月到5月，羌塘大地一片冻土。配网组组长苏恺打了个比方："在内地，挖2米深坑只要5分钟，而在高原的冻土地挖一个坑需要2小时，冻土严重时，一天只能立5根电杆。"工程难度可见一斑。

为了弥补工期上的损失，葛军凯和帮扶团队们一道，开启了"白加黑、五加二"模式。仅在那曲县经常断电断路的尼玛乡攻坚项目上，葛军凯便三进三出，和施工队同吃同住，饿了啃口压缩饼干，渴了喝口矿泉水。令驻点玛曲县的蒋俊记忆最深的是，由于帐篷相对暖和，老鼠喜欢爬进被窝里做窝，但就是这样的条件，葛军凯一句话都没有，倒头便睡。当尼玛乡工程结束时，"阳光大叔"早已是两颊黑红、胡子拉碴。

5月16日，克服大雪冰雹、高原冻土施工等一系列困难，那曲县萨措村成为西藏本轮农网工程第一个联网通电中心村。

6月，工程进入攻坚阶段。但这时候，那曲工程存在的设计深度不足、施工单位能力良莠不齐、监理人员责任心不强等一系列问题开始暴露出来，帮扶团队工作遇上了各种阻力。团队士气受挫。

葛军凯明白这时候他作为主心骨必须站出来。借着入藏百日座谈会，他针对大家提出的困难一一剖析，一一想对策，总结出了十二字：沉下心、细细想、咬咬牙、钉钉子。

这次座谈会振奋了团队的士气，为帮扶工作打开了思路，打开了局面。

对内严抓团队管理，对外狠抓机制落实。为了给那曲留下一流的工程项目，葛军凯时刻严抓施工安全和工程质量。组织安全培训、安规考试，严把施工单位资质审查关，严把队伍、人员准入门槛，开展"5·10"安全学习、"5·20"安全活动、地脚螺栓专项排查活动、交叉跨越专项排查活动、春秋季安全大检查活动等安全管理专项活动，从源头上为项目工程打下坚实基础。

细化安全管理要求，强化施工现场安全管控，印发了《关于开展施工安全管理内部排查的通知》和《安全红线管理规定》等规章制度，明确21条排查要求和21条安全红线，从制度上加以规范。

爱之深，责之切。工程安全面前，葛军凯不留情面，他时常要求自己的团队："宁听骂声，不听哭声，看重结果，更注重过程。"为了确保安全上的可控、在控、能控，葛军凯还要求大力加强现场督察力度，除了派遣帮扶团队成员进驻工地，他自己也时常带头组织检查。

工程实施期间，整个帮扶团队共开展安全督查135次，下达安全整改通知单121份，发现纠正各类安全问题376个，有力地提升了那曲新一轮农网改造升级工程安全管理水平。

能守护好国网浙江电力人这块"金字招牌"，葛军凯认为，所做的这一切都值了。

"干在实处，走在前列，勇立潮头"，这是习近平总书记对"浙江精神"的高度概括。这是浙江发展的动力，是浙江特色文化个性的表达，也是葛军凯在那曲的工作写照。

那曲工程的实际情况要求葛军凯不但要苦干、实干，更要巧干，在面临困难的关键时刻更要敢于亮剑。作为土生土长的浙江人，他给帮扶团队定了个规矩，只要有利于工程进展，又不违背安全底线，就可以放心大胆干。就这样，大家群策群力，一个个"金点子"源源不断地走出帐篷，走向工地。

位于藏北地区的班戈、安多等地都是冻土沼泽地。随着气温的升高，这些冻土沼泽开始融化，一挖便是积水，项目面临塔基开挖、浇筑、水泥杆立杆、物资运输及大型机械进场等难题。

为降低施工难度，减少对草场的破坏，葛军凯指挥帮扶团队成立了"沼泽地施工课题攻关组"，以"铁塔螺旋锚基础施工工艺"作为研究重点。这个方法如果能行，不但具有缩短工期、节约工程成本、保护环境、施工方式灵活等优点，在那曲乃至大部分地区还有一定的推广价值。

想到做到。他立刻邀请行业专家前来论证，并在各种地理条件下展开多重试验。经过多次研讨、试桩和改进，7月4日，铁塔螺旋锚基础施工试验在聂荣110千伏输变电工程现场取得成功。虽然并行的几个试验因为那曲特殊的地理条件限制并未成功，但却为团队创新尝试开了好头。

嘉黎、巴青、索县、比如等地沟壑纵横，河流交错，山多路险，交通极为不便，但就是这样的山区里，分布着许多亟须通电的贫困村庄和学校。

物资到了那曲，转运到各地就遇上了不小的麻烦。受到地理条件和山体滑坡、泥石流等自然气候的影响，物资运输经常受阻。很多高崖深谷之地，要么靠人工一点点拖运，要么就要绕远路，一来一去延误了不少宝贵的施工时间。

葛军凯可等不起这样的延误，他迅速拿定了主意，一方面向浙江后援方请示增调运力，另一方面则以身作则亲自上阵督办物资抢运。最关键的是，他还提出了加快攻关"跨河流绞磨牵引"技术的建议，这项技术实施后，作用立竿见影。

韩辉算了一笔账，如果一个项目需要100根电杆，依靠人工拖运，七八个人，行走四五公里，需要20天才能拖运完毕，现在只要在沟壑的两边架起高架杆，就能将电杆顺着索道渡过沟壑，运输时间也缩减到了7天，而且对电杆的磨损更小，还能保障物资的品质。现如今这项技术已经在那曲得到了广泛运用。

那曲地区的面积相当于4.5个浙江省，再加上山高路陡，项目间距又十分分散，将近5000公里线路的验收工作又是摆在眼前的客观难题。

葛军凯做了这么一组对比：原本在沿海地区上杆巡检作业两个小时都没啥问题，但受高原缺氧的影响，一般施工人员15分钟就筋疲力尽了。

如何解决这一矛盾呢？平时就爱玩高科技，也多次获得国家电网公司科技创新奖的葛军凯，想到了"无人机线路巡检"技术。如果能够让无人机代替人在空中预验收，那将大大提升效率。他立刻申请调拨了4架无人机。无人机进行外观检查和重点疑点部位人工登杆相结合的方式，不但克服了人手短缺的问题，还获得了十分突出的验收效果，得到了国家电网公司的肯定。

此外，葛军凯把在龙泉抗冰灾、在余姚抗水灾、在温州抗台风等抢险救灾的宝贵经验也都在那曲派上了用场。那曲的雨季如何保障物资车辆的行车安全，冰霜天气下的登杆作业需要注意哪些方面的安全事项，他都毫无保留，倾囊相授，这让那曲当地项目工作人员佩服得五体投地。

晚餐时，高原巡线的帮扶队员把雪莲花的照片拿给大家看。看着那朵在生命禁区独自怒放的雪莲花，大家都觉得有一种难以描述的熟悉和亲切感。还是"文青"葛军凯一语中的："你们看，这朵雪莲花像不像咱们在高原上艰苦奋战的身影？"众人恍然大悟，难怪如此熟悉，那孤独的坚守与顽强的奋斗，不正是电力职工抗高原反应、排险阻、克服所有艰辛，甘为涉藏州县百姓送去光明的真实写照吗？想到自己为了完成这次帮扶送电的光荣任务，舍小家、为大家，克服所有可以预见和不可预见的困难，其间的辛苦酸楚感同身受，大家禁不住湿了眼眶。

高原的夜是冷的，路是艰难的……在很多援藏干部看来，身体上的损害还不是最难逾越的坎，每当夜幕降临，精神上的煎熬才是真正考验的难关。想家的时候，常常只能就着夜色朝家的方向看一眼。

高原上地广物稀，通信条件也不像浙江那样方便。在偏远的施工地点，就连手机信号都时有时无，更不要说网络。

每次给家里打电话都显得弥足珍贵，"报喜不报忧"是葛军凯每次通话的基调，对于一直没有缓解的偏头痛他只字不提，多聊聊家里情况，转移话题，为的就是不让家里担心。

每次放下电话，葛军凯心中都是一阵发酸。虽然男儿有泪不轻弹，但告别父母，告别妻儿，告别家乡，一个人在西藏，上不能孝敬父母，中不能帮助妻子，下不能关心教育孩子，这种牺牲是一个男人对家庭的深深愧疚。

习近平总书记说过："越是艰苦的环境，越能磨炼干部的品质，考验干部的毅力。"每当孤独来袭的时候，葛军凯就用这句话为自己打气。他在进藏百日的思想汇报中写道："要想在艰苦的环境中成就一番事业，精神力量非常重要！"他不只要解决自己的孤独感，更要将团队的孤独感一并带走。

忙碌是驱散孤独的良药。在思想交流会上，葛军凯时常告诫大家要顶住压力："舍小家，就是让大家能够在那曲这样艰苦的环境中，闯出自己的一番丰功伟绩！相比祖国和家人的殷殷期盼，这点苦又算得了什么？"

他鼓励大家都忙碌起来，多想想助力那曲"脱贫攻坚"的使命，多想想临行前国网浙江省电力公司领导的谆谆嘱托。

在浙江省电力公司对口那曲帮扶工作组主网组和配网组办公室的墙上，各挂着一张巨大无比的工程项目网格化管理表，各项目基本信息、项目资金、设计阶段、施工准备阶段、实施阶段、竣工阶段的计划完成时间、实际完成时间等详细信息都在表上一目了然。此举也是为了让大家时刻专注工作，没有杂念。

在他的精神感召下，团队成员众志成城，没有一刻松懈，像一颗颗钢钉牢牢地钉在了自己的岗位上。葛军凯说，这就是"扎根高原、不畏艰险、甘于寂寞、不甘平庸"的"藏雪莲"精神。

聚在一起吃苦就是一种幸福。这个17人的团队工作上纪律严明，生活上亲如一家。

入藏时，作为大家长，葛军凯给大家定了"十条家规"："严禁驾车、严禁醉酒、严禁不尊重民族习惯、严禁以权谋私、严禁违反保密纪律……"

目的就是让大家明确底线，不添麻烦，不犯错。

随着工作的深入，葛军凯又制定了"三大纪律""三种精神""三大法宝""三种方法"等内容。并落实到帮扶工作组的行动中，形成了严明的团队纪律和科学的工作方法。"感恩、责任、亮剑"成为这支团队鲜明的工作作风。国网公司运检部领导在检查工作时，高度评价浙江省电力公司帮扶组团队"充满激情，敢于亮剑，凝聚力强"。

在生活上，葛军凯也是处处为队员们着想。隔三差五，他就拿出家里寄的蟹黄、泥螺等特产给大家加餐，一起感受家乡的味道。

有一次，新婚燕尔就上高原的陈磊入驻偏远的项目点，媳妇一连打了几天电话都无法接通，急疯了的媳妇最后把电话打给葛军凯，葛军凯一边安慰她，一边想办法联络陈磊报平安。

这件事一直让葛军凯深深自责，从那以后，他也更加重视家属工作。每当有家属电话来访，葛军凯都不吝溢美之词；每当有家属探亲，葛军凯无论再忙也会亲自慰问。这让帮扶团队的同事们看在眼里，记在了心里。

虽然援藏的目标是扶贫，但其实帮扶团队也同样是受助者。数次生与死的洗礼，让这种纯朴的浙藏友谊充满了温情。

9月的一天，葛军凯在去比如县的路上就经历了惊险一幕。当时车子翻山下行，突然遇上了暗冰，根本刹不住车，幸亏司机有经验，一个劲地往靠山的排水沟挤，否则滑下悬崖，后果不堪设想。最终车子是停下来了，却死死地卡在了沟里。

在这方圆几十公里没有人烟的地方，带的干粮也极为有限，如果走不出去，到了晚上很可能冻死饿死，那种无助感至今让葛军凯久久难忘。天无绝人之路，正当大家愁眉不展的时候，10多名藏族女同胞组成的道路养护队路过，就是这些柔弱的肩膀，挑来石头，垫好坑道，推着车子一点点挪了出来。

当葛军凯提议给她们一些干粮当酬谢时，她们婉言相拒，因为"通电"对她们来说已经是天大的恩赐。那一次葛军凯也暗下决心，一定要让这群可敬的人早点儿用上最放心的电。

耐得住寂寞，要靠意志品质，但并非每个人都是圣贤，没有精神上的补给也不行，因此加强团队精神文化建设也引起了葛军凯的高度重视。

"但闻帐中一声令，抖擞精神那曲行。深知前路多坎坷，不忘初心勇挺进。苍茫雪域冰封时，十七将士齐宣誓。只为万户千家暖，舍我其谁家国情。"这是葛军凯在出征那曲的飞机上有感而发写就的一首诗，同时也给他一个启示：何不形成机制，丰富大家的业余生活呢？

有位作家说过，"饥饿与孤独是我创作的源泉"。高原的夜深邃静谧，高原的雪山庄严神秘，这便是"诗和远方"的世外桃源。17 名男儿在这里写下一首首热情豪迈的诗，用相机拍摄下一幅幅绝美山河，成为帮扶工作组项目部的一道亮丽风景。

"这些诗里面，有对家乡的思念，有对父母的不舍，有对壮美河山的赞叹，其共同点都充满对建设边疆的自豪，是苦中作乐的豪迈，是舍小家、为大家的家国情怀。"葛军凯在点评这些诗歌时这么说，"我想援藏最重要的就是提高了面对困难的勇气和解决困难的信心。"

8 月 17 日，本轮工程海拔最高的铁塔在位于海拔 5260 米的青龙 Ⅱ 标段成功组立。

8 月 29 日，首个 110 千伏工程在德吉开关站带负荷冲击完成，顺利投产。

9 月 3 日，首个乡农网改造升级工程完工，班戈县青龙乡所有中心村与大电网连通。

9 月 18 日，那曲新一轮农网升级改造工程的 1539 个配变台区材料全部生产配送完毕。

9 月 20 日，公司后方专家团队开始 PMS2.0 系统集中录入工作。

9 月 25 日，那曲农网工程在拉萨开展工程结算集中办公。

……

一个个平凡的日子在帮扶人员心中成为雪域高原上的纪念日。但随着 9 月 30 日项目倒计时的临近，葛军凯的心也越发紧张。

那曲新一轮农网改造升级工程主体终于在 2017 年 9 月 26 日正式完工。全程零事故、无缺陷移交，工程建设水平全部达到"浙江标准"，扎实过硬的工程质量让葛军凯长舒一口气。

对于帮扶团队近一年的努力和付出，国网西藏电力给出了这样的评价："国网浙江电力帮扶团队引领了西藏新一轮农网改造升级工程帮扶工作。"从江南水乡到雪域高原，变换的不仅仅是自然风光，更是将先进的管理经验创新运用到那曲农网工程中。

高原上的铁塔立起来了，配电线路搭好了，西藏同胞家里的灯亮起来了。

农牧民再也不用担心电压不足的问题，电灯、电视、冰箱、冰柜等电器终于可以放心大胆地用了。通电不但解决了牧民的食品储存问题，使他们不用再长年啃食风干牛肉，同时还为他们发家致富提供了强有力的支持。现在每户农牧民每年向合作社提供的自制酸奶，都能增收近1万元。看到此情此景，葛军凯打心眼里为他们高兴。

在电网工程巡访过程中，藏族牧民只要一见到帮扶组就像见到亲人一样，热情地献上哈达，端出酥油茶和牛肉干招待大家。牧民们脸上那种情真意切、溢于言表的幸福感，同样让葛军凯感到幸福，因为这种获得感了却了他当初入藏的那颗"私心"。

夜色降临时，热情的那曲农牧民点燃篝火，载歌载舞表达感激之情。他们拉着帮扶团队员们一起翩翩起舞，一起放声歌唱，柴垛的爆裂声和欢快的笑声交织在一起，早已冲淡了帮扶团队身心上的疲倦。

授人以鱼，不如授人以渔。葛军凯认为援藏不仅是干工程，更在于理念、管理、技术上的传帮带。为了实现帮扶效果的长期稳定，他提出了"留下管理标准，留下生产能力，留下管理人才"的"三留下"机制。

在他的指导下，帮扶团队开展了技术培训6期，梳理了作业指导书19本，并编制设备命名、投产准备、竣工验收等流程规范6份，为那曲基层供电员工提供了操作性强的行为规范。

为落实和推广国网公司配网施工工厂化装配送模式，他请求浙江省电力公司援助了5台最先进的机械加工设备，建成集工厂化预装配和标准化台区培训于一体的永久性基地，为那曲配网的安全稳定运行以及规范运维打下坚实的基础。

为了培养锻炼那曲的建设管理人才，葛军凯要求 17 个队员开展"师带徒结对帮扶"工作，一对一传授知识和经验，帮助那曲供电公司培养一批优秀的工程管理人才，提升那曲供电公司工程建设管理水平。

不求有功，但求无愧。这种以发展的眼光呈现出的高度责任感，让国网那曲供电公司的同仁们深深折服，他们为国网浙江电力和国网西藏电力架起一座加强联络、互动的桥梁，为两地电力公司的深厚友谊打下坚实基础。

离别总是最艰难的。随着工程项目临近尾声，撤离也渐渐摆上了日程。

在临行前的欢送会上，那曲供电公司总经理王琢作了一番发自肺腑的讲话："我从来没有见过这么好的变电站，也从来就没见过这么拼的人……你们留下的是一座座坚实的铁塔，但我们看到的却是一座座'精神的丰碑'！作为西藏地区电网排名时常倒数第一的那曲，我们现在有信心也有能力做西藏电网的 No.1！"

此情此景，葛军凯与在座的队员们终于抑制不住眼眶中的热泪，相拥而泣。

离别之前的最后一个晚上，夜不能寐的葛军凯在笔记本上写下了最后一篇援藏日记——

自 3 月 3 日进藏以来，我们在海拔 4500 米的那曲坚守了 300 多个日夜，从刚入藏的千里冰封，到现在的白雪皑皑；山还是那样雄伟，天还是那样蔚蓝；冻土开化了又冻上，草绿了又黄。不一样的，是山上多了一座座巨人般耸立的铁塔，天空中多了一条条输送光明的银线；不一样的，是草原的夜晚除了美丽的星空，还有点点灯盏；除了寂静的夜，还有孩子们围在电视机旁的欢声笑语。我们挥一挥衣袖，没有从那曲带走一片云彩，却收获了值得一生品味的回忆和精神财富。

是啊，在世界最高的人类居住区，一盏盏明灯如繁星一般照亮了人间。

雪融喀依尔特村

在新疆维吾尔自治区西北部的崇山峻岭中，流淌着一条美丽的大河，它的名字叫额尔齐斯河。与大多数河流不同，它是一条由东向西流淌的倒流河，也是我国唯一流入北冰洋的河流。它不仅是阿勒泰地区的主要河流，也是新疆境内的第二大河流，仅次于排名第一的伊犁河。

额尔齐斯河的源头，有一个静谧的山村，叫喀依尔特村，481户村民零散地居住在深山之中。喀依尔特村包含着四个自然村：喀依尔特、塔布塔依、大桥、阿克沃巴。喀依尔特、塔布塔依位置在中，大桥在西，阿克沃巴居村东。四个自然村相互之间都有一段路程。这里海拔高、气候恶劣、无霜期短，直接影响着农牧民的农牧业发展。受文化、气候、资源制约，当地群众发展观念还依然停留在传统思维阶段。这里以种几垄地、养几只羊衡量生活的好坏，群众的增收办法不多，是新疆阿勒泰地区富蕴县铁买克乡的一个深度贫困村。

4月初的一个早上，虽说时针已指向了8点30分，但喀依尔特的天才蒙蒙亮。常年处在冰封雪冻里的新疆阿勒泰山区，与祖国内地相比，时差有两个多小时。

4月飘雪，在内地几乎很少发生，但对阿勒泰山区来说，却是普通得不能再普通了。零星的小雪，薄薄地覆盖着喀依尔特，苍天、莽山、草场、人家白得像一张纸，干干净净，也一穷二白。

谁来给这张白纸画上美丽的图案？

来自国网新疆阿勒泰供电公司的"访惠聚"驻村扶贫队每天这个时候准时开早饭。一位身穿防寒棉衣的老队员早已为大伙儿准备好了馒头、稀饭和咸菜。他叫宋庆,已是55岁的老同志了,驻村前是阿勒泰供电公司的一名老职工。

见大家洗漱完毕,宋庆把一碗碗盛好的稀饭摆上了桌。

见宋庆的左手拇指还被厚厚的一层纱布包扎着,队员们关心地问:"手指好些了吗?要不要送您去乡医院?"

"不用。比前几天好多了。"其实,宋庆的手指还是一阵阵地疼。前几天做饭时,一不小心左手拇指被滚油烫伤。好在他来驻村时,从山外带过来一盒药膏,及时做了简单处理,但十指连心,疼的时候,宋庆也只能忍着。

驻村第一书记、工作队队长李德昌看着老队员宋庆的样子,也心疼。他知道,队员们在这个高寒小山村里受苦了。

李德昌是阿勒泰供电公司副总经理,五十出头,成熟且敏锐。驻村之前他就知道,阿勒泰山区里外两重天。已经进入4月了,气温回暖,山外残雪殆尽,草返青,雁回归。然而,山里却寒如三九,且气候无常,昼夜温差大。在喀依尔特,6月份才能真正脱掉棉衣,换上单衣。但李德昌琢磨着,既然阿勒泰地委组织部和公司领导班子选自己接任驻喀依尔特村第一书记、"访惠聚"扶贫队队长,那里的气候就是再冷,环境就是再艰苦,也丝毫影响不了自己脱贫攻坚决胜的信心和斗志。可有个实际问题,必须要有充分的思想准备:喀依尔特村的居民,大多是哈萨克族人,且不说他们的饮食等日常生活习惯与汉族不同,语言交流也很成问题。为此,李德昌在挑选队员时,特地从公司的干部中,挑选了几名哈萨克族人。

尽管做足了思想准备,但刚进村时的场面,李德昌还是始料不及。他记得很清楚,刚来时,每一户的院子都是光秃秃的,一棵菜都不种,个别的甚至杂草丛生,完全没有一点有人居住生活的气象。一边是大片土质好、水源充足的庭院土地撂荒在那里,一边是群众吃菜要到15公里外的可可托海镇掏钱买。作为第一书记和队长,他的第一个驻村帮扶计划,就是发展庭院经济，把杂草院打造成致富园。

为转变群众观念，工作队一方面在入户中聊家常、算细账，让他们看到发展庭院经济的美好前景；另一方面组织 30 名村民代表赴杜热等周边乡镇观摩学习发展庭院经济的先进经验。当加合甫·开勒木汗看到金恩斯古丽·哈黑哈提家院子里长满了小白菜、韭菜、辣椒等蔬菜，一听到她每年光销售这些蔬菜就能收入 1.3 万元时，加合甫激动地说："真没想到人家会这么厉害，我们也有院子，我也要把我的院子用起来，让它也长出绿油油的菜。"

为提高群众庭院种植技术水平，工作队还从供电公司争取到 3 万元资金，在村里建起了蔬菜示范大棚，手把手地教群众育苗、移植及田间管理。在工作队的带动下，全村 130 户村民种植庭院蔬菜 105 亩，养殖土鸡 4 万羽，实现户户都有庭院经济，仅此一项就带动群众增收 80 余万元。

雪有些大了，渐渐覆盖了整个喀依尔特村……

放下饭碗，新一天的"访惠聚"扶贫工作队晨会便开始了。

"前段时期，我们驻村扶贫队接过了前几届扶贫队一直努力解决而没能彻底解决的群众最关心的问题，如道路问题、自来水问题、校车问题、房屋质量等，这些要逐个解决。下一步，我们还要帮助少数村民纠正'酗酒、打人、闹架'等不良习惯，还要帮部分牧民搭把手，改变他们落后的生产方式，帮他们自主创业，形成人人珍惜民族团结，人人维护民族团结，人人争创民族团结崭新局面的良好氛围……"

李德昌话没说完，一个名叫阿德力的哈萨克族队员抢过话茬儿："我们哈萨克人性情淳朴，坦荡直率，但有些人也存在着'大男子主义'等坏习惯。在贫困山村，男人打女人、酗酒、打架、闹事更是时有发生。这些不良行为间接导致贫困，也容易破坏民族团结。我们这次扶贫，就是要扶心、扶志（智），带领哈萨克族父老乡亲赶上时代的步伐，追求美好的生活。"

"讲得好！"队员们一致赞同，热烈鼓掌。

就在这个时候，喀依尔特村村民委员会成员木拉提来到这里，他告诉队员们，昨天下午，村民木拉盖勒·阿依甫酒后与妻子吵架，并几次动手打妻子。村"两委"前往劝阻。木拉盖勒·阿依甫打妻子的行为勉强被制止住了，可他们夫妻仍然处于谁都不服谁、谁都不甘罢休的状态。

木拉盖勒·阿依甫是扶贫干部荆本成的包片村民。荆本成不能坐视不管，急忙请示李德昌："队长，我去看一看！"

这时，一旁的阿德力主动要求随同前往。毕竟，多一个人多一个帮手。

荆本成和阿德力一前一后，踏着薄薄的积雪，快步向木拉盖勒·阿依甫的家走去。两个人的脚印在雪白的大地上，画出音符一样跳跃的图画。

村子里有一条东西长约7公里的水泥路，穿行在错落半山坡的农户房舍之间。村路两旁的一棵棵橡树，枝条低垂，或缠着冰凌，或挂着雪花，银装素裹，晶莹剔透。

喀依尔特是一个半农半牧的高山村落，既有现代新农村气息，又有老式农牧区的味道。由于人均耕地面积少，当地村民大多以家庭为单位，从事种植、养殖业。

走进木拉盖勒·阿依甫居住的房子。一阵浓郁的酒香扑面而来。阿依甫正有滋有味地喝着酒，见驻村扶贫队的荆本成和阿德力来了，忙从炕上跳下来，棱角分明的脸庞上，是真诚豪爽的笑容："这一大早就让二位拖了步。来来，喝几口！"

哈萨克族同胞骨子里的爱憎分明、热情好客是优良的品质和传统，这种民族性格在多民族的中国大家庭里虽非一枝独秀，但绝对难能可贵。荆本成和阿德力颔首致意，在木拉盖勒·阿依甫的身旁坐下。

桌子上摆着一盘塔尔米，这是哈萨克族人用黄米制作的一种传统美食，外加一碗配有塔尔米的奶茶……

荆本成端起热气腾腾的奶茶喝了一大口，开诚布公："你的胃口咋这么好，从炕上爬起来就喝上了？牲口都不管了？还有，昨晚闹腾的啥？让乡亲们告你的状！"

阿依甫毫不在意，若无其事："雪天不遛牲畜不上山，坐在炕上抿几口。这是俺哈萨克族自古以来的说法。我按祖上说的办，难道有错？昨天？昨天又怎么了？"

同是哈萨克族人，阿德力知道阿依甫的说法站得住脚。有一首哈萨克族的民歌这样唱道——

哈萨克人有双勤劳手，

一手撑蓝天，一手牵牲口。

鞭儿一甩雪山崩，

横跨南北疆域秀。

管它风雨冰雪天，

扯着嗓门吼天狗。

回家自有酒汤香，

妻儿老小热炕头。

……

平日里，阿德力很喜欢这首民歌，它既是对哈萨克族人的赞美，又是对哈萨克族人生活环境的真实写照。他明白，喝酒是哈萨克族男人的一种生活习惯，但大多都是建立在生活或其他需求的基础上，像节假日、结婚、丧葬或遇上其他的喜事，这些都在情理之中。然而平白无故酗酒，特别是酒后打架闹事、殴打妻子，显然是一种坏习惯，必须坚决制止，予以纠正。

不管阿依甫接受与否、高兴与否，阿德力把这个理儿一字不少地讲给他听了。

阿德力在这里讲着，不远处坐在那里生闷气的阿依甫的妻子——这位身材修长的哈萨克族女子，那双大大的眼睛里装满了委屈、不甘与担忧。时不时望向荆本成和阿德力的目光里，隐含着强烈的求助和期待。

听着阿德力的讲解与劝说，阿依甫停止了喝酒，半晌不吭声，不知道说什么是好。但只要不是在醉酒的状态下，哈萨克族小伙还是能诚恳地接受善意的批评，他说他知道工作队队员的善意之心，只是酒后不受控制，还是把以前的旧习惯表现了出来。时代进步了，他那样的做法已经不合时宜了，以后一定改正。

皆大欢喜。阿依甫和妻子和好如初，工作队员也圆满了完成任务。像这样不叫事情的事情，充斥着"访惠聚"扶贫队队员的日常生活。

有的反映，村民努尔古丽·阿拉洪因小孩在幼儿园顽皮、受到老师教训，回家后小孩告诉她，她便找老师问罪，与老师发生争执，甚至破口大骂老师……

有的反映，村民卡根不让小渠流过自己的房子，导致自己和卡马力别客两家无法给院子里种的洋芋浇水。

有的反映，村民合素尼汉·沙德瓦哈斯、奴尔巴哈提·吐手比等人经常酗酒，影响了村民的正常生活和村容村貌……

这不，刚出了阿依甫家的院门，一位50多岁的村妇就拦住了荆本成和阿德力的去路。拦路人是也开依·吐合毕的邻居。她认识荆本成和阿德力，知道他俩是驻村"访惠聚"扶贫队的人。她要亲自向他们反映一个情况。原来，那位常住富蕴县城的也开依·吐合毕，每次回喀依尔特村时，都要喊几个村民喝酒，而且每次都要喝得酩酊大醉。参与喝酒的村民喝醉后，不是回家打妻子，就是寻人闹事。有一次，吐合毕喊他的弟弟一起喝酒，他弟弟喝多了，在自家的地里浇水时，分水口忘了关，把别人家的豌豆地淹了。被淹了豌豆的村民找他弟弟赔偿损失，他弟弟不但不赔偿损失，还把人家打得头破血流。

一桩桩、一件件，事情并不大，可败坏民风村风，影响民族团结，如不采取措施防微杜渐，不强化村民新时代意识形态的教育，很难扶起他们正常致富的心态和志气。这将是村里脱贫后继续返贫的根源。

扶贫扶志，哪能等闲视之！

李德昌和他的队员们对村里已发生的矛盾纠纷和容易产生矛盾纠纷的事，进行了全方位的梳理和分析，并进行量化。每一个队员具体跟踪、化解两个已发生的纠纷难题，并配合村"两委"，慎重地处理好某一个问题，把有可能产生的矛盾纠纷，化解在萌芽状态之中。

为强化村民新时代意识形态的教育，扶贫扶志，引导村民追逐美好未来，他们结合村民思想实际，以习近平新时代中国特色社会主义思想为统领，做好广大村民的思想政治工作，坚持"民族团结一家亲"的教育活动，加强精神建设，倡导文明新风……

他们开展"升五星红旗，讲红色故事"活动，举行"升五星红旗，话民族英雄"的宣讲比赛……

他们还开办内容丰富的"农牧夜校""国语培训"，采取入户走访等宣传方式，以大众化的百姓语言面对面宣传党的惠民政策，让村民明白惠在何处、惠从何来，让党的系列惠民政策落到实处……

温暖的阳光照射着皑皑雪山，无声地凝聚成河，滋养万物。

连续好几天，喀依尔特村都是艳阳高照，使得气温急速转暖。村里出现了融雪性洪水，如不及时采取铲雪、开渠等紧急措施，融雪性洪水必然给村子的牲畜圈栏以及种植的粮食作物带来损失。恰在这时，"访惠聚"扶贫队有部分成员调班回家休息，村里的主要劳力留在村里的很少，有的只是老年妇女和小孩。在这紧急关头，躺在炕上足足睡了三天的阿依甫从炕上爬起来。

"你感冒发烧几天了，不好好休息，爬起来干什么?"妻子心疼自己的丈夫。

"我感冒已经好了。眼下融雪性洪水泛滥，我一个堂堂放牧的留村男儿不管，谁来管?"说罢，阿依甫操起铁锹强挺着身子出了门。

"一天多没见你吃饭，你肚子里填点什么再出去吧!"妻子在男人后面追着，她恨不得把男人一把拽回来，可阿依甫头也没回地走了。

老天也爱凑热闹，当阿依甫会同村里人忙着铲雪、开渠时，一阵瓢泼大雨倾盆而下。冰冷的雨给融雪性的洪水凑了阵，毫不留情地拍打着阿依甫和村民们的身体。

当天晚上11点多，村里的融雪性洪水治理好了，感冒刚愈的阿依甫却病倒了。"访惠聚"驻村扶贫队得知情况后，紧急联系了乡医院，及时把他送去救治。出院后的阿依甫和妻子，真诚地邀请大家去家里做客。队员们欣然答应，自带食物去了。在阿依甫家，大家又唱歌又跳舞，欢快的声音在村子里久久不曾散去。

这天夜里，"访惠聚"驻村扶贫队的队员们乘兴而归，很快就睡去了。唯有宋庆还在翻阅着他的工作日记。日记上写道:"卡别克种了两亩黑加仑，一定要注意剪枝……"

巧了，第二天吃早饭时，队长李德昌跟他说的第一句话竟是:"眼下暖和了，卡别克种的黑加仑一定要记得修枝剪条。"

宋庆会心地一笑:"咱俩想到一块儿去了!他家的黑加仑不仅要剪枝，必要时还要请专家来指导。"

"我们要替卡别克地里的黑加仑把好关。之前我们知道他家的黑加仑没修枝剪条时太晚了，误了一年的收成，想想就可惜。"李德昌再次叮嘱。

宋庆说:"农民种的庄稼不是小事，错过一时就等于荒了一年，马虎不得。我现在就去找他。"说完就直奔卡别克家中。

卡别克居住在喀依尔特中间的大桥自然村。他的家在大桥最北端的山坡上，这里总共两户人家。喀依尔特三个小村的村民集聚地都修了村路，是水泥的，但没铺到卡别克家。从大桥村直线到卡别克家有 200 米左右的山坡。山陡，坡上都是突兀的山石，或圆润，或尖利，车不通行。若驾车，要在山腰绕两三公里才能到卡别克家。

卡别克，五十出头，面容清瘦，颧骨凸出，脸色黑红。夫妻二人育有两个女儿。大女儿在外打工，小女儿高中毕业在家务农。宋庆来喀依尔特驻村不久，按照建档立卡档案，卡别克是宋庆的包片村民。

当宋庆发现卡别克家种植的黑加仑没有按时修枝剪条时，黑加仑已经开枝散叶，错过了修剪期，只能眼睁睁看着 10 亩地的黑加仑枝丫乱窜，不能达到株丛合理的通风透光，更谈不上枝繁叶茂、生长平衡。结果，黑加仑挂果极少，10 亩地几乎绝收。

看着一大片长得乱蓬蓬的黑加仑，宋庆心疼地问卡别克："咋不修剪？"

"修剪？"卡别克一脸迷茫地望着宋庆。

"黑加仑不修枝剪条是很少挂果的。"宋庆说。

卡别克摇摇头说："自从种上这些黑加仑，从来没修过枝剪过条，结多少就收多少。"

宋庆轻轻地叹了一口气，自己一个没种过地的电力工人都知道果树要剪枝，你作为一个农民怎么就不知道呢？他无奈地拍了拍卡别克的肩，问道："你种果树不学栽培技术，不是胡闹吗？"

"我……我当时想着种黑加仑省劲，用不着管。谁知道……我外出打工回来，只见它疯长不见果。"卡别克结结巴巴地说。

宋庆十分惋惜地说："到这个时间节点，也没办法补救了，这是你卡别克家仅有的 10 亩土地呀！真可惜，这一年的辛苦算是白费啦！"

"大庆，没关系，这两年黑加仑都没啥收成，我家的日子不是照样过吗？"卡别克反倒过来安慰宋庆。大庆是宋庆的小名，他到喀依尔特村才两个月，跟村民都混得很熟，大家都喊他"大庆"。他也喜欢别人叫他这个名字，叫起来亲切。

卡别克说这话有他的道理。喀依尔特村在 2017 年已经整村脱贫，村民们各家各户住上崭新的富民安居房，生活都有基本保障。曾经贫困的卡别克除了种植黑加仑外，还通过养殖和外出打工，使一家人脱离了贫困线。他认为果园里的黑加仑能不能有个好收成已经不影响他家的基本生活了。

宋庆则不这么认为。他对卡别克说："老卡啊，家里是有其他收入，日子也比以前好过多了，但是，我们不仅仅只限于脱贫了或者日子稍微好一点就满足了，我们还要向前看向远看，过更美更好的日子。"

"过更美更好的日子？"卡别克望着宋庆不解地问，"现在这日子过得够好了，我以前想都没想过，在喀依尔特这个山沟沟里，我还能住上这么好的房子，有自来水、有电，还有卫生间——"说着卡别克朝宋庆"嘿嘿"笑了两声，然后，舔舔嘴唇不好意思地说："以前，冬天出门解手冻得屁股蛋儿疼，现在吃喝拉撒在房子里就解决了，开始在房子里解手我还不好意思哩！"

"富裕的日子是没止境的。不论是思想上，还是农业技术上，我们都不能落后哇！我们国家的土地资源很紧缺，这么大一片黑加仑，因为你的管理不到位荒废了，这是浪费资源。我们农民怎么啦？农民也有社会责任，不是吗？"

一句话，说得卡别克哑口无言，只是若有所思地看着宋庆。

那以后，宋庆特意跑到书店买了两本《黑加仑种植技术读本》，给卡别克送去一本，自己留了一本。他有空就读，重要的地方还做上记号。为了稳妥起见，宋庆利用自己的休假时间，专门找到阿勒泰地区农业科技学校，向有关黑加仑的种植技术专家请教。

这次，宋庆又来到卡别克家门前。还没进门，热情的卡别克就迎了出来："我正准备找你，你就来了。"

"这可是心有灵犀一点通啊！"宋庆微笑着进了卡别克的家门。

卡别克忙请宋庆在炕头坐下，接着就给宋庆端来一碗香喷喷的奶茶。宋庆礼节性地接下，便放在桌子上，说："咱们先去你的黑加仑地里瞧瞧吧！"

"别急，你先把这碗奶茶喝下。"说着，卡别克拿出了那本几乎翻破了的《黑加仑种植技术读本》。那读本里，分明还画着一道道线；有些地方，还用不熟练的汉字写着什么。

宋庆见了，好不激动。激动中，他把面前的奶茶一饮而尽。喝罢，他放下碗，附和着卡别克，一个汉族兄弟和一个满脸胡楂的哈萨克族汉子在爽朗的笑声中紧紧地拥抱在一起……

喀依尔特的雪渐渐消融，雪花化成甘甜的水滴，既清凉又温暖。

这是 4 月底的一个周末，上午，喀依尔特村村委会的广场上，拥满了人群。他们中间，有留着胡须的老者，有打工归来的青壮年，有扎着各色头巾的妇女，有举起彩旗的小孩。他们或站或坐，脸上都洋溢着欣喜的笑容……

广场前方有一个不太宽整的讲台，讲台上坐着村"两委"成员和"访惠聚"驻村扶贫队队员。讲台的上空拉着一条醒目的横幅："喀依尔特村精神文明建设表彰大会。"

木拉盖勒·阿依甫和他妻子早就入了场，可他们好像有点害羞，坐在广场的后面。

大会上，分别设有"致富能手""新风标兵""助人楷模""团结先锋""和睦家庭"等不同奖项。每个获奖者，除奖状证书、200 元奖金外，还要佩戴彩色的绶带和大红花。

随着台上一个一个地点名，获奖者一个一个地奔往讲台，随之而来的，是一阵阵热烈的掌声和欢声笑语。

"获得'助人楷模'称号的是——木拉盖勒·阿依甫。请木拉盖勒·阿依甫上台领奖！"

阿依甫不敢相信自己的耳朵，坐在那里动也没动。

妻子听得清清楚楚，知道是点她男人的名，忙推了阿依甫一把："点你呢，快上台去！"

阿依甫这才确信是喊他无疑，忙起身朝台上挤去。

不一会儿，男人从讲台上下来了，他向坐在广场后面的妻子走去。望着男人佩戴着金灿灿的绶带，望着他捧在手中的奖状和红包，还有胸前的那朵鲜艳的大红花，想着男人的变化，泪花儿在阿依甫妻子那红得像石榴般的脸上滚滚而下……

冰融雪消，雪花彻底融化了，融入天地之间，融入喀依尔特村民的心中。

高原上的格桑花

2017 年 9 月 26 日，随着西藏丁青、洛隆、边坝 110 千伏输变电工程先后竣工投运，3 个县的县域供电正式告别孤网运行、电压不稳的日子，进入大电网时代。至此，昌都市实现了主电网县域全覆盖，西藏主电网覆盖范围也同步扩大到 62 个县，全区近 160 万农牧民的用电安全可靠性通过新一轮农网改造升级得到了大幅提升。

丁青、洛隆、边坝三县电网之前均为分散县域网孤立运行，由县区域内小水电、光伏、小型柴油发电机供电，季节性供电矛盾十分突出。特别是在冬季枯水季节，这 3 个县小水电站发电的平均电量约为丰水季的 20% 至 40%，各县只能采取分区域轮流供电的方式，不仅老百姓深受其苦，也严重制约了当地经济的发展和人民群众生产生活水平的提高。

丁青 110 千伏输变电工程的竣工投运，大电网实现联通，大大提高了丁青电网供电能力和供电质量。

"以前经常停电，冰箱里的菜、肉总是坏掉，扔的时候好心疼。有时看电视看得正起劲时，太阳能电板发的电突然用完了，这时，整晚心里都觉得很失落。"时年 60 岁的边多回忆起曾经缺电的生活。

对于以后都将是稳定供电的日子，边多十分欣喜。他和女儿、女婿商量，打算再买一台大洗衣机，让一家人穿得更干净。此外，一家人正准备筹资买磨糌粑机、打青稞机、鼓风机，在家里开一个小作坊，增加收入。

高原农牧民的幸福生活，来源于党和国家对边远贫困地区坚定不移的

336

关怀与支持，也凝聚着国家电网人的心血和汗水。数万名电力职工舍小家、顾大家，通过艰苦卓绝的奋斗，以自己的实际行动，向党和国家，向高原人民交出了令人满意的答卷。他们在不断的攻坚克难中，获得了宝贵的生命体验，那些难忘的故事，讲也讲不完。

陆华英喜欢旅游，西藏一直是她心向往之的地方。那里被称作世界第三极，无论是湛蓝的天空，还是神秘深邃的雪山神湖，抑或是少数民族的异域风情，都深深吸引着她。

2016年国庆节，她和爱人王爱忠利用难得的长假报了旅游团，开启了心心念念的西藏之旅。

在进藏的列车上，他们夫妇对面是一个50多岁的中年妇女，一路上兴奋不已，谈天说地，非常开朗。但列车刚过格尔木，她就躺在卧铺上动也不动了。看了她的样子，陆华英心里想，西藏的高原反应有这么可怕吗？

到达西藏后，她和爱人玩得很开心，他们参观了永远云雾缭绕的南迦巴瓦峰，感叹雅鲁藏布江大峡谷的宏伟壮丽，还看到清澈纯净的羊卓雍错……10月3日晚上，她挽着爱人的胳膊，在布达拉宫广场前散步，不经意地说道："西藏这地方真不错，如果有机会来这里工作的话，我一定会来！"爱人笑而不答，只是宠溺地看着她，广场的灯光有些昏暗，但他的眼神却亮如星辰。

从西藏回来后一个月，11月9日，国网山西阳泉供电公司运检部主任拿着一张报名表在办公室里边走边嘟囔："唉，怎么没人报名啊？"身边的陆华英随口问了一句："报什么名？"

"省电力公司选拔去西藏的帮扶人员，要求是基建口。"

"真的吗？"陆华英听后有些兴奋。

果然，报名表上赫然写着"选派人员赴藏一年半，年龄在45周岁以下，要有一定的工作经验"的要求。陆华英心里一喜，自己完全符合标准啊！1972年出生的她，当时刚好44周岁，1991年参加工作，一直从事电网建设工作，拥有国家级注册造价工程师、监理工程师、咨询工程师三个技术证书，工作经验相当丰富。她告诉主任，她要报名参加。

　　"你瞎掺和什么啊？都是男同志去，这种事怎么可能让女同志上！你要想去，回去问问你家老王，看他同不同意！"主任根本就没把她的话当回事，转身拿起桌上的电话，挨个儿询问年轻人谁愿意报名参加。

　　陆华英下班回到家，对爱人王爱忠说："我要去西藏工作一段时间。"爱人以为她在开玩笑，就说："快去吧，快去吧，天天腻在我身边，都快烦死你了。"当她把报名表放到爱人手上时，爱人原本一脸嫌弃戏谑的表情瞬间凝固住了，看着那张表格足足半分钟，然后一字一顿地问她："你真的想去？"

　　陆华英不知哪里来的勇气，果断地告诉爱人："如果你同意，我想去。当然，我尊重你的意见，如果你不同意，我也可以不去。"

　　事实证明，每一个成功的男人，背后往往有一个伟大的女人；而一个成功的女士背后，往往也有一个伟大的男人。陆华英与王爱忠就是一个鲜活的证明。王爱忠与妻子陆华英同在山西阳泉供电公司，他从事继电保护工作，也是有着几十年工作经验的技术工作者。而他丰富的工作经验，将

在妻子陆华英将近两年的援藏工作中发挥重要作用，为最终实现主网送电立下汗马功劳。这是后话，暂且不提。

国网山西省电力公司运检部在核对赴藏人员名单时，发现有位女同志，赶紧电话核实："陆工啊，这次入藏帮扶工作时间跨度很大，需要一年半以上，条件也比较艰苦，你确定要报名参加吗？"

回答当然是肯定的。在陆华英看来，海拔高，可以适应；自己在基建方面工作了20多年，积累了丰富的工作经验，对自己的专业能力非常自信，相信可以尽自己最大的努力为边区人民早日用上放心电尽一份力。她开始憧憬着发挥职业专长，为国建功，为电力争光，同时还能借机饱览迷人的雪域风光……

郑华英，想得很美！

11月底确定名单，陆华英成为赴藏帮扶小组乃至整个七省帮扶队中唯一的女性，还被国网山西省电力公司委任为昌都丁青变电站项目经理。丁青变电站为110千伏变电站工程，海拔4500米，线路总长118.3公里，共分为6个标段。别说在如此高海拔的地带建站，就是在内地，也很少由女性担任项目经理。组织上对陆华英是信任的。

12月14日，18人的"十三五"西藏新一轮农网改造帮扶小组的先期7人开拔赴藏。

队伍抵达昌都，暂时安顿在昌都饭店。这次可跟旅游不一样了，生活条件非常简陋。每个人的房间里，只有一张床、一张桌、一台老式电视机。房间老化严重，随时都可以看见各种虫子爬来爬去，听见顶棚里的老鼠跑来跑去。门锁还是坏的，根本锁不上。窗户也没有插销，锁不上，完全不设防。陆华英住在二楼，窗外就是一堵墙，如果有人顺着墙走过来，随时就可以推窗而入。而且在赴藏之前就听说，昌都属于康巴涉藏州县，民风是相当彪悍的。男同志还无所谓，对女同志来说，这就太缺乏安全感了。

西藏昌都供电公司的同事安慰她："放心吧，没问题。昌都的治安特别好，是非常安全的。"

好吧，那也只能这样了。后来，这些生活上的小问题都被紧张繁忙的工作慢慢冲淡了。每天高强度的工作量，已经累得什么都顾不上了，进屋只需要一张床。如果有只虫子顺着床沿爬上来，刚开始还惊声尖叫的她，后来已经懒得搭理了，爬吧、爬吧，别爬到我身上就行。

真正的难题，全是工作上的。

陆华英心里特别清楚，"十三五"农网改造工程，主要任务就是给农牧民送电。说白了，不管建了多少变电站，架了多少公里线路，施工难度有多高，投资有多大，怎样克服施工时的高原缺氧，怎样克服恶劣的自然条件，老百姓看到的，最终还是"我家的灯，亮了没有"。这是唯一的指标，也是唯一的目的。所有的困难、所有的艰辛、所有的委屈、所有的磨难，最终都会淹没在"电亮高原"的那一刻。而其中经受的一切，都要自己承受，自己消化，同时也转化成人生中最宝贵的财富，生命中最闪亮的一页。直白点儿，有苦不能说，也不想说。

从 2016 年 12 月进藏，春节回家休息了十来天，然后从 2017 年 3 月到 6 月，经历了 3 个月，丁青项目组架设了几条 10 千伏线路，打算在"七一"党的生日前，争取打造几个第一批送电村。

但是，严酷的事实摆在眼前。丁青变电站建设工程海拔高，线路跨度大，现场复杂，机械设备上不去，只能依靠人力作业。施工时连表层的小坑都难以凿开，但施工人员意志坚强，他们那种愚公移山的精神和无坚不摧的英雄气概，随时在激励着陆华英和她的项目组。

在施工现场，难度最大的是各方关系的协调。就在工程进行得热火朝天的时候，供应施工物资的"马帮队"出现了问题。按常规，运输物资的"马帮队"只对施工单位，不对项目责任方，更不对项目负责人。

由于"马帮队"驮运的施工物资迟迟供应不到位，严重地影响工程施工的进度，陆华英找到施工方。施工方的负责人搪塞道："自古'马帮队'就不是正道的，他们浑身上下都是匪气。稍不如意，他们要么半途停工，要么拖延物资供应，动不动就给施工方施加压力。"

心细的陆华英不会偏听偏信，在她看来，赶骡马的人大多是藏族兄弟。他们大多念书不多，或根本就没念过，成天风餐露宿，跃马扬鞭，使他们的肌肤更加黝黑，性子更加狂野。但他们同样也要养家糊口，也有加速西藏建设的美好愿望。他们既不疯，也不傻，平白无故，是不会砸自己饭碗的！

来到施工物资的供应点，陆华英问"马帮队"赶骡子的人："师傅，你真的马放南山啦？"

"我只是'马帮队'的队长，我不是骡马，我不会那么傻！"

"施工人员等物资供应，他们急得跳脚。你却在这里让骡马歇脚？"

"不是我们愿意歇脚，是施工方的头儿不讲诚信，扣发我们的工钱，心太黑！"

事情搞清楚了，原来是施工方没有严格履行"开工后向'马帮队'预付30%运输力资费用"的用工协议。

在陆华英的协调下，施工方及时给"马帮队"结清了账款。随着声声清脆的鞭儿，"马帮队"银铃叮当，马蹄欢欢，一批批急用的物资源源不断地运往施工现场……

战天斗地三个月，终于如愿以偿，卡若区拉多乡塔玛村终于如期送上电了。这个村子有史以来，第一次用上了大电网的电。

大电网的电跟以前的电有什么区别呢？

以丁青县为例。丁青县位于昌都西北部，平均海拔4000多米。以前全县主要依靠总容量4220千瓦的5座小水电站供电，不但是孤网运行，而且也只能解决4000户居民用电。每到枯水期，居民的用电更是捉襟见肘。在藏民家里，因经常性停电，电压不稳定，他们的冰箱、电视等家用电器，基本上是聋子的耳朵——摆设！40瓦的灯泡由于电力不足，只能发挥一半的功率，也就是20瓦的亮度。况且县城的供电能力只能保障一半居民用电，另外一半只能靠柴油机发电。人们站在街道上，满耳都是"嗡嗡"的轰鸣声。柴油燃烧的刺鼻味道和散发的黑烟，充斥着大街小巷，飘浮在县城上空。那缕缕黑烟和阵阵噪声，影响着人们的生活，污染着昌都上空的蓝天白云……缺电，严重地困扰着当地民众的生活，阻碍和制约着工业乃至整体经济的发展。

陆华英还记得，在塔玛村通电之前，遇到当地的老百姓问："你们能在10月以前给我们送上电吗？"这一问，问得她不明所以，"为什么一定要在10月以前送电呢？"当地人说："如果你们10月以后送电，电就会被冻住了。"陆华英很纳闷，电怎么能被冻住呢？问清才知道，以前这里大多是小水电，靠一条小河建一个小发电站，发一点电出来，供一个小乡镇晚上用几个小时的电，到了10月，河水就开始上冻了，河水冻住就不能再发电了。她心里明白，当地老百姓是多么盼望结束这样用电的日子啊！

如果连通大电网，安全稳定的电力就会源源不断地输送过来，丁青县就可以跟上时代的步伐。

2017年6月29日，塔玛村正式连通大电网，全村百姓欢天喜地，全部身着盛装，在村委会的院子里载歌载舞，给送电的工人献哈达，请他们吃牦牛肉。大家一片欢欣，一起嗨翻了天。

但是谁也没想到，仅仅过了10天，从7月7日到7月10日，昌都发生了几十年一遇的大洪水。洪水把刚架好的电杆给冲倒了，塔玛村村主任赶紧给工作队打电话："怎么办啊？电掉到水里了？我们该怎么办？"

电怎么能掉到水里呢？原来是电杆被洪水冲倒，村里断了电。

工作队员赶紧给出事地点附近的施工队打电话，让他们马上过去检查一下安全问题。因为带电的情况下，电杆倒在水里是很危险的。然后告诉村主任，千万转告老百姓，不要随意走动，不要靠近任何带电的东西。

当时是深夜一两点钟，工作队不放心，赶紧开着车往事发地点赶。万幸的是，在他们赶往事发地点的途中，接到附近施工队的电话，说主线路也被洪水冲垮了，村里的支线路肯定也不会带电了。大家这才稍稍松了一口气。

赶到村口时，进村的路已经全部被冲毁。十几天前欢歌笑语的场面犹在眼前，现在却已是一片狼藉。

队员们徒步走到村子里，看到那些被洪水冲得东倒西歪的电杆，心里特别难过，却得转过头来安慰村民说："没关系，我们一定尽快把电杆架起来，尽快恢复通电。"

这场大雨不同程度地冲毁了昌都 11 个县的供电线路，物资也受到较大的损失。

大雨过后，昌都的项目部 18 个人开了一个会，大家宣誓，要不怕困难，冲到一线，全力保证总体工程进度。会后，这 18 棵青松分别奔赴现场，去查看灾情，想办法抢救物资，抓紧时间恢复重建，把损失降到最低。其中有一组队员去往江达县青泥洞施工现场，返程时，回来的路被冲垮了，在那里堵了三天。三天，几个人就困在车上，没有任何补给，后来好不容易在村里唯一的小卖部里买了点吃的，就那么熬了三天。白天还好，晚上的气温只有 −10℃，他们没有厚衣服，就那么硬撑着。三天之后，几个大小伙子被营救出来时，一个个嘴唇发紫，浑身发抖，已经不成人样儿了。

陆华英看着几个小伙子，着实心疼。她还好，作为一名女性，肯定要受到一定的照顾，每天在路上奔波的次数要少很多。有一段时间，她干脆就住在现场，不用两头跑了。但这些小伙子们不行啊，本来人员就紧张，他们就得每天奔波在各个现场之间，去解决各种各样的问题。他们经常要爬到山上去一基塔一基塔地巡检、勘察，这样对人体的损伤是非常严重的，也很容易留下后遗症。陆华英深有体会，一般人爬山爬到半山腰时，就已经气喘吁吁，话都说不出来了，何况还要全神贯注地爬上高高的铁塔。

洪水过后，工作队又组织了物资和施工力量，重新对塔玛村进行配电网工程建设，再一次给塔玛村的百姓送去了放心电。塔玛村的老百姓对工作队的表现赞不绝口：你们电力工人好样的。扎西德勒！

终于等到了 110 千伏变电站要合闸送电了。与前期开通的 10 千伏线路不同，110 千伏线路才是大电网的主力军。而丁青的这个 110 千伏变电站，是整个新一轮西藏农网改造工程第一个即将开通的 110 千伏线路。

正式送电的前一天，线路要进行参数测试，以确保线路安全。本来打算 9 月 12 日进行，结果 12 日、13 日连下两天大雨，拖了两天工期，当时项目组所有人心里都急得不行。大家拼了这么久，付出了这么多代价，就是为了争取夺个第一。其他县乡的项目组也都在摩拳擦掌、紧锣密鼓之中，都在暗中较劲，争取拔得头筹。时间不等人啊！

因为下雨耽误了两天工期，13日下午雨刚停，项目组就决定连夜进行参数测试。一旦发现问题，第二天就可以抓紧让工人去处理故障，解决问题。

对测变电站118公里线路的工作，是深夜1点左右开始的。开始还是挺顺利的，测了几个数据之后，大概在凌晨4点多的时候，项目负责人陆华英突然发现测试员眉头紧锁，紧接着表情开始沮丧起来。忍不住一问，测试员说，有一组数据总是错的。已经测了好几遍，怎么也对不上。

大家都很着急，纷纷出手，试了各种方法，数据怎么都对不上。后来不仅陆华英慌了，所有人都慌了。因为一个数据对不上，说明在118公里长的线路上出现了问题，具体问题出在哪里，需要在118公里的线路上逐一排查。整个线路最低海拔都在3500米以上，5000米以上的铁塔有13座，118公里巡查，那是一项很繁琐、很漫长的过程，工期肯定受影响。

没有办法，测试线路就是为了避免在线路上因为一些外部因素导致不能正常送电。哪怕有一根小铁丝挂在线路上，也可能造成电路不通。测试结果表示线路不通，就意味着需要对118公里的线路逐一进行排查。

现场沉默了，大家陷入了一种绝望的情绪之中。

但是人在绝望的时候往往能够生出闪电般的灵光，当时陆华英猛地想起了远在山西的爱人王爱忠，于是毫不犹豫地拨通了他的电话。电话接通后，陆华英不顾一切，机关枪一样射出一堆问题。凌晨4点被吵醒的爱人，迷迷糊糊听到妻子的声音，丈二和尚摸不着头脑，完全不知道妻子在说些什么，只听见电话里不停地传出"完了""完了"的声音，他以为妻子出了什么意外，马上吓得清醒过来。当他听清事情的原委后，松了一口气，迅速调整好状态，告诉妻子按他说的步骤重新测量。

于是陆华英和测试员在同事的手电筒灯光照射下，再次一步步开始测量。最终的结果令大家如释重负，原来线路并没有问题，出问题的是测试员携带的工具。虚惊一场，却搞得大家筋疲力尽。

最后确认数据无误之后，已经是清晨6点了，陆华英感触特别多，从刚开始的担心，到之后的焦虑，再到心疼队员的辛苦，再到绝望，到最后灵光一现给爱人打了电话，本来只是寻求安慰，最后却顺利地解决了问题，为安全送电节省了很多时间，给了自己一个巨大的惊喜。整个一晚上，陆华英的心里跌宕起伏，大悲大喜，真是尝遍了人间滋味。

走在回宿舍的路上，恰好迎着东方。这时太阳刚好从远方天际线上一层层地显现出来，紫色的朝霞映满了眼帘。陆华英突然发现，这一幕真是充满诗意啊！

她确信，黑夜已经过去，曙光就在眼前。

然而真是这样吗？

早上6点多回到宿舍，作为现场的总负责人，陆华英对项目组成员千叮咛万嘱咐，一定要把送电前的准备工作做好、做扎实，有什么事情随时叫醒她，然后囫囵睡了四五个小时就爬了起来，奔赴变电站，准备在中午前完成送电工作。

按照正规程序，合闸送电之前，各施工单位要交一份承诺书，确保所有的工人都已经离开了施工现场，回到驻地，并已清点人数核实无误；工程已完成施工，具备送电条件。说白了，就是全线路施工现场，不能有任何人，因为一旦开启送电，设备和线路将带电，如果还有无关人等，将有重大安全隐患。这是人命关天的大事。

当时线路一共有6个标段，应该一共交上来6份承诺书。其中有5份承诺书顺利上交，唯独第二标段的承诺书迟迟没有送来。左等不来，右等不来，陆华英着急了，给第二标段项目承包人打电话询问情况。第二标段项目承包人迟疑了一会儿，说马上交。没多久，承诺书就送到项目组。

一切顺利，项目组通知运检部，一切就绪，只等启动送电了。运检部通知调度，一切按部就班，马上就要准备送电了。项目组全体人员此时此刻都是开心得不得了，千辛万苦付出了数个月的辛劳，终于要在此刻画上一个圆满的句号。

所有的成功都没有那么容易到来。真是应了那句老话——好事多磨。

就在即将启动送电的前一刻，陆华英的手机响了。打电话的是一名施工队的工人，因为工资纠纷，感觉受了不公正待遇的他，拉着几个工人一

第六章　西域之光

345

起，爬上了送电线路的铁塔上，不彻底解决他们的经济纠纷就决不下来，送电的任务就不能完成。

陆华英一下子就蒙住了，半天没有回过神来。大家千辛万苦，一切磨难都经历过，最后竟然被一个非技术的意外因素破坏了。愣怔了好久的陆华英开始做那名工人的思想工作，讲明他和雇佣人的关系与项目组无关，与这个举国之力的国家项目无关，他们之间的纠纷应该由他们之间协商解决，不应该影响整个工程的进度。这是对祖国的不负责，是对涉藏州县人民的不负责。但那名工人说，他都知道，道理他都懂，但只要今天送电成功，他们可能就再也讨不回公道，要不回拖欠的薪水了。

陆华英实在委屈得不行了，这样一个庞大的项目，一切都已准备就绪，成百上千的专职人员此刻都在严阵以待，突然蹦出来一个闹经济纠纷的工人，大好形势一下子前功尽弃，这得辜负多少人的心血啊！

她想起自己在项目工程开展以来遇到的种种困难，比如说物资不到位，她要每天跑几十公里的山路，奔波在各个标段去协调、沟通，东拆西借，确保项目顺利实施；比如，马帮运送物资上山，骡马因为抑郁掉到江里，她还要协调安慰马帮，确保物资到位；比如，施工队因条件艰苦，招不到人开工，她也得出面解决……更别提生活条件那么艰苦。一个女性，一边是方方面面的实际困难，一边是涉藏州县人民翘首企盼的眼神，是党和国家以及国家电网公司的信任与重托。在生理和心理的双重压力下，一路咬着牙挺过来的陆华英终于承受不住了。当再三劝阻无效后，情绪到达临界点，她瞬间爆发了，号啕大哭。此刻她的心情别人真的难以理解，只有她的团队知道，只有远在家乡的爱人知道，只有时刻关心她的电力公司领导知道。她哭得撕心裂肺，哭得泪雨滂沱。

电话那头的工人也愣住了，也许是哭声太震撼，也许是哭声太感人，工人的情绪开始松动，并表示需要考虑考虑，过会儿再打电话给她。

几分钟后，工人把电话打了过来，说："陆姐，我们这就从塔上下来，把线路重新接好，然后离开送电工程区域。"

已经哭不动的陆华英，情绪得到一定释放，也慢慢冷静了下来，她下意识地用世界上最温柔的声音对工人说道："好，好。你慢慢下来，不要着急，慢慢的。一定要注意安全。"

当确认工人已经安全离开后，陆华英又再次要求各个施工单位重新核点人数，确保万无一失。

14 日下午 5 点，所有送电前的检测工作又再次过了一遍，直到 15 日上午 9 点，"十三五"新一轮西藏农网改造第一个 110 千伏工程，在丁青正式送电了！西藏"新一轮农网改造升级工程"首战告捷！

丁青的藏族同胞高兴坏了，县长亲自批示，让全县的灯晚上全部亮起来，要亮整整一个晚上。

夜幕降临，总面积 11562 平方公里的丁青县，2 个镇、11 个乡、8 万多老百姓同时点起了灯光，刹那间，火树银花，如同璀璨的银河倾泻而下，洒在这古老又年轻的高原上。

项目组全体人员分外激动，也无比自豪。赴藏帮扶以来的一幕幕画面浮现在他们的眼前：一起克服艰苦的生活条件；一起给队员过生日的时候那种简单的快乐；工程车躲过山上滚落的巨石，大家相视心有余悸却彼此会心地微笑；在荒无人烟的高原上无意中发现一朵不知名的小花……这些都深深印刻在他们的记忆中。

此刻，眼前这个场景太动人、太震撼了！虽然内地的城市夜晚灯火通明、霓虹闪烁，却已经没人在意，习以为常，但在青藏高原，在这人烟稀少、偶尔只能听见几声狼嚎的巍巍高原上，灯火的意义，实在太重要了。现代文明的灯火终于燃烧在整个高原，带给人们新的光明与温暖。

一切艰辛的付出都值得了，几万名奋战在青藏高原上的国家电网职工，用他们的心血和责任，点亮了千万年沉寂的高原，把现代文明送上了雪域高原。每个人都收获了丰富的人生履历，活出了生命的精彩与意义。

驼峰上的供电所

　　帕米尔高原的冬夜，风急雪大。塔吉克族牧民米尔丁夏老人顶着凌乱的飞雪，在自家牛圈门口焦急地徘徊。

　　母牛要下崽了，可家里偏偏又断了电。在这茫茫的雪域高原上，500 多户牧民分散在 1.1 万平方公里的土地上，平均 25 平方公里只有一户人家。

　　对米尔丁夏来说，在这样的天气，给供电所所长加沙来提·哈斯木打电话，实在过意不去。但这头母牛已经不是一个单纯的生命，而是一家人生活的希望。当他用颤抖的手拨通加沙来提·哈斯木手机时，那边传来"您放心，我马上到"的爽快回答。

　　夜早已黑得看不清方向，雪越下越大。米尔丁夏已经有些放弃了，这么恶劣的天气，就是自己一个老牧民也不敢独自出门，何况一个供电所的同志呢！

　　雪也大，风也大，硕大的雪花被狂风卷成了巨浪，卷成了旋涡，像饿疯的野兽一般，铺天盖地，四处撕咬。雪在咆哮，而狂风躲在雪的后面狰狞。这是风和雪的游戏。亘古以来，海拔 4000 多米至 7000 多米的帕米尔高原上，风和雪才是真正的主人，这里是它们的疆域、它们的世界。大概是太过孤寂，它们时不时就小小地淘气一番，互相撩拨一下对方。然后无边无际的高原雪域，就只剩下恐怖的白与黑。大自然一个小小的表情，人类就已经根本吃不消了。

　　米尔丁夏老人最后望了一眼没有尽头的黑夜，失望地摇摇头："唉，加沙来提·哈斯木所长肯定是来不了了。"母牛临产前"哞哞"的痛苦挣扎声，穿过纷披的大雪，深深刺进他的心里，他无奈又无助地低下了头，转身往家里走去。

就在这时，叮叮当当，无尽的黑夜那头，风雪狂欢的深处，一串驼铃声由远而近地传来。米尔丁夏似乎都不敢相信自己的耳朵，打起手电跑到公路上，看到加沙来提·哈斯木牵着他的伙伴"依那克"向他家蹒跚着走来，帽子和衣服上落满了厚厚的积雪。

"我家的牛有救了。"米尔丁夏像个孩子似地跳着迎了过去。经过一番抢修，牛圈里的电灯亮了起来。任务完成了，但加沙来提·哈斯木并没有离去，大风雪的夜里，他又临时充当起兽医，笨拙地给母牛接生。

等忙活完这些，心中充满感激的米尔丁夏老人早已将香喷喷的热馕捧到了加沙来提·哈斯木的面前，一再说着感谢的话。

加沙来提·哈斯木微笑着接过老人递过来的热馕，一边说着安慰老人的话，一边走向自己的老伙计"依那克"，掰下一块馕，喂进它的嘴里，然后轻轻拍拍它的头，温柔地说："辛苦你了，老伙计!"

在新疆南部，地处喀什塔什库尔干塔吉克自治县的帕米尔高原上，有一个名叫红其拉甫的冰峰。这里是我国与巴基斯坦唯一的陆路出境通道，也是我国最高的边防哨所。

红其拉甫供电所承担着达布达尔乡和种羊场的供电任务。它不仅是中国最高的供电所，也是全国电网系统中人员编制最少的一个。在供电所成立后的相当长一段时间里，供电所一直只有两名员工，所长加沙来提·哈斯木和职工吐逊江。

供电所全部服务对象加起来才 500 多户人家，分散在 1.1 万平方公里的土地上。供电区域与巴基斯坦、阿富汗、塔吉克斯坦三个国家接壤。有人形象地把这一现象称为，一户牧民就是一个哨所。

这里群峰起伏；最多的是风雪，最少的是氧气；无雪期只有 3 个月，最低气温 −45℃，全年平均气温 3.2℃，空气中的含氧量仅有平原地区的 60%。

千姿百态的山峰，茫茫无际的雪野，遮天蔽日的风沙，让汽车这样的现代化工具在恶劣的环境面前，失去了用武之地。倒是骆驼，反而可以从容地在无边的沙漠雪野中大显身手，成为这里最实用的工具。于是，新世纪的帕米尔高原上，出现了一支由两名电力职工和一只骆驼组成的电力服务队。特别是骆驼驮着的工具箱上，那个喷有"国家电网 95598"供电服务热线的标识非常醒目。当地牧民把他们亲切地称为"驼峰上的供电所"。

虽然红其拉甫供电所管理和维护的只有 84 公里的输电线路。但抄表、收费、技术操作、线路巡视、用电服务、应急抢修等这些工作一项也不少，很长时间都全部落在了两名电力职工和一头骆驼身上。

加沙来提·哈斯木，从来到红其拉甫供电所工作的那天起，他就把自己完全交给了帕米尔高原。恶劣的生存环境，繁重的工作任务，丝毫没有影响加沙来提·哈斯木和同事对电力事业的执着和热爱。牧民、电线、骆驼已经成了他们生命中完全不可分割的一部分。

说起"依那克"，加沙来提·哈斯木眉飞色舞，仿佛有讲不完的故事。

从春到夏，从夏到冬，骆驼"依那克"驮着那个喷有"95598"供电所服务热线标识的工具箱，随着电力职工走遍了供区的一座座山峦、一个个角落，成为供电所一名从来不拿报酬的"职工"。

有时在风雪中巡线一走就是几个小时。走累了，加沙来提·哈斯木就找个背风的地方休息。由于高原上异常寒冷，他就用特殊的打火机点燃干柴，生起一小堆火。加沙来提·哈斯木拿出馕饼，刨开身边的积雪，一口饼一口雪，以补充消耗很大的体力。卧在一旁的骆驼"依那克"则用头亲昵地顶着他的胳膊，加沙来提·哈斯木眼里露出一丝温柔，把馕饼掰成小块喂到骆驼嘴里。

这个时候，加沙来提·哈斯木就感觉天地之间仿佛只有他和"依那克"两个人，"依那克"就是他的亲人。有一次，走着走着突然掉进一个雪洞，雪一下子埋到脖子，要不是拉住"依那克"的缰绳，加沙来提就完了。

"用我的真诚，换取您的满意。"这是加沙来提·哈斯木参加工作时就许下的诺言。在他的日志里，不知为客户解决了多少个用电难题，也不知多少次得到了客户的表扬肯定。在客户留言簿上，充满了客户对他的赞美之词，赞扬他心里装着客户，真心实意为客户排忧解难。

生活在红其拉甫的塔吉克族人，被称作"天上人家"。他们"只有天在上，更无山与齐。举头红日近，回首白云低"。尽管那里常年冰天雪地，气候格外恶劣，但生活在那里的塔吉克族人生性乐观，常年歌舞不断。

独特的客户群注定了在管理和运作模式上完全与其他供电所大相径庭。热情的塔吉克牧民可以邀请任何一个素不相识的人到自己家里做客，却始终想不起按月前去供电所交纳电费。虽然每家的月用电量不过十几度，大家却根本没有主动上门交纳电费的意识。

让游牧民像其他地区的客户那样自觉上门缴费显然极不现实，这是红其拉甫供电所在管理上面临的难题。

客户至上，用心服务。再大的困难也要克服，于是，加沙来提·哈斯木每天就牵着"依那克"走家串户，上门服务。

夏天洪水泛滥，冬季大雪封山。有时出门抄表一个来回，竟有半月之久，但加沙来提·哈斯木还是克服了这些困难，不仅圆满完成了每月电费按期"结零"的目标，而且还让游牧民享受到了各项优质电力服务。特别是每次出去抄表收费时，"依那克"的驼背上都会多一个布袋子，里面有小青菜、火柴之类的物品，走到谁家都会顺手留下一点东西，让牧民们开心不已。

年复一年，他走遍了1.1万平方公里的每一条线路，到过每一户农牧民家。他像一根银线一样串联起500多户牧民，与架设在雪域高原上的电线，形成两条相映成趣的平行线。一条在空中延伸，一条在地上穿行。两条线给巍巍高原送去了光明和温暖，送去了党和国家对高原牧民的关爱与柔情。

牧民家里都留下了他的手机号码，用电方面有了困难，只要一个电话，就能顺利解决。

在红其拉甫，部队的边防哨所已组建了几十年，但长期以来，由于自然环境恶劣，哨所远离电网负荷中心，新疆主电网一直未能延伸覆盖这片区域。

每年4月1日开关，11月30日闭关。开关期间，边防部队承诺24

小时通关。只要有过关的，柴油发电机就立即发电，供设备使用。白天还好点，晚上检查要开灯，电压不稳电灯太暗，战士们看不太清。到了冬天 -40℃，战士们要站在寒风里一遍一遍地检查过关。

为了满足边防哨所正常的工作和生活需要，战士们在哨所边打了一眼80 米深的井，解决官兵的喝水问题。他们在哨所的蔬菜储藏室靠近屋顶的地方，安装了一台水泵抽井水。由于频繁倒换光伏电池板和柴油发电机电源，水泵经常出现故障。官兵们只能推着双轮车，到 1 公里外的河坝里灌水。在有"死亡山谷"之称的红其拉甫，这无疑给边防官兵带来了新的挑战。

得知边防哨所日夜盼望着通电，加沙来提·哈斯木万分焦急。他恳请上级电力公司一定要把大电网挺进"风吹石头跑，氧气吃不饱"的红其拉甫山口，为边防哨所架起一道"世界上最高的送电线路"。

这一天终于盼到了。2013 年 4 月 15 日，国网新疆电力投资 3000 万元，在红其拉甫开工建设 35 千伏输变电工程。100 多名施工人员经历了一个星期的高原气候适应期后，开进帕米尔高原。

为了使这个中国最高的哨所尽早通电，国网新疆电力公司建设者们克服高寒、高海拔、道路运输困难等诸多不利因素，立杆架线，经过一年多的艰苦奋战，终于建成了 1 座 35 千伏变电站。2014 年 7 月 21 日，国网新疆电力成功将"长明电"点亮了红其拉甫哨所。那条宏伟壮观的输电线路，傲然挺立在海拔 5100 米的帕米尔高原上，如同一条美丽的彩虹，横挂天际。

"长明电"的接通，为驻守在中巴边境的红其拉甫边检站前哨班执勤官兵带来了实实在在的便利。有了电，X 光机、监控系统等现代化和信息化设备就能够正常运行，口岸通关效率也将进一步提升。战士在海拔 5100米的前哨班监控室里轻轻点触鼠标，就能从电子大屏幕上有效监控营区周围的情况，还能清楚地监控到界碑和国门处出入境车辆的动态信息。

边防哨所通电后，加沙来提·哈斯木感到身上的责任更重了，供电所加大了对边防哨所的巡线频率，及时消除隐患。每当边防哨所在用电上有什么问题或要求，加沙来提·哈斯木和同事吐逊江总是以最快的速度赶到，让官兵们深受感动。

　　而最让边防哨所官兵感动的是那次新营房送电施工。那年 12 月，一场突如其来的大雪，让塔什库尔干县最低气温突然降至 −40℃。这样的天气，就是坐在有炉火的屋子里都觉得冷。可加沙来提·哈斯木和吐逊江却匆匆忙忙牵着"依那克"赶到边防哨所的新营房，为他们接线送电。为保证广大官兵能够在元旦前用上电，加沙来提·哈斯木和吐逊江顶着 −40℃的低温，爬上冰冷的电杆上连续工作了 5 天。接线是一项非常细致的工作，戴着厚厚的羊皮手套不仅效率低，而且效果也不好。他们只好戴上一副薄薄的线手套，冒着严寒接线。当边防哨所新营房如期通上电以后，他们的双手早已冻得又红又肿，还患上了冻疮，不时地流出脓水。看到这种情景，这些经历过血与火考验的官兵们被深深地震撼了。

　　帕米尔高原上出奇地冷，纷纷扬扬的大雪，经常一夜之间积起四五十厘米高，有时积雪甚至深达六七十厘米，将供电所的大门堵得严严实实。每当此时，加沙来提·哈斯木只好打电话给附近的牧民，请他们过来帮忙。

　　门开了，牧民们每次都劝他们别再出去巡线了，那样很不安全，并宽慰他们说，线路不会有问题的。但加沙来提·哈斯木总是笑着婉言谢绝，他又牵上"依那克"，踩着积雪坚定地朝着前方走去。他想的是，越是这样的天气，牧民和边防哨所，越不能停电。

　　多年的巡线经历，让加沙来提·哈斯木积累了丰富的经验。山里风大，手持望远镜站着观测，身体经常摇摆，观测效果不准，他便发明了仰卧巡线法，每到一基杆塔下，便躺在雪地里，用望远镜观察塔上的每一个部件，然后做好巡线记录。加沙来提·哈斯木说，这样虽然辛苦点，但可以克服人在风雪中站不稳的毛病，提高巡查的准确度。

　　可是，一次次从雪地里爬起来，他的脖子里都会灌进不少雪。

　　十几年来，他还照顾着一位叫比山的孤寡老人，每个月替老人缴纳电费，一有空就去探望老人，给老人捎去柴米油盐等日常生活用品，还帮老人劈柴，定期带老人去卫生院检查身体。不知情的人看到了还以为他是老

第六章
西域之光

353

人的儿子呢。其实，在加沙来提·哈斯木的心里，早已把老人当作了自己的亲人。

为牧民，为边防哨所，为了红其拉甫的光明，加沙来提·哈斯木再苦再累也觉得甜。当然，对他来说，每月最温馨的时刻，就是返回公司结算时，可以抽空回家看看妻子和女儿。在他心中最大的遗憾，就是对家庭的愧疚。因为妻子生产时，他仍然坚守在工作岗位上，不能去医院照顾。当时，接到妻子即将生产的消息，他很着急，很想立即请假赶到 400 公里外的喀什地区医院去照顾。但正巧碰到供电所开展线路集中整治，如果他一下山，留下抄表员一个人，根本无法完成这项任务。面对亲情与事业的冲突，他毅然选择了坚守工作岗位，而让抄表员替自己给家里回了电话，托付亲属照顾妻子。

在加沙来提·哈斯木那个简朴的家里，有一张特别大的全家福照片。这张照片是为了大女儿照的。搬入新居已经好几年，加沙来提·哈斯木很少回家，女儿的同学竟然以为她没有爸爸，常常因此嘲笑她。妻子便把这张全家福放大了，挂在家里最显眼的地方。照片挂上的第二天，女儿就把小朋友都带回家，指着照片中的加沙来提·哈斯木说："我也有爸爸，就是他。"

居住在新疆帕米尔高原上的塔吉克人被称作"天上的民族"，他们有一句谚语："活着就要像雄鹰，否则不如死去。"加沙来提·哈斯木和他的同事，就像翱翔在群山峻岭中的雄鹰，十几年来，他们牵着骆驼走遍了这里的千沟万壑，保障了牧民、口岸和边防部队的正常用电，也用自己辛勤的汗水为红其拉甫供电所挣来了一块块由县、州、自治区供电公司颁发的奖牌，还捧回了中国最美金牌供电所、国家电网公司农村供电营业所规范化服务示范岗的奖牌。

最近几年，上级单位陆续给红其拉普供电所增派了 7 名职工，让这支只有两个人的队伍渐渐壮大了起来。但随着供电需求的增加，他们身上的职责也更加艰巨了。

"全面建成小康社会，一个民族，一个家庭，一个人都不能少！"让所有百姓用上放心电，是每一个电力人的光荣使命。

他们牵着骆驼顶风冒雪在各家各户间一路走来，可能从来没有意识到，他们是以一种最单纯的方式在客户心中延伸着国家电网公司的企业形象和社会责任。他们留给大地的脚印，是树立在客户心中的丰碑。

这几天，"依那克"的后牙掉了两颗，对于骆驼来说，它已经老了，告别的日子越来越近。加沙来提·哈斯木沉默地望着茫茫雪原，眼里泛起了泪光。

班彦喜圆"幸福"梦

秋天的高原，天空明媚湛蓝，走进青海省海东市互助土族自治县班彦村，富有民族特色的大门立在村口，大门左右一副"春暖班彦长风送喜入新居，潮涌土乡众志成城建小康"的对联在蓝天白云下显得格外耀眼。整洁、干净的水泥路上，脸上挂满朴实笑容的村民迎面走来；整齐排列的路灯，错落有致的院落，黄蓝相间的围墙，成片的屋顶光伏板与晴朗的天空连成一色，在阳光的照耀下熠熠生辉；村广场上几个年轻人在打篮球，路边玩耍的小孩你追我赶，处处呈现出社会主义新农村发展的勃勃生机。

班彦，在土族语言中为"幸福"之意。然而，一直以来，班彦村的村民却并不幸福。仿佛"幸福"这个词，是永远得不到的东西，又仿佛是一句谶语，理想与现实永远不会相交。祖祖辈辈在贫困线上挣扎的村民已经忘了自己与幸福还有任何关联，甚至习惯了穷困与挣扎。因为他们与外界隔了天堑、隔了土地的禀赋。说白了，老天爷不给饭吃。然而，老天爷注定的东西就不可抗拒吗？班彦村的百姓就过不上幸福的生活吗？

一切都因为一个新的时代，一个伟大的政党，一个了不起的民族和国家，一个敢于担当的国有企业而改变了！

班彦村是位于青海省海东市互助县五十镇的一个土族聚居村，地处六盘山连片特困地区，全村共有 8 个社 369 户 1396 人，占地 14.6 平方公里，其中 5、6 社 129 户 484 人住在山头，平均海拔 2800 米，村民主要依靠种植青果、土豆等农作物为生。这里气候寒冷，地处干旱山区，农作物不易生长，自然灾害频发，人均年收入只有 2000 多元，贫困率高达 56%。

说到过去的生活，班彦村民吕有金有一肚子的苦水：过去住在沙沟山上的时候，一条近 10 公里的崎岖山路，是老班彦村通往山下的唯一通道。5、6 社村民要出村到最近的集市上采买食盐等生活必需品，只能通过陡峭的山路下山，要像山上的盘羊一样蹦蹦跳跳越沟过涧，气喘吁吁地攀爬山石，还不敢在集市上耽搁，怕回去晚了太阳早早地落山，看不见路。当地干部要到班彦村去办公，从早上出发，走到日暮才能走到村口，一路上顶着寒风，不时有陡峭的危崖，要从蛇形的羊肠小道上战战兢兢地走进去，进村开展工作十分不易。

要是得了急性重病，有时只能等死。因为病人只能背下山，得花更长的时间。下山后，到县里还有 20 多公里，还得靠人背，运气好的话，说不定可以找到一辆架子车来拖。很多病人都因此耽误了救治。

那一年，30 多岁的村民阿祁得了急性感冒，家人轮流将他背下山，还没送到县医院，就在路上咽了气，留下了 3 个嗷嗷待哺的娃娃。

曾经的班彦村，被人们喻为"六难村"，即"出行难、吃水难、看病难、上学难、务工难、娶妻难"。

要彻底解决班彦村"六难"问题，彻底改变贫困现状，就地扶贫肯定不行，这已成为广大干部群众的共识。

党的十八大以来，举国上下大力实施易地扶贫搬迁项目，改善搬迁农牧民生产生活条件，拓展发展空间，拓宽增收渠道，加快脱贫致富的步伐。

2016 年 4 月，在县委、县政府的领导下，依托国家易地扶贫搬迁的大好政策，易地搬迁项目在班彦村实施。

统一规划，统一风格，统一施工，5、6 社整村搬出大山，搬向山下宽阔的川水地区。129 座新型农家小院开始破土动工。

2016 年 8 月 23 日，习近平总书记冒着小雨、沿着泥泞的道路来到正在建设中的班彦新村，访农户、查帮扶、问打算，并就易地扶贫搬迁、发展产业等作出重要指示，给村民们极大的鼓舞，搬迁工程进一步提质提速。

2016 年 11 月 7 日，班彦村完成了 5、6 社集体搬迁，村民高兴地住进了新居，每户 4 分地 4 间房，村民从"老天爷不赏饭吃"的旧址，搬到了现代化新村。

看着头也不回、毫不留恋、转身就走的村民，大山也沉默了，它知道再也留不住这些祖祖辈辈吃尽苦头的人了，只能鼓动山风表达深深的歉意，为这些奔向新生活的人默默送上真诚的祝福。

风里飘荡着幸福的笑声，欢乐的歌声在大山中久久地回荡。在那高山上不知住了多少代，受尽穷困煎熬的村民，做梦都想不到会搬出大山，住上宽阔明亮的新房，用上便捷、现代化的电能。

在班彦村 5、6 社集体搬迁脱贫工程中，国网青海海东供电公司始终肩负着重任，充分发挥电力在清洁转型脱贫攻坚中的带动作用，为集体搬迁脱贫攻坚作出了重要的贡献。他们牢记习近平总书记关于"做好电力先行官，架起党联系群众的连心桥"的重要指示精神，为搬迁的村民贴心服务。

为让班彦村易地搬迁村民用上安心电、舒心电、放心电，海东供电公司投资 170 万元，组立 53 基电杆，架设配电变压器 2 台、高压线路 3.5 公里。

2016 年 9 月 30 日，距离班彦村 5、6 社村民集体搬迁前一个月，"电力红马甲"就将清洁充足的电能送到了新村里。

129 户村民家家通电后，"电力红马甲"挨家挨户装表接电，搬迁当日，海东公司党员服务队主动开展上门服务，为村民提供用电咨询、动力电接入、安全用电知识宣传、现场用电检查一系列优质服务。供电人的辛勤付出，为村民安心入住提供了用电保障。

新村建设之前，这里只有一台 50 千伏安的变压器，户均容量只有 0.3 千瓦。新村建成后，新增了两台 200 千伏安变压器，配变容量增加了 8 倍；户均容量达 4.9 千瓦，增大了 15 倍。

电网的新建和升级改造，不仅彻底消除了低电压，家家户户用上了各式各样的家用电器，而且将动力电接到了村民家门口，为后续产业的发展添足了马力，让一个个贫困户干脆利落地甩掉了贫困的帽子。

"自从开了小店，村里的人都到我这儿压面条、买馍馍，大家方便省事儿，我也有了自己的小营生，一举多得。"村民李有珍是该村动力电入户的最早受益者，自2017年11月班彦村通了动力电，她就在村口开了间馍馍铺，还购置了一台压面机，月收入接近3000多元，小日子过得越来越红火。

在充足的电能支撑下，临街的村民打开门就可以做买卖，有的村民还干起了养殖的营生，就连传统的土族刺绣也开始尝试规模化生产。

"产业发展是助力贫困户真正实现脱贫摘帽的最有效途径。这得益于充足的电力保障。"驻村第一书记袁光平说。

就在村民的幸福指数节节攀升时，海东供电公司再出实招，2017年春节前夕，该公司开始在这个土族村落实施以"电热炕"为主的"柴改电"项目和生活电气化升级示范工程，将携手共建"天蓝地绿水清的美丽中国"作为精准扶贫项目的最佳实践，减少大气污染排放，倡导共享生活电气化，采用清洁、安全的电热炕，帮助该村村民永久舍弃了秸秆煨炕的取暖方式，促进生活品质再提升。

用了一冬天电热炕的吕有贤深有感触地说："电热炕安全、干净、方便，还省钱，根据天气变化随时启用，特别是对我们老年人来说，好得不得了。现在我们虽然生活在农村，但生活质量快赶上城里人了！"

他的老伴穿着一身光鲜的新衣服，脸上堆满了笑容："以前巷子里晒满了牛羊粪、秸秆，气味难闻，还难看。每天早晚还得煨炕，烟熏火燎，时冷时热，温度不稳定，牛羊粪烧起来味道很难闻。有了这电热炕啊，我早晚再也不用煨炕了，身上再也没有炕烟味了。"

吕有贤坐在暖烘烘的炕上颇为得意地说："用上了电热炕，电费明显少多了呢。"

自从有了电热炕，班彦村家家户户先前堆放在巷子里的牛羊粪、秸秆逐渐没了踪迹。现如今整洁的村落、畅通的道路仿佛焕然一新，空气中弥漫着花草的清香。

随着电网升级改造，电热炕的全面推广，村民的生活质量有了显著改善。如何进一步推进精准扶贫，助力村民脱贫致富，是海东供电公司深入研究的课题。

早在班彦新村建设初期，海东供电公司便向当地政府积极建言，在该村实施光伏产业扶贫模式，从长计议村民的幸福生活。在政府的牵线搭桥下，青海振发新能源公司全额投资在班彦村建设光伏扶贫电站。本着村民自愿的原则，在班彦村空置土地，村民家屋顶、猪舍顶面安装了光伏板，总容量为 2 兆瓦。电站预计可持续运营 20 年，规划每年给参与合作的 114 户村民每年每户 2500 元的固定收益。

"从电站申请并网到正式接入，实现并网发电，我们仅用了一周时间。"海东供电公司营销部市场拓展及大客户经理班负责人朱尚林介绍。

为贯彻落实国网阳光扶贫行动部署，服务班彦村光伏电站接网，确保电站尽早投产运营，该公司开通"绿色通道"、实施"一站式"服务，从前期的接入方案设计、意见评审到电站并网投运，提供全方位的技术支持和全过程的贴心服务。

2017 年 12 月 28 日，班彦村扶贫电站正式并网发电。

那一天，村里像过节一样热闹。大家聚集在村广场，敲锣打鼓，载歌载舞，一个个脸上洋溢着欢快的笑容。

"这一片是我们家，这是我们村，我们村的屋顶上都装了会发光的板子。给我们上美术课的阿姨说，这是清洁能源，这个板子还会发电。发了电，妈妈就可以给我买新书包了。"班彦小学二年级学生保生德用海东供电公司员工捐赠的五彩画笔在纸上描摹着美好的未来。

不仅要早投产、早受益，村民们更盼望着这个"摇钱树"的寿命能长一些、再长一些。

为了确保光伏电站平稳运行，保障村民的稳定收益，2018年5月16日，在国网青海省电力公司的主导下，该电站正式接入国网电商光伏云网2.0平台，村民可以用手机通过"电e宝"客户端的"光e宝"平台上的"电量监控""光伏账单"等功能实时查看电站发电情况和收益情况。

"电站接入光伏云网平台不仅可以直观地了解发电量和收益情况，而且可以根据电站运行情况，在线发起运维申请，在线接单派单。在保障电站正常运行的同时，保证村民长期稳定的扶贫收益，助推国家精准扶贫工作的有效落地。这一举措正是村民们的期盼。"海东供电公司营销部邢震说。

村民吕有章最大的爱好是看日头。还在山上时，他就喜欢看日头，太阳出来就意味着下山的蜿蜒小路可以通行；搬到山下就不用担心出行问题了。他现在依然喜欢看日头，太阳出来就意味着光伏板能多发电，年底的收益就有着落了。现在的吕有章时不时地拿起手机瞧瞧，发电量、上网电量、当月收益一目了然。

"你看，不到半年，我们的电站已经发了50万度电了。"吕有章　脸憨笑，话语中掩饰不住地满足与喜悦。

在他的正前方，班彦村光伏扶贫电站并网接电配电室门前，身穿红马甲的供电公司员工，正进进出出地检查配电设备的运行情况……

海东市委常委、互助县委书记充满感激地说："供电企业在脱贫攻坚中发挥了举足轻重的作用，在农网改造升级、易地搬迁通电工程实施中全力以赴。班彦新村推广的电热炕项目、光伏扶贫项目走在了全省的前列，是班彦新村脱贫致富的重要支撑。"

当初，习近平总书记考察班彦村，看着班彦村群众还没有脱贫，心里很难受，语重心长地对随行的青海省市领导强调，一定要实施易地搬迁工程，把班彦村的群众生活安排好，各项脱贫措施要跟上，把生产搞上去。

如今的班彦村利用光伏发电，晒着太阳就可以赚钱。充足的电力助力脱贫攻坚，新村整齐如画，临街的门面大都开起了商店，充足的电力使村民有条件、有能力搞起了加工业，办起了企业。如今的班彦村成为海东市脱贫攻坚的成功典型、乡村振兴的范本。

整齐的电线，耸立的路灯，错落有致的小院，崭新的村级综合服务中心和文化广场，富有现代气息的村容村貌，成为现代化新农村建设的模板，几代人梦寐以求的愿望变成现实。有的脱贫致富的村民在扩建房屋，打造具有土族风情的农家小院，开设农家乐。老人们快乐地谈天说地、孩子们的嬉笑声飘荡在新村的上空，向世人展示着移民新村的新变化，述说着搬迁后脱贫致富的幸福生活。

70多岁的吕有荣在村里德高望重，他嘴边反复念叨的一句话就是："共产党的恩情我们永远不能忘，总书记的关怀我们永远不能忘。"

他身着厚实的土族长袍，头戴一顶黑色的礼帽，胸前白须飘飘，颇有几分仙风道骨、世外高人的气息。说到班彦村的变化，他最有发言权。

走进他家宽敞明亮的客厅，只见墙上贴着壁纸，水晶吊灯晶莹剔透，地板一尘不染，电视、空调等家用电器一应俱全。

特别是三张精心装裱的习近平总书记在班彦村考察的照片挂在中堂最

醒目的位置。

"总书记来到我们家，亲切地跟我握手，还看了我家的扶贫手册，了解扶贫措施落实情况。"吕有荣回忆起与总书记见面的场景仍有些激动，说着说着，眼中泛起泪花，"做梦都没想到，我们还能过上这样的好日子！睡上了电热炕，用上了家用电器，办起了农家乐，还有光伏发电收益，生活越来越幸福了。和过去相比，这个变化实在是太大了，简直是天翻地覆！"

吕有荣和老伴一直跟随二儿子吕官布达吉一家生活。过去家里就守着30亩地过日子，往往辛辛苦苦一年忙下来，全家人只能管个温饱，有时年成不好，吃饭都成问题。住的是土木结构的老房子，房间又矮又暗又破，却无钱维修。村里的壮劳力做完庄稼活就去城里打零工，往往辛苦一年只能挣个养家糊口钱，而自己儿子因有腿疾，没办法外出务工，就连这点打工钱都挣不上。

现在搬下山后，吕有荣的儿子吕官布达吉申请到政府的养殖项目贷款20万元，养了300只羊，羊出栏后，老人算了算，除去贷款，净赚了4万多元。随后又租了村民的地，种了200亩洋芋，一年纯收入可达1万多元。

随着新村建得越来越好，城里的人纷纷来这里旅游。吕官布达吉又添置了几台空调，在自家院里办起了农家乐，每天可接待五六桌四五十人，收入也很可观。

对比过去和现在，吕有荣和家人时而表情凝重，泪眼婆娑，时而开怀大笑，感慨不已。

大山也终于松了一口气，由于自己的禀赋有限，让世世代代的班彦村民吃了苦头，长年累月的愧疚压弯了它的腰，压痛了它的脊梁，也刺痛了它的心。现在好了，看着自己脚下幸福欢乐的班彦新村，心情越来越好，碧绿的新装换了一身又一身，显得越发年轻起来。

生活嘛，从来就不是什么难题，关键看你是否能够作出正确的选择；是否有人能够给你指出正确的方向和道路；是否有人带着你在正确的道路上奔跑。

凉山的"黑体拉巴"

自古以来，彝族人民的心目中有两个英雄，一个叫支格阿龙，一个叫黑体拉巴。

传说中的黑体拉巴点起火把，用光亮和烈焰解除民众疾苦，被人们誉为心目中的大英雄。

如今，在中国最后消除奴隶制的贫穷落后的凉山彝族自治州，为了使这里的贫困人口早日脱离贫困，为了让光芒四射的火焰永远燃烧，国家电网职工风雨无阻，翻山越岭，披荆斩棘，肩挑背扛，演绎了一出新时代的"黑体拉巴"!

国网四川凉山供电公司在凉山州供区面积4.93万平方公里，占全州总面积的82%，供电人口400余万人。在供区内因地理环境、条件恶劣等原因，高寒、偏远、经济落后地区居民变压器数量少、电压低问题普遍存在。为确保供电区内贫困群众用上电、用好电，凉山供电公司聚焦全州脱贫攻坚目标任务，精准对接供电需求，努力提升电力保障，全力助推凉山脱贫攻坚战斗的圆满完成。2016年至2017年，在全州投入7.48亿元对544个村进行农网改造升级，完成了新一轮农网改造升级"两年攻坚战"任务，其中贫困村电网改造投入5.59亿元，涉及356个贫困村。积极对接地方党委政府，完成涉及13个县市1.6万户"易地搬迁""彝家新寨"电力配套建设，满足脱贫时间进度和"生活用电"标准要求。2018年投资1.17亿元，对涉及65个贫困村电网进行改造。

肖长春，国网四川凉山州雷波县供电公司发展建设部主任，三十出头，曾荣获凉山供电公司"十佳员工"荣誉称号。国家这次下达雷波县农网改造工程总投资 4.2173 亿元，涉及全县 42 个乡镇 159 个行政村 2.0898 户，他受命担任此项工程的青年突击队队长。

英姿勃发的肖长春暗下决心，不管山有多高，路有多险，崖有多深，只要有一户人家居住，都要为他把安全高效的电送过去。

早春二月的下午，肖长春带几名队员到曲依乡五堡村去复测。每个人身背 20 多公斤的器材往山上爬，而上山的坡度大于 60°。刺骨的寒风像刀子一般刮在脸上，在场每一个队员的衣服都湿透了。他们一个个口干舌燥，力不从心。此时的他们，每往上爬一步都非常艰难。待爬到一处稍平一点的半山腰，肖长春让队员们就地休息，自己则小心翼翼地爬上悬崖，架设仪器测绘。突然，他一不小心，踩在悬崖上的一块石头松动了，朝着山崖下面摔去。队员们一看，全都傻眼了，异口同声地疾呼："肖队长——"

说时迟，那时快。反应敏捷的肖长春迅速抓住崖边的一棵小树。谁知，小树承受不了肖长春的体重，被压弯的枝条朝崖底垂下。肖长春紧紧地抓住树干的手向着树枝滑下，眼看肖长春的手就要离开树枝的时候，幸亏身体被生长在山崖凹陷处的一棵大树挡住了。在半山腰歇息的队员，无不被眼前的这一幕吓得心惊肉跳！惊魂稍定，队员们为肖长春的死里逃生热泪盈眶！

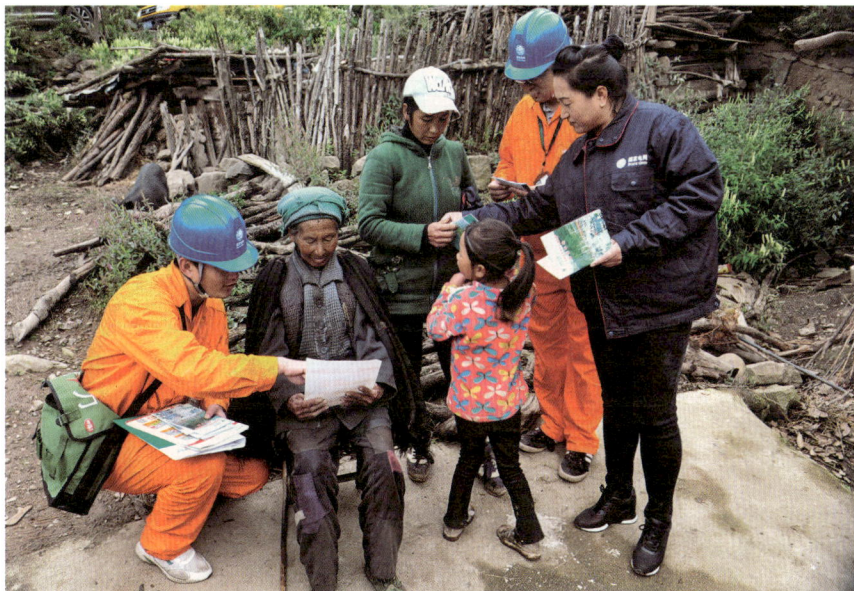

这次农网改造工程涉及的行政村，几乎都是在崇山峻岭、交通不便、自然环境恶劣的偏远山区。每天凌晨，当人们还在睡梦中，他们这群身着橘红色工装的年轻人就已奔往离县城几十公里以外的山间……

肖长春对他 9 岁的小女儿亏欠得太多。每天离家时，女儿正在酣睡，深夜回到家，女儿又已经进入了梦乡。一年 365 天，几乎天天如此，父女难得有时间在一起。这天清晨，肖长春要赶往西昌市审查增补项目，他刚离开家门，妻子便喊住了他，说女儿突然发高烧，要和他一起把女儿送进医院。肖长春多么想掉头回家，可是不行啊，事业和家庭只能二选一！成千上万人的光明、温暖与个人小家庭的较量，让肖长春刚刚收住的脚步又不得不向前迈去。

哪有做父亲的不关心女儿的病情呢？亏欠女儿和家庭的内疚感，与坚守岗位、无愧电力职工的责任感、使命感、光荣感，让肖长春百感交集。

与其纠结于个人、家庭的亏欠，不如加倍奉献于自己的事业，让更多的人获得光明与温暖。这是肖长春对自己的安慰！

在地处金沙江两岸的凉山州会东县黄坪乡，最低海拔 800 米，最高海拔 3000 多米，山高坡陡，地广人稀。

"将贫困的帽子甩进金沙江，夜晚不再漆黑，冬天不再寒冷，过上敞亮的日子"，是当地百姓祖祖辈辈的梦想，是阿爹阿妈们的殷殷期盼，也是凉山供电公司干部职工为之作出奉献的目标！

会东县黄坪乡面积 117.3 平方公里，下辖 6 个行政村、33 个村民小组、1619 户 5904 人。乡政府所在地由县城出发，要绕行 180 公里，6 小时车程才能抵达。其中柏油路面 78 公里，其余全为乡村小道。这里受气候、地质灾害影响较大，道路时断时通。多少年来，这里的百姓与大山为伴，与山风为伍，过着几乎与世隔绝的日子。

国网四川凉山州会东县供电公司按照"抓农网改造升级工程，推动地方经济快速发展，服务新农村建设，构建和谐社会"的指导思想，成立了"农网工作办公室"，实行"问题在一线解决、决策在一线落实、创新在一线体现、成就在一线检验、干部在一线选拔"的管理方式。他们培育出一支勇于拼搏、甘于奉献的优秀团队。网改建设工程在声势浩大的"电网改造进农家"主题宣传活动中拉开了序幕。

当序幕一拉开，整个建设工程很快就呈现出如火如荼的壮丽场面。

针对黄坪乡的实际情况，农网工作办公室对黄坪乡展开了项目甄选及实地勘察、设计工作。电力职工深入黄坪乡，与乡政府、村委会人员一起走遍黄坪的每一个角落。

不管是烈日炎炎，还是暴雨连连，工作人员都迎着呼啸的山风咬牙坚持着。不通路，用脚走！走不通，用手爬！汗水无数次浸透了衣裤，疲惫与饥饿如影相随。职工文勇脚崴了，忍痛拄着树枝继续前行；甘志文跌倒了，手脚受了伤，鲜血淋漓；王刚在连骡马也不愿行走的碎石山坡上滑倒，滑行近 20 米远，好在抓住了一棵不知名的灌木才止住了下滑。要知道，下面就是滚滚的金沙江啊！哪管环境恶劣，任凭艰难险阻，他们仍旧坚持测线路、找杆位、定线坑……

烈日考验，暴雨洗礼。巍巍的黄坪山啊，时刻目睹着他们的艰辛和勇敢；奔腾的金沙江哟，无不见证着他们的坚毅和刚强！

耗时 86 天，他们理论结合实际，对黄坪乡全区域进行了细致、人性化的电力布局设计，并第一时间上报了项目计划，为项目尽早入库及实施争取了宝贵时间。

面对高山、深涧、连骡马都不愿行走的碎石山坡，如何将施工器具和材料运送到现场？面对这一拦路虎，公司人员、施工人员、乡政府人员绞尽脑汁，集思广益，最终拟订了一条可行的解决方案：架索道！这个解决方案是不错，可是施工单位不干了。因为架设索道将增加大笔施工成本。"我们组织材料，我们组织人工。"公司领导给施工单位吃下了一枚"定心丸"。

实地勘察、务实设计、扎实施工。经过 2 个月的努力，一条长 2.6 公里的钢索双向索道飞架在黄坪的绵延群山中。索道飞渡，架起了黄坪的希望之路，望着索道上正向施工现场徐徐输送的物资、材料，总工程师钟飞紧皱的眉头略微舒展开来。

在连索道都到达不了的地方怎么办？和大自然斗争了一个回合的人们已经筋疲力尽，想要放弃在条件艰苦地区架线的念头在现场迅速地蔓延开来。在这紧要关头，会东县供电公司领导给在场的人讲起了老阿妈的故事。

大家脑海里闪过风烛残年的老阿妈花白的头发、松树皮般苍老无力的手和擦不尽的浊泪。那是黄坪乡成百上千阿妈的真实缩影。为了阿妈的微笑，为了大山深处的光明，大家又你一言我一语地开始研究起来。现实是残酷的，办法却是人想的。最终解决这一运输的方案被敲定下来。面对两省三县一区的漫漫长路，施工单位又犹豫了。"跨县、跨省的协调问题我们解决！"公司领导再一次扫清了施工单位心中的阴霾。

供电公司人员立即与四川会东县、宁南县，云南巧家县、东川区取得联系，协调好沿途交警、运管、路政等部门，确保了交通运输的畅通。黄坪所需的物资材料经由会东县城、火山乡、堵格乡、马龙乡、新街乡，宁南县西瑶乡、葫芦口镇、云南巧家县、蒙姑镇、小江，最终到达东川区的拖布卡镇，再经小路下到金沙江边，由渡船摆渡过金沙江到达黄坪乡境内。山路上，只能人背马驮地运输材料，抬杆时前面的人跪着走，后面的人站着抬，村民见状，男女老少不约而同自发地加入抬杆的行列。电杆抬到位了，队员们的膝盖、肩膀全都起了血泡。经过艰苦卓绝的奋战，物资材料逐步到位，现场施工随即又紧锣密鼓地开展起来。

交通运输的问题解决了，但另一个突如其来的状况发生了！因黄坪地区连日普降暴雨，山体稳定性大大减弱。深夜 1 时许，毛椿树村发生山体滑坡，并引发泥石流，滚滚浊浪顺着山间沟道咆哮着直扑施工人员驻地，施工单位的物资库房将在顷刻间消失得无影无踪。

这是何等的危急？殊不知，有着强烈责任感的供电公司早有预案、未雨绸缪了。

在施工进驻之前，供电公司就同施工单位进行了周密的安全部署，对可能发生的安全隐患进行了具体的分析，制订了详细的安全规程及紧急避险方案。暴雨来临之前，公司接气象局预报后，对每个施工现场均进行了通知和安全情况检查，对存在安全隐患的地点进行了摸排。毛椿树施工驻地在事发两天前，人员已经全部撤离，大部分物资进行了移库，从而避免了重大的人员伤亡和财产损失。

在毛椿树村的施工中，因为地形限制，在山上无法开辟电力通道，线路是沿着河流顺势而下。公司领导在现场视察后，对于毛椿树河道中的线路提出了质疑：在河水上涨的情况下能保证线路安全吗？经过询问当地群众对河流的了解情况，分析讨论，最终本着"安全第一"的原则，对河道中的电杆追加了浆砌卵石堡坎，以便更好地保护杆基。随着雨季到来，线路经历了河水暴涨和小规模泥石流的考验，依然安全运行。

艰辛的付出，换来了坚强的网线，迎来了这一贫困地区父老乡亲的笑颜。黄坪乡新建和改造 10 千伏线路 31.84 公里，0.4 千伏以下低压线路 47.31 公里，新建和改造台区 18 个，容量 0.68 兆伏安，完成总投资 628.78 万元。黄坪乡的夜晚终于实现万家灯火不夜天！

凉山的彝族英雄黑体拉巴已静默成一座山，曾经的光明使者随着悠悠的岁月渐渐隐退，新的光明使者应运而生。

第七章

光的行走

聚是一团火，散是满天星。遍布全国各地的国网公司 1553 支扶贫工作队和 5551 名扶贫干部，将爱播撒到山川大地。他们想群众之所想，急群众之所急，帮助贫困乡村解决一个又一个困难；他们因地制宜，用智慧和汗水助力贫困乡村产业发

展，想方设法托起群众脱贫致富梦；他们克服重重困难，用真心、用真情，为边疆、为荒漠、为深山一个个贫困地区点亮一盏盏明灯，用无声的行动诠释国家电网"你用电，我用心"的服务理念。

托起花椒致富梦

阳魄（太阳）出来照得高，

琉璃瓦上晒花椒。

花椒越旺越红了，

贤妹越长越能了。

　　这是一首传唱了上百年的甘肃陇南民歌。从这首民歌中，人们不难看出，自古以来，甘肃陇南这个地方出能妹，出美女，更出比能妹、美女还要惹人喜爱的花椒。

　　西和县隶属于甘肃省陇南市，因古西和州而得县名。境内群山环抱，河谷、丘陵、盆地跌宕交错，风光秀丽，光热充足，气候宜人，物产丰富，生物资源种类繁多。然而风景秀美也难掩当地的贫穷落后。由于西和县深处群山腹地，恶劣的交通条件阻碍了这里与外部世界的联系，偏远村落的农民无力将当地出产的优质茶叶、核桃、花椒、中药材等特色农产品运出山外。恶劣的自然条件成为农民脱贫的最大一块绊脚石。

　　改革的劲风，以摧枯拉朽之势进入了陇南，涌进了陇南的山山水水，尽扫着这里的每一寸土地。为了生存，为了能分享大城市改革开放带来的幸福生活，能妹也好，俊哥也好，都纷纷离开了这片土地，拥进城里打工去了。

不知不觉地，那首传唱了几百年的陇南民歌被改写了：

> 阳魄（太阳）出来照得高，
>
> "摇钱树"根枯叶儿焦。
>
> 门前花椒地荒了，
>
> 贤妹俊哥跑光了。
>
> ……

时来运转。2018 年春，国网甘肃电力定点帮扶陇南西和县大桥镇 5 个贫困村，分别选派驻村扶贫干部到每个村长期驻扎。他们走村串户，访贫问苦，在把每个村的贫困情况摸清的基础上，集思广益，厘清帮扶责任。

助力脱贫攻坚，何以落到实处？西和县大桥镇的 5 个贫困村"两委"成员、部分党员群众的回答是一致的，推动产业发展，是助力脱贫的根本之策。助力产业脱贫，助力什么样的产业最合宜？一位年近 70 的老村支部书记道出了他的看法。他觉得，在西和大桥镇，最有发展后劲的是花椒的生产和销售。这个地方既有悠久的历史又有适合花椒生长的自然环境，还有良好的群众基础。显然，发展花椒，是当地产业发展中的"特中特，好中优"。

种植花椒，就是因地制宜地搞好产业脱贫。把这一认知变为人民群众的自觉行动，必然有个过程，有待于扫除行进中的各种障碍。

新年春节期间，冷清的陇南西和重新又热闹起来。外出打工的俊哥贤妹一拨又一拨地回来了。他们挂灯笼、贴门神；他们为孩儿添置新衣服；他们割肉打酒，孝敬家中老人。喜气伴着笑语的浓浓年味，在西和的黄土坡上，在村村湾湾的门前屋后迷漫着、流淌着……

抓住这个机会做工作，动员人们回乡种花椒再好不过了。如果说外出打工的男女像春天空中的风筝，那么，各村"两委"成员的讲解，国网电力职工的动员，就像一根拴住风筝的线，紧紧地把他们往地上拉，死死地往回拽。

这带着深深情感和美好愿望的一拉一拽，触动了一部分外出打工人朴素的情怀。谁忍心远离家乡，抛开老人和孩儿不顾呢？可人们不得不道出一直埋在心底的顾虑——

西和这片山连着山、坡连着坡的贫瘠土地，适宜种花椒，人们也愿意种，可没有一条像样的公路，村民上山耕种基本靠驴驮人背。每到下雨天，弯弯曲曲的羊肠小道泥泞不堪，出行困难，村里的特色花椒由于山上道路不便，种植面积小，收购花椒的商贩觉得路远崎岖，不愿意来。即使花椒丰收，也很难运出大山，很难及时卖出好价钱！村民们眼睁睁地看着红艳艳的花椒变不成现钱。

从外出打工人的顾虑中，显然可见，交通不畅，信息闭塞，是严重制约陇南西和产业发展的重要瓶颈。修路是西和贫困群众最迫切、最亟待解决的事情。

当新春佳节的喜悦还没散去，当严寒的冰冻还停留在西和的山山岭岭，一面面抖动的彩旗插在了山坡之巅，插在了期待早日脱贫者的心坎上。

驻村扶贫干部马国栋，时刻没有忘记国网甘肃省电力公司领导对他的嘱托：办好每一件贫困群众急需解决的事情，尽到电力人在脱贫攻坚中"电力先行"的责任。天还没亮，他就爬了起来，做好新一天点炮筑路的充分准备；夜幕降临，修路的人们收工了，他都要在工地上认真检查一遍，查看每一标段的进度和质量。他盘算着，如何把道路从村村庄庄扩宽延伸出大山，通往县级公路乃至省级公路；如何方便椒农种植和采摘，将路从村头延绵而上，直通山顶黄坡的田间地头；如何帮助村民把花椒产业做强做大。

西和县坡陡沟深，人均耕地少，山体支离破碎，备受雨水冲刷，土地瘠瘦，旱、涝、雹等自然灾害频繁，泥石流等次生灾害严重，农业基础薄弱。以前花椒都是零星栽培、地埂栽种。劣势在山，优势也在山，要做山的文章，发山的财，这样才能无愧这一方山水。花椒种植要做大做强就要开发荒山，发展大规模种植。有地方政府的号召，有国家电网的助力，更有村民们起早贪黑的奋战，经过一段时间的发展，西和县花椒种植面积达17万多亩。

村民赵淑叶兴奋地说："十几年前，我们守着几亩薄田种点小麦、玉米，勉强才能维持温饱。现在，扶贫工作队带着我们开辟荒山，种植花椒，彻底改变了我家贫困面貌。现在我家种了10多亩的花椒，仅一年采摘了2000来斤，收入超过了15万元。生活是'芝麻开花节节高'！"

谈论起种植花椒的感受，村民李大爷竖起了大拇指。他家的花椒从之前的小打小闹发展到现在，已经成了村里的花椒种植大户，随着花椒种植面积的增加，也给他家带来了真金白银的实惠。

随着花椒产业规模的不断扩大，科技支撑能力也在不断增强。西和县是花椒的原产地之一，品种多且杂。近几年，国网甘肃电力不断组织专家来西和指导花椒种植。重点开展花椒良种引进、丰产栽培、良种基因库建设、种苗繁育等方面的示范推广和技术培训。现在西和推广了花椒嫁接换优技术，做得好的椒农，以"八月椒"和野生椒作砧木，嫁接"大红袍"。这样充分提高了椒树的抗病能力，延长了椒树的寿命，同时也提高了花椒的品质。因用工短缺，有些地方和椒农还错开了花椒的采收期，建园时以大红袍领头，迟椒接班，这样大大地延长了花椒的采收期和盛果期。通过这些改良措施，使花椒增产10%左右。

2017年7月，正值陇南市西和县大桥镇的花椒收获期，村民们辛辛苦苦种植一年，正盼着有个好收成、卖个好价钱时，持续的强降雨给村民心头蒙上了一层阴影，因为连续的阴雨天导致无法及时晾晒，花椒面临变黑发霉的危险。

国网甘肃电力驻村帮扶队队长雷俊吃不香，睡不着，成天急得团团转。他不断地盯着天气预报，巴不得太阳早点出来，并且长时期停在上空不再落山。他向甘肃省农科院打去电话，寻求解决问题的办法。农科院的专家告诉他，花椒既可以通过太阳晒干，也可以用烘干机烘干！

就在这时，一阵鞭炮在村民李会家门前炸响。村民们像看猴儿戏一样，屋里屋外，挤得水泄不通。

雷俊拨开人群，走到烘干机旁，瞅着烘干机的眼睛好一会儿不愿移动。

一妇女拉开嗓门说："这玩意好是好，就是价格太贵，一台要4000多元。像我们这穷家小户，怎么买得起啊？"

有着技术专长的雷俊，说什么也不愿意离开这台烘干机。他边看边琢磨，边看边拿出笔和工作日记簿，把烘干机的长度、宽度等尺寸认真地记录了下来。接着他拿出手机，从不同角度把面前的那台烘干机拍了个遍。

当天晚上，雷俊在自己的临时宿舍就开始了测试，他觉得那台烘干机的电力机械原理并不复杂，他要发挥电力企业的技术优势，为村民研发一款价格便宜，更实用、更高效的花椒烘干机，解村民的燃眉之急，避免椒农受到不应有的经济损失。

说干就干。看起来简单，真正动起手来就不是那么容易。

由于花椒黄金收获期也就20天左右，许多村民对于烘干花椒的需求已经迫在眉睫，这么短的时间自己能研制出烘干机吗？就算研制出来，能比市场上的烘干机更好用吗？雷俊心里没底。

于是，雷俊紧急向国网甘肃电科院求助，希望借助电科院的科技优势，来解决这一技术难题。

听说是扶贫需要，甘肃电科院像在战场上接到紧急的战地支援命令一样，立即派出科技骨干人员带着工器具奔赴现场。

正巧，这天国网甘肃电力工会副主席、扶贫办公室副主任李明东来西和县调研指导，召集驻村干部座谈，雷俊当场就抛出了"花椒机"这个研制难题。无独有偶，驻扎在西和县小山村的国网甘肃陇南供电公司帮扶干部张国平也遇到类似难题："我们的无人机运检技术在广袤的沙漠戈壁上对付输电线能得心应手，可在这山林里，对着一棵棵林木，要精准控制农药喷洒，就不好使了……"

"应该把不同领域的劳模和专家们集合起来，形成技术合力，共同攻克难题。"就这样，在李明东的倡议协调下，公司23家劳模创新工作室联袂"下乡"，结为精准扶贫的技术联盟。

很快，公司劳模专家、电科院科技骨干人员与帮扶工作队成立了临时科技攻关团队，详细了解村民对于烘干花椒的需求，夜以继日，加紧科研攻关，创新地将自动控温与配风原理应用到花椒烘干机的设计中，并设计了风机与加热系统的连锁保护功能，既能保证花椒烘干过程中温度的精准性和风量的均匀性，也能确保烘干过程的安全可靠。经过三个昼夜的连续奋战，攻关团队成功研制了3台花椒烘干机，经反复地测试运行，发现效果非常好。

为了满足村民及时烘干花椒的迫切需求，驻村帮扶队发挥连续作战的精神，经过4天加班加点，又紧急制作12台花椒烘干机，有力地保证了花椒的烘干进度。

新的花椒烘干机由于采用了先进的技术，在实际应用中，展现出成本低、自动化程度高、风量大、耗能小、效率高、烘干均匀等优势，保证了花椒的品质，提高了烘干效率，降低了成本，为村民避免了经济损失。

以前西和的花椒销售都是椒农自己在产区的商贸集市与客商交易，虽然花椒价格每年都在增长，但由于市场信息比较闭塞，花椒客商压质压价比较严重，一年劳作下来，椒农的利润很低。如今，这种营销方式已不适应市场的发展，必须要与时俱进，开辟更有利于椒农的销售渠道。

为了解决花椒常年在较低价位运行的困境，提高椒农的经济收入，电

力驻村扶贫工作人员与相关单位共同协力，发展新的销售模式，大力发展电子商务，有效开展电商扶贫。他们把西和的电商与产业、椒农的组织化程度紧密对接，通过"一店带多户""一店带一村""一店带多村"的带贫模式，形成每个网店后面有合作社，合作社后面有产业，实现合作社全面"触电"，以此推进电商与产业的整合，打造农村电商的 3.0 时代，解决小生产对接大市场的弊端，同时，也有效地促进了线下销售，推动了特色产业的良性发展。"现在，我们在网络上一天的销售量，差不多相当于十年前一年的销售总量！"西和县大桥镇玉信花椒专业合作社经理刘彩云介绍说。

两年来，国网甘肃电力号召全系统职工开展消费扶贫活动，仅在西和县大桥镇消费扶贫农产品就达到 560 万元。

在精准扶贫的道路上，把扶贫工作落到实处，国网甘肃电力与西和人民一道，同心协力，艰苦奋斗，通过"合作社 + 网店 + 农合"的扶贫模式，走出了一条致富的新路，把空间上的万水千山变成网络里的近在咫尺，有效增加了农民收入。西和花椒乘上电商快车销往全国各地。

又是一年花椒红。进入陇南西和的 8 月，林木葱茏，瓜果飘香。当你俯首望去，只见周边峡谷云雾缭绕，山山峁峁、沟沟坡坡，花椒树一排排一行行，绿莹莹、齐整整，一片片花椒林把昔日光秃秃的大山装扮得绿油油、红灿灿。

一串串饱满熟透的椒果鲜红欲滴，缀满枝头。阵阵山风拂来，一股股浓郁的花椒清香向四野里弥漫。

在西和花椒主产区大桥镇，花椒抢收顺利展开。花椒林里，到处是手挎竹篮、在林荫下穿梭于摘椒的椒农。

"呵呵，这两天收购的客商都直接跑到椒林里来了。"村民李大爷边说边把满满的一篮子花椒往麻袋里装。

"种花椒要像养孩子那样细心，这样才能有好多收益。今年我家已经采摘了 800 斤花椒，按今年这行情，又可以卖上好几万呢！"王山村的马大姐笑眯眯地说。

此刻大桥镇里的花椒交易市场也是一派热火朝天的景象。各地商贩络绎不绝，他们在市场上来回穿梭，品评着花椒的成色，和当地椒农商谈价格。

"今年风调雨顺，花椒品质好、价格高，客商们都上门来抢购！"西和县大桥镇玉信花椒专业合作社经理刘彩云一边安排专业合作社工作人员将花椒装袋，一边高兴地说道。

在花椒丰收的日子，那首传唱了上百年的古老的陇南歌谣在陇南西和的山间坡地又响了起来——

> 阳魄（太阳）出来照得高，
>
> 琉璃瓦上晒花椒。
>
> 花椒越旺越红了，
>
> 贤妹越长越能了。

歌谣一遍遍地传唱着，回荡在西和的山间，回荡在西和被绿茵茵景色尽染的黄土高坡上空……

再现"珍珠泉"

地处大别山南麓的鄂西北高寒山区，有个国家级贫困县——大悟县。大悟县有个贫困村叫红畈村。红畈村是国网湖北电力的定点扶贫单位。

那是 2016 年 3 月 29 日，国网湖北孝感供电公司副总经理祝有志，作为国网湖北电力红畈村扶贫工作队第一任队长，正式驻进了红畈村。

俗话说，饮水工程大于天。定点帮扶，满足百姓饮水这一赖以生存的基本需求，首当其冲。

扶贫工作队的队员有国网湖北电力的刘翊枫和大悟县供电公司的刘汉华，还有大悟县供电公司新城供电所的魏良明。

当祝有志和队员们分别逐户进行访贫问苦时，见一位 40 多岁的村民在床上半躺半卧，清瘦的面额苍白中泛黄，几乎看不见一般青壮年应有的血色。经问，他患有严重的肾结石。

接连几天的访贫问苦，接连几天的摸底调查，扶贫队员们发现一个令人关切的现象：红畈村患有肾结石、胆结石病的村民人数不少。

提起这事，红畈村原党支部书记颜永斌头痛不已。他说："我们红畈村患有结石等疾病的人数不亚于 1 个排。要说挖穷根，恐怕这也是致贫的一个因素。"

"是什么原因造成的?"扶贫队员刘汉华很不理解。

颜永斌告诉他们，结石病大多是饮水导致的。长期以来，红畈村饮水多数是靠在水塘担水，少数人饮用机井水。水塘的水极不卫生。

"村民饮用的水送检了没有？"祝有志继续问颜永斌。

颜永斌回答："好几年前送检过，检验结果是水质不达标。"

"依我看，为了对父老乡亲的身体健康和生命安全负责，饮用水样品再次送检刻不容缓！"

说这话的，是红畈村副村委会主任颜为胜。

颜为胜的提议得到了大伙儿一致赞同。

不几天的时间，饮水标本经送大悟县技术检测，结果表明，水质不达标，且有污染。

摆在扶贫工作队和红畈村党支部面前的，不是简简单单的一张纸，一个检测结论，而是悬挂在红畈村上空的一座令人胆战心惊的生命警钟！

在生命警钟敲响的时刻，面对红畈村 7100 多人的身体健康和生命安全受到严重影响，国网扶贫工作队和红畈村党支部岂能等闲视之！

他们在采取紧急措施，他们在制订迫在眉睫的饮水规划，他们在联合起草打造红畈村饮水这一生命工程的方案。

打造红畈村饮水工程的方案，很快送到红畈村所在的新城镇，送到了大悟县政府和有关部门……

关于红畈村饮水工程请求资金扶持的报告，很快送往了大悟县供电公司、孝感供电公司，送往了湖北省电力公司。国网湖北电力董事长、党委书记看着关于红畈村饮水工程请求资金扶持的报告，心情久久不能平静：饮水安全是人类生存最基本的需求，是维护人民身体健康，保证人民生命安全的必要保障！第二天，他与孝感供电公司总经理一起冒着小雨，来到了大悟县红畈村，听取了村党支部书记尹学章有关饮水问题的情况介绍，查看了因饮水污染而致病的自然村组，还走进红畈村贫困家庭，聆听村民的声音。

调研中，86 岁的刘仁孝老人讲述了这样一件事：

20 世纪 80 年代初，南方来了一个矿资源开发公司，在离红畈村不远的坡地上，挖了一个很深的洞，说是开发地下的重金属，铅、锌、铜等。自从地下开发后，村子弥漫着一种刺鼻的怪味，给村里的生活用水造成污染。

村东头老张屋里，有个长得很清秀的张洁姑娘。这姑娘是学化学的，大学毕业后分配到一家研究所工作，找了个对象是个技术专家。他们两个青年人回村看望张洁的父母，发现村里有污染，说是开矿造成的。张洁姑娘立马找到当时生产大队的领导，反映了这一污染现象，建议停止矿产开发。大队的那个领导把张洁姑娘臭骂了一顿。说她读了几年书就不知道自己有几斤几两；说她是一个丫头片子不晓得天高地厚。说开矿是为了搞好大队的副业生产，是在走社会主义的富强之路。

张洁姑娘好不委屈。她又找到当时公社领导反映这个情况。公社的那个长得像瘦猴的领导把桌子一拍，说她是喝了墨水的新生资产阶级分子，是在破坏改革开放、破坏社会主义。叫她迅速离开红畈村，否则就把她和她丈夫一道捆绑起来，交送大悟县公安局。

张洁姑娘和她丈夫非常气愤。一气之下两个人离开红畈村，回武汉去了。不久，她把她母亲的户口也迁往了武汉，再也没回红畈村了。后来，上头来了大领导，矿被查封了，那个长得像瘦猴的公社领导也受了处理。

在离开红畈村前的碰头会上，湖北省电力公司和孝感供电公司的两位领导，对着红畈村党支部领导班子，对着刚到任的国网湖北电力驻红畈村工作扶贫队的队员们激动地说："我们要吸取20世纪80年代发生在红畈村的教训。我们要清楚地知道，红畈村的饮水工程，是维护人民身体健康和生命安全的民生工程；是打赢脱贫攻坚战，关心村民生活，满足干部群众强烈愿望的政治工程！我们省电力公司要尽快地把红畈村饮水工程的所需资金批复下来；孝感供电公司、大悟县供电公司、扶贫工作队要抽出人力物力，配合红畈村党支部和村委会，尽快把这个工程建设好。我们扶贫，扶什么？万绪千头，饮水第一！我们不能等，也不能靠，要发挥我们自己的力量，携手共筑，把脱贫中的这一要务落到实处。"

没几天，国网湖北电力关于建设饮水工程的资金下发了。

红畈村的村前屋后，活跃着一支勘探、检测红畈村地表水和地下水的技术专班，他们在拿出水污染的具体成分和数据，寻找地下水不污染的地段。

易地搬迁的安置点，在地下水没有污染的地段，国网湖北电力投资的

2 口水井在配置相关洁水设备，安装自来水管道。

地下水没有污染的地段离村不远处，两座水塔高高矗立，像两个头戴钢盔，身披铠甲的卫士，日日夜夜输送着清澈洁净的地下水，守护着红畈村人的身体健康和生命安全。

2017 年下半年，当红畈村的饮水工程胜利完工，首批 41 个贫困户从红畈村 23 个自然湾里逐渐搬进易地搬迁的新房中，红畈村剩余的所有农户随同搬迁户一样，都饮用着经检测符合国家标准的地下水。

从此，红畈村结束了饮用祸害百姓的不洁之水的历史！

百事水在先。解决饮水难，刻不容缓。在国家电网公司供电辖区里，一个又一个神奇的"珍珠泉"诞生了！

塘泥湾村的"珍珠泉"——"钢化水窖"诞生了……

四川省凉山彝族自治州盐源县棉桠乡塘泥湾村，属高寒地区。全村辖 7 个村民小组，402 户 1407 人口，是典型的西部少数民族贫困村。2016 年 1 月 1 日，就在开年大吉的日子，国网四川盐源电力公司员工张大海，被派驻塘泥湾村任第一书记。上任当天，他就摸底调查，访贫问苦。他发现，制约村民致富的重要因素是极度缺水。村里基本是靠收集雨水生产生活。要想脱贫，必须先解决水的问题。怎样才能解决村民的饮水问题？张大海吃睡不香，坐卧不安，他日夜思考这一问题。为得出正确的结论，他四处奔走，诚恳听取村民意见。

3 月 13 日上午，村西头毛坡着火，张大海第一时间赶到火场，与村民一起奋战了 10 个多小时。山火扑灭了，而张大海的白 T 恤衫已变成黝黑，眉毛胡子都已被火烤得焦黄，嘴唇干裂流血。可他没考虑那么多，回办公室洗漱后，便又投入到工作中。

次日，在村调研中，张大海右脚扭伤，当时肿得像馒头。他只是擦了擦红花油，又一拐一跛地开始调研。几天后，他的脚伤在不断恶化，到了无法站立时，心系百姓饮水问题的张大海仍然没休息。他寻求办法，筹集资金，请求各方支持。最终，他的精神感动了四川省化妆品协会，四川省化妆品协会无偿地向塘泥湾村资助了 20 口钢化水窖，每口可容 28 方水。从此，塘泥湾村的村民都能够饮用上清洁透亮的放心水。

田凤坪村的"珍珠泉"——"绝壁引水"诞生了⋯⋯

湖北省恩施土家族苗族自治州恩施市屯堡乡的田凤坪村，是恩施市 19 个深度贫困村之一，坐落在恩施大峡谷的朝东岩脚下。村里无水源，只能"靠天吃水"。每年 10 月到次年 3 月，当地降水少，村民就面临着严重的"吃水难"问题。为解决"吃水难"问题，村里家家都有水窖或者露天蓄水池，辛辛苦苦蓄上的水还要防止夜里被偷。

新中国成立初期，村民们见雨后朝东岩山脚下总有水流出，就组织起来在山脚下挖了三年，却始终没找到水源。人们知道朝东岩悬崖中部的天宝洞有水，一直渴望把洞里水引出来，却也始终没有如愿。缺水，成了村里祖祖辈辈人心里的痛。定点帮扶中，国网湖北恩施供电公司派驻田凤坪村的扶贫工作队和村"两委"下定决心，组成探水队，攀上朝东岩悬崖，在天宝洞最深处的地缝里发现了一条暗河。扶贫工作队把共产党员杨文佳他们带出来的水样送检，发现水质适用于饮用。紧接着，他们找来吊车，用吊篮把钢网、发电机等施工设备运进洞里。杨文佳等人先后下到洞中，他们冒着严寒，在漆黑且危险遍布的洞中，给发电机接线、安装水泵、设水管。经过 1 个多月的艰苦奋战，由恩施市供电公司投资的 50 万元的田凤坪村朝东岩绝壁引水供电工程完工了。一股股清泉喷涌而出，流往了田凤坪村的朝东岩组、青树脚组、大坪组的 183 户村民家中。

都市湾镇都市湾村的"珍珠泉"——"大型蓄水池"诞生了⋯⋯

2015 年 8 月，国家电网公司投资 50 万元，帮助宜昌市长阳土家族自治县都市湾镇都市湾村，从山上铺设 36 公里管道，引入山泉，修建了 4 个大型蓄水池，结束了全村祖祖辈辈喝"天水"、喝"泥巴水"的历史。通水的当天，全村人都穿上节日的盛装，列队站在水管两边。水流到哪里，欢呼声、锣鼓声就响到哪里；水流到哪家，哪家就鞭炮齐鸣。很多村民情不自禁地高呼："吃水不忘国家电网。"

韭菜青青笑声甜

2017年的深冬时节，尽管阳光慵懒地漫洒在大地，给清冷的土地盖上了一床薄薄的棉被，但寒风仍肆意呼啸着，掠打着路边早已枯萎的杂草，更显隆冬的萧瑟。

此刻，江西省全南县金龙镇水口村韭菜种植基地，却是一派生机盎然、热火朝天的景象。一畦畦长势喜人的韭菜就像一条条绿油油、暖融融的毛毯，厚厚地铺在大地上。菜农一个个脸上都洋溢着丰收的喜悦，在地里忙着收割、打捆、装车。

"以前一到冬天就没活干了，大家都闲得很，上午睡到太阳晒屁股都不起来，下午就围在一起打个小麻将。现在种韭菜，天天都没得闲。"

"种韭菜，活儿不重，费不了多大体力，还可以增加收入。春夏秋冬，割个七八茬，一年下来就能收入一万多块。打破锣，也难找这样的好事。"贫困户黄瑞华说。

"2017年二季度，就收韭菜7万多斤，现在每亩每次可割1000多斤。我们预期每亩可以达到6000块钱的收益。从目前的情况来看，种植韭菜效益稳定，老百姓普遍比较满意。"看着满园的韭菜，村支部书记谭秋容开心地说。

然后她指着前方不远处两个正弯腰割韭菜的汉子介绍说："这真要感谢他们扶贫工作队，不仅帮我们出了这个好点子，而且帮我们将项目一一落实到位！"

谭秋容所说的两个汉子，一个叫袁小虹，年过半百，体型微胖，一双有神的眼睛，圆圆的脸庞稍微有点黑，略显苍老。一看就是个既厚道又能干的人。他是国网江西赣州全南县供电公司新农村公司经理，2016年11月上旬，被派往全南县金龙镇水口村，担任驻村第一书记。

另一个叫缪山明，年近花甲，曾担任全南县供电公司基层供电所所长，后被公司委派担任全南县金龙镇水口村扶贫工作队队员。

在江西省赣州市，有定南县、龙南县、全南县等，而全南县拥有更加显著的地理位置。这里有一半以上的山水与广东省相连，历来就有"江西南大门"之称。整个县城都被群山环绕，交通、通信等基础设施的落后，极大地制约了当地经济发展。水口村就坐落在群山怀抱中，正是如此，水口村是赣州市的县级贫困村，全村707户2700多人，贫困户就有112户。

怎样带领水口村人脱贫致富？袁小虹、缪山明等扶贫工作队队员走村串户，挨家摸底，跑公司、找企业、会乡贤，他们与村"两委"班子成员一起，积极探索脱贫致富的突破点，力推能壮大集体经济的特色种植产业，提高贫困户的"造血"功能，努力实现水口村脱贫致富。

经摸底，他们信心满怀，心里透亮。水口村早有县城的"菜篮子"的说法，生产出的高山蔬菜，不仅在全南县城销路好，还受到广东省消费者青睐。

在有村两委会班子成员参加的会议上，围绕着蔬菜种植产业扶贫，大伙儿各抒己见。有的说，种蔬菜，无疑可以增加收入，但不能东家一块，西家一畈，零零星星，形成不了引导市场消费的潜在力量。还有的说，你种白菜，我种萝卜，他种黄瓜，各自为战，很难形成一个拳头。要种蔬菜，就要选好值钱的品种。

村支部书记谭秋容，是个大学毕业后返乡的26岁的女青年。平常，她一笑两个酒窝，可在今天的会上，她丝毫没有笑意。相反，她神情很严肃，讲到蔬菜种植扶贫时说："我们水口村再也不能散马无龙头，我们要把村民组织起来，进行土地流转，进行荒废土地整合，选好蔬菜种植品种，采取公司＋合作社＋农户的经营模式，建设好蔬菜联产联销种植基地……"

女村支部书记的话，说到了与会成员的心坎，大伙儿给她报以热烈的掌声。

选什么品种最适合？袁小虹和缪山明等队员睡梦里都想着这事。

这天上午，全南县农业科学研究院来了两名不速之客。他们正是袁小虹和缪山明。他们身着绿色的国网工作服，从这个科室到那个科室，起初，农科院的工作人员都把他们当成是全南县供电公司的普通电工，既尊重他们，也将他们请出。说穿了，叫敬而远之。没法儿，袁小虹和缪山明只得硬着头皮，走进了农科院党总支书记的办公室。一走进去，见院党总支书记正在召集几个人开会，不便打扰，只好退出办公室，在门外等待。紧等慢等，时间过去了两个多小时，党总支书记召集的会总算结束了。当农科院党总支书记拿着碗筷要去食堂打饭时，袁小虹伸出双手，把这位比他略显年轻的书记挡住了。

院党总支书记感到莫名其妙："你是谁？要干什么？"

袁小虹微笑着，很谦逊地告诉对方："我叫袁小虹，是县委组织部会同县供电公司派往金龙镇水口村的驻村第一书记。"

对方忙放下碗筷，又是让座，又是泡茶。就在前两天，县委还召开了全县各机关部门负责人参加的脱贫攻坚工作会议，要求各机关、各部门全力以赴，打好脱贫攻坚战。刚才会议的主题，就是县农业科学研究院，要不遗余力地支持农业生产，助力精准扶贫。

袁小虹表明了他们的来意，特地来请教农业科学技术专家，做好水口村发展蔬菜种植的选项。

这下袁小虹和缪山明再也不是不速之客，一下子成了县农业科学技术研究院的贵宾。对方说什么也要留他们吃饭。当天下午，县农业科学研究院的专家，特地带着袁小虹去了蔬菜产业示范园。这是全南县委、县政府从山东省寿光市引进的一个绿色种植项目。通过实地观看，反复了解，袁小虹感到种韭菜是当前蔬菜种植一个难得的选项。种植由山东寿光市引进的优良韭菜，不仅这里的土壤适应，村里年老体弱的贫困户适宜，而且韭菜容易生长、产量高、价格好。同时，还具有 6 年才更换一次新种子的特性。

第七章
光的行走

387

元旦、春节，是中华民族每年最为隆重的节日，每逢这时，家人团聚，话岁迎春，人们沉浸在欢乐的喜气中，有的烧香拜祖、有的串亲访友、有的逛街玩牌……

2017 年的元旦、春节，是扶贫工作队最忙最累的日子，先是和村"两委"成员一道，给水口村的贫困户送油、送肉，嘘寒问暖，接着奔跑在全南县乃至附近几个县的产业扶贫示范单位，向有关镇、村的农业公司及村负责人请教，学习他们流转农民土地、建设种植园地的经验，并花气力拿出《水口村建设蔬菜（韭菜）园地整体方案》草稿。

紧接着，在广泛征求村"两委"成员和村民意见的基础上，袁小虹和几个扶贫队员利用周末和晚上休息时间，结合所见所闻，先后写出了《他山之石，可以攻玉》《潮涌水口村》《菜篮子提出了新思维》《韭菜青青情深深》有关水口村绿色革命的报道和感想，分别发表在全南县和金龙镇的"腾飞金龙网"等媒体上。

那一篇篇反映水口村产业扶贫的稿子，一篇篇赞扬并倡导绿色孵化的文章，在人们的视线跃出，在男女青壮年的手机或网群上闪现，像一场场春雨，洗刷着水口村传统的种植观念；似一阵阵新风，吹拂着人们的心灵，改变着村民们旧的生产模式。

为了做好土地流转，为了调动贫困户参与韭菜种植的能动性，袁小虹和村"两委"成员，行走在料峭的寒风中，奔波在春天的村子里。一回一回地跟村民讲韭菜种植的好处；一笔一笔地帮贫困户算账，解除百姓心中的疑团。

采取公司＋合作社＋农户的模式，建设水口村韭菜产业基地，通过统一流转、统一规划、统一平整、统一育苗、统一销售，分户管理和收益的方式，发展韭菜产业，已成为水口村广大村民特别是贫困户脱贫奔富的自觉行动。

不多天，水口村已有 51 户加入建设韭菜产业基地的行列。其中，贫困户就有 25 户。

没料到，有一个叫黄登的贫困户就是不同意参与。而他的不参与，使流转的土地很难连成片。

村"两委"成员多次上门做工作，都碰了钉子，黄登放出狠话："谁敢动我的地，我就跟他没完！"

这话汇报到驻村第一书记袁小虹和年轻的女村支部书记谭秋容这里，袁小虹沉思片刻，说："看来，他不单单怀疑韭菜种植能否得到较大效益，还对党和国家的土地流转政策持怀疑态度。这样，明天我割几斤肉，买斤酒，去他家喝酒聊天，做做他的工作。"

"这样吧，我跟你一起去。"谭秋容也说道。

一村委会成员连忙插话："你谭书记不能去，黄登的性子野，提防对你动粗。"

"搞工作哪能前怕狼后怕虎！"回答罢，谭秋容书记笑了，笑得很坦然，那结实的脸蛋上，分明能看得见两个酒窝。

黄登白天在县城打工，天黑才能回来。袁小虹和谭秋容两位村支部书记，足足等了一个多小时才见黄登回来。

黄登并不是不认识袁小虹和谭秋容。见他们在门口等他，只是淡淡地问了句："找我有什么事？"

袁小虹和谭秋容随黄登进了屋，袁小虹把几斤肉和一斤酒放在堂屋的饭桌上，说："无事不登三宝殿啦！"

按常理，举手不打笑脸人。黄登则不按常规出牌。他丝毫不客气地说："如果你们是来叫我流转土地，请拿着这些东西走人。不然的话，我把这些东西都丢出去！"

说着，黄登果真上前拿起那挂肉和酒，让他们拿走。

谭秋容忙回身对黄登说："黄登，我们是来给你聊聊家常。"说着，上前往按住黄登的手，继续将酒肉留放在饭桌上。

拉扯中，黄登当即把肉和酒摔在地上，装酒的瓶子破裂了，酒水洒了一地。

谭秋容浑身是气，脸涨得通红，红到了她的耳根。一气之下，她上前推了黄登一把，边推边训斥道："你简直吃了狼心豹子胆，没有一点人性！"

黄登被推得后退几步，险些跌倒在地。黄登似乎受到从未有过的人身侮辱。他将被摔在地上的肉猛地踢了一脚，进而将面前的谭秋容猛地推了一掌，并扯高嗓门吼道："出去，出去！你们都给我出去！"

谭秋容被推倒，躺在满是酒水的地上。

眼前的这一切，使袁小虹气不打一处来。他连忙将谭秋容扶起，接着吼问黄登："你讲不讲理？你还有没有一点人情味？"

被激怒了的黄登，拳头紧捏，他纵身朝着袁小虹的面部猛地击了几拳。袁小虹躲避不及，眼圈、脸部被击打得青一块、紫一块。打后，黄登还吼叫道："滚！都给我滚出去——！"

这时，两名村"两委"成员赶了过来，一边报了警，一边将黄登控制起来……

警车的叫声，给夜色笼罩的水口村带来了喧闹和恐惧……

这还了得，黄登殴打干部，破坏精准扶贫！几名警察问了一下情况后，当即把黄登的双手铐起，推上了警车；谭秋容也作为事件的证人被请上警车。

警车在一声刺人的鸣笛声中，眼看就要徐徐开动。

"不要走——！"随着一声喊叫，袁小虹张开双腿，伸展着双手，一个人为的"大"字拦在警车面前。

路灯下，为警车让出一条通道的人们迷茫了；几名办案警察一头雾水，不知驻村第一书记袁小虹要干什么，忙从警车上跳下来。

"怎么回事？"警察不解地问道。

袁小虹急忙央求警察："警察同志，请不要将黄登带走！今天发生的事，纯属我们村的内部矛盾。再说，责任不完全在他，我要负主要责任！"

带队的警察更是不明白："为什么？你被打成这样……"

"警察同志，各位父老乡亲——"袁小虹拉大嗓门，憋足了力气，"黄登是我们村有名的贫困户，是我们党要关爱的人，他也期待着早日挣脱贫困，过上好的日子。几年前，他妻子因车祸离开了人世，靠他一个人支撑着这个破碎的家。如果因为今天发生的这件事把他怎么样了，那他家的天不是塌了吗？你们要知道，他正在念中学的女儿还等着他供给应有的生活费用；他躺在病床上的老母亲还指望着他关照护理呀！警察同志，各位父老乡亲，人心都是肉长的啊！今天这事，不能全怪他。要怪，得怪我自己！我身为上级派来的驻村第一书记，我没有尽到责任，我没有把工作做细，我没有设身处地为黄登着想。各位乡亲，你们散去吧，早点回家休息吧！警察同志，你们辛苦了，水口村给你们添麻烦了。请你们解开黄登同志的手铐，将他留下吧！这件事情的处理，请交给我和我村"两委"会的成员吧！谢谢了，谢谢了……"

一席贴暖心肺的话，感动了围观的村民，说服了执行公务的办案警察。松开手铐，被推下警车的黄登，紫褐色的脸庞上，分明挂着两行滚烫的泪……

谁说黄登顽固得如生铁一块？谁说黄登是个不知好歹的无情无义的男子？被推下警车的黄登哽咽着走到袁小虹跟前，"扑通"一声跪倒在那里："袁书记——！"

"使不得，使不得！"袁小虹急忙将黄登扶起。

望着眼前被他打得紫一块青一块的袁小虹的脸，他愧疚不已："我对不住了——！"

是感激，是愧疚，是错后回头的男儿投进慈母般书记的怀抱……

有人说，是袁小虹和村"两委"成员的决心，奠定了水口村韭菜种植基地建设的坚实基础。

有人说，碧翠翠、绿油油的韭菜种植产业在呼唤着村民，在期待着百姓们自觉地流转土地，建设园地，积极参与开创这一貌似传统，实则新生事物的绿色孵化！

不到半年的时间，水口村韭菜基地的建设就达 130 多亩。通过山东寿光江禾田园公司和水口村鑫顺蔬菜合作社互相连接，运转正常，种植的第一个月就收割了水灵灵、新鲜绿嫩的韭菜，每户盈利 700 多元。

为了韭菜大棚结实可靠，袁小虹和扶贫工作队员，除严格要求，还经常亲自参与搭架修建。尽管水口村离县城很近，忙于韭菜大棚的修建，袁小虹已是 20 多天没回家，袁小虹的妻子能够理解丈夫，可丈夫的身体她时刻牵挂着。她很清楚，丈夫患有严重的胰腺炎，还有低血糖，可以说时刻处于危险状态，他每天都要按时吃药。她丈夫随身携带的药品已服用完了，如果袁小虹不按时服用药品，那对他的身体将是一个严重的摧残！这天下班后，妻子开着自驾的小车来到了水口村丈夫的住处。村支部书记谭秋容看见了，感到格外亲切。她忙打招呼："大嫂您来了，袁书记可惦记着您哩!"

袁小虹的妻子微微一笑："他可不会惦记我，他心里装的全是种韭菜。"

"是啊，天都快黑了，他还在韭菜大棚搭建现场。您这次来了，就多住几天，要不，明天，我陪你在我们村走一走，看一看。"

"他忙，我也忙，我哪有闲心去逛风景哟，要不是给袁书记送药，我可没工夫来你们村玩山游水。"

"送药? 袁书记得了什么病? 我们成天在一起怎么不知道。"

"你们看他比较胖是吧? 其实，他那是虚胖，严重的虚胖。他患有严重的胰腺炎，曾在广州住过 4 次医院。加上他还有低血糖，可以说，他的身体时刻都处在危险状态。"

听着袁书记妻子的介绍，谭秋容明显地感到自己作为一个村支部书记，对袁书记的身体关心不够。她愧对他的妻子和家人。她对袁小虹更是油然而生敬意!

那是盛夏的一个傍晚，天空乌云密布，狂风一阵紧一阵。袁小虹刚吃完晚饭，他突然接到妻子的电话，母亲不见了。像平地一声惊雷，一下子把袁小虹炸蒙了! 他在电话里急切地问："在哪里不见的? 怎么没去找?"

妻子回答他："下午还在门口，一会儿就不见了。我们到处找，就是没找见。"

结束了手机里的对话，袁小虹心里好一阵酸楚: 80 多岁的老母亲患有老年痴呆症。怪儿子没有守在老人的身边，更谈不上看护好。要是有个三长两短，儿子岂不是遗憾终身!

袁小虹起身要冲出门，他恨不得插上翅膀飞回去，飞往老人平日里爱去的每一个地方，将那饱经风霜的老母亲，将痴迷中走失方向的自己可敬可爱的亲人搀扶回家……

忽然，伴着一闪而过的电波，一声劈雷炸破了乌黑的天空，刹那间，大雨倾盆而泻。

这一刻，绿色葱葱的韭菜基地，白光闪闪的塑料大棚，在袁小虹的脑海里浮现。

那绿葱葱的韭菜基地，那白光闪闪的塑料大棚，犹如进军的号角，恰似战前的枪声，感召和警示着人们冲锋前往，严阵以待，打一场韭菜基地及塑料大棚的保卫战！

袁小虹站立门前，按动手机号码，不停地发布着来自驻水口村第一书记的号令："谭秋容书记吗？我是袁小虹。请通知党支部每个成员，迅速奔赴蔬菜园，开沟排水，保护韭菜基地和塑料大棚！"

"村委会主任吗？我是袁小虹。请通知村委会每个成员，迅速奔赴蔬菜园，开沟排水，保护韭菜基地和塑料大棚！"

"……我是袁小虹……"

袁小虹每一次手机号码的拨动，风雨中每一道电波的跳动，像雷电，似风雨，穿越时空，排山倒海，化作众志成城的金盾和利剑，抵挡和战胜着一切妨碍韭菜生长的灾情……

风停雨住，韭菜基地保住了。经受了一切风雨洗礼，村"两委"全体成员安全回家了。这时，时针已指向了二十三点。

只是这时，袁小虹才顾得上打电话询问母亲的情况。谁知，走失了方向的母亲已经找到了。将全身湿透的衣服脱去的袁小虹，胸中有种凯旋般的涌动，他好不激奋！

妻子在电话里接着告诉他："母亲回家后，问小虹怎么没来？这么久怎么没看到小虹？母亲问的时候，一点也不像有病的人……"

听着听着，袁小虹眼睛湿润了，进而，他的泪水在心里流动：母亲养育了我们6个兄弟姐妹，操劳一生。在母亲的心里，还记着我，还惦记着我，还问我为什么这么长时间没回。我可爱的母亲啊，在您年迈有病的时候，在您需要儿子留在身边陪护的时候，您的儿子竟然不在您身边。母亲啊，儿子实在是不孝啊……

精准扶贫产业旺，国网情深韭菜丰，水口村的韭菜种植基地由起初的50多亩发展到了现在的300多亩。鲜嫩的韭菜割了一茬又一茬，卖了一挑又一挑。正如村党支部书记谭秋容掰着手指算的一笔账：土地流转可以赚钱；在韭菜基地工作可以赚钱；不停歇地割韭菜销售可以赚钱；到年终分红还要赚钱……村民们尝到了韭菜种植的甜头。

富裕起来的人们没有忘记是国网派来的扶贫工作队使他们走上了种植韭菜致富的道路，他们亲切地称水口村种植基地的韭菜是"亮韭菜"。

件件物品有爱心

"目前国网电商平台通过建立常态化扶贫机制，不但打通了采销渠道，而且还可以在线提供农技支撑，真正使扶贫工作变输血为'造血'。"国网电子商务公司负责人说。

来自河北魏县东南温村的农民宋怀清是国网电商平台的受益者。

他今年59岁，家里有9口人，都靠种鸭梨为生。宋怀清老伴长年有病不能劳动，每年光医药费就是不小一笔开销。为了改善生活，老宋一家种了6亩梨树，由于缺乏技术，怎么把这6亩梨树种好是当务之急。

为了帮助老宋解决这些现实困难，当地政府联合国网电商平台向他伸出了援手。宋怀清的梨园里迎来了几名特殊的客人——央企消费扶贫电商平台扶贫技术指导员。

"俺现在学会怎么种出更大更甜的好梨了，而且收成的鸭梨还能直接在他们平台上卖，既能学方法，又能帮俺找销路，俺也学学时髦，为这个平台'点个赞'。"宋怀激动地说。

近年来，脱贫攻坚工作已经取得阶段性成效。但部分地区地处偏远，村民们种植养殖技术参差不齐，农产品的质量和销量一直受到制约。

国家电网公司要拉着贫困地区和贫困人口跟着时代的步子走，要让他们跟上、不落伍，这当然要依靠互联网，依靠电商这个大平台。2016年的元月，国网电子商务公司就这样应运而生，随即建立了电e宝、国网商城、金融科技、光伏云网、国网商旅等九大电商平台。

慧农帮是国网电商公司响应扶贫号召，打造的"互联网＋精准扶贫"的电商扶贫平台，以"三农＋科技＋生态"为特色，实现农特产品上行、销售、评价、体验、培训等全链条"互联网＋精准扶贫"综合服务共享平台。截至2020年6月26日，慧农帮平台累计入驻商户数201家，完成审核商品2093款；累计（当年）订单47290单，交易额9423.82万元。

央企消费扶贫电商平台是"农业＋扶贫＋科技＋数字"为一体的全链条精准消费扶贫平台。截至2020年6月26日，已开馆央企93家，入驻合作商户334家，上架农产品3312款，惠及帮扶县213个。预计年内覆盖246个对口帮扶县，帮扶户数超400万，带动农副产业链上下游超万家中小企业融通发展。

国网电商平台像一根红线，一端系着广阔乡村，一端连接巨大市场，"造血"赋能贫困户。

与此同时，出现了一个新的名词：爱心认购。贫困山区的土特产，被一车一车地运往北京，运往省城，运往国网系统的每一家食堂。这是国网系统对贫困者的浓浓深情，这是电力干部职工的无私大爱。这爱，像村头屋顶上的袅袅炊烟，像黑夜野外的团团篝火，给人以暖，给人以亮。

那么，让我们来看看几个发生在生活中的小片段吧！

这是个盛产核桃和红枣的地方。

2017年深秋，在新疆策勒县的一处枣园里，一颗颗红枣像一盏盏圆滚滚红彤彤的灯笼，在阳光下熠熠生辉。刚从核桃园绕过来的买买提大叔反背着手在枣园里转悠着。风调雨顺时节，核桃和红枣不仅产量高，而且品质非常好。

"又是一个丰收年，今年的日子又好过啰！"买买提大叔乐呵呵的，满脸喜悦。

可是，没过几天，看着堆在院子里像小山一样高的红枣和核桃，买买提大叔却愁眉紧锁。

"唉！本以为今年能卖个好价钱，可时下全国的红枣、核桃都增收了，收购商给我们的收购价比往年低了很多。不但不挣钱，反而会赔钱，真不知道该怎么办才好啊。"眼看着一年的辛苦劳动就要付之东流，买买提大叔欲哭无泪。

解决村民的困难，国网电力义不容辞！在了解到村民红枣、核桃滞销的情况后，国网新疆电力在全系统各单位发起了"访惠聚"驻村乡镇扶贫帮困献爱心活动，号召公司职工爱心认购。

"我要 20 斤红枣，还有 10 斤核桃。"

"红枣和核桃每样给我称个 100 斤，我湖北有些亲戚朋友，他们都喜欢吃我们的新疆大枣和纸皮核桃。"

"一样来个 15 斤，今年天气好，阳光足，这红枣、核桃好吃得很。"

"哎，哎，师傅，一样给我也称个 20 斤，便宜又好吃，亚克西！"

……

此次献爱心扶贫帮困认购活动一开展，就得到公司职工的积极响应，他们纷纷认购"团结核桃""爱心红枣"。

"春节快到了，刚好公司工会组织爱心购，既能帮助老乡村民解决农产品滞销，又能寄回老家让家人尝到新疆特产，我就多买了几箱。以这种方式帮助有困难的人，大伙儿心里都很高兴。"员工韩学森笑着说道。

爱心认购活动开展还不到半个月时间，"团结核桃"和"爱心红枣"的数量预订就达 120 多吨，总金额 200 余万元。

"谢谢！谢谢你们啊！现在家里的孙子孙女都用上了新文具，在你们的帮助下，我儿子也学会了在网上卖红枣和核桃了！"前段时间还愁眉不展的买买提大叔如今又容光焕发，喜笑颜开。

1 月 16 日，一辆辆装载着来自新疆和田策勒县的"团结核桃""爱心红枣"源源不断地驶进国网新疆电力系统各单位。在这个寒冷的冬季，"团结核桃"和"爱心红枣"架起一座爱的桥梁，将国网新疆电力员工的心与新疆和田策勒县村民的心紧紧地连在了一起。

这是个盛产梨儿的地方。

"看！这个梨比我的脸还大呀！"唐曾胜一脸兴奋地将刚摘下的梨举起给他的队员们看。

"乖乖！一个梨子差不多有 3 斤重。"他把梨放到秤上一称，电子秤立马跳着显示：1.48kg。

"这金秋晚梨真好吃，皮薄肉细，脆甜脆甜的！"队员小彭一边大口嚼着梨，一边笑着说。

金秋 9 月，硕果飘香。此刻，在渠阳镇源龙村的建档立卡贫困户吴必润的梨园里，硕大的金秋晚梨一个个爬满枝头，20 几个穿着"红马甲"的人，挎着篮子在梨树间穿梭。他们摸摸这个梨，摘摘那个梨，一会工夫，篮子就堆得满满的。"红马甲"们配合很默契，采摘、装袋、运梨，分工合作，一个个干得热火朝天。

吴必润往常寂静的梨园今天怎么来了这么多人？几天前还为 5000 斤金秋晚梨卖不出去而愁眉不展的吴必润，此刻为什么满脸喜悦，喜笑颜开？

原来，这群"红马甲"是国网湖南靖州县供电公司党员服务队队员。吴必润是他们供电公司的结对帮扶对象之一，当他们听说他家因交通不畅，加上没有固定订单客源，导致 5000 多斤成熟晚梨滞销的消息，便立即向公司全体党员干部员工发起爱心认购倡议书。一大早，公司党政领导带领党员服务队20 余人带上精心准备好的粮油等生活物资来到吴必润家，开展"做好先行官，架起连心桥"主题党日暨精准扶贫爱心认购金秋晚梨活动。

党员服务队的到来，给这个宁静的小村庄增添了几分热闹，带来了一股活力。

"你们这次真是帮了我大忙了！要不是你们，我只能眼睁睁看着我的梨一天天烂掉。实在太感谢你们了！"看到 5000 斤晚梨终于全部卖出，吴必润激动不已。

我们再来看看一个围绕着菠菜发生的故事吧！

春回大地，万物生发，此时正是河南省卫辉市春菠菜上市的旺季。但400 斤菠菜零售仅用 10 分钟卖完，这好像是天方夜谭。然而，卫辉市太公镇许漫流村贫困户许召胜、张丽娟夫妇就创造了这个销售神话，10 分钟不到他们便把 400 斤菠菜销售一空。

他们的菠菜怎么卖得这么快，难道他们的菠菜很好吃吗？

据了解，事情是这样的：许漫流村是国网河南卫辉市供电公司的扶贫村，贫困户许召胜夫妇种植的 400 斤菠菜已成熟。如果把菠菜拉到市场零售的话，至少需要几天时间才能卖完，这样不仅会增加成本，而且价格也不能保证。公司驻村工作队得知后，马上请示公司领导，倡议职工爱心认购菠菜。

第二天，卫辉市供电公司微信群发出一条信息：太公镇许漫流村贫困户许召胜、张丽娟夫妇种植的菠菜（不打农药、不上化肥）已成熟，为帮助出售，建议各位同事爱心认购。信息的结尾留下一句温馨话语：送人玫瑰，手留余香。

一石激起千层浪，看到信息后，公司职工纷纷报名，积极认购菠菜。当天下午下班后，许召胜夫妇将 400 斤菠菜送到公司门口。

"给我来 2 斤。"

"食堂来 50 斤，明天来个菠菜开会，菠菜丸子、菠菜汤……"

"给我称 1 斤。"

此时，公司职工都聚集在门口，等着爱心抢购春菠菜。为感谢大家的爱心认购，许召胜夫妇以低于市场的价格把菠菜卖给职工。

"谢谢大家，谢谢大家的帮助……" 400 斤菠菜不到 10 分钟便销售一空。看着手中厚厚的一沓钞票，许召胜夫妇激动得不知道说什么才好，心里满是感激之情。

大梁村亮起了"鑫伟"灯

北川，全国唯一的羌族自治县，也是一个有着多年"贫困史"的国家级贫困县。居于深山，地处偏远，交通不便，土地薄弱，资源有限，本就"先天不足"，"5·12"特大地震更是雪上加霜。于是，北川就成了集"5·12"地震极重灾区、少数民族地区、革命老区、秦巴山连片特困地区和边远山区"五区合一"的贫困县。正因为此，北川要脱贫，任重而道远。

北川羌族自治县小坝镇大梁村，一百多人的小村子贫困户就有24户，其中重残完全丧失劳动力者有6人，每4户贫困户中就有一位重度贫困者。"两不愁"很发愁，"三保障"没保障，这是大梁村的真实写照。也正因如此，大梁村的扶贫，更见其真章。

该村第一书记、国网北川县供电公司员工邹鑫伟，始终以打好精准脱贫攻坚战为责任，聚焦"两不愁、三保障"目标和"五个一批""六个精准""三个落实"的强力攻坚要求。

2018年8月2日，经省政府批准，北川羌族自治县退出了贫困县行列！小坝镇大梁村24户贫困户顺利脱贫。

冬去春来寒霜尽，羌山旧貌换新颜。那上千个日日夜夜，有多少动情的瞬间值得珍藏，有多少感人的故事值得传扬！而爱，是其中永恒的主题！

大梁村坐落于群山环绕的羌山深处。在崇山峻岭中穿行而出后，一个恍若世外桃源般的村落映入眼帘，简约细腻的村庄，格局清新养目，青瓦白墙、飞檐翘脊的羌族吊脚楼依山而建，行走在村庄的盘山路上，如同在云端漫步。

夕阳西下，一天中的闷热在沉沉暮色中渐渐消散，在大梁村海拔 1200 余米的山腰，孤独亮起的一盏灯分外显眼！屋内，几件简单而整洁的家具，一台新的液晶电视机，两位衣着朴素的七旬老人，正轻轻摇着蒲扇，而荧屏里欢快的音乐，正伴着幸福开心的笑谈声不时飘出窗外……可是，有谁知道，这幅温暖、质朴、平静、和谐的山乡农家图的背后，发生过几多感人的故事？

时光倒回至 2017 年 5 月，国网四川北川县供电公司员工、大梁村第一驻村书记邹鑫伟，第一次走进大梁村。通往大梁村那条沟沟壑壑的小路，仿佛是一条时光隧道，让邹鑫伟穿越回几十年前那个贫困的年代。虽然此前已对这个村的贫穷早有耳闻，但当双脚实实在在地踏在这片土地上时，邹鑫伟还是震惊了——长年的雨水冲刷，在泥土上划出一道道斑痕，分不出哪是坡、哪是路；破破烂烂的房子凌乱地坐落在这片"荒山野岭"，透风的墙壁和破漏的屋顶，无时无刻不在诉说着村庄里的无奈和沧桑。

邹鑫伟在与村支部书记向荣成交谈中，了解到距离村活动中心 30 里的坎上有户人家特别困难。户主叫卢时培，老两口本来有个幸福的家，可是几年前，儿子车祸身亡，患有多年类风湿的卢时培经此打击，一蹶不振，连行走都十分困难。老伴儿终日以泪洗面，视力也大受影响。要不是有周边乡亲的关爱，这样一个风雨飘摇的家，真不知是怎样挨过这几年的。

听完向书记的介绍，邹鑫伟再也坐不住了，立马与向书记翻山越岭，来到卢时培的家中。已是傍晚时分，目光所及处，尽是老人简陋的家，凹凸不平的黄泥院坝，茅草丛生的入户路。由于连续下了几天罕见的暴雨，卢时培的家更是一片狼藉，门窗洞开、篱笆歪倒。昏暗中，两位老人正艰难地将进屋的水一勺勺地舀出……眼前的一切让邹鑫伟异常难受，他当即掏出身上仅有的 172 元钱，全部递给老人。初次入户，邹鑫伟出于职业敏感，特意检查了老人家里的电灯线路，结果发现电线老化破损严重，没有一盏灯能亮。卢时培老人说，灯已熄了三天。因为总是下雨，家里没有电话，路又不好走，所以就将就了。听完这话，邹鑫伟这个七尺男儿的眼角泛起了泪花，如果不是亲眼所见，很难想象这一家人是怎样挣扎于生存线的边缘。

"一切有我在。"邹鑫伟拉着老人的手，转过身，打开随身携带的工具包，由于包里材料不多，只好先把屋子里那盏灯修好，说，"您放心，我过两天会再来！"

回去的路上，卢时培家里那些毛坯烂瓦、家徒四壁的景象始终在邹鑫伟脑海里挥之不去，破旧的泥坯房，头顶上摇摇欲坠的梁，破旧的被褥散发着腐臭的霉味……这些都深深刺痛着邹鑫伟的心。回到住处，邹鑫伟辗转反侧，夜晚几度披衣下床，连夜制定帮扶措施，以及列出解决的问题，首先要让灯亮起来，让卢时培一家的夜晚不再黑暗。

第二天，邹鑫伟偕小坝供电所员工带上施工材料及开关、插座、节能灯等备品备件来到卢时培家，并将他们自己凑钱买来的油、米、肉、水果等东西放下，按照分工投入工作。

在邹鑫伟的安排下，一批员工设计线路布局、走线、装表箱、接灯，

经过 2 个小时的作业，电被接通了；另一批员工劈柴烧水、整修篱笆、打扫卫生、淘米煮饭，陪老人促膝谈心……沉寂多年的卢时培老人家中一下子变得明亮而热闹！中午的餐桌丰盛温暖，大家纷纷给二老倒饮料、夹荤菜，卢时培老人感动得热泪盈眶："即便我儿子在世，也没有你们这些恩人照顾得这么好呀！"

然而，邹鑫伟并不"满足"卢时培老人的"知足"。由于历史原因，卢时培老人一家一直散落在大梁村的山尖上，而只有在遥远的山脚下才有细细的溪流。当伏旱肆虐的天气开始，吃水就成了问题。卢时培老人家里有个"蓄水池"，积蓄的就是雨水，自从儿子离世，温饱困难的卢时培一度对生活失去了信心。邹鑫伟了解这一情况后，立即特事特办，买来新的抽水泵、铜芯线、动力电表、插头开关等。仅一天时间，动力表、抽水泵安装完毕，现在只需电闸一拉，吃水用水便不用再愁。当卢时培老人看着现在"蓄水池"里的满缸清泉，乐得嘴都合不上了。

看到焕然一新的家，看到全部点亮的节能灯，看到备足的粮食和柴火，看到"蓄水池"里的满缸清泉，卢时培老人心里格外舒坦！而邹鑫伟却认为卢时培老人一家的日子还可以过得再好点！

如何让卢时培一家走上致富路，邹鑫伟再次陷入思考。卢时培老人腿脚不利索，干体力活肯定不行。依托政策支持，饲养跑山鸡？可是没钱买鸡苗，原本贫困户每户可免息贷款，但像卢时培一家没有偿还能力的贫困户，贷款困难。邹鑫伟回家与爱人商量后，决定先借给卢时培 2000 元，从养 10 只、20 只、30 只跑山鸡开始，慢慢扩大规模。如今，在邹鑫伟的爱心帮扶下，卢时培一家人艰难而又辛勤的劳作换来了满山坡的跑山鸡，山坡上的鸡群时而闲散漫步，时而争相进食，样子煞是喜人。每当邹鑫伟与他道别时，卢时培老人都会拄着拐杖艰难地挪动双腿将邹鑫伟送至门口，挥动着干枯的手臂久久不肯放下……

接下来许许多多的扶贫日子里，邹鑫伟一直在为大梁村的"两改一建"而忙碌。但是每周，邹鑫伟都会去卢时培老人家中至少两次，看看老人的生活，看看鸡群的生长。特别针对像卢时培一家因缺劳动力而致贫的情况，邹鑫伟更是想方设法帮着申请低保、申请公益性岗位帮助增收，并安排供电所员工利用休息时间，帮助像卢时培一样的贫困户改厨改厕、改建院落，为烟熏得漆黑的灶台贴上洁白的瓷砖，将凹凸不平的黄泥院坝变得干净平整，使通向家门口的入户路宽敞而平坦，把人畜不分的厕所改为抽水式卫生间，还建上了有独立的洗澡间。看着这些变化，卢时培高兴，全村人高兴，邹鑫伟更是暖在心里。

但也有个别贫困人员，他们致贫的原因就是一个字——懒。相比之下，他们不想努力，不愿发奋，而邹鑫伟本着"脱贫路上一个都不能少"的原则，不厌其烦地对他们晓之以理、动之以情地予以引导，不断激发他们的内生动力，在此基础上为他们精心制订脱贫计划并帮助实施。

拳拳之心，殷殷之情，终于换来了回报——一个又一个"懒汉"，远离了赌桌，扔掉了酒杯，鼓起勇气走上脱贫之路，迎来了自己人生中最有意义和价值的蜕变。

因先天脑神经障碍，没得到及时治疗，造成腿脚行走无力、肢体残疾的"五保户"邓洪富，生性懒惰，以自身残疾为由，靠"等"和"要"过日子。他还好酒如命、赌博成性，对待生活毫无责任心。眼看着全村一家家的生活红红火火，他却依旧住在年久失修的老房子里，日子过得紧紧巴巴。

但就是这样一个让村组干部头疼的"老大难"，却在邹鑫伟耐心、精心、专心的帮助下，房子修起来了，鸡鸭猪养起来了，该种的庄稼都种上了。更难能可贵的是，他懂得了什么是"责任"，什么叫"付出"。曾经的"酒鬼"不喝酒了，"赌鬼"不赌博了，"扶不起来的'邓阿斗'"改头换面、满怀信心地站了起来。

由于村集体经济基础薄弱，大梁村内一直没有公共照明设施，夜里一片漆黑。村民晚上出行困难，也存在着安全隐患。安装路灯是村民一直以来的迫切愿望。

开展精准扶贫工作以来，除了为大梁村进行电网改造、室内线路整治、修建入户路、改厨改厕建院落，邹鑫伟还针对村里夜晚的"摸黑"现象，带领帮扶队员们积极行动，作规划、拿方案、筹资金，为大梁村文化广场安装多盏 LED 路灯，牵线 100 余米，彻底解决了村民出行难的问题。夜幕降临，路灯亮起，照亮了村里的路，也照亮了村民的美好新生活。这些路灯被村民亲切地称为"鑫伟"灯。

三年时间，一千多个日夜，邹鑫伟与大梁村全体村民共同写就了"北川荣誉"。作为"四川省电力公司文明新风先进个人"的邹鑫伟，在 2017 年 12 月 28 日走进了人民大会堂，接过第五届中国民生发展论坛授予的"精准扶贫带头人"奖牌。

世代贫困，一朝摘帽，大梁村人感到了前所未有的骄傲。但为了确保广大群众脱贫不返贫，在致富奔小康的路上走得更加顺畅，邹鑫伟在完成了脱贫攻坚的目标后，毅然坚持留在深山。

奋进的脚步没有停止，邹鑫伟和大梁村人共同演绎的精彩故事还在继续……

当"高山野人"遇到"现代丹柯"

公元 2018 年 8 月 7 日，这一天对于被称为"华中屋脊"的神农架林区的 7 万多人来说，是个难以忘怀的特殊的日子。就在这天，经湖北省人民政府认定，神农架林区的贫困人口正式脱贫！

这天早晨，当喧嚣声掀开了笼罩着森林、山野和村庄的浓浓黑幕，当阵阵鼓点声和鞭炮声取代了沉睡山林的寂静，当火红的太阳从东边冉冉升起，神农架林区文艺广场的上空早已挂起了"热烈庆祝神农架林区脱贫摘帽"的大幅标语。标语下，男人、女人、老人和小孩，三三两两地拥进神农架林区所在的文艺广场。他们有的扭起了秧歌，有的跳着街舞，有的踩起了高跷，有的手持彩旗，有的打着灯笼，还有的情不自禁地唱起了神农架多少年流传下来的"下谷唐戏"……

提到神农架，人们自然会想到那里毛骨悚然的野人之类！巍峨的群山中，神奇的山林里，山涧的河水内，有着举世称奇的飞禽走兽；提到神农架，人们自然会想到那里梦寐以求的"畅游、咏怀、探索、共享"的奇秀风光。那里古老神秘，原始洪荒；那里有华中屋脊神农顶、寻根祭祖神农坛、生态观园官门山、移地异景天生桥、原始森林在天燕、山水画卷绘红坪、纵横驰骋滑雪场、世外桃源大九湖……

是啊，被列入世界遗产名录的神农架，集人和生物保护区、世界地质公园、世界自然遗产三大称号于一身！

然而，人们往往忘却了或者根本就不知道，在这遮天蔽日的神农架林区，在这块华中腹地的"绿宝石"的背后，生活在这里的4万农业人口中，有相当大的一部分一直处在贫困之中。截至2016年上半年，还有1.75万人口生活在贫困线以下。

为了确保神农架的生态平衡，这里贫困的山民们身居深山老林中，却一棵树也不能砍；面对着丰富的矿产，却一处也不能开；守着原开垦的成片成片的农田，却要退耕还林，不能耕种；原作为集体经济办起的小水电，在倡导清洁能源的环境下，也要被迫关掉；看着野兽出没，山民们却视而不能捕杀，因为要保护野生动物……

守着宝山饿肚子，走不出富饶的贫穷。这已是神农架相当一部分贫困者的现实。

东边的太阳早已爬到一竿子多高了。自发前往神农架林区广场集会的人越来越多，大伙儿欢乐的气氛空前高涨。

"'高山野人'来啦！"不知是谁喊了一声，人们"唰"的一下把视线转向人群中的那位"高山野人"。

"高山野人"姓李，名叫李治山，已经是70多岁的老人。只见他头戴一顶半新不旧的草帽，草帽下一张古铜色的脸皱皱巴巴；尽管他满脸微笑，也尽管那笑是发自他的内心，可留在他深邃眼睛里的岁月沧桑，雕刻在他脸上的艰苦磨难，却怎么也掩盖不了。

显然，李治山老人是一个有故事的人。

那是1975年的秋季。神农架西边海拔1800米的一个岩洞里，住着李治山夫妇和他们未满两岁的儿子。一家人"捆"着肚子，好不容易等到玉米棒子成熟了，突然，一夜之间，野猪把他种的那片玉米地糟蹋得一塌糊涂。她媳妇玉翠见颗粒未收，眼泪湿透了枕巾。他那两岁未满的儿子也"哇哇"地哭个不停。媳妇和儿子的哭泣，使他的心像被铁锹铲了一样疼痛难忍：儿子已经有两天没有进奶进食了，儿子是饿得慌啊！李治山先是捶胸顿足，后来，他干脆横下一条心，想出了一个为儿子和媳妇填饱肚子的主意。

这天深夜，他拿了一条麻袋，偷偷地钻进离他住处约3里的一处玉米地里。李治山将偷来的玉米棒子一个个往口袋里装的时候，他的手是那样地不听使唤。因为，生平20多年来，他这是第一次偷啊！谁又愿意有这样的第一次呢？面对着断肠刮肚的饥饿，面对眼前的日子寸步难熬，原本质朴善良的山里汉子实在无路可行。

李治山被两个巡夜的民兵抓住了。在那个年代里，在贫穷的神农架深山里，谁家不是饥饿难忍？毫无疑问，玉米棒子就是大伙儿的粮，就是大伙儿的命！李治山偷他们的玉米棒子，就等于在要他们一家老小的命！

李治山被带走，他的家就破了。李治山被整整判了7年徒刑，李治山入狱不到两年，他媳妇玉翠因生活无以为继，不得不带着小孩含泪离开了神农架。

服刑7年的李治山回来后，仍是住在那挂在半山腰的岩洞里。孑然一身，一无所有，他倍觉世态炎凉，什么也懒得做，下山越来越少，衣服越来越破，胡子越来越长。慢慢地，李治山就变成了人们口中的"高山野人"了。

当然了，如今"高山野人"的日子早已今非昔比。在他心里，今天能过上好日子，除了感谢政府，最值得他感谢的，就是国家电网公司。自1995年开始，国家电网公司就对神农架林区进行了电力定点扶贫。扶贫项目涵盖边远村组用电工程、教育扶贫工程、医疗卫生扶贫工程、公路建设工程、电力设施建设工程、产业化开发工程、安全引水工程和科技"三下乡"等，除此之外，还投入大量资金，开展"百县万村"和"急救难"行动。

就在国家电网公司与神农架林区确定定点扶贫的1995年下半年，他们就出资把"高山野人"搬出岩洞，住进了一间悬挂在山坡的乡办工厂的旧库房里。当人们过着有灯有电的日子，是国网湖北神农架供电公司单独为他架了电杆，牵了线，装了灯。后来，在政府的安排下，他易地搬迁，住进了宽敞明亮的新房。

晌午时分，在广场上为欢庆神农架脱贫而集会的人们还没散去。忽然，一个叫高鹏鹏的人来到了人群中。高鹏鹏是神农架林区颇有名气的一名语文教师。他不仅桃李满天下，而且出口成章，表达能力特强。见高鹏鹏的到来，不少的人把他围了起来，要他给大伙儿讲点什么。高鹏鹏也毫不谦虚，顿了顿嗓子就跟大伙儿讲起了一段丹柯的故事——

很早以前，地面上生活着一群人，他们的背后是走不完的浓密森林。有一天，不知从哪里跑来一个魔鬼，把他们赶到密林深处。

森林遮盖了天空，一点儿太阳光亮也没有。要想活命，就得走出这个暗无天日的森林。人们喊天叫地，欲哭无泪。他们中间有一个叫丹柯的小伙子自告奋勇在前面带路。被黑暗的恐惧笼罩着，突降的雷雨又使他们举步维艰。没多久，人们被折磨得筋疲力尽了，最后勇气全无，纷纷责怪带路的丹柯，你是不是要把我们带向死路？

丹柯说："请你们相信我，哪怕牺牲自己，我也一定要带着你们走向光明！"

雷声轰轰地响，大雨依然在下，根本看不到出路。此时的丹柯对着天空祈祷着："老天啊，请你保佑我们这个族群吧！我愿意用我炽热的心来解救他们。"说话间，只见丹柯用手猛地撕开了自己的胸膛，掏出了自己血淋淋的心。他把心高高地举过头顶，血淋淋的心顿时燃烧起来，像太阳一样通红发亮！随之，整个森林安静了，森林被这个伟大人类爱的火炬，照得透亮。黑暗躲过他的光芒，跑了。

陡然间，雷声消失了，大雨停了，森林的前方闪现出了渴望已久的光明。就在这时，丹柯倒下了——

高鹏鹏口中的故事传奇而又生动，感人肺腑，催人泪下。人们憎恨那个制造黑暗的魔鬼，人们赞扬丹柯大无畏的牺牲精神！

在神农架中，就有这么一位"丹柯"，20多年来他用双脚丈量着这每一寸人迹罕至的神秘土地，沿着输电线路行走在大山深处。

他，就是神农架供电公司输电运检班班长李义海。因为线路巡检工作的特殊性，20多年来，李义海追寻着野人的踪迹，穿行在深山密林中。他用一双踏实的脚板，守护着360公里的输电线路。这20多年来，李义海及时发现处理线路隐患4000多处，为企业和社会避免经济损失近3000万元，被同事称为护线铁人、巡线能人、创新达人。

李义海出生在神农架林区一个最偏远的小山沟里，那个偏僻闭塞的山沟叫板仓。李义海家祖祖辈辈以务农为生。他小时候的生活很清苦,穿的衣服是补了又补,补丁摞着补丁,但爷爷总会把节省下的粮食救济邻里。

"孩子们正长身体呢!咱家又没多少剩余的!"家人有些不解,埋怨着说。

"人的一生,不怕命里犯八败(事事无成),只要勤快。遇到困难就相互帮助,要学会感恩。"爷爷正襟危坐,很认真地说着。

小时候的李义海并不知道爷爷这番话的意义,直到后来才逐渐明白。

1993年,初中毕业的李义海因家里经济窘迫,放弃了再学习的机会,准备回家务农。

"不能让孩子辍学!"得知这一消息,他的老师张福林主动找到学校免去李义海的学杂费和书本费,并且每个月还给他资助生活费。

能重归校园,李义海感激不已。从那时候起,他渐渐懂得了爷爷当初那番话的含义。

"我以后一定要为社会多作贡献!"李义海在心里默默明志。在以后的人生道路上,李义海一直都牢记着爷爷的这番告诫,砥砺笃行。

在恩师张福林的资助之下，李义海顺利地完成了学业。1996年，他走出深山沟，成为神农架电力公司的一名输电工，从事输电线路维护工作。李义海所维护的线路途经地段平均海拔1730米，最高海拔3000米，85%的杆塔穿越崇山峻岭、横贯广袤无人区，年霜冻期约200天。他和同事们一起在人迹罕至的深山密林中巡视线路，秋夏一身汗、冬春一身冰。每人每天要负重30斤的工具，徒步45公里，一年要攀爬5400多公里的崎岖山路，相当于从神农架步行到武汉9趟。凭借一股子"牛劲"，李义海甘愿与深山密林为伍，和铁塔银线为伴，圆满完成了一项又一项的工作任务。

老君山在神农架主峰东北。因传说古时太上老君常在此炼丹而得名。每当冬季，山顶皆为冰雪覆盖，山腰又常云雾缭绕，恰如银须白发的老君仙翁端坐云中。老君山海拔2936米，由顶至底，十条突兀的山梁若苍龙下扒，梁间九条曲折溪流如银带飘垂。梁间左右，古树密布，药草遍陈，野果满缀，异兽时现。

这一年，神农架林区遭遇特大雪灾，海拔3000米的110千伏老君山线路发生倒塔断线事故。接到线路抢修任务，李义海背起工具包，就随着抢险队伍一起顶风踏雪紧急前行。此时的气温已降至-20℃，路况异常恶劣，举步维艰，厚厚的积雪铺满林区，一不小心脚底就会踏空。积雪淹没了膝盖，狂风猛烈地拍打着脸颊，抢修队员们一路爬行4个多小时才到达倒塔地点。风吹日晒，长年在山林里巡检，李义海脸上的皮掉了一层又一层，冻疮布满了李义海的双手和双脚。

"李义海，你休息一下。"看着双手渗着血还在忙着架线的李义海，领导心里一阵心痛，这么小的年纪不怕苦不怕累，还天天跟着队友一起攀岩踏雪，巡线抢险。

领导于心不忍，多次叫他休息，可李义海每次都悄悄地跟随队友奋战在工地。

经过一个多月的艰难抢修，他们圆满完成了抢修任务，让神农架全林区人民过上了一个亮堂堂的春节。他们这次抢险，缔造了让神农架电网人为之骄傲的"老君山精神"，抢修队员们受到了当地政府和群众的高度赞扬。

年纪轻轻的李义海也凭借严谨的工作作风、吃苦耐劳的奉献精神、扎实干练的工作能力成了输电运检班班长。

神农架大龙潭是中国研究金丝猴的重要基地。漫步前行，两侧青树翠蔓、珍禽隐现。在这里，可亲眼目睹金丝猴的野外生活。

三年前，神农架供电公司在建 35 千伏木板线，原设计线路经过大龙潭金丝猴基地。但为了保护金丝猴的栖息地，他们毅然决定为"国宝"金丝猴让路。

"保护金丝猴是头等大事！我们将线路绕开基地，在配网方面，我们铺设电缆入地，保障基地可靠用电，另外我们每月增加巡检次数，发现问题及时处理。"望着在树林里来回跳跃穿梭的金丝猴，李义海坚定地说。

大龙潭金丝猴野外研究基地地处海拔 2000 多米，冬季气温经常在 −7℃ 左右。适者生存，在寒冷的气候条件下，聪明的金丝猴练就了一套适应寒冬的能力，它们或抱在一起相互取暖，或栖息在枝叶茂密的树木上，依靠树叶挡风遮雨，或通过减少活动量、减少消耗的方式来保持体温。气候虽然寒冷，但这里依然充满活力。

平日里金丝猴主要以树皮和树叶为主要食物，而入冬以来，树枝结冰、树叶凋零，金丝猴的越冬食物供给变成了基地的头等大事。此时正值新春佳节，闻此消息，李义海他们一边加大对大龙潭基地线路的巡检力度，一边还特意给金丝猴送去红薯、苹果、花生等食物，并给基地送去取暖器、中国结等增添温暖和节日喜庆氛围的慰问物资。

李义海在工作上是一个模范，可他却是一名不合格的儿子和丈夫。那年，刚刚新婚的夫妻俩正筹划蜜月旅程，妻子却被诊断患有红斑狼疮肾炎。李义海家祖祖辈辈以务农为生，家境贫寒，而他上班才刚刚 4 年，经济相当拮据。李义海东拼西凑，终于控制住了妻子的病情。突如其来的变故，致使妻子无法正常工作，只能在家里做做简单的家务。17 年来，重情重义的李义海忙里忙外，尽心尽力照顾着妻子。

那年 10 月的一天，连接木鱼和板仓的 35 千伏木板线因冷杉倒塌造成断线事故，下谷、九湖两个乡镇 1 万多人没电可用，情况十分紧急。

恰在这紧要关头，妻子的红斑狼疮肾炎病情复发。当时林区人民医院医疗条件有限，医生建议转院治疗。

在急难险重任务面前，李义海总是冲锋在前。妻子深知这一点，在知道丈夫当天有抢险任务后，通情达理的妻子安慰他说："没事，我自己可以去，你那边忙完了去宜昌接我，我会好好照顾自己的……"

已经不知道有多少次没陪着妻子去治病了，目送着病弱的妻子背着行李离去的背影，李义海再也抑制不住心中的歉意，眼底涌起一股热流，他赶紧抬抬头，强忍着泪水，急着向抢修现场奔去。

在李义海的心中，他是一个不称职的丈夫，同时也是一个不孝的儿子。前几年，李义海的父亲被查出得了肺癌，突如其来的不幸像一块巨石，压得李义海喘不过气来。

"因工作的需要，每一次父亲去武汉化疗，我都无法在他身边陪同，只有母亲独自担起照顾我父亲的重任。"李义海的眼中忍不住泛起泪花。

大爱无声 33 年，多少春东在深山。

广场上的嘈杂声渐小了，人们似乎还沉浸在丹柯的故事中。

这时，"高山野人"李治山的儿子李石头不知什么时候来到了高鹏鹏身边，他站在一条凳子上大声地喊着："父老乡亲们，你们说，丹柯的故事感人不感人？你们说，我们国家电网公司的人，不正是今天为人们送去光明，让人们过着敞亮日子的丹柯吗？"

李石头话音刚落，广场里响起了雷鸣般的掌声。这掌声，在神农架的上空，在群山峻岭中，在茫茫的森林里，经久不息地回荡。

第八章

绿色与未来

国家电网公司敏锐地把握新时代、新矛盾对电网的深刻影响，秉持绿色发展理念，立足国情和世界能源变革趋势，统筹推进各级电网建设，完善市场化交易机制，最大限度推动绿色电力供给和消费，推进自身、产业和社会绿色发展，积极成为推动能源生产和消费革命的表率。

电力人深刻地认识到，面对人类历史上避无可避的新一轮能源革命，作为大型央企，作为能源命脉的支柱性企业，这既是神圣而艰巨的政治责任，也是光荣且责无旁贷的社会责任。

一江清水向东流

　　三江源保护区是在三江源区范围内由相对完整的 6 个区域组成的自然保护区网络。涉及青海省的玉树、果洛、海南、黄南藏族自治州和海西蒙古族藏族自治州的 17 个县市，包括果洛藏族自治州玛多、玛沁、甘德、久治、班玛、达日 6 县；玉树藏族自治州称多、杂多、治多、曲麻莱、囊谦、玉树 6 县，海南藏族自治州的兴海、同德 2 县，黄南藏族自治州的泽库和河南 2 县，格尔木市管辖的唐古拉山乡，行政区划分上共由 70 个不完整的乡镇组成。

　　三江源区位于青藏高原腹地、青海省南部，为长江、黄河和澜沧江三大河流的发源地，总面积 36.3 万平方公里，约占青海省总面积的 50.4%。该区域具有青藏高原生态系统和生物多样性的典型特点，是我国江河中下游地区和东南亚区域生态环境安全及经济社会可持续发展的重要生态屏障。该区域动植物区系和湿地生态系统独特，自然生态系统基本保持原始的状态，是青藏高原珍稀野生动植物的重要栖息地和生物种质资源库。三江源自然保护区是整个三江源地区生态类型最集中、生态功能最重要、生态体系最完整的区域，也是青藏高原生态系统的核心保护区，在我国西部生态与环境保护体系中具有重要的战略地位。

　　习近平总书记在视察青海时要求："要像保护眼睛一样保护生态环境，像对待生命一样对待生态环境，推动形成绿色发展方式和生活方式，保护好三江源，保护好'中华水塔'，确保'一江春水向东流'。"

2017年一个春天的上午，一行人带着神圣的使命和责任感，来到三江源地区。他们是国家电网公司有关领导和青海省委、省政府的几位领导。他们一边走，一边看，一边热烈地交谈。国网公司领导此行是来了解定点扶贫落实情况，深入考察玛多县清洁供暖示范项目的。国网公司领导与青海省委、省政府的领导就三江源地区清洁能源发展、脱贫攻坚、加快特高压输电通道建设达成了共识，决心共同推动青海省的可持续发展。

　　青海省最大的价值在生态，最大的责任在生态，最大的潜力也在生态。国家电网公司定点扶贫的玛多县作为三江源国家公园核心区、黄河中上游重要的水源涵养地及生态屏障，生态环境保护责任重大。而玛多县贫困人口点多面广、贫困程度深、致贫原因复杂，脱贫任务十分艰巨。如何实现最大范围内贫困牧民永久脱贫，探寻现代经济新的增长点，在不伤害三江源地区脆弱的生态环境的基础上，寻找到一个具有永久活力，又维护生态的新型能源，是摆在国家电网公司和当地党委、政府面前最迫切、最亟待解决的课题。

　　美丽的柴达木盆地素有"聚宝盆"之称，国家电网公司在距格尔木市区约14公里的地方，寻找到了破解生态课题的答案。

　　2016年3月，国家电网公司经过多方的考察和科学论证，选择在柴达木盆地建立光伏发电站。这里光照资源充足，荒漠化未利用的土地资源广阔，在此建立光伏电站，便于并网接入。在格尔木市东山口的光伏产业园区投资9282万元异地建设1万千瓦光伏扶贫电站，发电纯收入全部用于帮助玛多县贫困户脱贫。

　　在这片广阔无垠、荒芜的戈壁滩，神话般地出现了一片深蓝色的"湖泊"。放眼望去，一排排整齐的多晶硅板在阳光下熠熠生辉，占地面积0.22平方公里的玛多1万千瓦光伏扶贫电站诞生于此，给三江源地区脱贫致富输送着不竭的能量，给三江源地区的生态保护撑开了巨大的保护伞，给三江源地区进入现代经济发展的快车道铺设出一条充满阳光的坦途。

　　玛多县委书记对电站运行满怀着信心与期望："我们玛多县基本没有工业，为了保护脆弱的生态环境，通过异地光伏电站建设，推进产业扶贫、精准扶贫，对玛多县早日实现整体脱贫和推进青海省生态文明建设意义十分重大。"

对于光伏扶贫，青海省有两个天然优势：阳光和土地。电站的建设和运营是国家电网公司实施"阳光扶贫行动"的标志性工程，电站于2016年5月26日投运，实现了当年建成、当年投运、当年收益的目标，为探索和创新精准扶贫战略与生态文明建设有机结合开辟了新思路。2016年该电站收益380多万元，使玛多县1132个建档立卡贫困户户均增收3357元。

此后，国家电网公司继续深入推进"阳光扶贫行动"，充分发挥玛多县光热资源优势，在定点扶贫投资1400万元的基础上，再增加3000余万元，捐建11座村级光伏扶贫电站。这11座村级光伏扶贫电站集中建设在玛多县城以北约2000米的玛拉驿村，占地面积119亩，装机容量4.464兆瓦，通过一回10千伏线路接入110千伏星海变电站，年发电量可达680万千瓦时。

洁白的哈达代表牧民真挚的祝福，牧民们为电力人献上了洁白的哈达。"感谢党""感谢习主席"，质朴的语言是牧民真诚的感激，一个个扶贫点，一户户涉藏州县牧民家，使用上了光伏发电的清洁能源，即干净又卫生，改变了昔日烧煤、烧牛粪、烧柴，烟熏火燎，温度不高又呛人的落后面貌。

隆冬时节，呵气成冰。互助县五十镇班彦新村试点小学孩子们的读书声一浪高过一浪，幸福的朗诵声甜透了人的心窝。

国网青海海东供电公司2017年对互助县五十镇班彦新村试点小学采暖设施进行了改造，"以电代煤"的清洁能源方式供暖提高了采暖效率，既节约了能源，又大大降低了碳排放量。

五十镇班彦新村试点小学仅有40名学生、2名教师，学校虽小，学生虽少，但海东供电公司关爱学生的心没减一分！为了保障孩子们温暖过冬，供电公司与政府和学校及时联系，掌握用电规模，摸清用电信息，结合该片区电网网架结构，就近台区接电，接通了容量达14千瓦的电采暖供电，并坚持经常上门检查电采暖设备。学校师生充满感激地说："自从有了电采暖，我们再也不用生炉取暖了。以电代煤既干净，又暖和。"窗外冰天雪地，教室内却温暖如春。师生们深切地感受到了电网改造、电热取暖的幸福。

"电锅炉确实好，装在楼顶不占地方，也不需要专人看守，以前使用煤锅炉供暖，时冷时热，污染环境还不卫生。"黄南州同仁县汽车客运站的负责人赵元军高兴地对来检测客运站太空采暖设备的国网青海黄化供电公司员工徐辉东说。

黄化供电公司全面启动"煤改电"项目，改变原有采暖方式，打造新型取暖的高原生态示范县、示范区，积极践行绿色生态发展理念。

三江源区里的高原村庄，整齐划一的新居让人眼前一亮。这里冬季原本的单调与冷寂一去不复返，取而代之的是鲜活的色彩、蓬勃的生机。在那宽敞干净的文化广场上，村民有的在健身器材上活动，有的围坐在一起晒太阳唠家常。

"推广电能替代后，你瞧我们的村庄变得多干净整洁，呼吸的空气都是新鲜的。"青海省黄南藏族自治州尖扎县康杨镇上庄村村民郭海龙兴奋地向人们叙说电能替代给他们村带来的变化……

地处黄河上游的尖扎县，是生态保护的重点区域。2015 年以来，以整村推进为主，散户改造为辅，将清洁环保的电热项目纳入美丽乡村建设，供电公司承担村民的安装费用，使当地的农牧民使用上了温暖干净、清洁取暖的电热能。

如今，尖扎县目前已累计安装电热炕 3302 户，全县 40% 以上的农牧民都用上了电热能炕。上庄村、西么拉村、沙力木村等 11 个村已完成整村推进电热炕项目。县城的一些集中区域，尖扎县积极推进电能替代项目建设。尖扎县藏医院长期依靠燃煤锅炉供暖，每年燃煤 500 吨，一年燃煤的费用加上人工等各种费用近 40 万元，现在医院进行电能替代，采用太空能取暖技术，半个月使用电量为 2.76 万千瓦时，电费节约 1.1 万元。

在青海，从省委、省政府大院，到县城各部门；从黄河上游，到沿江岸边；从医院、企业，到乡村学校……人们自觉地维护生态保护，热爱自己美好的家园。"护我三江源，保护中华塔"神圣的责任意识，正在转化成

第八章 绿色与未来

419

一股强大的不可阻挡的力量！

夕阳西下，落松塔牵着马，向着东面家的方向走去，背后是落日余晖。一人一马，身披金晖，像剪影一样徐徐前行。蓦然间，落松塔突然闪出一个念头，想去看看大海。听说那是人类的起源，是地球最早的样子，比扎陵湖和鄂陵湖加在一起还要大得多……真想走出家乡看看外面的世界，是不是也像三江源一样美丽？

纵横交错的小溪跟着他一路欢快地小跑，拐弯处跑得急了些，激起一簇簇晶莹的水花，惊起觅食的黑颈鹤和藏雪鸡，斑头雁、赤麻鸭也老大不情愿地紧赶慢赶，在太阳落山前挤进了水边茂密的灌木丛。

月亮升起来，东边的天尽头，一条滚滚汹涌的大江，呼啸着奔腾向海。

绿电共享三江源

　　玉树藏族自治州，地处青藏高原东南部，是中国的"三江之源"核心区域，也是闻名于世的藏族歌舞之乡。

　　有1300多年历史的文成公主庙就修建在这里，它已被列入国家级文物保护单位。

　　这座文成公主庙，是中华民族高度融合的见证者。

　　1300多年后，国家电网公司以崭新的姿态，以为党、为国、为人民的初心，将绿色的现代能源无私奉献给广大涉藏州县同胞，谱写了新时代文化传播的动人篇章。

　　青海是清洁能源大省，综合开发条件居全国首位，是全国新能源装机占比最高的省份，有多次破世界纪录的"绿电行动"。

　　2017至2019年，国家电网公司在青海连续3年实施绿电7日、9日、15日全清洁能源供电实践，在大电网优化配置能力建设、大规模市场化电力交易、火电调峰补偿机制研究、调度智能控制及区块链技术研究等方面不断取得创新突破，刷新并保持着全清洁能源供电的世界纪录。2020年5月9日0时，"绿电三江源"百日系列活动启动。不同于以往，这次的国家电网"绿电"活动不仅在空间维度上集中在三江源地区，并在时间维度上延长到了100天，这既是对3年"绿电行动"内涵的拓展，更是对新时代智慧能源发展的不懈追求。

　　"绿电三江源"百日系列活动，就是让"绿电"进入企业、进入寻常百姓家，推动降低社会用能成本、支持企业复工复产、提升群众生活质量，为青海省经济社会发展装载稳定高效的"电力引擎"。7月8日，黄南藏族自治州泽库县人民医院两名财务人员算了笔账，5月9日至6月30日"绿电三江源"百日系列活动为医院减免电费7500多元。自5月9日零时至8月16日24时，青海电网启动"绿电三江源"百日系列活动，连续100天对三江源地区的16个县和1个镇全部使用清洁能源供电，黄南州泽库县、河南蒙古族自治县是参与"绿电三江源"百日系列活动并享受电费减免的其中两个县。

黄化供电公司对两个县开展的电费减免活动中，共计减免河南、泽库两县电费157万余元。通过实实在在的数字让当地牧民了解"绿电三江源"百日系列活动及电费让利优惠，共享青海绿色能源发展红利。目前，河南、泽库两县5月9日至6月30日期间的电费减免工作落实到户，黄化供电公司电费稽查班每月20日前，对所有绿电期间电费减免情况开展稽查。

三江源地区生态地位重要而特殊。"绿电三江源"百日系列活动期间，涉及活动的所有地区用电均来自水电、光伏发电和风力发电，实现了用电零排放。

让"三江源"地区企业、牧民共享清洁能源发展红利，是"绿电三江源"百日系列活动的核心环节。活动覆盖三江源地区16个县1个镇，涉及23万用电客户，预计共让利1500万元。其中，对三江源地区居民用户每天减免1千瓦时电费，惠及20.1万户，减免电量2011万千瓦时。对三江源地区一般工商业、大工业、农业用电等2.79万客户每千瓦时降低电费2分钱。

青海选择将资源优势转化为产业优势，形成规模优势加快外送通道建设。这是青海主动融入"一带一路"建设，缓解东中部地区能源供需矛盾，推进能源绿色转型升级的重要举措。青海清洁能源发展必须走集中式大规模开发之路，在满足本省高质量用电的同时，实施大规模外送。众所周知，特高压是中国国家电网公司掌握完全自主知识产权的输电技术，这一技术为青海清洁能源外送提供了坚强支撑。

7月15日，随着青海—河南 ±800 千伏特高压直流输电工程双极低端系统启动送电，来自青海的"绿电"通过 1500 多公里的"电力天路"源源不断送往中原大地，每年可向河南省输送清洁电量 400 亿千瓦时，不仅可以大幅提升青海清洁能源外送能力，而且有力支持青海打造多种清洁能源互补开发、综合利用的清洁能源示范区。

青海—河南 ±800 千伏特高压直流工程是世界上首个以输送新能源为主的特高压输电大通道，全面突破了新能源高比例大规模送出、高海拔地区特高压直流输电等关键技术，突破了特高压直流核心设备国产化、特高压换流站消防能力提升等难题，进一步巩固了我国在高压直流输电领域的国际领先优势。是我国发展运用特高压输电技术推动新能源大规模开发利用的一次重大创新，是一条实实在在造福沿线群众、惠及当地民生的"电力天路"。

近年来，青海积极引导电源合理布局，有序推进省内水电、太阳能发电、风电等清洁能源大规模开发，实现了清洁能源的可持续发展。截至2020 年 6 月底，青海清洁能源装机容量达 2801 万千瓦，其中以光伏和风电为主的新能源装机容量 1608 万千瓦，占全省的 50%，是全国新能源装机容量占比最高省份。

青海—河南 ±800 千伏特高压直流工程有力促进了青海能源基地集约化开发，扩大消纳范围，提高利用率。同时，该通道大容量、远距离的输送，可以满足华中经济发展及负荷增长需求，有效缓解了华中地区长期电力供需矛盾，真正实现了"风光天上来，电送全中国，送的是清洁电"目标。

"绿电三江源"百日活动期间，促进清洁能源就地消纳 5 亿千瓦时，减少燃煤 6.1 万吨，减少二氧化碳排放 16.6 万吨。以"三江源"保护区 16 个县为重点，大力推广技术成熟、经济实用、安全可靠的电能取暖。黄河源头第一县——玛多县县城实现清洁取暖全覆盖，近三年来玉树、果洛地区电采暖负荷年均增幅达 369%。2019 年，出台的蓄热式电锅炉峰谷平电价政策，电采暖价格平均降幅达 37%，通过峰谷平电价机制，引导午间富余新能源消纳，实现了取暖用户和新能源企业共赢。2020 年的绿电活动在此基础上，通过直接交易为采暖客户降低电价每千瓦时 2 分钱，积极引导取暖清洁，助力"三江源"地区天蓝水清。

大电网通入玉树之前，电能无法充足供应，许多居民靠点蜡烛过日子，商业用户和一些办公场所均长期备有柴油、汽油发电机，烧水做饭、冬季采暖全靠牛粪和燃煤，影响当地绿色生态环境。

随着大电网的进入和配电网的不断延伸，玉树的牧民群众不仅实现了从"用上电"到"用电好"的转变，而且充分利用电能绿色、清洁、环保的优势，力求打好"生态牌"。

长江源村是一个崭新的生态移民村。2004 年 11 月，国家出台了三江源生态保护政策，强调对三江源的生态保护。唐古拉山镇多尔玛、措加玛等 6 个牧业村的 128 户藏民，从海拔 4700 多米的三江源保护区搬迁到格尔木市南郊。

放眼望去，一幢幢富有藏族文化气息的楼房，一条条整齐宽广的街道，一根根灿烂耀眼的路灯，让人恍然有瑞士乡间小镇的感觉。

原来生活在 4700 多米的高山上，艰辛地依靠放牧生存的藏族农牧民，现在过上了安逸、舒适的现代城镇生活。他们有的依据自己的临街门面开店经商，有的发挥自己的手艺特长办起了手工作坊，而大部分农牧民则在格尔木市的公司里打工。那些青年农牧民怀揣着创业的梦想，按捺不住蓬勃跳动的心，奔赴祖国的大江南北，开烤羊肉店、开烤全羊餐馆，或者经营藏民特色的服饰，依靠自己的劳动创造财富，实现自己的理想追求，绽放自己瑰丽的梦想。

说到长江源村的变迁，77 岁的村支部书记更尕南杰感慨万千："生态移民之前，我们住的是帐篷，点的是羊油灯，日子苦得很。"如今老支书却感觉那已经是上辈子的事了，他指着面前一幢幢整齐的新居，"你们看看，党和政府给我们盖了宽敞明亮的新房，还通上了天然气，我们不仅住得安然，用得也自在了。供电公司给我们接通了动力电，我们现在像城里人一样用上了冰箱、彩电，家用电器一应俱全，有的人家还依靠动力电开了加工厂，这在过去想都不敢想啊！"

老支书说的是大实话，国网青海海西供电公司积极实施国家电网公司精准扶贫战略，组建海西供电公司党员服务队，在长江源村建成之后率先进入，制订供电计划，做好输送电准备。藏民按分配入住后，服务队为他们铺设了供电线路，安好了电表、电闸，第一时间为藏民送上了电。此后，海西供电公司党员服务队经常到村里帮助村民检查用电设备，保障村民用电安全，让电能成为藏民脱贫致富的坚强支撑。

根据长江源村经济发展的需要，海西供电公司肩负起"高原美丽乡村"建设的供电重任，围绕长江源村经济发展战略规划，精准发力。2016年供电公司组织人力、物力对长江源村128户的入户线实施节源化改造，架空线路改为入地电缆，增容变压器2台730千伏安。

依靠清洁能源电能，村民改掉了依赖秸秆、牛羊粪煨炕取暖、烧火做饭的旧习惯，告别了烟熏火燎的旧日子，使用起电视、电冰箱、电暖器、电热炕等依靠新型电能的电气化设备，日子过得幸福安康。

海西供电公司党员干部和员工把服务客户作为自己最重要、最神圣的职责，把长江源村群众用电放在心上，责任扛在肩上，工作落实在行动上，确保了长江源村用电安全、用电稳定，依靠绿色电力改变生活，依靠绿色电力精准脱贫，走上充满希望的路。

2016年8月22日，不是什么节日，但长江源村把这一天写进了村史。村民们永远铭记着这一天，把这一天当作自己盛大的节日。

这一天，习近平总书记来到了长江源村，与村民亲切地握手，向他们致以亲切的问候，还走进村民的家问寒问暖。看到村民住上宽敞整洁的房屋，用上了干净方便的家电，生活过得很幸福，总书记十分欣慰地说："你们的幸福生活还长着呢！"

总书记的话鼓舞着村民为美好生活去拼搏、去奋斗，激励着海西供电公司的干部职工要为长江源村的群众服好务，要把清洁的能源、稳定的能源、促进村民致富的能源管好、输送好，真正成为脱贫致富的"阳光工程"。

绿色青海、绿色三江源梦幻般地重现在人们面前。"中华水塔"蓄足了能量，为长江、黄河、澜沧江贡献着甘甜的乳汁；众多的湖泊像珍珠玛瑙一般点缀着三江源，洒遍了青海大地，使昔日粗犷的青海大地变得水润柔美。人与自然、兽与自然、禽与自然和合相生，营造出大美的青海，壮美的青海，动人的青海。

海岛重建光明

　　青山绿水间，该说说国网江苏连云港供电公司响应习近平总书记海洋强国战略，深入推进军民共建，利用海岛微电网进行电力扶贫的故事。这个故事，要从王学义说起……

　　王学义是连云港供电公司综合管理室专职，退役军人，1988年前后驻守车牛山岛，是连云港前三岛守岛部队的一名指挥排长。车牛山岛离陆地47.5公里，总面积仅0.06平方公里。该岛虽然偏远狭小，却地处黄海前哨，战略位置十分重要，而且作为附近海域最大的海岛，是周边渔民在遇到恶劣天气时首选的一个避风港。作为指挥排长，王学义最主要的工作任务是对岛屿的警卫。除此之外，他还有一个特殊的任务，那就是保护航标灯的安全，保证让这个航标灯一直亮着光。

　　让航标灯亮着，看似并不是什么困难的事，可困难还是很快找上门来。车牛山岛离陆地太远，根本没有办法架设线路给岛上供电，岛上全部的电力都依赖柴油机。为了确保航标灯能够一直有电，岛上一共配备了三台柴油发电机。谁想到那个冬天，海上台风肆虐，原本一周一次来提供给养的登陆艇连续两周无法下海。恰好在这个时候，三台柴油机都坏了发不了电，怎么办？

　　不能等了，再等就要出事了！王学义他带着两个士兵进了发电房，自己动手修理发电机。此时正是大冬天，外面飘着雪花，机房潮湿的地面上结了厚厚的冰，风一灌进来如针扎在身上。再苦再累也要完成任务！他们三人就在这样的环境中，用了整整八个小时，将三台发电机中还没坏的设备拼成了一台发电机，保证了航标灯的供电。

两年后，车牛山岛装上了一台简易的风力发电机。有了这台风力发电机，就能保证岛上唯一的一台电视机的供电，还能在太阳落山到晚上九点熄灯时用于营房的照明。但是，风力发电机的弊端也是显而易见的，只有在 4~5 级风时，发电是比较可靠的，一旦风速小，发电机就不能出力，一旦风速大，风机就会转得特别快，不仅发电不可靠，还会损坏设备。

风力发电机运转两个月后，营部的张文书正好来到了车牛山岛。张文书是南通人，因为负责文书工作，所以大家都喊他"张文书"。那天，他突然听到一阵"嗖嗖嗖"的声音，起大风了，风机出了故障，他急忙冲出了营房。

"张文书，我命令你，快回来！"王学义吼道。张文书愣是迎着风，一步一步爬到了风机下面，伸手去抓那根调整风机机身转向的 8 号钢丝，疯狂旋转的风叶绕着钢丝打到了张文书的小拇指……听着张文书不由自主又撕心裂肺的喊叫，王学义的双眼一下子模糊了。张文书是个多么勇敢的战士啊，又是对电多么的渴望啊！

直到第三天，风总算小了，张文书随补给船回陆地就医，可是已经错过了最佳缝合期，他永远地失去了右手小拇指的三个指节……张文书望着满目泪水的王学义，带着对车牛山岛用电的渴望，离开了驻防了两年的小小海岛。

两年后，王学义退伍了，但这些年对电的渴望已经深深烙在他内心的最深处，当询问他转业的意向单位时，他毫不犹豫地选择了当时待遇相对偏差、条件也相对偏艰苦的连云港供电局。

一晃就是很多年过去了，连云港供电局改制成了国网连云港供电公司，但一直没有给这样的边防孤岛供上电。不过，王学义发现供电公司有一支党员服务队常常去乡村、学校以及海岛等为老百姓服务，于是，他也加入了这支队伍。在为渔民服务的日子里，王学义遇到了一个老熟人——张广海。张广海是一个家住在凰窝村的打鱼人，和王学义就相差一岁。王学义当年上岛不久，张广海的渔船有一次因为要避台风，把自家的小渔船停泊在了车牛山岛。可是谁知道这风一刮就是好几天。船不能开出去，连给部队送给养的登陆舰都靠不了岸。带的那点干粮一顿就都吃光了，淡水也见了底。临时停靠在岛上的渔船又多，岛上的部队也没有那么多的存粮，又不知道什么时候风能停。部队支起一口大锅，从水窖里出水，熬上稠稠的热粥，大家一块儿喝。晚上没有灯，大家就一起聚在部队的礼堂里打地铺唠嗑。就这样一直撑到4天后风停了，才离开岛。

用张广海的话说，王学义这些部队上的人和咱们渔民就是一个锅里喝粥、一个地铺上睡觉的情义。从那以后，张广海他们这些渔民在海上捕到了什么稀奇的海货，就会顺道给王学义他们尝尝鲜。朴实的渔民一送就是好几筐，足有几百斤。王学义这些守岛的军人，也知道渔民风里来浪里去的不易，总是拒绝，实在推辞不掉，最多收下三五条鱼、几个螃蟹。其中一个最靠得住的理由就是，岛上没有电，存不住，让张广海他们拿回陆地上卖钱。这点让张广海一直多少有些不痛快——就那几条鱼几个螃蟹，不够味。但是岛上没电，确实是艰难困苦呀！

张广海问王学义啥时候能给岛上供上电。王学义告诉张广海，这几年海岛微电网技术的兴起，已经给岛屿自主供电孕育了希望。他已经找到了他的同路人——时任发展部主任的伏祥运。

伏祥运是国网连云港供电公司第一个博士，与国网公司特等劳模、江苏最美职工陈继祥组成的"博士带头人 + 草根发明家"发明组合，在国网江苏电力公司赫赫有名。伏祥运对王学义建设海岛微电网很是支持，经过一番调研发现，前三岛中最现实也最容易解决用电难题的就是离陆地最"近"的车牛山岛。

此时的车牛山岛与二十多年前相比，用电情况有了一定的改观。岛上除了边防部队以外，还有海事、移动两家单位，各自均有光伏发电、风力发电和柴油发电，但三家单位三个系统，互不相通，电压电流极不稳定。用驻岛民兵何志的话说，一天能跳闸四五次，负荷一大就断电。伏祥运决定研发三端口微网路由器实现交直流双向电能传递和无缝混合配用电。借助科技项目，他申请到了研发资金，并将这个任务交给了时任发展部专职的岳付昌具体实施。

岳付昌出生于灌云的农村，在他小时候，农村的电力并不可靠，停电是常有的事。"又停电了。"失望、不满、抱怨的叹息从左邻右舍传来。"什么时候来电啊？！"期盼也环绕在岳付昌的耳边。想起了在黑白电视机上看到的动画片，那时候年仅7岁的岳付昌立下了大大的梦想："我长大了一定要当一个能发电的超人，让村里的大伙都不缺电。"一晃二十多年过去了，中国的电网取得了大发展，此时，幸福就突然敲上了门。

在岳付昌等人的陪同下，王学义他们又出海了。供电公司没有登陆艇，为了节省费用，他们租用木制的货船。为了运货，也为了能够在潮水高的时候登岛，这些货船都是凌晨两点就从码头出发。因此，王学义和岳付昌只能在半夜12点就开始收拾东西，带着设备赶往码头。

王学义是个老战士了，守岛的时候，他出海很多次，早已经习惯在海岛和陆地之间穿梭，可这次航程却让他终生难忘。他上了船才发现，货船条件与登陆艇实在是相差太多了，货船是没有客舱的。航行的时候，人只能站在机舱里的柴油发电机旁。柴油发电机的声音特别大，"哐哐哐"一直响个不停，如同锤子在鼓膜上反复敲击，站在那一会就让人受不了。这时候又正好是冬天，凌晨的大海上温度特别低，海风一吹他感觉整个人都要冻僵。岳付昌吐个不停，到后来，已经吐不出东西来，吐的全是酸水。货船终于行驶4个多小时才到达车牛山岛，王学义感觉双腿都不是自己的了，好半天才抬动脚登上岛。

就这样，乘着舢板、渔船、橡皮艇，王学义、岳付昌和建设团队一次次奔赴车牛山岛，少则一两天，多则十几天，夜里，伴着海浪入眠，白天，则和官兵们一起抢工。小岛上到处都是礁石，根本没办法使用机械设备，施工人员只能靠铁锹、撬棒徒手挖掘地基、电缆沟。战士们一旦完成执勤任务，都主动跑来帮忙，大家都清楚，正常稳定的电力供应对守岛的意义，所以干得特别起劲。从码头到海岛的最高处一共有350多级台阶，每一级台阶都留下了官兵和电力队员齐心协力搬运设备洒下的汗水。累到不行的时候，大家便一起吼起军歌，"日落西山红霞飞，战士打靶把营归，把营归……"

　　一年多的时间过去了，王学义等人往返海岛和陆地不知多少趟。终于，2018 年 4 月，车牛山海岛微电网建成了，稳固的风机有序旋转，崭新的太阳能电板持续发电，专门的配电房和"能源路由器"保证了岛上持续、稳定的电力供应。电视、冰箱、空调、热水器都发挥了作用，有了稳定充足的电，官兵们用上了日产纯净水 5 吨的海水淡化系统，再也不用喝生满小红虫的储存水了。驻岛官兵孙权激动地拉着王学义的手说："感谢供电公司。以后咱们岛上再也不愁用电用水啦！"

　　车牛山岛只是开始，更远的达山岛、平山岛依然没有电，战士们都翘首以盼。可是，海岛微电网的建设是没有经济效益的呀，供电公司还支持王学义他们干下去吗？

　　连云港供电公司领导敏锐地意识到，建设海岛微电网对于增强国防至关重要。因此，对于建设海岛微电网，态度很鲜明，那就是支持！要建就不是一个岛，要建就要建连云港境内的全域海岛！要让每一个守岛官兵都感受到祖国的温暖。

　　有了领导的支持，王学义就有了底气。但达山岛、平山岛距离更远了，施工更是个大麻烦。小小的两个岛上竟然有国家大地控制点、国家测量标志等多个国家级和省级观测点。而根据相关法规，观测点 50 米内不允许进行大型建设，几个点辐射之后，岛上根本无法布点。同时，受海域审批和海上风机规格限制，附近也选择不到合适的风机安装位置。怎么办？

　　一番思索后，岳付昌提出，在悬崖边傍海浇筑海上风电基础，安装陆上风机，通过这样的"非标"方法解决难题。傍海浇筑是个好方法，但同时又是个"双刃剑"。很快，一个大麻烦找上门来。受潮汐影响，岛边海水每天有涨有落，而施工只能利用落潮时间，因涨潮时，这崖边的礁石就被淹没了。无奈之下，岳付昌只能安排专人监测海潮情况，每当发现海水开始涨潮，他就通知队员们停止施工，等到海水落潮，再重新开始作业……因此，落潮时的工作窗口期也成了队员们最重视的时候，哪怕大家正端着饭盒扒米饭，但只要有一句"干活了"，大伙都会放下饭盒往岸边跑，因为每次能干活的窗口期太短了，谁也舍不得浪费哪怕一分钟的时间。就这样，基础施工好不容易完成了，可万万没想到，在即将要进行设备安装的时候，岳付昌等人居然遇到了新冠肺炎疫情！工程不得不按下了"暂停键"。幸好，早在一年前，深感岳付昌等施工人员往返辛苦的供电公司领导，与连云区政府、连云港警备区、齐天电建集团签订了四方战略合作的协议。按照协议内容，连云区政府承担项目实施期间海上运输和施工协调工作。在各方努力下，在疫情得到有效控制的第一时间，岳付昌就再次踏上了达山岛。

除了潮汐、海浪，大海还孕育着一种更可怕的事物，那就是涌浪。相比起潮汐，涌浪显得更加难以捉摸，在卸货的第一天，涌浪就险些给海岛施工带来了毁灭性的打击。这天，根据计算好的潮汐时间，货船带着设备物资远航而来。海浪很大，船随着海水起起伏伏，船缓慢靠岸，不时地碰触码头，撞击出阵阵"吱……吱"声。0.7~0.8吨一片的光伏板打包成箱后，只能通过小型铲车吊上岸。船上下起伏的比较大，但施工人员小心谨慎，有条不紊地进行着。突然，暗涌袭来，船身陡然下沉近一米，满满一大箱光伏板随着船体下沉，绳子瞬间绷直，巨大的惯力全部承受在小型铲车上，拖着铲车往前走，地上留下道道黑印。那一刻，所有人惊出一身冷汗。要不是之前已经计算好装箱重量，要是再重一点，铲车就会被拉翻到海里。更可怕的是，铲车的驾驶员很可能就要丧命于此。

困难在，危险在，担当也在。功夫不负有心人，8月28日，伴着点点星光，前三岛海岛智能微电网投运了，让江苏所有边防战士，包括周边的渔民都享受到了有电的快乐……

早在微电网投运前，达山岛派出所所长与三位民警合计，买齐了七个宿舍所需的所有空调、电视、热水器。当这些生活必需品都运到平山岛的码头时，从码头到宿舍，需要穿过山岩里打磨出的154层阶梯，这差不多相当于7层小楼的高度，人工抬运整整用了2天。微电网投运当天，黄埔问了岳付昌，微电网所需的所有设备多重？336块光伏板，1296块钢筋构架，加上发电机与控制器共计360吨。纯人工的搬运方式，耗去工程一半的工期。"生态"这个词本是要赞扬微电网的工程的因地制宜,不改变岛屿原貌,直接像是给岛屿穿上新的衣裳一样,但夸在岳付昌耳边,更像是种无可奈何。

微电网投运了,国家电网的品牌也树立起来了。就在微电网投运前夕,连云港市市委书记专门作出批示:"市供电公司围绕全市发展大局,主动配合,积极作为,敢于担当,各项工作谋在前、干在先,电力发展保障、保供有力,特向供电公司表示衷心感谢。"

但连云港供电工人的梦想不止如此。正如开始海岛微电网工程时所期盼的那样,从一组电源到一张微电网,再到一个以电为核心的海岛生态系统,在电靓前三岛的同时,连云港供电公司的海岛微电网电力技术也实现了阶梯式跨越;在输出"你用电、我用心"的品牌口号时,爱国的热情也相互靠近。近日,连云港供电公司领导收到了一份来自南海的邀请——请帮助我们一起建设海岛微电网,服务国防,守护海疆。他不由得咧开嘴笑了,他仿佛看见,微电网供电技术正从眼前的黄海小岛腾空而起,跳跃着飞向南海的珊瑚礁。

绿色长江战鼓激

奔腾不息的长江，在中国的版图上如一条巨龙蜿蜒盘旋，自唐古拉山而来，汇集了千流百川，穿越峻岭险滩，浩浩荡荡向东奔泻而去，一路开山劈岭，形成了雄伟、壮丽、险峻的长江三峡，联结起锦绣壮美的华夏大地。

"共抓大保护、不搞大开发。"2016 年 1 月 5 日，习近平总书记在推动长江经济带发展座谈会上的重要讲话，指明方向，划定航线，让人备受鼓舞，备感振奋。

翻开那时的长江生态画卷，更能理解这一重要决断的缘由。彼时，从巴山蜀水到江南水乡，生态系统警钟阵阵。人们看到，厂房污水横流、码头砂石漫天、轮船肆意排放、水质持续恶化。航道下游"卡脖子"、中游"肠梗阻"、上游"遇瓶颈"，河湖湿地萎缩甚至干涸……处处千疮百孔。

生活在长江边的人们，对此感受更深。

"以前，江面上油污漫漫，上空黑烟缭绕，村里 24 小时都能听到轮船柴油发电机的噪声。特别是半夜，轮船进港停泊，发电机只要一响，就震得人心慌气短，无法入眠。"靠近三峡坝区的"西江楼"农家饭庄老板杜国文说。

杜国文祖祖辈辈都生活在长江边。他的家在湖北宜昌秭归县沙湾锚地的松树坳村，这里也是准备通过三峡大坝的待闸船舶集中靠泊的地方。

长江流域水系发达，港口码头密布，是全球运量最大、最为繁忙的内河航道，为沿江地区经济发展作出了巨大贡献。但是，长期以来，船舶靠港的燃油污染物排放对大气和水质造成了较大污染，危害了长江流域生态环境。

据资料统计，三峡坝区的船舶发电空气污染按年均15万艘船舶待闸三峡计算，排放二氧化硫约12吨、一氧化碳4.52吨、二氧化碳7965.75吨、氮氧化物7.62吨、烟尘2.13吨。加之三峡坝区位于长江河谷地带，受西北高山和半高山阻隔，长年风速较小，污染物不易扩散，形成雾霾，对当地的人畜和植物造成严重的威胁。

宜昌是长江黄金水道的"咽喉"所在，沿江港口码头有70多个，三峡船闸年客货物通过量突破1.3亿吨。这里每天都可看到，数百艘货物船舶、客运旅游船舶停泊在长江三峡大坝的上下游，绵延数里，巍巍壮观，犹如长江里陡升了一座移动的城市、漂泊的都市。一艘艘轮船在自身的柴油发电机发电过程中，不断向江里排放燃油污染物，吐出浓浓的黑烟……

小时候经常在江边玩耍、游泳、挑水的杜国文，常常坐在岸边，痴痴地看着江上停泊的一艘艘各种各样的轮船，天真地想，要是江面没有油污，江上没有黑烟，轮船没有发电机噪音，该是多好啊！

习近平总书记的重要讲话，如春风送暖，如战鼓擂响。做好长江经济带的水文章，描绘长江经济带生态发展的新画卷，迫在眉睫，刻不容缓！

如何破解长江停泊船舶柴油机发电造成的污染问题，实施电能替代，是国家电网有限公司重点研究的课题。

早在2015年，国网湖北宜昌供电公司就围绕岸电建设开始了有益的探索和试点，并取得了较好的成效，积累了宝贵的经验。国家电网有限公司调研后决定，以三峡坝区岸电建设为试点和示范，全面深入推动长江沿岸码头实施岸基供电建设工程，即用岸基电源替代柴油机发电，直接对各类进港停靠船舶供电，以减少船舶在港口停泊期间的污染排放。

2018年6月，国家电网有限公司会同交通运输部、财政部、国家能源局、湖北省人民政府、三峡集团等研究部署长江三峡坝区岸电建设工作，建立政企合力的协同工作机制，按照"重点突破，分步实施"的原则，重点建设三峡坝区岸电实验区，先行先试，总结经验，为长江流域清洁岸电全覆盖提供可借鉴、可复制、可推广的样本。

同时，国家电网与交通运输部、国家能源局签订《共同推动靠港船舶使用岸电战略合作框架协议》，明确了在长江内河、京杭运河、东南沿海打造"一横两纵"岸电网络，"一横"即长江水运干线建设高低压岸电系统，"两纵"即沿东部沿海地大连、天津、青岛、上海、宁波、厦门等海港建设高低压岸电系统，沿京杭大运河建设低压岸电系统，构建港口岸电服务网络，以电带油，保护生态，服务长江经济带发展。

按照国家电网有限公司统一部署，国网湖北省电力有限公司立即成立三峡坝区岸电建设工作领导小组，负责整体工作的组织协调和督导推进，牵头研究制定三峡坝区岸电设施建设的整体解决方案，着力推进三峡坝区岸电设施工程建设，并会同交通运输部长江航务管理局、湖北省港务管理局等9家单位联合出台了《长江三峡坝区岸电实验区建设政策建议方案》《三峡坝区船舶受电设施改造实施方案》，为长江岸电建设制定了框架，拿出了应对策略。

随后，国网湖北电力会同三峡电能（湖北）有限公司、国网电动汽车服务湖北有限公司合资组建湖北宜昌长江三峡岸电运营服务有限公司。这是长江流域也是全国内河沿江首家专业化岸电运营服务公司，主要为三峡坝区港口码头船舶提供岸电接入、便捷用电、智能运维、增值服务等业务，打造覆盖三峡坝区所有岸电设施的一体化运营服务网络。公司的组建充分整合了电网、发电、港口和航运等岸电相关企业资源，以打造专业化运营服务团队，建立高效率、高质量、规范化的客户服务体系，有效解决长江三峡坝区岸电发展中遇到的运营难题，打通岸电运营服务的"最后一公里"，为长江流域岸电服务提供了典型示范。

宜昌供电公司积极肩负起为长江岸电先行探路的重任，快速启动三峡坝区岸电实验区建设。他们针对三峡坝区复杂的水文特点和多样化的船舶类型，坚持示范引领，在实验区建设秭归港、三峡通航综合服务区、沙湾锚地、仙人桥靠船墩4个岸电示范项目，并与市交通航运部门、港口码头、航运企业、船舶制造、监督监测等单位组成三峡岸电联盟，结合宜昌港客运码头岸电建设试点，研究适合不同类型码头、不同功率需求的岸电典型设计，组织航运设计、船舶设计、科研院所等单位编制标准岸电典型设计方案，并组建全市统一的港口岸电运营平台，具备计量、计费、支付、清算等一体化功能，实现"接口标准统一、交费平台通用"。

同时，组织专业人员深入码头，广泛调查研究，掌握岸基供电的全面情况，找准客户的需求，积极向船舶客户宣讲使用岸电的利好，组织交流岸电建设经验，拓展岸电市场，更标准、更系统地建设岸电设施，促进船舶在靠泊期间尽早用上绿色岸电。

李兴衡是与三峡大坝共同成长起来的，原本是湖北秭归县供电公司员工，后来，转岗成了长江三峡岸电运营服务公司员工。为了让更多人使用岸电，李兴衡登船走访、发放传单、编宣传小视频等，渐渐成了大家口中的"岸电达人"。轮船业主纷纷请他接入岸电。

在实施岸电工程过程中，遇到了一个又一个难题，但都被一一攻克。

长江中的大型船舶常因自身吨位过大，码头泊位不足或码头基础设施不满足停靠条件等问题，无法停靠到码头岸基泊位上，只能在靠近码头的江心停船，导致无法接入岸电，亟待寻求一种新型的岸电供应模式。为了满足该类停船的岸电使用需求，国网湖北电力会同宜昌市发改委、海事局和国网信通产业集团有关单位，很快作出了"移动贮能"的新岸基供电决策。工程建成后，得到了那些大吨位船舶岸电使用者的欢迎，很快从宜昌推广到长江全流域航运码头。

桃花村港口是宜昌供电公司最早实施岸电工程的港口。港口拥有6000吨级三个泊位固定停靠点，为旅游船停靠码头，年运输旅客20万人次。该港口长年停靠旅游客轮15艘，每只游轮平均在此停靠17个小时左右。过去，游船停靠期间使用柴油机发电，空气和水体严重污染，噪声使当地的生物生长异常，最典型的就是影响到在此繁衍生息的中华鲟。近年来相关科研部门在此检测，竟然多次没有检测到中华鲟产卵繁育的信息。同时噪声干扰中华鲟的听觉，导致其受惊后撞伤、撞死事故经常发生。

宜昌供电公司投资 160 万元，新增了 2 台 630 千伏安变压器，对桃花村港口配电系统实施增容改造，提升码头供电能力。岸电清洁能源在桃花村实施以后，取得了节能、节污、保护生态的非凡业绩。

桃花村港口负责人张波算了一笔账，他们除了提供场地，其他供电设备都是由供电公司提供，相当于零投资，仅售电价，码头一年就能获取纯利润 50 多万元。他开心地说，"使用岸电后，港口的水更绿、山更青，美景让人流连忘返，往日游轮停靠歇息，发电机噪声喧嚣，环境嘈杂，油烟味刺鼻，而现在，环境多静谧、空气多清新，我们的心情也舒畅了许多。"

没有了柴油发电机的轰鸣声，停靠在桃花村港口的"世纪传奇"号如同江面上的一座五星级宾馆，给游客们带来了舒适的体验。原来每天发电要消耗 2 吨柴油，运营成本达 14000 余元。现在使用岸电后，运营成本仅为烧油的三分之一。

宜昌供电公司也算了一笔账，概括有四点：第一是开拓了用电新市场；第二是助力了宜昌生态环境建设，履行了社会责任；第三是加强了电能替代，长江流域宜昌段岸电全覆盖后，每年可实现电能替代约 2500 万千瓦时；第四是促进了长江沿线旅游相关产业发展，助力沿线贫困地区就业脱贫。

秭归港位于三峡大坝上游，与大坝遥遥相望，三峡风光一览无余。每天都有观光游轮往返于宜昌和重庆之间，仅秭归港的年停靠量就达 3000 艘次。

"以前，船舶靠港还是烧燃油发电，造成巨大的空气和噪声污染，经常有游客投诉，周边居民也怨声载道。"秭归港副总经理何勇说。他在秭归港工作了 16 年，也被污染问题困扰了 16 年。"岸电建成后，船舶辅机关闭，浓浓的黑烟不见了，世界也仿佛一下子安静了。"

孙明勇一样感同身受。他是长江黄金 8 号游轮的轮机长，从事航运工作多年。黄金系列游轮是长江最大的游船，排水量达 15000 吨，每天消耗的燃油在 1 到 2 吨之间。"用了岸电以后，不仅成本大大降低，而且柴油味和轰鸣声都大大减轻，提升了船员的生活质量，我们当然很高兴！"孙明勇说。

清洁干净的能源保护了宜昌三峡地区的蓝天绿水，营造出了宜昌大码头现代文明的生活、工作氛围，提供了经济快速发展，环境更加优美的现代经济发展的范本。

宜昌三峡岸电问题的有效解决，对长江流域岸电推广，乃至京杭运河、黄河港口、南部珠海港口都有很好的借鉴、推广意义与重要的标本作用。

2019年4月26日，江水碧绿，空气清新，三峡坝区秭归港码头一派静谧祥和。"绿色岸电"建设让这里告别了昔日柴油机轰鸣，众多泊船油烟四散的景象。

这一天，三峡坝区岸电实验区建设暨长江沿线港口岸电全覆盖全面铺开。

截至2020年8月，长江宜昌段63个经营性码头全部具备岸电供电能力，率先在全流域实现了岸电"全覆盖"。此前，三峡坝区岸电实验区累计为3282艘次客货船舶提供岸电806万千瓦时，替代燃油1894吨，减少各类污染物排放5966吨。

目前，长江沿线各省市正按照"先易后难、先客后货、分类分级"的原则，借鉴三峡坝区岸电实验区建设经验，全流域联动，加快推进长江沿线港口岸电全覆盖建设，力争到2020年底实现长江干线主要港口码头岸电基本覆盖，形成绿色环保、高效便捷、互利互赢的岸电建设运营新格局，为长江航运绿色发展提供有力支撑。

黄昏刚刚到来，秭归港口等码头停靠的游轮已灯火通明，犹如一幢幢华灯绽放的高楼，组成了一个现代不夜城，只听那一幢幢高楼里传出悦耳的歌声和欢乐的笑声。岸基供电电量足、电量稳，使游船更加亮丽，人们在游船上旅游、生活更加舒心，更加快乐。

不远处的岸上，杜国文的"西江楼"农家饭庄人声鼎沸，热闹非凡。

杜国感慨地道："江边人的日子真美！过去贫穷的日子一去不复返了。"

暮色四合，粉红色的天空暗了下来，变成微微发亮的紫色，再一阵风，就变成隐隐的深蓝，一弯月牙横跨江面。一波江水涌来，夜空里跳出一颗星；又一波江水涌来，又跳出一颗星；一波波江水涌上绿岸，夜空里繁星无数……

尾　声

终章将了，国家电网扶贫者的群像向我们走来。他们英姿勃发，笑容像白云一样美，从容地走进古老方块字铸成的文学之书，也走进了一个民族的煌煌青史。

我们走进国家电网扶贫之地，长达三年的采访中，一个个扶贫者呼之欲出，一个个建档立卡户的脱贫故事让人潸然泪下，一场波澜壮阔的脱贫攻坚战，让我们再度见证了一个泱泱大国的历史担当与气度，也用文学之笔记下了一个大央企的时代角色。

没有灯的夜晚是死的，光亮则能让夜晚焕发青春。这不仅是电灯，更是现代文明。

不可否认，电，作为人类历史上最重要的发明之一，已成为人类社会生存与发展不可或缺的要素。

作为国之重器的国家电网公司，在打赢脱贫攻坚战中，敢于担当，勇于作为，从乡乡通电到村村通电，再到户户通电、井井通电，用实际行动告诉大家，哪怕只为一户人家，线也要架，电也要通。

国家电网人不畏艰险，将电送到险峰、送到绝壁、送到云端，送到每一户百姓的家里，造就了 14 亿人全部用上电的奇迹。

普通人上班，坐车坐地铁；他们上班，需要飞檐走壁。

普通人上班，背着通勤包；他们上班，背着氧气瓶。

普通人开车上班，在马路上行驶；他们开车上班，在悬崖边行驶，极速漂移还要避开落石。

国家电网人克难攻坚，把大电网的电送上了珠峰大本营。

只要是在中国的土地上，任何一户人家，都可以高兴地看着亮起的灯光。

天上有星光，地上有灯光，交相辉映。不知银河落入人间，还是人间倒映着天堂，这就是现代文明的标志，这就是只有中国才有的人间天堂！

爱如电，倾情相扶。

这场全民参与、波澜壮阔的脱贫攻坚战之所以伟大，就在于受益的不只是贫困家庭、贫困人口，同时也包括所有的参与者。帮扶者与被帮扶者在帮扶过程中架起了物质、精神、文化的多重桥梁，帮扶者与被帮扶者消弭了所有的障碍与壁垒，使习近平新时代中国特色社会主义思想深入每个人的心中，为实现中华民族伟大复兴奠定了宝贵的物质和精神基础，确立并引领了一种新的时代精神！

在这场伟大的脱贫攻坚战中，电力人不辱使命，展现出优良的政治素养和职业精神，近万名扶贫干部在国网公司的统一组织指挥下，圆满完成了自己的使命。

从来就没有生而伟大的人。所有值得人们尊重和纪念的人都是在人生的选择中答对了选项的人。

我们面对的电力人都是普普通通的人。他们是父母的孩子，是学校的学生，是企业的职工，是孩子的父母，是社会的一分子。然而这场伟大的人间战役，把他们淘洗出来，使他们在社会中燃烧并帮助了一大群其他的人，从而也使他们的生命多了一份财富，多了一份荣光。

夜深了，大地回归平静，璀璨的灯光装点祖国的山川。

这是一次致敬性的书写——献给所有国网扶贫工作者和所有国家电网人！

这是一份沉甸甸的厚礼——恭贺中国全面建成小康社会！